# EL FUEGO

# EL FUEGO

# KATHERINE NEVILLE

Traducción de
**ANUVELA**

PLAZA JANÉS

Título original: *The Fire*

Primera edición en U.S.A.: diciembre de 2008

© 2008, Katherine Neville
Publicado en Estados Unidos por Ballantine Books, un sello
  editorial de The Random House Publishing Group, una di-
  visión de Random House, Inc., Nueva York
© 2008, Random House Mondadori, S. A.
  Travessera de Gràcia, 47-49. 08021 Barcelona
© 2008, ANUVELA, por la traducción

Printed in Spain – Impreso en España

ISBN: 978-0-307-39270-1

Disbributed by Random House, Inc.

BD 9 2 7 0 1

*A Solano*

En el año 782 de Nuestro Señor, el emperador Carlomagno recibió un fabuloso presente de Ibn al-Arabi, gobernador musulmán de Barcelona: un juego de ajedrez de oro y plata, engastado en joyas, que hoy conocemos como el ajedrez de Montglane. Se decía que el juego escondía misteriosas y oscuras propiedades secretas, por lo que todos aquellos obsesionados con el poder deseaban hacerse con las piezas. Para impedirlo, el ajedrez de Montglane permaneció enterrado cerca de mil años.

En 1790, en los albores de la Revolución francesa, el juego fue exhumado de su escondite, la abadía de Montglane, en el Bearne (Pirineos vascofranceses), y las piezas se repartieron por todo el mundo.

Este movimiento inició una nueva partida de un juego mortal, un juego que amenaza, incluso hoy, con prender el fósforo que hará arder el mundo...

# FIN DE LA PARTIDA

En el ajedrez, el único objetivo es demostrar tu superioridad sobre el rival, y la superioridad más importante, la suprema, es la superioridad de la mente. Es decir, el oponente ha de ser aniquilado. Por completo.

Gran maestro GARI KASPÁROV,
campeón mundial de ajedrez

*Monasterio de Zagorsk, Rusia, otoño de 1993*

Solarin sujetaba con firmeza la diminuta mano enguantada de su hija. Oía el crujir de la nieve bajo sus botas y veía su aliento alzándose en vaharadas plateadas mientras ambos cruzaban el amurallado e inexpugnable parque de Zagorsk: Troitse-Serguéi Lavra, el sublime monasterio de la Santa Trinidad y San Sergio de Radonezh, el patrono de Rusia. Ambos iban abrigados hasta las orejas, envueltos en las ropas que habían conseguido encontrar —bufandas de lana gruesa, gorros de cosaco de piel, gabanes— para resguardarse de aquella arremetida inesperada del invierno en medio de lo que debería haber sido el *babié leto*, literalmente, el «verano de las abuelas» o veranillo de San Martín. Sin embargo, el viento cortante penetraba hasta los huesos.

¿Por qué la había llevado a Rusia, una tierra de la que aún conservaba tantos recuerdos amargos de su pasado? ¿Acaso no había sido testigo de la destrucción de su propia familia durante el régimen de Stalin, en plena noche, siendo él apenas un niño? Había sobrevivido a la disciplina cruel del orfanato de la República Socialista Soviética de Georgia, donde lo habían dejado, y a aquellos años largos y sombríos en el Palacio de los Jóvenes Pioneros gracias, únicamente, a que otros habían descubierto las notables aptitudes del jovencito Alexander Solarin para el ajedrez.

Cat le había suplicado que no se arriesgara a volver, que no se arriesgara a llevar hasta allí a la hija de ambos. Había insistido en que Rusia era un peligro y, además, hacía veinte años que el propio Solarin no pisaba su patria. No obstante, Rusia no era ni por asomo lo que más temía su mujer, sino el juego, ese juego que les había costado tan caro a ambos. El juego que había estado a punto de acabar con su vida en común en más de una ocasión.

Solarin estaba allí por una partida de ajedrez, una partida crucial, la última partida de una larga semana de competición, y sabía que no presagiaba nada bueno que la hubieran trasladado en el último momento precisamente a aquel lugar, tan lejos de la ciudad.

Zagorsk, al que seguía haciéndose referencia por su nombre soviético, era el más antiguo de los *lavras*, o monasterios sublimes, integrantes del conjunto de monasterios-fortalezas que, desde la Edad Media, habían defendido Moscú durante seiscientos años, cuando, con la protección de san Sergio, habían hecho retroceder a las hordas mongolas. Con todo, en esos momentos era más rico y poderoso que nunca: sus museos e iglesias estaban repletas de iconos únicos y relicarios recubiertos de joyas y sus arcas rebosaban oro. A pesar de los tesoros que acumulaban, o tal vez a causa de ellos, la Iglesia de Moscú parecía tener enemigos en todas partes.

Solo hacía dos años que el sombrío y gris imperio soviético se había venido abajo, dos años de *glásnost*, *perestroika* y agitación. Sin embargo, la Iglesia ortodoxa de Moscú se había alzado de entre las cenizas, cual ave Fénix, como si hubiera renacido. El *bogoiskatelstvo*, «la búsqueda de Dios», de reminiscencias medievales, estaba en boca de todos. Las catedrales, iglesias y basílicas de Moscú habían revivido, cubiertas de dinero y una nueva capa de pintura.

Incluso a sesenta kilómetros, en la zona rural de Serguéi Posad, el inmenso parque de Zagorsk era un mar de edificios recién remodelados, con sus torretas y cúpulas bulbiformes esmaltadas con colores vivos y refulgentes: azules, añiles, verdes y salpicados de estrellas doradas. Solarin pensó que era como si ya no pudieran seguir refrenando aquellos setenta y cinco años de represión y de repente hubieran estallado en una lluvia de confeti de colores febriles. No obstante, sabía que tras los muros de aquellos bastiones seguía reinando la oscuridad.

Una oscuridad con la que estaba muy familiarizado, aunque sus tonalidades se hubieran atenuado. Como queriendo confirmar aquella convicción, había guardias apostados cada pocos metros a lo largo de los altos parapetos y el perímetro interior del muro, uniformados con una chaqueta de cuero negro de cuello alto y gafas de espejo, y pertrechados con una voluminosa arma bajo el brazo y un walkie-talkie en la mano. Tanto daba en qué año estuvieran, aquellos hombres siempre eran los mismos, igual que la omnipresente KGB que escoltaba a Solarin allí donde fuera en la época en que había sido uno de los grandes maestros soviéticos.

Solarin sabía que aquellos hombres eran integrantes del infame servicio secreto a las órdenes de la «mafia de los monjes de Moscú», como se los llamaba en Rusia. Se decía que la Iglesia rusa había formado una alianza con miembros desafectos del KGB, el Ejército Rojo y otros movimientos «nacionalistas», que poco o nada tenía de sagrada. De hecho, ese era el verdadero temor de Solarin, pues habían sido los monjes de Zagorsk quienes habían dispuesto la partida de ese día.

Al pasar junto a la iglesia del Espíritu Santo y encaminarse hacia el patio descubierto que debían cruzar hasta la sacristía, donde pronto habría de jugarse la partida, Solarin miró a su hija Alexandra, la pequeña Xie, quien seguía agarrándolo con fuerza de la mano. Ella le sonrió y le devolvió una mirada de ojos verdes llena de confianza. Solarin creyó que se le partía el corazón ante tanta belleza. ¿Cómo podían haber creado aquella criatura entre Cat y él?

Solarin no había sabido lo que era el miedo, el verdadero miedo, hasta que había tenido a su hija, por lo que en esos momentos estaba intentando no pensar en los guardias de aspecto fornido y armados que no les sacaban el ojo de encima desde lo alto de los muros. Era consciente de que se encaminaba de la mano de su hija hacia la guarida del león y se ponía enfermo solo de pensarlo, pero sabía que era inevitable.

El ajedrez lo era todo para ella. Sin él, Alexandra se sentía como un pez fuera del agua. Tal vez él tuviera parte de culpa, tal vez Xie lo llevara en los genes. Además, aunque todo el mundo se había opuesto, sobre todo la madre de la niña, Solarin estaba convencido de que probablemente aquel sería el torneo más importante de la corta vida de su hija.

A pesar de una semana de frío glacial, nieve, aguanieve y de la espantosa comida del torneo —pan negro, té negro y gachas—, Alexandra no había perdido el ánimo en ningún momento. Parecía que todo lo ajeno a los dominios del tablero de ajedrez le fuera indiferente. Había jugado como una estajanovista todos los días, cosechando un punto tras otro en cada partida, como un peón de albañil apilando ladrillos. Había perdido una sola vez en lo que llevaba de semana y ambos sabían que no podía permitirse otra derrota.

No le había quedado más remedio que llevarla hasta allí. En ese torneo se decidiría el futuro de su pequeña, ese día, en ese lugar, en Zagorsk, donde iba a jugarse la última partida. Tenía que ganar, pues los dos sabían que ese era el juego que convertiría a Xie, Alexandra Solarin, que aún no había cumplido doce años, en el gran maestro más joven de toda la historia del ajedrez.

Xie tiró de la mano de su padre y se apartó la bufanda para poder hablar.

—No te preocupes, papá, esta vez le ganaré.

Se refería a Vartan Azov, el joven genio ucraniano del ajedrez, solo un año mayor que Xie, y el único jugador del torneo que había conseguido derrotarla hasta el momento. Aunque en realidad no había derrotado a Xie, sino que esta había perdido ella solita.

Alexandra había empleado la defensa india de rey contra el joven Azov. Solarin sabía que era una de las favoritas de su hija, pues permitía que el valiente caballo negro (figura que para ella encarnaba a su padre y tutor) saltara al frente por encima de las cabezas de las demás piezas y tomara el mando. Tras un audaz sacrificio de la reina, que levantó murmullos entre los asistentes y le concedió el centro del tablero, parecía que la pequeña, intrépida y agresiva guerrera de Solarin se arrojaría como poco a las cataratas de Reichenbach y se llevaría consigo al joven profesor Azov en un abrazo mortal. Sin embargo, no habría de suceder.

Tenía un nombre: *Amaurosis Scacchistica*, ceguera ajedrecística. Todo jugador la había experimentado en algún momento de su vida, aunque preferían llamar metedura de pata a la incapacidad de prever un peligro obvio. A Solarin le había ocurrido una vez, cuando era muy joven. Según recordaba, era como caer en un pozo, como ir dando vueltas en plena caída libre sin saber qué es arriba y qué abajo.

En todo el tiempo que Xie llevaba jugando, solo le había pasado una vez, pero Solarin era consciente de que dos errores de ese tipo eran uno más del que podía permitirse. Ese día no podía volver a ocurrirle.

Antes de alcanzar la sacristía donde se jugaría la partida, Solarin y Xie se toparon con una barricada humana inesperada: una larga hilera de mujeres anodinas, vestidas con ropas gastadas y la cabeza cubierta con un pañuelo, que hacían cola en la nieve a la espera del inicio de las eternas misas conmemorativas diarias a las puertas del osario del famoso Troitski Sobor, la iglesia de la Santa

Trinidad y San Sergio, donde estaban enterrados los huesos del santo. Aquellas pobres almas en pena —debía de haber unas cincuenta o sesenta— se persignaban compulsivamente a la manera ortodoxa, como poseídas por una histeria colectiva religiosa, sin apartar la mirada de la imagen del Salvador en lo alto del muro exterior de la iglesia.

Las mujeres, rezando entre gemidos en medio de los remolinos de nieve, formaban una barrera casi tan infranqueable como los guardias armados apostados en lo alto de los parapetos. Además, siguiendo la vieja tradición soviética, se negaban a moverse o a romper filas para dejar pasar a nadie por en medio de la cola, y Solarin tenía prisa.

Al reanudar el paso para rodear la larga hilera, vio la fachada del Museo de Arte por encima de las cabezas de las mujeres y, justo detrás, la sacristía y el tesoro, el lugar al que se dirigían a jugar la partida.

Habían engalanado la parte frontal del museo con una pancarta enorme y llamativa en la que aparecía la imagen de un cuadro y unas palabras dibujadas a mano que anunciaban, en cirílico y en inglés: SETENTA Y CINCO AÑOS DE ARTE SOVIÉTICO DE PALEJ.

El arte de Palej consistía en pinturas lacadas que a menudo representaban escenas inspiradas en cuentos populares y temas folclóricos. Durante mucho tiempo había sido el único arte primitivo o «supersticioso» aceptable para el régimen comunista, con el cual se adornaba todo en ese país, desde cajas en miniatura de papel maché hasta las paredes del Palacio de los Pioneros, donde Solarin, junto con otros cincuenta niños, había practicado sus defensas y contraataques durante más de doce años. En el tiempo que había vivido allí no había tenido acceso a libros de cuentos, tebeos o películas, por lo que las ilustraciones de Palej acerca de los relatos populares habían sido la única puerta del joven Alexander al reino de la fantasía.

Conocía muy bien el cuadro representado en la pancarta, era famoso, y además tenía la impresión de que le recordaba algo importante. Lo estudió con detenimiento mientras Xie y él intentaban sortear la larga cola de beatas enfervorizadas.

16

Era una escena del cuento popular ruso más famoso: el relato del pájaro de fuego. Existían muchas versiones que habían servido de inspiración a grandes obras de arte, literatura y música, desde Pushkin a Stravinski. La imagen de la pancarta representaba la escena en la que el príncipe Iván, agazapado toda la noche en los jardines de su padre, el zar, por fin ve la radiante ave que había estado comiéndose las manzanas doradas del soberano, e intenta darle caza. El pájaro de fuego consigue escapar, pero deja tras de sí una de sus fabulosas y mágicas plumas en el puño de Iván.

Era la famosa obra de arte de Alexander Kotujin, que colgaba en el Palacio de los Pioneros. Se decía que Kotujin, que pertenecía a la primera generación de artistas de Palej de la década de 1930, ocultaba mensajes secretos en los símbolos que utilizaba en sus pinturas, mensajes que los censores del Estado no siempre conseguían interpretar con facilidad, al contrario del campesinado analfabeto. Solarin se preguntó qué podría significar aquel mensaje con décadas de antigüedad y a quién iría dirigido.

Por fin llegaron al final de la larga cola de pacientes mujeres. Cuando Solarin y Xie torcieron para dirigirse hacia la sacristía, una anciana encorvada, tocada con un pañuelo de cabeza, un jersey raído y un cubo de latón en una mano, abandonó su puesto en la hilera y los rozó al pasar junto a ellos, sin dejar de persignarse con fervor. Tropezó con Xie, se inclinó a modo de disculpa y siguió adelante, hacia la explanada.

Cuando la anciana se hubo alejado, Solarin sintió que Xie le tiraba de la mano. La miró y vio que su hija extraía del bolsillo un pedazo de cartulina, en relieve: una entrada o un pase para la exposición de Palej, ya que llevaba impresa la misma imagen de la pancarta.

—¿De dónde ha salido eso? —le preguntó, aunque temía conocer la respuesta.

Se volvió hacia la mujer, pero había desaparecido en el parque.

—Esa señora me lo ha metido en el bolsillo —contestó Xie.

Cuando volvió a mirar a su hija, esta le había dado la vuelta a la cartulina y Solarin se la quitó. En el dorso había pegada una pequeña ilustración de un ave en pleno vuelo en el interior de una estrella islámica de ocho puntas. Debajo había tres palabras impresas en ruso:

опасность. беречъся огня

Al leerlas, Solarin sintió el pulso en las sienes. Se volvió rápidamente en dirección al camino que había tomado la anciana, pero era como si esta se hubiera convertido en humo. En ese momento atisbó algo en el otro extremo de la fortaleza amurallada. Tras asomar entre el bosquecillo de árboles, la mujer desapareció de nuevo al doblar la esquina de los Aposentos del Zar, a más de cien pasos de ellos.

Justo antes de desvanecerse, la mujer volvió la vista atrás y miró directamente a Solarin, quien, a punto de seguirla, se detuvo en seco. A pesar de la distancia, consiguió distinguir sus claros ojos azules y el mechón de cabello rubio plateado que despuntaba bajo el pañuelo. No era una anciana, sino una mujer de gran belleza y misterio infinito.

Y no solo eso: conocía aquel rostro. Un rostro que jamás habría creído posible volver a ver en su vida.

Instantes después ya no estaba.

Se oyó decir: «No puede ser».

¿Cómo era posible? La gente no volvía de entre los muertos, y aunque lo hiciera, no podía seguir conservando el mismo aspecto de hacía cincuenta años.

—¿Conoces a esa señora, papá? —preguntó Xie en un susurro, para que nadie pudiera oírla.

Solarin hincó una rodilla en la nieve, junto a su hija, y la estrechó entre sus brazos, hundiendo la cara en la bufanda de Xie. Tenía ganas de llorar.

—Por un momento me ha parecido conocerla —contestó—, pero seguro que me he equivocado.

La abrazó con mayor fuerza, como si quisiera estrujarla. En todos esos años, nunca le había mentido a su hija… hasta ese momento. Sin embargo, ¿qué otra cosa iba a decirle?

—¿Qué pone en la cartulina? —le susurró Xie al oído—. La del pájaro volando.

—*Opasnost*. Significa «peligro» —contestó Solarin, intentando reponerse.

Por amor de Dios, ¿en qué estaba pensando? Aquello no había sido más que una ilusión óptica provocada por una semana de tensión, mala comida y un frío de mil demonios. Tenía que ser fuerte. Se puso en pie y le dio a su hija un apretón en el hombro.

—¡Aunque puede que el único peligro sea que hayas olvidado cómo se juega!

Le dedicó una sonrisa que Xie no le devolvió.

—¿Qué más pone?

—*Berechsya ognyá* —leyó—. Creo que es una referencia al pájaro de fuego o Fénix de la imagen. —Solarin guardó silencio un instante y luego la miró—. Significa «Cuidado con el fuego». —Respiró hondo—. Vamos, entremos ya. ¡A ver si le das una paliza a ese *patzer* ucraniano!

Desde el momento en que entraron en la sacristía de la Serguéi Lavra, Solarin supo que algo no iba bien. El recinto era frío y húmedo, igual de deprimente que todo lo demás durante ese supuesto «verano de las abuelas». Pensó en el mensaje de la mujer. ¿Qué significaba?

Taras Petrosián, el elegante nuevo rico que organizaba el torneo, con su caro traje italiano, estaba entregando un abultado fajo de rublos como si fuera calderilla a un monje enjuto con un cargado llavero, el monje que había abierto el recinto para la competición. Se decía que Petrosián había amasado su fortuna gracias a ciertos trapicheos poco limpios relacionados con varios de los restaurantes y clubes nocturnos de moda de los que era dueño. En ruso existía una palabra coloquial para aquello: *blat*. Contactos.

Los matones armados ya se habían introducido en el sanctasanctórum. Asomaban por todas partes, apoyados sin ningún disimulo contra las paredes de la sacristía, y no solo para entrar en calor. Entre otras cosas, aquel edificio bajo, achaparrado y discreto también se utilizaba como tesoro del monasterio.

La prodigalidad en oro y joyas de la iglesia medieval se exhibía en vitrinas de cristal iluminadas que descansaban sobre pedestales, repartidos por todo el recinto. Solarin pensó que sería difícil concentrarse en la partida de ajedrez con tanto destello cegador, pero sentado junto al tablero de juego ya estaba el joven Vartan Azov, quien no les había quitado de encima sus grandes ojos desde que habían entrado en la sala. Xie se soltó de la mano de su padre y fue a saludarlo. No era la primera vez que Solarin deseaba ver a Xie sacándole brillo al tablero con ese mocoso arrogante.

Tenía que quitarse aquel mensaje de la cabeza. ¿A qué se referiría la mujer? ¿Peligro? ¿Cuidado con el fuego? Y ese rostro que jamás podría olvidar, un rostro que pertenecía a sus sueños más oscuros, a sus pesadillas, a sus peores temores…

En ese momento la vio. Estaba en una vitrina de cristal, en el otro extremo de la sala. Solarin se acercó como un sonámbulo, atravesó la amplia superficie despejada de la sacristía y se detuvo delante del enorme expositor transparente.

En el interior había una figura que, como ya le había ocurrido antes, jamás habría creído posible volver a ver, algo tan absurdo y peligroso como el rostro de la mujer que había atisbado fuera. Algo que había permanecido enterrado, algo muy antiguo y muy lejano. Y, sin embargo, lo tenía delante de él.

Era una pesada talla de oro cubierta de joyas que representaba una figura ataviada con largas vestiduras, sentada en un pequeño pabellón con las colgaduras retiradas hacia atrás.

—La Reina Negra —susurró alguien a su lado. Solarin se volvió y se encontró con los ojos oscuros y el cabello despeinado de Vartan Azov—. Descubierta hace poco en la bodega del Hermitage de San Petersburgo —añadió el chico—, junto con los tesoros de Troya de Schliemann. Dicen que perteneció a Carlomagno y que podría llevar oculta desde la Revolución francesa. Es posible que se hubiera encontrado entre las posesiones de la zarina rusa Catalina la Grande. Es la primera vez que se exhibe al público desde su descubrimiento. —Vartan guardó un breve silencio—. La han traído aquí para la partida.

El terror cegó a Solarin. No oyó nada más: tenían que irse de allí de inmediato, pues aquella pieza era suya, la figura más importante de todas las que habían recuperado y enterrado. ¿Cómo había podido reaparecer en Rusia cuando la habían soterrado hacía veinte años a miles de kilómetros de allí?

¿Peligro? ¿Cuidado con el fuego? Solarin tenía que salir de allí y respirar aire fresco, tenía que huir con Xie al instante, la partida no importaba. Cat había tenido razón desde el principio, pero él todavía no era capaz de verlo, las piezas no le dejaban ver el tablero.

Solarin asintió educadamente en dirección a Vartan Azov y atravesó la sala en unas pocas y apresuradas zancadas. Cogió a Xie de la mano y se dirigió a la puerta.

—Papá, ¿adónde vamos? —preguntó Xie, desconcertada.

—A ver a esa señora —contestó su padre, de manera misteriosa—. A la señora que te dio la tarjeta.

—Pero ¿y la partida?

Alexandra perdería si no estaba presente cuando pusieran en marcha los relojes y eso daría al traste con todo por lo que habían estado trabajando con tanto ahínco durante tanto tiempo. Sin embargo, Solarin tenía que averiguarlo. Salió del recinto con Xie de la mano.

La vio en el otro extremo del parque desde lo alto de los peldaños de la sacristía. La mujer estaba junto a las portaladas, vuelta hacia él con una mirada llena de amor y comprensión. Solarin no se había equivocado, la conocía. En ese momento, el miedo transformó la expresión de la mujer al levantar la vista hacia el parapeto.

Apenas un instante después, Solarin siguió la dirección de aquella mirada y vio al guardia apostado en lo alto, en el antepecho, con el arma en la mano. Sin pensarlo, Solarin empujó a Xie hacia atrás, para protegerla con su cuerpo, y se volvió de nuevo hacia la mujer.

—Madre… —musitó.

Lo que sintió a continuación fue el fuego en la cabeza.

# PRIMERA PARTE

# ALBEDO

Al comienzo de toda realización espiritual se encuentra la muerte en forma de «muerte para el mundo» [...]. Al comienzo de la obra [la albedo o blanqueo], la materia más preciosa que el alquimista obtiene es la ceniza [...].

TITUS BURCKHARDT,
*Alquimia*

Debes consumirte en tus propias llamas; ¡cómo pretendes renovarte sin haber sido antes ceniza!

FRIEDRICH NIETZSCHE,
*Así habló Zaratustra*

# LA TIERRA BLANCA

Reza a Alá, pero manea tu camello.

Proverbio sufí

*Janina, región de Albania, enero de 1822*

Las odaliscas, concubinas del harén de Alí Bajá, estaban cruzando el puente cubierto de hielo que salvaba el pantano cuando oyeron los primeros gritos.

Haidée, la hija de doce años del bajá, escoltada por tres acompañantes, ninguna de las cuales superaba los quince años, agarró con fuerza la mano de la que tenía más cerca y juntas escudriñaron la oscuridad, sin atreverse a hablar ni a respirar. Vislumbraron el parpadeo de las antorchas a lo largo de la orilla lejana, al otro lado del inmenso lago Pamvotis, pero nada más.

Los gritos se hicieron más apremiantes, más estridentes, alaridos roncos, jadeantes, como de animales enfrentados en el bosque. Sin embargo, aquellos pertenecían a seres humanos, y no a los cazadores, sino a las presas. Voces masculinas resonando al otro lado del lago, azuzadas por el miedo.

Sin previo aviso, un cernícalo solitario levantó el vuelo de entre las tiesas eneas delante de las jóvenes agazapadas y pasó por su lado en silencio, a la caza de su presa bajo la luz que precede al alba. Las voces y las antorchas se desvanecieron como si se las hubiera tragado la niebla. El lago oscuro descansaba en un silencio argentino, una calma más sombría que los gritos que la habían precedido.

¿Habría comenzado?

Allí, en el puente flotante de madera, protegidas únicamente por las tupidas hierbas del pantano que las envolvía, las odaliscas y su joven pupila no sabían qué hacer, si desandar sus pasos hasta el harén de la isla diminuta o bien continuar hasta el *hamam* humeante, los baños al borde de la orilla, donde se les había ordenado que llevaran a la hija del bajá sin dilación antes del alba, bajo amenaza de recibir un castigo severo. Un acompañante estaría esperándolas junto al *hamam* para llevarla junto a su padre, a caballo, al amparo de la oscuridad.

El bajá nunca había emitido una orden similar y no podía ser desobedecida. Haidée iba vestida para la excursión con unos bombachos de cachemira gruesa y botas forradas de piel, pero las odaliscas, paralizadas por la indecisión en medio del puente, temblaban antes por miedo que por frío, incapaces de moverse. Protegida como lo había estado durante toda su vida, la joven Haidée sabía que aquellas campesinas ignorantes preferirían el calor y la seguridad del harén, rodeadas de sus compañeras esclavas y concubinas, a las aguas heladas del lago con sus peligros ocultos y desconocidos. En realidad, ella también.

Haidée rezó en silencio, suplicando una señal que explicara el significado de aquellos alaridos escalofriantes.

En ese momento, como en respuesta a su muda petición, a través de la oscura bruma matinal que cubría el lago, vislumbró el fuego que había ardido como una almenara y que alumbraba la mole imponente del palacio del bajá. Parecía alzarse desde las aguas, adentrándose en el lago sobre su lengua de tierra, con sus murallas almenadas de granito blanco y sus minaretes apuntados refulgiendo entre la neblina: Demir Kule, el castillo de hierro. Formaba parte de una fortificación amurallada, un castro, a la entrada de aquel lago de más de nueve kilómetros y medio, y había sido construido para resistir el embate de diez mil ejércitos. En los dos últimos años de asedio armado al que lo habían sometido los turcos otomanos, había demostrado ser inexpugnable.

Tan inexpugnable como aquel terreno montañoso e impracticable —Shquiperia, la tierra del águila—, un lugar agreste e indomable gobernado por pueblos agrestes e indomables que se hacían llamar *toska* por la áspera piedra pómez volcánica de la que estaba formada aquella tierra. Los turcos y los griegos la llamaban Albania, la tierra blanca, por sus montañas escarpadas coronadas de nieve, que la protegían de los ataques por mar y tierra. Sus habitantes, la raza más antigua de la Europa sudoriental, seguían hablando la lengua ancestral, una lengua anterior al ilírico, al macedónico o al griego: quimera, una lengua que no se hablaba en ningún otro lugar de la tierra.

Y el más agreste y quimérico de todos era el padre de Haidée, el pelirrojo Alí Bajá, *Arslan*, «el león», como lo llamaban desde que tenía catorce años cuando, junto con su madre y la banda de forajidos de esta, había vengado la muerte de su padre en un *ghak*, una disputa sangrienta, para recuperar la población de Tebelen. Sería la primera de muchas victorias implacables.

Ahora, casi setenta años después, Alí Tebeleni —valí de Rumelia, bajá de Janina— había creado una flota que rivalizaba con la de Argel y había tomado todas las poblaciones costeras hasta Parga, posesiones que una vez pertenecieron al imperio veneciano. No temía a ninguna potencia, ya fuera oriental u occidental. Después del sultán, era el hombre más poderoso del remoto Imperio otomano. En realidad, demasiado poderoso. Ese era el problema.

Hacía semanas que Alí Bajá se había retirado junto con un pequeño séquito —doce de sus partidarios más acérrimos y la madre de Haidée, Vasiliki, la esposa favorita del bajá— a un monasterio en medio del gran lago. Estaba esperando el perdón del sultán, Mahmud II, en Estambul, un perdón que llevaba ocho días de retraso. El único seguro de vida del bajá era la contundente e inexpugnable existencia de Demir Kule. La fortaleza, defendida por seis baterías de morteros británicos, también se había pertrechado con nueve mil kilos de explosivos franceses. El bajá había amenazado con destruirla haciéndola volar por los aires, junto con los tesoros y las vidas que defendía intramuros, si el perdón prometido por el sultán no se hacía realidad.

Haidée comprendió que esa debía de ser la razón por la cual el bajá había ordenado que la llevaran junto a él, al abrigo de la oscuridad: había llegado el momento de la verdad. Su padre la necesitaba y se prometió acallar cualquier miedo.

En ese momento, en medio de un silencio sepulcral, Haidée y sus doncellas oyeron algo, un sonido suave, aunque infinitamente aterrador. Un sonido que se había iniciado muy cerca de ellas, a escasos metros de donde se encontraban, al amparo de las altas hierbas.

Era el sonido de unos remos hendiendo el agua.

Como si se hubieran leído el pensamiento, las jóvenes contuvieron la respiración y se concentraron en aquel chapoteo. Estaban a apenas un palmo del lugar de donde provenía.

A través de la densa y plateada bruma, vieron pasar por su lado tres grandes botes deslizándose sobre las aguas. Cada esbelto caique estaba impulsado por la silueta borrosa de unos remeros, tal vez diez o doce sombras por embarcación, más de treinta hombres en total. Sus perfiles se balanceaban al unísono.

Aterrada, Haidée adivinó el único lugar al que podían dirigirse los esquifes. Solo había un único destino posible aguas adentro, en medio del vasto lago. Aquellos botes y sus remeros clandestinos se dirigían a la isla de Nisi, donde se alzaba el monasterio: la isla donde se refugiaba Alí Bajá.

Comprendió que debía llegar al *hamam* cuanto antes, tenía que alcanzar la orilla, donde la esperaba el jinete del bajá. Halló la explicación de los gritos aterrados y del silencio y la pequeña fogata que les siguieron: eran advertencias para los que esperaban el alba, para los que aguardaban en la isla del lago. Advertencias enviadas por quienes probablemente habían arriesgado su vida para encender la hoguera. Advertencias para su padre.

Eso quería decir que el inexpugnable Demir Kule había sido tomado sin un solo disparo. Los valientes defensores albaneses que habían resistido durante dos largos años habían sido sorprendidos en medio de la noche, ya fuera con sigilo o a traición.

Y Haidée sabía muy bien qué significaba eso: los esquifes que pasaban junto a ellas no eran unas barcas cualesquiera.

Eran embarcaciones turcas.

Alguien había traicionado a su padre, Alí Bajá.

La oscuridad envolvía a Mehmet Efendi en lo alto del campanario del monasterio de San Pantaleón, en la isla de Nisi. El hombre sostenía el catalejo a la espera de las primeras luces del alba con una angustia y un temor desacostumbrados.

Una inquietud insólita en un Mehmet Efendi que a lo largo de muchas albas siempre había sabido qué traería la siguiente. Conocía ese tipo de cosas, el desarrollo de acontecimientos futuros, con meridiana precisión. De hecho, por lo general era capaz de predecir el momento en que ocurriría con total exactitud, y esto se debía a que Mehmet Efendi no era tan solo el primer ministro de Alí Bajá en cuanto al desempeño de sus labores públicas se refiere, sino también el primer astrólogo del bajá. Mehmet Efendi jamás había errado la predicción del resultado de una maniobra táctica o una batalla.

Esa noche no habían salido las estrellas y tampoco había habido luna que poder consultar, pero no le hacían falta esas cosas. Las señales nunca habían sido tan claras como durante los últimos días y semanas. En esos momentos, lo único que lo hacía vacilar era su interpretación. Aunque, ¿por qué habría de ser así?, se castigaba. Al fin y al cabo, todo estaba en su lugar, ¿no era cierto? Lo que se había predicho, sucedería.

Los doce estaban allí. Todos ellos —no solo el general, sino también los *shaijs*, los *mursides* de la orden—, incluso el gran Baba Shemimi, a quien habían arrancado del lecho de su cercana muerte y habían llevado hasta allí en litera, atravesando la cordillera del Pindo, para que pudiera llegar a tiempo para el gran acontecimiento. El acontecimiento esperado durante más de mil años, desde los días de los califas al-Mahdi y Harun al-Rashid.

Las personas adecuadas estaban en el lugar correcto, igual que las señales. ¿Cómo iba a salir mal?

Al lado de Efendi, esperando en silencio, se hallaba el general Athanasi Vaya, jefe de los ejércitos del bajá, cuyas brillantes estrategias habían mantenido a raya a los ejércitos otomanos del sultán Mahmud II esos dos últimos años. El general Vaya lo había logrado empleando a los bandidos kleftes, dedicados al pillaje, para que defendieran de las invasiones los altos pasos de montaña. A continuación había desplegado las avezadas tropas albanesas de palikaria de Alí Bajá, inspirándose en las guerrillas y los actos de sabotaje de las tácticas militares francas. Por ejemplo, al final del último Ramadán, estando los oficiales del sultán Mahmud todavía dentro de la Mezquita Blanca de Janina entonando los rezos del Bairam, Vaya había ordenado a los palikaria que demolieran el lugar a cañonazos. Los oficiales otomanos, junto con la mezquita, habían quedado reducidos a cenizas. Sin embargo, la verdadera genialidad de Vaya radicaba en el propio ejército del sultán: los jenízaros.

Los decadentes sultanes otomanos —cómodamente instalados en sus harenes de la «Jaula de Oro» del palacio de Topkapi, en Estambul— siempre habían nutrido sus tropas imponiendo una leva llamada *devshirme*, el «tributo filial», a las provincias cristianas remotas. Cada año, uno de cada cinco jóvenes cristianos era arrancado de su aldea y llevado a Estambul, donde debía convertirse al islam y alistarse en el ejército del sultán. A pesar de que los mandamientos del Corán se oponían a la conversión forzosa al islam, o a la venta de musulmanes como esclavos, el *devshirme* llevaba quinientos años en vigor.

Esos niños, sus sucesores y descendientes, se habían convertido en un ejército poderoso e implacable que ni siquiera la Sublime Puerta conseguía controlar. Cuando las tropas de jenízaros se hallaban desempleadas, no vacilaban en prender fuego a la capital o en robar a los civiles por la calle, ni siquiera en derribar a los sultanes de sus tronos. Mahmud II, consciente de que sus dos antecesores habían sucumbido a las acciones vandálicas de los jenízaros, había decidido que había llegado el momento de ponerles fin.

Sin embargo, la historia habría de dar un giro inesperado y sería precisamente allí, en la Tierra Blanca. El problema radicaba en la razón por la que el sultán Mahmud había enviado a sus tropas a las montañas, la razón por la que llevaban dos años sitiando aquellas tierras, la razón por la que sus vastos ejércitos habían estado esperando a las puertas del castro para bombardear la fortaleza de Demir Kule. Con todo, el problema también explicaba por qué todavía no habían logrado la victoria y por qué los jenízaros no habían demolido la fortificación. Dicho dilema era lo que esa noche reforzaba la confianza del primer ministro Mehmet Efendi y su compañero, mientras seguían allí de pie, vigilantes, en el campanario de San Pantaleón, bajo la luz que precede al amanecer.

Solo había una cosa sobre la faz de la tierra que los omnipotentes jenízaros consideraban sagrada, algo que llevaban venerando durante los quinientos años de existencia de su cuerpo militar, y ese algo era la memoria de Haci Bektaş Veli, el místico sufí del siglo XIII, fundador de la orden de derviches bektasí. Haci Bektaş era el *pir* de los jenízaros, su patrón.

Esa era la verdadera razón por la cual el sultán temía tanto a su propio ejército y por la que se había visto obligado a reforzar las tropas que luchaban en aquel territorio con mercenarios procedentes de otras tierras gobernadas por bajás a lo largo y ancho de sus extensos dominios.

Los jenízaros se habían convertido en una seria amenaza para el imperio. Como verdaderos sectarios, hacían un juramento de lealtad imbuido de códigos místicos secretos. Peor aún, solo juraban lealtad a su *pir*, no a la casa de Osmán o a su sultán, atrapado en la Jaula de Oro del Cuerno de Oro.

«He depositado mi confianza en Dios», así empezaba el juramento de los jenízaros.

Somos antiguos creyentes. Hemos profesado la unicidad de la Realidad. Nuestra cabeza hemos ofrecido en esta senda. Tenemos un profeta. Desde los tiempos de los santos místicos, hemos sido los arrobados. Somos la mariposa de la luz del fuego sagrado. Somos una compañía de derviches errantes en este mundo. No se nos puede contar con los dedos, no se nos puede vencer con el desánimo. Solo nosotros conocemos nuestra condición. Los doce imames, los doce caminos, todos los hemos confirmado: los Tres, los Siete, los Cuarenta, la luz del Profeta, la bondad de Alí, nuestro *pir*, el sultán supremo, Haci Bektaş Veli...

Mehmet Efendi y el general Vaya sentían un gran alivio sabiendo que el mayor representante bektasí sobre la tierra —el *dede*, el baba de mayor edad— había atravesado las montañas para estar allí esa noche, para presenciar el acontecimiento que todos habían esperado. Baba Shemimi, el único que conocía los misterios verdaderos y lo que anunciaban los augurios.

Sin embargo, a pesar de todas las señales, al parecer, algo podía haber salido mal.

El primer ministro Efendi se volvió hacia el general Vaya en la oscuridad del campanario del monasterio.

—No entiendo esta señal —le confesó a su compañero.

—¿Te refieres a las estrellas? Amigo mío, nos has asegurado que no hemos de preocuparnos por ellas —protestó el general Vaya—. Hemos seguido tus dictados astrológicos al pie de la letra. Como tú siempre dices: ¡«Con-siderar» significa estar con las estrellas, «des-astre» significa ir en su contra! Además —continuó el general—, aunque tus predicciones fueran completamente erróneas y el castro acabara destruido junto con sus millones en joyas y sus miles de barriles de pólvora, como ya sabes, aquí todos somos bektasíes, ¡incluido el bajá! Puede que hayan reemplazado a sus cabecillas por hombres del sultán, pero ni siquiera ellos se han atrevido a acabar con nosotros. Ni lo intentarán mientras el bajá posea eso que todos codician. Además, no olvides que aún nos queda una salida estratégica.

—Nada temo —aseguró Mehmet Efendi, tendiéndole el catalejo al general—. No sé explicarlo, pero es como si hubiera ocurrido algo. No se ha oído ninguna explosión, se acerca el alba y una pequeña hoguera arde al otro lado del lago, como una almenara…

♟

*Arslan* Alí Bajá, el león de Janina, recorría sin descanso los fríos suelos embaldosados de sus aposentos monásticos. Aquella angustia era nueva para él, aunque no era por su persona por quien temía, desde luego. No se hacía ilusiones acerca de su futuro. Al fin y al cabo, los turcos estaban en la otra orilla y conocía muy bien su forma de proceder.

En fin, sabía qué ocurriría: su cabeza acabaría ensartada en una lanza, como sus dos pobres hijos, quienes habían sido lo bastante ingenuos para confiar en el sultán. Conservarían su cabeza en sal para el largo viaje por mar y luego la llevarían a Estambul, a modo de advertencia para aquellos bajás que se hubieran permitido delirios de grandeza. Su cabeza, como la de sus hijos, acabaría clavada en una pica de hierro, en lo alto de las portaladas del palacio de Topkapi —la Puerta Excelsa, la Sublime Puerta—, para disuadir a los demás infieles de alzarse en rebelión.

Aunque él no era un infiel. Nada más lejos, por mucho que su esposa fuera cristiana. Estaba angustiado por su amada Vasiliki y por su pequeña Haidée. Ni siquiera tenía el valor de imaginar qué les ocurriría en cuanto él muriera. Su esposa favorita y su hija… Ahora los turcos ya tenían algo con que poder torturarlo, tal vez incluso en la otra vida.

Recordaba el día en que había conocido a Vasiliki; de hecho, aquel encuentro había inspirado más de una leyenda. Por entonces, su mujer tenía la misma edad que Haidée en esos momentos, doce años. Ese día de tantos años atrás, el bajá había entrado en la ciudad de Vasiliki a lomos de su enjaezado y nervioso corcel albanés, Derviche. Alí iba al frente de sus tropas de palikaria de las montañas, hombres recios de espaldas anchas, cabello largo y ojos grises, vestidos con chalecos de bordados llamativos, peludos capotes de piel de carnero y armados con puñales y pistolas con culatas de taracea que llevaban enfundados en el fajín. Habían acudido en una misión de castigo contra la ciudad, siguiendo órdenes de la Puerta.

El bajá, a sus sesenta y cuatro años, aún conservaba un porte elegante blandiendo su cimitarra engarzada de rubíes en una mano y llevando colgado de la espalda el famoso mosquete con incrustaciones de nácar y plata que le había regalado el emperador Napoleón. ¿Cuánto hacía? ¿Ya habían pasado diecisiete años desde el día en que la joven Vasiliki había rogado al bajá que les perdonara la vida a ella y a su familia? La había adoptado y se la había llevado a Janina.

Vasiliki se había criado en medio de un gran lujo en sus muchos palacios, con patios repletos de cantarinas fuentes de mármol, parques sombreados de plátanos, naranjos, granados, limoneros e higueras, estancias lujosas llenas de tapices gobelinos, porcelana de Sèvres y arañas de cristal veneciano. Había educado a Vasiliki como a su propia hija y la había amado más que a ninguno de sus otros vástagos. Alí Bajá la había desposado con dieciocho años, estando Vasiliki embarazada de Haidée, y jamás se había arrepentido de aquella elección… hasta ese día.

Un día en el que, por fin, tendría que contar la verdad.

Vasia. Vasia. ¿Cómo podía haber cometido tamaño error? Tal vez lo explicaba la edad. ¿Cuántos años tenía? Ni siquiera lo sabía. ¿Ochenta y tantos? Sus días leoninos habían llegado a su fin. No viviría mucho más, de eso estaba seguro. Ya no podía hacer nada por él, ni por su amada esposa.

Sin embargo, había algo más, algo que no debía caer en las garras de los turcos, algo crucial. Algo más importante que la vida o la muerte; por eso Baba Shemimi había recorrido ese largo camino.

Y por eso Alí Bajá había enviado al chico al *hamam* a recoger a Haidée. El joven Kauri, el jenízaro —un πεμπτοσ, un *pemptos*, un quinto—, uno de los chicos del *devshirme*, uno de cada cinco niños cristianos que habían sido reclutados año tras año durante los cinco siglos anteriores para nutrir las filas del cuerpo de jenízaros.

Aunque Kauri no era cristiano, era musulmán de nacimiento. De hecho, según Mehmet Efendi, podría ser que Kauri estuviera relacionado con las señales y que fuera el único en quien podían confiar para completar aquella misión desesperada y peligrosa.

Alí Bajá rezaba a Alá para que no fuera demasiado tarde.

♟

Kauri, presa del pánico, rezaba exactamente lo mismo.

Espoleó el gran corcel negro por la oscura orilla del lago, con Haidée aferrada con fuerza a su espalda. Había recibido la orden de llevarla hasta la isla con la mayor discreción posible, al amparo de la noche.

Sin embargo, cuando la joven hija del bajá y sus aterrorizadas doncellas llegaron al *hamam* y le informaron de que había embarcaciones cruzando el lago, embarcaciones turcas, Kauri abandonó toda precaución. No tardó en comprender que no importaba las órdenes que le hubieran dado; a partir de ese momento las reglas desde luego habían cambiado.

Las jóvenes le habían dicho que los intrusos avanzaban despacio, intentando no llamar la atención. Kauri sabía que, para llegar hasta la isla, los turcos tendrían que superar más de cuatro millas a fuerza de remo. Si Kauri salvaba el lago a caballo hasta donde había amarrado el pequeño bote entre los juncos, en el otro extremo, reduciría a la mitad el tiempo que tardarían en llegar a la isla, justo lo que necesitaban.

Kauri tenía que alcanzar el monasterio antes que los turcos, para avisar a Alí Bajá.

♟

En el extremo más alejado de las inmensas cocinas del monasterio, las ascuas ardían en el *oçak*, el hogar bajo el caldero sagrado de la orden. En el altar de la derecha habían encendido las doce velas y, en el centro, la vela secreta. Todos los que entraban en la estancia cruzaban el umbral sacro sin tocar los pilares o el suelo.

En el centro de la habitación, Alí Bajá, el gobernante más poderoso del Imperio otomano, estaba tumbado boca abajo en la alfombra de rezos, extendida sobre el frío suelo de piedra. Ante él, enterrado en una montaña de cojines, descansaba el gran Baba Shemimi, quien había iniciado al bajá muchos años atrás. Era el *pirimugan*, el guía perfecto de todos los bektasíes del mundo. El rostro marchito del baba, atezado y arrugado como una pasa, estaba imbuido de una sabiduría ancestral adquirida a lo largo de toda una vida dedicada a seguir la Vía. Se decía que Baba Shemimi tenía más de cien años.

El anciano, envuelto todavía en su *hirka* para conservar el calor, se había dejado caer en la montaña de cojines como una hoja frágil y seca descendiendo del cielo con un suave balanceo. Llevaba el antiguo *elifi tac*, el tocado dividido en doce segmentos que, según se decía, el propio Haci Bektaş Veli había entregado a la orden hacía quinientos años. El baba sostenía en la mano izquierda el bastón ceremonial de madera de morera coronado por el *palihenk*, la piedra sagrada de doce facetas. La mano derecha descansaba sobre la cabeza reclinada del bajá.

El anciano paseó la mirada por la estancia observando a quienes lo rodeaban, arrodillados en el suelo: el general Vaya, el ministro Efendi, Vasiliki, los *shaijs* y *mursides* soldados de la orden bektasí sufí, así como varios monjes de la Iglesia ortodoxa griega amigos del bajá, guías espirituales de Vasiliki y sus anfitriones en la isla durante aquellas últimas semanas.

A un lado se sentaban un joven, Kauri, y la hija del bajá, Haidée, quienes les habían llevado la noticia que había impelido a Baba Shemimi a convocar aquella reunión. Se habían quitado las capas de montar, manchadas de barro, y habían llevado a cabo las abluciones rituales antes de entrar en el espacio sagrado y acercarse al santo baba, igual que los demás.

El anciano apartó la mano de la cabeza de Alí Bajá cuando hubo acabado la bendición. El bajá se levantó, hizo una reverencia y besó el borde del manto del baba antes de arrodillarse junto con los demás en el círculo que rodeaba al gran santo. Todos conocían lo precario de la situación, por lo que prestaron gran atención a las palabras cruciales que pronunciaría Baba She-mimi.

—*Nice sirlar vardir sirlardan içli* —dijo el baba.

«Existen muchos misterios, misterios tras los misterios.»

Era la conocida doctrina del *mursid*, la cual establece que no ha de tenerse un solo *shaij* o maestro de la ley, sino también un *mursid* o guía humano que lo acompañe a través del *nasip*, la iniciación, y de las siguientes «cuatro puertas» hacia la Realidad.

Desconcertado, Kauri se preguntó cómo iba a preocuparse nadie por esas cosas en un momento como aquel, con los turcos a punto de llegar a la isla. El joven miró furtivamente a Haidée, a su lado.

Entonces, como si le hubiera leído el pensamiento, el anciano se echó a reír de manera inesperada, estentórea y socarrona. Los que formaban un círculo alrededor levantaron la vista, sorprendidos, aunque todavía habrían de sorprenderse aún más: con gran esfuerzo, Baba Shemimi dejó el bastón de madera de morera en la montaña de cojines y se dio maña en levantarse. Al instante, Alí Bajá se adelantó de un salto, apresurándose a ayudar a su mentor, pero lo detuvo en seco el brusco ademán que el anciano le hizo con la mano.

—¡Tal vez os estéis preguntando por qué hablamos de misterios en esta hora, con infieles y lobos a las puertas! —exclamó—. Solo hay uno que requiera nuestra atención antes de la llegada del alba: es el secreto que Alí Bajá ha custodiado por nosotros de manera magistral durante mucho tiempo. Es el misterio que ha traído a nuestro bajá a esta roca, el misterio que atrae a esas aves de rapiña hasta aquí. Es mi deber revelaros su naturaleza y la razón por la que todos los presentes debemos defenderlo a cualquier precio. Aunque puede que muchos de los que nos hallamos en esta estancia encontremos sinos distintos antes de que acabe el día, y tal vez algunos de nosotros tengamos que luchar por nuestra vida o acabemos presos de los turcos para acatar un destino quizá más cruel que la muerte, solo hay una persona en esta habitación en posición de salvaguardar el misterio. Y gracias a nuestro joven guerrero, Kauri, esa persona ha llegado justo a tiempo.

El baba hizo una breve inclinación de cabeza y sonrió en dirección a Haidée, al tiempo que los demás volvían la vista hacia ella. Es decir, todos menos su madre, Vasiliki, quien miraba a Alí Bajá con una expresión en la que parecía mezclarse el amor con la angustia y el miedo.

—Tengo algo que contaros —prosiguió Baba Shemimi—. Se trata de un misterio que ha sido transmitido y protegido durante siglos. Soy el último guía de una larga sucesión de guías que han transferido este misterio a sus sucesores. Debo contaros la historia con apremio y concisión, pero aun así he de contárosla... antes de que lleguen los asesinos del sultán. Debéis ser conscientes de la importancia de aquello por lo que luchamos y por qué hemos de protegerlo, incluso con nuestra vida.

»Todos conocéis este popular *hadi* o proverbio de Mahoma —dijo el baba—. Estas famosas líneas están grabadas sobre el dintel de muchos salones bektasíes, palabras que se le atribuyen al propio Alá: "Yo era un tesoro oculto y deseaba darme a conocer, así pues creé el mundo, a fin de ser conocido".

»La historia que voy a relataros está relacionada con otro tesoro oculto, un tesoro de gran valor, pero también de gran peligro. Un tesoro que ha sido buscado durante más de un milenio. Solo los guías han llegado a conocer con los años el verdadero origen y significado de este tesoro, que ahora compartiré con vosotros.

Todo el mundo asintió; eran conscientes de la importancia del mensaje que Baba Shemimi estaba a punto de transmitirles, de la verdadera trascendencia de su presencia en ese lugar. Nadie dijo nada mientras el anciano se quitaba el *elifi tac* sagrado de la cabeza, lo dejaba sobre los cojines y se despojaba de su largo manto de piel de carnero para quedarse allí, en medio de los almohadones, vestido con un sencillo caftán de lana. Apoyándose en su báculo de madera de morera, el baba se dispuso a desgranar su historia.

# EL RELATO DEL GUÍA

En el año 138 de la Hégira (o, según el calendario cristiano, en el 755 de Nuestro Señor), vivía en Kufa, cerca de Bagdad, el gran matemático y científico sufí al-Jabir al-Hayan de Jurasán.

Durante la larga estancia de Jabir en Kufa, este escribió numerosos tratados científicos de gran erudición, entre los que se incluía *El libro de la balanza*, la obra que acreditó la gran reputación de Jabir como padre de la alquimia islámica.

Menos conocido es el hecho de que nuestro amigo Jabir también fuera discípulo entregado de otro habitante de Kufa: Yaafar al-Sadik, sexto imam de la rama shií del islam desde la muerte del Profeta y descendiente directo de Mahoma a través de su hija, Fátima.

Por entonces, los seguidores shiíes no aceptaban más que ahora la legitimidad de la línea de los califas de la secta islámica suní, es decir, los amigos, compañeros o familiares, pero no descendientes directos, del Profeta.

Tras la muerte del Profeta, la ciudad de Kufa fue durante cientos de años semillero de agitación y rebeliones contra las dos dinastías suníes sucesivas que, entre tanto, conquistaron medio mundo.

A pesar de que los califas de la cercana Bagdad eran suníes, Jabir dedicó de manera abierta y sin temor —algunos incluso añaden que insensatamente— su tratado místico sobre la alquimia, *El libro de la balanza*, a su famoso guía, el sexto imam Yaafar al-Sadik. Sin embargo, ¡ahí no quedó todo! En la dedicatoria del libro, aseguraba que él era el único portavoz de la sabiduría de al-Sadik y que había adquirido su *tawil*, la hermenéutica espiritual relacionada con la interpretación simbólica de significados ocultos dentro del Corán, a través de su *mursid*.

Según la ortodoxia oficial de aquellos tiempos, esa admisión habría bastado por sí sola para acabar con Jabir. No obstante, una década después, en el año 765 de Nuestro Señor, ocurrió algo incluso más peligroso para él: el sexto imam, al-Sadik, falleció. Jabir fue llevado a Bagdad gracias a su reputación como científico y pasó a convertirse en el químico oficial de la corte, primero durante el reinado del califa al-Mansur y luego durante el de sus sucesores, al-Mahdi y Harun al-Rashid, este último famoso por el papel que desempeñó en *Las mil y una noches*.

El califato suní ortodoxo era conocido por su obsesión por la recopilación y destrucción de cualquier tipo de texto que pudiera sugerir siquiera la existencia de una interpretación diferente de la establecida por la ley, la existencia de una variante mística y distinta del significado o la traducción de los preceptos del Profeta y del Corán.

Desde el momento de su llegada a Bagdad, al-Jabir al-Hayan, como científico y sufí, vivía con el miedo de que sus saberes secretos se perdieran cuando él ya no estuviera en este mundo para protegerlos y compartirlos. Así que intentó encontrar una solución más perdurable, una manera infalible de transmitir sus conocimientos ancestrales de un modo que no pudieran ser interpretados fácilmente por los no iniciados ni destruidos así como así.

El famoso científico pronto topó con la solución de la forma más sorprendente e inesperada.

Entre los pasatiempos del califa al-Mansur, había uno que era su favorito, algo que había llegado al mundo árabe durante la conquista islámica de Persia en el siglo anterior: el ajedrez.

Al-Mansur hizo llamar a su alquimista para que este le fabricara un juego de ajedrez forjado con metales y compuestos de creación única que solo pudieran obtenerse mediante los misterios de la alquimia y además lo llenara de gemas y símbolos con significado para los familiarizados con sus artes.

La orden fue para Jabir como un regalo recibido directamente de las manos del arcángel Gabriel, pues le permitiría satisfacer los deseos del califa y, al mismo tiempo, transmitir los conocimientos ancestrales y prohibidos... ante las propias narices del califato.

El juego de ajedrez —para cuya creación hicieron falta diez años y cientos de diestros artesanos— estuvo acabado y se presentó ante el califa en la festividad de Bairam, en el año 158 de la

Hégira, o 775 de Nuestro Señor. Diez años después de la muerte del imam que había inspirado su significado.

El juego era magnífico: el tablero medía un metro de lado, los centelleantes escaques eran de lo que parecía un oro y una plata sin impurezas, y estaba tachonado de joyas, algunas del tamaño de huevos de codorniz. Toda la corte de la dinastía abasí de Bagdad quedó impresionada ante las maravillas desplegadas ante sus ojos. Sin embargo, ignoraban que el químico de la corte había ocultado un gran secreto en su obra, un secreto que sobreviviría hasta nuestros días.

Entre los misterios que al-Jabir había alojado en el juego de ajedrez se encontraban los números sagrados treinta y dos y veintiocho.

El treinta y dos representa el número de letras del alfabeto persa, símbolos que Jabir había ocultado en las treinta y dos piezas de oro y plata del juego. El veintiocho, el número de letras del alfabeto árabe, estaba representado por los signos grabados en las veintiocho casillas del perímetro del tablero. Estas fueron dos de las muchas claves que el padre de la química utilizó y quiso transmitir a los iniciados de épocas posteriores. Y cada clave llevaba a otra que conducía a una parte del misterio.

Al-Jabir llamó «el ajedrez del *tarikat*» a su obra magistral, es decir, la clave hacia la Vía Secreta.

Baba Shemimi parecía cansado cuando terminó de contar la historia, pero aún conservaba las fuerzas.

—El juego de ajedrez del que os he hablado todavía existe en nuestros días. El califa al-Mansur no tardó en darse cuenta de que poseía un poder misterioso, pues en Bagdad estallaron muchas batallas relacionadas con el tablero, algunas incluso dentro de la propia corte abasí. En las siguientes dos décadas, cambió varias veces de mano, aunque esa es otra historia, y mucho más larga. Su secreto al fin estuvo a buen recaudo, ya que permaneció enterrado durante un milenio, hasta no hace mucho.

»Sin embargo, hace apenas treinta años, en los albores de la Revolución francesa, el juego apareció en los Pirineos vasco-franceses. Ahora está repartido por todo el mundo y sus secretos corren peligro. Es nuestra misión, hijos míos, devolver esta gran obra maestra de la iniciación a sus dueños legítimos: a aquellos para los que fue creado en un principio y a quienes iban dirigidos sus secretos. El juego se forjó para los sufíes, pues solo nosotros somos los guardianes de la llama.

Alí Bajá se levantó y ayudó al anciano a sentarse en los mullidos cojines.

—El baba ha hablado, pero está cansado —dijo el bajá, dirigiéndose a los allí reunidos.

Luego, le tendió las manos a la pequeña Haidée, y a Kauri, sentado junto a ella. Los dos jóvenes se pusieron delante de Baba Shemimi, quien les hizo un gesto para que se arrodillaran y, a continuación, les sopló en la cabeza, uno detrás de otro. «Hu, hu, hu», el *üfürük cülük*, la bendición del soplo.

—En los tiempos de Jabir —dijo el baba—, quienes se embarcaban en el estudio de la alquimia se hacían llamar «sopladores» y «carboneros», pues ambas eran labores secretas de su arte sagrado, y de ahí provienen mucho de los términos que hoy utilizamos en el nuestro. Vamos a enviaros a través de una ruta secreta junto con nuestros amigos de otras tierras, a los que también se los conoce como carbonarios. Pero ahora el tiempo apremia y tenemos que enviar con vosotros algo de valor, algo que Alí Bajá ha protegido durante treinta años… —Se interrumpió unos segundos, pues había oído gritos arriba, procedentes de las habitaciones cerradas del piso superior del monasterio. El general Vaya y los soldados corrieron a la puerta para dirigirse a la escalera—. Aunque veo que no nos queda más tiempo.

El bajá se había apresurado a rebuscar algo entre sus ropas y le tendía al anciano un objeto que parecía un voluminoso y pesado trozo de carbón negro. El baba se lo entregó a Haidée, aunque se dirigió a Kauri, su joven discípulo.

—Existe una ruta subterránea que parte del monasterio y que os dejará cerca de tu esquife —le dijo—. Puede que os vean, pero como solo sois unos chiquillos, seguramente no os detendrán. Cruzaréis las montañas por un sendero especial, en dirección a la costa, donde un barco estará esperando vuestra llegada. Viajaréis hacia el norte siguiendo el rumbo que os daré y buscaréis a un hombre que os conducirá hasta aquellos que han de protegeros. Conoce muy bien al bajá, desde hace años, y confiará en vosotros, mas no antes de que le entreguéis el código secreto que solo él comprenderá.

—¿Y cuál es el código? —preguntó Kauri, deseoso de partir de inmediato, ante los golpes y el ruido de madera hecha astillas procedentes de las estancias superiores.

En ese momento intervino el bajá. Había atraído a Vasiliki a su lado y le había pasado un brazo protector sobre los hombros. Vasiliki tenía los ojos anegados en lágrimas.

—Haidée debe revelarle su verdadera identidad —anunció el bajá.

—¿Mi verdadera identidad? —repitió Haidée, mirando a sus padres con desconcierto.

Vasiliki no había hablado hasta ese momento; parecía traspasada por el dolor. Tomó entre las suyas las manos de su hija, que todavía sujetaban el trozo de carbón.

—Hija mía, hemos guardado este secreto durante años —le dijo a Haidée—, pero ahora, tal como ha dicho el baba, es nuestra única esperanza… y la tuya.

Se detuvo, se le había formado un nudo en la garganta al pronunciar las últimas palabras. Parecía que no podía seguir hablando, así que el bajá intervino de nuevo.

—Cariño, lo que Vasia quiere decir es que yo no soy tu verdadero padre. —Al ver la mirada de terror en el rostro de Haidée, se apresuró a añadir—: Me casé con tu madre porque la amaba profundamente, casi como a una hija, pues soy mucho mayor que ella. Pero cuando nos casamos, Vasia ya estaba embarazada de ti, aunque el padre era otro hombre. Su matrimonio era imposible entonces y así sigue siéndolo ahora. Conozco a ese hombre, lo amo y confío en él, igual que tu madre y el baba. Ha sido un secreto que todos decidimos guardar de mutuo acuerdo hasta el día que fuera necesario revelarlo.

Kauri sujetó a Haidée por el brazo con fuerza, pues temió que se desmayara.

—Tu verdadero padre es un hombre que posee riquezas y poder —continuó el bajá—. Él te protegerá, tanto a ti como a lo que llevas, en cuanto se lo enseñes.

En el interior de Haidée se libraba una batalla de emociones encontradas. ¿El bajá no era su padre? ¿Cómo era posible? Sintió deseos de gritar, de tirarse del pelo, de llorar, pero su madre, sollozando sobre sus manos, asentía con la cabeza.

—El bajá tiene razón, debes irte —le dijo Vasiliki a su hija—. Tu vida corre peligro si te demoras y, excluyendo a Kauri, para los demás es demasiado peligroso acompañarte.

—Pero si el bajá no es mi padre, entonces, ¿quién es mi padre? ¿Dónde está? ¿Y qué es este objeto que hemos de llevarle?

Una rabia inesperada la ayudó a recuperar parte de sus fuerzas.

—Tu padre es un gran lord inglés —contestó Vasiliki—. Llegué a amarlo y a conocerlo bien. Estuvo viviendo aquí con nosotros, en Janina, el año anterior a tu nacimiento.

No pudo continuar, por lo que el bajá tomó la palabra.

—Como ya ha dicho el baba, es un amigo y está en contacto con quienes también lo son. Vive en el Gran Canal de Venecia, así que podéis llegar hasta él en barca en cuestión de días. No os costará encontrar su *palazzo*. Se llama George Gordon, lord Byron. Le llevaréis el objeto que sostienes en las manos y él lo protegerá con su vida, si fuera necesario. Está disimulado entre el carbón, pero en su interior se encuentra la pieza más valiosa del antiguo «ajedrez del *tarikat*» creado por al-Jabir al-Hayan. Esta figura especial es la verdadera clave hacia la Vía Secreta. Es la pieza que hoy conocemos como la Reina Negra.

# LA TIERRA NEGRA

*Wyrd oft nereth unfaegne eorl, ponne his ellen deah.*

(A menos que ya esté condenado, la fortuna se inclina a favor del hombre de temple.)

*Beowulf*

*Mesa Verde, Colorado, primavera de 2003*

Ni siquiera había llegado a la casa cuando supe que algo iba mal. Muy mal. Aunque, a primera vista, todo parecía una estampa idílica.

La empinada y amplia curva de la entrada estaba tapizada por un manto grueso de nieve y flanqueada por majestuosas hileras de imponentes píceas de Colorado. Las ramas cubiertas de nieve lanzaban destellos de cuarzo rosado con las primeras luces de la mañana. Detuve el Land Rover alquilado delante de la casa, en lo alto de la colina, donde el camino se allanaba y se ensanchaba para poder aparcar el coche.

Una lánguida voluta de humo gris azulado se elevaba desde la chimenea de piedra arenisca, en el centro de la vivienda. El aire estaba impregnado de la densa fragancia a humo de pino, lo que significaba que, aunque tal vez no recibiera una calurosa bienvenida después de tanto tiempo, al menos me esperaban.

A modo de confirmación, vi que la camioneta y el jeep de mi madre estaban uno al lado del otro en el antiguo establo, al final de la zona de aparcamiento. Aunque me resultó extraño que todavía no hubieran despejado el camino y que tampoco hubiera marcas de rodadas. Si me esperaban, ¿no se habría molestado alguien en abrir un paso?

Lo mínimo que cabría esperar era que una vez allí, en el único lugar que consideraba mi verdadero hogar, por fin pudiese relajarme. Sin embargo, no conseguía arrancarme de encima esa sensación de que algo iba mal.

Las tribus vecinas habían construido la casa de nuestra familia en el siglo anterior, más o menos por esa misma época, para mi tatarabuela, una joven montañesa de espíritu aventurero. Hecha con piedra tallada a mano y enormes troncos de árbol unidos entre sí, era una gran cabaña con forma octogonal —se había seguido el modelo de un *hogan*, la construcción navajo destinada a hogar y a sauna ritual— y ventanas acristaladas dirigidas hacia los puntos cardinales, como una rosa de los vientos gigantesca.

Todas las mujeres de la familia habían vivido allí en algún momento de su vida, incluidas mi madre y yo; por lo tanto, ¿cuál era el problema? ¿Por qué no había manera de ir allí sin tener aquella sensación de que se avecinaba algún desastre? Claro que, sabía la respuesta. Igual que mi madre. Era por culpa de aquello de lo que nunca hablábamos. Por eso, cuando decidí irme de casa para siempre, ella lo entendió. A diferencia de otras madres, nunca había insistido en que volviera y le hiciera visitas familiares.

Es decir, hasta ese día.

Aunque mi presencia tampoco se debía exactamente a una invitación, sino a una especie de requerimiento, a un mensaje críptico que mi madre me había dejado en el contestador de casa, en la ciudad de Washington, sabiendo de sobra que yo estaría en el trabajo.

Según decía, me invitaba a su fiesta de cumpleaños, y ya solo eso de por sí era gran parte del problema.

Porque el caso era que mi madre no celebraba sus cumpleaños; no los había celebrado jamás.

Y no porque le preocupara la edad, su aspecto ni porque prefiriera mentir acerca de los años que tenía —de hecho, cada día parecía más joven—, pero lo cierto era, por raro que pudiera parecer, que no deseaba que nadie ajeno a la familia conociera su fecha de cumpleaños.

Aquel secretismo, junto con algunas otras peculiaridades —como el hecho de que los últimos diez años, desde… eso de lo que nunca hablábamos, hubiera vivido en el más absoluto retiro en lo alto de una montaña—, justificaba con creces la existencia de quienes consideraban a mi madre, Catherine Velis, una mujer bastante excéntrica.

La otra parte del problema era que no había conseguido ponerme en contacto con mi madre para pedirle que me explicara aquella súbita revelación. No había respondido ni al teléfono ni a los mensajes que le había dejado en el contestador, y era evidente que el número alternativo que me había dado estaba equivocado, porque le faltaban varios dígitos.

Entonces tuve el pálpito de que algo iba mal de verdad, así que me tomé unos días libres en el trabajo, me compré un billete, tomé el último vuelo a Cortez, Colorado, atacada de los nervios y alquilé el último vehículo con tracción a las cuatro ruedas que quedaba en el aparcamiento del aeropuerto.

Ahí estaba, parada, con el motor en marcha y en el interior del vehículo, dejando vagar la mirada por el imponente paisaje. Hacía más de cuatro años que no asomaba por allí, y cada vez que volvía a verlo, me quitaba el aliento.

Me apeé del Land Rover, hundido en treinta centímetros de nieve, pero dejé el motor al ralentí.

Desde aquel lugar en lo alto de la montaña, a más de cuatro mil metros por encima de la meseta del Colorado, se podía contemplar el ancho y ondeante mar de picos de más de casi cinco mil metros, acariciados por la rosada luz de la mañana. En un día claro como ese, podía llegar a verse hasta el Hesperus, al que los diné llamaban Dibé Nitsaa, la montaña negra, uno de los cuatro montes sagrados creados por el «Primer hombre» y la «Primera mujer».

Junto con el Sisnaajinii (la montaña blanca o monte Blanca) al este; el Tsoodzil (la montaña azul o monte Taylor) al sur, y Dook'o'osliid (la montaña amarilla o los Picos de San Francisco) al oeste, aquellos cuatro montes definían los límites de Dinétah, «el hogar de los diné», como se hacían llamar los navajos.

Aquellas montañas también delimitaban la alta meseta que pisaba: «Cuatro Esquinas», el único lugar de Estados Unidos donde confluían cuatro estados (Colorado, Utah, Nuevo México y Arizona) en ángulo recto, formando una cruz.

Mucho antes de que a nadie se le hubiera ocurrido dibujar una línea de puntos en un mapa, aquella tierra era sagrada para sus habitantes. Si mi madre iba a celebrar su primer cumpleaños en los cerca de veintidós años que hacía que la conocía, entendía que quisiera hacerlo precisamente allí. A pesar de los años que hubiera vivido lejos o en el extranjero, mi madre formaba parte de aquella tierra, como todas las mujeres de nuestra familia.

Ignoraba por qué, pero intuía que aquella conexión con la tierra era importante. Estaba convencida de que esa era la razón por la cual me había dejado un mensaje tan extraño para atraerme hasta allí.

Con todo, sabía algo más, aunque fuera la única. Sabía por qué había insistido en que estuviera allí justo ese día. Y es que ese día, 4 de abril, era la verdadera fecha del aniversario de mi madre, Cat Velis.

♟

Saqué las llaves del contacto de un tirón, recogí la bolsa de lona que había llenado a toda prisa del asiento del acompañante y me abrí camino a través de la nieve hasta las puertas delanteras de la casa, de más de cien años de antigüedad. Aquellos portalones —dos planchas enormes de pino macizo y tres metros de altura, cuya madera se había extraído de árboles centenarios— tenían tallados dos animales en bajorrelieve que parecían abalanzarse sobre quienquiera que llamase a la puerta. A la izquierda, un águila real remontaba el vuelo justo a la altura de la cara, y a la derecha, una osa levantada sobre los cuartos traseros se lanzaba sobre el visitante.

A pesar de lo desgastadas que estaban las tallas, eran bastante realistas, incluso tenían ojos de cristal y garras auténticas. Los ingenios mecánicos estuvieron muy en boga a principios del siglo XX y este era de los estrambóticos: cuando se tiraba de las garras de la osa, esta abría las fauces y dejaba a la vista unos dientes bastante reales e imponentes. Si se tenía el valor de meter la mano en la boca, podía accionarse la vieja campanilla de la puerta para avisar a los de dentro.

Hice ambas cosas y esperé, pero nadie contestó ni pasados unos momentos. Tenía que haber alguien dentro, porque la chimenea estaba en marcha y sabía por experiencia que mantener vivo ese fuego requería horas de atención y una fuerza hercúlea para arrastrar la leña hasta el hogar. Aunque en el nuestro, con capacidad para alojar un tronco de un metro de diámetro, se podría haber encendido el fuego días atrás y este todavía seguiría ardiendo.

En ese instante fui consciente de la situación en la que me encontraba: había volado y conducido miles de kilómetros, estaba rodeada de nieve en lo alto de una montaña e intentaba entrar en mi propia casa, desesperada por saber si había alguien dentro... y no tenía llave.

La alternativa —abrirme camino a través de hectáreas de terreno nevado para echar un vistazo por una ventana— no me pareció una buena idea. ¿Qué haría si me mojaba más de lo que ya estaba y aun así no conseguía entrar? ¿Y si entraba y no había nadie? No había señales de rodadas de coche ni de esquíes, ni siquiera había pisadas de ciervos cerca de la casa.

Así que hice la única cosa inteligente que se me ocurrió: saqué el móvil del bolsillo y marqué el número de mi madre, el de casa. Sentí un gran alivio cuando el contestador automático se disparó después de seis timbrazos, pensando que tal vez habría dejado alguna pista acerca de su paradero, pero cuando se inició la cinta grabada, se me cayó el alma a los pies: «Estaré localizable en el...», y a continuación recitaba de un tirón el mismo nú-

mero que me había dejado en el contestador de Washington…
¡olvidándose de nuevo de los últimos dígitos! Allí estaba, plantada delante de la puerta, empapada, muerta de frío y echando humo por las orejas. ¿Y ahora…? ¿Qué hacía ahora?

Entonces recordé el juego.

Mi tío preferido, Slava, conocido en el mundo entero como el famoso tecnócrata y escritor Ladislaus Nim, había sido mi mejor amigo de la infancia y, a pesar de los años que hacía que no lo veía, seguía sintiéndome igual de unida a él. Slava odiaba los teléfonos y había jurado que jamás tendría uno en casa. Tal vez los teléfonos no, pero el tío Slava adoraba los enigmas y había escrito varios libros sobre el tema. De pequeña, si alguien recibía un mensaje de Slava con un número de teléfono donde poder localizarlo, todos sabían que ese número no existía y que tenía que ser un mensaje codificado. Le encantaba.

Sin embargo, no era demasiado probable que mi madre utilizara una técnica similar para comunicarse conmigo. Para empezar, si ya no se le daba bien descifrarlos, ¿cómo iba a inventar uno? Ni aunque su vida dependiera de ello.

Más improbable aún era la idea de que Slava lo hubiera creado para ella. Por lo que sabía, mi madre y mi tío no se hablaban desde hacía años, desde… eso de lo que nunca hablábamos.

Aun así, no sabía por qué, pero estaba convencida de que aquello era un mensaje.

Volví a subir al Land Rover y puse el motor en marcha. Resolver enigmas para localizar a mi madre no podía ni compararse a las demás alternativas: allanar una casa abandonada o volver a Washington sin saber dónde podría haber ido.

Volví a llamar a su contestador y apunté el número de teléfono que había dejado para que lo oyera quien quisiera. Si estaba en un aprieto e intentaba ponerse en contacto únicamente conmigo, tenía que ser la primera en descifrarlo.

—Estaré localizable en el 615-263-94 —dijo la voz grabada de mi madre.

La mano me temblaba mientras anotaba los números en una libreta.

Contaba con ocho números de los diez que se necesitaban para realizar una llamada de larga distancia, pero, igual que ocurría con los enigmas del tío Slava, sospeché que esas cifras no tenían nada que ver con un número de teléfono. Era un código de diez dígitos al que le faltaban los dos últimos, y esos dos números eran mi mensaje secreto.

Tardé diez minutos en resolverlo, mucho más tiempo del que necesitaba cuando competía con mi chiflado pero entrañable tío. Si dividía la serie numérica en dos (atención: faltaban los últimos dos dígitos), tenía: 61-52-63-94.

Como vi rápidamente, si se anteponía la segunda cifra a la primera de cada par, se obtenían parejas de números al cuadrado, empezando con la del cuatro. Es decir, el producto de cuatro, cinco, seis y siete, multiplicado por ellos mismos, daba el siguiente resultado: 16-25-36-49.

El siguiente número de la serie —el que faltaba— era el 8. De modo que el último número de dos dígitos que faltaba era el cuadrado de ocho, es decir, el 64. Por tanto, la solución del enigma tendría que haber sido ese número al revés, o sea, el 46, pero no era eso.

Igual que mi madre, sabía que el 64 tenía otro significado para mí: era el número de casillas de un tablero de ajedrez, con ocho cuadrados por banda.

En pocas palabras: eso de lo que nunca hablábamos.

Mi afligida y obstinada madre siempre se había negado a hablar de ajedrez; ni siquiera permitía que se practicara aquel juego en su casa. Desde la muerte de mi padre —aquello otro de lo que tampoco hablábamos nunca— se me prohibió volver a acercarme a un tablero, lo único que se me daba bien de verdad, lo único que me ayudaba a conectar con el mundo a mi alrededor. Era como si con doce años se me hubiera ordenado volverme autista.

Mi madre se opuso al ajedrez de todas las maneras imaginables. A pesar de que yo nunca había conseguido comprender la lógica de aquella idea, suponiendo que la tuviera, según ella el ajedrez acabaría siendo tan peligroso para mí como lo había sido para mi padre.

Pese a todo, parecía que haciéndome ir hasta allí el día de su cumpleaños y dejando una frase codificada con su mensaje codificado, estaba invitándome a entrar de nuevo en el juego.

♟

Lo estuve calculando: resolver el enigma de cómo entrar me costó veintisiete minutos y, puesto que había dejado el motor encendido, casi cinco litros de gasolina que se chupó el coche.

A esas alturas, cualquiera con dos dedos de frente ya habría adivinado que esos números de dos cifras también eran la combinación de una caja fuerte, aunque en la casa no había ninguna. Bueno, sí, pero en el establo: una caja de seguridad donde se guardaban las llaves de los coches.

No había que ser una lumbrera.

Apagué el motor del todoterreno, me abrí camino entre la nieve hasta el establo y... *le voilà!*: apreté unos cuantos números, se abrió la caja de seguridad y la llave de la puerta apareció unida a una cadenita. Ya delante de la casa, enseguida recordé que la llave se introducía en la garra izquierda del águila. Las viejas puertas se abrieron un resquicio, con un quejido.

Me limpié las botas en la vieja y oxidada rejilla de chimenea que teníamos junto a la entrada, le di un empujón a los pesados portalones y volví a cerrarlos de un portazo detrás de mí, lo que desencadenó una pequeña lluvia de refulgentes copos de nieve tamizados por la sesgada luz de la mañana.

En el vestíbulo tenuemente iluminado —un recibidor no mucho más grande que un confesionario, que servía para resguardar la casa de los vientos helados— me quité las botas empapadas de una patada y me puse un par de descansos de piel de carnero que siempre había sobre el arcón de los congelados. Luego colgué la parka, abrí las puertas interiores y entré en el inmenso octágono, caldeado por el tronco gigantesco que ardía en el hogar central.

El octógono era una construcción de unos treinta metros de ancho y nueve de alto. El hogar dominaba el centro de la estancia; estaba cubierto por una campana de cobre, de la que colgaban cacharros de cocina, que subía hasta la chimenea de piedra arenisca por la que el humo escapaba hacia el cielo. Era como un tipi gigantesco, salvo por los pesados muebles repartidos por todas partes. Mi madre siempre había sido contraria a las cosas sobre las que uno pudiera sentarse, pero teníamos un magnífico piano de cola de ébano, un aparador, varios escritorios, mesas de biblioteca y estanterías giratorias, así como una mesa de billar que nadie había utilizado nunca.

La segunda planta consistía en una amplia galería octogonal que colgaba sobre el piso de abajo. Estaba dividida en pequeños habitáculos donde se podía dormir e incluso, a veces, darse un baño.

Una luz radiante se colaba a través de las ventanas de la planta baja que rodeaban la casa, reflejándose en el polvo que cubría la caoba. Las claraboyas del techo tamizaban la rosada luz matutina, que hacía resaltar los rasgos de las cabezas de tótems de animales pintadas con colores vivos y talladas en las espectaculares vigas que sostenían la galería: el oso, el lobo, el águila, el ciervo, el búfalo, la cabra, el puma y el carnero. Desde su posición privilegiada, a cerca de seis metros del suelo, parecían flotar eternamente en el espacio. Era como si todo estuviera detenido en el tiempo. Únicamente se oía el crepitar ocasional del tronco que ardía en el hogar.

Recorrí la estancia, de ventana en ventana, fijándome en la nieve. No había pisadas a la vista, en ninguna parte. Subí la escalera de caracol hasta la galería superior y miré los habitáculos destinados a habitaciones. Nada de nada.

¿Cómo lo había hecho?

Por lo visto, mi madre, Cat Velis, había desaparecido como por arte de magia.

Un ruido estridente rompió el silencio: el timbre de un teléfono. Bajé la empinada y retorcida escalera como una exhalación y descolgué el auricular del aparato que había en el escritorio de campaña británico de mi madre justo antes de que saltara el contestador.

—Por Dios, querida, ¿en qué estabas pensando cuando elegiste este lugar dejado de la mano de Dios? —preguntó la voz ronca y teñida de un leve acento británico de una mujer a quien conocía a la perfección—. Y, ya puestos, ¿dónde narices estás? ¡Tengo la sensación de que llevamos días dando vueltas por estos andurriales!

Se interrumpió unos instantes, como si se hubiera vuelto para hablarle a otra persona.

—¿Tía Lily? —dije.

Porque no podía ser nadie más que ella, mi tía, Lily Rad, mi primera mentora en el ajedrez y una de las grandes maestras del juego todavía ahora. Hubo una época en que había sido la mejor amiga de mi madre, pero hacía años que no hablaban. ¿Qué hacía llamando a casa justo en esos momentos? E iba en coche… ¿Qué estaba pasando?

—¿Alexandra? —dijo Lily, desconcertada—. Creía que estaba llamando a tu madre. ¿Qué estás haciendo ahí? Creía que ella y tú no… acababais de entenderos.

—Nos hemos reconciliado —me apresuré a contestar. Lo mejor era mantener cerrada la caja de Pandora—. Aunque parece que mi madre no está por aquí. ¿Dónde estás tú?

—¿Que no está ahí? No lo dirás en serio —protestó Lily, echando humo—. He viajado desde Londres solo para verla. ¡Si hasta insistió! Dijo no sé qué sobre una fiesta de cumpleaños. A saber a qué se refería. En cuanto a dónde estoy, ¡eso quisiera saber yo! El GPS del vehículo está empeñado en que me encuentro en el Purgatorio y estoy por darle toda la razón. Hace horas que dejamos atrás la civilización.

—¿Estás aquí? ¿En el Purgatorio? —dije—. Son unas pistas de esquí, a menos de una hora de aquí. —Aquello era una locura: ¿la campeona número uno de ajedrez angloamericana venía desde Londres a Purgatorio, Colorado, para asistir a una fiesta de cumpleaños?—. ¿Cuándo te invitó mi madre?

—Fue más una orden que una invitación —admitió Lily—. Me dejó el mensaje en el móvil, sin posibilidad de contestarle.

—Se hizo un silencio, tras el que Lily añadió—: Adoro a tu madre, ya lo sabes, Alexandra, pero nunca acepté...

—Yo tampoco —la interrumpí—. Dejémoslo. ¿Cómo diste con ella?

—¡No lo hice! Por Dios bendito, ¡pero si todavía no he hablado con ella! Tengo el coche tirado en la cuneta de una carretera cerca de un lugar que se anuncia como la penúltima parada al infierno, no llevo comida, mi conductor se niega a mover un dedo si no le doy una pinta de vodka, mi perro ha desaparecido en una... duna de nieve, detrás de un roedor local... ¡y, debo añadir, he tenido más problemas para localizar a tu madre por teléfono esta última semana que los que tuvo el Mosad para encontrar al doctor Mengele en Sudamérica!

Estaba hiperventilando. Juzgué que era momento de intervenir.

—No pasa nada, tía Lily —dije—, te traeremos enseguida. En cuanto a la comida, te prepararé algo en un santiamén. Aquí siempre hay montañas de comida envasada y vodka para tu chófer. También podemos hospedarlo, si quieres. Estoy bastante lejos, tardaría mucho en llegar hasta vosotros, pero si me das las coordenadas del GPS, conozco a alguien cerca de ahí que os acompañará hasta casa.

—Quienquiera que sea, que Dios lo bendiga —dijo la tía Lily, una persona poco dada a la gratitud.

—La bendiga, en todo caso —la rectifiqué—, se llama Key. Estará ahí en media hora.

Apunté el número del móvil de Lily y dejé un mensaje en la pista de aterrizaje para que Key se encargara de recogerla. Key era mi mejor amiga desde el colegio, pero se llevaría una gran sorpresa cuando se enterara de que había vuelto después de tanto tiempo y sin avisar a nadie.

Al colgar el teléfono, me fijé en algo en el otro extremo de la sala en lo que no había reparado antes. Alguien había bajado la tapa del piano de cola, cuando esta siempre estaba levantada por si mi madre de repente sentía la necesidad de ponerse a tocar. Encima había un pedazo de papel, sujeto por un pisapapeles redondo y negro. Me acerqué a mirar y sentí que la sangre se me helaba en las venas.

Estaba claro qué había utilizado como pisapapeles: colocada sobre la anilla de un llavero para que no saliera rodando, estaba la bola ocho de la mesa de billar. La nota era de mi madre, sin lugar a dudas; el enigma era tan sencillo que solo podía habérsele ocurrido a ella. Se había esforzado mucho para comunicarse conmigo a través de códigos secretos, aunque era evidente que nadie la había ayudado.

La nota, escrita en mayúsculas, decía lo siguiente:

WASHINGTON
COCHE DE LUJO
ISLAS VÍRGENES
SIVILANTE


ASÍ ARRIBA COMO ABAJO


La parte del SIVILANTE era fácil: mi madre lo había escrito mal para que me fijara en aquella palabra. Solo había que jugar con las letras para obtener ANTI VELIS: el apellido de mi madre, Velis, con un «anti» delante a modo de rúbrica, y es que no había nada que fuera tan en contra de su naturaleza que aquellos jueguecitos de palabras. Como si necesitara tantas pistas… El resto era bastante más preocupante. Y no por su dificultad.

WASHINGTON era claramente D.C., Distrito de Columbia; no hay coche más lujoso que un Lexus, así que LX, y a ISLAS VÍRGENES le correspondía un IV. El valor numérico de aquellos números romanos —¿qué otra cosa iban a ser?— era:

D = 500
C = 100
L = 50
X = 10
V = 5
I = 1

Si se sumaban se obtenía el 666, el número de la Bestia del *Apocalipsis*.

La Bestia no me preocupaba, había de sobra repartidas por toda la casa, protegiéndonos en forma de tótems de animales, pero por primera vez empecé a inquietarme de verdad por mi madre. ¿Por qué había utilizado aquel trillado enigma seudomilenario para llamar mi atención? Y ese pisapapeles, una manida alusión a «tener la negra encima», ¿qué narices quería decir?

¿Y qué se suponía que debía hacer con esa chorrada alquímica de «Así arriba como abajo»?

Claro, ya estaba, ya lo tenía. Aparté la bola y el pedazo de papel, los dejé en el atril del teclado y abrí el piano. Antes de que pudiera encajar el pie de la tapa en su sitio para que esta se mantuviera abierta, estuvo a punto de resbalárseme de las manos.

En el interior, dentro de la caja hueca del instrumento, vi algo que jamás pensé que volvería a ver en casa de mi madre mientras ella siguiera viva: un juego de ajedrez.

Pero no un juego de ajedrez cualquiera, sino un juego de ajedrez con una partida empezada, a medio jugar. Había piezas apartadas del tablero y colocadas sobre las cuerdas del teclado, a ambos lados, blancas y negras.

Lo primero en lo que me fijé fue en que faltaba la reina negra. Volví la vista hacia la mesa de billar y —por todos los cielos, madre, ¡de verdad!— vi que alguien había colocado la reina extraviada en el triángulo, en el lugar de la bola negra.

Era como verse arrastrada hacia un remolino. Empecé a sentir que había una verdadera partida en juego. Por Dios, cuánto había echado de menos aquello… ¿Cómo había podido pasar página y dar la espalda a esa parte de mi vida? No era una droga, como la gente decía a veces, sino una inyección de vida.

Olvidé las piezas que había fuera del tablero, o con la negra encima; podía reconstruir la partida con las que todavía quedaban en pie. Durante un buen rato, olvidé a mi madre ausente, a mi tía Lily perdida en el Purgatorio con su chófer, su perro y su coche. Olvidé lo que había sacrificado, en qué se había convertido mi vida en contra de mi voluntad. Lo olvidé todo salvo la partida que tenía ante mí, la partida oculta en el vientre de aquel piano como si se tratara de un oscuro secreto.

Sin embargo, reconstruyendo los movimientos, la luz del alba se alzó a través de los altos ventanales al tiempo que una pasmosa visión alboreó en mi mente. No conseguí detener el terror que me producía aquella partida. ¿Cómo iba a detenerlo, cuando llevaba jugándola mentalmente esos últimos diez años?

La conocía muy bien.

Era la partida que había acabado con la vida de mi padre.

# LA CHIMENEA

MOZART: *Confutatis Maledictim...* ¿Cómo se tra-
    duciría?
SALIERI: «Confiado a las llamas de la aflicción.»
MOZART: ¿Crees en ello?
SALIERI: ¿En qué?
MOZART: En el fuego inextinguible en el que ardes
    para siempre.
SALIERI: Ah, sí [...].

PETER SHAFFER,
*Amadeus*

En el profundo vientre del hogar, el fuego se desparramaba por los lados del tronco gigantesco como si fuera calor líquido. Me senté en la repisa del murillo de piedra arenisca que rodeaba completamente la chimenea y contenía el fuego, y contemplé las llamas con la mirada perdida. Estaba medio aturdida, intentando no recordar.

Aunque, ¿cómo olvidarlo?

Diez años. Habían pasado diez años, diez años en los cuales creía haber conseguido reprimir, camuflar, enterrar un sentimiento que había estado a punto de enterrarme a mí, un sentimiento que irrumpía una fracción de segundo antes de presentarse. Ese instante detenido en el tiempo en el que todavía crees tener ante ti toda tu vida, tu futuro, todo lo que prometes, cuando todavía imaginas —¿qué era lo que decía mi amiga Key?— que tienes «el mundo a tus pies».

Y luego ves la mano que empuña la pistola. Y luego ocurre. Y luego se acaba. Y luego ya no hay presente, solo pasado y futuro, solo el antes y el después. Solo ese «luego» y… luego ¿qué?

Eso era aquello de lo que nunca hablábamos. Era aquello en lo que nunca pensaba. Ahora que mi madre, Cat, había desaparecido, ahora que había dejado ese mensaje cruel alojado en las entrañas de su piano favorito, comprendí lo que no había dicho, alto y claro: tienes que recordarlo.

Sin embargo, mi pregunta era: ¿cómo quería que me acordara de aquella niña de apenas once años, allí de pie, en aquellos duros y fríos escalones de mármol de aquella dura y fría tierra extranjera? ¿Cómo quería que me recordara a mí misma atrapada entre los muros de piedra de un monasterio ruso a kilómetros de distancia de Moscú y a miles de kilómetros de cualquier lugar o de cualquier persona que conociera? ¿Cómo quería que recordara a mi padre, asesinado por la bala de un francotirador? Una bala que, tal vez, fuera dirigida a mí. Una bala que ella siempre había creído que iba dirigida a mí.

¿Cómo quería que recordara a mi padre, desplomándose en un charco de sangre, sangre que me había quedado mirando horrorizada mientras se mezclaba e iba empapando la sucia nieve rusa? ¿Cómo quería que recordara el cuerpo tendido en los escalones, el cuerpo de un padre al que se le va la vida, con sus dedos enguantados aferrando todavía mi manita enfundada en una manopla?

La verdad era que, ese día de hacía diez años, mi padre no había sido el único que había visto su futuro y su vida truncados en aquellos escalones de Rusia. La verdad era que los míos también se truncaron. Con once años, no fui capaz de ver lo que se me venía encima: *Amaurosis Scacchistica*. Gajes del oficio.

Y ahora no me quedaba más remedio que admitir la realidad: que no había sido la muerte de mi padre o los miedos de mi madre lo que me había llevado a abandonar el juego. La verdad era…

«Está bien. ¡Vuelve a la realidad!»

La verdad era que no necesitaba la verdad. La verdad era que en esos momentos no podía permitirme aquella introspección. Intenté atajar esa descarga inmediata de adrenalina que siempre acompañaba a cualquier asomo a mi pasado, por breve que fuera. La verdad era que mi padre estaba muerto y que mi madre había desaparecido, y que un juego de ajedrez que alguien había dejado dentro del piano sugería que todo estaba directamente relacionado conmigo.

Sabía que aquella partida mortífera que seguía acechándome en el piano, contando los minutos que pasaban, era algo más que varias piezas dispuestas al azar. Aquella era la partida. La última partida, la partida que había acabado con mi padre.

Cualesquiera que fueran las implicaciones de su misteriosa aparición ese día en ese lugar, esa partida permanecería por siempre grabada a fuego en mi memoria. Si la hubiera ganado diez años antes en Moscú, el torneo ruso habría sido mío, lo habría logrado: me habría convertido en la gran maestra más joven de la historia, lo que mi padre siempre había querido. Lo que siempre había esperado de mí.

Si hubiera ganado la partida de Moscú, nunca habríamos tenido que ir a Zagorsk para jugar la definitiva, esa partida de «prórroga», una partida que, debido a «trágicas circunstancias», estaba destinada a no jugarse.

Era evidente que su presencia en esa casa era un mensaje en sí, como el resto de las pistas que había dejado mi madre, un mensaje que yo debía ser la primera en descifrar.

Sin embargo, de una cosa estaba segura: se tratara de lo que se tratara, aquello no era un juego.

Respiré hondo y, al levantarme de la repisa, estuve a punto de darme en la cabeza con uno de los cacharros de cobre que había colgados. Lo arranqué de la campana y lo dejé de un golpe sobre el aparador de al lado. Luego me acerqué al piano de cola, abrí la cremallera del cojín del banco, recogí todas las piezas de las cuerdas y las metí en la funda, junto con el tablero. Dejé la tapa del piano abierta, como solía estar siempre. Cerré la cremallera de la abultada funda y la arrojé sobre el aparador.

Casi me olvido de la reina negra que faltaba. La saqué del triángulo de las bolas de la mesa de billar y devolví la bola negra a su sitio. El triángulo de bolas de colores me recordó algo, pero en ese momento no supe qué. Además, tal vez solo se tratara de mi imaginación, y aunque daba la impresión de que la reina pesaba un poco más que las otras piezas, el círculo de fieltro de su base parecía intacto. Estaba pensando si levantarlo con la uña cuando sonó el teléfono. Al recordar que tía Lily estaba a punto de invadirnos, con chófer y perro escandaloso incluidos, me metí la reina en el bolsillo junto con el pedazo de papel que contenía el mensaje «codificado» de mi madre, corrí hacia el escritorio y levanté el auricular al tercer timbrazo.

—Has estado ocultándome secretitos —oí que decía Nokomis Key, mi mejor amiga desde que éramos pequeñas, con voz cristalina.

Sentí un gran alivio. Aunque hacía años que no hablábamos, Key era la única persona que se me ocurría capaz de dar con el modo de sacarme del atolladero en el que me encontraba. Key nunca se enfadaba por nada y en los momentos críticos siempre encontraba la manera de solucionar los problemas con la gracia y la indiferencia mordaz de un hada madrina providencial. Recé para que en esos instantes sacara su varita mágica y practicara su magia una vez más. Por eso le había pedido que fuera a buscar a Lily y la trajera a casa.

—¿Dónde estás? —pregunté—. ¿Has recibido mi mensaje?

—Nunca me habías dicho que tenías una tía —contestó Key—. ¡Y vaya tía! La he encontrado al borde de la carretera, acompañada de un perro de origen genético irreconocible, flanqueada por una montaña de maletas de marca y varada en la nieve en un coche de doscientos cincuenta mil dólares digno de James Bond. Por no hablar de la joven «compañía», quien podría sacarse la misma pasta a la semana con solo pasearse por el Lido luciendo un bañador de tanga.

—¿Te refieres al chófer de Lily? —dije, sorprendida.

—¿Así los llaman ahora? —contestó Key, echándose a reír.

—¿Un gigoló? No le pega mucho —objeté.

Aunque tampoco encajaba demasiado con la larga sucesión de chóferes estirados y formales que mi tía había empleado toda la vida. Y mucho menos con la Lily Rad que yo conocía desde la infancia, demasiado preocupaba por su imagen internacional como reina del ajedrez para malgastar su tiempo, sus energías o sus montañas de dinero en mantener a un hombre. Aunque tenía que admitirlo, todo lo demás —el coche, el perro y el equipaje— encajaba a la perfección con Lily.

—Créeme, este tipo está tan cañón que el humo le sale por la nariz. Y por el humo se sabe dónde está el fuego. Además, tu tía está hecha unos zorros. —Solo había una cosa que superaba la pasión de Key por las frases hechas y los coloquialismos: el metal. Del que lleva volante—. Eso sí, ese coche atrapado en la nieve es un Vanquish —me informó, casi sin aliento—, un Aston Martin de edición limitada. —Me empezó a recitar de un tirón números, pesos, cambios de marcha y válvulas hasta que se contuvo y se dio cuenta de con quién estaba hablando. Resumiéndolo para los poco duchos en mecánica, añadió—: ¡Ese monstruo vuela a trescientos kilómetros por hora! ¡Tiene suficientes caballos para llevar a *Ophelia* de aquí a China!

Esa debía de ser *Ophelia Otter*, la avioneta preferida de Key y la única máquina en la que confiaba cuando debía adentrarse en esos parajes donde llevaba a cabo su trabajo. Conociendo a Key, podía seguir hablando de caballos de potencia durante horas si no se le ponía freno. Tenía que tirar de las riendas, y rápido.

—Bueno, y ¿dónde está ahora la extraña pareja y su coche? —la apremié, con urgencia—. La última vez que supe algo de Lily se dirigía hacia aquí para asistir a una celebración, y de eso debe de hacer menos de una hora. ¿Dónde está?

—Tenían hambre, así que mientras mi equipo está desenterrando su coche, tu tía y su esbirro están abrevando y poniéndose como cerdos en el Mother Lode —contestó Key.

Se refería a un restaurante alejado de la carretera, especializado en carne de caza. Conocía bien el sitio. Había tanta cornamenta, asta y cartílago en exposición repartido por las paredes que caminar por la sala sin prestar atención era tan peligroso como correr delante de los toros en Pamplona.

—Por amor de Dios —dije, devorada por la impaciencia—. Tráela aquí de una vez.

—Los tendrás ahí en menos de una hora —aseguró Key—. Están dándole de beber al perro y acabándose sus bebidas, pero el coche es otro cantar: tendremos que enviarlo a reparar a Denver. Ahora mismo estoy en la barra y ellos siguen en su mesa, como uña y mugre, hablando en voz baja y dándole al vodka.

Key soltó una risotada en el auricular.

—¿Qué es tan gracioso? —pregunté, irritada ante aquel nuevo contratiempo.

¿Por qué Lily, que jamás bebía, necesitaba un trago a las diez de la mañana? ¿Y el chófer? Aunque, para ser justos, si el vehículo había sufrido tantos daños como decía Nokomis, no parecía que le quedara mucho coche que conducir por allí. Lo confieso, me costaba imaginar a mi extravagante tía jugadora de ajedrez, con su manicura perfecta y su ropa exótica, almorzando en un lugar como el Mother Lode, con los suelos llenos de churretes de cerveza y cáscaras de cacahuetes, probando los platos típicos de la casa: guiso de zarigüeya, filete de serpiente cascabel y «ostras de las Rocosas», un eufemismo que utilizaban en Colorado para referirse a los testículos de buey fritos. Aquello era marciano.

—Es que no me cuadra —dijo Key, en voz baja, como si me leyera el pensamiento—. No tengo nada en contra de tu tía, que conste, pero el tío está muy macizo, parece un actor italiano. El personal y la clientela dejaron de hablar cuando hizo su entrada estelar, y la camarera todavía está babeándose la camisa del uniforme. Lleva tantas pieles encima como tu tía Lily, por no mencionar el elegante traje de diseño, de primerísima calidad y hecho a medida. Este tío podría tener a quien quisiera. Así que, discúlpame, pero ¿podrías explicarme qué hace con tu tía?

—Sí, creo que tienes toda la razón —convine con ella, echándome a reír—, debe de considerarla un tesoro. —Al ver que Key no decía nada, añadí—: De cincuenta millones.

Key se puso a refunfuñar y colgué el teléfono.

Estaba convencida de que conocía a Lily Rad mejor de lo que nadie podría llegar a conocer a una excéntrica como ella. A pesar de la diferencia de edad, teníamos mucho en común. Para empezar, era consciente de que todo se lo debía a Lily. Por ejemplo, Lily fue quien descubrió mis dotes ajedrecísticas cuando yo solo tenía tres años y quien convenció a mi padre y a mi tío de que aquellas aptitudes debían ser pulidas y explotadas, pasando por encima de la firme, y al final incluso furiosa, oposición de mi madre.

Aquel vínculo con Lily era lo que hacía que me pareciera tan rara la conversación telefónica que había mantenido con Key. A pesar de los años que llevaba sin ver a mi tía y de que ella, además, había abandonado el mundo del ajedrez, no me tragaba que de repente las hormonas le hubieran hecho perder el norte por un guaperas a una persona que para mí había sido como una hermana mayor, al tiempo que una maestra y una madre. No, algo no encajaba en todo aquello. Lily no era así.

Hacía tiempo que Lily Rad se había ganado el sobrenombre de la Elizabeth Taylor del ajedrez. Con sus curvas voluptuosas, sus joyas, sus pieles, sus flamantes coches y una liquidez que rayaba en lo obsceno, Lily había llevado el glamour al ajedrez profesional sin la ayuda de nadie, ella sola había llenado ese enorme agujero negro de lasitud soviética, todo lo que quedaba allá por los setenta, después de que Bobby Fischer dejara de jugar.

Sin embargo, Lily era algo más que una cara bonita con estilo. La gente acudía a sus partidas en tropel, y no solo para mirarle el canalillo. Hacía treinta años, en el momento cumbre de su carrera, mi tía Lily podía presumir de una puntuación Elo que rozaba la de los prodigios del ajedrez de los últimos tiempos, las hermanas húngaras Pólgar. Y durante veinte años, el mejor amigo y entrenador de Lily, mi padre, Alexander Solarin, había perfeccionado sus magníficas defensas y la había ayudado a mantener su estrella en lo más alto del empíreo del ajedrez.

Tras la muerte de mi padre, Lily había recurrido a su antiguo maestro y entrenador: el brillante especialista e historiador de este arte ancestral, que al mismo tiempo resultaba ser su abuelo y su único pariente vivo, Mordecai Rad.

Pero un buen día, la mañana del quincuagésimo aniversario de mi tía, las luces de la carpa de ajedrez de Lily se apagaron de manera súbita e inesperada.

Cuenta la leyenda que, la mañana de su cumpleaños, Lily llegaba con retraso a la cita, para desayunar con su abuelo. El chófer de la limusina había recogido a Lily delante del bloque de apartamentos donde vivía, había enfilado la calle hacia Central Park South y, tras unas hábiles maniobras para sortear el denso tráfico de la mañana, había conseguido tomar la West Side Highway. Acababan de dejar atrás Canal Street cuando, en lo alto, en el cielo, vieron cómo el primer avión impactaba contra la primera torre.

Miles de coches frenaron en seco y el tráfico quedó detenido al instante. Todos los conductores tenían la mirada puesta en aquella larga y oscura columna de humo que se extendía como la cola de un enorme pájaro negro, un augurio silencioso.

En el asiento trasero de la limusina, presa del pánico, Lily intentó sintonizar la televisión en el canal de noticias, tanto daba la cadena, pero en vano fue pasando de una emisora a otra. Solo se veían interferencias. La desesperación se apoderó de ella.

Su abuelo estaba en lo alto de aquel edificio. Habían quedado a las nueve de la mañana en un restaurante llamado Windows on the World. Mordecai tenía un presente especial para Lily, algo que deseaba revelarle a su único descendiente aquel día especial, el día del quincuagésimo aniversario de su nieta: el 11 de septiembre de 2001.

En cierto modo, Lily y yo éramos huérfanas. Ambas habíamos perdido al familiar al que estábamos más unidas, la persona que lo había dado todo para instruirnos en el campo que habíamos elegido. Jamás me había detenido a pensar por qué Lily había cerrado el gigantesco apartamento de Central Park South la misma semana de la muerte de su abuelo, por qué había hecho una única maleta —como luego me informó por carta— y se había ido a Inglaterra. Aunque no sentía un gran aprecio por los ingleses, Lily había nacido allí y su difunta madre era inglesa, por lo que tenía doble nacionalidad. No podía enfrentarse a Nueva York. Desde entonces, apenas había tenido noticias de ella. Hasta hoy.

Aun así, sabía que la persona a quien tenía que ver en esos momentos, tal vez la única que conocía a todos aquellos que habían desempeñado un papel importante en nuestras vidas, la única que podría poseer la clave de la desaparición de mi madre, Cat, puede que incluso de los mensajes cifrados que de algún modo parecían estar relacionados con la muerte de mi padre, era Lily Rad.

Oí sonar un teléfono.

Tardé unos instantes en comprender que no se trataba del teléfono del escritorio, sino del móvil que llevaba en el bolsillo. Me sorprendió que siguiera funcionando en aquella zona tan remota de Colorado. Además, solo le había dado el número a un par de personas.

Saqué el teléfono del bolsillo y leí en la pantallita el nombre de quien llamaba: Rodolfo Boujaron, mi jefe en Washington. Seguramente Rodo habría acabado de llegar a trabajar a su famoso restaurante, Sutaldea, y se habría enterado de que el pajarillo que debía de estar haciendo el turno de noche había ahuecado el ala.

Sinceramente, si se me hubiera ocurrido pedirle permiso a mi jefe, lo más probable era que jamás me hubiera concedido unos días libres. Rodo era un adicto al trabajo convencido de que los demás también tenían que serlo. Le gustaba mantener una estrecha vigilancia de «veinticuatro horas al día, siete días a la semana» sobre sus empleados porque «A los fuegos hay que atizarlos a todas horas, pero "con cariño"», como diría él con ese acento tan cerrado que para abrirse camino a través de él se necesitaba una cuchilla de carnicero.

Sin embargo, en esos momentos no estaba de humor para aguantar los sermones de Rodo, así que esperé hasta que vi aparecer el aviso de «mensaje de voz» en la pantallita del teléfono y luego escuché lo que había dejado grabado: «*Bonjour, Errauskine sugeldo!*». «Cenicienta» era el apodo que me había puesto en vasco, su lengua materna, en alusión a mi trabajo como pájaro del fuego: yo era la persona encargada de atizar las ascuas. «¿Y eso? ¡Te escabulles en medio de la noche y por la mañana descubro al Cisne en tu lugar! Espero que no nos ponga... *arrautzak*. ¿Cómo lo decís vosotros? *Oeufs*? Si comete ese error, ¡lo limpias tú! Según me ha dicho el Cisne, abandonas tu puesto sin avisar a nadie por una *boum d'anniversaire*. Muy bien, pero te quiero de vuelta en los fogones antes del lunes para encender un nuevo fuego. ¡Qué ingrata! ¡Espero que recuerdes por qué tienes trabajo! ¡Que fui yo quien te rescató de la CIA!»

Rodo colgó, estaba claro que había tenido uno de sus típicos arrebatos hispanovascofranceses, aunque tanta incoherencia cobraba sentido cuando se aprendía a descifrar sus «multilengualismos»: con el Cisne (de quien había sugerido que podría poner un huevo durante el turno de noche), en mi ausencia, se refería a mi compañera de trabajo, Leda la Lesbiana, quien había accedido con mucho gusto a sustituirme hasta mi regreso, si era necesario.

Cuando se trataba de mantener encendidos esos enormes hornos de leña por los que era conocido el restaurante Sutaldea (de ahí su nombre en vasco: El Hogar), Leda —tan elegante como era ella cuando debía exhibirse (que era casi siempre)— tampoco se quedaba atrás en las cocinas. Sabía utilizar una pala, conocía la diferencia entre un fuego medio apagado y unas brasas y prefería hacerse cargo de mi retén nocturno y solitario del viernes a hacer frente a sus obligaciones habituales a la hora del cóctel en el salón del restaurante, donde miembros de grupos de presión de K Street demasiado animados y demasiado bien pagados no dejaban de intentar ligársela.

En cuanto al comentario de Rodo sobre la gratitud, «la CIA» de la que me había «rescatado» no era la Agencia Central de Inteligencia del gobierno de Estados Unidos, sino el sencillo Culinary Institute of America, una escuela para chefs de alta cocina alejada del bullicio de la Gran Manzana y la única institución educativa en la que me habían suspendido. Allí pasé seis infructuosos meses después del instituto. Como no acababa de decidirme acerca de qué estudiar ni en qué universidad, mi tío Slava, Ladislaus Nim, pensó que debía formarme para poder conseguir un trabajo en aquella otra única cosa que siempre se me había dado bien además del ajedrez, algo para lo que el propio Nim me había estado preparando desde pequeña: la cocina.

No tardé en encontrar el ambiente de la escuela ligeramente parecido al de un campamento de entrenamiento para tropas de asalto: clases de contabilidad y gestión empresarial que se me hacían eternas, memorización de listas interminables de términos culinarios y poca práctica. Cuando abandoné los estudios, decepcionada y con la sensación de no servir absolutamente para nada, Slava me animó a someterme a un período de aprendizaje mal pagado —durante el que no se me permitiría saltarme las clases, hacer el vago, tomarme descansos o irme por las ramas— en el único establecimiento de cuatro estrellas del mundo especializado en cocina a la lumbre, es decir, cocina sobre brasas, rescoldos, cenizas y fuego.

En esos momentos, después de casi cuatro de los cinco años que estipulaba mi contrato, si debía ser sincera conmigo misma, no me quedaba más remedio que confesar que me había convertido en una persona tan solitaria —aun viviendo en el mismo centro de la capital de nuestra nación— como mi madre en su completo retiro en lo alto de su montaña de Colorado.

En mi caso no era difícil encontrar una explicación convincente; después de todo estaba atada contractualmente a la obsesiva agenda esclavista de monsieur Rodolfo Boujaron, el empresario restaurador que se había convertido en mi jefe, mi maestro e incluso en mi casero. Aquellos últimos cuatro años no había tenido tiempo para la vida social con Rodo vigilándome y haciendo restallar el famoso látigo.

De hecho, el absorbente trabajo en Sutaldea, donde mi tío me había encerrado con tan buen criterio, le proporcionaba a mi vida exactamente la misma organización —el ejercicio, la tensión, el marcaje del tiempo— que por desgracia me había faltado desde la muerte de mi padre y el abandono obligado de la práctica del ajedrez. La tarea de preparar y mantener vivo el fuego durante una semana entera de cocina, un día tras otro, requería de la diligencia que se necesitaba para el cuidado de un niño o la atención de un rebaño de animales jóvenes: no podía permitirme ni pestañear.

Con todo, siendo completamente sincera conmigo misma, estaba obligada a admitir que mi trabajo me había aportado mucho más que organización, diligencia o disciplina durante esos últimos cuatro años. La convivencia con el fuego —la contemplación de las llamas y las ascuas un día tras otro hasta dominar su altura, su calor y su fuerza— me había enseñado a tener una nueva «visión» de las cosas. Y gracias al último rapapolvo injurioso de Rodo, acababa de ver algo nuevo: acababa de ver que mi madre podría haberme dejado otra pista, una en la que debería de haber reparado nada más entrar por la puerta.

El fuego. Dadas las circunstancias, ¿cómo podía estar encendido?

Me agaché junto al hogar para estudiar el leño de la chimenea con mayor detenimiento. Era un tronco de pino blanco seco de casi ochenta centímetros de diámetro, una madera que quema mucho más rápido que la de un árbol de hoja ancha, más dura y menos porosa. Aunque estaba claro que mi madre, como buena montañesa que era, sabía de sobra cómo hacer un fuego, ¿cómo había encendido aquel sin una planificación previa? Por no hablar de la ayuda que obligatoriamente habría necesitado.

En cerca de la hora que llevaba allí, nadie había añadido más leña ni había avivado las ascuas con ningún tipo de fuelle, no se había hecho nada para aumentar la intensidad del calor. Sin embargo, el fuego ardía bien y las llamas tenían más de diez centímetros de altura, lo que significaba que llevaba tres horas encendido. Dada la naturaleza constante y uniforme de la llama, alguien había tenido que estar atendiendo el fuego durante más de una hora, hasta asegurarse de que había prendido bien.

Miré el reloj. Eso quería decir que mi madre, Cat Velis, tenía que haber desaparecido bastante después de lo que yo había creído en un principio, tal vez solo una media hora antes de que yo llegara. Sin embargo, si era así, ¿adónde había ido? ¿Estaría sola? Y si ella, o ellos, habían salido de la casa por una puerta o una ventana, ¿por qué no había ni una sola huella en la nieve?

Las interferencias de unas pistas con las otras estaban formando tal ruido de fondo que acabó doliéndome la cabeza. De repente, una nueva nota discordante se sumó a todo ese jaleo: ¿cómo sabía mi jefe, Rodo, que me había ido para asistir a una fiesta de cumpleaños, una *boum d'anniversaire*, como él la había llamado? Teniendo en cuenta la proverbial reticencia de mi madre a ni siquiera mencionar su fecha de nacimiento, no le había dicho a nadie por qué o adónde iba, ni siquiera al cisne de Leda, como decía el mensaje de Rodo. Por contradictorias que parecieran las cosas, estaba convencida de que tenía que haber algo relacionado con la desaparición de mi madre oculto en alguna parte, y solo había un lugar en el que todavía no había mirado.

Metí la mano en el bolsillo y saqué la reina de madera que había rescatado de la mesa de billar. Despegué el círculo de fieltro de la base con la uña del pulgar y vi que alguien había metido algo duro y rígido en el interior de la reina hueca. Lo extraje haciendo palanca. Era un trozo de cartulina muy pequeñito. Me acerqué a la ventana para verlo mejor y lo desdoblé. Casi me dio un síncope cuando leí las tres palabras que había escritas.

опасность. береҷъся огня

Al lado se veían los trazos desvaídos del ave Fénix tal como lo recordaba de aquel sombrío y funesto día en Zagorsk. También recordaba que lo había encontrado en el bolsillo. El pájaro parecía alzarse volando hacia el cielo, encerrado en una estrella de ocho puntas.

Me había quedado sin respiración, pero antes de que pudiera asimilar qué estaba ocurriendo, antes de que ni siquiera pudiera imaginar qué podía querer decir aquello, oí el claxon de un coche en el exterior.

Miré por la ventana y vi el Toyota de Key aparcando en la explanada cubierta de nieve, detrás de mi coche. Key bajó del asiento del conductor al mismo tiempo que un hombre vestido con pieles se apeaba del asiento trasero y ayudaba a salir del coche a mi tía Lily, ataviada de manera similar. Los tres se dirigieron a la puerta de casa.

Presa del pánico, volví a meterme la tarjeta en el bolsillo, junto con la pieza de ajedrez, y llegué corriendo al vestíbulo justo cuando se abría la puerta exterior. Ni siquiera me dio tiempo a abrir la boca cuando mis ojos ya habían sobrevolado a las dos mujeres y se habían lanzado en picado sobre el «gigoló» de mi tía Lily.

Este cruzó el umbral de la puerta, sacudiéndose la nieve del alto cuello de piel del abrigo. Nuestras miradas coincidieron y sonrió. Fue una sonrisa fría, cargada de peligro. No necesité más que un instante para comprender por qué.

Delante de mí, en el aislado retiro de montaña de mi madre, como si ambos estuviéramos completamente solos en el tiempo y el espacio, se encontraba el hombre que había matado a mi padre.

El jugador que había ganado la última partida: Vartan Azov.

# BLANCO Y NEGRO

Es aquí cuando el simbolismo del blanco y el negro, presente ya en los escaques del tablero de ajedrez, cobra todo su sentido: el ejército blanco es el de la luz; el ejército negro, el de la oscuridad [...] cada uno de ellos lucha en nombre de un principio, o en el del espíritu y de la oscuridad del hombre; estas son las dos formas de la «guerra santa»: la «pequeña guerra santa» y la «gran guerra santa», según dijo el profeta Mahoma [...]. En una guerra santa es posible que cada uno de los combatientes se considere legítimamente el defensor de la Luz que lucha contra las tinieblas. De nuevo, esto es consecuencia del significado doble de todo símbolo: lo que para uno es la expresión del Espíritu, puede ser la imagen de la «materia» oscura a ojos del otro.

TITUS BURCKHARDT,
*The Symbolism of Chess*

Todo se ve peor en blanco y negro.

PAUL SIMON,
*Kodachrome*

El tiempo se había detenido. Me sentía perdida. Mis ojos no podían despegarse de los de Vartan Azov: de un violeta oscuro, casi negro, e insondables como un abismo. Recordaba esa mirada escrutándome por encima de un tablero. Cuando tenía once años, sus ojos no me habían infundido miedo. ¿Por qué habrían de asustarme ahora?

Aun así, sentía que me derrumbaba… Era como una especie de vértigo, como si estuviera deslizándome hacia una profunda fosa oscura de la que no había salida. Igual que me había sucedido hacía tantísimos años, en aquel espantoso instante de la partida en que comprendí lo que acababa de hacer. En aquel entonces pude sentir a mi padre observándome desde el otro extremo de la sala mientras yo me desplomaba lentamente en un espacio psicológico, sin ningún control, sin dejar de caer… como ese chico con alas que voló demasiado cerca del sol.

Los ojos de Vartan Azov allí, de pie en mi vestíbulo, no pestañeaban, como siempre, mientras miraban por encima de las cabezas de Lily y Nokomis. Me miraba directamente a mí, como si estuviéramos solos por completo, como si en el mundo no hubiera nadie más que nosotros dos, en una danza íntima. Con los escaques blancos y negros entre ambos. ¿A qué habíamos jugado entonces? ¿A qué jugábamos ahora?

—Ya sabes lo que dicen —anunció Nokomis, que rompió el hechizo al inclinar la cabeza hacia Vartan y Lily—. «La política propicia extraños compañeros de viaje.»

Se había quitado las botas con los pies, había colgado la parka, se había deshecho de la gorra —con lo que liberó una cascada de pelo negro que se precipitó hasta su cintura— y salió del vestíbulo marchando ante mí calzada solo con calcetines. Se aposentó sobre el reborde de la chimenea, me lanzó una sonrisa irónica y añadió:

—O, mejor aún, el lema de la Infantería de Marina de Estados Unidos…

—¿«Muchos son los llamados pero pocos los elegidos»? —intenté adivinar con ánimo lúdico, pues conocía la compulsiva afición de mi amiga a soltar epigramas.

En realidad, por una vez me sentí agradecida de poder jugar a su juego, aunque por mi expresión debió de comprender que algo no era lo que parecía.

—Pues no —dijo, enarcando una ceja—. «Solo buscamos algunos hombres buenos.»

—¿De qué demonios estáis hablando? —preguntó Lily cuando entró en la sala.

Se había quedado en su ajustado traje de esquí, que se ceñía a todas sus curvas.

—De hacer frente común con el enemigo —aclaré, señalando a Vartan. Agarré a Lily del brazo, me la llevé aparte y susurré—: ¿Acaso se te ha borrado de la mente todo el pasado? ¿En qué estabas pensando para traerlo aquí? ¡Además, es lo bastante joven para ser tu hijo!

—El gran maestro Azov es mi protegido —anunció ella con indignación.

—¿Así los llaman ahora? —dije, aludiendo al anterior comentario de Key.

Aquello era bastante improbable, ya que tanto Lily como yo sabíamos que la clasificación Elo de Vartan era doscientos puntos más alta de lo que había sido jamás la de ella.

—¿Gran maestro? —preguntó Key—. ¿Gran maestro de qué?

Hice como que no la había oído, ya que mi madre había erradicado toda referencia ajedrecística de nuestro vocabulario familiar. Lily permaneció impertérrita, aunque estaba a punto de descargar otro cargamento de información en mi cerebro, desbordado ya a aquellas alturas.

—Por favor, no me eches a mí la culpa de que Vartan esté aquí —me informó con calma—. Al fin y al cabo, ha sido tu madre quien lo ha invitado. ¡Yo no he hecho más que montarlo en mi coche!

Justo cuando me estaba recuperando de ese bombazo, una ratilla mojada de unos diez centímetros de alto que lucía en el pelo unas empapadas cintas de color fucsia irrumpió en la sala a toda velocidad. El animalejo repugnante dio un salto por el aire, aterrizó en brazos de la tía Lily, que ya lo estaban esperando, y le plantó un lametazo en la cara con una lengua de ese mismo rosa subido.

—Mi querida Zsa-Zsa —dijo la tía Lily, arrullando al bicho—. ¡Alexandra y tú no habéis sido presentadas! Le encantará tenerte un rato, ¿verdad?...

Y antes de que pudiera protestar, ya me había endosado a la alimaña, que no dejaba de retorcerse.

—Me temo que a esta aún no le he encontrado frase —admitió Key, mirando con diversión nuestra pequeña exhibición canina.

—¿Qué me dices de «La confianza da asco»? —bromeé, aunque no tendría que haber abierto la boca: la asquerosa perrita intentó meterme la lengua entre los dientes.

Se la lancé otra vez a Lily con repugnancia.

Mientras nosotras tres jugábamos a las palmitas, mi archinémesis, Vartan Azov, también se había quitado las pieles y entró en ese momento en la sala. Iba todo vestido de negro, jersey de cuello vuelto y pantalones estrechos, y llevaba al cuello una sencilla cadena de oro que valía más que el premio de cualquier torneo de ajedrez del que yo hubiera oído hablar. Se pasó una mano por su revuelta cabellera de rizos negros mientras echaba un vistazo a los tótems tallados y las magníficas dimensiones de la casa de la familia.

No me extrañaba que su aparición hubiera hecho parar el tráfico en el Mother Lode. Estaba visto que durante la última década mi antiguo enemigo había estado entrenándose con algo que hacía trabajar más los músculos que un tablero de ajedrez. Aun así, la belleza está en el interior, como diría Key. Su atractivo no hacía que su presencia allí —sobre todo en esas circunstancias— me resultara ni una pizca más apetecible. ¿Por qué narices había tenido que invitar mi madre al mismísimo hombre cuya última aparición en nuestra vida había presagiado el final de mi carrera ajedrecística y había resultado en la muerte de mi padre?

Vartan Azov cruzó la habitación dirigiéndose directamente hacia donde yo estaba, junto al fuego... Estaba claro que no tenía vía de escape.

—Esta casa es extraordinaria —dijo con ese suave acento ucraniano suyo y esa voz que, de niña, siempre me había parecido siniestra. Miró hacia arriba, a las claraboyas impregnadas de luz rosada—. No he visto nada parecido en ningún otro sitio. Las puertas de la entrada, la mampostería, esos animales esculpidos que nos miran desde lo alto... ¿Quién construyó todo esto?

Le respondió Nokomis; era una historia muy conocida por esos pagos.

—Este lugar es legendario —explicó—. Fue el último proyecto conjunto, y puede que el único, entre los diné y los hopi. Desde entonces han estado enfrentados en guerras territoriales por el ganado y los intrusos petroleros. Construyeron esta gran casa para un antepasado de Alexandra. Dicen que fue la primera mujer medicina blanca.

—La bisabuela de mi madre —añadí—, un personaje verídico, por lo que cuentan. Nació en un carromato y se quedó aquí a estudiar la industria farmacéutica lugareña.

Lily me miró con ojos de exasperación, como diciendo que debieron de ser sobre todo setas alucinógenas, a juzgar por la decoración.

—No puedo creerlo —terció mi tía—. ¿Cómo ha podido Cat pasar todos estos años aquí encerrada? El encanto está muy bien, pero ¿y la falta de comodidades? —Se paseó por la sala con Zsa-Zsa meneándose bajo su brazo y fue dejando un rastro en el polvo del mobiliario con una uña esmaltada de rojo sangre—. Las cuestiones importantes, vamos. ¿Dónde queda el salón de belleza más cercano? ¿Quién recoge y entrega la colada?

—Por no hablar de dónde está la supuesta cocina —dije, coincidiendo con ella, mientras señalaba al hogar—. Mi madre no está lo que se dice preparada para recibir visitas. —Lo cual no hacía más que convertir aquel guateque de cumpleaños en algo todavía más extraño.

—No conozco a tu madre —comentó Vartan—, aunque fui un gran admirador de tu padre, naturalmente. Jamás me habría atrevido a importunarte de esta manera, pero me sentí muy halagado cuando me invitó a quedarme...

—¿A quedarte? —repetí, atragantándome casi con esas palabras.

—Cat insistió en que nos quedáramos aquí, en la casa —corroboró Lily—. Dijo que tenía sitio de sobra para todo el mundo y que no había ningún hotel decente cerca.

En ambas cosas llevaba razón… por desgracia para mí. Pero había otro problema, como Lily no tardó en señalar.

—Parece que Cat no ha vuelto todavía de su excursión. No es propio de ella —comentó—. A fin de cuentas, lo hemos cancelado todo para venir aquí. ¿No ha insinuado nada que pudiera explicar por qué nos ha invitado y luego se ha ido?

—Nada sospechoso —dije yo, evasiva. ¿Qué otra cosa podía decir?

Gracias a Dios que había tenido la precaución de guardar ese juego mortífero en la funda del cojín antes de que Vartan Azov apareciera en mi puerta. Sin embargo, la nota en clave que había dejado mi madre encima del piano, junto con la reina negra hueca y su contenido, seguían quemándome en el bolsillo, donde parecían estar abriendo un agujero. Por no hablar de mi cabeza.

¿Cómo podía haber aparecido ese trozo de cartón allí de repente, cuando, por lo que yo sabía, solo lo habíamos visto mi padre y yo, hacía diez años y a miles de kilómetros de distancia? Durante la conmoción y el caos que había seguido a la muerte de mi padre en Zagorsk, casi no había pensado en aquella extraña mujer ni en el mensaje que me había entregado justo antes de la partida. Luego, más adelante, di por hecho que la tarjeta había desaparecido, igual que ella. Hasta ahora.

Tenía que quitar de en medio a Vartan Azov, y enseguida, para poder abordar algunos de esos asuntos con mi tía. Sin embargo, antes de que pudiera pensar cómo, vi que Lily se había detenido frente al escritorio de campaña inglés y había dejado a Zsa-Zsa en el suelo. Con las yemas de los dedos iba siguiendo el recorrido del cable que iba del teléfono a un agujero en el costado del escritorio. Tiró del cajón, pero no sirvió de nada.

—Esos cajones son un asco, siempre se encallan —dije desde el otro extremo de la sala, pero mi corazón volvió a acelerarse: ¿cómo no se me había ocurrido a mí primero algo tan evidente?

Dentro de ese cajón estaba el rústico contestador automático de mi madre. Me acerqué mientras Lily lo forzaba con un abrecartas. Aquel no era el público que yo habría elegido para escuchar la cinta privada de mi madre, pero, como diría Key, a falta de pan...

Lily alzó la mirada hacia mí y apretó el botón de *play* mientras Vartan y Nokomis se acercaban para unirse a nosotras junto al escritorio.

Había dos mensajes que le había dejado yo desde Washington; luego, unos cuantos de la tía Lily, en su caso, quejándose por tener que viajar al «páramo», como llamaba ella al recóndito refugio de montaña de mi madre. Me esperaban unas cuantas sorpresas desagradables, empezando por otra «invitada» al cumpleaños: una voz que, por desgracia, conocía demasiado bien.

—Catherine, querida —dijo el afectado acento de clase alta de Rosemary Livingston, nuestra vecina más cercana (lo que venía a ser a dos mil hectáreas de distancia); su voz resultaba quizá más brusca que normalmente a causa de los crujidos de la cinta—. ¡Siento mucho perderme esa *soirée* maravillosa! —espetó con voz lisonjera—. Basil y yo estaremos fuera, pero a Sage le encantará asistir... ¡Está loca de contenta! Y nuestro nuevo vecino dice que te diga que él también podrá. ¡Hasta otro ratito!

La única perspectiva menos apetecible que pasar un rato con el aburrido y oficioso multimillonario Basil Livingston y la cazaestatus de su esposa, Rosemary, era la idea de verme obligada a estar aunque solo fuera un instante más con su pretenciosa hija, Sage —reina del baile profesionalizada y presidenta emérita del Club Escolar—, que ya me había torturado durante seis años de primaria e instituto. Sobre todo una Sage, como había dicho Rosemary, «loca de contenta».

Aunque parecía que al menos podríamos disfrutar de un breve respiro antes de que nos cayera aquella encima, ya que la fiesta estaba planeada en forma de velada, y no de merendola.

La gran pregunta que me hacía era por qué estaban invitados los Livingston, teniendo en cuenta lo mucho que detestaba mi madre cómo había forjado Basil sus diversas fortunas, casi siempre a expensas de la civilización. En pocas palabras, como pionero en las inversiones de capital riesgo, Basil se había valido de su control del DOP (Dinero de Otras Personas) para comprar enormes parcelitas de la meseta del Colorado y ponerlas al servicio de la industria petrolera: inclusive tierras defendidas por las tribus indias de la zona, para quienes eran territorio sagrado. Esas habían sido algunas de las guerras territoriales a las que Key había hecho alusión.

En cuanto a lo de invitar a ese «nuevo vecino» que había mencionado Rosemary, ¿en qué narices estaba pensando mi madre? Nunca había confraternizado con los lugareños. Cada vez se veía más claro que ese sarao de cumpleaños contaba con todos los elementos de una fiesta estilo *Alicia en el país de las maravillas*: de la taza de té más cercana podía salir reptando cualquier cosa.

El siguiente mensaje, en la extraña voz de un hombre con acento alemán, solo sirvió para confirmar mis peores temores.

—*Grüssgott, mein Liebchen* —dijo el interlocutor—. *Ich bedaure sehr...* Bueno, por favor, perdona que mi inglés no es muy bueno. Espero que serás comprensible de todo mi significado. Soy tu viejo amigo, el profesor Wittgenstein, de Viena. Me sorprendo mucho de saber de tu fiesta. ¿Cuándo planeaste? Espero que recibes el regalo que envío a tiempo por el importante día. Por favor, abre enseguida para que no se estropea el contenido. Lamento que no puedo venir, es un auténtico sacrificio. Para mi ausencia, la única defensa es que tengo que asistir al Torneo de Ajedrez del Rey, en India...

Cuando sentí que la vieja señal de peligro volvía a encenderse, apreté el botón de *pause* y fulminé a Lily con la mirada. Por suerte, de momento parecía seguir en la inopia, pero yo veía claro que había demasiadas palabras clave sueltas por ahí: la más evidente, desde luego, era «ajedrez».

En cuanto al misterioso «profesor Wittgenstein de Viena», no estaba segura de cuánto había tardado mi madre en comprenderlo, ni sabía cuánto tardaría Lily en caer en la cuenta, pero, con acento o sin él, a mí me habían bastado exactamente doce segundos para «ser comprensible de todo su significado», inclusive quién era en realidad el interlocutor.

El verdadero Ludwig Wittgenstein, el eminente filósofo vienés, llevaba ya más de cincuenta años muerto. Había sido famoso por obras incomprensibles, como el *Tractatus Logico-Philosophicus*, pero más al caso del mensaje venían dos textos oscuros que Wittgenstein había imprimido personalmente y había repartido entre sus alumnos de la Universidad de Cambridge. Consistían en dos pequeños libros de apuntes con cubiertas de papel, uno de color marrón y el otro azul, que desde entonces recibieron por siempre la denominación de *Los cuadernos azul y marrón*. Su tema principal eran los juegos del lenguaje.

Lily y yo, claro está, sabíamos de alguien que profesaba una devota obsesión por esos juegos y que incluso había publicado algún que otro tratado propio, entre ellos uno acerca de esos textos de Wittgenstein. A eso se añadía el bonito detalle de que había nacido con la peculiaridad genética de tener un ojo azul y el otro castaño. Se trataba de mi tío Slava: el doctor Ladislaus Nim.

Sabía que ese lacónico mensaje encubierto de mi tío, que nunca usaba el teléfono, tenía que contener un núcleo de significado de vital importancia que seguramente solo mi madre sería capaz de entender. Tal vez algo que la había hecho abandonar la casa antes de que llegáramos ninguno de su ecléctica caterva de invitados.

Sin embargo, si tan preocupante era, o incluso peligroso, ¿por qué había dejado el mensaje en el contestador en lugar de borrarlo? Además, ¿cómo es que Nim había mencionado el ajedrez, un juego que mi madre despreciaba, un juego del que no sabía lo más mínimo? Partiendo de las pistas que había dejado mi tío, ¿qué podía querer decir todo aquello? Parecía que ese mensaje no estuviera dirigido únicamente a mi madre: también tenía que ser para mí.

Antes de que pudiera seguir pensando, Lily había vuelto a darle al *play* del contestador y obtuve mi respuesta.

—Pero sobre encender las velas de tu pastel —dijo, con ese glacial acento vienés, la voz que yo sabía que era de Nim—, sugiero que es tiempo de ceder la cerilla encendido a otra persona. Cuando el Fénix vuelve a levantar de las cenizas, ten cuidado, o puedes quemarte…

—¡BIP, BIP! ¡FINAL DE LA CINTA! —chirrió el rechinante contestador.

Y gracias a Dios, porque no habría soportado oír nada más.

No había lugar a error: la pasión de mi tío por los juegos lingüísticos, todas esas palabras en clave y calibradas con inteligencia: «sacrificio», «el Torneo del Rey», «India» y «defensa»… No, ese mensaje estaba inextricablemente relacionado con lo que fuera que estaba sucediendo, y no comprender su significado podía acabar siendo igual de definitivo, de irrevocable, que haber realizado aquella fatídica jugada. Sabía que tenía que deshacerme de esa cinta sin perder un instante, antes de que Vartan Azov, que estaba justo a mi lado, o cualquier otro tuvieran ocasión de descubrir esa relación.

Arranqué la cinta del contestador, eché a andar y la tiré al fuego. Mientras veía cómo la cinta y su estuche de plástico burbujeaban y se fundían en las llamas, la adrenalina empezó a fluir otra vez tras mis ojos en forma de un dolor palpitante y ardiente, como si estuviera mirando un fuego demasiado deslumbrante.

Cerré los ojos con fuerza; lo mejor para ver en el interior.

La última partida que había jugado en Rusia —la temible partida que mi madre me había dejado allí, apenas unas horas antes, dentro de nuestro piano— era una variante universalmente conocida en el lenguaje ajedrecístico como «defensa india de rey». Hacía diez años había perdido aquella partida a causa de un error garrafal derivado de un riesgo que había corrido mucho antes en la partida: un riesgo al que jamás debería haberme expuesto, ya que no tenía forma de ver todas las repercusiones que podía conllevar.

¿Y cuál había sido ese riesgo? Había sacrificado mi reina negra.

Entonces supe más allá de toda duda que, al margen de qué o quién hubiera matado a mi padre hacía diez años, el sacrificio de mi reina negra en aquella partida estaba relacionado con todo aquello. En ese momento vi algo con tanta claridad como los escaques blancos y negros en un tablero de ajedrez.

Mi madre estaba en verdadero peligro en esos instantes, puede que tanto como lo había estado mi padre diez años atrás... Y acababa de pasarme a mí esa cerilla encendida.

# LOS CARBONARIOS

Como cualquier otra asociación, los carbonarios, o «carboneros», se atribuyen una enorme antigüedad […]. Sociedades parecidas surgieron en muchos países montañosos y se rodearon de ese misticismo del que hemos visto ya numerosos ejemplos. Su lealtad mutua y para con la sociedad era tal que en Italia acabó desembocando en el dicho «Por la fidelidad de un *carbonaro*» […]. A fin de evitar toda sospecha de asociación delictiva, se dedicaron a cortar madera y producir carbón […]. Se reconocían entre sí mediante señales, roces y palabras […].

CHARLES WILLIAM HECKETHORN,
*The Secret Societies of All Ages and Countries*

Entre las sociedades secretas italianas, ninguna abarcaba tanto en sus objetivos políticos como la de los carbonarios. A principios de la década de 1820 eran algo más que un simple poder en el país y se vanagloriaban de poseer sociedades filiales en confines tan alejados como Polonia, Francia y Alemania. La historia de estos «carboneros», según ellos mismos, comenzó en Escocia.

ARKON DARAUL,
*A History of Secret Societies*

> Pero soy medio escocés de nacimiento y he cria-
> do a uno entero […].
>
> LORD BYRON,
> *Don Juan*, Canto X

*Viareggio, Italia, 15 de agosto de 1822*

Arreciaba el calor de la canícula. Allí, bajo el sol abrasador de la Toscana, en un tramo aislado de playa de la costa ligur, los guijarros de la arena conformaban una plancha tan ardiente que incluso a esas horas, a media mañana, podía uno cocer *pani* en su superficie. A lo lejos, al otro lado de las aguas, las islas de Elba, Capraia y la pequeña Gorgona surgían del mar como destellantes apariciones.

En el centro de la hoz de la playa, al abrigo de los altos montes circundantes, se había reunido un pequeño grupo de hombres. Sus caballos no soportaban el ardor de las arenas, así que los habían dejado en un bosquecillo cercano.

George Gordon, lord Byron, aguardaba apartado de los demás. Se había sentado en una gran roca negra que las olas lamían; aparentemente para que su afamado perfil romántico, inmortalizado en tantísimos cuadros, quedara recortado en la postura más favorecedora contra el fondo ofrecido por el titilante mar. Aunque, de hecho, la oculta deformidad que aquejaba a su pie derecho desde su nacimiento casi le había impedido bajar siquiera de su carruaje esa mañana. Su pálida tez, que le había valido el apodo de Alba, quedaba a la sombra de un ancho sombrero de paja.

Desde allí, tristemente, disfrutaba de una posición privilegiada para observar cada detalle de la espantosa escena que se desarrollaba en la playa. El capitán Roberts —patrón del barco de Byron, el *Bolívar*, que estaba anclado en la ensenada— supervisaba los preparativos de los hombres. Estaban levantando una gran hoguera. El edecán de Byron, Edward John Trelawney —llamado el Pirata por su rudo aspecto oscuramente atractivo

85

y sus excéntricas pasiones—, acababa de montar la jaula de hierro que haría las veces de parrilla.

La media docena de soldados de Lucca que los asistían habían exhumado el cadáver de su tumba provisional, cavada a toda prisa donde la marea había dejado varado el cuerpo. Los despojos apenas se asemejaban a un ser humano: los peces habían rebañado el rostro a mordiscos, y la carne putrefacta estaba manchada de un añil oscuro y espectral. Habían realizado la identificación gracias a la conocida casaca corta, en uno de cuyos bolsillos habían encontrado un pequeño tomo de poesía.

Colocaron entonces el cuerpo en la jaula parrilla y lo dispusieron sobre las ramas secas de balsamina y las maderas traídas por las olas que habían recogido de la playa. Esos escuadrones de soldados eran una presencia necesaria en una exhumación al uso, según había sido informado Byron, a fin de garantizar que se seguían los procedimientos adecuados de inmolación para luchar contra la fiebre amarilla de América, que estaba causando estragos en la costa.

Byron observó cómo Trelawney vertía el vino, las sales y el aceite sobre el cadáver. La llama rugiente saltó como un bíblico pilar de Dios hacia el severo cielo de la mañana. Una única gaviota volaba en círculos muy por encima de la columna llameante; los hombres intentaban ahuyentarla a gritos mientras agitaban sus camisas en el aire.

El calor de las arenas, exacerbado por el fuego, hacía que la atmósfera que rodeaba a Byron pareciera irreal: las sales habían vuelto las llamas de colores extraños, sobrenaturales. Incluso el aire estaba trémulo y ondeante. Se sentía verdaderamente enfermo, pero, por alguna razón que solo él conocía, no era capaz de marcharse de allí.

Byron, que seguía contemplando las llamas, sintió repugnancia cuando el cadáver explotó a causa de la intensa temperatura y sus sesos, apretados contra los barrotes al rojo vivo de la jaula de hierro, bulleron, borbotearon e hirvieron como en una caldera. También podía haber sido una oveja muerta, pensó. Qué visión más nauseabunda y degradante… La realidad terrena de su querido amigo se evaporaba en blancas cenizas ardientes ante sus propios ojos.

Conque eso era la Muerte.

Ahora estamos todos muertos, de una u otra forma, pensó Byron con amargura. Pero ¿acaso no había bebido demasiado Percy Shelley de las pasiones oscuras de la Muerte como para durar una vida entera?

Esos últimos seis años, durante todas sus peregrinaciones, las vidas de los dos famosos poetas habían estado inextricablemente ligadas. Empezando por sus exilios voluntarios de Inglaterra, que habían emprendido el mismo mes del mismo año, si bien no por las mismas razones, y hasta su estancia en Suiza. También habían estado juntos en Venecia, de la que Byron había desaparecido hacía más de dos años, y ahora en su *grand palazzo* de allí, en la cercana Pisa, del que Shelley había salido apenas unas horas antes de su muerte. A ambos los había acechado la muerte; acosados y acuciados, casi se habían visto engullidos por el interminable y cruel vórtice que había empezado a girar tras sus respectivas huidas de Albión.

Primero el suicidio de la primera esposa de Shelley, Harriet, hacía seis años, cuando Shelley se fugó al continente con una Mary Godwin de dieciséis años que ahora era su esposa. Después el suicidio de la hermanastra de Mary, Fanny, a la que los amantes habían dejado en Londres con su cruel madrastra al huir. A ese golpe le siguió la muerte del benjamín de Percy y Mary, William. Y nada más que el febrero anterior, la muerte en Roma por tuberculosis del amigo e ídolo poético de Shelley, *Adonais*: el joven John Keats.

El propio Byron seguía dando tumbos por la muerte, acaecida hacía apenas unos meses, de su hija de cinco años, Allegra: la hija «natural» habida con la hermanastra de Mary Shelley, Clare. Pocas semanas antes de que Shelley muriera ahogado, *le* había explicado a Byron que había visto una aparición: Percy había creído ver a la difunta pequeña de Byron haciéndole señales desde el mar para que se reuniera con ella bajo las olas. Y de repente ese espantoso final del pobre Shelley.

Primero la muerte en el agua; luego la muerte en el fuego.

A pesar del calor asfixiante, Byron sintió un frío terrible al recrear mentalmente la escena de las últimas horas de su amigo.

Caída ya la tarde del 8 de julio, Shelley había salido del *grand palazzo* de Lanfranchi propiedad de Byron, en Pisa, y había corrido hacia su pequeña embarcación, el *Ariel*, amarrada un trecho de costa más abajo. Contra todo lo aconsejable y todo sentido común, Shelley había zarpado al instante sin avisar a nadie y había puesto rumbo hacia el vientre crepuscular de una tormenta que se acercaba. ¿Por qué?, pensó Byron. A menos que lo persiguieran. Pero ¿quién? ¿Y con qué fin?

No obstante, en retrospectiva esa parecía la única explicación verosímil, como Byron comprendiera esa mañana por primera vez. De súbito, en un fogonazo de lucidez, había visto algo que debiera haber sospechado enseguida: la misteriosa muerte por ahogamiento de Percy Shelley no había sido un accidente. Estaba relacionada con algo —o fue buscada por alguien— que iba a bordo de aquella embarcación. Byron ya no tenía duda alguna de que, cuando el *Ariel* fuera rescatado de su tumba acuosa, como pronto sucedería, verían que había sido embestido por una falúa o alguna otra gran nave con intención de abordarlo. Pero también sospechaba que no habrían encontrado lo que fuera que andaban buscando.

Y es que, como Byron no había intuido hasta esa mañana, Percy Shelley —un hombre que jamás había creído en la inmortalidad— podría haber logrado enviar un último mensaje desde más allá de la tumba.

Byron se volvió hacia el mar de manera que los demás, ocupados con el fuego, no le vieran sacar subrepticiamente de la cartera el tomo con el que había logrado hacerse: el ejemplar de Shelley de los últimos poemas de John Keats, publicados no mucho antes de que este muriera en Roma.

El libro empapado había sido encontrado con el cuerpo tal como lo había dejado el propio Shelley: remetido en el bolsillo de esa corta casaca suya de colegial que le venía pequeña. Todavía estaba abierto y tenía una marca en su poema preferido de

Keats, *La caída de Hiperión*, sobre la batalla mitológica entre los titanes y esos nuevos dioses, encabezados por Zeus, que no tardarían en ocupar su lugar. Tras ese famoso combate mitológico que todo niño en edad escolar conocía, solo Hiperión, dios del sol y el último de los titanes, sigue con vida.

Era un poema por el que Byron nunca había sentido especial inclinación, y que ni al propio Keats le había gustado lo bastante para terminarlo, pero le pareció significativo que Percy se hubiera tomado la molestia de llevarlo consigo, incluso en su muerte. Sin duda había marcado ese pasaje por alguna razón:

> *Al punto echó a correr el brillante Hiperión;*
> *sus túnicas en llamas fluían tras sus talones,*
> *produciendo un rugido como de fuego terrenal* [...]
> *Llameando se alejó...*

En ese final prematuro de un poema que estaba destinado a permanecer inconcluso por siempre, el dios del sol parece prenderse fuego y extinguirse en el olvido estallando en una bola de su propia incandescencia: casi como un ave Fénix. Casi como el pobre Percy, inmolado allí, en la pira.

Con todo, lo fundamental era algo que nadie más parecía haber notado cuando encontraron el libro: justo en el lugar en que Keats había dejado su pluma, Percy había empuñado la suya y había dibujado cuidadosamente una pequeña marca en el margen de la página, una especie de huecograbado con algo impreso dentro. La tinta estaba muy desvaída a causa de la larga exposición a la salada agua del mar, pero Byron estaba seguro de que aún podría descifrarlo si lo examinaba en detalle. Por eso lo había llevado consigo esa mañana.

Tras arrancar la página del libro, volvió a guardar el tomo y estudió a conciencia el pequeño dibujo que su amigo había realizado en el borde. Shelley había trazado un triángulo que encerraba tres pequeños círculos, o esferas, cada uno en una tinta de diferente color.

Byron conocía bien esos colores por diversos motivos. Primero, porque eran los suyos: los de la heráldica de su familia materna escocesa, que se remontaba a tiempos anteriores a la conquista normanda. Aunque no era más que una casualidad de nacimiento, durante su estancia en Italia no le había ayudado precisamente hacer siempre orgullosa ostentación de esos colores en su enorme carruaje, un vehículo construido a imitación del que había poseído el destituido y difunto emperador de Francia, Napoleón Bonaparte, pues, como Byron debía saber mejor que nadie, en un lenguaje secreto o esotérico esos colores en especial significaban muchísimo más.

Las tres esferas que Shelley había dibujado en el triángulo eran negra, azul y roja. La negra simbolizaba el carbón, que significaba «fe»; el azul representaba el humo, que quería decir «esperanza», y el rojo era la llama, por la «caridad». Juntos, los tres colores representaban el ciclo vital del fuego. Es más, dispuestos como allí estaban, dentro de un triángulo, símbolo universal de dicho elemento, aludían a la destrucción mediante las llamas del viejo mundo, tal como profetizó san Juan en el *Apocalipsis* y la llegada de un nuevo orden mundial.

Precisamente ese símbolo, esos orbes tricolores dentro de un triángulo equilátero, había sido elegido también como insignia secreta de un grupo clandestino que pretendía llevar a cabo esa misma revolución, al menos allí, en Italia. Se hacían llamar los *carbonari*: los carbonarios.

En los veinticinco años que siguieron a la Revolución francesa, un lapso de terror y conquista que casi redujo a añicos a Europa entera, solo hubo un rumor más aterrador que el de la guerra: el de la insurrección interna, un movimiento surgido del interior de los reinos que exigía la aniquilación de todos los señores de fuera, de cualquier imperio impuesto.

Durante los dos años anteriores, George Gordon, lord Byron, había vivido bajo el mismo techo que su amante veneciana, Teresa Guiccioli, una niña ya casada a quien doblaba la edad y que se había exiliado de Venecia junto con su hermano, su primo y su padre, pero sin su cornudo esposo. Se trataba de los afamados Gamba —los *Gambitti*, como los llamaba la prensa popular—, miembros destacados de la Carbonería, el mismo grupo que había jurado enemistad eterna a todas las formas de tiranía... aunque había fracasado en su intento de golpe de Estado, durante el carnaval del año anterior, para expulsar a los gobernantes austríacos del norte de Italia. En lugar de eso, los propios Gamba habían sido expulsados de tres ciudades italianas consecutivamente, y Byron los había seguido en cada nueva escala.

Esa era la razón de que todas las comunicaciones de Byron, ya fuera en persona o por escrito, fuesen diligentemente vigiladas y se tuviera orden de transmitirlas a los amos oficiales de las tres partes de Italia: los Habsburgo austríacos del norte, los Borbones españoles del sur y la propia iglesia de los Estados Pontificios en el centro.

Lord Byron era el *capo* secreto de los Cacciatori Americani: «los Americanos», como se conocía a la rama más popular y populista de la sociedad clandestina. Había financiado con sus fondos privados las armas, la munición y la pólvora de la reciente insurrección frustrada de los *carbonari*... y mucho más.

Le había proporcionado a su amigo Alí Bajá la nueva arma secreta que este quería utilizar en su rebelión contra los turcos, el fusil de repetición, que Byron había mandado diseñar para sí mismo en Estados Unidos.

También estaba costeando la Etaireía ton Philikón, o Sociedad de Amigos: un grupo secreto que apoyaba la lucha para expulsar de Grecia a los turcos otomanos.

Lord Byron era, sin duda, todo lo que los endriagos imperialistas tenían motivos para temer por encima de todo: un enemigo implacable de los tiranos y sus reinos. Esos poderes comprendían que él en persona era exactamente el fermento que requería la insurrección y que, además, era lo bastante rico para, en caso necesario, darle de beber también con agua de su propio pozo.

Sin embargo, en el último año esas tres sublevaciones nacientes habían sido brutalmente aplastadas y habían acabado con la yugular segada, a veces literalmente. No en vano se dijo, tras la muerte de Alí Bajá, hacía siete meses, que había sido enterrado en dos lugares diferentes: su cuerpo en Janina, su cabeza en

Estambul. Siete meses. ¿Cómo había tardado tanto en darse cuenta? Hasta esa mañana.

Habían pasado casi siete meses desde que había muerto Alí Bajá y todavía no había recibido noticias, ninguna señal... Al principio, Byron suponía que habría habido un cambio de planes. Después de todo, muchas cosas habían cambiado en los últimos dos años mientras Alí permanecía aislado en Janina, pero el bajá siempre había jurado que, si alguna vez se encontraba en peligro, daría con Byron por cualquier medio a través de su servicio secreto, que era, a fin de cuentas, el más amplio y poderoso que jamás forjara en la historia una organización de ese tipo.

En caso de que, durante las últimas horas del bajá en la tierra, eso resultara imposible, él mismo se inmolaría en el interior de la gran fortaleza de Demir Kule junto con su tesoro, sus seguidores e incluso su amada y hermosa Vasiliki, antes que dejar que nada cayera en manos de los turcos.

Sin embargo, Alí Bajá estaba muerto y, según todos los informes, la fortaleza de Demir Kule había sido aprehendida intacta. Pese a los reiterados intentos de Byron por descubrir cualquier indicio sobre qué había sido de Vasiliki y de todos los que habían sido apresados en Estambul, todavía no le había llegado noticia alguna. Tampoco había recibido el objeto que se suponía que la Carbonería y él mismo debían proteger.

El libro de poemas de Percy parecía contener la única pista. Si Byron lo había interpretado correctamente, el triángulo que había dibujado su amigo constituía solo la mitad del mensaje. La otra mitad era el poema en sí: el fragmento que Percy había señalado de *La caída de Hiperión* de Keats. Uniendo esas dos pistas, el mensaje completo decía: «El viejo dios solar será destruido por una llama mucho más peligrosa: una llama eterna».

Byron comprendió al instante que, si eso era cierto, él mismo era quien más tenía que temer. Debía pasar a la acción, y enseguida además, porque si Alí Bajá había muerto sin la colosal explosión prometida, si a sus oídos no llegaban noticias de los supervivientes que habían estado junto a él —Vasiliki y sus consejeros, su servicio secreto, los *shaijs* bektasíes—, si Percy Shelley había sido perseguido desde el *palazzo* pisano de Byron y empujado hacia esa tormenta, hacia su muerte, todo ello no podía significar más que una cosa: que todo el mundo creía que ese trebejo había llegado al destino que le habían asignado, que Byron lo había recibido. Esto es, todo el mundo salvo quienquiera que hubiera escapado de Janina.

¿Y qué habría sido de la Reina Negra perdida?

Byron necesitaba retirarse a pensar y trazar un plan antes de que los demás subieran a bordo de su barco con las cenizas de Percy. Tal vez fuera ya demasiado tarde.

Arrugó en su mano la página que contenía el mensaje y, adoptando su habitual expresión de distante desdén, se levantó de donde estaba sentado y cojeó dolorosamente por las ardientes arenas hasta donde Trelawney seguía atendiendo el fuego. Los rasgos oscuros y salvajes del Corsario Londinense habían ennegrecido más aún a causa del hollín de la hoguera y, con esos resplandecientes dientes blancos y esos mostachos trepadores, el hombre parecía algo más que ligeramente loco. Byron se estremeció al lanzar con indiferencia a las llamas el rebujo de papel. Se aseguró de que prendía y ardía antes de volverse para hablar con los demás.

—No repitáis esta farsa conmigo —dijo—. Dejad que mi cadáver se pudra donde caiga muerto. Debo confesar que este homenaje pagano a un poeta muerto me ha dejado deshecho. Necesito un poco de aire marino para borrar de mi mente este horror.

Regresó a la orilla y, con una rauda cabezada hacia el capitán Roberts para confirmar su anterior acuerdo de encontrarse más tarde en el barco, Byron dejó a un lado su sombrero de ala ancha, se quitó la camisa, se zambulló en el mar y surcó las olas con brazadas fuertes e imperiosas. Era media mañana y el agua ya estaba tibia como la sangre; el sol abrasaba la blanca tez de Alba. Sabía que tenía que nadar menos de un kilómetro hasta el *Bolívar*; muy poca cosa para un hombre que había cruzado el Helesponto a nado, pero un trecho lo bastante largo para permitirle despejar la cabeza y pensar. Sin embargo, aunque el ritmo de sus brazadas y el agua salada que le lamía los hombros le ayudaban a calmar su agitación, su pensamiento no hacía más que volver una y otra vez sobre lo mismo: por mucho que lo intentaba, y pese a que pudiera parecer descabelladamente improbable, a Byron solo se le ocurría una persona a quien pudiera hacer referencia el mensaje de Percy. Alguien que quizá poseyera un indicio fundamental sobre el destino del tesoro desaparecido de Alí Bajá. El propio Byron no había llegado a conocerla, pero su reputación la precedía.

Era italiana de nacimiento, una viuda acaudalada. Frente a la descomunal riqueza de esta, lord Byron sabía que su considerable fortuna personal palidecería. Esa mujer había gozado otrora de renombre mundial, aunque ahora vivía prácticamente aislada allí, en Roma. Sin embargo, decían que en su juventud había luchado con valentía empuñando pistolas y a lomos de un caballo para liberar a su tierra de los poderes extranjeros; igual que Byron y los carbonarios intentaban hacer en aquellos días.

No obstante, a pesar de las aportaciones personales de la mujer a la causa de la libertad, fue ella quien dio a luz al último titánico «dios solar» del mundo, tal como Keats lo había descrito: su vástago había sido un tirano imperial cuyo efímero reino había aterrorizado a Europa entera y luego se había consumido con prontitud. Igual que Percy Shelley. Al final, lo único que había logrado el hijo de aquella mujer había sido replantar la virulenta semilla de la monarquía en el mundo del momento. Hacía apenas un año que había muerto, hundido en la angustia y la oscuridad.

Mientras sentía que el sol le quemaba la piel desnuda, Byron se esforzó más aún por llegar a su barco entre las vastas aguas. Si estaba en lo cierto, sabía que tenía poco tiempo que perder para poner su plan en marcha.

A Byron, además, no dejaba de resultarle irónico el hecho de que, de haber vivido el hijo de la viuda romana, ese día, el 15 de agosto, habría sido su cumpleaños: un día que se conmemoraba en toda Europa durante los últimos quince años, hasta su muerte.

La mujer que lord Byron creía que podía tener la clave para localizar a la Reina Negra perdida de Alí Bajá era la madre de Napoleón: Letizia Ramolino Buonaparte.

*Palazzo Rinuccini, Roma, 8 de septiembre de 1822*

> Aquí [en Italia] no se ven de momento más que las centellas del volcán, pero la tierra está caliente y el aire es sofocante […] hay en el pensamiento de las gentes una gran conmoción que desembocará en quién sabe qué […]. Las «eras de los reyes» desaparecen deprisa. La sangre se verterá como agua, y las lágrimas como niebla; pero al final los pueblos vencerán. No viviré para verlo, pero lo presagio.
>
> LORD BYRON

Hacía una mañana cálida y agradable, pero Madame Mère había dispuesto que el fuego crepitara en todas las chimeneas del *palazzo*, que se encendieran velas en todas las estancias. Cada una de las costosas alfombras de Aubusson había sido cepillada, a cada una de las esculturas de Canova de sus famosos hijos le habían quitado el polvo. Los criados de *madame* estaban ataviados con sus más elegantes libreas verdes y doradas, y su hermano, el cardenal Joseph Fesch, pronto llegaría desde su cercano *palazzo* Falconieri para ayudarla a recibir a los invitados a quienes siempre abría su hogar ese día de todos los años, puesto que era una fecha señalada en el calendario sagrado, un día que Madame Mère había jurado que jamás desatendería y siempre honraría: la Asunción de la Virgen María.

Llevaba más de cincuenta años realizando el ritual, desde que hiciera su solemne promesa a la Virgen. A fin de cuentas, ¿no había nacido su hijo favorito el día de la festividad de la Ascensión de la Virgen María a los cielos? Esa criaturita endeble cuyo nacimiento había llegado tan repentina e inesperadamente pronto, cuando ella —la joven Letizia, con solo dieciocho años— ya había perdido dos niños. De modo que ese día le había jurado a Nuestra Señora que siempre, sin falta, celebraría su nacimiento y que consagraría a sus hijos a la Virgen María.

Aunque el padre del niño había insistido en ponerle al recién nacido Neapolus en honor a un desconocido mártir egipcio en lugar de Carlo-Maria, como hubiera preferido Letizia, ella se aseguró de bautizar a todas sus hijas con el *prénom* de María: Maria Anna, a la que más adelante se conocería por Elisa, gran duquesa de Toscana; Maria Paula, llamada Paulina, princesa Borghese, y Maria Annunziata, más tarde llamada Carolina, reina de Nápoles. Y a ella la llamaban Madame Mère: Nuestra Señora Madre.

La Reina de los Cielos había bendecido sin duda a todas las niñas con salud y belleza, mientras que su hermano, que sería conocido como Napoleón, les había dado riqueza y poder. Pero nada de ello duraría. Todos esos dones se habían disipado, igual que las nieblas turbias que Letizia aún recordaba envolviendo su isla natal de Córcega.

En ese momento, mientras Madame Mère avanzaba por las salas llenas de flores e iluminadas por velas de su enorme *palazzo* romano, sabía que tampoco ese mundo perduraría. Madame Mère, con el corazón palpitante, sabía que esa jornada de tributo a la Virgen podía acabar siendo su último día en mucho tiempo. Allí estaba ella, una anciana prácticamente sola, pues toda su familia había perecido o se había dispersado, vestida de un luto perpetuo y viviendo en un entorno que le era muy ajeno, rodeada únicamente de cosas efímeras: riqueza, posesiones y recuerdos.

Sin embargo, uno de esos recuerdos podía haber regresado de súbito para acosarla.

Sucedía que Letizia había recibido esa misma mañana un mensaje, una nota entregada a mano de alguien a quien no había visto y de quien no había tenido noticias en todos esos largos años del auge y la caída del imperio de los Bonaparte; desde que Letizia y su familia habían dejado atrás las agrestes montañas de Córcega, hacía casi treinta años. La nota era de alguien a quien la mujer, a esas alturas, había llegado a creer muerto.

Letizia sacó el papel del interior del corpiño de su vestido negro de luto y volvió a leer el mensaje, puede que por vigésima vez desde que lo había recibido por la mañana. No estaba firmado, pero no cabía duda de quién lo había escrito. Estaba redactado con el ancestral alfabeto *tifinagh* de la lengua tamazigh de los bereberes tuaregs del Sahara profundo. Ese idioma había sido siempre un código secreto utilizado por una sola persona en los *communiqués* con la familia de su madre.

Esa era la razón de que Madame Mère hubiera enviado a buscar urgentemente a su hermano el cardenal, para pedirle que acudiera enseguida, antes que los demás invitados, y que trajera con él a la inglesa, esa otra María que acababa de regresar a Roma hacía poco. Solo ellos dos serían capaces de ayudarla en su horrible trance.

Si ese hombre al que llamaban el Halcón se había levantado verdaderamente de entre los muertos, Letizia sabía muy bien qué se le exigiría a ella.

A pesar de la calidez de los numerosos fuegos de las estancias, sintió ese frío tan conocido de las profundidades de su propio pasado mientras releía una vez más las fatídicas líneas: «El Pájaro de Fuego se ha levantado. El Ocho regresa».

*Tassili n'Ajjer, el Sahara, equinoccio de otoño de 1822*

> Somos inmortales, y no olvidamos,
> somos eternos, y para nosotros el pasado
> es, como el futuro, presente.
>
> LORD BYRON,
> *Manfredo*

Charlot estaba de pie en la alta meseta, contemplando el vasto desierto rojo. La brisa hacía tabletear su túnica blanca en torno a él como las alas de un gran pájaro. Su largo pelo, del mismo color que las arenas cobrizas que se extendían ante él, flotaba libr

En ningún lugar de la tierra podía encontrarse un desierto de esa tonalidad exacta: el color de la sangre. El color de la vida.

Ese terreno inhóspito en lo alto de un precipicio del Sahara profundo era un lugar en el que solo las cabras salvajes y las águilas decidían vivir. No siempre había sido así. Detrás de él, en los legendarios precipicios del Tassili, había cinco mil años de grabados y pinturas —siena quemado, ocre, ámbar puro, blanco—, pinturas que explicaban la historia de ese desierto y de quienes lo habían poblado en las brumas del tiempo, una historia que aún seguía desplegándose.

Aquella era su tierra natal —lo que los árabes llamaban la *watan* de uno, la patria—, aunque no había vuelto desde que era un niño de pecho. Allí había comenzado su vida, pensó Charlot. Había nacido para el juego. Y tal vez fuera allí donde el juego estaba destinado a terminar… en cuanto hubiera resuelto el misterio. Por eso había regresado a ese paraje ancestral, a ese tapiz de luz radiante y oscuros secretos: para encontrar la verdad.

Los bereberes del desierto creían que estaba destinado a ser quien lo resolviera. Su nacimiento había sido predicho. La más antigua leyenda bereber hablaba de un niño nacido antes de tiempo, con ojos azules y pelo rojo, que sería clarividente. Charlot cerró los ojos e inhaló el aroma del lugar, arena, sal y cinabrio, evocando sus recuerdos físicos más primigenios.

Lo habían lanzado al mundo demasiado pronto: rojo, crudo, chillando. Su madre, Mireille, una huérfana de dieciséis años, había huido de su convento en los Pirineos occidentales y había viajado hasta internarse en el desierto, cruzando dos continentes, para proteger un peligroso secreto. Había sido lo que llamaban una *zhayib*, una mujer que había conocido varón solo una vez: su padre. El nacimiento de Charlot, allí, en los precipicios del Tassili, fue asistido por un príncipe bereber de velos añiles y piel teñida de azul, uno de los «hombres azules» de los tuaregs del Kel Rela. Era Shahin, el halcón del desierto, que haría de padre, padrino y tutor del niño elegido.

En la descomunal extensión que Charlot tenía ante sí, hasta

donde le alcanzaba la vista, las silenciosas arenas rojas se transformaban como lo habían hecho durante indecibles siglos, moviéndose sin sosiego, como una criatura que vivía y respiraba; arenas que se le antojaban parte de él, arenas que borraban todos los recuerdos...

Todos menos los suyos, en realidad. El terrible don de la memoria acompañaba siempre a Charlot; recordaba incluso aquello que no había sucedido aún. De niño lo habían llamado el Pequeño Profeta. Había predicho el auge y la caída de imperios, el futuro de grandes hombres, como Napoleón y Alejandro de Rusia... O el de su verdadero padre, al que solo había visto una vez: el príncipe Charles-Maurice de Talleyrand.

El recuerdo del futuro siempre había sido como un manantial imparable para Charlot. Podía predecirlo, aunque tal vez no pudiera alterarlo. Claro está, el mayor de los dones podía ser también una maldición.

Para él, el mundo era como una partida de ajedrez en la que cada movimiento provocaba un sinfín de jugadas posibles y al mismo tiempo desvelaba una estrategia subyacente, implacable como el destino, que lo impulsaba a uno a avanzar inexorablemente. Igual que el juego del ajedrez, igual que las pinturas de la roca, igual que las arenas eternas: para él, el pasado y el futuro siempre estaban presentes.

Y es que Charlot había nacido, tal como había sido predicho, ante la mirada de la antigua diosa, la Reina Blanca, cuya imagen pintada ocupaba la concavidad de la gran pared de piedra. La habían conocido en todas las culturas y en todas las épocas, y en esos momentos se cernía sobre él como un ángel vengador, grabada en lo alto del precipicio de roca maciza. Los tuaregs la llamaban Car: la Auriga.

Era ella, decían, la que había preñado el cielo nocturno de destellantes estrellas; ella la primera en poner en marcha el inexorable juego. Charlot había viajado hasta allí desde el otro lado del mar para posar su mirada en ella por primera vez desde su nacimiento. Ella era la única, decían, que podía desvelar —quizá solo al elegido— el secreto que ocultaba el juego.

Charlot despertó antes del alba y apartó la chilaba de lana que había usado como manta para protegerse del crudo aire de la noche. Algo iba terriblemente mal… aunque todavía no presentía el qué.

En aquel lugar, tras una ardua ruta de cuatro días por el escabroso terreno del valle de abajo, se sabía muy a salvo, pero no tenía forma de esconderse del hecho de que algo andaba mal.

Se levantó de su improvisado lecho para ver mejor el panorama. Al este, hacia La Meca, se atisbaba a lo lejos la delgada cinta de rojo que recorría el horizonte y auguraba el sol, pero aún no había luz suficiente para distinguir su entorno. Allí de pie, en el silencio de lo alto de la meseta, Charlot oyó un sonido… a solo unos metros. Primero una suave pisada en la grava, después el rumor de una respiración humana.

Le aterrorizaba dar un paso en falso, moverse siquiera.

—Al-Kalim… soy yo —dijo alguien, hablándole en un susurro, aunque en kilómetros a la redonda no había nadie que pudiera oírlos.

Solo un hombre se dirigiría a él llamándole al-Kalim, «el vidente».

—¡Shahin! —exclamó Charlot. Sintió unas manos recias y firmes que le apresaban las muñecas, las manos del hombre que siempre había sido para él madre y padre, hermano y guía—. Pero ¿cómo me has encontrado?

¿Por qué había arriesgado Shahin la vida para cruzar los mares y el desierto? ¿Para atravesar de noche ese traicionero cañón? ¿Para llegar antes del alba? Sea lo que fuere lo que lo hubiera llevado hasta aquel lugar, debía de ser más perentorio de lo que pudiera imaginarse.

Sin embargo, había algo más importante: ¿cómo no lo había presagiado Charlot?

El sol atravesó el horizonte y lamió las ondulantes dunas de la lontananza con un cálido resplandor rosado. Las manos de Shahin seguían asiendo con firmeza las de Charlot, como si no pudiera soportar dejarlo ir. Tras un largo momento, lo soltó y se apartó los velos añiles.

En la luz rosada, Charlot vislumbró por primera vez los rasgos curtidos y falcónidos de Shahin, pero, en realidad, lo que vio en ese rostro lo asustó. En sus veintinueve años de vida, Charlot jamás había visto a su mentor delatar sentimiento alguno por ningún concepto. Menos aún la emoción que vio escrita entonces en su semblante y que lo aterrorizó: dolor.

¿Por qué seguía Charlot sin ver nada?

Sin embargo, Shahin hizo un tremendo esfuerzo por hablar.

—Hijo mío… —empezó a decir, ahogándose casi con esas palabras.

Aunque Charlot siempre había pensado en Shahin como en un padre, era la primera vez que el anciano se dirigía a él de esa forma.

—Al-Kalim —siguió diciendo—, nunca te pediría que utilizaras ese gran don que te otorgó Alá, tu don de la visión, si no fuera una cuestión de vital importancia. Se ha producido una catástrofe que me ha hecho cruzar el mar desde Francia. Algo de gran valor puede haber caído en manos maléficas. Algo de lo que no he tenido noticia hasta hace unos meses…

Charlot, con el corazón atenazado por el miedo, comprendió que si Shahin había ido hasta el desierto para buscarlo con tanta urgencia, la catástrofe debía de ser ciertamente grave, pero las siguientes palabras de Shahin fueron aún más inauditas.

—Tiene que ver con mi hijo —añadió.

—¿Tu… hijo? —repitió Charlot, temiendo no haber oído bien.

—Sí, tengo un hijo. Es muy amado —dijo Shahin—. E, igual que tú, fue elegido para una vida que no siempre somos quiénes para cuestionar. Desde su más tierna infancia fue iniciado en una orden secreta. Su formación estaba casi completa… antes de tiempo, pues no tiene más que catorce años. Hace seis meses, recibimos noticia de que había tenido lugar una catástrofe: el sumo *shaij*, el *pir* de su orden, envió a mi hijo a una importante misión para que ayudara a revertir la situación. Pero, por lo visto, el chico no llegó a su destino…

—¿Cuál era su misión? ¿Qué destino era ese al que debía llegar? —preguntó Charlot, aunque se dio cuenta, presa del pánico, de que era la primera vez que tenía que hacer preguntas así.

¿Cómo no conocía ya la respuesta?

—Mi hijo se dirigía a Venecia con otro participante en esa misión —repuso Shahin, si bien miraba a Charlot de forma extraña, como si también le hubiera surgido la misma pregunta: ¿cómo no lo sabía Charlot?—. Tenemos motivos para temer que mi hijo, Kauri, y su acompañante han sido secuestrados. —Shahin guardó silencio y luego añadió—: He sabido que tenían en su poder una pieza importante del ajedrez de Montglane.

# LA DEFENSA INDIA DE REY

[La defensa india de rey] suele considerarse la más compleja e interesante de todas las defensas indias [...]. Teóricamente, las blancas deberían tener ventaja, ya que tienen una posición más libre, pero la posición de las negras es sólida y cuenta con numerosos recursos; un jugador tenaz puede conseguir milagros con esta defensa.

FRED REINFELD,
*Complete Book of Chess Openings*

Las negras [...] permitirán a las blancas crear un sólido centro de peones y procederán a atacarlo. Otras características comunes son los intentos de las negras por abrir la diagonal larga de escaques negros y un asalto por parte de los peones del flanco de rey de las negras.

EDWARD R. BRACE,
*An Illustrated History of Chess*

El ruido de la madera astillándose rompió el silencio. Desde donde estaba, junto al hogar, miré al otro lado de la habitación y vi que Lily había desconectado el contestador de mi madre y había tirado de la maraña de cables de dentro del cajón; estaban esparcidos por todo el escritorio de campaña. Mientras

Key y Vartan la miraban, ella usaba el abrecartas en forma de daga para intentar forzar el cajón atascado y sacarlo del escritorio. Por como había sonado, estaba desmantelando el mueble.

—¿Qué haces? —exclamé con alarma—. ¡Ese escritorio tiene cien años de antigüedad!

—Cómo lamento destrozar un auténtico souvenir de las guerras coloniales británicas... Debe de significar mucho para ti —dijo mi tía—. Sin embargo, tu madre y yo encontramos una vez unos objetos de incalculable valor escondidos en unos cajones tan atascados como este. Cat debía de saber que esto me sonaría de algo. —Y siguió embistiendo con exasperación.

—Ese escritorio de campaña es demasiado endeble para guardar nada de valor —señalé. No era más que una caja de poco peso con cajones y sostenida sobre patas plegables, o caballetes, como las que solían transportarse sobre mulas de carga en las campañas de las escabrosas regiones montañosas desde el paso de Jyber hasta Cachemira—. Además, que yo recuerde, ese cajón siempre ha estado atrancado.

—Pues ya va siendo hora de desatrancarlo —insistió Lily.

—Amén a eso —convino Key, mientras asía el contundente pisapapeles de piedra que había en el escritorio y se lo pasaba a Lily—. Ya sabes lo que suele decirse: «Más vale tarde que nunca».

Lily había alzado el peso de piedra y lo lanzó entonces con fuerza sobre el cajón. Oí la débil madera astillarse más aún, pero mi tía seguía sin poder abrirlo del todo.

Zsa-Zsa, alborotada por tanto ruido y tanta excitación, daba grititos histéricos que recordaban una colonia de ratas lanzándose al mar y saltaba alrededor de las piernas de todos. La levanté y la acomodé bajo mi brazo, consiguiendo hacerla callar temporalmente, allí inmovilizada.

—Permíteme —fue el cortés ofrecimiento de Vartan a Lily mientras le quitaba las herramientas de las manos.

Metió el abrecartas entre el costado del cajón y el escritorio, lo martilleó con el pisapapeles e hizo palanca hasta que la débil madera se rompió y se separó de la base del cajón. Lily dio un buen tirón al pomo y el cajón quedó liberado.

Vartan sostuvo las maderas rotas en sus manos y estudió los lados y la base mientras Key se arrodillaba en el suelo para meter el brazo estirado hasta donde pudo alcanzar por el agujero abierto. Palpó el interior.

—Aquí no toco nada —dijo, acuclillada y de puntillas—, pero no me llega el brazo hasta el fondo.

—Permíteme —repitió Vartan; dejó el cajón, se acuclilló junto a ella y deslizó la mano por la cavidad abierta del escritorio.

Pareció tomarse un buen rato para palpar el interior. Al final retiró el brazo e, inexpresivo, alzó la mirada hacia nosotras tres, que estábamos de pie, expectantes.

—No encuentro nada ahí atrás —dijo mientras se ponía de pie y se sacudía el polvo de la manga.

Puede que fuera mi suspicacia natural, o tal vez mis nervios crispados, pero no le creí. Lily tenía razón, allí dentro podía haberse ocultado algo. Al fin y al cabo, puede que esos escritorios tuvieran que ser ligeros para transportarlos con facilidad, pero también tenían que ser seguros. Durante décadas los habían usado para guardar planes de batalla y estrategias, mensajes con códigos secretos de cuarteles generales, unidades de campo y espías.

Le endosé Zsa-Zsa a Lily otra vez y abrí de un tirón el otro cajón del escritorio de campaña para rebuscar en él hasta que encontré la linterna que siempre guardábamos allí. Aparté bruscamente a Key y a Vartan a un lado, me incliné y efectué un barrido con la linterna para explorar el interior del escritorio, pero Vartan tenía razón: allí dentro no se veía nada. Entonces, ¿qué había atascado el cajón durante tantos años?

Lo recogí del suelo, donde lo había dejado Vartan, y lo examiné yo misma. Aunque no le vi nada extraño, hice a un lado el contestador automático y las herramientas para dejarlo sobre el escritorio. Saqué también el otro cajón y vacié todo lo que tenía dentro. Al compararlos uno junto al otro, parecía que el panel posterior del cajón roto era ligeramente más alto que el del otro.

Miré a Lily, que seguía con la inquieta Zsa-Zsa en brazos y me hizo un gesto asintiendo con la cabeza, como para confirmar que ella lo había sabido desde el principio. Entonces me volví para enfrentarme a Vartan Azov.

—Parece que aquí hay un compartimiento secreto —dije.

—Lo sé —repuso él con suavidad—. Ya me había dado cuenta, pero me ha parecido mejor no mencionarlo. —Su voz era educada, pero su fría sonrisa había regresado: una sonrisa como una advertencia.

—¿Cómo que no mencionarlo? —dije, sin dar crédito.

—Como tú misma has dicho, el cajón lleva... ¿se dice atascado?... mucho tiempo. No tenemos idea de lo que se oculta ahí —dijo, y añadió con ironía—: A lo mejor algo valioso, como planes de batalla depositados durante la guerra de Crimea.

Eso no era del todo inverosímil, ya que mi padre, de hecho, había crecido en la Crimea soviética, pero sí era altamente improbable. El escritorio ni siquiera era suyo y, aunque yo estaba tan nerviosa como el que más por lo que pudiera contener ese compartimento secreto, también me había hartado de la lógica prepotente y las miraditas duras del señor Vartan Azov. Giré sobre mis talones y me fui hacia la puerta.

—¿Adónde vas? —La voz de Vartan salió disparada como una bala tras de mí.

—A buscar una sierra de arco —espeté por encima del hombro sin dejar de caminar.

A fin de cuentas, razoné, no podíamos aplicar la técnica de apertura a la piedra de Lily. Aunque el contenido no tuviera nada que ver con mi madre, podía haber algo frágil o valioso escondido en ese panel.

Sin embargo, Vartan había cruzado la sala, rauda y silenciosamente, y de pronto estaba a mi lado. Me puso una mano en el brazo y me empujó hacia las puertas del vestíbulo. Una vez dentro de ese armario claustrofóbico, cerró de golpe las puertas interiores y se reclinó contra ellas, bloqueándome la salida.

Encerrados juntos allí, en el minúsculo espacio que quedaba entre la despensa y los colgadores de los abrigos, que estaban cargados de pieles y parkas de plumas, sentí la electricidad estática que encolaba mi pelo a la pared, pero antes de poder protestar por aquel secuestro, Vartan me había agarrado de ambos brazos. Habló deprisa y en voz baja para que no nos oyera nadie desde la sala.

—Alexandra, tienes que escucharme, esto es de vital importancia —dijo—. Sé cosas que es necesario que sepas. Cosas cruciales. Tenemos que hablar, ahora mismo, antes de que vayas por ahí abriendo más armarios o más cajones.

—No tenemos nada de que hablar —espeté con una amargura que me sorprendió. Me zafé de sus manos—. No sé qué narices estás haciendo aquí, ni siquiera por qué te ha invitado mi madre…

—Pero yo sí sé por qué me ha pedido que viniera —me interrumpió Vartan—. Aunque nunca he hablado con ella, no hacía falta que me lo dijera. Necesitaba información y tú también. Yo soy la única otra persona que estuvo allí ese día y que a lo mejor podía proporcionársela.

No tuve que preguntar qué había querido decir con «allí», ni cuál era el día en cuestión, pero eso no me preparó para lo que siguió después.

—Xie —dijo—, ¿es que no lo entiendes? Tenemos que hablar del asesinato de tu padre.

Sentí como si me hubieran dado un puñetazo en el estómago; por un momento me faltó la respiración. Nadie me había llamado Xie (el apodo preferido de mi padre, diminutivo de Alexie) en los diez años transcurridos desde mi juventud ajedrecística. Al oírlo, junto con «el asesinato de tu padre», me sentí completamente desarmada.

Allí estaba otra vez aquello de lo que nunca hablábamos, aquello en lo que nunca pensaba. Pero el recuerdo reprimido de mi pasado había logrado penetrar hasta el aplastante y asfixiante espacio del vestíbulo y me miraba a la cara con esa espantosa sangre fría ucraniana. Como de costumbre, me enroqué en la negación absoluta.

—¿Su asesinato? —dije, sacudiendo la cabeza con escepticismo, como si así fuera a ventilar el cargado ambiente—. Pero si las autoridades rusas dijeron en su momento que la muerte de mi padre fue un accidente, que el guardia de aquel tejado le disparó por error, creyendo que alguien se daba a la fuga con algo valioso del tesoro.

Vartan Azov había vuelto de pronto sus ojos oscuros hacia mí con atención. Ese extraño reflejo violeta ardía desde dentro, como una llama que se avivaba.

—A lo mejor es que tu padre estaba huyendo del tesoro con algo de gran valor —dijo, despacio, como si acabara de descubrir una jugada oculta, una apertura soslayada que se le había pasado por alto—. A lo mejor tu padre salía de allí con algo cuyo valor él mismo tan solo sospechaba en aquel momento. Pero pasara lo que pasase ese día, Alexandra, estoy convencido de que tu madre no me habría pedido que viniera desde tan lejos justamente ahora, hasta este lugar apartado, junto contigo y con Lily Rad, a menos que creyera, igual que yo, que la muerte de tu padre, hace diez años, tiene que estar directamente relacionada con el asesinato de Taras Petrosián en Londres hace apenas semanas.

—¡Taras Petrosián! —exclamé, aunque Vartan me hizo callar con una rauda mirada hacia las puertas interiores.

¡Taras Petrosián era el rico empresario y magnate de los negocios que, hacía diez años, había organizado nuestro torneo de ajedrez en Rusia! Había estado allí ese día, en Zagorsk. Poco más que eso sabía sobre él, pero en ese momento Vartan Azov, por muy cretino y arrogante que fuera, obtuvo de pronto toda mi atención.

—¿Cómo han matado a Petrosián? —quise saber—. ¿Y por qué? ¿Qué hacía en Londres?

—Estaba organizando una gran exhibición de ajedrez con grandes maestros de todos los países —dijo Vartan, con una ceja ligeramente enarcada, como si creyese que yo ya debía saberlo—. Petrosián huyó a Inglaterra con mucho dinero hace bastantes años, cuando la oligarquía de capitalistas corruptos que había creado en Rusia fue detenida por el Estado, igual que muchas otras. Pero no logró escapar del todo, como él podía haber imaginado. Hace solo dos semanas encontraron a Petrosián muerto en su cama, en su suite de hotel de lujo de Mayfair. Creen que fue envenenado, un método ruso de eficacia probada. Petrosián se había manifestado a menudo en contra de los *siloviki*, pero el brazo de esa hermandad alcanza muy lejos en busca de aquellos a quienes quiere silenciar...

Como le parecí confundida por el término, Vartan añadió:

—En ruso quiere decir algo así como «individuos con poder». Es el grupo que sustituyó al KGB justo después de la caída de la Unión Soviética. Hoy son el FSB: el Servicio Federal de Seguridad. Sus miembros y sus métodos siguen siendo los mismos, solo le han cambiado el nombre. Son mucho más poderosos de lo que llegó a ser el KGB; todo un Estado para ellos solos, sin ningún control exterior. Estos *siloviki*, creo, fueron los responsables de la muerte de tu padre. Después de todo, el guardia que le disparó estaba sin duda a sus órdenes.

Lo que estaba insinuando parecía una locura: francotiradores del KGB con veneno escondido en la manga. Pero sentí que la espantosa gelidez de la comprensión empezaba a reptar por mi columna. Había sido nada menos que Taras Petrosián, como recordé entonces, quien había trasladado aquella última partida nuestra a las afueras de Moscú, a Zagorsk. Si ahora lo habían asesinado, tal vez hubiera que dar más crédito a los miedos que había sentido mi madre todos esos años. Por no hablar de su desaparición y de las pistas que había dejado y que señalaban a esa última partida. Tal vez había estado en lo cierto con sus sospechas. Como diría Key, «que estés paranoico no significa que no vayan a por ti».

Pero había algo más que necesitaba saber. Algo que no encajaba.

—¿Qué querías decir hace un momento —le pregunté a Vartan—, cuando has afirmado que mi padre podría haber «estado huyendo del tesoro con algo de gran valor»... que solo él podía comprender?

Vartan sonrió enigmáticamente, como si yo acabara de pasar una importante prueba esotérica.

—A mí tampoco se me había ocurrido —admitió— hasta que

has mencionado la versión «oficial» de la muerte de tu padre. Creo que es posible que tu padre estuviera saliendo del edificio aquella mañana con algo de un valor enorme, algo que otros tan solo podían intuir que estaba en su poder, pero que no podían ver. —Como lo miré perpleja, añadió—: Sospecho que esa mañana salía de aquel edificio con información.

—¿Información? —objeté—. ¿Qué clase de información podría ser tan valiosa para que alguien quisiera matarlo?

—Fuera lo que fuese —dijo—, debía de ser algo que, por lo visto, no podían permitir que le comunicara a nadie.

—Aun suponiendo que mi padre tuviera acceso a una información sobre algo tan peligroso como insinúas, ¿cómo podría haberlo descubierto tan deprisa, allí, en el tesoro de Zagorsk? Como tú mismo sabes, no estuvimos dentro de ese edificio más que unos minutos —señalé—. Y en todo ese tiempo mi padre no habló con nadie que pudiera haberle comunicado nada.

—A lo mejor él no habló con nadie —convino Vartan—, pero alguien sí habló con él.

La imagen de aquella mañana que llevaba reprimiendo desde hacía tanto tiempo había empezado a formarse en mi mente. Mi padre me había dejado sola un momento en el tesoro, había cruzado la sala para admirar el interior de una gran vitrina de cristal, y entonces alguien se le acercó y se colocó a su lado…

—¡Tú hablaste con mi padre! —exclamé.

Esta vez Vartan no intentó que bajara la voz. Se limitó a asentir, confirmándomelo.

—Sí —dijo—. Me acerqué a tu padre cuando estaba mirando una gran vitrina. Dentro de ella, él y yo vimos una pieza de ajedrez de oro y cubierta de joyas. Le dije que acababan de redescubrirla en los sótanos del Hermitage de San Petersburgo junto con los tesoros de Troya de Schliemann. Decían que esa pieza había pertenecido en su día a Carlomagno y tal vez a Catalina la Grande. Le expliqué a tu padre que la habían llevado a Zagorsk y la habían exhibido al público para esa última partida. Fue justo en ese momento cuando tu padre se volvió, te cogió de la mano y ambos salisteis de allí.

Habíamos salido a la escalera del tesoro, donde mi padre había encontrado la muerte.

Vartan me miraba con mucha atención mientras yo intentaba no delatar todas esas oscuras emociones que llevaba tanto tiempo reprimiendo y que, para gran pesar mío, volvían a emerger. Pero algo seguía sin cuadrar.

—No tiene sentido —le dije a Vartan—. ¿Por qué querría nadie matar a mi padre solo para evitar que comunicara una información peligrosa, si parece que todo el mundo, incluido tú, lo sabía todo acerca de esa insólita pieza de ajedrez y de su historia?

Sin embargo, aún no había terminado de soltar esas palabras cuando comprendí la respuesta.

—Porque esa pieza de ajedrez debía de significar algo completamente diferente para él que para todos los demás —dijo Vartan con un rubor de exaltación—. Calquier cosa que descubriera tu padre al ver esa pieza, su reacción seguro que no fue la que quienes lo estaban vigilando habían esperado, o nunca la habrían expuesto al público para aquella partida. Aunque no pudieran adivinar qué era lo que había descubierto tu padre, ¡tenían que detenerlo antes de que alguien más pudiera comprenderlo!

Sin duda, las figuras y los peones parecían estar apiñados en el centro del tablero. Vartan quería llegar a algún sitio, pero a mí los árboles seguían impidiéndome ver el bosque.

—Mi madre siempre ha creído que la muerte de mi padre no fue un accidente —admití, dejando de lado el pequeño detalle de que también imaginaba que esa bala podía haber ido dirigida a mí—. Siempre ha creído que el ajedrez tuvo algo que ver. Pero si tienes razón, y la muerte de mi padre está relacionada de alguna forma con la de Taras Petrosián, ¿qué relación tendría todo eso con la pieza de ajedrez de Zagorsk?

—No lo sé, pero alguna tiene que haber —dijo Vartan—. Aún recuerdo la expresión de la cara de tu padre aquella mañana, mirando esa pieza de la vitrina de cristal… Casi como si no oyera una palabra de lo que le decía. Cuando se volvió para irse, no parecía en lo más mínimo un hombre que está pensando en una partida de ajedrez.

—¿Qué parecía? —pregunté con apremio.

Pero Vartan me miraba como si intentara aclararse él mismo.

—Yo diría que parecía asustado —dijo—. Más que asustado. Aterrorizado, aunque enseguida me lo ocultó.

—¿Aterrorizado?

¿Qué podría haber asustado tanto a mi padre después de tan solo unos instantes en el tesoro de Zagorsk? Sin embargo, con las siguientes palabras de Vartan me sentí como si alguien me hubiera atravesado el corazón con una cuchilla helada.

—Yo mismo no sé explicármelo —admitió—. A menos que, por algún motivo, para tu padre hubiese significado algo en especial que la pieza de la vitrina fuera la reina negra.

Vartan abrió las puertas y volvimos a entrar en el octógono. Cómo iba a decirle lo que significaba para mí la reina negra… No podía. Sabía que, si todo lo que acababa de contarme era cierto, era muy probable que la desaparición de mi madre estuviera relacionada tanto con la muerte de mi padre como con la de Petrosián. Todos podíamos estar en peligro. Pero antes de haber dado tres pasos me detuve en seco. Me había quedado tan absorta con las revelaciones de Vartan, que me había olvidado completamente de Lily y de Key.

Las dos estaban en el suelo, delante del escritorio de campaña y con el cajón vacío ante sí, mientras Zsa-Zsa, no muy lejos, babeaba en la alfombra persa. Lily le estaba diciendo algo a Key en voz baja, pero las dos se levantaron en cuanto entramos; mi tía aferraba lo que parecía una afilada lima de uñas de acero. Vi pedacitos de madera astillada esparcidos aquí y allá.

—«El tiempo no espera a nadie» —dijo Key—. Mientras vosotros dos estabais ahí enclaustrados, escuchando vuestras confesiones mutuas sobre lo que sea que estéis tramando, mirad lo que hemos encontrado. —Agitó en el aire algo que parecía un trozo de papel viejo y arrugado.

Al acercarnos, Lily me miró con seriedad. Sus claros ojos grises parecían extrañamente velados, casi como advirtiéndome de algo.

—Se mira —me avisó—, pero no se toca, por favor. Ya basta de impulsos extravagantes cerca del fuego. Si lo que acabamos de descubrir en este cajón es lo que yo creo, se trata de algo extraordinariamente excepcional, como tu madre sin duda atestiguaría si estuviera aquí. De hecho, sospecho que este documento puede ser la razón misma de su ausencia.

Key desdobló con cuidado el papel quebradizo y lo sostuvo en alto ante nosotros.

Vartan y yo nos inclinamos hacia delante para verlo mejor. Al observarlo con detenimiento, parecía un trozo de tejido tan antiguo y manchado que con la edad se había endurecido como el pergamino. En él habían realizado una ilustración con una especie de solución de color rojo herrumbre que se había desangrado en algunos lugares de la tela dejando manchas oscuras, aunque los dibujos todavía se distinguían. Era la representación de un tablero de ajedrez de sesenta y cuatro escaques en el que cada casilla contenía un extraño símbolo esotérico diferente. No lograba encontrarle pies ni cabeza a lo que aparentemente significaba.

Lily, no obstante, estaba a punto de iluminarnos a todos.

—No sé cómo ni cuándo pudo hacerse tu madre con este dibujo —dijo—. Pero, si mis sospechas son correctas, este paño es la tercera y definitiva pieza del enigma que nos faltaba hace casi treinta años.

—¿Una pieza de qué enigma? —pregunté, extremadamente contrariada.

—¿Has oído hablar —dijo Lily— del ajedrez de Montglane?

Lily tenía una historia que contarnos, pero para relatarla antes de que llegaran los demás invitados me rogó que no hiciera preguntas hasta que la hubiera terminado, sin distracciones ni interrupciones. Y para poder hacerlo, nos informó de que necesitaba sentarse en algo que no fuera el suelo ni un murete de piedra, que era lo único de lo que parecía disponer nuestra casa, abarrotada pero con escasez de sillas.

Key y Vartan subieron y bajaron la escalera de caracol en una expedición para recopilar cojines, otomanas y taburetes, hasta que Lily quedó cómodamente instalada con Zsa-Zsa en una montaña de mullidos almohadones junto al fuego, Key encaramada en la banqueta del piano y Vartan sentado en un alto taburete de biblioteca, dispuestos ambos a escucharla.

Entretanto, yo me había aplicado a la tarea que mejor se me daba: cocinar. Siempre me ayudaba a despejar la mente y, así, al menos tendríamos algo que dar de cenar a todo el mundo si los demás se presentaban, tal como habían anunciado. Contemplé entonces la olla de cobre que colgaba a poca distancia sobre el fuego, los puñados de alimentos ultracongelados que había saqueado de la despensa —chalotas, puerros, zanahorias, rebozuelos y dados de ternera— y que iban recuperando su aspecto original en una sopa de caldo, un poco de vino tinto fuerte, una pizca de salsa Worcestershire, zumo de limón, coñac, perejil, laurel y tomillo: el infalible *boeuf bourguignonne* de fuego de campamento de Alexandra.

Dejarlo cocer unas cuantas horas mientras también mi mente se convertía en un hervidero, razoné, podía ser la receta que necesitaba. Reconozco que sentía que ya había tenido suficientes sobresaltos a lo largo de la mañana como para que me duraran al menos hasta la cena, pero la confesión de Lily estaba a punto de poner la guinda.

—Hace casi treinta años —dijo—, todos prometimos solemnemente a tu madre que jamás volveríamos a hablar del juego. Pero ahora que ha aparecido este dibujo, sé que debo contar la historia. Creo que también era lo que pretendía hacer tu madre —añadió—, o jamás habría escondido algo de una importancia tan fundamental aquí, en ese cajón atrancado del escritorio. Y, aunque no tengo ni idea de por qué se le habrá ocurrido invitar a todas esas otras personas a venir hoy, jamás habría invitado a nadie en una fecha tan significativa como su cumpleaños a menos que tuviera algo que ver con el juego.

—¿El juego? —Vartan me quitó las palabras de la boca.

Aunque me sorprendía saber que la obsesión de mi madre por su cumpleaños pudiera estar relacionada con el ajedrez, seguía suponiendo que, si Lily había hablado de hacía treinta años, no podía tener que ver con la partida que mató a mi padre. Entonces se me ocurrió algo.

—Sea lo que fuere ese juego sobre el que jurasteis mantener silencio —le dije a Lily—, ¿es eso por lo que mi madre siempre intentó evitar que yo jugara al ajedrez?

Justo entonces caí en la cuenta de que nadie fuera de mi familia más cercana había sabido nunca que yo había sido una importante campeona de ajedrez, y mucho menos que por ello habíamos tenido altercados familiares durante mucho tiempo. Key, pese a enarcar una ceja, intentó no parecer sorprendida.

—Alexandra —dijo Lily—, has malinterpretado los motivos de tu madre durante todos estos años, pero no es culpa tuya. Siento muchísimo confesarte que todos nosotros, Ladislaus Nim y yo, e incluso tu padre, acordamos que era mejor mantenerte al margen. Creíamos sinceramente que cuando hubiéramos enterrado las piezas, cuando estuvieran ocultas donde nadie pudiera encontrarlas, cuando el otro equipo fuera destruido, la partida habría terminado y todo habría acabado por una larga temporada, quizá para siempre. Y para cuando naciste tú y descubrimos tu precoz pasión y tu habilidad, habían pasado ya tantos años que todos nos sentimos seguros de que no te pondrías en peligro jugando al ajedrez. Solo tu madre, por lo que parece, sabía que no era así.

Lily se detuvo y, en voz baja, casi como hablando para sí, añadió:

—Nunca fue el ajedrez a lo que Cat temía, sino a un juego muy diferente. Un juego que destruyó a mi familia y que tal vez matara a tu padre. El juego más peligroso que se pueda imaginar.

—Pero ¿qué juego es ese? —pregunté—. ¿Y qué clase de piezas enterrasteis?

—Un juego ancestral —dijo Lily—. Un juego que estaba basado en un extraño y valioso ajedrez mesopotámico con incrustaciones de piedras preciosas que una vez perteneció a Carlomagno. Se creía que tenía peligrosos poderes y que estaba poseído por una maldición.

Vartan, a mi lado, me había aferrado el codo con firmeza. De repente, un destello alumbró mi memoria, algo se puso en funcionamiento en los recovecos de mi mente, pero Lily aún no había terminado.

—Las piezas y el tablero permanecieron enterrados durante mil años en una fortificación de los Pirineos —prosiguió explicando—, una fortaleza que más adelante se convirtió en la abadía de Montglane. Después, durante la Revolución francesa, las monjas desenterraron el juego, que para entonces ya era llamado el ajedrez de Montglane, y lo dispersaron por seguridad. Desapareció durante casi doscientos años. Muchos intentaron encontrarlo, pues se creía que cuando todas las piezas fueran reunidas, el ajedrez desataría un poder incontrolable en el mundo, como una fuerza de la naturaleza, una fuerza que podía determinar incluso el auge y la caída de civilizaciones.

»Sin embargo —dijo—, al final, gran parte del ajedrez logró reunirse: veintiséis figuras y peones de los treinta y dos iniciales, junto con un paño bordado con joyas que había cubierto originariamente el tablero. Solo faltaban seis piezas y el tablero en sí.

Lily se detuvo para observarnos a cada uno por turno, y sus ojos grises se posaron finalmente en mí.

—La persona que, después de doscientos años, logró al cabo cumplir la desalentadora misión de reunir el ajedrez de Montglane y derrotar al equipo contrario fue también la persona responsable de hacerlo desaparecer de nuevo, hace treinta años, cuando creímos que la partida había terminado: tu madre, Cat Velis.

—¿Mi madre? —Eso fue todo lo que pude decir.

Lily asintió.

—La desaparición de Cat hoy solo puede querer decir una cosa. Lo sospeché nada más oír el mensaje de teléfono en el que me invitaba a venir. Ahora parece que no ha sido más que el primer paso para atraernos a todos al centro del tablero. Me temo que mis sospechas eran correctas: el juego ha empezado de nuevo.

—Pero si ese juego existió de verdad una vez, si tan peligroso era —protesté—, ¿por qué se arriesgaría a ponerlo de nuevo en marcha, como dices, invitándonos aquí?

—No tenía otra opción —dijo Lily—. Igual que en todas las partidas de ajedrez, las blancas deben de haber realizado el primer movimiento. Las negras solo pueden contraatacar. Tal vez su jugada haya sido la repentina aparición de la tan buscada tercera parte del enigma que tu madre ha dejado aquí, para que la encontremos. Tal vez descubramos pistas diferentes sobre su estrategia y su táctica…

—¡Pero si mi madre en su vida ha jugado al ajedrez! —exclamé.

—Alexandra —dijo Lily—, hoy, el cumpleaños de Cat, el cuarto día del cuarto mes, es una fecha fundamental en la historia del juego. Tu madre es la Reina Negra.

La historia de Lily empezaba con un torneo de ajedrez al que había asistido con mi madre hacía treinta años y en el que las dos conocieron a mi padre, Alexander Solarin. Durante un descanso de ese encuentro, el contrincante de mi padre murió en misteriosas circunstancias; más adelante se demostró que había sido asesinado. Ese suceso aparentemente aislado, esa muerte en una partida de ajedrez, sería el primero de una serie de crímenes que no tardarían en arrastrar a Lily y a mi madre a la vorágine del juego.

Durante varias horas, mientras nosotros tres escuchábamos sentados en silencio, Lily narró una historia larga y compleja que aquí solo puedo resumir.

# EL RELATO DE UNA GRAN MAESTRA

Un mes después de ese torneo en el Metropolitan Club, Cat Velis abandonó Nueva York para realizar un trabajo de consultoría para su empresa que le haría pasar una buena temporada en el norte de África. Unos meses después, mi abuelo y entrenador de ajedrez, Mordecai, me envió a Argel para que me reuniera con ella.

Cat y yo no sabíamos nada de ese juego, el más peligroso de todos, en el que no tardamos en descubrir que nosotras mismas éramos meros peones. Pero Mordecai hacía mucho que jugaba, sabía que Cat había sido elegida para un fin superior y que, cuando hicieran falta maniobras de precisión, podría necesitar mi ayuda.

En la casbah de Argel, Cat y yo fuimos a encontrarnos con una misteriosa ermitaña, viuda del antiguo cónsul holandés de Argelia y amiga de mi abuelo: Minnie Renselaas. La Reina Negra. Ella nos dio un diario escrito por una monja durante la Revolución francesa, que relataba la historia del ajedrez de Montglane y el papel que esa monja, Mireille, había tenido en ella. El diario de Mireille resultó ser crucial más adelante para comprender la naturaleza del juego.

Minnie Renselaas nos convenció a Cat y a mí para que nos internásemos en lo profundo del desierto, hasta las montañas del Tassili, y recuperásemos ocho piezas que ella misma había enterrado allí. Hicimos frente a las tormentas de arena del Sahara y a la persecución de la policía secreta, además de a un cruel adversario, el Viejo de la Montaña, un árabe llamado al-Marad que, como pronto descubrimos, era el Rey Blanco. Sin embargo, al final logramos encontrar las ocho piezas de Minnie escondidas en una cueva del Tassili custodiada por murciélagos y escarbamos entre sus piedras para extraerlas de allí.

Jamás olvidaré el momento en que vi por primera vez su misterioso resplandor: un rey y una reina, varios peones, un caballo y un camello, todos ellos de un oro extraño o un material argentífero, y recubiertos de gemas sin tallar que relucían en un arco iris de colores. Irradiaban una luz sobrenatural.

Después de muchas penalidades, por fin regresamos con los trebejos. Llegamos a un puerto no muy lejos de Argel, pero allí solo conseguimos que nos apresaran las mismas fuerzas oscuras que seguían persiguiéndonos. Al-Marad y sus matones me secuestraron, pero tu madre fue en busca de refuerzos para rescatarme y acabó aporreando a Marad en la cabeza con su pesado bolso de lona con las piezas de ajedrez. Escapamos y le llevamos el bolso con los trebejos a Minnie Renselaas a la casbah, pero nuestra aventura no había terminado, ni mucho menos.

Cat y yo, junto con Alexander Solarin, escapamos de Argelia por mar, perseguidos por una espantosa tormenta, producida por el siroco, que casi partió en dos nuestro barco. Pasamos meses en una isla mientras nos reparaban la embarcación, y allí leímos el diario de la monja Mireille, que nos permitió solucionar parte del misterio del ajedrez de Montglane. Cuando el barco estuvo listo, los tres cruzamos en Atlántico en una travesía que terminó en Nueva York.

Allí descubrimos que no habíamos dejado a todos los villanos en Argelia, como habíamos creído. Un hatajo de granujas nos estaba esperando: ¡mi madre y mi tío entre ellos! Y que otras seis piezas habían permanecido escondidas en esos «cajones atrancados» de un escritorio del apartamento de mi familia. Derrotamos al último representante del equipo blanco y apresamos esas piezas.

En casa de mi abuelo, en el Diamond District de Manhattan, nos reunimos todos: Cat Velis, Alexander Solarin, Ladislaus Nim… Jugadores de las negras todos nosotros. Solo faltaba la propia Minnie Renselaas, la Reina Negra.

Minnie había abandonado el juego, pero había dejado tras de sí un regalo de despedida para Cat: las últimas páginas del diario de la monja Mireille, que desvelaban el secreto de ese ajedrez maravilloso. Era una fórmula que, de ser resuelta, podría hacer mucho más que crear y destruir civilizaciones. Podría transformar tanto la energía como la materia y mucho, mucho más.

De hecho, en su diario Mireille afirmaba haber trabajado para resolver la fórmula junto con el famoso físico Fourier, en Grenoble, y decía haberlo logrado en 1830, después de casi treinta años. Tenía en su poder diecisiete piezas —más de la mitad del conjunto—, además del paño bordado con símbolos que una vez cubriera el tablero. El tablero engastado de joyas había sido dividido en cuatro trozos, y Catalina la Grande lo había enterrado en Rusia, pero la abadesa de Montglane, apresada poco después en aquel país, lo había dibujado secretamente de memoria en el tejido de su hábito y con su propia sangre. Ese dibujo también había llegado a manos de Mireille.

Sin embargo, aunque Mireille solo había logrado reunir diecisiete piezas del ajedrez de Montglane, nosotros disponíamos ya de veintiséis, incluidas las que tenía el equipo contrario y algunas más que habían permanecido muchos años enterradas, así como el paño que cubría el tablero: tal vez suficiente para resolver la fórmula, pese a sus evidentes peligros. Solo nos faltaban seis trebejos y el tablero en sí, pero Cat creía que, escondiendo las piezas para siempre donde nadie pudiera encontrarlas, lograría poner fin al peligroso juego.

Pero por lo que se ha visto hoy aquí, creo que podemos inferir que se equivocaba.

Cuando Lily hubo terminado su relato, parecía exhausta. Se levantó, dejó a Zsa-Zsa repantigada como un calcetín mojado sobre un montón de cojines y cruzó la sala hacia el escritorio, donde estaba extendido el trozo de tejido sucio, exhibiendo su tablero con ilustraciones. Un dibujo que, como comprendíamos ahora, había sido trazado hacía casi doscientos años con sangre abacial. Lily recorrió con los dedos el despliegue de extraños símbolos.

El aire de la sala estaba impregnado del denso aroma de la ternera y el vino que hervían a fuego lento; se oía crujir la leña de vez en cuando. Nadie dijo nada durante un buen rato.

Al final fue Vartan quien rompió el silencio.

—Dios mío —dijo en voz baja—, lo que os ha costado ese juego a todos… Es difícil imaginar que algo así haya existido, o que pueda estar sucediendo otra vez de verdad. Pero no entiendo una cosa: si lo que dices es cierto, si ese juego de ajedrez es tan peligroso, si la madre de Alexandra tiene ya tantas piezas del enigma, si la partida ha empezado otra vez y las blancas han realizado el primer movimiento, pero nadie sabe quiénes son los jugadores… ¿qué ganaba con invitar a tanta gente hoy aquí? Y ¿se sabe cuál es esa fórmula de la que hablaban?

Key me miró con una expresión que hacía pensar que posiblemente ella lo supiera ya.

—Creo que a lo mejor tenemos la respuesta delante de las narices —dijo, hablando por primera vez.

Todos nos volvimos para mirarla, sentada junto al piano.

—O, por lo menos, está cociendo nuestra cena —añadió con una sonrisa—. Puede que no sepa mucho de ajedrez, pero sí que sé bastante de calorías.

—¿Calorías? —dijo Lily con asombro—. ¿Como las que se comen?

—Las calorías no existen —señalé.

Creía que sabía adónde quería llegar Key con todo eso.

—Bueno, lo siento, pero tengo que disentir —dijo Lily, dándose unos golpecitos en la cintura—. Yo hice buen acopio de esas «cosas» inexistentes en mi época.

—Me temo que no lo entiendo —terció Vartan—. Estábamos hablando de un juego de ajedrez peligroso, en el que asesinan a gente. ¿Ahora charlamos de comida?

—Una caloría no es comida —dije—. Es una unidad de medida térmica. Y creo que aquí Key puede haber resuelto un problema importante. Mi madre sabe que Nokomis Key es la única amiga que tengo en el valle y que, si alguna vez tuviera un problema, ella sería la primera y la única a quien acudiría para que me ayudara a solucionarlo. A eso se dedica Key, a medir calorías. Vuela a regiones remotas y estudia las propiedades térmicas de absolutamente todo, desde géiseres hasta volcanes. Creo que

Key tiene razón. Por eso mi madre ha encendido este fuego: como una pista enorme, cebada y llena de calorías.

—¿Cómo dices? —preguntó Lily. Con aspecto de estar más que agotada, se acercó a Key y la hizo a un lado—. Necesito aposentarme un momento sobre unas cuantas de mis propiedades térmicas. ¿De qué narices estáis hablando?

Vartan también parecía perdido.

—Digo que mi madre está debajo de ese leño… O, al menos, lo estaba —anuncié—. Debió de mandar colocar aquí el árbol hace meses sobre algún mecanismo desmontable que le permitiera, cuando estuviera lista, poder salir por la galería de piedra que hay bajo el suelo y encender el fuego desde allí. Me parece que ese conducto desemboca en una cueva que hay colina abajo.

—¿No es una salida propia más bien de Fausto? —dijo Lily—. Además, ¿qué tiene eso que ver con el ajedrez de Montglane o el juego en sí?

—No tiene nada que ver —dije—. No tiene ninguna relación con una partida de ajedrez… De eso se trata, ¿no lo ves?

—Tiene que ver con la fórmula —señaló Key con una sonrisa. Aquella, a fin de cuentas, era su especialidad—. Claro, la fórmula con la que nos acabas de decir que la monja Mireille trabajó en Grenoble, junto a Jean-Baptiste-Joseph Fourier. El mismo Fourier que fue también autor de la *Teoría analítica del calor*.

Al ver que nuestros dos brillantísimos grandes maestros se quedaban allí sentados como dos zoquetes, supuse que era el momento de aclararlo.

—Mi madre no nos ha invitado a todos y luego nos ha dado plantón porque estuviera intentando realizar una defensa inteligente en una partida de ajedrez —dije—. Como ha dicho Lily, ella ya ha movido pieza invitándonos aquí y dejando ese trozo de tela justo donde esperaba que Lily fuera a encontrarlo.

Me detuve y miré a Key a los ojos. Cuánta razón tenía… Era hora de poner la carne en el asador, todas esas pistas que había dejado mi madre de pronto parecían encajar.

—Mi madre nos ha invitado a venir —proseguí— porque

quiere que reunamos las piezas y solucionemos la fórmula del ajedrez de Montglane.

—¿Descubristeis cuál era esa fórmula? —dijo Key, repitiendo la pregunta de Vartan.

—Sí, en cierta forma, aunque yo nunca llegué a creerlo —dijo Lily—. Los padres de Alexandra y su tío parecían creer posible que fuera verdad. Podéis juzgarlo vosotros mismos por lo que ya os he explicado. Minnie Renselaas sostenía que era cierto. Decía que ella abandonaba el juego a causa de esa fórmula creada hacía doscientos años. Afirmaba que ella misma era la monja Mireille de Rémy… que había resuelto la fórmula del elixir de la vida.

# EL CALDERO

Hexagrama 50: el caldero
El caldero significa fabricar y utilizar símbolos
como el fuego utiliza la madera. Ofrecer algo a
los espíritus mediante su cocción [...]. Ello in-
tensifica la percepción del oído y del ojo y hace
ver cosas invisibles.

STEPHEN KARCHER,
*Total I Ching*

Escondí el dibujo del tablero de ajedrez dentro del piano y cerré la tapa hasta que pudiéramos decidir qué hacer con él. Mis compañeros estaban descargando el equipaje del coche de Key, y Lily había sacado un poco a Zsa-Zsa a la nieve. Yo me quedé dentro para terminar de hacer la cena. Y para pensar.

Había recogido las cenizas y había puesto más leña bajo el tronco gigantesco. Mientras daba vueltas al *boeuf bourgui-gnonne*, el caldo iba hirviendo en la olla de cobre que colgaba de su gancho sobre el fuego. Añadí un chorrito de borgoña y más caldo para aclarar el guiso.

Las ideas también me bullían bastante, pero en lugar de aclarar nada en mi caldero mental, el hervor únicamente parecía haberlas cuajado en una masa informe en el fondo de la olla. Después de escuchar el relato de Lily y su desenlace, sabía que tenía demasiados ingredientes mezclando sabores, y cada nueva idea no hacía más que encender nuevas preguntas.

Por ejemplo, si de verdad existía una fórmula tan poderosa como ese elixir de longevidad que una monja había logrado resolver hacía casi doscientos años, ¿por qué no había vuelto a hacerlo nadie desde entonces? ¿Y en concreto mis padres? Aunque Lily había puntualizado que ella nunca creyó toda esa historia, había dicho que los demás sí. Pero tanto mi tío Slava como mis padres eran científicos de profesión. Si su equipo había reunido tantas piezas del enigma, ¿por qué habrían de esconderlas en lugar de intentar resolverlo ellos mismos?

Sin embargo, por lo que nos había contado Lily, parecía que nadie sabía dónde estaban enterradas las piezas del ajedrez de Montglane ni quién las había ocultado. En calidad de Reina Negra, mi madre era la única que sabía a quién de los cuatro había asignado cada uno de los trebejos para que los escondiera. Y a mi padre, por su prodigiosa memoria ajedrecística, fue al único a quien le permitió conocer el escondite de todas ellas. Ahora que mi padre estaba muerto y que mi madre había desaparecido, esa pista se había enfriado. Era muy probable que las piezas nunca fueran encontradas otra vez.

Lo cual me llevaba a la siguiente pregunta: si de verdad mi madre había querido que resolviéramos la fórmula ahora, treinta años después, si me estaba pasando a mí la antorcha, tal como sugerían todos los indicios, ¿por qué, entonces, había escondido todas las piezas de manera que nadie pudiera encontrarlas? ¿Por qué no había incluido alguna clase de mapa?

Un mapa.

Por otra parte, a lo mejor mi madre sí había dejado un mapa, pensé, conformado por el dibujo de ese tablero y los demás mensajes que yo ya había recibido. Toqué la pieza de ajedrez que seguía guardada en mi bolsillo: la reina negra. Demasiadas pistas señalaban a esa figura. Sobre todo la historia de Lily. Esa figura tenía que enlazarlo todo de alguna forma. Pero ¿cómo? Sabía que tenía que preguntarle a Lily otra cosa fundamental…

Oí fuertes pasos y voces en el vestíbulo. Colgué el cucharón en un gancho que pendía de lo alto y fui a ayudar con las bolsas. Inmediatamente deseé no haberlo hecho.

Lily había recogido a Zsa-Zsa de la nieve, pero no podía volver a entrar. Key no había exagerado al explicarme por teléfono la avalancha de equipaje de diseño que traía mi tía: había bolsas de viaje apiladas por todas parte, bloqueando incluso la puerta interior. ¿Cómo habían logrado meter todo aquello en un simple Aston Martin?

—¿Cómo has traído todo esto desde Londres? ¿En el *Queen Mary*? —le preguntaba Key a Lily.

—Algunas no van a caber por la escalera de caracol —advertí—. Pero no podemos dejarlas aquí.

Vartan y Key accedieron a acarrear escaleras arriba solo las que Lily había designado como las más indispensables. El excedente de maletas lo retirarían adonde yo les indiqué: debajo de la mesa de billar, donde nadie tropezaría con ellas.

En cuanto salieron del vestíbulo con la primera carga, trepé por la montaña de bolsas, tiré de Lily y de Zsa-Zsa para hacerlas entrar y cerré las puertas exteriores.

—Tía Lily —dije—, nos has dicho que nadie más que mi padre conocía el paradero de las piezas, pero ya sabemos bastantes cosas. Tú sabes qué piezas enterraste o escondiste tú misma, y el tío Slava también sabe dónde están las suyas. Si pudieras recordar qué piezas le faltaban a vuestro equipo al final, solo tendríamos que resolver las dos partes del enigma correspondientes a mis padres.

—A mí solo me dio dos piezas para que las escondiera —admitió Lily—. Eso deja veinticuatro para los demás, pero solo tu madre sabe si les entregó ocho a cada uno. En cuanto a las seis piezas que faltaban, después de todos estos años no estoy segura de que mi memoria siga intacta, pero creo recordar que nos faltaban cuatro blancas: dos peones de plata, un caballo y el rey blanco. Y las dos negras eran un peón de oro y un alfil.

Me quedé inmóvil; no sabía si lo había oído bien.

—Entonces… ¿las piezas que consiguió recuperar mi madre y que todos vosotros enterrasteis o escondisteis eran todas salvo esas seis? —pregunté.

Si la historia de Vartan era cierta, había una pieza que debería haber faltado de ese alijo enterrado hacía treinta años. Él la había visto, junto con mi padre, en Zagorsk. ¿No era así?

Vartan y Key bajaban otra vez la escalera de caracol que había al final de la sala. Estaba impaciente... Tenía que saberlo ya.

—¿Vuestro equipo contaba con la Reina Negra? —pregunté.

—Oh, sí, era la pieza más importante de todas, según el diario de Mireille —dijo Lily—. La abadesa de Montglane en persona la llevó a Rusia, junto con el tablero que había dividido en varios trozos. La Reina Negra estuvo en poder de Catalina la Grande, y tras la muerte de la emperatriz quedó en manos de su hijo Pablo. Finalmente pasó a Mireille a través del nieto de Catalina, el zar Alejandro de Rusia. Cat y yo la encontramos donde Minnie la había escondido, en la cueva del Tassili.

—¿Estás segura? —le pregunté con una voz que iba perdiendo tanta fuerza como yo control sobre la situación.

—¿Cómo iba a olvidarlo, con todos los murciélagos que había en esa cueva? —dijo Lily—. Puede que mi memoria no sea perfecta en lo tocante a las piezas que faltaban, pero a la Reina Negra la tuve en mis propias manos. Era tan importante que estoy convencida de que tu madre debió de enterrar esa pieza personalmente.

Las sienes volvían a palpitarme y sentí otra vez esa agitación en el estómago, pero Key y Vartan acababan de llegar con otro cargamento de maletas.

—Parece que hubieras visto a un fantasma —soltó Key, mirándome de forma extraña.

Y que lo dijera. Pero uno de verdad: el fantasma de mi padre muerto en Zagorsk. Mis sospechas volvían a ir a toda marcha. ¿Cómo podían ser ciertas las dos versiones sobre la Reina Negra, la de Vartan y la de Lily? ¿Formaba eso parte del mensaje de mi madre? De una cosa no había duda: la reina negra de mi bolsillo no era la única que tenía «la negra» encima.

Mientras le daba vueltas a eso, mis oídos se vieron asaltados por el clamor ensordecedor de la sirena de bomberos que empezó a sonar justo encima de la puerta principal. Vartan alzó la mirada aterrorizado. Algún visitante, impertérrito ante la posibilidad de que el oso de fuera le arrancara el brazo de un mordisco, había metido la mano en sus fauces y había hecho sonar el excepcional carrillón de nuestra puerta de entrada.

Zsa-Zsa empezó a soltar unos ladridos histéricos nada más oír el escandaloso timbre. Lily entró con ella en la casa.

Aparté unas cuantas bolsas a un lado y me puse de puntillas para mirar por los ojos de cristal del águila. Allí, en nuestro umbral, había una apiñada reunión de personajes enterrados en pieles y parkas con capucha. Aunque no les veía la cara, su identidad no sería un misterio por mucho más tiempo: al otro lado de la explanada nevada vislumbré un BMW aparcado junto a mi coche y se me cayó el alma a los pies. Llevaba unas matrículas personalizadas que decían: «Sagesse».

Vartan, desde atrás, me susurró al oído:

—¿Es alguien conocido?

Como si alguien a quien no conociéramos fuera a tomarse la molestia de hacer la excursión hasta allí.

—Alguien a quien me gustaría olvidar que conozco —dije en voz baja—. Pero sí parece ser alguien a quien han invitado.

Sage Livingston no era una chica que pudiera aceptar con elegancia que se le enfriaran los talones en el umbral de nadie, sobre todo si había llegado con séquito. Me apresuré a abrir las puertas con un suspiro de resignación. Aún me aguardaba otra sorpresa desagradable.

—Oh, no… el Club Botánico. —Key me quitó las palabras de la boca.

Se refería a los Livingston, todos los cuales tenían nombres botánicos (Basil, Rosemary y Sage),* una familia sobre la que Key solía bromear: «Si hubieran tenido más hijos, los hubieran llamado Perejil y Tomillo».

Sin embargo, cuando yo era pequeña no me habían pareci-

* En inglés, Basil significa *albahaca*; Rosemary, *romero,* y Sage, *salvia.* (N. de las T.)

do ningún chiste, y ahora eran un enigma más de la lista de invitados de mi madre.

—¡Querida! ¡La verdad es que hacía una eternidad! —exclamó Rosemary, deshaciéndose en amabilidad mientras se abría paso en nuestro atiborrado vestíbulo antes que los demás.

Luciendo unas gafas oscuras y envuelta en su extravagante capa de lince con capucha, la madre de Sage parecía aún más joven de como yo la recordaba. Me rodeó brevemente con su nube de pieles de animales en peligro de extinción y me lanzó un besito al aire en cada mejilla.

La seguía mi vieja archinémesis, su perfecta e impecable hija de melena rubio ceniza, Sage. El padre de Sage, Basil, a causa de la evidente estrechez del escobero que teníamos por recibidor, aguardaba rezagado justo delante de la puerta con otro hombre que sin duda era nuestro «nuevo vecino», un tipo recio y curtido por el sol, cazadora con piel de borrego, botas camperas y sombrero Stetson hecho a mano. Al lado del altivo Basil con sus patillas plateadas, y de la alta costura de las mujeres Livingston, nuestro recién llegado parecía estar más bien fuera de lugar en aquel baile.

—¿No se supone que tenemos que entrar? —exigió Sage a modo de alegre saludo, aunque era la primera vez que nos cruzábamos desde hacía años.

Miró más allá de su madre, hacia las puertas interiores, donde estaba Key, y levantó una ceja perfectamente depilada como si se asombrara de encontrarla allí. Entre Nokomis y Sage, por diversas razones, no se había derrochado demasiado amor a lo largo de los años.

Nadie parecía querer desprenderse de sus mojados atavíos ni presentarme a nuestro invitado, que seguía en el exterior. Vartan abrió el muro de abrigos y pieles colgados, pasó por encima de varias maletas y se dirigió a Rosemary con un encanto que yo no sabía que poseyeran los jugadores de ajedrez.

—Por favor, permítame que la ayude a quitarse el chal —ofreció con esa suave voz que yo siempre había considerado siniestra.

Al oírlo en aquella situación, me di cuenta de que podía interpretarse de una forma ligeramente diferente en un *boudoir*.

La propia Sage, coleccionista desde hacía tiempo no solo de ropa, sino también de hombres de diseño, le dirigió a Vartan una elocuente mirada que podría haber hecho caer de rodillas hasta a un elefante macho. Él no pareció darse cuenta, sino que se ofreció a ayudarla también a ella con el abrigo. Los presenté y después me abrí paso entre ese trío íntimo para salir a saludar a los dos hombres. Le di la mano a Basil.

—Pensaba que Rosemary y usted estaban fuera de la ciudad y no iban a poder venir —comenté.

—Cambiamos de planes —repuso Basil con una sonrisa—. Por nada del mundo nos habríamos perdido la primera fiesta de cumpleaños de tu madre.

¿Y cómo sabía él que era la primera?

—Lo siento muchísimo, parece que hemos llegado antes de lo que esperabais —se excusó el acompañante de Basil mientras contemplaba la entrada, bloqueada por abrigos y equipaje.

Tenía una voz cálida y áspera, y era mucho más joven que el señor Livingston, de unos treinta y tantos, quizá. Se quitó los guantes de piel, los sujetó bajo el brazo y apresó mi mano entre las suyas. Tenía las palmas firmes y callosas de quien ha trabajado duro.

—Soy vuestro nuevo vecino, Galen March —se presentó—. El hombre a quien tu madre convenció para que comprara Sky Ranch. Y tú debes de ser Alexandra. Estoy encantado de que Cat me invitara para poder conocerte. Me ha hablado muchísimo de ti.

Pues de ti no ha dicho nada de nada, pensé.

Le di las gracias sucintamente y regresé adentro a ayudar a abrir una senda para los recién llegados.

Aquello no hacía más que ponerse cada vez más extraño. Conocía bien Sky Ranch. Lo suficiente para preguntarme por qué se le ocurriría a nadie comprarlo, ni en sueños. Era la última y la única parcela privada de la región. Con más de ocho mil hectáreas etiquetadas a un precio de al menos quince millones de dólares, se extendía por varios picos montañosos entre las reservas, el bosque nacional y las tierras de nuestra familia. Pero era todo roca escabrosa muy por encima del límite forestal, sin agua y con un aire tan enrarecido que no se podía criar allí ganado ni cosechar nada. Esa tierra había estado baldía durante tantos decenios que los lugareños lo llamaban el Rancho Fantasma. Los únicos compradores que podrían permitírselo en la actualidad serían quienes pudieran rentabilizarlo de otras formas: como estación de esquí o para explotar los derechos mineros. A esa clase de gente mi madre jamás la invitaría al vecindario, y menos aún a su fiesta de cumpleaños.

La historia del señor Galen March merecía indagaciones, pero en otro momento. Ya que no podía posponer para siempre lo inevitable, invité a Basil y a Galen a entrar. Me abrí camino a codazos por el vestíbulo con los hombres tras de mí, pasé junto a Vartan Azov y las adorables damas Livingston, agarré unas cuantas maletas más para que Key las escondiera bajo la mesa de billar y volví adentro a remover el estofado.

Nada más poner un pie en la sala tuve que hacer frente a Lily.

—¿De qué conoces a esta gente? ¿Por qué están aquí? —siseó.

—Estaban invitados —dije, desconcertada por su expresión adusta—. Son nuestros vecinos, los Livingston. Pensaba que solo vendría su hija, Sage… Ya has oído el mensaje. Eran especímenes con pretensiones de alta sociedad de la costa Este, pero hace años que viven aquí. Redlands, el rancho de aquí cerca, en la meseta del Colorado, es suyo.

—Poseen mucho más que eso —me informó Lily a media voz.

Sin embargo, Basil Livingston acababa de llegar a nuestro lado. Estaba a punto de presentarlo cuando el hombre me sorprendió inclinándose sobre la mano de Lily. Cuando se enderezó, su distinguido rostro parecía haber adoptado una máscara rígida.

—Hola, Basil —dijo Lily—. ¿Qué te trae a ti por aquí, tan lejos de Londres? Como ves, Vartan y yo tuvimos que marchar de una forma bastante atropellada. Ah, y dime, ¿pudisteis continuar con el torneo de ajedrez después de la espantosa muerte de tu socio, Taras Petrosián?

# UNA POSICIÓN CERRADA

> Una posición con extensas cadenas de peones entrelazadas y poco espacio de maniobra para las piezas. La mayoría de las piezas seguirán en el tablero y gran parte de ellas estarán tras los peones, creando una disposición apretada y con pocas oportunidades de intercambios.
>
> EDWARD R. BRACE,
> *An Illustrated Dictionary of Chess*

El sol se pone temprano en las montañas. Para cuando habíamos trasladado a los invitados y el equipaje dentro, un resplandor plateado era lo único que se filtraba aún por las claraboyas, haciendo que las tallas de animales que había en lo alto adoptaran siniestras siluetas.

Galen March pareció quedar prendado de Key nada más conocerla. Se ofreció a ayudarla y la seguía a todas partes echándole una mano mientras ella iba encendiendo las lámparas del octógono, cubría la mesa de billar con una sábana limpia y disponía todos los taburetes y los bancos a su alrededor.

Lily explicó la ausencia de mi madre a los recién llegados afirmando que teníamos una crisis familiar; que, técnicamente, era lo que era. Les mintió y les dijo que Cat había llamado por teléfono para disculparse y desearnos que lo pasáramos bien en su ausencia.

Como no teníamos suficientes copas de vino, Vartan sirvió unas tazas de té con el vodka que había en la bandeja del aparador y algunas tacitas de café con un tinto fuerte. Unos cuantos sorbos parecieron distender un poco el ambiente.

Al tomar asiento alrededor de la mesa se hizo evidente que nos sobraban jugadores. Un grupo de ocho: Key, Lily y Vartan, los tres Livingston, Galen March y yo. Aunque todo el mundo parecía algo incómodo, alzamos las tazas y las copas para brindar por nuestra anfitriona ausente.

Lo único que parecíamos tener todos en común era la invitación de mi madre, pero por mi experiencia en el ajedrez yo sabía muy bien que las apariencias pueden ser engañosas.

Por ejemplo, Basil Livingston se había mostrado vago y poco convincente con Lily en cuanto al papel que había desempeñado recientemente en ese torneo de ajedrez de Londres. Dijo que no era más que un socio silencioso, un patrocinador que apenas si conocía al difunto organizador del torneo, Taras Petrosián.

Sin embargo, Basil sí parecía conocer de sobra tanto a Lily como a Vartan Azov. ¿Cómo era que los conocía? ¿Qué probabilidades había de que hubiera sido pura coincidencia que los cuatro, Rosemary incluida, estuvieran en Mayfair dos semanas antes, el mismo día en que Taras Petrosián había sido asesinado?

—¿A ti no te gusta el ajedrez? —le preguntaba Vartan a Sage Livingston, que se había sentado lo más cerca posible de él.

Sage sacudió la cabeza y estaba a punto de responder cuando me puse en pie de un salto y propuse empezar a servir la cena. El caso es que, en aquel grupo, nadie salvo Vartan y Lily sabía nada de mi vida como pequeña reina del ajedrez. Ni de por qué lo había dejado.

Fui recorriendo la improvisada mesa de la cena, sirviendo patatas hervidas, guisantes y el *boeuf bourguignonne*. Prefería esa posición estratégica: moviéndome por la mesa podía ir escuchando e interpretando las expresiones de los demás sin centrar la atención en mí.

En esas circunstancias, me pareció una absoluta necesidad. A fin de cuentas, había sido mi madre en persona quien los había invitado a todos. Aquella podía ser mi única oportunidad para observar a esas siete personas juntas. Y aunque solo una parte de las revelaciones de Vartan fueran ciertas, alguno de ellos podía haber movido ficha en la desaparición de mi madre, la muerte de mi padre o el asesinato de Taras Petrosián.

—¿De modo que patrocinas esos torneos de ajedrez? —le preguntó Galen March a Basil, al otro lado de la mesa—. Una afición muy poco habitual. Debe de gustarte el juego.

Interesante selección de palabras, pensé mientras le servía estofado a Basil.

—La verdad es que no —repuso este—. El torneo lo organizó ese tal Petrosián. Yo lo conocía por mi empresa de capital riesgo con base en Washington. Financiamos toda clase de operaciones económicas a lo ancho del mundo. Cuando cayó el Muro de Berlín, ayudamos a levantarse a los antiguos chicos del Telón de Acero, empresarios como Petrosián. Durante la *glásnost*, la *perestroika*, tenía una cadena de restaurantes y clubes. Se valía del ajedrez como gancho publicitario, según creo. Cuando las tropas de Putin tomaron medidas enérgicas contra los capitalistas (los oligarcas, como los llamaban ellos), le ayudamos a trasladar sus operaciones a Occidente. Tan sencillo como eso.

Basil probó un bocado de su *bourguignonne* mientras yo pasaba al plato de Sage.

—¿De modo que quieres decir —señaló Lily con sequedad— que en realidad fueron los intereses de Petrosián en *Das Kapital*, y no en el juego, lo que le costó la vida?

—La policía ha dicho que esos rumores eran bastante infundados —contraatacó Basil, sin hacer caso de la otra insinuación de Lily—. El informe oficial ha determinado que Petrosián murió de fallo cardíaco, pero ya conocéis a la prensa británica con sus teorías conspirativas —añadió antes de dar un sorbo de vino—. Seguramente tampoco dejarán de poner jamás en duda la muerte de la princesa Diana.

A la mención del «informe oficial», Vartan me había lanzado una cautelosa mirada de soslayo. No me hizo falta conjeturar sobre lo que estaba pensando. Serví un cucharón más de guisantes en su plato y avancé hacia Lily justo cuando Galen March metía baza una vez más.

—¿Has dicho que tenéis la sede en D.C.? —le preguntó a Basil—. ¿No te queda eso un poco lejos para ir cada día a trabajar? ¿O para ir desde allí a Londres, o a Rusia?

Basil sonrió sin reprimir apenas su condescendencia.

—Hay negocios que se llevan solos. A menudo pasamos por Washington si nos queda de camino al volver del teatro o de comprar en Londres, y mi mujer, Rosemary, visita con frecuencia la capital por sus asuntos… En cuanto a mí, no obstante, prefiero quedarme aquí, en Redlands, donde puedo hacer de ranchero.

La glamurosa Rosemary Livingston miró a su marido con exasperación y después sonrió a Galen March.

—Ya sabes lo que dicen de cómo forjar una pequeña fortuna con un rancho.

Galen se quedó mirándola sin saber qué contestar. Ella añadió:

—¡Hay que empezar con una bien grande!

Todo el mundo rió por educación y volvió la atención hacia su comida y su vecino mientras yo me sentaba al lado de Key y me servía un poco de guiso, pero sabía que lo que acababa de decir Rosemary no era ninguna broma. La fortuna de Basil Livingston, por no hablar de su influencia empresarial, era legendaria en la región.

De eso yo debía de saber bastante. Basil estaba metido básicamente en el mismo campo en el que habían trabajado mis padres, al igual que Key: la energía. ¿La única diferencia? Lo que todos ellos estudiaban y protegían, Basil lo explotaba.

Las tierras de los Livingston en Redlands, por ejemplo —dieciséis mil hectáreas de la meseta del Colorado—, no eran solo un rancho para pastorear ganado y entretener a directores generales y jefes de Estado. Redlands también se asentaba sobre la mayor reserva conocida del mundo de uranio de uso industrial.

Además, en Washington, no muy lejos de donde vivía yo, junto al río, Basil tenía un edificio abarrotado de integrantes de sus propios grupos de presión de K Street. Ellos habían conseguido que se aprobaran la clase de leyes que enfurecían a mi madre:

ventajas fiscales para quienes invertían en futuros petroleros en el Ártico y exenciones fiscales para los propietarios de esos deportivos utilitarios que tanta gasolina chupaban.

Mayor motivo para poner en tela de juicio no solo aquella concurrencia, sino también lo oportuno de la invitación de mi madre para reunirnos a todos ese día. Una invitación, recordé, que había sido enviada más o menos en el mismo momento en que tenía lugar la muerte en Londres del «socio» de Basil, Taras Petrosián. El mismo hombre que había organizado el torneo en Rusia, hacía diez años, en el que habían matado a mi padre.

Miré a los invitados de mi madre sentados a la mesa: Sage Livingston conversaba con Vartan Azov, Galen March escuchaba con atención a Key, Rosemary Livingston susurraba un aparte a su maridito y Lily Rad le daba bocados de *bourguignonne* a Zsa-Zsa, que estaba sentada en su regazo.

Si Lily tenía razón y había un gran juego en marcha, un juego peligroso, yo seguía sin distinguir los peones de las figuras. El escenario que rodeaba esa mesa se me antojó más como un mosaico de partidas a ciegas contra adversarios desconocidos, todos ellos realizando jugadas encubiertas. Sabía que era hora de empezar a limpiar la maleza para obtener una nueva perspectiva. Y de pronto se me ocurrió que sabía exactamente por dónde empezar.

Solo había una persona, de todos los que estábamos sentados a esa mesa de ocho, a quien mi madre no había invitado ese día. La había invitado yo misma, como mi madre sin duda sabía que haría. Había sido mi mejor y única amiga desde los doce años. El juego de palabras era inevitable: solo ella, cuyo apellido significaba *llave*, podía proporcionar la clave que faltaba en todo aquel rompecabezas.

Yo tenía doce años. Mi padre había muerto.

Mi madre me había sacado del colegio de Nueva York en las vacaciones de mitad del trimestre y me había recolocado en un centro de las Montañas Rocosas de Colorado: a kilómetros de distancia de nada ni nadie que hubiera conocido.

Se me prohibió jugar al ajedrez e incluso hablar de él.

El primer día en mi nuevo colegio, una rubia simpática con cola de caballo se me acercó en el pasillo.

—Eres nueva —me dijo. Después, de un modo que dio a entender que todo dependía de mi respuesta, añadió—: En el colegio al que ibas antes… ¿eras popular?

En mis doce años de edad —ni en el colegio, ni en todos los viajes que había hecho alrededor del mundo participando en competiciones de ajedrez— jamás me habían hecho esa pregunta. No estaba segura de cómo responder.

—No lo sé —le dije a mi interrogadora—. ¿Qué quieres decir con popular?

Por un momento se quedó tan desconcertada con mi pregunta como yo con la suya.

—Popular es —dijo, al cabo— que los otros chicos quieren caerte bien. Copian lo que haces y cómo te vistes, y hacen lo que les dices porque quieren estar en tu grupo.

—¿Quieres decir en mi equipo? —dije, confundida.

Entonces me mordí la lengua. No podía hablar del ajedrez.

Sin embargo, llevaba compitiendo desde que tenía seis años. No pertenecía a ningún grupo, y el único equipo que conocía era el de mis entrenadores adultos, como mi padre o los «segundos» que me ayudaban a revisar mis partidas. Pensándolo ahora, si alguna vez me hubiera molestado en preguntárselo a otros estudiantes del colegio público del centro de Manhattan al que iba, seguramente me tenían por la empollona de la clase.

—¿Tu equipo? O sea que juegas a algún deporte. Parece que estés acostumbrada a ganar. Así que debías de ser popular. Soy Sage Livingston. La chica más popular de este colegio. Puedes ser mi nueva amiga.

Ese encuentro de pasillo con Sage acabaría siendo el punto culminante de nuestra relación, que pronto se precipitó montaña abajo. El catalizador de esa súbita caída fue mi inesperada amistad con Nokomis Key.

Mientras Sage iba dando brincos por ahí con sus pompones o una raqueta de tenis, Key me enseñaba a montar un Appaloosa a pelo y me mostraba cuándo los campos de *névé*, la nieve estival, estaban en su punto perfecto para que nos lanzásemos a deslizarnos por ellos: actividades que tenían a mi madre más contenta que verme asistir a las recepciones del Denver elitista que Sage organizaba en el Cherry Creek Country Club.

Puede que Basil, el padre de Sage, fuera tan rico como Creso. Puede que su madre, Rosemary, estuviera en el primer puesto de todo censo de la alta sociedad desde Denver hasta Washington. Pero la única aspiración que siempre se le había resistido a Sage había sido la que más codiciaba en el mundo: el carnet de miembro de las DAR —las Hijas de la Revolución Americana—, esas mujeres que afirmaban descender de los héroes de la guerra de la Independencia de Estados Unidos. Su sede central en la capital, donde se encontraba su Sala de la Constitución, ocupaba una manzana entera, a un tiro de piedra de la Casa Blanca. En el siglo y pico transcurrido desde su nacimiento, habían ejercido más influencia social en Washington que los descendientes del *Mayflower* o cualquier otro grupo elitista del patrimonio nacional.

Y esa era su comezón: es decir, lo que empezaba a reconcomer a Sage Livingston en cuanto veía a Nokomis Key. Mientras que Key se pasó todo el instituto trabajando en empleos esporádicos para hoteles y complejos turísticos —desde camarera de habitaciones hasta guarda de parque—, cada vez que Rosemary y Sage iban a Washington, cosa que hacían a menudo, siempre aparecían en las páginas de sociedad como copresidentas de sociedades benéficas y de recaudación de fondos de una serie de destacadas instituciones públicas.

Sin embargo, Key en persona era una institución pública andante, aunque podía decirse que muy pocos lo sabían en la zona. La madre de Key descendía de un antiguo linaje de las tribus algonquina e iroquesa que se remontaba hasta los powhatanos: los auténticos primeros americanos. Su padre, no obstante, descendía de una de las primeras familias más famosas de Washington:

la del autor del himno nacional estadounidense, «La bandera estrellada», el señor Francis Scott Key.

A diferencia de lo que sucedía con las damas Livingston, si Key se hubiese dejado caer alguna vez por la capital del país, las DAR habrían desplegado la famosa alfombra roja por todo el puente que había frente a su sede hasta llegar al pequeño parque del otro lado, los cuales llevaban, ambos, el nombre de su antepasado; un puente y un parque que, casualmente, conducían justo ante la puerta de mi casa.

Washington, D.C.

No sé cómo se me encendió la bombilla justo en ese momento. No era solo la «conexión Key», sino aquella plétora de detalles: las intrigas empresariales de Basil en el distrito gubernamental, las aspiraciones sociales de Rosemary, la obsesión genealógica de Sage y mi prolongada estancia en la capital por orden de mi tío Slava; mi tío, que, según Lily, había sido un jugador clave de la partida. Resultaba todo demasiado sospechoso.

Sin embargo, si mi madre quería que centrara mi atención en Washington, ¿por qué nos había invitado a todos a Colorado? ¿Estaban ambos lugares relacionados de algún modo? Solo se me ocurrió un lugar donde poder descubrirlo.

Naturalmente, había supuesto que, dado que las dotes de mi madre con los enigmas estaban muy mermadas, cada una de sus pistas en clave me llevaría a algo concreto, como esa tarjeta de Rusia o el juego escondido en el piano.

Pero a lo mejor mis primeras suposiciones no habían sido acertadas.

Me disculpé ante los demás, me levanté de la mesa y me acerqué al hogar para dar la vuelta a algunas brasas. Mientras hurgaba el fuego con el atizador, metí la mano en el bolsillo y toqué la reina negra y los pedacitos de papel que todavía tenía dentro.

Gracias a algunos de nuestros descubrimientos —la pieza de ajedrez, la tarjeta, el antiguo mapa ajedrecístico—, y a todo lo que estos me habían transmitido, sabía que había dos Reinas Negras y una importante partida en marcha. Un juego peligroso.

Repasé mentalmente todo lo que había descubierto desde aquella mañana:

El número de teléfono falso al que le faltaban dos dígitos.
El enigma que me había conducido al ajedrez del piano.
La reina negra que había cambiado su ubicación por la de la bola número ocho, la negra, en la mesa de billar.
El mensaje oculto en el interior de la reina, que procedía de mi partida en Rusia.
El antiguo dibujo de un tablero de ajedrez que habíamos encontrado oculto en el escritorio de mi madre.

Todo eso parecía claro y directo, igual que mi madre. Pero yo estaba convencida, más allá de toda duda, de que allí se ocultaba la clave de algo más…

Y entonces, desde luego, di con ello.

Madre mía, pero ¿cómo podía haber sido tan tonta? ¡Pero si ya resolvía enigmas como ese cuando apenas si sabía gatear! Tuve ganas de gritar, patalear y tirarme del pelo… Lo cual podría haber sido imprudente en aquellas circunstancias, con la mesa llena de comensales al otro lado de la sala.

Sin embargo, ¿no era ese el primer enigma que había tenido que resolver para conseguir entrar en la casa? El de los dígitos que faltaban en aquel «número de teléfono»: 64.

64 no solo era el número de escaques de un tablero de ajedrez, sino también la última clave de la combinación de la caja fuerte en la que mi madre había escondido la llave de nuestra casa.

«¡El tablero tiene la clave!»

Igual que ante el mar Rojo abriéndose, al fin sentí que podía alargar la mirada por ese larguísimo corredor que llevaba hasta el corazón mismo del juego. Y si ese primer mensaje contenía más de un primer nivel de significado, estaba segura de que también los demás lo tendrían.

Igual que estaba segura de que, a pesar de la elección aparentemente paradójica de invitados que había hecho mi madre, todos estaban relacionados de alguna manera. Pero ¿de qué forma?

Necesitaba desentrañarlo, y enseguida, mientras los jugadores siguieran aún sentados alrededor de la mesa.

Me deslicé hasta el otro lado de la chimenea, donde quedaría oculta en parte por la campana de cobre, y extraje de mi bolsillo el único de los mensajes escrito de puño y letra de mi madre. Decía:

WASHINGTON
COCHE DE LUJO
ISLAS VÍRGENES
SIVILANTE

ASÍ ARRIBA COMO ABAJO

Washington ocupaba sin ninguna duda el primer lugar de la lista. Así que, a lo mejor, igual que el tablero de ajedrez me había llevado hasta la clave de la llave de la casa, ese código me llevaría a la clave de todo lo demás. Me devané los sesos y luego me los estrujé aún un poco más, pero con COCHE DE LUJO e ISLAS VÍRGENES no se me ocurría nada. Sabía que las primeras tres pistas —D, C; L, X; I, V— sumaban 666, el número de la Bestia, de modo que volví a considerar de nuevo todo el mensaje y continué por el siguiente paso. Bingo.

SIVILANTE

Esa palabra mal escrita era anagrama de ANTI VELIS, pero también de ANTI VILES, así como de otro vocablo con falta de ortografía: TINIEVLAS. El *Apocalipsis*, donde se habla de la llegada de las Tinieblas y la Bestia, es donde san Juan narra lo que le ha sido revelado que sucederá en el fin del mundo. Y gracias a mi pedante infancia, sabía que también derivaba de algo muy parecido a esa presentación del apellido de mi madre. *Apo-kalyptein*, descubrir lo oculto. *Re-velare*, quitar el velo. En este caso, siendo *velis* ablativo plural del latín *velum*, ANTI *VELIS* sería, por así decir, sin velos.

En cuanto a la última línea, ASÍ ARRIBA COMO ABAJO, era la que encerraba el quid del mensaje. Y, si yo estaba en lo cierto, tenía muy poco que ver con el ajedrez escondido en el piano. Aquello no había sido más que un ardid para sorprenderme y hacer que prestara atención, y lo había conseguido. De hecho, estaba claro que si no me hubiera precipitado al evaluar la destreza de mi madre en la creación de enigmas, a lo mejor me habría dado cuenta al instante. En realidad, eso explicaría por qué mi madre nos había invitado a Colorado, para empezar, a un lugar llamado Cuatro Esquinas, en lo alto de las Montañas Rocosas, en el centro mismo de las cuatro montañas que delimitan los puntos primigenios navajos de la cuna del mundo. Un tablero cósmico como ningún otro.

El mensaje al completo, uniendo todas las partes, decía:

> El tablero tiene la clave
> Quita los velos a los viles
> Así arriba como abajo

Y si el tablero tenía la clave para quitar esos velos, tal como insinuaba el mensaje de mi madre, entonces, lo que fuera que desvelara o descubriera allí en las montañas —como ese mapa antiguo que habíamos encontrado— tenía que ir ligado, como yo sospechaba, a otro tablero terrenal que estuviera ABAJO.

Por lo que yo sabía, solo había una ciudad en toda la historia que se hubiese creado imitando a conciencia el perfecto cuadrado de un tablero de ajedrez: la ciudad que yo consideraba mi hogar.

La siguiente jugada de la partida había de tener lugar allí.

# EL VELO

¿Escribiremos sobre aquello de lo que no se habla?
¿Divulgaremos lo que no debe divulgarse?
¿Pronunciaremos lo que no debe pronunciarse?

EMPERADOR JULIANO,
*Himno a la madre de los dioses*

*Harén real, palacio de Dar al-Majzen, Fez,*
*solsticio de invierno de 1822*

Haidée se cubrió con el velo para cruzar con paso apresurado el patio interior del harén real. La escoltaban dos corpulentos eunucos a los que no había visto nunca hasta esa mañana. Al igual que el resto de las ocupantes del harén, Haidée se había despertado al despuntar el alba, arrancada de los brazos de un profundo sueño por un séquito de guardias de palacio que les habían ordenado a todas que se vistiesen y se preparasen lo más rápido posible para desalojar el lugar.

En tono apremiante, el jefe de los guardias había separado del resto precisamente a Haidée, tras comunicarle que se requería su inmediata presencia en el patio exterior que comunicaba el harén con el palacio.

Naturalmente, el caos se había adueñado del harén en cuanto las mujeres comprendieron el motivo de tan aterradoras órdenes: el sultán Mulay Sulimán, descendiente del Profeta y azote de la fe, acababa de fallecer víctima de una apoplejía. Lo sucedía su sobrino, Abdul Rahman, quien sin duda sería ya poseedor de una corte y un harén propios con los que invadir la totalidad de los aposentos del palacio y reemplazar así a los anteriores ocupantes. Todos sabían que en otros cambios de sucesión de semejante índole se habían producido subastas generalizadas de seres humanos e incluso matanzas masivas a fin de eliminar cualquier amenaza por parte del régimen saliente.

De ahí que mientras las concubinas, las odaliscas y los eunucos se vestían en el confortable refugio del harén —rodeados de los aromas familiares a agua de rosas, lavanda, miel y menta, en el único hogar que la mayoría de ellos había conocido—, hubiesen compartido temerosas especulaciones sobre lo que aquel dramático giro de los acontecimientos podía suponer para todos y cada uno de ellos. Sea lo que fuere, no podían albergar demasiadas esperanzas.

A Haidée, una esclava más del harén y sin relación alguna con la familia real, no le hacía falta especular demasiado acerca de lo que el destino tenía reservado para ella. ¿Por qué la convocaban para que acudiera al patio exterior, y por qué únicamente a ella de entre todas las mujeres? Aquello no podía significar más que una sola cosa: de algún modo, habían descubierto quién era ella en realidad… y lo que era aún peor, qué era aquel pedazo enorme de carbón, el mismo que hacía once meses habían hallado en su poder y que había sido confiscado por el sultán.

En ese momento, al atravesar el patio descubierto flanqueada por sus corpulentos escoltas, Haidée dejó atrás las fuentes de aguas termales que salpicaban los pilones inferiores como hacían durante todo el invierno, para proteger los estanques de peces. Según decían, las afiligranadas celosías blancas de los pórticos que rodeaban el patio habían conservado intacta su intrincada belleza durante seiscientos años porque se había mezclado el yeso original con los huesos pulverizados de esclavos cristianos. Haidée esperaba que no fuese eso lo que el destino tenía preparado para ella en aquella encrucijada de su vida, y sintió cómo el corazón le palpitaba con fuerza con una mezcla de emoción y miedo ante lo desconocido.

Durante casi un año, Haidée había permanecido retenida allí como odalisca o sirvienta, en oscura cautividad, rodeada de los eunucos y las esclavas del sultán. El palacio real de Dar al-Majzen ocupaba unas ochenta hectáreas llenas de exuberantes jardines y albercas, mezquitas y cuarteles, harenes y *hamams*. Aquella ala del palacio, con sus alcobas y sus salas de baño comunicadas por patios y jardines de techos descubiertos bajo el cielo invernal, tenía capacidad para albergar a un millar de esposas y concubinas, además de una ingente cantidad de personal de servicio para las labores domésticas.

Sin embargo, para Haidée, por muy abiertos al aire libre que pareciesen los patios, aquel entorno había resultado sofocante y opresivo hasta más allá de lo soportable. Encerrada entre centenares de otras personas allí, en el harén, con sus rejas de hierro, sus puertas y ventanas cerradas a cal y canto frente al mundo, estaba completamente aislada, a pesar de no estar sola nunca.

Y Kauri, el único protector y amigo que había tenido sobre la faz de la tierra, la única persona capaz de poder encontrarla allí, prisionera en aquella fortaleza del interior del territorio, había sido capturado por los comerciantes de esclavos junto con el resto de la tripulación, en el preciso momento en que su barco apresado había atracado en el puerto. Aún recordaba vívidamente el horror de aquellas imágenes del pasado.

Frente a la costa adriática, justo antes de llegar a Venecia, el barco en el que viajaban estaba bordeando el puerto de Pirene, «El fuego», donde un antiguo faro de piedra llevaba erigido allí desde tiempos romanos para advertir a los navegantes del peligro de aquel saliente rocoso. Era allí donde los últimos de los corsarios más despiadados, los célebres piratas de Pirene, proseguían con sus terribles fechorías: el comercio de esclavos europeos en tierra musulmana, donde estos recibían el nombre de «oro blanco».

Desde el momento en que Haidée y Kauri advirtieron el peligro que se cernía sobre ellos, la inminencia del abordaje de los corsarios eslovenos, comprendieron que aquel inesperado incidente resultaría para ellos una terrible desgracia de consecuencias inimaginables.

Los piratas sin duda despojarían de todos sus bienes a la reducida tripulación de la nave y a sus dos jóvenes pasajeros, y luego los venderían al mejor postor en el mercado de esclavos. Muchachas como Haidée eran vendidas en matrimonio o como prostitutas, pero el destino de un joven como Kauri podía ser aún mucho peor. Los comerciantes de esclavos conducían a esos muchachos al interior del desierto, donde castraban a cada uno de ellos con un cuchillo y lo enterraban en la arena ardiente a fin de contener la hemorragia. Si el joven sobrevivía, se convertía al instante en un bien muy preciado y más adelante era posible venderlo por una abultada suma en todo el imperio turco como eunuco guardián del harén o incluso en los Estados Papales para recibir formación como cantante *castrato*.

Su única esperanza había sido que la costa de Berbería en África, tras décadas de bombardeos por parte de los británicos, los estadounidenses y los franceses, estuviese en ese momento cerrada a esa clase de tráfico humano. Cinco años antes, bajo un tratado, ochenta mil esclavos europeos habían sido liberados de la esclavitud en el norte de África y las rutas de navegación mediterráneas habían sido reabiertas al comercio marítimo normal.

Sin embargo, todavía quedaba un lugar que aún aceptaba semejante botín humano, el único territorio del Mediterráneo que nunca había llegado a caer bajo el control del Imperio otomano ni de la Europa cristiana: el sultanato de Marruecos. Como territorio completamente aislado, con una capital muy alejada de la costa, enclavada entre el Rif y la cordillera del Atlas, en Fez, Marruecos había padecido durante treinta años el férreo mandato del sultán Mulay Sulimán.

Tras los meses que había pasado como sirvienta cautiva en su harén, Haidée ya había descubierto numerosos aspectos sobre el mandato del sultán, y ninguno de ellos había aplacado sus constantes temores.

A pesar de que el propio sultán era descendiente del Profeta, Sulimán había abrazado ya desde muy joven las ideas del reformador islámico suní Mohamed ibn al-Wahhab de Arabia. Los fanáticos wahhabíes habían logrado ayudar al rey de Arabia, Ben Saúd, a recuperar por un breve período extensas franjas de territorio de Arabia conquistadas por los turcos otomanos.

Pese a lo efímero de esa victoria, lo cierto es que el fervor wahhabí prendió con fuerza en el corazón de Mulay Sulimán de Marruecos, quien llevó a cabo una extensa e implacable purga en el seno de su feudo religioso. Durante su reinado, había cortado relaciones comerciales con los decadentes turcos y los ateos franceses —los de la malhadada revolución e imperio—, había suprimido las sectas de adoración a los santos entre los shiíes y disgregado las hermandades sufíes.

De hecho, solo había habido un pueblo al que Mulay Sulimán no había podido someter ni eliminar en sus treinta últimos años de mandato: los bereberes sufíes del otro lado de las montañas.

Aquello era lo que más había aterrorizado a Haidée durante sus largos meses de cautiverio en aquel lugar, y tras la revelación de esa mañana, se temía lo peor. Porque dondequiera que estuviese Kauri, si habían llegado a descubrir que era sufí y además bereber, no lo habrían mutilado o vendido, sino que lo habrían matado sin piedad.

Y Haidée, quien durante todo ese tiempo había guardado celosamente el secreto que Alí Bajá le había confiado, ya no podía albergar ni un solo resquicio de esperanza de poder volver a ver el mundo como ser libre algún día. Nunca sería capaz de averiguar el paradero de la Reina Negra, recuperarla y depositarla en manos de quien debía tenerla. Sin embargo, pese a la desesperación que la embargaba en ese momento, mientras se ajustaba el velo con más firmeza y avanzaba junto a sus escoltas por la larga galería descubierta que conducía al patio exterior, no pudo evitar aferrarse al único pensamiento que le había rondado insistentemente por la cabeza, una y otra vez, a lo largo de aquellos últimos once meses: cuando ella y Kauri se habían dado cuenta del lugar adonde los piratas habían conducido el barco, justo antes de atracar en el muelle en suelo marroquí, antes de separarse acaso para siempre, Kauri le había explicado que solo había un hombre capaz de ayudarlos en todo Marruecos, si es que lograban encontrarlo, un hombre a quien el mismísimo Baba Shemimi tenía en gran estima y consideración, un maestro del *tarikat* o camino secreto. Era un ermitaño sufí conocido como el Viejo de la Montaña. Si alguno de los dos conseguía escapar de sus captores, tenía que ir en busca de ese hombre.

Haidée rezó entonces por ser capaz, en los breves momentos que quizá se le permitiese pasar fuera de aquel espacio enclaustrado, de pensar y actuar con rapidez por su propio bien. De lo contrario, todo estaría en verdad perdido para siempre.

### Cordillera del Atlas

Shahin y Charlot llegaron al descenso final de la última sierra justo cuando el sol crepuscular rozaba con sus rayos la cima nevada del monte Zerhun en el horizonte. Habían tardado tres meses en completar el arduo viaje hasta ese punto desde la meseta del Tassili, en el corazón del Sahara, a través del desierto invernal hacia Tlemcen. Una vez allí, habían trocado sus camellos por caballos, más aptos para el clima frío y la región montañosa de Cabilia que tenían por delante, el hogar de los bereberes cabilas en el Gran Atlas.

Charlot, al igual que Shahin, llevaba el *litham* de color añil propio de los tuaregs, a quienes los árabes llamaban *muleththemin*, «los hombres del velo», y los griegos llamaban *glaukoi*, «los hombres azules», por el leve tono azulado de su piel clara. El propio Shahin era un *targui*, un noble de los tuaregs del Kel Rela que durante milenios habían controlado y mantenido las rutas que atravesaban la inmensidad del Sahara: habían cavado los pozos, continuado con el pastoreo para el ganado y facilitado la seguridad armada. Desde tiempos inmemoriales, los tuaregs habían sido el pueblo más venerado de entre todos los habitantes del desierto, tanto por los mercaderes como por los peregrinos.

Y el velo, allí en las montañas pero también en el desierto, había protegido a ambos hombres de mucho más que de las condiciones meteorológicas. Por el hecho de llevarlo, los dos viajeros se habían mantenido siempre *dajil-ak*, bajo la protección de los *imazigen* o bereberes, tal como los llamaban los árabes.

En su viaje de más de mil quinientos kilómetros por tierras casi siempre inhóspitas, Charlot y Shahin habían obtenido de los *imazigen* mucho más que forraje y caballos de recambio: también habían obtenido información, la suficiente para alterar su ruta inicial, prevista en dirección norte hacia el mar, y desviarse al oeste hacia las montañas.

Y es que solo había una tierra a la que pudiesen haber llevado al hijo de Shahin y a su acompañante: Marruecos. Y solo había un hombre capaz de ayudarlos en su búsqueda, un gran maestro sufí, si es que lograban encontrarlo, un hombre al que todos llamaban el Viejo de la Montaña.

Una vez alcanzaron el risco, Charlot obligó a su caballo a detenerse junto a su compañero. A continuación, se quitó el *litham* añil y lo dobló para introducirlo en su alforja, al igual que hizo Shahin. Estando ya tan cerca de Fez, más les valía actuar con prudencia por si alguien los veía. El velo que les había servido de protección en el desierto o en las montañas podía resultar muy peligroso ahora que habían dejado atrás el Gran Atlas para adentrarse en territorio suní.

Los dos hombres contemplaron la inmensidad del valle, guarecido por las altas estribaciones de las montañas, y en cuyo seno las aves volaban en círculos. Aquel lugar mágico se hallaba en el centro de una singular confluencia de distintas clases de agua: arroyos, cascadas, manantiales y ríos. Debajo, rodeado de vegetación, se extendía un océano de cubiertas de teja lacada de un verde brillante que refulgían bajo el ángulo de la luz invernal, una ciudad sumergida en el tiempo… como efectivamente lo estaba.

Se trataba de Fez, la ciudad santa de los *shurafa*, los auténticos descendientes del Profeta, un lugar sagrado para las tres ramas del islam, pero sobre todo para los shiíes. Allí, en la montaña, se hallaba la tumba de Idris, el bisnieto de la hija de Mahoma, Fátima, y el primer miembro de la familia del Profeta en llegar al Magreb, las tierras occidentales, más de mil años antes.

Una tierra de enorme belleza y negros presagios.

—Hay un proverbio en tamazight, la lengua cabila —dijo Shahin—, que dice lo siguiente: «*Aman d'Iman*»: el agua es vida. El agua es la razón de la longevidad de Fez, una ciudad que ya de por sí era casi una fuente sagrada. Hay muchas grutas antiguas excavadas en la roca por el agua que ocultan antiguos misterios: el sitio perfecto para esconder y proteger lo que estamos buscando. —Hizo una pausa y a continuación añadió en voz baja—: Estoy seguro de que mi hijo está ahí abajo.

Los dos hombres se sentaron junto al fuego llameante del interior de la cueva donde habían decidido pasar la noche, por encima de Fez. Shahin había soltado su bastón *talac*, señal de su condición de noble entre la comunidad de tambores del Kel Rela, y se había quitado la bandolera, una banda de piel de cabra con flecos que los tuaregs llevaban cruzada por encima de cada hombro. Habían cenado un conejo que previamente habían cazado y cocinado.

Sin embargo, lo que ninguno de los dos había mencionado aún, ni durante su largo viaje, seguía agazapado justo bajo la superficie, hablándoles en un leve susurro, como si fuera una especie de arenas movedizas: Charlot sabía que no había perdido su don por completo, pero tampoco podía invocarlo a su voluntad. Al atravesar el desierto había sentido en numerosas ocasiones el ímpetu con que la clarividencia tiraba de él, como un perro callejero que trata de llamar la atención mordiendo con sus dientes los faldones de una chilaba. En esos momentos sí había podido informar a Shahin sobre qué hombres en los mercados eran de fiar, cuáles eran demasiado avariciosos, quiénes de ellos tenían esposa e hijos a los que alimentar, cuáles se guiaban por sus propios intereses… Todo aquello era obvio para él, como lo había sido desde su nacimiento.

Sin embargo, ¿qué utilidad tenía una capacidad de predicción tan sumamente limitada ahora que se enfrentaban a la desafiante tarea que tenían ante sí? En todo lo relacionado con la búsqueda del hijo de Shahin, su don se había visto obstaculizado por algo. No era que no viese absolutamente nada, sino que más bien se trataba de una ilusión óptica, un oasis reverberante de palmeras en el desierto, donde es imposible que haya agua. Cuando del chico se trataba, de Kauri, Charlot percibía una imagen trémula… pero sabía que no era real.

En ese momento, junto a las vacilantes llamas del fuego, mientras observaban a sus caballos masticar el forraje de sus alforjas, Shahin abrió la boca para hablar.

—¿Te has preguntado por qué solo los hombres tuaregs llevan el *litham* añil y en cambio las mujeres van sin velo? —le preguntó a Charlot—. Nuestro velo es una tradición mucho más antigua que el islam, los propios árabes se quedaron asombrados cuando descubrieron esta costumbre la primera vez que llegaron a nuestras tierras. Hay quienes creen que el velo nos brinda protección contra la arena del desierto, mientras que otros dicen que es contra el mal de ojo. Pero lo cierto es que el velo es muy importante para la historia de nuestras comunidades de tambores. En tiempos antiguos se hablaba del mal de boca.

—¿El mal de boca?

—En referencia a los antiguos misterios, «aquello que no se debe pronunciar por la boca». Han existido en todas las culturas y todos los países desde tiempos inmemoriales —explicó Shahin—. Sin embargo, entre los iniciados, esos misterios sí pueden comunicarse mediante el sonido del tambor.

Charlot sabía gracias a Shahin que las tribus tuaregs, conocidas como comunidades de tambores, descendían cada una de ellas de una mujer, y cada jefe de tambores, a menudo también una mujer, era el encargado de conservar el tambor sagrado de la tribu, al que se atribuían poderes místicos.

Los tuaregs, al igual que los jenízaros sufíes que controlaban la mayor parte del territorio otomano, habían utilizado durante siglos su lenguaje secreto con tambores para transmitir señales a lo largo de la vasta extensión de sus dominios. Tan poderosa era aquella lengua de los tambores que en los lugares donde se mantenía cautivos a los esclavos, los tambores estaban prohibidos.

—Y esos antiguos misterios de los tuaregs, los relacionados con el mal de boca y el velo, ¿están relacionados con tu joven hijo? —preguntó Charlot.

—¿Todavía no lo ves? —le preguntó Shahin, y aunque la expresión de su rostro parecía impertérrita, Charlot percibió lo que su compañero estaba pensando: «¿A pesar de lo cerca que debemos de estar ya de él?».

Charlot negó con la cabeza y a continuación se restregó la cara con las manos y se pasó los dedos por su mata de pelo pelirrojo, en un intento de estimular su aturdido cerebro. Levantó la mirada hacia el rostro de Shahin, labrado como una pieza de bronce antiguo. Los ojos dorados de este lo miraban de hito en hito junto a la luz del fuego, aguardando una respuesta.

Forzando una leve sonrisa, Charlot dijo:

—Háblame de él. Tal vez eso nos ayude a encontrarlo, como darle el olor a agua a un camello sediento en el desierto. Tu hijo se llama Kauri; es un nombre poco corriente.

—Mi hijo nació en los acantilados de Bandiagara —dijo Shahin—, en territorio dogón. Kauri en dogón es el nombre de un molusco marino que abunda en el océano Índico, cuya concha blanca y brillante nosotros los africanos hemos usado como moneda durante miles de años. Sin embargo, para los dogón, esa pequeña concha, el cauri, también entraña un importante significado y poder: está relacionado con el sentido oculto del universo, que para los dogón simboliza el origen tanto de los números como de las palabras. Fue mi esposa quien escogió ese nombre para nuestro hijo.

Cuando vio que los ojos azul oscuro de Charlot lo miraban con asombro, Shahin añadió:

—Mi esposa, la madre de Kauri, era muy joven cuando nos casamos, pero ya tenía grandes poderes entre su gente. Se llamaba Bazu, que en la lengua dogón significa «el fuego femenino», porque ella era una de las maestras del fuego.

¡Era una herrera!

Charlot sintió una profunda conmoción al comprender el significado de aquella revelación. La de herrero, tanto en las tierras del desierto como en cualquier otra parte, era una profesión condenada al ostracismo, a pesar de que era cierto que contaban con enormes poderes. Los llamaban maestros del fuego, pues creaban armas, herramientas y útiles diversos. Eran muy temidos, porque poseían habilidades secretas y hablaban un lenguaje también secreto que solo conocían ellos, y dominaban tanto las técnicas ocultas de los iniciados como los poderes diabólicos atribuidos a los espíritus ancestrales.

—¿Y esa era tu esposa? ¿La madre de Kauri? —exclamó Charlot, sin salir de su asombro—. Pero ¿cómo llegaste a conocerla y a casarte con una mujer así? —«¡Y sin que yo lo haya sabido hasta este momento!» De pronto Charlot se sintió muy débil, extenuado por aquellas revelaciones.

Shahin se quedó en silencio un instante, los ojos dorados ensombrecidos por una oscura nube.

—Todo había sido vaticinado —dijo al fin—, tal y como sucedió; tanto mi matrimonio y el nacimiento de nuestro hijo como la temprana muerte de Bazu.

—¿Vaticinado? —repitió Charlot, aunque la sensación de terror volvió a atenazarlo con fuerza.

—Lo vaticinaste tú, al-Kalim —dijo Shahin.

«Yo lo vaticiné, pero no me acuerdo.»

Charlot lo miró fijamente. Tenía la boca seca por el miedo.

—Por eso hace tres meses, cuando te encontré en el Tassili, sufrí la conmoción de la pérdida —explicó Shahin—. Hace quince años, cuando no eras más que un muchacho de la edad de Kauri, a punto de dar el paso a la vida adulta, viste con tu don lo que te acabo de contar. Dijiste que yo tendría un hijo a quien habría que mantener escondido, porque sería el descendiente de un maestro del fuego. Su formación correría a cargo de quienes poseen una sabiduría inmensa acerca de los misterios ancestrales, los misterios que yacen en el corazón del juego de ajedrez que conocemos como el ajedrez de Montglane, un secreto que se cree tiene el poder de crear o destruir civilizaciones enteras. Cuando al-Jabir al-Hayan, conocido en Occidente como Geber, diseñó ese juego de ajedrez hace mil años, lo llamó el ajedrez del *tarikat*: la vía sufí, la Vía Secreta.

—¿Y quién enseñó a tu hijo esos misterios? —quiso saber Charlot.

—A la edad de tres años, cuando murió la madre de Kauri, este se crió bajo la tutela y protección del gran *pir* sufí bektasí Baba Shemimi. He descubierto que cuando los turcos atacaron Janina en enero, el baba solicitó a mi hijo ayuda para rescatar una importante pieza de ajedrez que obraba en poder de Alí Bajá. Cuando la ciudad cayó en manos de los turcos, Kauri se dirigió hacia la costa en compañía de una persona desconocida. Es lo último que hemos sabido de él.

—Debes contarme todo lo que sepas acerca de la historia de ese ajedrez —le pidió Charlot—. Cuéntamelo ahora, antes de que bajemos la montaña al amanecer para ir en busca de tu hijo.

Charlot permaneció sentado con la mirada fija en el fuego, observando la brasa fundida mientras trataba de abrirse paso hacia el interior de sí mismo. Y Shahin dio comienzo a su relato.


## EL RELATO DEL HOMBRE AZUL

En el año 773 del calendario occidental, al-Jabir al-Hayan llevaba trabajando con ahínco ocho años. Con la ayuda de centenares de artesanos expertos, estaba creando el ajedrez del *tarikat* para el primer califa de la nueva ciudad de Bagdad, al-Mansur. Nadie sabía de los misterios que el ajedrez entrañaba salvo el propio Jabir, misterios que estaban basados en su magno tratado sufí *El libro de la balanza*, dedicado a su desaparecido *shaij* Yaafar al-Sadik, el verdadero padre del islam shií.

Jabir creía estar a punto de finalizar su obra maestra, pero en el verano de ese mismo año, el califa al-Mansur se vio sorprendido con la llegada de una importante delegación india procedente de las montañas de Cachemira, representación que a todas luces había sido enviada para la apertura de vías comerciales con la recién establecida dinastía abasí en Bagdad. En realidad, aquellos hombres se hallaban en una misión especial cuyo propósito nadie habría podido adivinar jamás: habían traído consigo un secreto de sabiduría ancestral, disimulado bajo la forma de dos regalos de la ciencia moderna. En su condición de científico, al-Jabir fue invitado a la presentación de dichos tesoros, y esa experiencia cambiaría su vida para siempre.

El primer obsequio consistía en una serie de tablas astronómicas indias que registraban los movimientos de los cuerpos celestes a lo largo de los diez mil años anteriores, movimientos planetarios que quedaban registrados de forma harto minuciosa en la tradición de las más antiguas sagas indias, como los Vedas. El segundo obsequio supuso un desconcierto absoluto para todos los presentes salvo para el alquimista oficial de la corte, al-Jabir al-Hayan.

Se trataba de unos «números nuevos», nuevos para Occidente. Entre otras innovaciones, aquellos números poseían un valor posicional, es decir, en lugar de dos líneas o dos piedrecillas que representaban el número «dos» si se colocaban la una junto a la otra, representaban uno más diez u «once».

Más ingenioso aún era un guarismo que ahora llamamos cifra (del árabe *sifr*, que significa «vacío») y al que los europeos llaman cero. Estas dos innovaciones numéricas, a las que hoy en día denominamos numerales arábigos, revolucionarían la ciencia islámica. Aunque no llegarían a Europa a través del norte de África hasta al cabo de otras cinco centurias, ya existían en la India desde hacía más de mil años.

Jabir no cabía en sí de gozo y entusiasmo: comprendió al instante la relación entre aquellas tablas astronómicas y los nuevos números, en la medida en que suponían cálculos muy complejos y de gran envergadura. Y también comprendió la relación de ambos con respecto a otro antiguo invento indio que ya había sido adoptado por el islam: el juego del ajedrez.

Al-Jabir tardó dos años más, pero al final logró incluir aquellos secretos matemáticos y astronómicos cachemires en el interior del ajedrez del *tarikat*. A partir de entonces, el ajedrez no solo contendría la sabiduría alquímica sufí y la Vía Secreta sino también las *awail* («al principio» o las ciencias preislámicas), los conocimientos ancestrales sobre lo que estaba basado todo desde el principio de los tiempos. Aquel ajedrez serviría de guía, o al menos Jabir así lo esperaba, para todos aquellos que en el futuro deseasen seguir la Vía.

En octubre del año 775, apenas meses después de que Jabir presentase el ajedrez ante la corte de Bagdad, el califa al-Mansur murió. Su sucesor, el califa al-Mahdi, recurrió a la poderosa familia de los Barmakid para que fuesen sus visires, primeros ministros de su reino. En su origen una familia de sacerdotes zoroastras adoradores del fuego procedentes de Balj, los Barmakid no se habían convertido al islam hasta tiempos muy recientes. Jabir los convenció para que hiciesen revivir las *awail*, las ciencias antiguas, trayendo a expertos de la India para que tradujesen los primeros textos sánscritos al árabe.

En el punto culminante de este breve resurgir de las ciencias ancestrales, Jabir dedicó sus *Ciento doce libros* a los Barmakid, pero los *ulama* o sabios religiosos y los principales consejos de Bagdad protestaron. Querían regresar a los principios fundamentales quemando dichos libros y destruyendo el juego de ajedrez que, por su representación de formas humanas y animales, les parecía rayano en la idolatría.

Los Barmakid, sin embargo, reconocieron la importancia del ajedrez y de todos los símbolos de este. Lo consideraban una *imago mundi*, una imagen del mundo, una representación del modo en que la multiplicidad se genera cósmicamente a partir de la unidad: a partir del Uno.

Ya el diseño del propio tablero era una réplica de las primeras estructuras que habían sido dedicadas al misterio de la transformación del espíritu y la materia, el cielo y la tierra. Entre ellas se hallaba el diseño de los altares de fuego iraníes y védicos, e incluso de la estructura de la mismísima Kaaba, que existía incluso antes que la aparición del islam, al haber sido construida por Ibrahim y su primer hijo, Ismail.

Ante el temor de que una fuente de sapiencia tan poderosa pudiera ser destruida por motivos políticos o terrenales, la familia Barmakid dispuso con al-Jabir el traslado del ajedrez a un lugar seguro: a Barcelona, una ciudad situada junto al mar y cercana a los Pirineos. Una vez allí, esperaban que el gobernador musulmán Ibn al-Arabi, sufí bereber él mismo, pudiese brindarle protección. Tomaron la decisión en el momento más oportuno, pues poco después los Barmakid fueron apartados del poder, junto con al-Jabir, quien también cayó en desgracia.

Fue Ibn al-Arabi de Barcelona quien envió el juego de ajedrez a través de las montañas, apenas tres años después de recibirlo, a la corte de Carlomagno.

Y fue así como el mayor instrumento capaz de encerrar en su interior todo el saber atávico de Oriente fue a parar a las manos del primer gran rey de Occidente, de cuyo control en realidad nadie ha logrado arrebatarlo jamás en los últimos mil años.

Shahin hizo una pausa y examinó el rostro de Charlot bajo la mortecina luz del fuego, que había quedado reducido a unos rescoldos rojizos. A pesar de que Charlot estaba sentado con la espalda erguida y las piernas cruzadas, permanecía con los ojos cerrados. Ya casi reinaba una oscuridad absoluta en el interior de la cueva, y hasta los caballos se habían dormido. Fuera, justo a la entrada de la cueva, la luna llena derramaba una palidez de color azul argentino sobre la nieve.

Charlot abrió los ojos y miró a su mentor con una expresión de máxima atención, actitud que no resultó desconocida para Shahin, pues había precedido muchas veces a una de las proféticas visiones del joven. Lo miraba como si tratara por todos los medios de vislumbrar algo semioculto tras un velo.

—El saber sagrado y el poder terrenal siempre han estado en conflicto, ¿no es así? —exclamó Charlot, como tratando de aventurar alguna conjetura—. Pero es el fuego precisamente lo que me resulta más inquietante. Jabir fue el padre de la alquimia islámica, y el fuego es uno de los ingredientes básicos en ese proceso. Y si sus propios protectores en Bagdad, los Barmakid, eran descendientes de los sacerdotes zoroastras o *magi*, sin duda sus ancestros tuvieron que haber mantenido los altares de fuego encendidos con la llama eterna. La palabra que existe en casi todas las lenguas, la que designa todos los oficios relacionados con ello: el herrero, el chamán, el cocinero, el carnicero, así como el sacerdote que dirige el sacrificio y quema la ofrenda en el altar, todos los procesos en el sacrificio y el fuego que en la antigüedad eran uno solo… Esa palabra es *mageiros*: el mago, el gran maestro, el magno maestro de todos los misterios.

»Esos altares de fuego, al igual que los números indios, las tablas astronómicas, las ciencias *awail* de las que has hablado, igual que el propio juego del ajedrez… todo ello se originó en el norte de la India, en Cachemira, pero ¿qué es lo que los relaciona a todos entre sí?

—Espero que tu don pueda responder a esa pregunta —repuso Shahin.

Charlot miró con el semblante serio al hombre al que consideraba como su único padre.

—Tal vez haya perdido ese don —dijo al fin, la primera vez que de veras admitía esa idea, incluso dentro de los confines de su propio cerebro.

Shahin negó con la cabeza despacio.

—Al-Kalim, ya sabes que tu llegada fue vaticinada entre nuestro pueblo. Estaba escrito que un día un *nabi* o profeta vendría del *Bahr al-Azraq*, el mar Azul, alguien capaz de hablar con los espíritus y seguir el *tarikat*, la vía mística hacia el conocimiento. Al igual que tú, sería un *zaar*, alguien de piel clara, ojos azules y pelo rojo; habría nacido ante los ojos de la «diosa», la figura pintada en los precipicios del Tassili a la que mi pueblo llama la Reina Blanca. La diosa lleva aguardando ocho mil años, pues tú eres el instrumento de su castigo, tal como fue profetizado. Está escrito: «Renaceré como el ave Fénix de entre las cenizas el día que las rocas y las piedras empiecen a cantar... y las arenas del desierto llorarán lágrimas de sangre... y será un día de justo castigo para la Tierra...».

»Ya sabes lo que se ha profetizado sobre ti, y lo que tú has profetizado sobre otros —añadió Shahin—, pero hay una cosa que ningún hombre puede saber, algo que ningún profeta, pese a lo grande que sea, puede llegar a ver jamás... y eso es, nada más y nada menos, que su propio destino.

—Entonces crees que, sea lo que sea lo que haya afectado a mi clarividencia, ¿puede tener algo que ver con... mi propio futuro? —exclamó Charlot, sorprendido.

—Creo que solo hay un hombre capaz de responder a esa pregunta —contestó Shahin—. Saldremos mañana en su busca al Rif. Su nombre es Mulay ad-Darqawi, un gran *shaij*. Es aquel al que llaman el Viejo de la Montaña.

> Todas las cosas están encerradas en sus contrarios: la ganancia en la pérdida, la entrega en el rechazo, el honor en la humillación, la riqueza en la pobreza, la fortaleza en la debilidad [...] la vida en la muerte, la victoria en la derrota, el poder en la impotencia, y así con todo. Por tanto, si un hombre desea encontrar, bueno es que se conforme con perder [...].

> MULAY AL-ARABI AD-DARQAWI,
> *Rasa'il*

### Ermita de Bu-Berih, Marruecos

El Viejo de la Montaña, Mulay al-Arabi ad-Darqawi, el gran *shaij* de la orden sufí de Shadhili, se estaba muriendo. Pronto se hallaría más allá de aquel velo de ilusión. Llevaba muchos meses aguardando su muerte, y de hecho, la había esperado con ansia... al menos hasta esa mañana.

Esa mañana, todo había cambiado, todo era distinto.

Era una ironía divina, como el propio Mulay era capaz de comprender mejor que nadie. Se había preparado para morir en paz, para que Alá lo acogiera en su seno, tal como él mismo deseaba con toda su alma, y sin embargo, su dios tenía otra idea en mente.

¿Y por qué iba a ser una sorpresa? Mulay ad-Darqawi había sido sufí el tiempo suficiente para saber que cuando de Alá se trataba, lo más inesperado era siempre de esperar.

Y lo que Mulay ad-Darqawi esperaba en ese momento era un mensaje. Estaba tapado con una manta fina, tendido sobre la losa de piedra que siempre le había hecho las veces de cama, con las manos cruzadas a la altura del pecho mientras esperaba. Junto a su lecho había un enorme tambor de cuero con un solo palillo sujeto a un costado. Había pedido que se lo llevasen allí, a su lado, por si llegaba a necesitarlo, como estaba seguro de que muy pronto ocurriría.

Tumbado sobre su espalda, fijó la mirada en el techo, hacia el único ventanuco, la claraboya de su aislada ermita, la *zawiya*, la «celda» o «rincón»; aquel diminuto edificio de paredes de piedra enjalbegadas en lo alto de la montaña que durante tanto tiempo le había servido de morada alejada del mundo. También le serviría de tumba, pensaba irónicamente, en cuanto él mismo se convirtiese en una reliquia sagrada.

Fuera, sus seguidores ya estaban esperando. Centenares de fieles se arrodillaban en el suelo nevado rezando en silencio sus plegarias. Bueno, que esperen, pensó. Es Alá quien decide aquí los tiempos, no yo. ¿Para qué iba a hacer esperar así a un anciano decrépito a menos que se tratase de algo importante?

¿Y por qué otra razón iba a haberlos llevado Él hasta allí, a la montaña? Primero había sido el iniciado bektasí, Kauri, quien había encontrado cobijo allí tras huir de los tratantes de esclavos. El muchacho había insistido todos aquellos meses en que era uno de los protectores del mayor de los secretos, junto a otra muchacha que seguía desaparecida. Según el joven, la muchacha había sido apresada por las fuerzas del sultán Mulay Sulimán, lo cual convertía en tarea difícil si no imposible su liberación. Hija de Alí Bajá Tebeleni, la muchacha había recibido el encargo de proteger con su vida aquella reliquia por parte del mismísimo gran *pir* bektasí, Baba Shemimi, hacía casi un año, una reliquia que Mulay ad-Darqawi nunca había creído que fuese algo más que un mito.

Sin embargo, aquella mañana, tendido sobre lo que no tardaría en convertirse en su lecho de muerte, Mulay ad-Darqawi había comprendido al fin que toda la historia tenía que ser cierta: en esos momentos, el sultán Sulimán estaba ya muerto, y su séquito no tardaría en huir y dispersarse como las hojas llevadas por el viento. Había que encontrar a la muchacha antes de que fuese demasiado tarde. Además, ¿qué habría sido de la valiosa reliquia que le había sido confiada a la joven?

El *shaij* ad-Darqawi sabía que era la voluntad de Alá que él y solo él respondiese a aquellas preguntas, que sacase fuerzas de flaqueza y realizase un último esfuerzo para llevar a cabo aquella tarea final que se le encomendaba. No debía desfallecer. Sin embargo, para conseguirlo, antes necesitaba la señal.

A través de la abertura en el techo, Mulay ad-Darqawi vislumbró el discurrir de las nubes por el cielo. Los trazos que dibujaban se le antojaron una especie de escritura. El cálamo místico de Alá, pensó. Hacía mucho tiempo que *El cálamo* se hallaba entre los suras favoritos del Sagrado Corán para ad-Darqawi, el que ayudaba a explicar cómo fue escogido el Profeta precisamente para escribir el texto sagrado, sobre todo teniendo en cuenta que Alá, el más Misericordioso y Compasivo, el que conoce y sabe todas las cosas, sin duda era consciente de que Mahoma —la paz sea con él— no sabía leer ni escribir.

Pese a este hecho, o puede que precisamente por ello, fue al analfabeto Mahoma a quien Alá eligió como mensajero de Sus revelaciones. Entre Sus primeras órdenes al Profeta se hallaban la de que leyera y escribiese. Nuestro Señor siempre nos pone a prueba, pensó ad-Darqawi, insistiendo en algo que, a primera vista, puede parecernos imposible.

Había sido muchas décadas atrás, en la época en que el propio Mulay ad-Darqawi era un joven discípulo del camino sufí, cuando este había aprendido a separar la verdad de la vanidad, el grano de la paja. Entonces había descubierto que se podía sembrar en el dolor y la penuria aquí en la tierra para poder cosechar los frutos de la dicha y la riqueza en el más allá. Y tras muchos años de perseverar en el arte de la paciencia y la intuición, al fin había descubierto el secreto.

Había quienes lo llamaban una paradoja... como un velo, una ilusión que creamos nosotros mismos. Algo de gran valor invisible para nosotros, pese a tenerlo delante de nuestros propios ojos. Los adeptos llamaban a Jesús de Nazaret «la Piedra Rechazada por los Arquitectos», mientras que los alquimistas se referían a ello como la *Prima Materia*, la Materia Prima, el Origen.

Todos los maestros que habían hallado la Vía habían dicho lo mismo: un descubrimiento de gran simplicidad, y como todas las cosas sencillas, imponente por su magnitud. Y pese a todo también estaba envuelto en un velo de misterio, porque ¿acaso no había dicho el Profeta: «*Inna lillahi la-sab'ina alfa hijabin min nurin wa zulmatin*», «Posee Alá setenta mil velos de luz y oscuridad»?

¡El velo! ¡Eso era lo que parecían aquellas nubes, las nubes que sobrevolaban el techo sobre su cabeza! Entrecerró los ojos para poder estudiarlas mejor, pero en ese preciso instante, justo cuando las nubes indolentes se desplazaban más allá del campo visual de Mulay ad-Darqawi, se dispersaron. Y allí arriba, en el cielo, creyó ver un enorme triángulo equilátero formado por entero por nubes y plumaje, cual gigantesco árbol piramidal con infinidad de ramas...

En un destello de lucidez, Mulay ad-Darqawi vio el significado: tras el Velo se hallaba el Árbol de la Iluminación. Detrás de ese velo en concreto, tal como Mulay comprendió en ese instante, se hallaba la iluminación del *tarikat*, la Vía Secreta oculta en el juego de ajedrez creado por al-Jabir al-Hayan hacía más de un milenio. Y también la pieza que en esos momentos buscaban sus condiscípulos sufíes: la pieza que Baba Shemimi había protegido.

El propio muchacho, a pesar de haberla sostenido en la mano, no había llegado a verla en ninguna ocasión, pues la cubría un velo de un material oscuro. Como confidencia, le reveló al *shaij*

Darqawi que le habían dicho que se trataba de una de las piezas más importantes, acaso la clave de absolutamente todo: la Reina Negra.

Gracias a su visión, en ese momento Mulay ad-Darqawi creía saber con toda exactitud la ubicación precisa del lugar donde el sultán Sulimán o sus fuerzas habían escondido la pieza. Al igual que la *Prima Materia*, como la Piedra Secreta, estaría escondida a la vista de todos, pero al mismo tiempo, también aparecería velada. Si ad-Darqawi moría en ese momento, antes de compartir su visión, puede que aquel secreto milenario muriese con él.

El anciano hizo acopio de las escasas fuerzas que le quedaban para apartar de sí la manta, levantarse del lecho y sostenerse por sus propios medios, descalzo, sobre el frío suelo de piedra. Con manos trémulas y frágiles, sujetó el palillo del tambor con la máxima firmeza posible e inspiró hondo. Precisaba de todas sus energías para poder tocar el redoble familiar para los sufíes de Shadhili.

Mulay ad-Darqawi encomendó su alma a Alá.

Y empezó a tocar el tambor.

Kauri oyó un sonido que no había vuelto a oír desde que abandonara la Tierra Blanca… ¡el sonido del redoble de un tambor sufí! Aquello solo podía significar que estaba sucediendo algo de suma importancia. La muchedumbre de dolientes también lo oyó, y uno a uno se fueron incorporando e interrumpiendo sus oraciones.

Mientras Kauri permanecía de rodillas en la nieve junto a los centenares de fieles allí congregados para aguardar la muerte del *shaij* Darqawi, estiró el cuello para percibir mejor el débil sonido del tambor, tratando de adivinar el significado de su mensaje. Sin embargo, un sentimiento de frustración se apoderó de él, pues no se asemejaba a ninguna otra cadencia que hubiese escuchado jamás. Del mismo modo que cada tambor poseía una voz propia, Kauri sabía que cada ritmo entrañaba una importancia distinta, una trascendencia que solo estaba al alcance de oídos iniciados en su significado específico.

Sin embargo, más desconcertante aún que el sonido de aquel redoble incomprensible era su lugar de procedencia: la *zawiya*, la celda de piedra del *shaij* Darqawi, donde el santo yacía moribundo. La multitud murmuraba sumida en la más absoluta perplejidad, pues solo podía ser el propio Darqawi quien estuviese tocando el tambor. Kauri rezó por que aquello también significara que aún quedaba algún atisbo de esperanza.

Durante diez meses, desde que había conseguido huir de los comerciantes de esclavos que lo habían encadenado tras la llegada del barco al muelle marroquí, Kauri había tratado en vano de averiguar la suerte que había corrido Haidée y la pieza de ajedrez llamada la Reina Negra. Ninguna de sus indagaciones, ni las de los sufíes de Shadhili, ni siquiera del mismísimo *shaij*, habían arrojado ni una sola pista acerca del paradero de ambas. Era como si a la muchacha y a esa clave fundamental del legado secreto de al-Jabir se las hubiera tragado la tierra.

A medida que Kauri seguía escuchando, parecía que los golpes de tambor procedentes del interior de la celda se hacían cada vez más sonoros y firmes. A continuación advirtió movimiento en el extremo de la multitud arrodillada. Uno a uno, los hombres se iban poniendo en pie para abrir paso a algo que se desplazaba en su dirección. A pesar de que Kauri no distinguía aún de qué se trataba, oyó los murmullos de la gente a su alrededor.

—Son dos jinetes a caballo —dijo su vecino con la voz entrecortada, con una mezcla de miedo y estupor—. Dicen que tal vez sean ángeles. ¡El santo está tocando el redoble sagrado del Cálamo!

Kauri miró al hombre con gesto de perplejidad, pero este no lo miraba a él, sino por encima de su hombro. El joven volvió la cabeza hacia el extremo donde la muchedumbre se separaba para abrir paso a quienquiera que se dirigiese hacia ellos.

Un hombre montado a horcajadas sobre un caballo pálido avanzaba entre la multitud, seguido de otro jinete. Cuando Kauri divisó las túnicas blancas del desierto y el pelo cobrizo cayendo en cascada sobre los hombros, la imagen le recordó aquellos iconos prohibidos de Jesús el Nazareno que los sacerdotes custodiaban en la fortaleza y monasterio de San Pantaleón, en la isla de Nisi, el lugar donde había estado escondida la Reina Negra. Pero además, el jinete que seguía al primero supuso una revelación aún mayor: ¡llevaba el *litham* añil! Kauri se puso en pie de inmediato y echó a correr con los demás... ¡Era su padre, Shahin!

## Mezquita de al-Qarawiyin, Fez, Marruecos

El resplandor del crepúsculo se había extinguido y la oscuridad lo había impregnado todo. Las cubiertas de teja lacada de la mezquita de al-Qarawiyin relucían iluminadas por las antorchas del patio. Los arcos de herradura que rodeaban el contorno del patio se hallaban sumidos ya en la penumbra cuando Charlot, a solas, cruzó la amplia extensión descubierta del suelo de azulejos blancos y negros de camino al *isha*, la última oración de la noche.

Había llegado lo más tarde posible, pero aún con tiempo suficiente para entrar en la mezquita con el último grupo de fieles de la jornada. Para entonces, Shahin y Kauri, quienes ya se hallaban en el interior, habrían conseguido ya dar con un buen escondite, según lo planeado. Shahin había considerado que lo mejor era que Charlot llegase allí por su cuenta, al caer la noche, porque a pesar de que llevaba el pelo rojo completamente oculto bajo un turbante y su gruesa chilaba, durante el día, el azul lavanda de sus ojos podía levantar sospechas.

Cuando Charlot llegó al patio de la fuente, los más rezagados estaban realizando sus abluciones antes de entrar en el santuario. Se quitó rápidamente los zapatos junto a ellos, en la pileta, con la precaución de no levantar la mirada en ningún momento. Cuando hubo acabado de lavarse las manos, la cara y los pies, se metió disimuladamente los zapatos en la bolsa que llevaba debajo de la chilaba para que nadie los encontrase allí fuera cuando todos hubieran abandonado la mezquita para retirarse a sus casas.

Demorándose un poco más de la cuenta hasta que entrasen los otros, Charlot empujó las enormes puertas labradas de la mezquita y se adentró en el interior silencioso y precariamente iluminado, un bosque de columnas blancas que se multiplicaban en todas direcciones, centenares de ellas hasta donde alcanzaba a divisar la vista. Entre ellas, los fieles ya se hallaban postrados sobre sus alfombras de oración, mirando hacia el este.

Charlot se detuvo junto a la puerta para examinar el recinto a partir del esbozo de la mezquita que les había proporcionado el *shaij*. Pese a la calidez de su vestimenta y el leve resplandor que provenía de las lámparas de aceite distribuidas por toda la sala, Charlot no pudo evitar sentir un horrible escalofrío. Se echó a temblar, pues lo que estaba haciendo no solo era extremadamente peligroso, sino que estaba prohibido.

La de al-Qarawiyin era una de las mezquitas más veneradas y también de las más antiguas, pues había sido fundada hacía cerca de mil años por Fátima, una acaudalada mujer originaria del lugar que le daba nombre, la ciudad tunecina de Kairuán: la cuarta ciudad santa del islam después de La Meca, Medina y Jerusalén.

Tan sagrada era aquella mezquita que la mera entrada en su interior por parte de un *giaour* o infiel como él podía castigarse con la muerte. Aunque había sido educado por Shahin y conocía bien todo lo relacionado con la fe de este, no podía prescindir del hecho de que la madre de Charlot había sido novicia y su padre natural, un obispo de la Iglesia católica de Francia.

En realidad, en todos los sentidos, pasar la noche allí, en aquel lugar sagrado, tal como el *shaij* había aconsejado, era del todo impensable. Quedarían atrapados allí como pájaros en una jaula, sin posibilidad de moverse en su elemento.

Sin embargo, el *shaij* ad-Darqawi les había asegurado en un tono etéreo —que indicaba que conocía ya muy bien las lenguas de los ángeles— que sabía por boca de la máxima autoridad que hallarían la pieza de ajedrez en el interior de la gran mezquita de al-Qarawiyin, y que también sabía dónde estaba escondida:

«Tras el velo, en el interior de un árbol. Seguid la parábola de "La luz" y sin duda la encontraréis».

Alá dirige hacia Su Luz a quien Él quiere,
y propone parábolas a los hombres,
pues Alá es omnisciente.

El Corán, sura XXIV, «La luz», 35

—La aleya «La luz» es uno de los versículos más famosos del Corán —explicó Kauri a Charlot en un susurro.

Estaban ocultos tras un grueso tapiz en la sala funeraria de la mezquita, donde los dos se habían sentado en el suelo, escondidos con Shahin todas aquellas horas, desde que la oración del *isha* había concluido y habían cerrado la mezquita hasta el día siguiente.

Según el *shaij* ad-Darqawi, el único ocupante de la colosal mezquita desde ese momento y hasta que amaneciese era el *muwaqqit*, el guardián del tiempo, pero permanecía encerrado toda la noche en su cámara privada en lo alto del minarete, utilizando instrumentos muy complejos (un astrolabio y un reloj que el rey Luis XIV de Francia había regalado a la famosa mezquita) para realizar sus importantes cálculos: el momento preciso para el *fayr*, la siguiente de las cinco oraciones canónicas prescritas por el Profeta y que tenía lugar entre el primer rayo del alba y el amanecer. Permanecerían a salvo en aquella estancia hasta entonces, cuando abriesen las puertas. Luego podrían confundirse entre los primeros fieles de la mañana y marcharse.

Kauri siguió hablando en susurros, a pesar de que no había nadie cerca que pudiese oírlo.

—La aleya «La luz» comienza afirmando que debe tomarse como una parábola, como una especie de código cifrado relacionado con «la luz de Dios». En ella aparecen cinco claves: una hornacina, un pabilo, un recipiente de vidrio, un árbol y algo de aceite. Según mi maestro, Baba Shemimi, estos son los cinco pasos secretos hacia la iluminación si logramos descifrar el significado, aunque los eruditos llevan cientos de años discutiendo su significado sin llegar a ninguna solución concluyente. No estoy seguro de por qué el *shaij* Darqawi creía que eso nos conduciría aquí, a la mezquita, ni cómo podría ayudarnos a encontrar la Reina Negra...

Kauri dejó de hablar al ver la súbita transformación en el semblante de Charlot, como si se acabase de apoderar de este una especie de emoción descontrolada. Tenía el rostro demudado y parecía tener problemas para respirar en el reducido espacio. Sin previo aviso, se había puesto de pie precipitadamente y había apartado a un lado la pesada cortina. Kauri miró rápidamente a su padre sin saber qué hacer, pero Shahin también se había levantado y había sujetado a Charlot del brazo. Parecía tan conmocionado como este.

—¿Qué ocurre? —dijo Kauri, y salió de su escondite para empujar a los dos hombres detrás del tapiz de nuevo antes de que alguien descubriese su presencia allí. Charlot negó con la cabeza y sus ojos azules se empañaron al mirar a Shahin.

—Mi destino, dijiste, ¿no es así? —le preguntó a este con una amarga sonrisa—. Puede que lo que bloqueaba mi clarividencia no tuviese nada que ver con Kauri. Dios mío... ¿cómo es posible? Y pese a todo, sigo sin poder verlo.

—Padre, ¿qué ocurre? —repitió Kauri, aún hablando en susurros.

—Lo que acabas de contarnos tiene que ser imposible —le contestó Shahin—. Es una auténtica paradoja, porque la pieza que hemos venido a buscar aquí, a la mezquita, esta noche, la pieza que sacaste de Albania hace once meses, no puede ser la Reina Negra de al-Jabir al-Hayan... porque nosotros tenemos la Reina Negra en nuestro poder. Antaño perteneció a Catalina la Grande, y fue arrebatada de las manos del nieto de esta, Alejandro, hace más de quince años... por el propio padre de Charlot, el príncipe Talleyrand, quien nos la entregó a nosotros. ¿Cómo es posible que también la tuviera Alí Bajá?

—Pero... —intervino Kauri— Baba Shemimi nos aseguró que los bektasíes de Albania y Alí Bajá han poseído esa pieza durante más de treinta años… Haidée fue elegida por Baba Shemimi porque el padre natural de esta, lord Byron, tuvo parte en esta historia. Debíamos llevársela a él para que la protegiera.

—Tenemos que encontrar a la muchacha cuanto antes —dijo Charlot a Kauri—. Su papel puede ser crucial en todo cuanto nos queda por delante, pero antes ¿hay algún modo de que puedas descifrar esa parábola?

—Creo que tal vez ya la he descifrado —repuso Kauri—. Debemos empezar en el lugar de la oración.

♟

Era casi medianoche. Una vez seguros de que el *muwaqqit* dormía profundamente, Shahin, Charlot y Kauri bajaron sigilosamente los escalones que descendían desde la sala elevada de la mezquita funeraria.

Abajo, la Gran Mezquita estaba desierta. En el espacio que se extendía por debajo de las cinco cúpulas abovedadas reinaba la misma quietud que en el mar abierto bajo un cielo tachonado de estrellas.

Kauri había dicho que el único sitio de la mezquita «tapado con un velo» tal como había recalcado el *shaij*, era el hueco donde se hallaba la hornacina de oración… y la hornacina en sí componía el primer paso de la parábola en la aleya «La luz».

En el interior de aquella misma hornacina se encontraba el pabilo siempre encendido, que a su vez se hallaba encerrado en el interior de un recipiente de vidrio, que lo rodeaba «como si fuera una estrella fulgurante, que se enciende de un árbol bendito». El árbol del versículo era un olivo, que emitía una intensa luz gracias a un aceite incandescente… un aceite mágico, en este caso, pues «el fuego apenas lo toca».

Los tres hombres se deslizaron sin hacer ruido entre las columnas de mármol y se dirigieron a la hornacina de la oración, situada en el muro del fondo de la mezquita. Cuando llegaron hasta allí y atravesaron los cortinajes, se detuvieron ante la hornacina y observaron con atención el pabilo, dentro del llameante recipiente de cristal.

Fue Charlot quien habló al fin.

—Dijiste que el siguiente paso del versículo coránico sería un árbol, pero ahí yo no veo nada ni remotamente parecido.

—Tenemos que retirar el velo —dijo Shahin, señalando la cortina de separación por la que acababan de pasar—. El árbol debe de estar al otro lado, dentro de la mezquita.

Cuando retiraron los cortinajes para volver a entrar en la mezquita, vieron lo que antes no habían sabido reconocer como la clave final: ante sus ojos, suspendida por su pesada cadena de oro de la cúpula central de la gran mezquita de al-Qarawiyin, estaba la gigantesca lámpara colgante, encendida con el fulgor de un millar de lámparas de aceite, muchas de ellas con forma de luminosas estrellas y soles. Desde el lugar donde estaban, colgada allí, de la bóveda central, recordaba a un boceto antiguo del Árbol de la Vida.

—El árbol y el aceite ahí aparecen juntos: la señal —anunció Shahin—. Puede que no sea la iluminación que Baba Shemimi tenía pensada para mi hijo, pero al menos puede que nos ilumine lo suficiente para descubrir si hay o no otra Reina Negra ahí arriba.

Tuvieron la fortuna de que el engranaje que accionaba la lámpara estuviese bien engrasado, pues lograron bajarla sin hacer ruido. Aun así, les costó a los tres un esfuerzo sobrehumano conseguirlo... aunque les invadió un enorme sentimiento de decepción al ver que solo bajaba la distancia suficiente para que los ayudantes de la mezquita rellenasen o volviesen a encender las lámparas de aceite con velas o tubos muy largos. Cuando hubo alcanzado su altura mínima, la lámpara aún seguía suspendida a tres metros del suelo.

A medida que el sol proseguía su inexorable recorrido hacia el amanecer, a los tres hombres fue invadiéndoles una profunda sensación de pánico. ¿Cómo iban a llegar hasta aquel «árbol»? Al final, tomaron una decisión. Kauri, el que menos pesaba de los tres, se quitó la ropa de abrigo, conservó únicamente su caftán,

# Chicago Public Library
## Vodak-East Side
2/22/2012   3:02:51 PM
-Patron Receipt-

## ITEMS BORROWED:

1:
Title: El fuego /
Item #: R0325125153
Due Date: 3/14/2012

2:
Title: Ficciones de la revolucio! n mexica
Item #: R0424347931
Due Date: 3/14/2012

**-Please retain for your records-**

DGUILLIAII

y con la ayuda de Charlot, trepó hasta los hombros de su padre. El muchacho se encaramó a las pesadas ramas de la lámpara con cuidado de no rozar los numerosos platillos de aceite luminoso.

Shahin y Charlot lo observaban desde abajo mientras, con el máximo sigilo y agilidad, Kauri trepaba por el árbol, rama a rama. Cada vez que se excedía en la brusquedad de sus movimientos, la gigantesca lámpara oscilaba levemente, amenazando con derramar un poco de aceite. Charlot se sorprendió conteniendo la respiración y tuvo que hacer un esfuerzo para calmar su pulso acelerado.

Kauri llegó al extremo superior de la lámpara colgante, puede que hasta casi dieciocho metros de altura, más de la mitad de la altura total de la cúpula. Miró hacia abajo, donde Charlot y Shahin aguardaban con gesto expectante, y a continuación negó con la cabeza para indicar que allí arriba no estaba la Reina Negra.

«¡Pero tiene que estar ahí!», exclamó Charlot para sus adentros, con una mezcla enfebrecida de angustia y duda. ¿Cómo podía no estar ahí? Habían tenido que soportar tantas penalidades para llegar hasta allí… Su viaje a través del gran desierto y las montañas; la captura de Kauri y su huida desesperada de las garras de la esclavitud; el sufrimiento de la muchacha, dondequiera que estuviese. Y luego aquella paradoja.

¿Acaso la clarividencia de Mulay ad-Darqawi se había visto tan mermada como la suya propia? ¿Había habido algún error? ¿Habría malinterpretado el *shaij* el mensaje de Alá?

Y entonces la vio.

Al observar la colosal lámpara desde abajo, Charlot creyó ver algo que no acababa de estar bien alineado. Se desplazó hasta el centro exacto de la estructura y volvió a alzar la vista. Allí, en el corazón mismo de la lámpara, vio una sombra oscura.

Charlot levantó la mano e hizo señas a Kauri, a varios metros de altura. El muchacho inició su vacilante descenso, mucho más difícil que la ascensión, pues debía ir bajando paso a paso sorteando el millar de platillos de aceite ardiendo.

Shahin se colocó junto a Charlot bajo el árbol y observó el descenso de su hijo. Cuando Kauri hubo llegado al extremo inferior de la lámpara, se colgó de la última hilera y Shahin envolvió las piernas de su hijo con sus propios brazos para sujetarlo con fuerza. Salvo por un breve suspiro para coger aire por parte de Shahin, todas las maniobras se habían llevado a cabo en completo silencio.

Los tres se sentaron en el suelo y levantaron la mirada hacia el centro hueco de la lámpara, donde había sido insertado el pedazo de carbón. Tenían que sacarlo de allí, y además, cuanto antes, para poder levar la lámpara de nuevo a su sitio antes de que el almuédano llamase a la oración del alba.

Charlot hizo una señal a Shahin, quien separó ampliamente las piernas y juntó las manos a modo de estribo para que el primero se encaramase a ellas. Charlot trepó a los hombros de Shahin y trató de mantener el equilibrio al tiempo que extendía el brazo y trataba de alcanzar el centro de la lámpara. Rozó la pieza con los dedos, pero no conseguía asirla. Hizo una seña a Kauri y extendió la mano. El joven trepó por los cuerpos de ambos hombres y volvió a colgarse de la primera hilera de platillos de aceite, hasta colocarse por encima de donde se hallaba el trebejo. Introdujo el brazo en el centro de la lámpara y empujó hacia abajo el pedazo de carbón, que se movió e inició su intermitente descenso hacia la mano extendida de Charlot.

En ese preciso instante, una sonora campanada semejante al sonido de un gong quebró el silencio de la inmensa sala. Parecía proceder de algún lugar de arriba, hacia la entrada. Charlot se estremeció y retiró la mano un momento para recobrar el equilibrio… cuando de repente todo se puso del revés. Kauri había tratado de atrapar el pedazo de carbón desde arriba intentando detener su descenso, pero no lo había conseguido. Shahin se tambaleó bajo el peso en extremo inestable, Charlot se cayó de los hombros de este hasta el suelo y se fue rodando a un lado justo cuando el pesado trozo de carbón se estrellaba con gran estrépito, como un meteorito, contra el suelo alfombrado de mármol, desde tres metros de altura.

Charlot se levantó y, presa del pánico, corrió a recoger la pieza mientras las ensordecedoras campanadas seguían retumbando en las columnas marmóreas, con un eco amplificado por la acústica de las cúpulas huecas. Kauri se columpió en la hilera inferior de la lámpara balanceante y se arrojó al suelo bajo una lluvia de aceite caliente. Los tres juntos se disponían a emprender la huida…

Cuando de repente, el ruido cesó.

La estancia volvió a quedar sumida en un silencio sobrecogedor.

Charlot miró el rostro atónito de sus compañeros y entonces lo comprendió, y se echó a reír pese al peligro que aún seguía suspendido en el aire, cercándolos.

—Han sido doce campanadas, ¿verdad? —dijo en un susurro—. Eso sería medianoche. ¡Me había olvidado del *muwaqqit* y su puñetero reloj francés de péndulo!

Tras la primera oración de la mañana, Charlot y sus compañeros, confundiéndose con el resto de los fieles, atravesaron las puertas del patio en dirección a las calles de Fez.

Ya había amanecido, y el sol lucía como un disco de filigrana a través del velo plateado de niebla que empezaba a dispersarse. Para llegar a la puerta más cercana de la ciudad amurallada debían atravesar primero la medina, que ya bullía con el trasiego de los mercaderes de legumbres y viandas, el aire impregnado del denso y exótico aroma a agua de rosas y almendras, sándalo, azafrán y ámbar. El mayor y el más intrincado barrio comercial de Marruecos, la medina de Fez, era un confuso laberinto donde, tal como sabía todo el mundo, era muy fácil perderse.

Sin embargo, Charlot no empezaría a sentirse seguro con el preciado trebejo oculto en la bolsa que llevaba bajo la chilaba hasta pisar el otro lado de los muros que aprisionaban la ciudad, paredes que se alzaban imponentes alrededor de los tres hombres como las murallas de una fortaleza medieval. Tenía que salir de allí, al menos el tiempo suficiente para dejar de contener el aliento y poder respirar tranquilo. Además, sabía que debían encontrar un lugar adecuado para esconder la pieza de ajedrez algún tiempo, al menos hasta que diesen con alguna pista sobre el paradero de la muchacha que acaso fuese la clave del misterio.

En el interior de la medina, no demasiado lejos de la mezquita, se hallaba la famosa madrasa al-Attarin, de quinientos años de antigüedad, uno de los centros religiosos más bellos del mundo, con sus puertas de madera de cedro tallada y sus enrejados, las paredes revestidas de azulejos de vivos colores y caligrafía dorada. Mulay ad-Darqawi les había contado que desde el tejado de la madrasa, que estaba abierto al público, se veía una vista magnífica de la totalidad de la medina, lo cual les permitiría trazar su ruta de salida y, lo que era aún más importante, Charlot sentía que algo lo atraía hacia aquel lugar. Algo lo aguardaba allí dentro… aunque no podía ver lo que era.

Una vez arriba, junto a sus compañeros, Charlot contempló la medina, tratando de orientarse. A sus pies se desplegaba el dédalo de callejuelas estrechas entreveradas con tiendas y zocos, casas de color beis con jardincillos, fuentes y árboles. Pero justo debajo de donde ellos estaban, justo allí abajo, en el zoco de al-Attarin, a los pies de los muros de la madrasa, Charlot vio algo asombroso. Lo vio con su don. La visión que había estado esperando, la visión que bloqueaba todas las demás.

Cuando acertó a comprender lo que era, se le heló la sangre en las venas: era un mercado de esclavos.

Nunca había visto nada parecido en toda su vida, y sin embargo, ¿cómo podía equivocarse? A sus pies había centenares de mujeres encerradas en rediles vallados como animales en un corral, encadenadas las unas a las otras mediante grilletes en los pies. Permanecían de pie inmóviles, con la cabeza agachada, todas con la mirada clavada en el suelo como si les diera vergüenza mirar a la tarima a la que se dirigían, la plataforma sobre la que los comerciantes exhibían su mercancía.

Sin embargo, una de ellas levantó la vista. Lo miró directamente a él, además, con aquellos ojos plateados, como si esperara encontrarlo allí.

No era más que una chiquilla, pero su belleza era arrebatadora. Sin embargo, había algo más, y es que Charlot comprendió en ese momento la razón por la que había perdido la memoria. Supo que, aunque le costase su propia vida, aunque costase el juego mismo, tenía que salvarla a toda costa, tenía que rescatarla de aquel pozo de injusticia. Al fin lo entendió todo: supo quién era ella y lo que debía hacer él.

Kauri sujetó a Charlot del brazo con fuerza.

—¡Dios mío! ¡Es ella! —exclamó, con la voz trémula de emoción—. ¡Es Haidée!

—Lo sé —contestó Charlot.

—¡Tenemos que rescatarla! —lo apremió Kauri, sin soltarle el brazo.

—Lo sé —repitió Charlot.

Pero cuando Charlot sumergió su mirada en los ojos de la joven, incapaz de apartarla de ella, descubrió algo más, algo que no podía compartir con nadie, al menos hasta que comprendiese exactamente qué podía significar todo aquello.

Descubrió que era la propia Haidée quien había bloqueado su don de la clarividencia.

Tras consultarlo brevemente con Shahin en lo alto de la cubierta, habían urdido su plan, el más sencillo posible dado el escaso margen de tiempo del que disponían, y aun así estaría plagado de dificultades y peligro.

Sabían que les resultaría imposible secuestrar o abrir una vía de escape para la muchacha en medio de semejante muchedumbre de gente. Acordaron que Shahin se adelantaría a buscar los caballos que los llevarían lejos de Fez mientras Charlot y Kauri, haciéndose pasar por un rico comerciante francés de esclavos de las colonias y su sirviente, comprarían a Haidée por el precio que fuese y acudirían a su encuentro en el extremo oeste de la medina, una zona aislada no muy lejos de la puerta noroccidental, un lugar donde la salida del grupo de la ciudad podría pasar más inadvertida.

Cuando Kauri y Charlot bajaban hacia la multitud de compradores que esperaban la primera tanda de esclavos para su subasta, Charlot sintió cómo se iban apoderando de él una tensión y un miedo cada vez más intensos. Al deslizarse entre la densa masa de hombres, su visión de los corrales humanos se vio interrumpida temporalmente, pero no le hacía falta ver el rostro de los allí retenidos como reses de ganado aguardando ser llevadas al matadero para oler el profundo miedo que sentían.

Su propio miedo no era menos aterrador. Habían empezado subastando a los niños. A medida que cada lote de chiquillos era conducido del redil a lo alto de la tarima de subastas, en grupos de cincuenta, los subastadores los despojaban de sus ropas, les examinaban el pelo, la orejas, los ojos, la nariz y los dientes y a continuación establecían un precio de salida para cada uno de ellos. Vendían a los niños más pequeños en lotes de diez o de veinte, y a los lactantes los subastaban junto con sus madres… para sin duda revenderlos luego, una vez destetados.

La creciente repulsión y el horror extremo que sentía Charlot eran casi insoportables, pero sabía que debía mantener aquellas emociones bajo control hasta que lograse localizar con exactitud a Haidée. Miró a Kauri y luego señaló con la cabeza hacia un hombre vestido con un caftán a rayas que estaba de pie junto a ellos, entre la multitud.

—Señor —se dirigió a él Kauri, hablándole en árabe—, mi amo es un comerciante de una prominente plantación de azúcar en el Nuevo Mundo. Precisamos mujeres en nuestras colonias, tanto para los esclavos como para los colonos sin hijos. Mi amo ha venido hasta aquí con la intención de obtener hembras de calidad para la reproducción, pero no estamos familiarizados con las costumbres en las subastas de estas partes del mundo. ¿Seríais vos tan amable como para informarnos sobre cuál suele ser el procedimiento? Lo cierto es que nos han llegado rumores de que en la subasta de hoy podría haber mercancía de gran calidad, tanto de oro negro como de oro blanco.

—Vuestras fuentes os han informado correctamente —contestó su interlocutor, a todas luces orgulloso de saber algo que aquellos forasteros ignoraban—. Los lotes de hoy proceden directamente del personal del palacio del recién fallecido sultán Mulay Sulimán, lo mejor de lo mejor. Y sí, tanto las costumbres como los precios aquí son muy distintos de los de otros mercados de esclavos, incluso del de Marrakech, el mayor mercado de esclavos de todo Marruecos, donde se venden cinco o seis mil humanos todos los años.

—¿Distintos? ¿Cómo? —inquirió Charlot, percibiendo cómo la ira que sentía ante la falta de sensibilidad de aquel hombre empezaba a devolverle parte de sus fuerzas.

—En el comercio occidental, como en Marrakech —contestó el hombre—, veréis que los hombres sanos y fuertes son los más solicitados para su envío a las plantaciones como la vuestra en las colonias europeas, mientras que para las exportaciones a Oriente, son los jóvenes eunucos los que alcanzan los precios más altos, pues son tan preciados como las concubinas por los turcos otomanos acaudalados. Sin embargo, aquí en Fez, por los chicos de entre cinco y diez años no se pagan más de doscientos o trescientos dinares por cada uno, mientras que las muchachas de esa misma edad valen más del doble de eso. Y una niña que ya esté en la edad de procrear, si es hermosa, pubescente y todavía virgen, puede llegar a alcanzar un valor de hasta mil quinientos dinares, más de mil *livres* francesas. Puesto que estas muchachas son las más exquisitas y las más solicitadas por estos pagos, si disponéis del dinero no habréis de esperar demasiado. Siempre las subastan al principio, justo después de los niños.

Dieron las gracias al hombre por su información. Charlot, desesperado al oír esas palabras, había agarrado a Kauri por el hombro y en ese momento empezó a hacerlo avanzar a empellones hasta las primeras filas de la multitud reunida para poder ver mejor la tarima donde tenían lugar las subastas.

—¿Cómo vamos a conseguirlo? —le susurró Kauri a Charlot, pues era evidente que ya no estaban a tiempo de reunir semejante suma de dinero, aun sabiendo cómo.

Cuando llegaron a la cabecera de la masa de gente, Charlot respondió en voz baja:

—Hay una manera.

Kauri lo miró con los ojos abiertos como platos, con gesto inquisitivo. Sí, en realidad sí había una manera, tal como sabían ambos, de conseguir una suma tan elevada de dinero de forma rápida, a pesar de lo que semejante decisión pudiese llegar a costarles. Pero ¿acaso tenían elección?

No había tiempo para pensar otras posibles soluciones. Casi como si la mano del destino lo hubiese asido súbitamente, Charlot notó que el terror le atenazaba la espina dorsal. Volvió a mirar a la tarima y sintió cómo le daba un vuelco el corazón al reconocer la figura esbelta de Haidée, su desnudez cubierta únicamente por su larga y abundante melena suelta, subiendo a la plataforma con un grupo de otras muchachas, encadenadas unas a otras mediante grilletes plateados sujetos a la muñeca izquierda y el tobillo de cada una de ellas.

Mientras Kauri montaba guardia para protegerlo de las miradas de cuantos los rodeaban, Charlot hurgó en el interior de su túnica como si únicamente se estuviese despojando de la chilaba externa, pero en realidad metió una mano en el interior del caftán y extrajo la Reina Negra de su funda de cuero para examinarla. Sacó su afilado *bousaadi*, arañó con él parte del carbón que cubría el trebejo y a continuación, del oro puro y dúctil, arrancó con el cuchillo una única y valiosísima piedra. Atrapó la gema con la mano, una esmeralda del tamaño de un huevo de codorniz. Devolvió la Reina Negra a su funda, se desató la bolsa de la cintura, volvió a ponerse la chilaba y le pasó la bolsa a Kauri.

Sujetando con fuerza la piedra lisa en la mano, Charlot avanzó a solas hasta la primera fila y se colocó directamente bajo la tarima donde se hallaba la hilera de mujeres desnudas y aterrorizadas. Sin embargo, cuando levantó la vista solo vio a Haidée. Ella lo miraba sin rastro de temor en los ojos, con una confianza ciega en él.

Ambos sabían lo que debía hacer Charlot. Puede que este hubiese perdido su clarividencia, pero sabía con total certeza que se disponía a hacer lo correcto…

Pues sabía que Haidée era la nueva Reina Blanca.

# EL HOGAR

Todo estado griego tenía un pritaneo [...]. En su hogar ardía un fuego perpetuo. El pritaneo estaba consagrado a Hestia, la diosa personificada del hogar [...]. El interrogante sigue vigente: ¿por qué se otorgaba tanta importancia al mantenimiento de un fuego perpetuo? [...] Su historia se remonta al estado embrionario de la civilización humana.

JAMES GEORGE FRAZER,
*The Prytaneum*, 1885

*Washington, abril de 2003*

Me apeé del taxi en M Street, en el corazón de Georgetown, justo cuando las campanas de la iglesia jesuita que había al final de la manzana anunciaban el ocaso del domingo.

Sin embargo, Rodo me había dejado tantos mensajes en el móvil para que empezara a poner en marcha los fuegos que, exhausta como estaba, y aunque sabía que Leda me cubriría, ya había decidido que no iría a casa, sino a las cocinas que quedaban a solo una manzana de donde vivía para preparar el nuevo fuego de la semana, como de costumbre.

Decir que estaba exhausta era en realidad el eufemismo del milenio. Las últimas horas en Colorado no habían ido exactamente como había previsto.

Cuando los Livingston se marcharon el viernes, después de cenar, el resto estábamos ya derrotados. Lily y Vartan seguían rigiéndose por la hora de Londres. Key dijo que se había levantado antes del amanecer y que necesitaba ir a casa y echar una cabezada. Y con los traumas emocionales y el dolor psíquico a que había estado sometida desde el mismo instante de mi llegada a aquella cumbre montañosa de Colorado, tenía la cabeza tan atestada de movimientos, de ataques y contraataques, que las piezas me impedían ver el tablero.

Lily, al ver nuestros rostros demacrados, afirmó que había llegado el momento de levantar la sesión. Volveríamos a reunirnos a primera hora de la mañana, dijo, cuando estuviéramos en mejores condiciones para elaborar una estrategia.

Su idea se basaba en actuar en múltiples frentes: ella misma indagaría para obtener más información sobre las actividades de Basil Livingston en el mundo del ajedrez, y Vartan exprimiría a sus contactos rusos para sonsacarles cuanto pudiera sobre la sospechosa muerte de Taras Petrosián. Nokomis investigaría las posibles vías de escape que mi madre pudiera haber tomado tras abandonar la casa de Cuatro Esquinas e intentaría trazar su ruta; a mí se me asignó la ingrata tarea de hablar con mi esquivo tío y sonsacarle cuanto supiera de su desaparición y del «regalo» que supuestamente había enviado, como había dicho en su misterioso mensaje. Todos convinimos en que encontrar a mi madre era la prioridad absoluta, y en que yo llamaría a Key el lunes para que me informase de lo que hubiese averiguado.

Key hablaba por teléfono con su equipo para conocer el estado del coche de Lily, que habían enviado a Denver en un tráiler. Fue entonces cuando nos llegó la noticia de que habría un cambio en nuestros planes.

—Oh, no... —exclamó, y me miró con un semblante adusto y el auricular pegado a la oreja—. El Aston Martin ha llegado bien a Denver, pero se acerca un temporal de nieve desde el norte. Ahora está afectando al sur de Wyoming. Es probable que llegue aquí mañana antes del mediodía. El aeropuerto Cortez va a estar cerrado el fin de semana, como todo lo demás.

Ya había tenido que vérmelas antes con esa clase de tormentas, por lo que conocía bien sus consecuencias. Aunque aún era viernes y no tenía reservado el vuelo de vuelta a Washington hasta el sábado, si al día siguiente el temporal dejaba suficiente nieve era probable que perdiera el vuelo de conexión en Denver. Algo aún peor, e inconcebible: podríamos quedarnos todos varados allí, en las montañas, durante días, con un único cuarto de baño y una sola cama, sobreviviendo a base de conservas. De modo que tendríamos que marcharnos a primera hora de la mañana —los tres con Zsa-Zsa y el equipaje— mucho antes de que llegara la nevada, y recorrer algo más de ochocientos kilómetros entre las Rocosas con mi coche de alquiler, que podía devolver en el aeropuerto de Denver.

En la planta de arriba, asigné a la tía Lily y a su acompañante Zsa-Zsa la única cama de verdad de que disponíamos, la cama de latón de mi madre, que estaba embutida en uno de los habitáculos de la galería octogonal. Ambas se quedaron dormidas incluso antes de acabar de acomodarse en el colchón. Vartan me ayudó a sacar los futones y los sacos de dormir, y se ofreció a echarme una mano para recoger el desbarajuste resultante de la cena.

Mis huéspedes debían de haber reparado en que las comodidades del octágono de mi madre eran primitivas, pero además yo había olvidado mencionar que la casa solo disponía de un pequeño cuarto de baño —situado en la planta baja, en el hueco de la escalera—, sin ducha, con una bañera de patas con forma de garras y un lavamanos de hierro grande y antiguo. Como bien sabía por mi larga experiencia, también era allí donde tendríamos que lavar los platos.

Al pasar frente a la puerta abierta, Key echó un vistazo al interior, donde Vartan, con las mangas de cachemir arremangadas por encima de los codos, fregaba los platos en el lavamanos y los enjuagaba en la bañera. Vartan me pasó un plato húmedo por el hueco de la puerta para que lo secara.

—Lamento no poder reclutarte: no hay sitio —dije, haciendo un gesto hacia el abarrotado espacio.

—No hay nada más sexy que ver a un hombre fuerte esclavizado sobre un fregadero lleno de platos calientes y rebosantes de espuma —opinó Key con una amplia y pícara sonrisa. Me reí y Vartan hizo una mueca—. Ahora bien, por mucho que os estéis divirtiendo —dijo—, por favor, no os paséis la noche despiertos jugando con las burbujas. Mañana vais a tener por delante una carretera bastante tortuosa.

Y desapareció de la vista.

—Pues en realidad sí es divertido —me dijo Vartan en cuanto Key se hubo marchado. En ese momento me pasaba tazas y vasos por el vano de la puerta—. Cuando era pequeño, en Ucrania, también ayudaba a mi madre —prosiguió—. Me encantaba estar en la cocina, y el olor del pan horneándose. Ayudaba en todo: a moler café, a desgranar guisantes…; era imposible quitárseme de encima. Los demás niños decían que estaba… ¿cómo lo decís vosotros?… pegado a las faldas de mi madre. Incluso en la mesa de la cocina fue donde aprendí a jugar al ajedrez, mientras ella cocinaba.

Admito que me costaba imaginar al mago del ajedrez, aquel muchacho arrogante y despiadado de mi último encuentro, como a un niño enmadrado, según acababa de describirse. Aún más extraña resultaba la disparidad de nuestras culturas, que en ese instante volvían a hacerse patentes.

Mi madre sabía prender un fuego, pero en lo referente al arte de los fogones, apenas era capaz de introducir una bolsa de té en el agua caliente. Las únicas cocinas que yo había conocido de niña distaban mucho de ser acogedoras: un hornillo de dos quemadores en nuestro apartamento de Manhattan, en contraste con los inmensos y viejos hornos de leña de mi tío Slava y la gran chimenea de su mansión de Long Island, donde se podía cocinar para una caterva de vaqueros en la recogida del ganado. Aunque, siendo una persona tan solitaria como era, nunca lo hizo. Y mi aprendizaje del ajedrez difícilmente podía considerarse idílico.

—Tus experiencias en la cocina suenan fantásticas para alguien como yo, una cocinera —le comenté a Vartan—. Pero ¿quién te enseñó a jugar al ajedrez?

—También fue mi madre. Me regaló un pequeño tablero y me enseñó a jugar. Yo era muy pequeño —me dijo, mientras me pasaba los últimos cubiertos de plata—. Fue justo después de que mataran a mi padre.

Cuando Vartan advirtió mi reacción de sorpresa, alargó las manos y las posó sobre las mías, en las que aún sostenía el trapo de cocina y los cubiertos.

—Lo siento. Creía que ya lo sabía todo el mundo —se apresuró a disculparse. Cogió los cubiertos de mis manos y los apartó—. Ha salido publicado en todas las columnas sobre ajedrez desde que soy gran maestro. Pero la muerte de mi padre no fue como la del tuyo.

—¿Cómo ocurrió? —pregunté. Sentí ganas de llorar. Estaba a punto de desplomarme de agotamiento. Era incapaz de pensar con claridad. Mi padre estaba muerto, mi madre había desaparecido. Y, para colmo, aquello.

—A mi padre lo mataron en Afganistán cuando yo tenía tres años —me explicó Vartan—. Lo habían reclutado como soldado en el punto crítico de la guerra, pero no sirvió durante mucho tiempo, así que a mi madre no le concedieron la pensión. Éramos muy pobres. Por eso acabó haciendo lo que hizo.

Vartan tenía los ojos clavados en los míos. Había vuelto a tomarme de las manos y en ese instante las apretó con fuerza.

—Xie, ¿me estás escuchando? —preguntó con un tono que no le había oído emplear hasta entonces, tan apremiante que más parecía una orden para que le prestase atención.

—Veamos… —dije—. Erais pobres, a tu padre lo mataron en cumplimiento del deber. Hasta aquí te he seguido bien, ¿verdad? —Pero entonces reaccioné—. ¿Qué es lo que hizo quién? —pregunté.

—Mi madre —contestó Vartan—. Tardó varios años en comprender lo bien que se me daba jugar al ajedrez… lo bueno que podía ser. Ella quería ayudarme a cualquier precio. Me costó perdonarla, pero sabía que hizo lo que consideraba correcto casándose con él.

—¿Casándose con quién? —insistí, aunque deduje la respuesta antes de que la verbalizara.

Era evidente: el hombre que había organizado el torneo de ajedrez en el que mataron a mi padre, el hombre que era el socio criminal de Basil Livingston, el hombre al que los *siloviki* habían apiolado hacía dos semanas en Londres. No era nada más ni nada menos que el mismísimo padrastro de Vartan Azov...

—Taras Petrosián.

♟

Ni que decir tiene que Vartan y yo apenas dormimos aquella noche. Su accidentada infancia soviética hizo que la de mi padre —cuando menos, lo poco que yo conocía de ella— pareciese feliz en comparación.

El quid de la cuestión era que a Vartan le molestó y le disgustó el nuevo padrastro que le había sido impuesto a la edad de nueve años, pero había dependido de él por el bien de su madre y de su propia formación y entrenamiento en el ajedrez. Tras erigirse en gran maestro —después de que su madre muriese y de que Petrosián decidiera exiliarse de Rusia—, Vartan apenas mantuvo relación con aquel hombre. Es decir, hasta el último torneo de ajedrez celebrado en Londres hacía dos semanas.

Aun así... ¿por qué no nos había hablado de tal vínculo horas antes, mientras barajábamos estrategias? Si había salido publicado en «todas las columnas sobre ajedrez», ¿estaba Lily al corriente?

En ese momento, sentados el uno al lado del otro, hundidos en los cojines junto a la menguante luz del fuego, me sentí demasiado exhausta para protestar o siquiera para hablar, pero también demasiado consternada para subir a la otra planta e intentar dormir un poco. Vartan había servido brandy para los dos de una botella que había en el aparador. Mientras lo tomábamos, alargó una mano y me acarició el cuello.

—Lo siento. Creí que debías saber todo esto —me dijo con

la voz más amable de que fue capaz, masajeándome los tensos tendones del cuello—. Pero si realmente estamos implicados en esa gran partida, como ha dicho Lily Rad, creo que tu vida y la mía comparten demasiadas casualidades para que no unamos nuestras fuerzas.

Empezando por varios presuntos asesinatos en la familia, pensé, pero no dije nada.

—Me gustaría inaugurar este espíritu de cooperación —propuso Vartan con una sonrisa— ofreciéndote mi destreza en algo que se me da mejor aún que jugar al ajedrez.

Desplazó su mano del cuello hasta la barbilla y ladeó mi cara para que lo mirase. Yo estaba a punto de protestar cuando añadió:

—Esta destreza es otra de las cosas que mi madre me enseñó cuando era muy pequeño. Algo que creo que necesitarás antes de que nos marchemos de aquí mañana.

Se puso en pie y se dirigió al vestíbulo; regresó con mi mullida parka y la dejó sobre mi regazo. Luego se encaminó hacia el piano. Alarmada, me incorporé sobre los cojines mientras él abría la tapa, introducía una mano y sacaba el dibujo del ajedrez, el paño que, en mi estupor, de algún modo, había olvidado por completo.

—Tenías previsto llevarte esto, ¿verdad? —preguntó Vartan. Cuando asentí, prosiguió—: Entonces, agradecerás que tu parka sea lo bastante gruesa para ocultarlo en ella todo el camino. ¡Y agradécele también al cielo que mi madre me enseñara a coser!

Ya había cubierto muchas veces aquel extenuante trayecto de diez horas de coche, pero, aun así, tuve que bregar con el volante todo el sábado, sorteando con dificultad los fuertes vientos del temporal que ya se aproximaba. No obstante, disfrutaba del abrigo adicional que me proporcionaba un tablero de ajedrez de doscientos años de antigüedad escondido en el relleno de mi parka. Y de la tranquilidad adicional de haber decidido en el último momento coger la funda de cojín en la que había guardado el ajedrez y meterla en mi mochila. Solo por si contenía algún otro mensaje que hubiera pasado por alto.

Justo cuando el temporal alcanzaba Denver, dejé al séquito de Lily y su equipaje frente a la entrada principal del Brown Palace; el portero se hizo cargo del coche. Disfrutamos de nuestro primer ágape del día en la Ship's Tavern cuando el restaurante estaba a punto de cerrar. Acordamos que todos nos pondríamos en contacto esa misma semana. Y conseguí dormir varias horas, derrumbada en el sofá de la suite de Lily. Entonces aún no sabía que aquellas serían la última comida y la última cabezada de las que iba a disfrutar en veinticuatro horas.

Hacia la medianoche, en Georgetown, mientras bajaba la empinada escalera de piedra y cruzaba el puente peatonal de madera que se extendía sobre el canal, cristalino y reluciente, vi el mundialmente famoso restaurante de Rodo: Sutaldea, «El Hogar», en lo alto del pequeño talud que quedaba a mis pies, frente al río.

Sutaldea era único incluso estando situado en un lugar rebosante de historia como era Georgetown. Sus edificios de piedra erosionada, que databan de principios del siglo XVIII, se contaban entre los más antiguos conservados en Washington, y rezumaban carisma por los cuatro costados.

Abrí la cerradura de la puerta principal del restaurante y desconecté la alarma antirrobo. Aunque las luces del interior eran pequeños cañones de luz automáticos, nunca me molestaba en encenderlos al entrar en Sutaldea, aunque lo hiciera a horas tan intempestivas. En el otro extremo del amplio salón, donde habían estado las puertas de granero originales, se alzaba una gran cristalera con parteluces y vistas al canal y al río. Al avanzar entre las mesas cubiertas con manteles de damasco y envueltas en una penumbra fantasmagórica, se disfrutaba de una vista panorámica de la curva del puente Key, que desprendía un tono verdeceladón pálido a la luz de los altos y esbeltos faroles que lo flanqueaban. En la otra orilla, las luces de los edificios de apartamentos de Rosslyn se reflejaban en las destellantes aguas nocturnas del caudaloso Potomac.

Desde aquellas ventanas y hasta el atril del *maître* se extendía una estantería de separación, casi tan alta como yo, que corría paralela a la pared izquierda y en la que había expuestas jarras artesanales de sidra procedentes de todas las provincias vascas. Delimitaba una especie de pasillo que permitía al servicio y a los comensales predilectos de mi jefe llegar a su destino sin verse obligados a navegar entre el bosque de mesas. Rodo estaba bastante orgulloso de todo ello: la sidra, la exposición, y el toque de intimidad y clase que ambos proporcionaban. Rodeé la estantería y bajé a las cocinas por la escalera curvada de piedra. Allí estaba la mazmorra mágica de roca creada por Rodolfo Boujaron, donde la mayoría de las noches los clientes más privilegiados, si en sus manos no tenían más que tiempo y *beacoup d'argent*, podían contemplar a través de una inmensa pared de vidrio cómo un ajetreado personal y chefs de alta cocina con varios premios en su haber preparaban sobre fuego y brasas su menú de degustación de ocho platos.

Junto a los grandes hogares de piedra encontré a Leda la Lesbiana sentada en la especie de trona que utilizábamos para controlar los fuegos. Parecía serena y relajada: leía un libro, fumaba uno de los cigarrillos de tabaco turco de liar que llevaba en su pitillera lacada negra y tomaba un *pastis* Pernod, su bebida favorita.

Los hornos, advertí agradecida, ya se habían enfriado y ella los había limpiado a conciencia, preparándolos para la tarea que me deparaba la semana, lo cual me ahorraría bastante tiempo aquella noche.

Rodo tenía razón en algo: Leda era un cisne, una criatura *soignée*, tan distante como fuerte; pero ella prefería que la llamaran Leda la Lesbiana, una insignia de orgullo, creo, y una eficaz medida para mantener a los clientes a, como mínimo, un brazo de distancia. Comprendía su inquietud. A mí también me habría preocupado la longitud de ciertos brazos indeseados si hubiese tenido un aspecto tan disoluto e insinuante como ella.

La esbeltez de su cuello de cisne quedaba aún más acentuada por su pelo, rubio platino y cortado al rape, al estilo militar.

Su piel blanca translúcida, sus cejas de arco artificial, sus labios perfectamente perfilados con carmín de color rojo sangre y su pitillera lacada negra se confabulaban para conferirle el aspecto de una estilizada ilustración de *art nouveau*. Por no hablar de su atuendo predilecto, que, permitiéndolo el tiempo, era el que llevaba aquella noche —incluso a horas intempestivas y junto al hogar frío—: nada más y nada menos que unos patines en línea centelleantes, una camiseta tachonada con diamantes de imitación y unos calzones de raso. Era, como dicen los franceses, «un caso aparte».

Leda se volvió aliviada cuando me oyó en la escalera. Dejé la mochila en el suelo, me quité la chaqueta, la doblé con cuidado y la puse encima de la mochila.

—La pródiga vuelve, gracias al cielo —dijo—. Justo a tiempo. Bwana Rodolfo nos ha estado volviendo locos desde el mismo instante en que te marchaste.

El concepto que Leda tenía de Rodo, el de un amo esclavista, lo compartían todos aquellos que alguna vez hubiesen tenido que ocuparse de los fogones bajo su mando. Como en una instrucción militar, la obediencia se volvía un acto reflejo.

Para muestra, un botón: pese a lo cansada y hambrienta que estaba, ya me había encaminado al montón de leña. Leda apagó el cigarrillo y apuró la copa, se levantó y me siguió; siseó tras de mí sobre sus silenciosos patines hasta la pared del fondo, ambas cogimos sendos haces de madera noble para que yo pudiera empezar a encender un fuego en cada uno de los cuatro grandes hogares de piedra.

—Rodo me dijo que si llegabas esta noche, me quedara para ayudarte —me informó—. Dijo que hoy teníamos que hacer muy bien el fuego... que era importante.

Como si esa recurrente advertencia fuera a aliviar mis agotados ojos o a despejar mi cerebro, aturdido por el viaje, pensé. Por no hablar de mi rugiente estómago...

—¿Alguna otra novedad? —dije mientras Leda me ayudaba a colocar dos grandes «leños morillo» en el interior del primer hogar, que servirían de sostén para los otros—. Leda, llevo días casi sin pegar ojo. Pondré en marcha todos los hogares, pero tardarán varias horas en estar preparados para que podamos cocinar. Si te quedas a cuidar de los fuegos, podría ir a casa y echar una cabezadita. Te prometo que volvería antes del amanecer para empezar a hacer el pan. —Acabé de apilar el triángulo superior de leños sobre los morillos y de poner papel arrugado debajo. Luego añadí—: Además, esta noche no es tan importante que lo hagamos todo según el programa de nuestro adiestrador. Ya sabes que el restaurante siempre cierra los lunes…

—No tienes idea de lo que ha estado pasando por aquí —me interrumpió Leda, con un aire insólitamente consternado, mientras me daba más papel—. Rodo está organizando una gran *boum* para un puñado de dignatarios, aquí, en la bodega, mañana por la noche. Es algo muy privado. Ninguno estamos invitados a servir las mesas. Rodo dijo que solo quiere que le ayudes tú a cocinar y servir.

Sentí esos primeros pálpitos de que algo podía ir terriblemente mal. Intenté relajarme mientras seguía introduciendo papel arrugado bajo los incipientes fuegos. Pero la fecha de esa anunciada *soirée* de Rodo me preocupaba: a solo un fin de semana de la de mi madre en Colorado, una fiesta de la que Rodo estaba al corriente, según recordé de su mensaje de voz.

—¿Qué sabes exactamente de esa fiesta? —pregunté a Leda—. ¿Tienes alguna idea de quiénes pueden ser esos «dignatarios»?

—He oído que podrían ser peces gordos, arrogantes y de alto nivel, del gobierno. Nadie lo sabe a ciencia cierta —contestó. Se había acuclillado sobre los patines mientras me pasaba más hojas de papel arrugado—. Lo han acordado todo directamente con Rodo, no con el responsable de las reservas. Van a hacerlo precisamente la noche en que el restaurante ni siquiera abre. Todo es secretísimo.

—Entonces, ¿cómo es que sabes tanto? —le pregunté.

—Cuando se enteró de que te habías ido a pasar el fin de semana fuera, a Rodo le dio un síncope; fue entonces cuando supe que te quería a ti y solo a ti mañana por la noche —explicó Leda—. Pero en lo referente a la *boum*, todos sabíamos que se estaba cociendo una función privada. La bodega lleva dos semanas reservada...

—¿Dos semanas? —la interrumpí.

Puede que estuviese sacando conclusiones precipitadas, pero aquello parecía demasiada sincronía. No había podido evitar oír el comentario de Vartan: «Tu vida y la mía comparten demasiadas casualidades». Empezaba a estar horriblemente segura de que el derrotero que había tomado mi vida en los últimos días nada tenía que ver con la casualidad.

—Pero ¿por qué iba Rodo a elegirme para esta juerga en particular? —le pregunté a Leda, que se había arrodillado a mi lado e introducía papel de periódico bajo el fuego—. Me refiero a que ni siquiera tengo demasiada experiencia en servir, solo soy aprendiza de chef. ¿Ha pasado algo últimamente que pueda haberle despertado ese repentino interés por mi trayectoria profesional?

Leda alzó la mirada. Sus siguientes palabras confirmaron mis peores sospechas.

—Pues la verdad es que este fin de semana ha venido varias veces un hombre preguntando por ti —contestó—. Quizá eso tenga algo que ver con la función de mañana.

—¿Qué hombre? —pregunté, tratando de sofocar ese aflujo de adrenalina que tantas veces venía asaltándome últimamente.

—No dijo cómo se llamaba ni dejó ninguna nota —dijo Leda mientras se ponía en pie y se limpiaba las manos en los calzones—. Era de porte bastante distinguido, alto y elegante, con una gabardina cara; pero también parecía misterioso. Llevaba unas gafas de sol con cristales azulados que casi no dejaban verle los ojos.

Fantástico. Aquello era precisamente lo último que necesitaba: un hombre misterioso. Intenté centrarme en Leda, pero se me desenfocaba la vista. Apenas me tenía en pie tras cuatro días de falta de comida, bebida y sueño. Me importaban un bledo la sincronía, el torrente de noticias y los desconocidos; necesitaba llegar a casa. Necesitaba tenderme en una cama.

—¿Adónde vas? —exclamó Leda al verme renquear de pronto hacia la escalera.

—Ya hablaremos de todo esto por la mañana —conseguí decir mientras recogía la chaqueta y la mochila camino de la salida—. Los fuegos prenderán bien. Rodo sobrevivirá. El extraño enigmático volverá. Y los que van a morir te saludan.

—De acuerdo, aquí estaré —dijo Leda—. Por favor, cuídate.

Subí la escalera con las piernas trémulas y enfilé tambaleante el pasaje desierto. Consulté mi reloj: eran ya casi las dos de la madrugada y no se veía rastro de vida; el callejón, angosto y enladrillado, parecía una tumba. El silencio era tan denso que se oían las aguas del Potomac en la distancia, lamiendo a lengüetazos los caballetes del puente Key.

Al final del callejón, torcí hacia la pequeña terraza de pizarra desde la que entraba en mi casa, que lindaba con el canal. Rebusqué en la mochila la llave de la puerta principal, iluminada por la luz dorada y rosácea de la única farola que señalizaba el acceso al umbrío sendero que descendía hacia el parque Francis Scott Key. La baja baranda para bicicletas que cercaba la terraza era lo único que le impedía a uno caer por el escarpado muro de contención de roca que se desplomaba casi veinte metros hasta la superficie inmóvil del canal Chesapeake & Ohio.

Mi casa en el risco tenía unas vistas sobrecogedoras de la inmensa amplitud del Potomac. La gente mataría por una panorámica como aquella, y probablemente lo hubieran hecho en el pasado. Pero, con los años, Rodo había rehusado vender aquella maltrecha edificación por su proximidad con Sutaldea. Exhausta, inhalé una profunda bocanada de aire del río y saqué la llave.

En realidad, había dos puertas, dos entradas independientes. La de la izquierda daba a la planta principal, con sus ventanas con barrotes de hierro y postigos, en la que Rodo guardaba documentos y archivos importantes para su titilante imperio de lumbre. Abrí la cerradura de la otra, la de la planta superior, donde la esclava obrera dormía, siempre disponible a un tiro de piedra de los fuegos.

Cuando estaba a punto de entrar, tropecé con algo que no había visto y que estaba en el último escalón. Era una bolsa de plástico transparente que contenía un ejemplar de *The Washington*

*Post*. Nunca había estado suscrita al *Post* y no había otros residentes en el callejón a quienes pudiera pertenecer. Estaba a punto de tirar la bolsa, periódico incluido, en el contenedor de basuras más próximo, cuando a la cristalina luz rosácea de la farola advertí la nota adhesiva amarilla que alguien había escrito y pegado allí: «Mira la página A1».

Encendí las luces de casa y entré. Dejé caer la mochila al suelo del recibidor, saqué el periódico de la bolsa y lo abrí.

Los titulares parecían gritarme desde otro tiempo y otro espacio. Oía el palpitar de la sangre en las sienes. Apenas podía respirar.

### 7 de abril de 2003
TROPAS Y TANQUES ATACAN EL CENTRO DE BAGDAD...

Habíamos tomado la ciudad a las seis de la mañana, hora iraquí... solo unas horas antes, apenas tiempo suficiente para que la noticia pudiera recogerse en aquel periódico. Aturdida y sumida en el estupor, tuve dificultades para asimilar el resto.

Lo único que oía era la voz de Lily Rad acechando en los recovecos de mi mente: «Nunca fue el ajedrez a lo que Cat temía, sino a un juego muy diferente... El juego más peligroso que se pueda imaginar... Basado en un extraño y valioso ajedrez mesopotámico...».

¿Cómo no lo había visto de inmediato? ¿Estaba ciega?

¿Qué acontecimiento había tenido lugar dos semanas antes? ¿Dos semanas antes, cuando Taras Petrosián había muerto de forma misteriosa en Londres? ¿Dos semanas antes, cuando mi madre había enviado todas aquellas invitaciones para su fiesta de cumpleaños?

Dos semanas antes, en la madrugada del 20 de marzo, las tropas estadounidenses habían invadido Irak. Lugar de nacimiento del ajedrez de Montglane. Dos semanas antes se había efectuado el primer movimiento: el juego había empezado de nuevo.

# SEGUNDA PARTE

# NIGREDO

Uno […] debe indagar en las causas de todo, esforzarse en comprender cómo se produce el proceso de generación y renacimiento por medio de la descomposición, y cómo toda la vida surge de la putrefacción […]. Todo debe perecer y desintegrarse, y una vez más, por la influencia de las estrellas, que actúan a través de los elementos, regresará a la vida y se transformará de nuevo en un ente celestial que morará en la región más elevada del firmamento.

BASILIO VALENTÍN,
*La octava llave*

# EL REGRESO

De pronto comprendí que ya no era un prisionero, ni en cuerpo ni en alma, que no estaba condenado a la muerte […]. Mientras me quedaba dormido, dos palabras latinas merodeaban por mis
pensamientos, sin razón aparente: *magna mater*.
A la mañana siguiente, cuando me desperté, caí en
la cuenta de lo que significaban […]. En la antigua Roma, los candidatos al culto secreto de la
Magna Mater tenían que someterse a un baño de
sangre. Si sobrevivían, volverían a nacer.

JACQUES BERGIER y LOUIS PAUWELS,
*El retorno de los brujos*


Son únicamente esta muerte y esta resurrección
iniciáticas lo que consagra a un chamán.

MIRCEA ELIADE,
*El chamanismo y las técnicas arcaicas del éxtasis*


*Dolena Geizerov, Dalnyi Vostok*
*(Valle de los Géiseres, Extremo Oriente), abril de 2004*

*Se sintió como si estuviera ascendiendo desde una gran profun-
didad, flotando hacia la superficie de un oscuro mar. Un mar
sin fondo. Tenía los ojos cerrados, pero podía percibir la oscuridad*

que lo envolvía. A medida que subía hacia la luz, la presión que lo oprimía parecía aumentar, una presión que le dificultaba la respiración. Con gran esfuerzo, se llevó una mano al pecho. Contra su piel notó una tela suave, alguna prenda fina que apenas pesaba.

¿Por qué no podía respirar?

Si se concentraba en su respiración, advertía que esta se tornaba más ligera, más rítmica. Su sonido le resultaba extraño, nuevo, como si nunca antes lo hubiese oído con claridad. Escuchó cómo este sonido aumentaba y disminuía con una cadencia suave, tenue.

Con los ojos aún cerrados, casi pudo visualizar una imagen rondándole cerca. Una imagen que parecía muy importante. Si pudiese atraparla... Pero apenas la atisbaba. Su perfil era vago y borroso. Se esforzó por verla mejor: tal vez fuera una especie de estatuilla. Sí, era la figura esculpida de una mujer, que refulgía con una luz dorada. La mujer estaba sentada dentro de un pabellón parcialmente entelado. ¿Acaso era él el escultor? ¿La había esculpido él? Parecía muy importante. Si al menos pudiera apartar las cortinas mentalmente y mirar dentro... Veía la figura, pero cada vez que intentaba imaginarse haciéndolo, un fulgor intenso y cegador inundaba su mente.

Hizo un sobreesfuerzo y al fin consiguió abrir los ojos; intentó enfocar la vista y observar su entorno. Se encontraba en un espacio indefinido lleno de una luz extraña, un esplendor incandescente que parpadeaba a su alrededor. Más allá se extendían las impenetrables sombras marrones y, en la distancia, un sonido que no supo identificar, semejante al de una corriente de agua.

Entonces pudo verse una mano, la que aún descansaba sobre su pecho, desvaída como un pétalo desprendido de su flor. Parecía irreal, como si se hubiese desplazado hasta allí por propia voluntad, como si fuera la mano de otra persona.

¿Dónde estaba?

Intentó incorporarse, pero se sorprendió demasiado débil para siquiera hacer el esfuerzo. Tenía la garganta seca y rasposa, no podía tragar.

—Agua —intentó decir. La palabra apenas brotó de sus labios agostados.

—Yah nyihpuhnyee mahyoo —repuso una de las voces: «No le entiendo».

Pero él sí la había entendido a ella.

—Kah Tohri Eechahs? —preguntó a la voz en la misma lengua que ella había empleado, aunque él aún no alcanzaba a identificarla. «¿Qué hora es?»

Y, aunque tampoco distinguía formas ni rostros en aquella penumbra parpadeante, sí atisbó la esbelta mano femenina que descendió para posarse con delicadeza en la suya, aún sobre su pecho. Entonces, la voz, una voz distinta de la primera —una voz conocida—, le habló al oído. Era tenue, líquida y sosegante como una canción de cuna.

—Hijo mío —dijo—. Por fin has vuelto.

# EL CHEF

Pero los hombres, salvajes y civilizados por
igual, tienen que comer.

ALEXANDRE DUMAS,
*Grand Dictionnaire de Cuisine*

Basta con saber comer.

Dicho vasco

*Washington, 7 de abril de 2003*

A las diez y media de la mañana del lunes, conducía el Volkswa-
gen Tuareg de Rodo entre la llovizna neblinosa; subía por
River Road en dirección a Kenwood, al norte del distrito, y a la
suntuosa casa de campo de mi jefe, Euskal Herria, «País Vasco».

Era la chófer designada para garantizar que las vituallas frescas llegaban intactas a su destino. Siguiendo las instrucciones que
Rodo había dejado en el contestador de mi casa, ya había recogido el marisco congelado en el Cannon Seafood de Georgetown y
las verduras frescas en el Eastern Market de Capitol Hill. La plantilla fija de esclavos culinarios a sueldo las lavaría, las pelaría, las
cortaría en juliana o en rodajas, las trocearía, las picaría o las mo-
lería bajo la supervisión personal de Rodo, preparándolas para la
«secretísima» cena que iba a tener lugar aquella noche en Sutaldea.

No obstante, aunque había conseguido dormir un poco y por la mañana Leda había llevado hasta mi puerta café recién hecho en la brasa, seguía estando tan irritada que tuve que hacer un esfuerzo sobrehumano para asegurarme de llegar intacta.

Mientras conducía por la tortuosa y deslizante carretera con los limpiaparabrisas batallando contra una borrosa pantalla de agua, cogí un puñado de grosellas que llevaba en el asiento del acompañante, destinadas a la guarnición de la cena, y me las zampé con la ayuda de un trago del café-almíbar de Leda. El primer alimento fresco que ingería en días. Caí en la cuenta de que también era la primera vez en cuatro días que podía pensar en soledad, pero tenía demasiado en que pensar.

La única idea que me acosaba una y otra vez, a pesar de mis esfuerzos por quitármela, era que, como diría Key, «demasiados cocineros arruinan el caldo». Sabía que aquella bullabesa de coincidencias y claves contrapuestas contenía un exceso de ingredientes potencialmente letales para la digestión. Y había demasiada gente sirviendo muchos otros como por arte de magia.

Sin ir más lejos, si los Livingston y la tía Lily conocían a Taras Petrosián, el organizador del último torneo de ajedrez, en el que asesinaron a mi padre, ¿por qué durante la cena nadie —ni siquiera Vartan Azov— se dignó mencionar el detalle que sin duda todos tenían que saber: que el mismo tipo que recientemente habían dejado muerto en Londres era el padrastro de Vartan?

Y si todos habían estado relacionados en el pasado y habían corrido peligro o incluso habían muerto asesinados —incluida la familia de Lily y la mía propia—, ¿por qué iba ella a levantar la liebre con respecto al juego en presencia de Vartan y Nokomis Key? ¿Creía Lily que también ellos eran jugadores? ¿Y qué había de la familia Livingston y de Galen March, todos ellos también invitados por mi madre? Sencillamente, ¿hasta qué punto eran peligrosos?

Sin embargo, al margen de quiénes fueran los jugadores o cuál fuera el juego, ahora comprendía que mis piezas tenían mayor valor en el cómputo de la partida. En el ajedrez, nos referimos a esto como a «ventaja material».

En primer lugar, por lo que sabía hasta el momento, yo era la única persona (a excepción de mi difunto padre) que había descubierto que podían existir no solo una sino dos reinas negras en el ajedrez de Montglane. Y, en segundo lugar, además de quienquiera que fuese la misteriosa persona que había dejado aquel ejemplar de *The Washington Post* frente a mi puerta a las dos de la madrugada, también podía ser yo la única que había relacionado aquel ajedrez de joyas engastadas elaborado en Bagdad hacía mil doscientos años con los acontecimientos que estaban ocurriendo en aquel momento y en aquel lugar, y que también había relacionado todo lo anterior con ese otro peligroso juego.

No obstante, en lo referente a este último, ahora sabía algo con absoluta certeza: Lily se había equivocado en Colorado al decir que necesitábamos un plan maestro. A mi entender, estábamos en un estadio demasiado temprano de la partida para plantear estrategias; no convenía hacerlo encontrándonos aún en los movimientos de apertura —«la Defensa»—, como la propia Lily había dicho.

En toda partida de ajedrez, si bien se necesita una perspectiva amplia del tablero —un panorama completo, una estrategia a largo plazo—, a medida que la partida progresa, el paisaje cambia rápidamente. Para conservar el equilibrio, para poder caer de pie, es preciso que la visión de largo alcance no distraiga la atención de aquellas amenazas inmediatas que siempre acechan, aquellas aproximaciones en un mar en constante cambio, con peligrosas guiñadas y contraguiñadas por los dos costados. Es algo que requiere táctica.

Esa era la parte del juego que mejor conocía. Esa era la parte del juego que adoraba: aquella en la que todo es aún potencial, en la que elementos como la sorpresa y el riesgo merecen la pena.

Mientras franqueaba con el Tuareg los grandes portones de piedra de Kenwood, supe con exactitud qué clase de peligro podía tener más cerca en aquel preciso instante, dónde esas maniobras tácticas podrían resultarme de utilidad muy pronto: a menos de trescientos metros colina arriba, en la Villa Euskal Herria.

Había olvidado, hasta que entré en Kenwood, que aquella semana se celebraba el Cherry Blossom Festival en Washington, donde todos los años miles de turistas abarrotaban el National Mall para hacer fotografías del estanque y los cerezos japoneses en flor que se reflejaban en su superficie.

Sin embargo, allí daba la impresión de que esos poco conocidos cerezos de Kenwood solo los habían descubierto los japoneses. Centenares de visitantes nipones habían llegado ya y deambulaban como espectros bajo la lluvia por el herboso y serpenteante perfil del estanque, protegidos bajo paraguas de colores oscuros. Seguí subiendo por la colina; pasé junto a ellos y luego me interné en la pasmosa catedral formada por las ramas negras de los cerezos, tan viejos y nudosos que parecían haber sido plantados hacía cien años.

Ya en lo alto de la colina, al bajar el cristal de la ventanilla junto a la cancela privada de Rodo para teclear el código en el interfono, un remolino brumoso penetró en el coche como si fuera humo acuoso. Llegaba impregnado del embriagador aroma de las flores de los cerezos y me aturdió levemente.

Entre la neblina que se extendía más allá de los portones de hierro, atisbé varias hectáreas de los adorados *xapatak* de Rodo, los árboles vascos que producen abundantes cerezas negras por el día de San Juan, todos los meses de junio. Y más allá de la neblina, flotando sobre el mar de cerezos y su manto espumoso de flores magenta, se extendía Villa Euskal Herria, con sus tejados árabes y sus grandes terrazas. Tenía las contraventanas pintadas de un intenso *rouge basque*, el color de la sangre de la ternera, y las fachadas de rosa flamenco, estucadas y surcadas por buganvillas encarnadas; todo parecía sacado de un cuadro fauvista. De hecho, el complejo de Euskal Herria siempre había tenido un aire ilusorio y extraño, especialmente allí, tan cerca de Washington. Daba más la impresión de que lo hubieran dejado caer desde los cielos de Biarritz.

Cuando la cancela se abrió, maniobré por el camino circular

y me dirigí a la parte trasera de la casa, donde estaban las cocinas y la enorme cristalera de parteluces. En los días despejados, desde aquella enorme terraza enlosada podía verse la totalidad del valle. Erramon, el conserje de Rodo de cabellera plateada, ya me esperaba para descargar el coche junto con su banda, media docena de tipos musculosos vestidos de negro, con pañuelos y *txapelas*, grandes boinas oscuras: la Brigada Vasca. Mientras Erramon me ayudaba a apearme del Tuareg, ellos abordaron en silencio la tarea de llevar adentro las cajas de productos frescos, huevos y marisco congelado.

Siempre me había parecido interesante que Rodo, un hombre que había crecido como una cabra silvestre en los puertos de montaña de los Pirineos, cuyo blasón familiar incluía un árbol, una oveja y varios cerdos, que aún se ganaba la vida atizando fuegos y abonaba sus cosechas, siguiera llevando un estilo de vida consistente en diversas villas, una plantilla permanente de sirvientes y un conserje a tiempo completo.

La respuesta era sencilla: todos eran vascos, de modo que en realidad no eran empleados, sino hermanos.

Según Rodo, los vascos eran hermanos al margen de la lengua que hablasen, ya fuese francés, castellano o euskera. Y al margen de su procedencia, alguna de las cuatro provincias vascas que pertenecían a España o alguna de las tres que formaban parte de Francia. Consideraban las regiones vascas un único país.

Como para subrayar este relevante principio, justo encima de la cristalera, en unos azulejos pintados a mano y colocados sobre la fachada de estuco, se leía una de las máximas predilectas, si bien íntima, de los vascos:

MATEMÁTICAS VASCAS
$$4 + 3 = 1$$

Erramon y yo entramos en la enorme cocina por la fachada de la cristalera y la brigada empezó a colocar con gran eficacia las cajas en la sala.

Encontramos a Rodo de espaldas a nosotros. Su corpulenta figura estaba inclinada sobre la cocina; removía algo con una cuchara de madera grande. El pelo moreno y largo de Rodo, por lo general cepillado desde la nuca hacia un lado del cuello, como la crin de un caballo, estaba aquel día recogido en una cola, coronada con la habitual boina roja en lugar del gorro de chef, para protegerla del fuego. Iba vestido, como tenía por costumbre, de blanco: pantalones de sport, camisa de cuello abierto y alpargatas atadas a los tobillos con lazos largos, el atuendo que suele llevarse en ocasiones festivas con el pañuelo al cuello y el fajín de color rojo intenso. Aquella mañana lo protegía con un gran delantal blanco de carnicero.

Rodo no se volvió cuando entramos. Cortaba en trozos una tableta grande de chocolate amargo de Bayona y los fundía al baño María. Deduje que aquella noche degustaríamos su especialidad, una versión de la *euskal txapela*: el *Béret Basque*, un pastel que rellenaba con chocolate negro deshecho y cerezas maceradas en licor. Empecé a salivar.

Sin alzar la mirada de su tarea, Rodo murmuró:

—¡Bien! ¡La Errauskine vuelve de pasar toda la noche bailando con el príncipe! —Su pequeña Cenicienta predilecta, me llamaba—. *Quelle surprise!* ¡De vuelta en la cocina para rastrillar las cenizas! ¡Ja!

—No ha sido exactamente eso lo que he estado bailando —le aseguré. La ezpata-dantza era una de esas entusiastas danzas vascas que Rodo adoraba, con exagerados alzamientos de piernas y los brazos en jarras sin dejar de saltar—. He estado a punto de quedarme aislada por la nieve en medio de la nada. He tenido que conducir en plena tempestad para llegar aquí a tiempo de ayudar con los preparativos de esta imprevista *boum* tuya. ¡Podría haberme matado! ¡Eres tú quien debería darme las gracias!

Estaba que echaba humo, pero había método en mis invectivas. Para tratar con Rodo, sabía por experiencia que había que combatir el fuego con fuego. Y, por lo general, quien consiguiera prender la primera cerilla sería el vencedor de la contienda.

Tal vez no fuera así en esta ocasión.

Rodo dejó caer la cuchara en la cazuela del chocolate y se volvió hacia Erramon y hacia mí. Sus cejas, negras y virulentas, se habían unido como una nube tormentosa condensándose, y una de sus manos empezó a agitarse frenéticamente en el aire.

—¡Bien! ¡El *hauspo* cree que es el *su*! —gritó. «El fuelle cree que es el fuego.» No podía creer que fuera capaz de soportar aquello a todas horas—. ¡Por favor, no olvides quién te dio un empleo! No olvides quién te rescató de...

—... la CIA. —Acabé la frase por él—. Pero quizá tú sí que merezcas un empleo en la otra CIA: la Agencia Central de Inteligencia. Si no, ¿cómo has sabido que me marché para asistir a una fiesta? Tal vez puedas explicar por qué tuve que volver tan deprisa...

Esto descolocó a Rodo un breve instante. Se recuperó enseguida y, con un bufido, se quitó la boina roja y la arrojó al suelo con un ademán melodramático, su táctica predilecta siempre que se quedaba sin palabras, lo cual no ocurría a menudo.

A aquello le sucedió un torrente en euskera del que solo entendí algunas palabras sueltas. Iba dirigido con apremio al solemne y peliblanco conserje Erramon, que seguía a mi lado y no había pronunciado palabra desde que habíamos entrado.

Erramon asintió en silencio y se encaminó hacia los fogones, apagó el gas y extrajo de la cazuela del chocolate la cuchara que Rodo había olvidado en su interior. Tenía un aspecto terrible. Después de dejarla con sumo cuidado sobre el recipiente que tenían a tal efecto, el conserje se dirigió de nuevo a la puerta de la cristalera que conducía al exterior. Una vez allí se dio la vuelta, como esperando que lo siguiera.

—Debo llevarte inmediatamente de vuelta por el *sugeldu* —dijo, refiriéndose a las brasas; por lo visto tenía que prepararlas para la cena de la noche—. Después, cuando los hombres hayan acabado de lavar los ingredientes, monsieur Boujaron llevará en persona todo lo necesario para que puedas ayudarlo a preparar la cena privada de esta noche.

—Pero ¿por qué yo? —pregunté, volviéndome hacia mi jefe en busca de una explicación—. ¿Quiénes son esos «dignatarios» que vienen esta noche para que merezcan tanto subterfugio? ¿Por qué no va a poder verlos nadie excepto tú y yo?

—No hay ningún misterio —contestó Rodo, eludiendo mi pregunta—. Pero llegas tarde al trabajo. Erramon te aclarará por el camino cuanto necesites saber. —Desapareció airado de la cocina y cerró la puerta interior a su paso.

La audiencia con el jefe parecía haber concluido, de modo que seguí al majestuoso conserje por la terraza hasta el coche y subí al asiento del acompañante. Conduciría él.

Quizá fuera fruto de mi imaginación, o quizá solo consecuencia de mis precarios conocimientos de la lengua vasca, pero estaba casi segura de haber entendido dos palabras consecutivas de la diatriba de Rodo. Y, si estaba en lo cierto, esas palabras en concreto no iban a contribuir a que me relajara. En absoluto.

La primera era *arrisku*, una palabra que Rodo empleaba a todas horas cuando estaba alrededor de las cocinas: «peligro». Era imposible no recordar aquella misma palabra manuscrita en ruso en una cartulina que aún llevaba, incluso en aquel momento, en el bolsillo. Pero la segunda palabra, que había oído a continuación de la primera, *zortzi*, era aún peor, aunque no significaba «Cuidado con el fuego».

En euskera, *zortzi* significa «ocho».

Mientras conducía el Tuareg por River Road de regreso a Georgetown, Erramon no despegaba la mirada de la carretera ni las manos del volante, haciendo gala de la destreza propia de un conductor de campo que se había pasado la vida sorteando cerradas curvas de montaña, como probablemente era su caso. Sin embargo, aquella atención obsesiva no iba a disuadirme de hacer lo que sabía que tenía que hacer en aquel momento: sonsacarle información (como Rodo había prometido evasivamente que conseguiría), sonsacarle «por el camino cuanto necesitaba saber».

Conocía a Erramon, obviamente, desde hacía los mismos años que llevaba trabajando como aprendiza de monsieur Rodolfo Boujaron. Y, aunque conocía mucho menos al *consiglieri* que al *don*, había algo que sí sabía: Erramon, con su cabellera plateada, bien podía encarnar el papel del dignatario y factótum de la baronía de Rodo, pero, al margen de su puesto oficial, era un vasco recalcitrante con todo lo que ello conllevaba. Es decir, tenía un sentido del humor disparatado, un especial interés por las damas —sobre todo por Leda— y una inexplicable debilidad por el *sagardo*, la espantosa sidra vasca que ni los españoles son capaces de beber.

Leda siempre decía que el *sagardo* le recordaba «a meados de cabra», aunque yo nunca supe a ciencia cierta en qué basaba aquel juicio culinario. No obstante, tanto ella como yo habíamos llegado a apreciar la sidra, por un motivo obvio: tomar de vez en cuando un vaso de zumo de manzana amargo, espumoso y fermentado en compañía de Erramon era el único modo que se nos ocurría de ganarnos a nuestro jefe común, el tipo al que Leda gustaba referirse como «el maestro de los menús».

Y, atrapada en un coche durante al menos media hora, como en ese momento lo estaba con Erramon, tuve la impresión de que, como diría Key, era «ahora o nunca».

Así que mi sorpresa fue mayúscula cuando fue él quien rompió el hielo, y además de la manera más insospechada.

—Quiero que sepas que E. B. no está enfadado contigo —me aseguró Erramon.

Erramon siempre llamaba a Rodo «E. B.» (algo así como «Eredolf Boujaron»), por una broma privada que había iniciado con Leda y conmigo en una de nuestras últimas noches de sidra. Por lo visto, en euskera no hay ningún nombre que empiece por R; de ahí el nombre Erramon: Ramón en español, Raymond en francés. Y «Rodolfo» casi parecía italiano. Este defecto lingüístico parecía convertir a Rodo en algo similar a un «bastardo vasco».

Pero el mero hecho de que pudiera tener ocurrencias graciosas con respecto a un volcán tiránico como Rodo ponía de manifiesto que la relación entre ambos era más cercana que la propia entre un patrón y un sirviente. Erramon era la única persona que se me ocurría que podría tener una pista de lo que Rodo se traía entre manos para aquella noche.

—Entonces, si no está enfadado conmigo —puntualicé—, ¿cómo se explica el chocolate quemado, la boina en el suelo, el chorreo en euskera, el portazo, el botón del eyector automático *pour moi*?

Erramon se encogió de hombros y esbozó una sonrisa enigmática, manteniendo en todo momento la mirada pegada a la carretera como con velcro.

—E. B. nunca sabe qué hacer contigo. —Y se desvió hacia el tema que mejor dominaba—. Tú eres diferente. No está acostumbrado a tratar con mujeres. Al menos, no en el ámbito profesional.

—Leda también es diferente —dije, poniendo el contrapunto con su violonchelo predilecto en forma de mujer—. Ella se encarga de servir las copas. Trabaja como una burra. Hace ganar una fortuna a Sutaldea. Rodo no puede negárselo.

—Ah, el Cisne. Es magnífica —repuso Erramon, con los ojos levemente húmedos. Luego se rió—. Pero él siempre me dice que, con ella, le estoy ladrando al caballo equivocado.

—Me parece que la expresión correcta es «ladrar al árbol equivocado».

Erramon pisó el freno. Habíamos llegado al semáforo del cruce de River Road y Wisconsin. Me miró.

—¿Cómo va nadie a «ladrar a un árbol»? —preguntó con tino.

A diferencia de mi amiga Key, en realidad yo nunca le había dedicado un solo pensamiento a esas frases hechas. Ni tampoco a la sabiduría popular.

—Pues entonces quizá deberíamos decir que estás ladrando al cisne equivocado —convine.

—Tampoco se ladra a los cisnes —replicó Erramon—, sobre todo a un cisne del que estás enamorado. Y yo estoy enamorado de ese, de verdad lo creo.

Oh, no… Esa no era exactamente la charla que esperaba mantener.

—Me temo que, con respecto a la observación de la naturaleza humana, esta vez Rodo podría haber acertado —le dije a Erramon—. Creo que el Cisne prefiere la compañía femenina.

—Tonterías. Es solo una especie de..., ¿cómo lo llamáis? Una moda pasajera, o algo así. Como esas ruedas que le gusta llevar en los pies. Eso cambiará, esa necesidad de éxito, de poder sobre los hombres. No tiene por qué demostrarle nada a nadie —insistió.

Ah, pensé, la historia de siempre: «Nunca ha conocido a un hombre como yo».

Pero, cuando menos, había conseguido que Erramon hablara, al margen del tema que lo tuviera atrapado. Cuando el semáforo se puso en verde, empezó a prestarme algo más de atención a mí que a la carretera. Sabía que aquella podía ser mi última oportunidad, en los pocos kilómetros que nos separaban de nuestro destino, de averiguar qué era lo que realmente estaba ocurriendo entre bastidores.

—Hablando de demostrar cosas —dije, con el tono de voz más despreocupado que fui capaz de impostar—, me pregunto por qué monsieur Boujaron no le ha pedido a Leda ni a ningún otro que trabaje en la *boum* de esta noche. Al fin y al cabo, si los clientes son tan importantes, ¿no sería más lógico que quisiera alardear también de su excelencia? ¿Asegurarse de que su negocio funciona como un reloj? Todos sabemos lo perfeccionista que es, pero él y yo solos apenas podremos cubrir todas las bases, reemplazar a toda la plantilla de un restaurante. Si la cantidad de comida que acabo de llevar a Kenwood es indicativo de algo, debemos de estar esperando a un grupo bastante grande...

Lo estaba sondeando con la mayor indiferencia posible, hasta que observé que pasábamos junto a la biblioteca de Georgetown. Estábamos a punto de llegar a Sutaldea. Decidí apretar las tuercas un poco más, pero no iba a ser necesario.

Erramon se había desviado hacia una calle secundaria para evitar el tráfico de Wisconsin. Se detuvo en la señal del primer cruce y se volvió hacia mí.

—No. Como máximo vendrá una docena de personas, creo —me dijo—. Me han comentado que se trata de una especie de gala real, que a E. B. le han exigido muchas condiciones, que se ha solicitado el nivel de la más alta cocina, con platos especiales encargados con antelación. Por eso hemos tenido que hacer todos esos preparativos en Euskal Herria con la supervisión de E. B. Por eso a él le preocupaba tanto que llegaras a tiempo, que los fuegos quedasen perfectamente preparados anoche, para que hoy pudiésemos empezar el *méchoui*.

—¿Un *méchoui*? —exclamé, atónita.

Se tardaba un mínimo de doce horas en cocinar un *méchoui*, un cabrito o un cordero asado al espetón y aromatizado con hierbas, un plato muy codiciado en tierras árabes. Solo se podía cocinar algo así en el hogar central de Sutaldea. Rodo debía de tener la intención de llevar a todo un batallón de ayudantes antes del anochecer para tenerlo listo a la hora de la cena.

—Pero ¿quiénes son esos misteriosos dignatarios? —volví a preguntar.

—Teniendo en cuenta el menú previsto, supongo que deben de ser gobernantes u oficiales de alto rango de Oriente Próximo —contestó—. Y he oído que se están observando muchas medidas de seguridad. En cuanto al motivo de que esta noche estés tú sola en el servicio, lo desconozco, pero E. B. nos aseguró que esta noche todo debe hacerse según se ha ordenado.

—¿«Ordenado»? —pregunté, incómoda al volver a oír aquella palabra—. ¿«Ordenado» por quién? ¿Qué clase de medidas de seguridad?

Aunque intentaba aparentar serenidad, el corazón me latía como un tambor de acero. Aquello era demasiado. Partidas de ajedrez peligrosas con movimientos enigmáticos, asesinatos rusos y desapariciones familiares, y misteriosos dignatarios de Oriente Próximo e invasiones en Bagdad. Y yo, con menos de ocho horas de sueño en las últimas cuarenta y ocho.

—No estoy seguro —decía Erramon—. Todas las disposiciones se han llevado a cabo únicamente por medio de E. B.; pero, con este notable aumento de las medidas de seguridad, no cuesta imaginarlo. Sospecho que el encargo de esta cena llegó directamente del Despacho Oval.

¿Una «gala real» encargada por la Casa Blanca? ¡Y qué más! ¡Era el colmo! ¿En qué otros problemas tenía previsto mi ya problemático jefe «ordenarme» que participara? Si la idea no hubiera sido tan absurda, me habría puesto furiosa.

Pero, como diría Key, «si no aguantas el calor, sal de la cocina».

Creía que estaba a punto de entrar en la misma cocina que yo misma había dejado preparada menos de diez horas antes. Sin embargo, entre la llovizna neblinosa, mientras bajaba los peldaños de piedra hacia el camino de sirga, advertí que algunas cosas habían cambiado desde mi visita aquella mañana.

Una barrera baja de cemento bloqueaba el acceso al puente peatonal que cruzaba el canal, y una pequeña garita de madera, del tamaño de una letrina portátil, había sido colocada justo al pie. Cuando me acerqué, dos hombres emergieron súbitamente de su interior. Iban vestidos con trajes y abrigos oscuros, y —algo extraño, dado el mal tiempo que hacía— llevaban gafas de sol aún más oscuras.

—Exponga el motivo de su presencia, por favor —espetó el primero con voz neutra, oficial.

—¿Cómo dice? —repuse, alarmada.

«Medidas de seguridad», había dicho Erramon; pero aquella barricada sorpresa que había aparecido como un hongo en el desértico camino de sirga parecía más que extraña, estrafalaria. Empezaba a ponerme muy nerviosa por momentos.

—Y también debe darnos su nombre, fecha de nacimiento y una fotografía tamaño carnet —añadió el segundo hombre con una voz igualmente anodina mientras me tendía una mano con la palma hacia arriba.

—Voy a trabajar. Soy chef de Sutaldea —expliqué, señalando hacia los edificios de piedra que se alzaban al otro lado del puente.

Intenté parecer servicial mientras hurgaba en el atiborrado bolso que llevaba colgado al hombro en busca del carnet de conducir, pero de pronto caí en la cuenta de lo remoto e inaccesible que en realidad era aquel tramo del camino de sirga. Allí habían asesinado a mujeres, a una incluso de día, una mañana mientras hacía footing. ¿Y había informado alguien de haberlas oído gritar?

—¿Cómo puedo saber yo quiénes son ustedes? —les pregunté. Alcé un poco la voz, más para disipar mis temores que para solicitar ayuda cuando no parecía haberla.

El número uno se llevó una mano al bolsillo interior y, como un relámpago, me colocó su credencial debajo de la nariz. ¡Oh, Dios! ¡Los Servicios Secretos! Eso sugería que el pálpito de Erramon en referencia a aquella noche podía ser cierto. Quienquiera que hubiese «ordenado» aquella *boum* tenía que ser un pez gordo, pues de no ser así difícilmente habría podido reclutar al escalafón más alto de la seguridad gubernamental para que instalase allí una barrera e inspeccionase a los invitados de una triste cena.

No obstante, para entonces yo ya estaba tan indignada que me salía humo por las orejas, me sorprendía que ellos no lo vieran. Iba a matar a Rodo, si es que se dignaba aparecer, por no haberme puesto sobre aviso del encontronazo que me esperaba en el «Checkpoint Charlie», después de todo lo que había tenido que soportar ya en las últimas cuarenta y ocho horas solo para llegar allí a tiempo.

Finalmente conseguí sacar mi sepultado carnet de conducir e imité el movimiento relámpago del agente para mostrárselo. El número uno regresó a la garita para cotejar mi nombre con sus instrucciones. Asintió desde la puerta al número dos, que me tendió una mano por encima del obstáculo de cemento, me escoltó por el puente y me dejó en el otro extremo.

Dentro de Sutaldea me esperaba otra sorpresa: más agentes de seguridad rondaban por el comedor de la planta superior, media docena, tal vez, todos susurrando a los micrófonos de sus walkie-talkies. Varios inspeccionaban debajo de las mesas ya guarnecidas mientras su superior hacía lo propio detrás de la larga estantería que exhibía la colorida colección de Rodo de *sagardo* artesanal.

Los Gemelos de la Garita debían de haber avisado por radio

de mi llegada, pues ninguno de los que estaban en aquel amplio comedor pareció reparar en mí más de lo imprescindible. Al fin, uno de los hombres vestidos de civil se acercó para hablar conmigo.

—Mi equipo se marchará enseguida, en cuanto acabe de rastrear el lugar —me informó, cortés—. Ahora que su admisión ya ha sido tramitada, no deberá abandonar el recinto hasta que se procese su salida, al final de la noche. Y tenemos que inspeccionar el contenido de su bolso.

Fantástico. Escrutaron todas mis cosas, se quedaron con el móvil y me dijeron que me lo devolverían más tarde.

Sabía que sería inútil discutir con aquellos tipos. Al fin y al cabo, teniendo en cuenta lo que acababa de descubrir en los últimos cuatro días acerca de mi propia familia y mi círculo de amigos, ¿quién sabía cuándo podía resultar de ayuda tener a mano una pequeña e inesperada oferta de seguridad? Además, aunque hubiese querido salir en aquel momento, ¿a quién iba a pedir ayuda contra los Servicios Secretos del gobierno de Estados Unidos?

En cuanto los hombres de negro se marcharon, rodeé la estantería de jarras de sidra, bajé rápidamente por la pétrea escalera de caracol en dirección a la mazmorra y me sorprendí completamente sola, todo un alivio. Salvo, claro está, por el cadáver de un cordero grande que giraba en silencio sobre el hogar central. Removí las brasas incandescentes y las recoloqué bajo el *méchoui*, que giraba lenta e incesantemente, para mantener el calor estable. Luego comprobé las llamas de los demás hogares y hornos, y coloqué más leña y astillas para retocar lo necesario. Sin embargo, al hacerlo, caí en la cuenta de que tenía un problema aún más grave.

El rico aroma a hierbas que desprendía el asado me abrumó y me puso al borde del llanto. ¿Cuánto tiempo hacía que no comía nada sustancioso? Sabía que aquel animal no podía estar hecho aún…, y que lo estropearía si empezaba a picotearlo antes de tiempo. Aun así, por lo que sabía, Rodo tardaría horas en llegar con el resto de los ingredientes y preparativos, o con algo a lo que darle un bocado. Y ningún otro proveedor de sustento que yo conociera iba a tener permiso para cruzar aquel puente. Me maldije por no haber hecho parar a Erramon por el camino, siquiera en algún local de comida rápida, para comprar un tentempié.

Consideré la posibilidad de rebuscar en las alacenas que había al fondo de la mazmorra, donde guardábamos todos los suministros, pero sabía que sería en vano. Sutaldea era famoso por sus productos frescos de cosecha propia, por su pescado recibido a diario y criado con técnicas saludables, por sus viandas recién llegadas del matadero. Básicamente, almacenábamos solo aquellos productos difíciles de conseguir en caso de apuro (como limones en conserva, ramas de vainilla y estambres de azafrán), nada que se pareciera a la comida de verdad que pudiese sacar de una nevera y calentar rápidamente. De hecho, Rodo había prohibido la presencia de frigoríficos y microondas en su restaurante.

En esos momentos alcanzaba a oír aquellas tartaletas de grosella que había tenido la insensatez de comerme batallando en mi estómago por imponerse a los jugos gástricos. Sabía que no aguantaría hasta la hora de la cena. Tenía que alimentarme. Conservaba en la memoria aquella imagen cruda y desapacible del prisionero de Zenda, muriéndose de hambre en una mazmorra; lo último que vieron sus ojos fue un delicioso y suculento trozo de carne rotando despacio en un asador.

Contemplaba los leños que acababa de colocar debajo del *méchoui* cuando de pronto atisbé algo plateado y metálico entre las ascuas. Me agaché y miré debajo del asador. No cabía duda: había un pedazo de papel de aluminio sepultado entre las brasas, medio cubierto de cenizas. Cogí el atizador y lo saqué: era un objeto ovalado y grande que identifiqué al instante. Caí de rodillas e iba a cogerlo con ambas manos… hasta que me di cuenta de lo que estaba haciendo. Tiré de los guantes de amianto, dejé el objeto a un lado y le quité la gruesa capa de papel de aluminio que lo envolvía. Nunca antes me había alegrado tanto de ver algo, ni había sentido tanta gratitud hacia nadie. Jamás.

Era un regalo de Leda. Reconocí no solo su estilo sino también su gusto.

Comida terapéutica y antidepresiva: una patata asada rellena de carne, espinacas y queso.

Resulta difícil imaginar el sabor de una exquisita patata rellena
perfectamente asada hasta que el hambre aprieta. Me la comí entera, salvo el papel de aluminio.

Pensé en llamar a Leda hasta que recordé que me había reemplazado en el turno de noche y que probablemente a esas horas
estuviera durmiendo, pero decidí que le compraría una botella
grande de Perrier-Jouet en cuanto saliera de aquella cárcel.

Con una ración de pienso en el cuerpo que empezaba a de-
volverme la energía, esta inflamó varios pensamientos que no se
me habían ocurrido antes.

A modo de entrante, Erramon y Leda sabían más de lo que
confesaban sobre aquella cena, como evidenciaban las pruebas.
Después de todo, uno era mi chófer y la otra mi proveedora de
patatas, lo cual significaba que sabían cuándo iba a llegar al restaurante y que no iba a tener tiempo de comer antes de hacerlo.
Pero había más.

La noche anterior, mientras preparaba los fuegos, estaba demasiado exhausta para seguir los comentarios de Leda sobre
Rodo: que le había dado un síncope al saber que me había ido sin
avisar; que había tratado al personal como a esclavos desde que
me había marchado; que había organizado una fiesta secreta para
«peces gordos e influyentes del gobierno», y que solo yo iba a
ayudar con la cena; que había insistido en que Leda se quedara
hasta que yo llegara esa noche para «ayudarme con los fuegos»...

Y después, aquella misma mañana, prácticamente en el mismo instante en que había llegado a la finca de Kenwood con la
comida, Erramon me había llevado de vuelta al restaurante a toda
prisa.

¿Qué había dicho Rodo por la mañana, justo después del
berrinche y justo antes de salir dando un portazo? Había dicho
que no había ningún misterio. Que yo llegaba tarde al trabajo.

Y que «Erramon te aclarará por el camino todo cuanto necesites saber».

Pero ¿qué me había aclarado en realidad Erramon por el camino? Que Rodo no decidía sobre aquella cena, cuando la falta de control era algo que mi jefe detestaba. Que podría haber invitados de Oriente Próximo. Que habría medidas de seguridad. Que desde el primer escaque, aquella *boum* había sido organizada por los más altos pesos pesados de Washington.

Ah, sí: y que él, Erramon, estaba enamorado de Leda, el Cisne.

Todo aquello no parecía más que un conjunto de tácticas de distracción, destinadas a desviar mi atención de un ataque lateral furtivo. No era el momento de perder de vista la imagen global, no era el momento de sucumbir a la ceguera ajedrecística, no allí, encerrada en una mazmorra, esperando a que cayera la espada.

Entonces caí en la cuenta.

¿En qué preciso instante, aquella misma mañana, había sufrido Rodo el berrinche? ¿En qué preciso instante había arrojado la *txapela* al suelo, había pasado a hablar en vasco y me había despachado? ¿No estaba aquello relacionado con todo a lo que Leda y Erramon habían aludido, pero no me habían dicho directamente?

No habían sido mis preguntas sobre aquella fiesta lo que había prendido el fuego de Rodo, sino que el fuego había prendido cuando quise saber cómo se había enterado él de la existencia de aquella otra fiesta. Después de que le dijera que había conducido con un temporal de nieve para llegar al restaurante. Después de preguntarle cómo era posible que supiera dónde estaba.

Aunque, ya en Colorado, había percibido el primer atisbo de lo que el camino me deparaba, había pasado por alto lo esencial, hasta que me di de bruces con ello: al margen de lo que fuese a ocurrir aquella noche en la bodega, iba a ser el siguiente movimiento del juego.

# TÁCTICA Y ESTRATEGIA

> Mientras que la estrategia es abstracta y se basa en objetivos a largo plazo, la táctica es concreta y se basa en encontrar el movimiento correcto ahora.
>
> GARI KASPÁROV,
> *Cómo la vida imita al ajedrez*

> La táctica es saber qué hacer cuando se puede hacer algo.
> La estrategia es saber qué hacer cuando no se puede hacer nada.
>
> SAVIELLY TARTAKOWER,
> gran maestro polaco

La práctica hace la perfección, como diría Key.

Había pasado la mitad de la vida practicando con la cocina en los grandes hornos de leña de mi tío y su hogar abierto de Mountauk Point, en Long Island. Y ahora sumaba ya casi cuatro años más como aprendiza en Sutaldea, con la supervisión rigurosa, e incluso en ocasiones autoritaria, del Bonaparte vasco: monsieur Boujaron.

Así que sería lógico pensar que a esas alturas, al menos en lo referente a la cocina, sería ya capaz de distinguir una llama de una soflama.

Aun así, hasta aquel momento no reparé en que en aquel escenario fallaba algo. Evidentemente, había estado algo preocupada por asuntos como la comida y la falta de sueño, los berrinches impetuosos y los espías de los Servicios Secretos. Pero la primera clave de que algo iba mal debería haber sido el mismísimo *méchoui*.

Habría resultado evidente para cualquier ojo experto. Al fin y al cabo, el asador, diseñado para girar en el sentido de las agujas del reloj, estaba funcionando en efecto como un mecanismo de relojería: el fuego que había encendido producía un calor constante y regular, y el propio cordero rotaba a una altura idónea sobre el hogar y estaba perfectamente colocado, de manera que todos sus costados recibían el calor por igual. Pero faltaba la bandeja. La grasa líquida, en lugar de verterse a un recipiente con agua, que serviría para rociar con ella después la carne, llevaba horas cayendo al suelo de piedra y cociéndose en una mancha negra. Iba a costar horrores rascar todo aquello.

Ninguno de los chefs habría dejado el asador de aquel modo, y menos aún Rodo. Se pondría furioso. Y Leda, aunque fuera lo bastante fuerte para colocarlo bien, no era cocinera. Pero alguien tenía que haberlo hecho, ya que nada de aquello estaba cuando yo me había ido a las dos de la madrugada.

Me juré que llegaría al fondo de todo aquello en cuanto apareciera mi jefe. Mientras tanto, bajé la bandeja de cerámica más larga que encontré y la coloqué debajo del cordero; luego vertí en ella un poco de agua y saqué el sifón que empleábamos para rociar la carne.

El misterio de aquella disposición en el hogar me hizo recordar aquella otra que acababa de dejar en Colorado… En realidad, parecía que habían pasado siglos desde entonces, lo cual también me recordó cómo había quedado con Key: la llamaría el lunes para que me informase de cuanto hubiera averiguado acerca de la desaparición de mi madre.

Nunca sabía dónde encontrar a Key pero, dado que solía realizar su trabajo en rincones remotos, siempre llevaba consigo el teléfono vía satélite. Sin embargo, antes incluso de hacer el amago de sacar mi móvil, recordé que los Servicios Secretos me lo habían confiscado temporalmente.

Había un teléfono con línea exterior cerca de la entrada del restaurante, detrás del atril del *maître*, así que subí la escalera a toda prisa con la intención de utilizarlo; cargaría la llamada a mi tarjeta de crédito. No me preocupaba que los tipos de los SS me oyeran o grabaran la conversación, aunque estaba claro que habían instalado micrófonos ocultos por todo el restaurante. Key y yo dominábamos desde niñas nuestra propio lenguaje de espías, aunque cuando lo utilizábamos, a veces teníamos problemas para entendernos la una a la otra o incluso a nosotras mismas.

—Key al Reino —contestó a la llamada—. ¿Me recibes? Habla ahora o calla para siempre. —Ese era el código Key, el «código clave», para comunicarme que sabía que era yo quien llamaba y que el panorama estaba despejado.

—Te recibo —dije—, pero solo por un oído. —Así le informaba de que era probable que otras personas estuvieran escuchándonos—. Y bien, ¿qué hay de nuevo, Minina?

—Ah, ya me conoces —respondió Key—. Como suele decirse, a piedra movediza, nunca moho en la cobija. Pero el tiempo vuela cuando uno se divierte.

Eso significaba que se había largado de Colorado en su avioneta de coleccionista, la *Ophelia Otter*, y ya estaba de vuelta en Wyoming, trabajando en el parque nacional de Yellowstone, a donde viajaba a diario durante los años de instituto y universidad. Se había especializado en el estudio de las características geotérmicas (géiseres, cráteres de barro, fumarolas) producidas por el magma en la Caldera de Yellowstone, creada por un inmenso volcán ancestral que ahora dormía a kilómetros de profundidad bajo la corteza terrestre.

Cuando no estaba ligando por ahí con su estrambótica avioneta —yendo de un acto a otro, de esos en que los pilotos se divertían planeando sobre icebergs medio fundidos—, Key era una de las principales expertas en el ámbito térmico. Y muy solicitada últimamente, dada la creciente cantidad de «puntos calientes» del planeta.

—¿Qué tal tú? —preguntó ella.

—Ah, bueno, ya me conoces tú también —contesté, siguiendo con nuestra cháchara particular—. Salgo del fuego para caer en las brasas. Ese es el problema de los chefs: nos encantan las llamas. Pero mi trabajo es acatar órdenes. Parafraseando a un famoso poeta: «No era cosa suya replicar, / ni preguntarse el porqué, / solo cumplir con su deber y morir».

Key y yo habíamos compartido nuestra rutina de hablar «en código navajo» durante tanto tiempo que estaba segura de que reconocería los versos siguientes de *La carga de la brigada ligera*: «En el Valle de la Muerte / cabalgaron los seiscientos», y deduciría que en aquel momento estaba rodeada de cañones. Y era evidente que Key captó la indirecta relacionada con mi trabajo y mi jefe, pero me tenía reservada su propia sorpresa.

—Ay, ese trabajo tuyo… —dijo, con tono compasivo—. Es una lástima que tuvieras que irte tan deprisa. Deberías haberte quedado. «Pero también sirven aquellos que solo están de pie y esperan», como diría Milton. Y si hubieras esperado un poco más, no te habrías perdido la reunión del Club Botánico del domingo por la noche. Pero no pasa nada, fui yo en tu lugar.

—¿Tú? —exclamé, conmocionada. ¿Nokomis Key se había codeado con los Livingston después de que yo me marchara de Colorado?

—Bueno, digamos que en un segundo plano —añadió, con brusquedad—. En realidad no estaba invitada. Ya sabes que nunca he congeniado bien con su presidenta, esa tal señorita Brightstone. Nunca fue la bombilla más brillante de la lámpara, como suele decirse, pero a veces sí arroja luz e inspiración.* La noche del domingo te habría interesado. Se habló de tus temas favoritos: lirios exóticos y remedios herbales rusos.

¡Santo Dios! ¿Sage se encontró con Lily y Vartan? Key parecía estar diciendo eso, pero ¿cómo era posible? Los dos estaban en Denver.

---

* Juego de palabras con el apellido «Brightsone», que en castellano significa, literalmente, «piedra brillante». (*N. de las T.*)

—El club debió de cambiar su sede —sugerí—. ¿Consiguieron llegar todos?

—Sí, el lugar de encuentro se trasladó a casa de Molly —afirmó Key—. No hubo mucha asistencia, pero el señor Skywalker se las arregló para llegar.

«Casa de Molly» era nuestro código estándar para referirnos a la exuberante millonaria de la era de la fiebre del oro en Colorado, la Irreductible Molly Brown, y su antiguo territorio: Denver. ¡De modo que Sage había ido allí! Y lo del «señor Skywalker» tampoco era para romperse los cuernos: tenía que ser Galen March, el reciente y enigmático comprador de Sky Ranch.

¿Qué demonios estaban haciendo él y Sage Livingston paseando su palmito por Denver —al parecer, justo después de que yo me marchara— con Vartan y Lily Rad? ¿Y cómo se había enterado Key de aquel misterioso aquelarre? Todo sonaba bastante sospechoso.

No obstante, el fondo del mensaje empezaba a complicarse demasiado para mi limitado surtido de aforismos, y Rodo podía aparecer en cualquier momento para aguar la fiesta. Necesitaba saber con urgencia cómo podía relacionarse todo aquello con el motivo por el que había llamado a Key: mi madre. De modo que abandoné la sección Frases Célebres de nuestro repertorio de ocurrencias y fui directa al grano.

—Estoy en el trabajo, mi jefe está a punto de llegar —le dije a Key—. Te estoy llamando desde el teléfono del restaurante, no debería monopolizarlo más. Pero, antes de colgar, cuéntame cómo van tus progresos en el trabajo: ¿ha habido últimamente alguna novedad con… la fuente termal Minerva?

Key estaba en Yellowstone y eso fue lo único que se me ocurrió al vuelo para conectar ambas cosas. Minerva era una famosa fuente termal del parque en forma de terraza, que presumía de albergar más de diez mil accidentes geotérmicos de esa envergadura, el mayor conjunto del mundo. La magnífica cascada humeante del mismo nombre, que reproducía todos los colores del arco iris en tonos sobrecogedores, había sido por sí sola una de las principales atracciones de Yellowstone. Y digo «había sido» porque en los diez años anteriores se había secado de forma inexplicable y misteriosa. La fuente termal y la cascada, ambas inmensas, habían desaparecido sin más, exactamente como mi madre.

—Interesante que lo preguntes —respondió Key al instante—. Precisamente ayer domingo estuve trabajando en ese problema. Todo indica que la temperatura está aumentando en la Caldera de Yellowstone. Podría provocar una nueva erupción donde menos se espera. Al igual que Minerva, podría reaparecer antes de lo que creemos.

¿Significaba eso lo que parecía? Tenía el corazón desbocado.

Estaba a punto de preguntar más, cuando en ese preciso instante la puerta principal del restaurante se abrió de golpe y Rodo entró como un tornado con un pollo grande debajo de cada brazo y uno de los tipos de los Servicios Secretos, gafas de sol puestas, pisándole los talones y cargando con una pila de recipientes.

—*Bonjour encore une fois, Errauskine* —me espetó Rodo mientras indicaba con un gesto al tipo de los SS, como a un secuaz, que dejara los recipientes con la comida en una mesa próxima.

Cuando el tipo se volvió de espaldas, Rodo pasó por mi lado y susurró:

—Ojalá no tengas que lamentar haber usado ese teléfono. —Y luego añadió, alzando la voz—: Bien, mi pequeña Cenicienta, vayamos abajo y echemos un vistazo a nuestro *gros mouton*...

—Vaya, parece que tienes que ir a hablar con un hombre acerca de una oveja —musitó Key al auricular—. Te enviaré por e-mail mis notas sobre el Club Botánico y los resultados de nuestro estudio geotérmico. Te van a parecer fascinantes.

Colgamos.

Obviamente, Key y yo nunca nos comunicábamos por e-mail. Eso solo significaba que volvería a ponerse en contacto conmigo por algún otro medio y tan pronto como pudiera. Nunca iba a ser demasiado pronto.

Mientras seguía a Rodo por la escalera, camino de la mazmorra, no conseguía apartar de mis pensamientos dos preguntas acuciantes.

¿Qué había ocurrido en aquella reunión clandestina en Denver?

¿Había conseguido Nokomis Key dar con el rastro de mi madre?

Rodo sopesó los grandes pollos, uno después del otro, suspendiéndolos por los cordeles sobre el hogar. A aquellas aves, a diferencia del *méchoui*, no sería preciso rociarlas con su propia salsa porque se asarían en seco. Las aves se irían cociendo despacio de dentro afuera, sazonadas con sal de roca, y luego se las ataría según el estilo único de Rodo, entrecruzando el hilo como en una celosía, y se insertarían después de forma horizontal en un espetón. Eso permitiría que se balancearan libremente sobre las ascuas, colgadas de recios garfios clavados en el techo de piedra. El calor de las brasas primero asaba el ave en el sentido contrario al de las agujas del reloj, y después en el opuesto, en un balanceo infinito, como el del péndulo de Foucault.

Cuando acabé de rociar el cordero y volví arriba a buscar los recipientes con el resto de la comida, por orden de Rodo, vi que a nuestros adustos guardias del puente les habían impuesto alguna que otra tarea más aparte de la estricta vigilancia. Un amplio despliegue de envases con comida descansaba justo detrás de la puerta, cada uno de ellos con un sello de aspecto oficial. Rodo era de los que nunca desperdiciaban un par de manos libres, pero aquello rozaba el absurdo.

Conté los envases y vi que había treinta, como él había anunciado; luego pasé los cerrojos de las puertas exteriores siguiendo sus instrucciones y me dispuse a llevar los envases abajo, al Dictador de la Mazmorra.

Durante más de una hora trabajamos en silencio, pero eso ya formaba parte del ritual. La cocina de Rodo siempre se manipulaba en silencio. Todo funcionaba con limpieza, detalle y precisión, la esmerada precisión que yo sabía que necesitaba: como la que se precisa en una partida de ajedrez. En una noche cualquiera en El Hogar, por ejemplo, con docenas de trabajadores en las cocinas, el único sonido que se percibía era el del leve repiqueteo del cuchillo al cortar las verduras o, de cuando en cuando, el susurro del jefe de servicio o del sumiller transmitiendo un pedido procedente del comedor principal, el de la planta de arriba, por el interfono.

Aquel día, afortunadamente, ya se habían encargado otros de todos los preparativos, porque de no haber sido así no habríamos tenido la cena lista a tiempo. Antes incluso de que acabara de bajar la última remesa de envases, Rodo ya tenía las alcachofas baby; las diminutas berenjenas de color morado y blanco; los pequeños calabacines, verdes y amarillos, y los tomates de pera sofriéndose en la bandeja de barro, como una espléndida cornucopia de estación.

No obstante, no pude evitar preguntarme cómo nos las íbamos a arreglar con el servicio de los platos estando él y yo solos. Los lunes como aquel, cuando el restaurante solía estar cerrado, eran días de prácticas para los camareros. Aprendían a disponer correctamente los cubiertos y las copas, y a saber qué hacer cuando un comensal —jamás se los llamaba «clientes»— derramaba la bebida o un poco de salsa sobre el mantel. Si eso ocurría, incluso estando los comensales en mitad de un plato, media docena de camareros y ayudantes se presentaban de inmediato junto a la mesa, lo retiraban todo sin molestar, reemplazaban rápidamente el mantel y lo devolvían todo a su sitio, cada copa y cada plato a su comensal correspondiente, como por arte de birlibirloque. Rodo los cronometraba: el proceso completo no debía prolongarse más de cuarenta segundos.

Observar a Rodo en aquellos momentos, moviéndose en silencio entre los hogares, encomendándome sin palabras tareas de segundo orden, suponía una lección en sí misma que jamás podría impartirse en ninguna escuela. Había que presenciarlo. Y solo un auténtico perfeccionista con una larga experiencia a sus espaldas podía demostrar la veracidad del lema predilecto de Key.

Por difícil que Rodo fuera, nunca había lamentado entrar a trabajar de aprendiza para él.

Hasta aquella noche, claro está.

—*Neskato!* —me llamó Rodo cuando yo, arrodillada, daba la vuelta a las verduras con unas pinzas—. Quiero que subas ahora mismo, desconectes el interfono y el teléfono, y me los traigas.

Al mirarlo extrañada, él asestó una fuerte palmada a la pared de piedra de la bodega y me brindó una insólita sonrisa.

—¿Ves estas piedras? —dijo.

Por primera vez, observé con detenimiento las rocas talladas a mano de la pared, probablemente cortadas y colocadas allí hacía más de doscientos años. Eran de un blanco lechoso, mechado por una extraña veta de color albaricoque.

—Cristal de cuarzo, extraído de esta zona —informó Rodo—. Posee excelentes propiedades como transmisor de las ondas sonoras, pero interferirá en la comunicación a menos que esté... ¿cómo lo decís?... Integrado.

Manos a la obra, a desmantelar el teléfono y el interfono. Y a echar el cerrojo de las demás puertas. Rodo no era tonto. Estaba claro que tenía que decirme algo y, aunque yo me moría por oírlo, no era capaz de calmar el cosquilleo que sentía en el estómago sabiendo que las más altas esferas de los servicios de seguridad del gobierno revoloteaban justo detrás de aquella puerta principal.

Cuando volví con el equipo, él lo cogió y lo guardó dentro de la nevera gigante. Luego se volvió hacia mí y me tomó de las dos manos.

—Quiero que te sientes en este taburete y que escuches la breve historia que voy a contarte —dijo.

—Espero que vaya a dar respuesta a alguna de las preguntas que te he hecho esta mañana —le contesté—. Bueno, si estás completamente seguro de que nadie va a oírnos.

—No, nadie va a oírnos, motivo también por el que decidí que la cena de esta noche se celebrara aquí abajo. En cualquier caso, es posible que ese teléfono por el que hablabas antes y mi casa, Euskal Herria, sean harina de otro costal. Ya te hablaré de eso después —añadió—. Hay algo más urgente, más importante: el motivo por el que estamos aquí. ¿Conoces la historia del Olentzero? —Al verme negar con la cabeza mientras tomaba asiento en la trona, dijo—: Con un nombre como Olentzero, obviamente era vasco. Es una leyenda que representamos todos los años la víspera de Navidad. Yo mismo suelo encarnar en la danza al famoso Olentzero, para lo cual hay que conocer bien los pasos. Ya te lo enseñaré algún día.

—Vale —dije, pensando: «¿Adónde demonios quiere ir a parar?».

—Como ya sabrás —prosiguió Rodo—, la Iglesia Católica Romana sostiene que el Niño Jesús fue descubierto por los tres Reyes Magos, aquellos adoradores zoroastrianos del fuego procedentes de Persia. Pero nosotros creemos que esa historia no es del todo cierta. Fue Olentzero, un vasco, el primero en ver al Niño Jesús. Olentzero era un... ¿cómo lo decís?... Un *charbonnier*, un carbonero; ya sabes, uno de esos que viajaban de tierra en tierra, cortando y quemando madera para venderla como carbón para cocinar y calentarse. Era nuestro antepasado. De ahí que los vascos seamos famosos por ser grandes cocineros...

—¡Uau! —exclamé—. ¿Me has hecho venir corriendo de Colorado, atravesar una tempestad y bajar a esta bodega sin haber comido ni bebido nada para quedarte a solas conmigo y contarme la historia de un vasco mítico que bailaba por las calles y vendía carbón hace dos mil años?

Estaba fuera de mí, pero intentaba contener la ira porque no tenía la certeza de que nadie pudiera oírnos.

—No exactamente —contestó Rodo, impertérrito—. Estás aquí porque es la única manera de que podamos hablar a solas antes de la cena de esta noche. Y es crucial que lo hagamos. ¿Entiendes que corres un grave peligro?

Peligro.

Ahí estaba. De nuevo esa palabra. Me sentí como si me hubieran vaciado los pulmones de golpe. Lo único que podía hacer era seguir mirándolo petrificada.

—Mucho mejor así —dijo—. Por fin consigo que me prestes un poco de atención.

Se acercó al hogar y removió la bullabesa unos instantes antes de volver hasta mí con un semblante grave.

—Adelante, vuelve a hacerme esas preguntas —me invitó—. Las responderé.

Supe que tenía que serenarme; daba la impresión de que era entonces o nunca. Apreté las mandíbulas.

—De acuerdo. ¿Se puede saber cómo te enteraste de que me había ido a Colorado? —le pregunté—. ¿De qué va la *boum* de esta noche? ¿Y por qué crees que corro peligro en relación con ella? ¿Qué tiene que ver todo esto conmigo?

—¿De verdad no sabes quiénes son exactamente los carbonarios? —Rodo cambió de tema, aunque reparé en que esta vez utilizó un concepto ligeramente distinto al de «carbonero» y otro tiempo verbal: ya no había dicho «eran» sino «son».

—Sean quienes sean —insistí—, ¿cómo va a responder eso ninguna de mis preguntas?

—Podría responder todas tus preguntas. Y otras que aún ni siquiera conoces —me informó Rodo bastante serio—. Los *charbonniers*, a los que en Italia llamaban *carbonari*, son una sociedad secreta que lleva existiendo más de doscientos años, aunque ellos afirman que es mucho más antigua. Y aseguran tener un poder tremendo. Como los rosacruces, los francmasones y los *illuminati*, estos carbonarios también dicen estar en posesión de un saber secreto que solo conocen los iniciados, como ellos mismos. Pero no es verdad. Ese secreto se desveló en Grecia, Egipto, Persia, e incluso antes en la India…

—¿Qué secreto? —pregunté, aunque temía saber ya qué era lo que iba a oír a continuación.

—Un secreto que finalmente fue plasmado por escrito hace mil doscientos años —contestó—. Entonces corrió el peligro de que dejara de ser secreto. Aunque nadie consiguió descifrar su significado, fue ocultado en un juego de ajedrez que se creó en Bagdad. Luego, durante mil años, permaneció enterrado en los Pirineos, en las Montañas de Fuego de Euskal Herria, hogar de los vascos, que ayudaron a protegerlo. Pero ahora ha vuelto a emerger, hace solo dos semanas, lo que podría suponer un gran peligro para ti… a menos que seas capaz de comprender quién eres y qué función deberás desempeñar esta noche.

Rodo me miraba como si eso hubiese dado respuesta a todas mis preguntas. Ni de lejos.

—¿Qué función? —pregunté—. ¿Y quién soy?

Me sentía mareada, enferma. Quería acurrucarme debajo de la trona y llorar.

—Como siempre te he dicho —respondió Rodo con una extraña sonrisa—, eres *Cendrillon*, o *Errauskine*, la Cenicienta, la que duerme entre las cenizas detrás del hogar. La que luego se alza de esas cenizas para convertirse en reina, como descubrirás en solo unas horas. Pero yo estaré contigo, porque son ellos quienes van a cenar aquí, con todo este secretismo, esta noche. Son ellos quienes pidieron que estuvieras presente, y son ellos quienes sabían que te habías ido a Colorado. Yo me enteré de tu escapada demasiado tarde.

—¿Por qué yo? Creo que sigo sin entenderlo —dije, aunque más que miedo era terror lo que me producía la sospecha de, en efecto, estar entendiéndolo.

—La persona que organizó esta cena te conoce bastante bien, o eso me ha parecido —contestó Rodo—. Se llama Livingston.

Basil Livingston.

Por supuesto que era un jugador. ¿Por qué iba a sorprenderme? Pero ¿acaso podría ser algo más que eso, teniendo en cuenta sus sospechosas y duraderas conexiones con el recientemente asesinado Taras Petrosián?

Con todo, me sentía perpleja por estar allí, sepultada en aquella bodega-mazmorra con mi loco jefe vasco, que parecía saber más que yo de los peligros que representaba aquel aún más loco juego.

Decidí seguir escuchando. Y, por muy excepcional que fuera, por una vez Rodo parecía más que dispuesto a abrirse.

—¿Te suena la *Chanson de Roland* —empezó a preguntar, mientras colocaba cerca de media docena de cazuelas de cerámica en el hogar—, ese relato medieval sobre la famosa retirada de Carlomagno por el desfiladero de Roncesvalles, en los Pirineos? Contiene la clave de todo. ¿La conoces?

—Me temo que no la he leído —admití—, pero sé de qué va: la derrota de Carlomagno frente a los sarracenos, o, como se los suele llamar, los moros. Aniquilaron a toda la retaguardia cuando su ejército retrocedía de vuelta a Francia desde España. A su sobrino Roland, el héroe de la canción, lo mataron en el desfiladero, ¿no?

—Sí, esa es la historia que han contado —contestó Rodo—. Pero oculto en ella está el verdadero misterio, el verdadero secreto de Montglane. —Había sumergido los dedos en aceite de oliva y untaba el interior de las cazuelas.

—¿Y qué tienen que ver la retirada de Carlomagno y ese «secreto de Montglane» con el misterioso aquelarre de esta noche? ¿O con ese ajedrez del que has hablado? —le pregunté.

—Comprenderás, Cenicienta, que no fueron los musulmanes quienes destruyeron la retaguardia de Carlomagno y mataron a su sobrino Roland —contestó Rodo—. Fueron los vascos.

—¿Los vascos?

Rodo retiró los paños húmedos que envolvían las *boules* de masa rellena de carne y colocó una en cada cazuela. Le tendí la pala de mango largo para que acercara más las cazuelas a las brasas. Cuando hubo amontonado la ceniza alrededor, se volvió hacia mí y prosiguió:

—Los vascos siempre habían controlado los Pirineos, pero la *Chanson de Roland* se escribió siglos después de que ocurrieran los acontecimientos que narra. Cuando tuvo lugar la retirada por el desfiladero de Roncesvalles, en el año 778, Carlomagno aún no era poderoso ni célebre. Todavía era, sencillamente, Kart, rey de los francos, unos meros e incultos campesinos del norte. Tendrían que pasar más de veinte años para que el Papa lo ungiera como emperador del Sacro Imperio Romano, Carolus Magnus o Karl der Grosse, como lo llamaban los francos, Defensor de la Fe. Carlos el Franco se convirtió en Carlomagno porque para entonces ya tenía en su poder y defendía el juego de ajedrez conocido como «ajedrez de Montglane».

Sabía que al fin estábamos llegando a algo. Esto corroboraba la teoría de mi tía Lily sobre el legendario ajedrez y sus fabulosos poderes. Pero las aportaciones de Rodo aún no habían contestado a todas mis preguntas.

—Creía que el Papa nombró a Carlomagno emperador del Sacro Imperio con la intención de conseguir su ayuda en la defensa de la Europa cristiana contra las incursiones musulmanas —dije, rebuscando en mi cerebro todas las trivialidades medievales que pudiera haber retenido—. Solo en el cuarto de siglo anterior a la llegada de Carlomagno, ¿no había conquistado ya la fe islámica la mayor parte del mundo, incluida la Europa occidental?

—Exacto —convino Rodo—. Y solo cuatro años después de la retirada forzada de Carlomagno por Roncesvalles, la posesión más poderosa del islam había caído en las manos del peor enemigo del islam.

—Pero ¿cómo consiguió Carlomagno hacerse tan deprisa con ese juego de ajedrez? —pregunté.

Absorta por la conversación, había olvidado que tenía un trabajo por hacer y que pronto se abatiría sobre nosotros una bandada de «comensales» indeseables. Pero Rodo no. Me pasó la caja con los huevos y una pequeña pila de cuencos mientras seguía hablando.

—Se dice que el gobernador musulmán de Barcelona le envió el ajedrez, aunque por motivos que no están muy claros —me explicó Rodo—. Desde luego, no lo hizo para que Carlomagno «ayudara» contra los vascos, a los que nunca había derrotado y que, de todos modos, tampoco actuaban cerca de Barcelona.

»Es más probable que el propio gobernador, Ibn al-Arabi, tuviera alguna razón importante para querer esconder el ajedrez lo más lejos posible del islam, y la corte franca de Aix-la-Chapelle, o Aquisgrán, estaba a más de mil kilómetros al norte en línea recta.

Rodo hizo una pausa para inspeccionar mi técnica de separación de claras y yemas. Siempre insistía en que se hiciera con una sola mano, vertiendo las yemas y las claras en cuencos separados, y dejando las cáscaras en un tercero, para el abono orgánico. «Quien no malgasta no pasa necesidades», como diría Key.

—Pero ¿por qué un jefe andalusí iba a querer enviar algo a un monarca cristiano a mil kilómetros de distancia, solo para alejarlo de manos islámicas? —pregunté.

—¿Sabes por qué llaman a ese juego «el ajedrez de Montglane»? —contestó—. Es un nombre revelador, pues en aquel entonces no existía ningún lugar con ese nombre en los Pirineos vascofranceses.

—Creía que era una fortaleza y después una abadía —dije, y al instante me mordí la lengua, pues recordé que había sido Lily quien me había dicho eso, no Rodo.

Me recompuse justo a tiempo. Con la distracción, estuve a punto de dejar caer una gota de yema en el cuenco de las claras y estropear todo el preparado. Tiré la cáscara, yema incluida, en el cuenco del abono y me sequé las manos, sudorosas, en el delantal antes de reanudar la tarea. Cuando miré de soslayo a Rodo para comprobar si había reparado en mi paso en falso, me alivió ver que me miraba con aprobación.

—Dicen que las mujeres no pueden concentrarse en dos cosas a la vez —me dijo—. ¡Y tú acabas de hacerlo! Me alegro por el bien de la perpetuidad de mi famoso merengue.

Rodo era la única persona que conocía, o incluso que había imaginado, que se atrevía a preparar un suflé o un merengue en un horno de leña abierto. Pero esa *pièce de résistance*, el *Béret Basque*, aquel delicioso *gâteau de chocolat*, daban fe de ambos. Rodo seguía impertérrito, incluso deleitado, ante esos «pequeños retos».

Y ahora yo también tenía mi propio reto: volver al tema, pero Rodo se me adelantó.

—De modo que conoces algo de la historia —dijo—. Sí, Carlomagno llamó Montglane al lugar en cuestión, y también creó la fortaleza y un título nobiliario vinculado a ella. Pero todo estaba situado bastante lejos de Barcelona y del Mediterráneo, en el sur, y también de su capital en el norte, Aquisgrán.

»Así que optó por un terreno impenetrable de los Pirineos, en lo alto de una montaña. Y, curiosamente, ese enclave no estaba demasiado lejos del escenario exacto de su desastrosa retirada. Y al lugar donde erigió su fortaleza, en efecto, lo llamó Montglane, que significa *"le mont des glaneurs"*, "la montaña de…", ¿cómo lo llamáis?, "los cosechadores". Como el famoso cuadro de Millet.

Rodo imitó con las manos el gesto de segar con una guadaña.

—¿Te refieres a los espigadores? —pregunté—. ¿La Montaña de los Espigadores? ¿Por qué iba a llamarla así?

Dejé a un lado el cuenco con las yemas y me dispuse a batir las claras, pero Rodo se adelantó, lo cogió, introdujo un dedo y sacudió la cabeza: aún no estaban listas. Se precisaba la temperatura adecuada. Devolvió el cuenco a su sitio.

—«Cada cosa en su momento» —me dijo—. Procede de la Biblia y es aplicable a todo, incluso a las claras de los huevos. Y también a lo otro, lo de los espigadores. Dice así: «Se… ah… *recolte*… recoge lo que se siembra». Pero lo recuerdo mucho mejor en latín: *Quod severis metes.*

—¿«Se cosecha lo que se siembra»? —deduje.

Rodo asintió. Algo relacionado con eso resonaba débilmente en las profundidades de mi memoria, pero tuve que dejarlo.

—Aclárame una cosa —le pedí—. ¿Qué tiene que ver la siembra y la cosecha con Carlomagno y ese ajedrez? ¿Por qué iba a quererlo nadie si es tan peligroso? ¿Qué tiene que ver nada de esto con los vascos, con esta noche o con el motivo por el que tengo que estar aquí? Es que no consigo entenderlo.

—Sí, sí lo «entiendes» —me aseguró Rodo—. ¡No eres *complètement fou*!

Luego, tras probar una vez más las claras de huevo con un dedo, asintió, vertió un poco de crémor tártaro, y me pasó el cuenco y el batidor.

—¡Piensa un poco! —añadió—. Hace más de cien años ese ajedrez fue enviado a un lugar remoto; quienes lo recibieron, quienes comprendieron y temieron su poder, lo guardaron con extremo celo. Lo enterraron como si fuera una semilla, pues sabían que era algo que algún día daría fruto, de naturaleza buena o mala. —Cogió una cáscara de huevo y la levantó frente a mis ojos—. Y ahora el huevo ha eclosionado. Pero, al igual que esa cosecha espigada en la montaña de Montglane, ahora se ha alzado de sus cenizas como un ave Fénix —concluyó.

Dejé que aquella mixta metáfora se diluyera sola.

—Pero ¿por qué yo? —repetí, aunque tuve que hacer un esfuerzo inhumano por mantener la calma. Todo aquello empezaba a resultarme demasiado conocido.

—Porque, mi querido pájaro de fuego —contestó Rodo—, te guste o no, tú has emergido, desde ese momento, hace dos semanas, junto con el ajedrez. Sé en qué día naciste, ya ves, y también lo saben los otros: el 4 de octubre, exactamente la fecha opuesta a la *boum* de cumpleaños de tu madre, que delata la suya.

»Eso es lo que te ha colocado en esta situación de peligro. Eso es lo que los ha convencido de que deben examinarte esta noche, de que creen saber quién eres en realidad.

De nuevo esa expresión. Pero esta vez inoculó en mí un gran terror, como una estaca atravesándome el corazón.

—¿Y quién soy? —repetí.

—No lo sé —contestó mi jefe, que en absoluto parecía ya un loco—. Lo único que sé es lo que los otros creen. Y lo que creen es que eres la nueva Reina Blanca.

# LA PIRÁMIDE

Las cenizas de Shelley fueron más tarde enviadas a Roma y enterradas donde ahora reposan, en la pendiente del cementerio protestante a la sombra de la gran pirámide gris de Cayo Cestio, ese lugar de peregrinación para los anglófonos de todos los rincones del mundo durante más de cien años.

ISABEL C. CLARKE,
*Shelley and Byron*

Pirámide de Cayo Cestio: enorme monumento sepulcral de ladrillo y piedra, en Roma, de casi treinta y cinco metros de altura con incrustaciones de mármol blanco. Todos los lados de la base miden unos veintiocho metros […]. La pirámide data de los tiempos de Augusto.

*The Century Dictionary*

El mausoleo de Cayo Cestio […] inspiró las pirámides de los jardines del siglo XVIII, entre ellas la del Désert de Retz y la del Parc Monçeau, así como la pirámide masónica que aparece en el billete de un dólar americano.

DIANA KETCHAM,
*Le Désert de Retz*

*Cimetero Acattolico degli Inglesi, Roma,*
*(Cementerio Protestante de los Ingleses, Roma),*
*21 de enero de 1823*

«Maria la Inglesa» aguardaba de pie en la gélida neblina junto al muro de piedra, a la sombra de la inmensa pirámide egipcia de dos mil años de antigüedad, sepulcro del senador romano Cayo Cestio. Ataviada con su atuendo habitual de viaje, vestido y capa grises, observó, algo apartada de las demás plañideras, a quienes apenas conocía, cómo la pequeña urna era introducida en su nicho.

Qué apropiado, pensó, que las cenizas de Percy Shelley fueran a reposar allí, en aquel lugar ancestral y sagrado, precisamente aquel día tan especial. El autor de *Prometeo liberado* había sido el Poeta del Fuego por antonomasia, ¿no era así? Y aquel día, el 21 de enero, era el día sagrado predilecto de Maria, la festividad de Santa Inés, la santa a la que no consiguieron matar a fuego. Incluso entonces, los ojos de Maria se humedecían, no por el frío sino por las numerosas hogueras que se habían prendido allí, en el monte Aventino, para honrar a la mártir, cuyo humo se mezclaba con la niebla fría y húmeda procedente del Tíber, que fluía a los pies de la colina. En Inglaterra, la noche anterior, la víspera de Santa Inés, las chicas jóvenes se habrían ido a dormir hambrientas, ayunando con la esperanza de atisbar en sueños a sus futuros esposos, como ocurría en el popular poema romántico de John Keats.

No obstante, aunque la propia Maria había vivido mucho tiempo en Inglaterra y conocía sus costumbres, no era inglesa, pese a ser conocida como *pittrice inglese*, «pintora inglesa», desde los diecisiete años, edad a la que había ingresado en la Accademia del Disegno de Florencia. Era, de hecho, italiana de nacimiento (había nacido en Livorno hacía más de sesenta años), y se sentía más en casa allí, en Italia, de lo que nunca se había sentido en Inglaterra, tierra natal de sus padres.

Y aunque no había regresado a aquel lugar sagrado en más de treinta años, Maria conocía, quizá mejor que nadie, el misterio oculto bajo el suelo «inglés» de aquella colina meridional que se alzaba justo tras las puertas de la antigua Roma. Pues allí, en Roma, donde la santa había sido martirizada, donde pronto se celebraría su festividad, yacía un misterio mucho más antiguo que cualquiera de los huesos de la mártir, o que la pirámide funeraria de Cayo Cestio, un misterio quizá más antiguo incluso que la propia Roma.

Aquel enclave del monte Aventino, donde Cayo Cestio había construido su ostentosa pirámide en la era de Jesús y del emperador Augusto, había sido un lugar sagrado desde los primeros tiempos. Quedaba justo al borde del Pomerium, «la línea de manzanas», una frontera ancestral aunque invisible sita justo detrás de las murallas de la ciudad, tras la cual la *auspicia urbana*, la adivinación oficial para proteger la ciudad, no podía practicarse. La *auspicia* (*avis specio*, «observación de las aves») solo podía efectuarla el colegio oficial de sacerdotes versados en el estudio de los augurios del cielo, ya fueran truenos o relámpagos, el movimiento de las nubes o la trayectoria de vuelo y el trino de las aves. Pero más allá del Pomerium, un poder diferente había ido adquiriendo hegemonía.

Más allá de esa línea se encontraban los *horrea*, los graneros que alimentaban a toda Roma. Y allí, en el Aventino, también se hallaba el templo más famoso de culto a la diosa de la agricultura, Ceres. Su nombre, Ker, significaba «crecimiento», y allí la diosa compartía su templo con Liber y Libera, dios y diosa de la libertad, la virilidad y el jugo de la vida. Se correspondían con los más antiguos Jana y Jano, dios de las dos caras, al que debe su nombre la ciudad albana de Janina, sede de uno de los primeros santuarios consagrados a él. Pero las dos grandes festividades de Ceres se celebraban fuera de los límites del control oficial: el *feriae sementinae*, los «festivales de la sementera», que daban comienzo con la quema de rastrojos en hogueras enormes en el mes que debía su nombre a Jano, y el festival de la cosecha, Cerialia, que tenía lugar en el mes llamado así por Augusto, cuyo nombre de pila, Octavio, significaba «octavo».

Las hogueras prendidas en honor a Ceres en el primer mes

del año, según creían los antiguos, presagiarían lo que cosecha-rían en el octavo. «*Quod severis metes*», se leía sobre su templo: «Se cosecha lo que se siembra».

El misterio que esto entrañaba era tan profundo y ancestral que corría en la misma sangre: no se precisaba llevar a cabo aus-picios bajo la ley de la Iglesia ni pronósticos estatales; se practi-caba fuera de las puertas, fuera de la ciudad.

Era una Orden Eterna.

Maria sabía que aquel día, el recuerdo del pasado y la adivi-nación del futuro de algún modo estaban vinculados, como lo habían estado hacía miles de años. Pero aquel día (el día de San-ta Inés, el 21 de enero) era el día de la Adivinación por el Fuego. Y allí, en Roma, la Ciudad Eterna, también podría ser el día en que el secreto que Percy Shelley se había llevado a su tumba de agua seis meses atrás, el secreto de aquella Orden, se alzara de sus cenizas.

Al menos, eso era lo que el amigo y patrón de Maria, el car-denal Joseph Fesch, trataba de averiguar. Ese era el motivo por el que él y su hermana, Letizia Buonaparte, la habían convoca-do allí aquel día. Después de más de treinta años, la artista an-gloitaliana Maria Hadfield Cosway había vuelto al fin a casa.


*Palazzo Falconieri, Roma*

> He impedido a los hombres ver su suerte mor-
> tal [...].
> He hecho habitar en ellos ciegas esperanzas [...].
> Y, ante todo, les di el fuego.
>
> Esquilo,
> *Prometeo encadenado*


George Gordon, lord Byron, se paseaba dolorido por el salón del Palazzo Falconieri del cardenal Joseph Fesch. Pese a las ri-quezas que él mismo poseía, Byron se sentía fuera de lugar en aquel suntuoso mausoleo dedicado a un difunto emperador. Y es que, aunque el sobrino del cardenal, Napoleón Bonaparte, hacía ya dos años que había fallecido, la opulencia que había derrochado en sus relaciones apenas se había disimulado allí. Las paredes tapizadas de damascos de aquella sala no eran una excepción, cubiertas de extremo a extremo con cuadros de los mejores maestros de Europa; otros tantos estaban apilados en el suelo, entre ellos obras de la ya tradicional protegida del cardenal, la pintora madame Cosway, por deseo de la cual todos habían sido convocados allí aquel día de forma perentoria. O, cuando menos, manifiesta.

La nota de madame Cosway había tardado en llegarle, pues en primer lugar había viajado a Pisa. La misma mañana en que la recibió en su nueva villa de Génova (Casa Saluzzo, con vistas a Portofino y al mar), Byron se apresuró a partir antes incluso de tener tiempo para acabar de instalarse. Había abandonado a su trío de amante, familia y huéspedes indeseados, y su colección de animales (monos, pavos reales, perros y aves exóticas), apenas descargados de su flotilla de barcos procedente de Pisa.

Era evidente que algo importante había ocurrido. O estaba a punto de ocurrir.

Superando la fiebre y los dolores que le perforaban sin respiro los intestinos, como los que asolaron a Prometeo, Byron había cabalgado con tal premura en la última semana para llegar puntual a Roma que casi no había tenido tiempo de bañarse ni afeitarse en las espantosas posadas en las que él y su ayuda de cámara, Fletcher, habían pernoctado. Cayó en la cuenta de que debía de tener un aspecto horrible; pero, dadas las circunstancias, aquel era un detalle nimio.

Ahora, después de que le hubieran recibido en el *palazzo* y le hubieran ofrecido una copa de cristal del excelente burdeos del cardenal para asentarle el estómago, Byron contempló por primera vez el salón, magníficamente amueblado, y en ese instante comprendió que no solo «se sentía» fuera de lugar, sino que también «olía» fuera de lugar. Iba aún ataviado con el traje de montar, cubierto por el polvo del camino: una casaca militar azul, botas salpicadas de barro y bombachos largos de algodón asiático que cubrían su pie deforme. Con un suspiro, dejó la copa de aquel burdeos de color rubí y se quitó la bufanda que llevaba a modo de turbante y que solía ponerse siempre que salía para proteger del sol su tez clara. Por mucho que anhelaba marcharse de allí, hacer llamar a Fletcher, buscar un lugar donde bañarse y cambiarse, sabía que era del todo imposible.

Porque el tiempo era crucial. ¿Y cuánto le quedaba realmente?

Cuando Byron era bastante joven, un adivino predijo que no sobreviviría a su trigesimosexto aniversario, una fecha para la que entonces parecía faltar una eternidad. No obstante, al día siguiente, el 22 de enero, Byron cumpliría treinta y cinco años. En solo unos meses partiría de Italia hacia Grecia para financiar y participar en la misma guerra de la independencia por cuyo desencadenamiento su amigo, Alí Bajá, había sacrificado su vida.

Pero, por supuesto, Alí había sacrificado también algo más. Ese algo podía ser el único significado del mensaje.

Y es que, aunque la nota que Letizia Buonaparte había enviado a Byron era una evidente respuesta a su interpelación previa acerca de Shelley, la trascendencia del mensaje que ella expresaba en su mezcla de idiomas no podía ser más obvia:

À Signor Gordon, Lord Byron
Palazzo Lanfranchi, Lungarno, Pisa
Cher Monsieur,
   Je vous invite à un vernissage de la pittrice Inglese, Mme. Maria Hadfield Cosway, date: le 21 Janvier, 1823; lieu: Palazzo Falconieri, Roma. Nous attendons votre réponse.
   Les sujets des peintures suivi:

> *Siste viator*
> *Ecce signum*
> *Urbi et orbi*
> *Ut supra, ut infra*

Con esto, se lo invitaba a una exposición de pintura de madame Cosway, una mujer cuya reputación él conocía bien, dada la fama de la que su último esposo había disfrutado como pintor de cámara del príncipe de Gales. Y ella misma era la protegida no solo del cardenal Fesch sino que también, durante años, en París, lo había sido del famoso pintor francés Jacques-Louis David.

Sin embargo, no era la invitación en sí sino el significado del mensaje lo que había captado la atención de Byron y había precipitado su partida de Génova. En primer lugar, los «temas» de los «cuadros» de madame Cosway difícilmente se encontraban entre los que los artistas solían escoger, pero todos resultaban muy significativos si se leía la invitación entre líneas.

*Siste viator*, «Detente, viajero»: un epitafio presente en los sepulcros que salpicaban los caminos de la antigua Roma.

*Ecce signum*, «He aquí la señal»: siempre iba seguida de un pequeño triángulo.

*Urbi et orbi*, «A la ciudad y al mundo»: un lema de Roma, la Ciudad Eterna.

*Ut supra, ut infra*, «Así arriba como abajo»: un lema de la alquimia.

Tampoco podía tratarse de una coincidencia que se lo convocara en la misma fecha y el mismo lugar del entierro del pobre Percy Shelley, que, gracias a Dios misericordioso, se había celebrado varias horas antes de que Byron llegara a Roma. No lamentaba no haber podido asistir. Por mucho que lo intentara, era incapaz de olvidar lo que había tenido que soportar el día de la incineración de Shelley, muchos meses atrás, ni los temores que desde entonces albergaba por su propia vida.

El mensaje estaba claro: «Deja de buscar y contempla lo que ya hemos encontrado: la señal, el triángulo de la famosa pirámide funeraria de Roma que los carbonarios, los francmasones y otros grupos semejantes adoptaron como signo fraternal. Representaba un nuevo orden que conectaba espíritu y materia, los mundos de arriba y abajo».

Este era el mensaje que Percy Shelley había intentado enviarle justo antes de que lo mataran. Ahora Byron comprendía su significado, aunque le helaba la sangre. Pues aunque Letizia Buonaparte y sus cohortes supieran algo del misterio, o de la desaparecida Reina Negra (según sugería aquella invitación), ¿cómo podían haber adivinado aquella palabra? La única palabra, sin duda, que habría llevado a Byron a Roma; nada más lo habría conseguido. La palabra que Letizia Buonaparte había empleado para firmar la carta.

El nombre predilecto de Byron, el que había compartido como santo y seña con una única persona en la Tierra: Alí Bajá, que ahora estaba muerto.

Pero, justo cuando pensaba en aquel nombre, oyó cómo la puerta se abría y una voz suave le hablaba desde el otro extremo de la sala.

—Padre, soy vuestra hija. Haidée.

> Tenía una hija llamada Haidée,
> de las Islas Orientales heredera,
> pero tan hermosa su sonrisa era
> que a su dote hacía palidecer.

LORD BYRON,
*Don Juan*, Canto II, CXXVIII

Byron no podía contenerse. Ni siquiera podía pensar en la pieza de ajedrez que seguramente ella llevaba consigo, pues lo abrumaba la dicha. Lloraba, primero estrechándola con fuerza, luego sujetándola frente a sí para contemplarla, sacudiendo la cabeza, incrédulo, mientras sentía las lágrimas calientes surcando el polvo que aún cubría su rostro.

¡Dios misericordioso! Era la viva imagen de Vasiliki, que debía de tener solo unos pocos años más cuando se enamoró de ella en Janina. Lucía los mismos ojos plateados de Vasia, que parecían espejos luminosos, aunque Haidée también había heredado rasgos de su padre: el mentón hendido y aquella piel pálida, translúcida, que a él le había granjeado el apodo de Alba, que significaba «blanco».

Qué bendición, pensó. Y es que había perdido a sus otras hijas de un modo u otro: por muerte, separación, calumnias, exilio… La pequeña Ada, la hija legítima de su matrimonio con Annabella, que tendría solo siete años. No había vuelto a verla desde que nació, debido a las habladurías que lady Byron había hecho circular y que habían obligado a Byron a exiliarse todos aquellos años, el rumor de que la hija de su hermana Augusta, Medora, que ahora tenía ocho años, también era hija de Byron.

Y su hija con Claire Clairmont, hermanastra de Mary Shelley, que se había enamorado de Byron hasta el punto de seguirlo desde Londres a lo largo y ancho de Europa hasta que había conseguido su objetivo: un hijo del famoso poeta. Era su querida pequeña Allegra, que había muerto el año anterior a la edad de cinco años.

Pero ahora le llegaba aquel regalo, aquella joya, aquella belleza inverosímil, Haidée, una hija de Vasiliki, quizá la única mujer a quien había amado de verdad. Una mujer que no le había reclamado nada, que no había buscado nada y que, a cambio, se lo había dado todo.

Byron comprendía que aquella chiquilla no era una muchacha corriente. Puede que Alí Bajá solo hubiese sido su padre adoptivo, pero Haidée parecía poseer aquella fuerza interior que Byron raramente había atisbado y hacía ya tiempo que había olvidado. Como los valientes guerreros independentistas de ojos grises, los *palikaria* del bajá, en las montañas de Albania. Como Arslan el León, el propio Alí Bajá.

El bajá y Vasia debían de haber sido muy fuertes para lograr el aplomo que requería, en esos últimos momentos, enviar a Byron a su propia hija para salvaguardar la valiosa Reina y depositarla en sus manos. Byron confiaba en tener la misma fuerza para llevar a término lo que en ese instante supo que tenía que hacer. Pero también conocía, mejor que nadie, el riesgo que ello conllevaba, no solo para sí mismo, sino también, sin duda, para Haidée.

Ahora que había encontrado a aquella hija, ¿estaba preparado para perderla tan pronto, como había perdido a todas las demás?

Pero Byron vio algo más: que el bajá debía de haber planeado aquel momento hacía mucho tiempo, tanto incluso como el que había transcurrido desde el nacimiento de Haidée. ¿Acaso no le habría puesto aquel nombre a la niña por el código secreto que compartían, el nombre con que solo Byron llamaba a su madre, Vasiliki? Aun así, nunca había sabido de la existencia de su hija, ni de la función para la que ella había sido escogida, tal vez incluso entrenada, desde el principio.

Pero ¿en qué consistía con exactitud esa función? ¿Por qué estaba Haidée allí, precisamente allí, en aquel *palazzo* situado en el corazón de Roma, y precisamente aquel día, el día del Fuego? ¿Quiénes eran los demás? ¿Qué función desempeñaban? ¿Por qué habían llevado a aquel lugar a Byron por medio de códigos secretos, en lugar de conducir a Haidée y la pieza del ajedrez hasta él?

¿Era aquello una trampa?

Y con la misma urgencia, en la función de Byron como Alba, necesitaba descubrir, y deprisa, el papel que ahora desempeñaba él en aquel gran juego.

Pues si fallaba, el equipo blanco perdería toda esperanza.

*Porto Ostia, Roma, 22 de enero de 1823*

Haidée apenas podía sofocar la infinidad de emociones enfrentadas que la embargaban. Había intentado contenerlas desde aquella mañana, hacía varias semanas, en que había visto por primera vez el rostro de Kauri junto a los demás, mirando hacia abajo desde aquel parapeto de Fez, la mañana en que ella supo, contra toda esperanza o expectativa, que él finalmente la había encontrado y que ella se salvaría. Era libre, al fin, y la llevaron a una tierra exótica y extraña que jamás había soñado que existiera, Roma, y a un padre cuya misma existencia le parecía igual de exótica y extraña.

Con todo, la noche anterior, debido a la dureza del largo y penoso viaje, y al efecto que este había tenido sobre su frágil estado de salud —por no hablar de la proximidad del nutrido séquito del *palazzo*—, Byron había dormido en la intimidad de los aposentos que su ayuda de cámara Fletcher había reservado. Habían acordado que aquella madrugada, antes del amanecer y de la reunión prevista en la pirámide, Haidée, con Kauri como protector, saldría del *palazzo* de incógnito para encontrarse con él.

Los tres (Byron aferrado a la mano de su hija) se encaminaron por las desérticas calles entre la neblina plateada que precedía al amanecer. Haidée sabía, dado todo lo que había descubierto durante su encierro en Marruecos y todo lo que Charlot y Shahin le habían referido a bordo del barco, que el propio lord Byron podría ser la única persona con vida que conocía el misterio de la Reina Negra de Alí Bajá. Y sabía que la reunión clandestina de aquella mañana con su recién encontrado padre podría ser su única oportunidad para averiguar lo que con tanta desesperación necesitaba saber.

Mientras se alejaban del centro de la ciudad, dejando atrás los baños públicos en dirección a las afueras de Roma, donde se hallaba la pirámide, los jóvenes, por petición de lord Byron, le narraron cómo la Reina Negra había sido retirada de su escondrijo en Albania, la llegada de Baba Shemimi a través de las montañas, su importante relato sobre la verdadera historia de la creación del ajedrez del *tarikat* de al-Jabir, y las últimas palabras de Alí Bajá en el monasterio de San Pantaleón, justo antes de la llegada de los turcos.

Byron los escuchó con atención hasta que acabaron. Luego, sin soltar la mano de su hija, le apretó el hombro al chico a modo de agradecimiento.

—Tu madre fue muy valiente —le dijo a Haidée— al enviarte a mí en el momento en que ella y el bajá podían estar enfrentándose a su propia muerte.

—Lo último que mi madre me dijo fue que os había amado mucho —repuso Haidée—, y el bajá afirmó que sentía lo mismo. Por alto que fuera el precio que fueran a pagar, padre, ambos confiaban plenamente en vos como depositario de la pieza de ajedrez, sabedores de que con vos nunca caería en malas manos. Y también el gran Baba Shemimi, que envió a Kauri para protegernos a mí y a la pieza.

»Sin embargo, a pesar de todos estos minuciosos planes —prosiguió—, las cosas no fueron como todos esperaban. Kauri y yo zarpamos en un barco con la intención de reunirnos con vos en Venecia. Creíamos que no tardaríamos en alcanzar nuestro destino, pero estábamos equivocados. En el puerto de Pirene, los corsarios capturaron nuestra nave y la desviaron hacia Marruecos; a Kauri lo apresaron en el mismo puerto los comerciantes de esclavos. Desapareció de mi vida, y entonces temí que para siempre. Los hombres del sultán me arrebataron la Reina Negra, y a mí me llevaron a un harén de Fez. Viví sola y aterrada, rodeada de extraños, sin nadie en quien confiar. Me salvé de un destino peor, creo, solo porque no sabían quién era. No sospecharon que yo, o aquel objeto de oro negro, pudiéramos tener algún valor que no se apreciara a simple vista.

—Y cuánta razón habrían tenido de haberlo sospechado —dijo Byron, desalentado, rodeando con un brazo los hombros de su hija—. Has sido muy fuerte ante semejantes peligros, hija mía. Otros murieron por el secreto que tú protegiste —añadió, pensando en Shelley.

—Haidée fue muy valiente —convino Kauri—. Incluso cuando conseguí escapar y buscar cobijo en las montañas, enseguida comprendí que, pese a mi relativa libertad, la había perdido irremediablemente, como ella a mí. Después, cuando el sultán murió, hace solo unas semanas, y Haidée se vio amenazada con la esclavitud al igual que el resto del harén, siguió guardando silencio; se negó a revelar nada sobre sí misma ni sobre la misión que le había sido encomendada. Cuando la encontré, estaba ya en la tarima de las subastas.

Haidée no pudo controlar el espasmo que le provocó aquel recuerdo. Byron lo percibió en sus esbeltos hombros.

—Parece un milagro que hayáis sobrevivido los dos, y aún más que consiguierais rescatar el trebejo —dijo con voz grave, estrechándola contra sí mientras caminaban.

—Pero Kauri nunca me habría encontrado —repuso Haidée—, nunca habríamos llegado aquí, nunca habríamos cumplido la misión que nos habían confiado el bajá y Baba Shemimi de no haber sido por el padre de Kauri, Shahin. Y su acompañante, el hombre pelirrojo al que llaman Charlot…

Haidée miró a Kauri con una expresión inquisitiva. El muchacho asintió y dijo:

—Es Charlot de quien Haidée quería hablaros esta mañana, antes de que os reunáis con él y con los demás en la pirámide. Por eso quisimos acordar un encuentro más íntimo antes, para comentar con vos la secreta implicación de ese hombre con la Reina Negra.

—Pero ¿quién es ese Charlot del que habláis? —preguntó Byron—. ¿Y qué tiene que ver con la pieza de ajedrez?

—Kauri y yo no estamos refiriéndonos a la pieza de ajedrez —contestó Haidée—. La verdadera Reina Negra, la de carne y hueso, es la madre de Charlot, Mireille.

Byron se sentía enfermo, y no únicamente por los trastornos estomacales que le aquejaban. Se había detenido, pues había visto que el sol había salido ya, que habían llegado a las puertas del cementerio protestante y que estaban cerca del lugar del inminente encuentro. Se sentó en un murete de piedra y miró muy serio a Kauri y a Haidée.

—Por favor, explicaos.

—Según lo que Charlot nos contó en el barco —dijo Haidée—, su madre, Mireille, era una de las monjas originales de Montglane cuando el ajedrez fue sacado de nuevo a la luz después de mil años. Luego la enviaron adonde vivía el padre de Kauri, Shahin. Allí nació su hijo Charlot, ante la mirada de la Reina Blanca, como presagiaba una leyenda ancestral.

—Mi padre lo cuidó y lo educó —prosiguió Kauri—. Nos dijo que Charlot poseía el don de la clarividencia, también augurada para alguien que ayudaría a reunir las piezas y resolver el misterio.

—Pero Charlot asegura que su madre posee alguna otra cosa de extraordinario poder —añadió Haidée—, algo que hace que nuestra misión parezca… imposible.

—Si una monja de Montglane es su madre —dijo Byron—, no se precisa el don de la clarividencia para adivinar lo que tenéis que decirme. Ese tal Charlot del que habláis cree que él y su madre están en posesión de algo que acaba de saber que en realidad tenemos nosotros. Algo por lo que vosotros dos habéis arriesgado la vida cruzando montañas y mares. ¿No es así?

—Pero ¿cómo puede ser? —preguntó Haidée—. Si su madre ayudó a desenterrar las piezas en la abadía de Montglane sin más ayuda que sus manos, si desde entonces ha estado recabando las piezas en los confines del mundo, si ha recibido la Reina Negra de manos del zar de todas las Rusias, el nieto de Catalina la Grande, ¿cómo puede haber una segunda reina? Y, si la hay, ¿cómo podría ser la auténtica, la que poseyeron los sufíes bektasíes?

—Antes de intentar dar respuesta a esa pregunta —dijo Byron—, propongo que prestemos una cautelosa y estrecha atención a aquello que estamos por oír, aquello que nos ha traído a este lugar. ¡Y a quien tiene que decirlo!: Letizia Ramolino Buonaparte, el cardenal Fesch e incluso madame Cosway, todos ellos hijos de la Iglesia, la cual, a fin de cuentas, ha retenido esas piezas en manos cristianas desde los tiempos de Carlomagno.

—Pero, padre —repuso Haidée, dirigiendo una mirada fugaz a Kauri en busca de su apoyo—, esa debe de ser la explicación, ¡la verdadera razón por la que estamos todos aquí! Según Charlot, su madre, la monja Mireille, fue enviada hace treinta años hasta el padre de Kauri, Shahin, que se encontraba en el Sahara, por alguien que debe de ser el vínculo que falta: Angela-Maria di Pietra Santa, amiga íntima de la abadesa de Montglane y también madre de nuestros dos anfitriones, Letizia Ramolino Buonaparte y, aunque de diferente padre, el cardenal Joseph Fesch. ¡Angela-Maria era la abuela de Napoleón! ¿Acaso no lo veis, padre? ¡Forman parte del equipo contrario!

—Hija mía —protestó Byron, atrayéndola hacia sí y abrazándola—, ahora no importa el asunto de los equipos. Lo que importa es el ajedrez, los poderes que entraña, y no este absurdo juego. Por eso los sufíes han consagrado tanto tiempo a tratar de reunir las piezas y devolverlas a las manos capaces de protegerlo, unas manos que jamás lo explotarían en beneficio propio, individual, sino únicamente por el bien colectivo.

—Charlot no opina lo mismo —insistió Haidée—. ¡Nosotros somos el equipo blanco y ellos son el negro! Y yo creo que Shahin está en nuestro bando.

### La pirámide, Roma, 22 de enero de 1823

Una única y débil lámpara de aceite iluminaba la cripta en la que se habían reunido, por requerimiento de Letizia Buonaparte, en la mañana del funeral de Shelley. Todos los presentes en el interior de la enorme pirámide quedaban engullidos por la penumbra, una penumbra que proporcionaba a Charlot la primera ocasión para reflexionar desde que había partido de Fez.

Letizia los había convocado allí, explicó, porque la artista madame Cosway tenía una importante información que comunicarles a todos. ¿Y qué mejor lugar para hacerlo que aquella pirámide, que albergaba la esencia del secreto que Maria, después de tantos años, había accedido a desvelar?

Madame Mère prendió los apliques que había llevado consigo y los colocó junto a la tumba de Cayo Cestio. Su luz titilante arrojó sombras contra el alto y abovedado techo de la cripta.

Charlot contempló el círculo de rostros que lo rodeaba. Las ocho personas a las que Letizia Buonaparte y su hermano habían congregado en Roma, a instancias de Shahin, estaban allí presentes. Y cada una de ellas desempeñaba una función crucial, como Charlot comprendió en ese instante: Letizia y su hermano, el cardenal Fesch; Shahin y su hijo, Kauri; lord Byron y la pintora, madame Cosway, y él mismo, Charlot, y Haidée.

Charlot sabía que ya no necesitaba más luz para identificar los peligros que lo envolvían. Apenas unos días antes, en un mercado de Fez, la visión había regresado a él con fuerza: una situación del todo inesperada, y a la vez tan emocionante y aterradora como si se hubiese encontrado de pronto en medio de una lluvia de meteoritos. El pasado y el futuro volvían a ser sus compañeros de viaje, el contenido de sus pensamientos se alumbró como una girándula de diez mil chispas relumbrantes en el cielo nocturno.

Una única cosa seguía oculta en la oscuridad para él: Haidée.

«Hay una cosa que ningún profeta, pese a lo grande que sea, puede llegar a ver jamás… —le había dicho Shahin aquella noche en la cueva, con la ciudad de Fez a sus pies—. Y eso es, nada más y nada menos, que su propio destino.»

Pero cuando Charlot miró abajo desde aquel parapeto de la medina y vio a la chica en el mercado de esclavos —si bien desde entonces no había hablado de esto con nadie, ni siquiera con Shahin—, atisbó por un atroz instante adónde podría conducir aquel destino.

Aunque no conseguía ver con exactitud de qué modo su destino y el de ella estaban entrelazados, Charlot sabía que su premonición sobre Haidée era cierta, de igual modo que había sentido la urgencia de partir de Francia tres meses antes para recorrer mil quinientos kilómetros hasta los cañones del Tassili en busca de la Reina Blanca, aquella diosa ancestral cuya imagen estaba pintada en lo alto de los precipicios, en la concavidad de una gran pared de piedra.

Y ahora que la había encontrado en persona, encarnada en aquella joven muchacha, comprendió algo más: cualquier cosa que madame Cosway tuviera que revelarles, fuera cual fuese la función que aquellos otros desempeñaban, era Haidée quien estaba en el centro del tablero, sujetando la Reina Negra, y Charlot debía permanecer con ella, a su lado.

El cardenal Joseph Fesch paseó la mirada por los presentes en la cripta alumbrada con las velas, y pensó que parecían dolientes en un funeral.

—Madame Maria Hadfield Cosway es conocida por muchos de vosotros por su reputación, si no en persona —dijo, inaugurando la reunión—. Sus padres, Charles e Isabella Hadfield, regentaban el famoso grupo de posadas inglesas de Florencia, Carlo, que alojaban y alimentaban a los viajeros británicos que realizaban el Grand Tour, como el historiador Edward Gibbon y el biógrafo James Boswell. Maria creció rodeada de la aristocracia de las artes y acabó siendo una gran artista. Tras la muerte de Charles, Isabella cerró las posadas y se llevó a Maria y a sus hermanos a Inglaterra, donde Maria contrajo matrimonio con el famoso pintor Richard Cosway.

»Pese a ello, mi hermana Letizia y yo no conocimos a Maria Cosway hasta que Napoleón llegó al poder, momento desde el cual hemos mantenido una estrecha amistad. Yo mismo soy actualmente mecenas de la escuela femenina que ella fundó en Lodi, al norte de donde nos encontramos. Hemos pedido a Maria que os relate una historia en la que participa esta misma pirámide en la que hoy nos sentamos, y su conexión con su difunto esposo, Richard Cosway, que falleció recientemente en Londres. La historia que os referirá nunca ha sido revelada por completo a nadie, ni siquiera a nosotros. Tuvo lugar hace más de treinta años, en 1786, cuando ella y su esposo fueron a París. Y algo ocurrió allí que podría resultar de enorme interés para todos los aquí presentes.

El cardenal se sentó y cedió la palabra a Maria.

Algo insegura de cómo proceder, ella se quitó los guantes de piel de topo y los dejó a un lado. Con la yema de un dedo tomó una gota de cera blanda del aplique que tenía más próximo y la moldeó en una bola con el pulgar y el índice. Luego sonrió y asintió.

—Fue en septiembre de 1786 —empezó a relatar con su voz suave y de leve modulación italiana—, y mi esposo, Richard Cosway, y yo acabábamos de cruzar La Mancha, el Canal Inglés, procedentes de Londres. Nuestra reputación nos precedía. Ambos éramos pintores galardonados y nuestra sala de Londres era conocida como la más solicitada. Richard tenía un importante encargo en Francia para pintar a los hijos del duque de Orleans, primo de Luis XVI y gran amigo del patrón inglés de mi esposo, el príncipe de Gales, el actual rey Jorge IV. En París nos agasajaron artistas y nobles por igual. Nuestro amigo y colega, el pintor Jacques-Louis David, dispuso nuestra presentación en la corte francesa al rey y María Antonieta.

»Debo comentar aquí algo acerca de mi esposo. Muchas personas envidiosas de Londres durante largo tiempo pensaron mal de él, pues había nacido en la pobreza y había llegado muy lejos. Richard apenas hizo nada por mitigar a aquellos enemigos, sino que se comportaba con extravagancia y ostentación en todo momento. Gustaba de llevar un abrigo morado con fresas bordadas, una larga espada que arrastraba por el suelo, sombreros profusamente decorados con plumas y zapatos de tacón rojo. En la prensa lo llamaban *macaroni*, "petimetre", y se comparaba su apariencia con la del mono que tenía, al que algunas lenguas viperinas se referían como su "hijo natural".

»Eran muy pocas las personas que sabían que Richard era también uno de los grandes virtuosos del arte, o *arbeiter* del buen gusto, un *conneisseur* y coleccionista de antigüedades raras y valiosas. No solo de los famosos tapices de los gobelinos, sino que también poseía veintiséis salas repletas de rarezas: una momia egipcia, reliquias de santos, marfiles chinos, obras esotéricas de Arabia y la India, e incluso lo que creía que era la pluma de la cola de un ave Fénix.

»De hecho, Richard sentía inclinación por la mística, era seguidor de tempranos visionarios como Emmanuel Swedenborg. En Londres, junto con mi hermano George, estudiante de arquitectura, asistimos a conferencias privadas de Thomas Taylor, el Platonista, que recientemente había traducido doctrinas secretas de los primeros autores esotéricos griegos para ávidos amantes de tales misterios, como Ralph Waldo Emerson y William Blake.

»Este telón de fondo es importante, pues, al parecer, mi esposo, sin que yo lo supiera, había descubierto por mediación del duque de Orleans algo relacionado con un gran misterio que llevaba enterrado cerca de mil años en Francia, un misterio que estaba a punto de volver a emerger, no mucho tiempo después de aquella mañana, hace treinta años, cuando llegamos a Francia por primera vez.

»Recuerdo aquel día. Era domingo, el 3 de septiembre de 1786, una mañana soleada que nos motivó a Richard y a mí a salir a pasear por el Halle au Blé, el famoso mercado de grano de París, una enorme plaza redonda donde se vendía trigo, guisantes, centeno, lentejas, avena y cebada. Con el tiempo fue apagándose, pero en aquel entonces era conocido como uno de los edificios más hermosos de París, con escaleras curvadas, una cúpula majestuosa con tragaluces que inundaban de luz todo el lugar, como si fuera un palacio de hadas flotando en el cielo.

»Fue allí, bajo aquella luz plateada, mágica, donde nos encontramos con una persona que pronto lo alteraría todo. En aquel momento, sin embargo, hace tanto tiempo, difícilmente habría sido yo capaz de prever cómo mi vida y la de mi familia cambiarían por completo a consecuencia de los acontecimientos que empezaban a desatarse.

»El pintor norteamericano John Trumbull había llegado en compañía de su amigo, un hombre alto y pálido, de pelo cobrizo, en cuya residencia de los Campos Elíseos se alojaba Trumbull. El anfitrión de Trumbull, como pronto supimos, era el delegado de la nueva República Americana en la corte francesa, un hombre de Estado cuya fama en breve eclipsaría la nuestra. Se llamaba Thomas Jefferson.

»Todo daba a entender que el señor Jefferson estaba absolutamente cautivado por el Halle au Blé; estaba extasiado y se deshacía en elogios hacia las maravillas de aquel diseño, y se emocionó sobremanera cuando John Trumbull mencionó las obras arquitectónicas de mi hermano George, miembro de la Real Academia de Londres.

»El señor Jefferson insistió en acompañarnos el resto del día. Pasamos los cuatro la tarde en la campiña de Saint-Cloud, donde cenamos. Cancelamos los planes para la velada y nos dirigimos a Montmartre, al jardín de los Ruggieri, la familia de pirotécnicos que había creado espléndidos fuegos artificiales; allí se representó la obra *Le triomphe de Vulcain*, que narra los misterios de la gran figura del inframundo a quienes los griegos llamaban Hefesto, dios de la fragua.

»Fue esta extravagante representación de los misterios del inframundo, por lo visto, lo que espoleó a mi esposo Richard para hablar de forma tan franca con el señor Jefferson acerca de los templos del fuego y las grandes pirámides, semejantes a las de

Egipto, que se estaban construyendo en los jardines y parques paisajistas de las afueras de París, como el Parc Monceau, la famosa hacienda de nuestro patrón francés, el duque de Orleans. Mi esposo compartía con el duque un profundo interés por los temas ocultos.

»Del mismo modo en que Jefferson había sucedido a Benjamin Franklin como emisario en Francia, el duque de Orleans sucedió a Franklin como gran maestro de los francmasones de París. Sus iniciaciones secretas a menudo tenían lugar entre las grutas y las ruinas clásicas de estos jardines.

»Pero más intrigante le pareció a Thomas Jefferson la alusión de Richard a otro enclave misterioso, más alejado de París, camino de Versalles, que había creado un amigo íntimo del duque, Nicolas Racine de Monville. Según el duque, por lo que mi esposo nos reveló aquella noche, su parque, de más de treinta y seis hectáreas, repleto de extraños símbolos místicos, ocultaba un secreto tan antiguo como las pirámides; de hecho, alardeaba de una pirámide que era una réplica exacta a esta en la que nos encontramos. Allí se había representado *La flauta mágica*, de un músico austríaco, el señor Mozart.

»Había algo aún más intrigante relacionado con aquel lugar; tanto, que el señor Jefferson no perdió tiempo en abandonar su trabajo ministerial y disponer una excursión, solo unos días después, a la campiña para visitar juntos aquel jardín escondido.

»Desde el relato de aquel primer jardín perdido bíblico, los seres humanos siempre hemos parecido valorar más las cosas cuando las hemos perdido. En el caso de monsieur Racine de Monville, con el albor de la Revolución francesa ya cerca, pronto perdería su fortuna y también sus jardines. El duque de Orleans tendría aún peor suerte: apodado a sí mismo Philippe Égalité, apoyó la Revolución, votó por condenar a su primo, el rey, y sin embargo acabó guillotinado por los revolucionarios.

»En cuanto a Thomas Jefferson y a mí, aquel día encontramos algo en el jardín de Monville, algo que ninguno de los dos esperaba encontrar: la clave de una sabiduría ancestral. El mismo jardín proporcionaba esa clave.

»Se llamaba el Désert de Retz. En el hablar antiguo, significaba "el páramo del rey": el Dominio Perdido.

## EL RELATO DEL ARTISTA Y EL ARQUITECTO

> Pero los jardines también existen en el inconsciente colectivo. El jardín fue el primer dominio del hombre, y en el transcurso de los siglos este le dio numerosos nombres que significaban «el paraíso terrenal», el Edén. Los jardines colgantes de Babilonia fueron una de las Siete Maravillas del Mundo [...]. Nuestros esfuerzos por recrearlo siempre se quedan en obras de la imaginación.
>
> OLIVIER CHOPPIN DE JANVRY,
> *Le Désert de Retz*

> Solo se me ocurre que intentaba imitar la Torre de Babel.
>
> THOMAS BLAIKIE, jardinero de la corte,
> hablando del Désert of Retz

Partimos de París aquel viernes, el 8 de septiembre, en el elegante carruaje de caballos del señor Jefferson; cruzamos el río y enfilamos hacia la gloriosa campiña. Pero nada iba a resultar más glorioso que nuestro destino, el Désert de Retz.

Nos apeamos del carruaje y accedimos al parque a pie a través de una abertura entre las rocas, en un paisaje encantado, semejante a un cuadro de Watteau de colores otoñales, de malva y violeta brumosos, y tonos de herrumbre. Las suaves colinas y los senderos sinuosos que cruzaban el parque estaban salpicados de bosquecillos de hayas rojas, granados y mimosas, junto con otros árboles bicentenarios: sicómoros, arces, tilos y carpes; todos ellos con especial significado para el ojo iniciado.

A cada vuelta del camino y por todo aquel paisaje había interesantes edificaciones que daban la impresión de aparecer como por un truco de prestidigitación, asomando desde el seno de alguna arboleda o alzándose de un lago por arte de magia.

La pirámide de piedra fue la que Jefferson observó con la misma emoción que había manifestado al ver por vez primera el Halle au Blé.

—Una réplica de la tumba de Cayo Cestio —dijo—. La reconozco por el prototipo, aquella famosa edificación romana con forma de pirámide egipcia, una «montaña de fuego», de la cual su compatriota, Piranesi, efectuó infinidad de grabados, muy populares.

»La original, la de Roma —añadió—, posee propiedades insólitas. La base cuadrangular mide nueve por nueve, un número de gran relevancia, pues su suma da trescientos sesenta, el número de grados de un círculo. ¡"Cuadrar el círculo"! Ese era el enigma más desafiante y trascendental de la antigüedad, algo que entrañaba varios significados. Eran incontables los hombres que en el pasado no solo habían intentado dar con alguna fórmula matemática exacta que los capacitara para convertir el área de un círculo en la de un cuadrado, sino mucho, mucho más. Para ellos, cuadrar el círculo significaba una clase de transformación muy profunda: transformar el círculo que representa el reino celestial en el cuadrado, es decir, el mundo material. Traer el cielo a la tierra, podría decirse.

—El «Matrimonio Alquímico», el maridaje del espíritu y la materia —convine—. O también podría considerarse la unión de la cabeza y el corazón. Mi esposo, Richard, y yo hemos estudiado misterios ancestrales como este durante muchísimos años.

Jefferson se rió; parecía algo abochornado por su propia diatriba gratuita.

—¿Tantos? —preguntó con una sonrisa triunfal—. No aparentáis tener más de veinte, una edad improbable para que una joven mujer se impresione con el presuntuoso pontificar de un anciano estadista como yo.

—Veintiséis —repuse, y le devolví la sonrisa—. Pero el señor Cosway tiene vuestra misma edad, por lo que me he habituado a los beneficios cotidianos de semejante sabiduría, que incita a la reflexión. Confío en que siga confiándomela.

Jefferson pareció complacerse al oír esto, pasó mi mano bajo su brazo y seguimos internándonos en el parque.

—¿Un matrimonio de la cabeza y el corazón, decís? —Repitió mi comentario sin dejar de sonreírme, con aire más bien irónico, desde su majestuosa estatura—. Sabiduría ancestral, tal vez, mi apreciada dama. Sin embargo, ¡yo a menudo sorprendo a mi cabeza y a mi corazón contendiendo en lugar de prepararse para recorrer el pasillo hasta el altar de la dicha marital!

—¿Qué clase de consternación podrían albergar esos órganos vuestros para llevarse tan mal? —le pregunté, divertida.

—¿No os lo imagináis? —me preguntó, por sorpresa.

Negué con la cabeza y confié en que la sombra del sombrero eclipsara el rubor que noté aflorar en mi rostro. Afortunadamente, las siguientes palabras que pronunció me aliviaron de forma considerable.

—En tal caso os prometo que algún día, muy pronto, pondré por escrito para vos todos mis pensamientos acerca de este asunto. Pero de momento, cuando menos —añadió—, dado que la cabeza está a cargo de todos los problemas matemáticos y arquitectónicos como la descarga del peso de un arco o la cuadratura del círculo, me informa de que el cuadrado de nueve por nueve de esta pirámide entraña un significado distinto, más importante. Si consultáramos a Herodoto, sabríamos que esa misma proporción aparecía en el trazado de la antigua Babilonia, una ciudad de nueve por nueve millas. Esto evoca un enigma matemático fascinante del que tal vez no haya oído hablar: el «cuadrado mágico», en el que en cada recuadro de esta matriz de nueve por nueve debe anotarse con un número, de tal modo que todas las hileras, todas las columnas y todas las diagonales sumen el mismo total.

»Mi predecesor como delegado americano en Francia, Benjamin Franklin, era experto en cuadrados mágicos. Eran comunes a las culturas de China, Egipto y la India, tengo entendido. Se divertía completándolos sentado en el Congreso. Era capaz de crear uno, afirmaba, y solo le llevaba el tiempo en que tardaba en anotar los números en los recuadros, y también descubrió muchas soluciones ingeniosas a las fórmulas.

—¿Descubrió el doctor Franklin una fórmula para el cuadrado de Babilonia? —pregunté, aliviada por habernos desviado hacia un sendero más seguro que el que parecía haber enfilado nuestro último intercambio.

Confieso, no obstante, que me sentía reticente a mencionar el verdadero motivo de mi interés. Yo misma había hecho copias, para la colección de obras extrañas y esotéricas de Richard, de una famosa pieza de Alberto Durero, un grabado en cobre de un cuadrado mágico que hizo en 1506 y que ilustraba su relación con la sección áurea de Pitágoras y los *Elementos* de Euclides.

—¡Franklin descubrió mucho más que eso! —Jefferson parecía encantado de que se lo hubiese preguntado—. El doctor Franklin creía que recreando fórmulas ancestrales para todos estos cuadrados podía demostrar que cualquier ciudad construida sobre ese patrón había sido creada para invocar los poderes específicos de esa fórmula, junto con su número, planeta o dios determinado.

»Franklin era, obviamente, francmasón, como nuestro general Washington, y algo místico. Pero, a decir verdad, poco misticismo hay en esa idea. Todas las grandes civilizaciones de la antigüedad, desde la china hasta las americanas, construían una ciudad en cuanto establecían un nuevo gobierno. Al fin y al cabo, es lo que significa el término "civilización", *civitas*, "de la ciudad", del sánscrito *çi*, "establecer, yacer, enraizar", en oposición al salvaje o al nómada que construía estructuras que pudiera desmontar y transportar con él, y que solían ser circulares. Creando ciudades con forma cuadrangular y con esas propiedades mágicas, los antiguos confiaban en invocar un nuevo orden mundial, un orden que solo pueden crear los pueblos sedentarios, los arquitectos del orden, si así lo prefiere.

—Pero ¿qué hay de esas ciudades diseñadas sobre un plano circular, como Viena, Karlsruhe o Bagdad? —pregunté.

Mi pregunta iba a recibir una respuesta inesperada, pues, justo en ese instante, mientras cruzábamos una arboleda de tilos, apartamos la maleza y vimos la torre. Jefferson y yo nos detuvimos atónitos, casi sin aliento.

La Colonne Detruite (o «columna en ruinas», como se la conocía) solía aparecer en los escritos, las ilustraciones y los grabados de aquellos que la habían visto. Pero ninguno de ellos hacía justicia al tremendo efecto que producía encontrársela en medio de un bosque como aquel.

Era una casa construida con forma de columna, un pilar enorme, almenado y de color crema, de casi veinticinco metros de altura, con un tejado irregular que daba la impresión de haber sido alcanzado por un rayo y partido en dos. En todo su perímetro tenía ventanas cuadradas, rectangulares y ovaladas. Cuando entramos, vimos que el centro de aquel amplio espacio estaba dominado por una escalera de caracol, inundada de luz natural, que parecía elevarse hacia el cielo. Del pasamanos colgaban cestos con flores exóticas de invernadero y parras silvestres.

Precedí a Jefferson por la escalera y ambos nos maravillamos ante la astucia de los espacios interiores. Cada planta circular estaba dividida en estancias ovaladas, intercaladas con salones en forma de abanico. Dos de las plantas quedaban bajo tierra, sumidas en la penumbra, y las otras cuatro sobre el nivel del suelo, rodeadas de ventanas. Coronándolas todas, un ático rodeaba el tragaluz cónico, por el que entraba una luz plateada que inundaba las plantas inferiores. Mientras subíamos pudimos apreciar las vistas que tenían las ventanas ovaladas, amplios panoramas del paisaje y la pirámide, ruinas góticas, templos consagrados a dioses, un pabellón chino y una tienda tártara. No intercambiamos palabra en todo aquel tiempo.

—Asombroso —dijo Jefferson al fin, cuando acabamos la visita y regresamos a la planta baja… de nuevo a la tierra, según parecía—. Justo como las ciudades circulares por las que preguntaba antes, pero más como una ciudadela, una fortaleza… «La fortaleza», ya que es una torre de siete plantas en ruinas como la torre bíblica que se construyó como un altar, una escalera hacia Dios.

—Toda esta excursión parece cargada de simbolismo —convine—. A ojos de un artista, es como un relato pintado sobre la tierra: el relato de Babilonia a lo largo de la Biblia. En primer lugar, su legendaria historia como una sucesión de magníficos jardines, el Edén en el Tigris y el Éufrates, o los Jardines Colgantes de Babilonia, una de las siete maravillas del mundo. Luego su conjunción con los cuatro elementos. La tierra, el cuadrado mágico que ha descrito en la pirámide. Después esas catástrofes gemelas de la Biblia, la destrucción de la Torre de Babel, que simboliza el aire, el cielo, la lengua, la voz… Y el gran diluvio de Mesopotamia, que significa el agua. Y, por último, claro está, en el *Apocalipsis*, la destrucción final de una gran ciudad que acaba consumida por el fuego.

—En efecto —convino Jefferson—. Cuando el Edén del Este, Babilonia, es destruido, no obstante, lo reemplaza, según san Juan en el *Apocalipsis*, otro cuadrado mágico, una matriz de doce por doce que desciende del cielo: la Nueva Jerusalén.

Cuando Maria Cosway concluyó su relato, miró a los demás y agachó la cabeza en un gesto reflexivo. Nadie habló en mucho rato.

Pero había algo extraño en aquel relato, y Haidée lo sabía. Miró a Kauri, que estaba sentado a su lado, y él asintió una sola vez para transmitirle su conformidad. Al fin Haidée, situada entre Kauri y Byron, se puso en pie y cruzó la estancia hasta situarse al lado de la anciana Maria, sobre cuyo hombro apoyó una mano.

—Madame Cosway —dijo Haidée—, nos habéis referido una historia muy diferente de aquella a la que a la mayoría de los aquí presentes nos han llevado a creer. Todos comprendemos que vuestro relato pretende aludir a esa otra matriz, la de ocho por ocho. El tablero del ajedrez. Antes incluso de que el señor Jefferson pudiera saber de la existencia del ajedrez de Montglane, antes incluso de que este fuera extraído de la tierra, él albergaba la idea de que en realidad era el tablero («la matriz», según la llamaba) y no las piezas la parte que podría ser más importante. ¿Dijo de dónde había sacado esa idea?

—Todo el mundo sabe —contestó Maria— que después de su estancia en Europa, Thomas Jefferson fue secretario de Estado de su país, después vicepresidente y por último el tercer presidente de Estados Unidos. Hay quien cree que también fue francmasón, pero yo sé que no es el caso. No estaba interesado en ingresar en órdenes inventadas por otros; siempre había preferido crear una orden propia.

»Es también de todos sabido que Jefferson era un gran erudito y que estudió arquitectura, especialmente la de aquel veneciano del siglo XV, Andrea della Gondola, apodado Palladio por Palas Atenea, patrona de Atenas. El hombre que durante el Renacimiento había revivido la arquitectura *all'antica*, reconstrucciones de formas de la antigua Roma. Lo que se sabe en menor medida es que Jefferson también estudió las obras del gran maestro de Palladio, Vitruvio Polión, el arquitecto del siglo I cuya obra, *Los diez libros de arquitectura*, acababa de descubrirse en los tiempos de Palladio. Este libro es crucial para comprender las raíces de la arquitectura antigua y su significado, tanto para Palladio como para Jefferson, y su influencia está patente en todo cuanto ambos construyeron.

»Vitruvio explica la importancia de la simetría y la proporción en la construcción de un templo con respecto al cuerpo humano, de la disposición de una ciudad y la previsión de las direcciones de las calles con respecto a las ocho direcciones de los vientos. Los efectos del zodíaco, el sol y los planetas en la construcción de un nuevo enclave religioso o civil.

—No acabo de captar cómo esto responde a la pregunta de mi hija —dijo Byron—. ¿Qué relación existe entre las obras de Palladio, y aún menos de Vitruvio, de hace dos mil años, con la importancia del tablero de ajedrez del que hemos venido a hablar? ¿Tenéis una respuesta?

—El tablero no proporciona la respuesta —contestó Maria de forma críptica—. Proporciona la clave.

—Ah —dijo Haidée, dirigiendo una mirada fugaz a Byron—. El arquitecto Vitruvio vivió en Roma en los tiempos de Jesús y Augusto, y también de Cayo Cestio. Os referís, madame, a que fue Vitruvio quien diseñó esta pirámide con sus proporciones cósmicas. «Cuadrar el círculo», ¡traer el cielo a la tierra aquí, en Roma!

—En efecto —confirmó Maria Cosway con una sonrisa—. Y Jefferson, como el brillante estudioso de la arquitectura que era, comprendió el significado de todo ello en el mismo instante en que visitó el Désert. Tan pronto como le fue posible, Jefferson viajó a todas las ciudades europeas que pudo, estudió su trazado y compró grabados, caros pero precisos, de los planos de cada una de ellas. Al albor de la Revolución francesa, regresó a casa desde Europa y nunca volví a verlo, aunque mantuvimos una correspondencia intermitente.

»No obstante, alguien más compartió esta confidencia íntima —explicó—. Un galardonado arquitecto italiano, miembro de la Real Academia y que había estudiado en Londres y Roma, un estudioso de las obras de Palladio y Vitruvio y experto en *disegno all'antica*. Y compañero y amigo íntimo de nuestro colega John Trumbull, que nos presentó a Jefferson aquel día en el Halle au Blé. Jefferson y Trumbull consiguieron que este hombre fuera a Estados Unidos con un importante encargo arquitectónico. Se quedó allí hasta el día de su muerte. Es él por quien sé gran parte de lo que os he referido hoy aquí.

—¿Quién era ese arquitecto de quien Jefferson era tan íntimo, en quien depositó semejante confidencia? —preguntó Byron.

—Mi hermano, George Hadfield —contestó Maria.

A Haidée se le desbocó el corazón de tal modo que creía que los demás oirían sus latidos. Sabía que estaba cerca de la verdad. Aun al lado de Maria, vio que Kauri le lanzaba una mirada de advertencia.

—¿En qué consistía el encargo que había recibido vuestro hermano? —preguntó Haidée a la anciana.

—En 1790 —dijo Maria—, en cuanto Jefferson regresó de Europa, y coincidiendo con la elección de George Washington como primer presidente, Jefferson persuadió a este de que el Congreso adquiriese un terreno con forma de cuadrado pitagórico, es decir, basado en el número diez.

»Tres ríos surcaban ese terreno, tres ríos que confluían en el centro formando la letra Y, un símbolo pitagórico. En cuanto se eligió al profesional que diseñaría los planos, Pierre L'Enfant, Jefferson le entregó todos los planos que había recabado en las ciudades europeas que había visitado. Pero en la carta que le envió a L'Enfant, había una advertencia: "Ninguno de ellos es comparable al de la antigua Babilonia". Mi hermano, George Hadfield, fue contratado por Jefferson y Trumbull para que completase el plano, además del diseño y la construcción del edificio del Capitolio, de aquella nueva gran ciudad.

—¡Asombroso! —exclamó Byron—. ¡El tablero de ajedrez, la ciudad bíblica de Babilonia y la nueva ciudad creada por Jefferson y Washington están basados en el mismo plano! Ha explicado la relevancia de su diseño como «cuadrados mágicos», y el significado más profundo que eso podría entrañar. Pero ¿qué hay de sus diferencias? También podrían ser importantes.

Y sin duda lo eran, como Haidée había captado de inmediato.

Ahora comprendía la importancia de la historia de Baba Shemimi. Comprendía el significado de la mirada de advertencia de Kauri, pues aquello era lo que sin duda habían temido más desde siempre: el tablero tenía la clave.

El tablero del ajedrez de al-Jabir, de ocho por ocho, como incluso el baba había señalado desde el principio, tenía veintiocho cuadrados de perímetro, el número de letras del alfabeto árabe.

El cuadrado de nueve por nueve de la pirámide egipcia, de la antigua ciudad de Babilonia, tenía un perímetro de treinta y dos cuadrados: las letras del alfabeto persa.

Pero un cuadrado de diez por diez contendría treinta y seis cuadrados de perímetro, que no representarían las letras de un alfabeto sino los 360 grados de un círculo.

La nueva ciudad que Jefferson había construido sobre los tres ríos, la ciudad que él había inaugurado como presidente electo de Estados Unidos, había sido diseñada para traer el cielo a la tierra, para unir la cabeza y el corazón... para cuadrar el círculo.

Esa ciudad era Washington.

# LA REINA AVANZA

La mujer [la reina] tardó más en aparecer en el
ajedrez ruso que en ningún otro país no musulmán, entre ellos China.

MARILYN YALOM,
*Birth of the Chess Queen*

¿La Reina Blanca? ¿Cómo podía ser yo la Reina Blanca cuando mi madre, si había que creer la versión de la tía Lily, era
la Reina Negra? Aunque nunca nos hubiéramos llevado del todo
bien, mi madre y yo tampoco éramos bandos opuestos, especialmente en un juego tan peligroso como aquel en el que se
pretendía que yo participara. ¿Y qué demonios tenían que ver las
fechas de nuestro cumpleaños con él?

Necesitaba hablar con Lily, y pronto, para deshacer aquel nudo
inesperado. Pero antes de que pudiera empezar a desenmarañar
nada, otra reina apareció en escena, la ultimísima persona en la Tierra que esperaba ver en aquel momento, si bien debía haber sabido que ocurriría. Era nada más y nada menos que la Reina Madre
y la Abeja Reina fusionadas en una sola: Rosemary Livingston.

Aunque apenas habían transcurrido unos días desde la última
vez que había visto a la madre de Sage envuelta en sus nubes de
pelo animal, en Colorado, me quedé igual de perpleja que siempre ante su aparición en aquel lugar y aquella noche. Y no me refiero solo a su llegada.

Rosemary causó su impresión habitual mientras bajaba a la bodega, rodeada de hombres, por la escalera de piedra. Varios de sus exóticos escoltas iban ataviados con túnicas blancas del desierto, y otros, como Basil, llevaban elegantes trajes de ejecutivo. La propia Rosemary lucía un vestido de cola, de seda y de color bronce brillante, exactamente a juego con el de sus ojos y su pelo, cuyos mechones quedaban parcialmente cubiertos por un chal de seda, tan exquisito y opalino que parecía estar hecho con puro hilo de oro.

El aspecto de Rosemary siempre había parado el tráfico, pero nunca había alcanzado el extremo de aquella noche, en su elemento natural, rodeada de una panda de comensales masculinos que se la comían con los ojos. Pero enseguida comprendí que no se trataba de mirones corrientes; a muchos los reconocí de la revista *Fortune 500*. Si en aquel momento hubiese caído una bomba en la estela de Rosemary, pensé, la noticia habría hecho bajar en pocas horas la cotización de la Bolsa de Nueva York en doscientos puntos.

La rotunda presencia de Rosemary, como un perfume embriagador, era algo difícil de describir, y mucho más de imitar. Aun así, a menudo yo intentaba definirla mentalmente.

Había mujeres, como mi tía Lily, que desprendían la clase de glamour extravagante que formaba parte inextricable de su celebridad. Había otras, como Sage, que habían pulido su cincelado aspecto hasta la perfección impecable de una reina de la belleza adicta a los concursos. Mi madre siempre había parecido poseer un aura diferente e innata: la belleza y la gracia saludables de una criatura salvaje adaptada de forma natural a la supervivencia en el bosque o en la jungla, quizá a eso se debiera su sobrenombre: Cat, «Gata». Rosemary Livingston, por su parte, se las había arreglado para combinar, casi alquímicamente, retazos de cada uno de esos rasgos para crear una presencia única en ella: una especie de elegancia regia que a primera vista quitaba el aliento y lo dejaba a uno con una sensación de agradecimiento por haber sido tocado por el trémulo resplandor de su dorada presencia.

Hasta que se la conocía bien, claro está.

En aquel instante, mientras Basil le retiraba el chal justo al otro lado de la partición de vidrio que separaba el comedor privado del hogar, Rosemary me miró con una mueca de disgusto, algo a medio camino entre un mohín y un beso.

Aunque Rodo me había contado mucho, al menos lo bastante para que se me erizara el vello de la nuca, sentí el deseo imperioso de haber tenido tiempo para sonsacarle más información sobre lo que fuera que supiera acerca de aquella cena. Me pregunté qué era exactamente lo que se traían los Livingston entre manos ejerciendo, a todas luces, de anfitriones de aquel extraño séquito de millonarios de múltiples procedencias. Pero, teniendo en cuenta las conexiones que acababa de establecer entre el ajedrez, el juego y Bagdad, no me pareció buen presagio que muchos de aquellos comensales pareciesen figuras relevantes de Oriente Próximo.

Y aunque en mi función de camarera en aquella representación no me los habían presentado formalmente, sabía que no se trataba solo de «peces gordos e influyentes» de alto nivel, como Leda y Erramon habían supuesto: reconocí a algunos de ellos como jeques o príncipes de familias reales. ¡Como para extrañarse del tremendo dispositivo de seguridad que controlaba el puente del canal!

Y, ante todo, por supuesto, con un desasosiego profundo tras la reciente disertación de Rodo sobre mi presunto papel, estaba desesperada por saber qué tenía que ver todo aquello con el juego. O, más concretamente, conmigo.

Pero estos pensamientos enseguida quedaron atajados, pues Rodo me había agarrado con fuerza de un brazo y me llevaba a recibir al grupo.

—Mademoiselle Alexandra y yo hemos elaborado una cena especial para esta noche —informó a Basil—. Confío en que madame y sus invitados se hayan preparado para degustar algo único. Encontrarán sus respectivos *menus du soir* en la mesa.

Me apretó levemente el brazo bajo el suyo, una insinuación menos que sutil de que debía mantener nuestra conversación previa bien guardada bajo el gorro de chef y seguir sus instrucciones hasta que me indicara lo contrario.

Tras asegurarse de que todos se sentaban a una distancia que nos permitía verlos desde nuestras bambalinas, Rodo tiró de mí hacia el otro lado del panel de vidrio y me susurró al oído:

—*Faites attention.* Esta noche, cuando sirvas los platos, tendrás que ser la... *entzule.* ¡No la *jongleur des mots, comme d'habitude*!

Es decir, que debería ser la «oyente» y olvidarme de mi actitud habitual de «malabarista de las palabras», significara eso lo que significase.

—Si esos tipos son quienes creo que son, también hablarán francés —repuse con un hilo de voz—. Así que, ¿por qué no sigues hablando en euskera? Así nadie te entenderá. Incluida yo, con un poco de suerte.

Dicho esto, Rodo se quedó mudo.

A la bullabesa le seguía el bacalao, una pieza enorme guisada a fuego lento con una salsa vasca de limón y olivas, acompañada de montoncitos de *boules* humeantes de pan rústico horneado a las brasas.

Había empezado a salivar —la patata rellena parecía haberse evaporado ya—, pero me contuve y llevé de un lado a otro el carrito, sirviendo los platos en cada tanda y retirándolos después a la despensa, donde los colocaría en el lavavajillas a la espera de que llegara el personal del turno de mañana.

Por un momento pensé que aquello era casi el reflejo exacto de la *boum* de cumpleaños de mi madre, en la que me había esforzado por espigar el máximo de información posible sobre aquel juego mortífero en medio del cual me encontraba de pronto.

Sin embargo, aunque Rodo me había dicho que también en esta ocasión hiciera de oyente, mis obligaciones me impedían seguir la conversación de la cena. Todos parecían observarme.

Fue en el turno del *méchoui*, otro de sus retos culinarios, cuando Rodo abandonó el hogar y me acompañó al comedor. Tradicionalmente, el cordero debe servirse en el asador, con todos los comensales de pie alrededor para poder pellizcar directamente pedazos de la suculenta y aromatizada carne.

Estaba impaciente por ver a Rosemary Livingston abordando tal proeza con su lujoso vestido de seda parisina, pero uno de los príncipes del desierto se había apresurado a solventar el apuro.

—Permítame —dijo—. ¡A las mujeres nunca se las debería hacer levantar en presencia de hombres frente a un *méchoui*! —Indicándole con un gesto que permaneciera sentada, le sirvió un poco de cordero en un plato que, cortésmente, Basil le acercó.

Por lo visto esta era la oportunidad perfecta que la Abeja Reina había estado esperando. En cuanto la dejaron sola en la mesa, con Rodo haciendo rotar el cordero en el asador para los hombres que se habían congregado a su alrededor, me pidió por señas que le llevara la jarra de agua.

Aunque, por la mirada de advertencia que me dirigió Rodo, sospechaba que se trataba de una treta, me incliné sobre la mesa y la serví. A Rosemary, pese a su esnobismo, no la amilanaban las convenciones cuando quería algo. Sorteando hábilmente la mesa para acercarse a mí y besarme en ambas mejillas con su característico «beso al aire», me cogió por los hombros y me colocó frente a ella.

—¡Querida! Después de saber que se avecinaba aquella terrible tempestad, Basil y yo no confiábamos en que consiguieras llegar aquí tan deprisa desde Colorado. ¡Estamos encantados! Y esperamos que tu madre superara la crisis… o lo que fuera que la indispuso. Nosotros, por descontado, ¡vinimos a la costa Este en el Lear aquella misma noche!

Menuda sorpresa. Sabía que los Livingston contaban con una plantilla fija de pilotos y avionetas de diseño a su disposición a todas horas, en su pista de aterrizaje privada de Redlands, por si se daba la eventualidad de que a Rosemary le entrara el antojo irrefrenable de ir a algún sitio a comprar hasta reventar; aunque, claro está, podrían haberse ofrecido a traernos en lugar de dejarnos tirados ante la inminente tormenta.

Como si me hubiese leído el pensamiento, Rosemary añadió:

—Por cierto, que de haber sabido que os dirigíais a Denver, podríamos haberos llevado a ti y a los demás, junto con Sage y nuestro vecino, el señor March.

—Vaya, ojalá lo hubiera sabido —le dije con el mismo tono altivo—, pero no quiero entorpecer su cena. El *méchoui* es una especialidad de Sutaldea. Rodo lo prepara solo en raras ocasiones; se disgustará si por culpa de mi cháchara su ración se enfría antes de que la haya probado siquiera.

—Entonces, siéntate conmigo un momento —dijo Rosemary con el tono más obsequioso que nunca la había oído emplear. Ocupó de nuevo su asiento y, sonriente, dio unas palmadas en la silla vacía que tenía a su lado.

Me sorprendió aquel lapsus en el protocolo, allí, delante de todos aquellos dignatarios, sobre todo viniendo de la esnob más recalcitrante que había conocido en la vida. Pero sus siguientes palabras me dejaron aún más atónita.

—Estoy segura de que a tu jefe, monsieur Boujaron, no le importará que charlemos un poco —me dijo—. Ya le he dicho que eres amiga de la familia.

¡Amiga! ¡Vaya concepto!

Rodeé la mesa en su dirección; por el camino llené varios vasos de agua y dirigí una mirada rápida a Rodo. Él arqueó levemente una ceja como preguntándome si estaba bien.

Cuando llegué a su lado, dije:

—Bien, el señor Boujaron nos está mirando. Será mejor que vuelva a la cocina. Como habrá visto en la carta, aún quedan tres platos después de este. Y, tratándose de una cocina tan exquisita, no queremos que se estropee por culpa de una espera excesiva. Además, imagino que tampoco querrá pasarse aquí toda la noche.

Rosemary me agarró de un brazo en una llave mortal y tiró de mí hasta sentarme en la silla contigua. Yo me quedé tan perpleja que a punto estuve de derramar el agua en su regazo.

—He dicho que me gustaría hablar contigo —insistió casi en un susurro pero con un tono equiparable al de una orden imperial.

Se me aceleró el corazón. ¿Qué demonios creía que estaba haciendo? ¿Podía alguien morir asesinado durante la celebración de una cena privada en un restaurante famoso, con los de los Servicios Secretos merodeando fuera? Y en ese instante recordé el comentario de Rodo sobre la interrupción de la comunicación de la bodega, y se me cayó el alma a los pies. De modo que dejé la jarra en la mesa y asentí.

—Claro. Supongo que no vendrá de un momento —dije con toda la calma que pude reunir y retirando sus dedos con cuidado de mi brazo—. ¿Qué llevó a Sage y a Galen a Denver?

El semblante de Rosemary se tornó férreo.

—Sabes perfectamente lo que hacían allí —contestó—. Seguro que tu amiguita mestiza Nokomis Key ya te lo ha soplado, ¿no es así?

Había espías en todas partes.

Entonces, con sus acerados ojos, dio rienda suelta a la persona que yo conocía.

—¿Con quién crees que estás tratando, muchachita? ¿Acaso tienes la menor idea de quién soy yo?

Sentí la tentación de contestarle que bastantes problemas estaba teniendo ya para saber quién era yo, pero considerando la última reacción de Rosemary, por no hablar de la composición de aquel misterioso grupo, pensé que a todos nos iba a ir mejor si, al igual que el móvil, dejaba la frivolidad tras la puerta.

—¿Y quién es usted? —pregunté al fin—. Quiero decir… aparte de Rosemary Livingston, mi antigua vecina.

Rosemary suspiró con infinita impaciencia y repiqueteó con una uña en el plato de *méchoui* que tenía delante y que seguía intacto.

—Le dije a Basil que esto era una estupidez. Una cena, ¡por el amor de Dios! Pero no quiso escucharme —dijo casi para sí misma. Luego volvió a mirarme con los ojos entornados—. Sin duda, sabrás quién es en realidad Vartan Azov —dijo—. Me refiero al margen de esa afición suya de hacerse maestro de ajedrez de talla mundial. —Al verme negar con la cabeza, confusa, añadió—: Obviamente, conocemos a Vartan desde que era niño. En aquel entonces era hijastro de Taras Petrosián, el socio de Basil, que acaba de fallecer en Londres. A Vartan no le gusta hablar de su relación, ni del hecho de que sea el único heredero del patrimonio de Petrosián, que es ciertamente abundante.

Por mucho que intenté disimular lo que sentí al oír aquella revelación, no pude evitar escrutarla fijamente y enseguida desvié la mirada. Era evidente que Petrosián había sido rico. Había sido un «oligarca» durante el apogeo del capitalismo ruso, ¿no? Y, además, Basil Livingston difícilmente habría tenido tratos con nadie que no lo fuera.

Pero Rosemary no había acabado. De hecho, parecía regodearse en su venenosa perorata con una fruición sin precedentes.

—Me pregunto si podrías explicarme —dijo manteniendo la voz baja— cómo exactamente se las arregló Vartan Azov, siendo ucraniano, para conseguir con tan poco margen de tiempo un visado para viajar a Estados Unidos, solo para asistir a una fiesta de cumpleaños. O por qué él y Lily Rad, si realmente tenían tanta prisa por llegar a Colorado, decidieron ir a la casa por carretera en un coche de alquiler.

Me maldije por ser tan lerda. Si Rosemary intentaba arrojar sospechas sobre mis amigos, lo estaba haciendo de maravilla. ¿Por qué no se me había ocurrido hacerme esas preguntas?

Pero bastó hacérmelas para notar en un instante cómo el terror acababa de arraigar en lo más hondo de mi ser. Me alegré de seguir sentada. Mi sistema límbico empezaba a causar estragos en mis reacciones viscerales; estaba empapada en sudor frío.

Pero no había podido evitar oír aquella frase en particular, como un choque de símbolos en mi mente; la frase que lo resumía todo de un modo que realmente me hería: «Obviamente, conocemos a Vartan desde que era niño…».

Si los Livingston conocían a Vartan Azov desde que era niño, si lo conocían desde que era el hijastro de Taras Petrosián y habían tenido tratos con el propio Petrosián todo aquel tiempo, eso significaba que todos ellos habían estado íntimamente relacionados… Incluso desde el mismo instante en que mi padre y yo pusimos un pie en Rusia.

Lo cual significaba que todos ellos debían de haber estado implicados en aquella última partida, la que le arrebató la vida a mi padre.

♟

El juego ciertamente había avanzado. Enseguida comprendí que en aquellas pocas palabras que Rosemary Livingston me había dedicado en un aparte no solo había dejado ver su verdadera esencia, sino que probablemente me había proporcionado mucha información sobre la que meditar.

Mientras servía los siguientes tres platos (la carne guisada con setas silvestres, el pollo con verduras, las hortalizas estofadas con la grasa del cordero y el *gâteau au chocolat* acompañado con cerezas maceradas en brandy), intenté distanciarme un poco y obtener una visión más amplia del tablero en el que estaba jugando. Y averigüé mucho, si bien solo a partir de insinuaciones.

Aunque Rodo me había rescatado enseguida de las garras de nuestra anfitriona y me había devuelto a mi más apacible hábitat consistente en remover ascuas y servir vituallas, no conseguía detener la cantinela que resonaba en mi cabeza: que la mayoría de las personas a quienes mi madre había invitado hacía apenas unos días, en las Rocosas, también resultaban estar, de un modo u otro, íntimamente relacionadas entre sí, una clase de conexión que sugería que, por consiguiente, también estaban sospechosamente relacionadas con la muerte de mi padre.

Eso significaba que sin duda todos ellos participaban en el juego.

Lo único que necesitaba era averiguar de qué modo estaban relacionados conmigo. ¿Qué papel desempeñaba yo? La Pregunta de los Sesenta y Cuatro Escaques, como habría dicho Key, y como Rodo, a su manera, había intentado señalar un rato antes. Estaba impaciente por quedarme a solas con él después de cerrar el restaurante, para interrogarlo sobre el verdadero origen de aquella cena de gala. ¿De quién había sido la idea? ¿Cómo se había decidido? ¿Cómo se había organizado a todos aquellos dignatarios de alto nivel y a las *hautes* fuerzas de seguridad?

Sin embargo, pese a todas esas preguntas sin responder flotando en el primer plano de mi conciencia, había algo que estaba segura de haber descifrado, algo que había estado acechando en los recovecos de mi mente.

Algo más había ocurrido hacía diez años. Algo más, aparte de la muerte de mi padre y la decisión de mi madre de sacarme de la escuela de Nueva York en la que estudiaba y llevarme a vivir al Octógono, en medio de las Rocosas, algo que casi parecía un inexplicable movimiento de ajedrez en un juego de mayores dimensiones.

Diez años antes, como en ese instante recordé, la familia Livingston había arrancado sus raíces de Denver y se había instalado como vecinos a tiempo completo: se habían mudado al rancho que tenían en Redlands, en la meseta de Colorado.

Pasaba de la medianoche cuando los Livingston se marcharon con el último de sus invitados. Tanto Rodo como yo estábamos demasiado cansados para mantener una larga charla. Dijo que quería verme al día siguiente, por la mañana, y llevarme a algún lugar discreto donde pudiéramos hacer balance de lo que había tenido lugar aquella noche.

Me pareció bien. Una excursión con Rodo me ahorraría de paso la ira que sin duda iba a arrebatar a los chefs y a Leda —por no hablar de la tropa de fregado— cuando vieran lo que les dejábamos por lavar y limpiar.

Estaba llevando las cazuelas y las sartenes a la despensa, donde pasarían en remojo varias horas, cuando, al mover la bandeja en la que había ido vertiéndose la grasa del cordero, vi aquellas manchas negras y funestas en el suelo. Se las mostré a Rodo.

—¿Quién montó el asador del *mouton*? —le pregunté—. Quienquiera que fuera, se lució. Mira qué desastre. Tendrías que habérmelo encargado a mí o haberlo hecho tú mismo. ¿A quién enviaste aquí abajo esta mañana? ¿A la Brigada Vasca?

Rodo sacudió la cabeza, compungido, al ver el pringue carbonizado. Vertió un poco de agua sobre él con la jarra y luego lo espolvoreó con un poco de bicarbonato sódico.

—A un amigo —contestó—. Mañana lo solucionaré. Voy a recuperar nuestros móviles. Y tú será mejor que vayas a casa y duermas un poco.

Era algo tan insólito en mi jefe (al que los chefs llamaban el Exterminador Euskaldun) que casi me quedé sin aliento. El auténtico Rodo habría equiparado su desprecio con un rifle de asalto AK-47 ante cualquiera que hubiese cometido una transgresión la mitad de grave que aquella. Debía de estar derrotado por el cansancio de la noche, concluí.

Yo también estaba, más que derrotada, exhausta, al borde del coma, cuando Rodo regresó de su visita a la patrulla del puente con nuestros móviles. Volvían a ser las tantas cuando echó la llave de la puerta principal a nuestro paso; empezaba a volverse una costumbre para mí. El puente peatonal estaba abierto, los sabuesos se habían marchado, y su garita y las barreras de cemento habían sido convenientemente retiradas.

Nos separamos al final del puente, donde Rodo me deseó felices sueños y me dijo que me llamaría al día siguiente para acordar la hora a la que pasaría a recogerme. Era más de la una de la mañana cuando enfilé el callejón hacia mi *pied à terre* con vistas al canal.

Al llegar a la terraza, en la habitualmente penumbrosa entrada del Key Park, todo estaba tan negro como el interior de un calcetín de lana. La bombilla de la farola se había fundido, algo que ocurría con más frecuencia de la que me gustaba recordar. La oscuridad impedía ver nada, así que busqué las llaves a tientas y al fin palpé la correcta. Pero, cuando abrí la puerta de mi recibidor, algo me chocó. Atisbé una tenue luz que parecía brotar de lo alto de la escalera.

¿Me habría dejado una lámpara encendida sin darme cuenta? Después de todo lo que me había pasado en los últimos cuatro días, tenía derecho a preocuparme. Saqué el móvil y marqué el número de Rodo. No podía estar a más de una o dos manzanas de allí, probablemente aún no hubiera llegado ni al coche, pero no contestó, de modo que colgué. Podía volver a llamarlo apretando una sola tecla si me encontraba con algo realmente desagradable ahí arriba.

Empecé a subir con sigilo y llegué a la puerta de mi apartamento. No tenía cerradura, pero siempre la cerraba cuando salía de casa. La encontré entornada. Y no había duda: dentro había una lámpara encendida. Estaba a punto de pulsar la tecla de rellamada cuando oí una voz conocida.

—¿Dónde has estado, querida? Llevo horas esperándote.

Empujé la puerta y la abrí del todo. Allí, sentado en mi cómodo sillón de cuero, como si fuera el amo del lugar, con la luz de la lámpara derramándose sobre su pelo rizado y cobrizo, un vaso de mi mejor jerez en una mano y un libro abierto sobre el regazo, estaba mi tío Slava.

El doctor Ladislaus Nim.

# EL MEDIO JUEGO

Medio juego: fase del juego que prosigue a la de apertura. Es la fase más difícil y hermosa, en la que la imaginación vívida dispone de una gran oportunidad para elaborar combinaciones maravillosas.

NATHAN DIVINSKY,
*The Batsford Chess Encyclopedia*

Nim me miró con su habitual sonrisa irónica, pero apenas un instante. Debí de parecerle un desastre viviente. Como adivinando todo lo que había ocurrido, dejó el vaso y el libro a un lado, se acercó a mí y, sin pronunciar palabra, me abrazó.

No era consciente de lo destrozados que tenía los nervios, pero en el mismo instante en que me abrazó, las esclusas se abrieron y me sorprendí sollozando incontroladamente sobre su manga. El miedo que había sentido hacía solo unos segundos empezó a transformarse en alivio. Por primera vez en más tiempo del que podía recordar, me encontraba protegida por alguien en quien podía confiar por completo. Él me acarició el pelo con una mano, como si fuera su animal de compañía, y yo noté que al fin me relajaba.

Mi padre había apodado «Slava» a mi tío, un nombre ambiguo mezcla de Ladislav, la pronunciación de su nombre, y de la acepción rusa de «Gloria», la estrella de ocho puntas que forma un halo en iconos rusos de figuras como Dios, la Virgen o los ángeles. Mi Slava estaba definitivamente instalado en su propia aura, rodeada de un halo de pelo cobrizo. Y aunque desde que me hice mayor lo llamaba Nim, como todos los demás, seguía pensando en él como mi ángel de la guarda.

Era la persona más fascinante que había conocido en la vida, creo que en parte porque había sido capaz de conservar un rasgo que la mayoría poseemos de niños, pero pocos conseguimos mantener al ir creciendo: Nim seguía siendo fascinante porque siempre estaba fascinado, por cualquier cosa y por todo. Su consejo predilecto resumía su filosofía; de niña, siempre que lo reclamaba para que me divirtiera o entretuviera, él decía: «Solo las personas aburridas se aburren».

Bien fascinante o bien misterioso para los demás, Nim había sido el ingrediente más estable de mi corta vida. Tras la muerte de mi padre y el distanciamiento de mi madre después de que me arrancara del mundo del ajedrez, mi tío me había hecho dos regalos importantes que me ayudaron a sobrevivir, regalos que también eran herramientas que habíamos utilizado a lo largo de todos aquellos años para comunicarnos y no hablar de temas profundos que obviamente nos dolían a ambos: el arte de la cocina y los enigmas.

Y mi intrigante tío estaba allí precisamente entonces, aquella noche, para hacerme un tercer regalo, algo que yo jamás habría esperado, ni buscado, ni siquiera deseado.

Pero en aquel momento, cobijada en sus brazos mientras los sollozos amainaban, me sentí como sumergiéndome en el olvido del agotamiento, demasiado débil para verbalizar las muchas preguntas que tenía por hacer, demasiado exhausta para entender la respuesta que mi tío había ido a ofrecerme, ese «regalo» que estaba a punto de cambiarlo todo: el conocimiento de mi propio pasado.

—¿Es que nunca te da de comer ese jefe tuyo? ¿Cuándo fue la última vez que comiste algo? —me preguntó Nim, irritado.

Pese a su tono sarcástico, había preocupación genuina en sus extraños ojos bicolor (uno azul, el otro castaño) que siempre parecían estar mirándote y viendo tu exterior y tu interior al mismo tiempo. Con la frente fruncida y los codos apoyados sobre la mesa de la cocina, observó cada cucharada que yo tomaba del segundo plato ya de sopa, una sopa deliciosa que había preparado con ingredientes que había conseguido encontrar en mi árida cocina. Había ingeniado aquel brebaje después de que, por lo visto, yo perdiera el conocimiento en sus brazos y él me dejara tumbada en el sofá del salón.

—Supongo que tanto Rodo como yo hemos pasado por alto que no he comido casi nada últimamente —admití—. En estos días todo ha sido tan confuso… Creo que mi última comida de verdad fue la que yo misma preparé en Colorado.

—¡Colorado! —exclamó Nim casi sin aliento, y dirigió una mirada fugaz hacia la ventana. Luego bajó aún más el tono de voz—: Así que es allí donde has estado. Llevo días persiguiéndote. He ido varias veces al restaurante.

De modo que él era el misterioso hombre de la gabardina que había estado merodeando por Sutaldea… Pero, de pronto, sin previo aviso, Nim estampó con fuerza una mano sobre la encimera de la cocina.

—Cucarachas —dijo, con la palma de la mano en alto, limpia, y una ceja levemente arqueada a modo de advertencia—. Ahora he visto una, pero podría haber muchas más. Cuando te acabes la sopa, saldremos afuera a tirarla.

Lo entendí de inmediato: esa mano limpia sugería que mi casa estaba «infestada», sí… pero de algo diferente, micrófonos ocultos, así que no podríamos hablar allí. Me escocían los ojos por la llorera, me dolía la cabeza por la falta de sueño; pero, hambrienta y exhausta o no, comprendía tan bien como él la urgencia de nuestra situación. Realmente teníamos que hablar.

—Estoy bastante cansada —le dije a mi tío con un bostezo que no necesité fingir—. Salgamos ya y así me acostaré antes.

Descolgué el tazón de café del gancho del que colgaba, sobre los fogones, y lo llené de sopa a cucharones. Me dije que más tarde anotaría la receta de aquella fusión mágica de sabores que Nim había conseguido mezclando latas polvorientas y sobres de papel: un cremoso caldo de maíz sazonado con curry y zumo de limón, y espolvoreado con coco rallado y tostado, carne de cangrejo y jalapeños troceados. Pasmoso. Una vez más, mi tío había dado muestra de aquello de lo que más se enorgullecía: ser capaz de elaborar una comida mágica sencillamente hurgando en un vulgar armario de cocina en busca de restos. Impresionaría a Rodo.

Nos pusimos las chaquetas. Metí la cuchara en el tazón y seguí a mi tío por la oscura escalera hacia la húmeda y negra noche. Tanto el camino de sirga del canal, que quedaba abajo, como el sinuoso sendero que conducía al parque Key estaban en penumbra y desiertos, de modo que ascendimos hacia M Street, donde las farolas siempre arrojaban charcos de luz titilante y dorada durante toda la noche. Convinimos en silencio doblar a la izquierda, hacia el puente Key, también iluminado.

—Me alegro de que te hayas traído la sopa. Acábatela, por favor. —Nim asintió mirando el tazón y me pasó un brazo por los hombros—. Querida, estoy seriamente preocupado por tu salud. Tienes un aspecto horrible. Aunque lo cierto es que lo que acaba de ocurrirte, que ya me contarás más tarde, no me preocupa tanto como lo que pudiera estar a punto de ocurrir, que más que preocuparme me aterra. ¿Qué demonios te entró para que de repente te fueras a Colorado?

—La fiesta de cumpleaños de mi madre —contesté entre dos sorbos de la fabulosa sopa—. Tú también estabas invitado. O, al menos, eso decías en el mensaje que dejaste en el contestador…

—¡El mensaje! —exclamó, retirando el brazo de mis hombros.

—*Jawohl, Herr Professor Doktor* Wittgenstein —dije—. Declinabas la invitación, estabas camino de la India para participar en un torneo de ajedrez. Oí el mensaje en el contestador de mi madre. Todos lo oímos.

—¡Todos! —gritó Nim. Se había parado en seco al llegar al extremo superior del parque y el acceso al puente—. Después de todo, quizá sea mejor que me cuentes qué pasó exactamente en Colorado. ¿Quién más estaba allí?

Y así, bajo la luz de la farola en el límite del parque, mientras oíamos las campanadas que anunciaban las dos de la mañana, me apuré a poner al corriente a mi tío sobre la llegada, uno a uno, del variopinto grupo de invitados al cumpleaños de mi madre y lo que supe de cada uno de ellos. Pero su atención se intensificó cuando le referí la historia de Lily sobre el juego, como si intentara reproducir los movimientos de una importante partida de ajedrez que hubiesen jugado hacía años. Y probablemente lo estuviera haciendo.

Estaba a punto de llegar a la parte crucial del hallazgo del paño con el ajedrez en el cajón y a lo que Vartan me había revelado sobre la Reina Negra rusa y la muerte de mi padre, cuando de pronto mi tío me atajó con una impaciencia apenas disimulada.

—¿Y qué hizo tu madre mientras tanto, mientras llegaban todos esos «huéspedes»? —preguntó—. ¿Te dijo algo que pudiera explicar sus actos? ¿Te contó por qué fue tan insensata de arriesgarse a celebrar esa fiesta precisamente en la fecha de su cumpleaños pese al evidente peligro que conllevaba? ¿Quién más estaba invitado? ¿Quién faltó? Santo cielo, después de todos los nombres que acabas de darme, rezo por que tuviera la sensatez de no mencionar el regalo que le envié.

Yo seguía tan derrotada por la falta de sueño que no estaba segura de haberle oído bien. ¿Era posible que no lo supiera?

—Pero mi madre en ningún momento estuvo en la fiesta —le dije—. Por lo visto abandonó la casa poco antes de que yo llegara. Y no volvió. Sencillamente, desapareció. La tía Lily y yo confiábamos en que tú tuvieras alguna idea de su paradero.

Nunca antes había visto aquella expresión en el rostro de mi tío: parecía atónito, como si estuviera hablándole en alguna lengua exótica que no entendiera. Al cabo, sus ojos bicolores se clavaron en los míos a la luz de la farola.

—Desaparecido —dijo—. Esto es mucho peor de lo que había supuesto. Tienes que venir conmigo. Hay algo que debes saber.

De modo que no sabía que mi madre había desaparecido. «Esto es mucho peor de lo que había supuesto», había dicho. Pero ¿cómo podía ser? Nim siempre lo sabía todo. Si él no lo sabía, ¿dónde estaba mi madre?

En aquel momento, sola con mi tío en Georgetown, en algún momento entre la medianoche y el amanecer, de pronto me sentí tan hundida en el desánimo que ni siquiera era capaz de atisbar su fondo.

Cruzamos juntos la calle, accedimos al puente y nos detuvimos en mitad del mismo, en el punto más elevado sobre el agua. Nim me indicó con un gesto que me sentara a su lado en la base de cemento que servía de soporte a la baranda del puente.

Nos sentamos en el charco de luz lechosa y rosácea que arrojaban los faroles que colgaban sobre nuestras cabezas. Su brillo fantasmagórico tiñó de dorado los rizos cobrizos de mi tío. De cuando en cuando, un coche cruzaba el puente, pero los conductores no podían vernos, aun estando sentados a solo unos metros de ellos, justo detrás de nuestra barrera protectora.

Nim agachó la mirada al tazón que yo aún sostenía en la mano.

—Veo que aún no te has acabado la sopa, y deberías hacerlo. Seguramente se habrá enfriado ya.

Obediente, tomé otra cucharada —seguía estando deliciosa— y después me llevé el tazón a los labios y lo apuré. Luego miré a mi tío, esperando su revelación.

—Debo empezar —me informó— diciendo que tu madre siempre ha sido una mujer de ideas fijas. Muy terca, vaya.

¡Menuda novedad para mí!

—Hace solo unas semanas —prosiguió—, poco antes de enterarme de que estaba planeando esta disparatada confrontación a la que tuvo el descaro de llamar «fiesta de cumpleaños» le envié un paquete importante. —Hizo una pausa y añadió—: Un paquete muy importante.

Estaba bastante segura de saber qué podía haber contenido ese paquete. Muy probablemente fuera lo mismo que en ese preciso instante estaba oculto en el relleno de mi parka. Pero si Nim estaba dispuesto a hablar, no iba a cortar el hilo de sus pensamientos con nimiedades como la destreza de Vartan Azov con la costura. Mi tío bien podría ser la única persona que poseyera las piezas del rompecabezas que faltaban y que yo necesitaba en aquel, el más peligroso de todos los juegos.

Pero ansiaba saber algo.

—¿Cuándo enviaste exactamente ese paquete a mi madre? —le pregunté.

—«Cuándo» lo envié es lo de menos —contestó Nim—. Lo importante es «por qué» lo envié. Es un objeto de enorme trascendencia, aunque no me pertenecía. Era de otra persona… Me sorprendió recibirlo y se lo envié a tu madre.

—Muy bien; entonces, ¿por qué? —insistí.

—Porque Cat era la Reina Negra, la que estaba al mando —respondió, y me miró impaciente—. No sé cuánto te habrá contado Lily de todo esto, según me has dicho, pero su imprudencia podría habernos puesto a todos, especialmente a ti, en peligro, un tremendo peligro. —Nim cogió mi tazón y lo dejó en el suelo, a un lado. Luego me tomó de ambas manos y siguió hablando—: Era el dibujo de un ajedrez —me dijo—. Hace treinta años, cuando tu madre se erigió en custodia de las otras piezas, se desconocía el paradero de esa pieza parte del puzzle, aunque nosotros sí sabíamos, por un diario, que había sido capturado por una monja conocida como Mireille.

—Lily nos habló de ella. Dijo que había leído su diario —le informé—. Que la monja aseguraba que seguía viva, que se llamaba Minnie y que mi madre, de algún modo, la había sustituido como Reina Negra.

Tardé más de una hora en narrarle todo lo que había acontecido. Conociendo la obsesión de Nim por los detalles, intenté no dejarme nada en el tintero. Los enigmas que mi madre me había dejado, el mensaje de voz con la clave, la bola número 8, el tablero de ajedrez con una partida a medias en el piano, la tarjeta oculta dentro de la pieza de la Reina Negra, el dibujo de aquel ajedrez escondido en el cajón, y, por último, la revelación de Vartan de lo que había ocurrido justo antes de que muriese mi padre, y la convicción de ambos de que no fue una muerte accidental.

Caí en la cuenta de que mi tío era la única persona con quien había compartido ya lo que había deducido de todo aquello: la posible existencia de una segunda Reina Negra, lo cual podría haber conducido a la muerte de mi padre.

Durante todo aquel tiempo, mientras atendía concentrado a cada una de mis palabras, Nim no dijo nada ni mostró ninguna reacción, pero yo estaba segura de que mentalmente estaba tomando nota de todo. Cuando acabé, sacudió la cabeza.

—Tu historia no hace más que confirmar mis peores temores, y mi certeza de que tenemos que averiguar qué ha sido de tu madre. Me siento responsable de la desaparición de Cat —dijo—. Hay algo que nunca te he dicho, querida. Creo que siempre he estado profundamente enamorado de tu madre. Y fui yo, mucho antes de que ella conociera a tu padre, quien tuvo la imprudencia de atraerla hacia ese peligroso juego. —Al ver mi reacción, puso una mano en mi hombro—. Quizá no debería haberte confesado mis sentimientos, Alexandra —añadió—. Te aseguro que nunca los he compartido con tu madre pero, por lo que has dicho, no me cabe duda de que está en peligro. Y si tú y yo queremos ayudarla, no tengo más remedio que ser lo más franco y directo posible contigo… por muy contrario a mi naturaleza criptográfica que eso sea. —Me miró con su típica sonrisa irónica.

No se la devolví. La franqueza era una cosa, pero empezaba a estar saturada de que me llegaran tantas sorpresas nocturnas de todas direcciones.

—Bien, pues ha llegado el momento de descifrar algunas cosas. Y vamos a empezar ahora mismo —le dije con sequedad, haciendo acopio de todas mis fuerzas para combatir el agotamiento—. ¿Qué tienen que ver esos sentimientos hacia mi madre, guardados durante tanto tiempo, con su desaparición, y también con ese ajedrez o con el juego?

—Después de haber oído una confesión que no habías pedido, tienes derecho de preguntarme lo que quieras. Y espero que lo hagas —me contestó mi tío—. En el mismo instante en que recibió mi paquete con el dibujo del ajedrez (la última pieza del puzzle, en cuanto consiguiéramos descifrarla), Cat debió de comprender enseguida que el juego había vuelto a comenzar. Sin embargo, en lugar de consultar con un experto en códigos como yo, cosa que confiaba que hiciera, anunció que iba a organizar esa absurda fiesta… ¡y luego desapareció!

Eso solo explicaba el «porqué» del anterior comentario de mi tío: por qué había enviado a mi madre ese paquete con tan poca fanfarria. Era evidente que aún confiaba, diez años después de la muerte de mi padre, en poder ser su criptógrafo, su confidente... o quizá algo más.

¿Podría haber algún motivo por el que ella no recurriese a él?

—Tras la muerte de Sasha —prosiguió Nim, leyéndome el pensamiento—, Cat no volvió a confiar en mí, no volvió a confiar en ninguno de nosotros. Creía que la habíamos traicionado, y también a tu padre, y, ante todo, a ti. Por eso se marchó y te llevó con ella.

—¿Cómo me traicionasteis todos?

Pero en ese instante supe la respuesta: con el ajedrez.

—Recuerdo el día en que ocurrió, el día en que se alejó de nosotros. Fue el día en que todos comprendimos qué extraño animal se ocultaba entre nosotros —contestó Nim con una sonrisa—. Pero, vamos, demos un paseo mientras te lo cuento. Así entraremos en calor.

Se puso en pie, tiró de una de mis manos para ayudarme a levantarme y se guardó el tazón vacío y la cuchara en el bolsillo de su gabardina.

—Tú solo tenías tres años —dijo—. Estábamos en mi casa de Long Island, en la punta de Mountauk Point. Estábamos todos, como era habitual los fines de semana de verano. Aquel fue el día en que descubrimos, querida, quién eras tú en realidad. Aquel fue el día en que comenzó nuestro distanciamiento con tu madre.

Cruzamos el puente en dirección a Virginia mientras la neblinosa noche sucumbía al rosado amanecer. Y Ladislaus Nim empezó a narrarme su historia...

## EL RELATO DEL CRIPTÓGRAFO

El cielo estaba azul; la hierba, verde. El agua de la fuente caía sobre el estanque que había al fondo del jardín, y en la distancia, más allá de la media luna de la playa, tan lejos como alcanzaba la vista, se extendía el manto infinito de pequeñas olas de cresta blanquecina del océano Atlántico. Tu madre nadaba de un lado al otro, cortando las olas, ágil como un delfín.

Lily Rad y tu padre estaban sentados en el jardín, en sillas de mimbre blanco, con una jarra de limonada fría y dos vasos escarchados. Jugaban al ajedrez.

Tu padre, Sasha, el excelso gran maestro Alexander Solarin, había abandonado los torneos poco después de venir a Estados Unidos. Pero necesitaba un empleo. Yo sabía de una posibilidad, una especie de atajo hacia el permiso de residencia y la nacionalidad para alguien ducho en la física, como tu padre.

En cuanto fue factible, tus padres consiguieron sendos empleos, bien pagados pero discretos, en el gobierno. Luego naciste tú. Cat consideraba demasiado peligrosos los torneos de ajedrez, sobre todo ahora que se había estrenado como madre; Sasha estaba de acuerdo con ella, aunque siguió entrenando a Lily los fines de semana.

Tú siempre diste la impresión de estar fascinada por el tablero, por aquellos cuadrados blancos y negros y aquellas pequeñas piezas. A veces incluso te llevabas alguna a la boca y luego parecías muy orgullosa.

Un día tú gateabas por el jardín mientras ellos comenzaban una partida. Yo acerqué mi silla a la mesa para ver la partida y también a tu madre nadando. Alexander y Lily estaban tan enzarzados en la partida que ninguno te prestamos mucha atención cuando de pronto llegaste, te sujetaste a una pata de la mesa para ponerte de pie y, con aquellos ojos verdes y grandes, te pusiste a observar cómo jugaban.

Recuerdo perfectamente que fue justo en el movimiento 32 de la defensa nimzo-india. Lily, que jugaba con las blancas, de algún modo se había quedado atrapada entre una horquilla y una pinza. Aunque estoy seguro de que tu padre podría haberse zafado de una trampa así, era evidente, al menos para ella, que no había escapatoria ni hacia delante ni hacia atrás.

Lily me miró un momento para hacerme una broma: si le refrescaba su vaso de limonada llenándolo, la ayudaría a mejorar sus estrategias. Entonces, en un abrir y cerrar de ojos, aún agarrada a la pata de la mesa, alargaste una manita por encima del tablero y le arrebataste el caballo. Para mi total estupefacción, ¡la dejaste en posición de jaque al rey de tu padre!

Todos nos quedamos callados mucho rato —mudos, seguramente— mientras comprendíamos lo que había ocurrido. Pero, a medida que todos asimilábamos las repercusiones e incalculables ramificaciones que un acontecimiento así podría tener, la tensión fue creciendo alrededor del tablero como en una olla a presión.

—Cat se pondrá furiosa. —Sasha fue el primero en hablar, con una voz débil y exenta de toda entonación.

—Pero… esto es increíble —musitó Lily—. ¿Y si no ha sido casualidad? ¿Y si es un prodigio?

—Yo no soy un «bicho» —se confundió la pequeña Alexandra, dirigiéndose al grupo con firmeza.

Pero en cuanto Sasha y Lily reprodujeron la partida horas después, como siempre hacían tras cada sesión de entrenamiento, vieron que el movimiento que había hecho una niña de tres años de edad había sido el único posible con el que Lily podía dejar la partida en tablas.

Se había abierto la caja de Pandora. Y jamás habría posibilidad de volver a cerrarla.

Nim hizo una pausa y me miró bajo aquella luz tenue. Habíamos llegado a Rosslyn, al otro lado del puente, en la ribera de Virginia. Estaba a oscuras y desierta, con los altos edificios de oficinas cerrados hasta la mañana siguiente. Aunque la conversación me tenía absorbida, sabía que necesitaba volver a casa y acostarme. Pero mi tío aún no había acabado.

—Al cabo de un rato, Cat subió al jardín después de nadar en el mar —me dijo—. Empezó a sacudirse la arena de los pies y a secarse el pelo con un extremo del albornoz, y entonces nos vio a todos sentados alrededor del tablero, contigo, su inocente hijita, sentada en el regazo de su padre con una pieza de ajedrez en la mano.

»Nadie tuvo que decirlo. Cat supo lo que había pasado. Se volvió y se marchó sin pronunciar palabra. Jamás nos perdonaría haberte incluido en el juego.

Nim se quedó en silencio al fin. Creí que era el momento de intervenir, o al menos de dar media vuelta, para no quedarnos ahí fuera toda la noche.

—Ahora que tú y la tía Lily me habéis informado de la existencia de ese gran juego —dije—, todo eso explica por qué mi madre no confiaba en ti. Y por qué temía tanto por mí. Pero no explica la fiesta ni su desaparición.

—Es que eso no era todo —repuso Nim.

¿Que no era todo?

—Eso no era todo lo que contenía el paquete que envié a Cat —añadió, leyéndome el pensamiento una vez más—. Esa tarjeta que encontraste, la cartulina con el dibujo de un ave Fénix en una cara, un pájaro de fuego en la otra y varias palabras en ruso, casi como una tarjeta de visita que alguien creyó que yo reconocería. Pero aunque aquello me sobrepasaba, hay otra cosa que debo enseñarte… —Me miró de un modo sospechoso. «¿De qué demonios se tratará ahora?»

Estoy segura de que volvía a dar la impresión de estar a punto de desmayarme, aunque esta vez no por falta de alimento ni de sueño. No podía creer que aquello estuviera ocurriendo. Me llevé una mano al bolsillo de los pantalones, saqué la tarjeta y se la tendí a mi tío.

—«Peligro. Cuidado con el fuego» —le dije—. Tal vez no signifique nada para ti, pero te aseguro que para mí sí. Me dieron esta tarjeta justo antes de que mi padre muriese. ¿Cómo la conseguiste tú?

Nim agachó la cabeza sobre la tarjeta y permaneció así largo rato, allí, de pie en la oscura acera. Luego me miró con una expresión extraña y me la devolvió.

—Tengo que enseñarte algo —dijo.

Se llevó una mano a la gabardina y sacó una pequeña cartera de cuero, del tamaño de un monedero. La sostuvo en la mano con sumo cuidado, como si se tratara de una reliquia, con la mirada clavada en ella. A continuación abrió mis manos y la depositó en ellas. Mantuvo sus manos alrededor de las mías unos instantes y al cabo las retiró.

Cuando abrí la cartera, incluso con aquella tenue luz de Rosslyn, alcancé a ver los detalles de una fotografía vieja en blanco y negro, pero tintada con acuarela para hacerla parecer de color: era una familia de cuatro miembros.

Dos niños de unos cuatro y ocho años aparecían sentados en el banco de un jardín. Los dos llevaban túnicas holgadas, con un cinturón y calzones largos debajo; tenían el pelo claro y rizado en tirabuzones. Miraban a la cámara con sonrisas vacilantes, como si nunca antes les hubieran hecho una fotografía. Justo detrás de ellos se alzaba un hombre corpulento, de pelo rebelde, ojos oscuros e intensos y aspecto ferozmente protector. Pero era la mujer que estaba de pie junto a él quien me heló la sangre.

—Somos tu padre, el pequeño Sasha, y yo —decía Nim con una voz entrecortada que nunca había oído salir de su boca—. Estamos sentados en el banco de piedra de nuestro jardín en Krym, en Crimea. Y esos son nuestros padres. Es la única fotografía que existe de la familia. Aún éramos felices. Nos la hicieron no mucho tiempo antes de que supiéramos que tendríamos que huir.

Era incapaz de despegar la vista de aquella imagen. El miedo me atenazaba el corazón. Aquellos rasgos cincelados que jamás podría olvidar, aquel cabello rubio, incluso más claro que el de mi padre...

La voz de Nim pareció llegarme a través de un túnel de miles de kilómetros de longitud.

—Solo Dios sabe cómo es posible —dijo—, pero sé que una única persona ha podido tener en su haber esta fotografía durante todo este tiempo y habérmela enviado junto con esa tarjeta y el dibujo del ajedrez. Solo una. —Hizo una pausa y me miró muy serio—. Lo que esto significa, querida, es que, al margen de lo que haya creído todos estos años y por muy imposible que siga pareciéndome, esa mujer de la foto, mi madre, sigue viva.

Sí, sin duda estaba viva. Yo misma podía dar fe de ello.

Era la mujer de Zagorsk.

# DOS MUJERES

*Deux femmes nous ont donné les premières exem-
ples de la gourmandise:
Ève, en mangeant une pomme dans le Paradis;
Proserpine, en mangeant une grenade en enfer.*

(Dos mujeres nos dieron los primeros ejemplos
de la gula:
Eva, al comer una manzana en el Paraíso;
Perséfone, al comer una granada en el Infierno.)

ALEXANDRE DUMAS,
*Le Grand Dictionnaire de Cuisine*

Me despertaron los estridentes gorjeos de un ejemplar macho de reyezuelo que se había posado justo delante de mi ventana. Ya estaba habituada a aquel ruido taladrante. Ese mismo pájaro aparecía todos los años por primavera, siempre cantando la misma vieja melodía. Daba saltitos de excitación, tratando de convencer a su cónyuge de que inspeccionara una posible ubicación para su nido situada justo debajo del alero de mi ventana, adonde ya había llevado varias ramas y briznas de hierba y las había amontonado en un rincón; en ese momento la engatusaba para que reorganizara el mobiliario y así poder él acordar la hipoteca antes de que algún otro avistara aquel excelente inmueble, uno de los pocos sitios del canal al que no podían acceder los gatos callejeros.

Pero de pronto caí en la cuenta de que aquel reyezuelo estaba despierto y se desgañitaba cantando, por lo que debía de hacer ya rato que había amanecido. Me incorporé en la cama para mirar la hora, pero el despertador había desaparecido de la vista. Alguien se lo había llevado.

Me palpitaba la cabeza. ¿Cuántas horas había dormido? ¿Cómo había llegado allí, a mi propia cama, y cómo me había puesto el pijama? Todo recuerdo parecía haberse borrado.

No obstante, los acontecimientos del día anterior empezaron a regresar a mi abotargado cerebro.

El extraño comportamiento de Rodo, en Euskal Herria y después en Sutaldea. Aquella cena, con la recepción de los oficiales de los SS y organizada por las personas a las que menos aprecio profesaba de todo el planeta, los Livingston. Y por último, la insospechada aparición de Nim en mi apartamento, y nuestro paseo a altas horas de la madrugada por el puente. Cuando me había enseñado aquella fotografía…

Todo regresó de pronto a mi memoria y cayó sobre mí como una tonelada de ladrillos.

Aquella misteriosa mujer rubia de Zagorsk, la mujer que había intentado advertirme… ¡era mi abuela!

Eso era lo último que recordaba haberle dicho a mi tío la noche anterior antes de que todo se desvaneciera. La mujer de aquella ajada foto familiar era la misma que me había dado la tarjeta hacía diez años, minutos antes de que mi padre muriese.

En aquel preciso instante, sin embargo, el reyezuelo que gorjeaba fuera me impidió seguir pensando en más temas opresivos. De pronto recordé que mi jefe, Rodo, iba a llamarme aquella mañana para encontrarnos, desayunar juntos y proporcionarme entonces toda la información que no había podido comunicarme la noche anterior, fuera cual fuese. Tenía que llamarlo…

Pero cuando miré a mi alrededor, ¡vi que el teléfono también había desaparecido!

Estaba a punto de saltar de la cama cuando las puertas del dormitorio se abrieron de par en par. Allí estaba Nim, con una bandeja en las manos y una sonrisa en los labios.

—Un griego-ruso con un regalo —dijo—. Espero que hayas dormido bien. Tomé todas las precauciones necesarias para que así fuera. Oh, y debo disculparme: anoche aderecé la sopa con media botella de grapa. Suficiente pulpa de uva fermentada para garantizar hasta a un buey toda una noche de sueño profundo. Era evidente que lo necesitabas. Me costó lo mío traerte a casa, hacerte subir aquí por tus propios medios y convertir ese grumoso sofá en una cama. En fin. Ahora tienes que comerte esto. Un buen desayuno te ayudará a sobrellevar lo que te espera hoy.

De modo que al menos me había mantenido consciente la noche anterior, pese a lo inconsciente que me sentía en esos momentos con respecto al resto de la conversación, si es que había existido.

Por mucho que quisiera hablar con Rodo, bajo mi nariz tenía un tazón humeante de café y otro de leche caliente, una jarra de zumo recién hecho y una pila de sus famosas tortas de leche y mantequilla en un recipiente de barro, un cuenco con arándanos frescos y una taza de sirope de arce tibio. El olor que desprendía todo era incluso mejor que su aspecto.

¿Dónde había encontrado Nim aquellos ingredientes en mi exigua despensa? Pero no tuve que preguntarlo.

—He charlado con el señor Boujaron, tu jefe —me dijo Nim—. Llamó hace un rato, pero me había llevado el teléfono de tu habitación. Le recordé quién soy: la principal referencia de vuestro contrato. Y le expliqué que después de la complicada semana que has tenido necesitabas descansar. Llegó a la sabia conclusión de darte el día libre. Y envió a un empleado con algunas cosillas que le pedí.

—Da la impresión de que le hayas hecho una oferta que no ha podido rechazar —dije, con una sonrisa pícara. Me introduje una esquina de la servilleta por el cuello del pijama. Era una de las grandes servilletas de damasco de Sutaldea. Nim era una bendición.

Y luego me dispuse a dar cuenta del desayuno. La necesidad imperiosa que sentía por escuchar el resto de la historia que Rodo había dejado a medias la noche anterior empezó a amainar.

Las impagables tortas de mi tío, como era habitual, tenían una fina y delicada corteza que mantenía el sirope en la superficie, lo que impedía que se revinieran y conservaba el interior ligero y esponjoso. Nunca había desvelado el secreto de cómo conseguía ese efecto.

Nim se había sentado en el borde de la cama y guardó silencio mientras yo saboreaba todo aquello; miró por la ventana hasta que acabé de comer y me limpié la última gota de sirope de arce de la barbilla. Solo entonces habló.

—He estado pensando mucho, querida —me dijo—. Después de la conversación que mantuvimos anoche en el puente, después de que me dijeras que habías visto en persona a la mujer de la fotografía y que ella te había dado la tarjeta, apenas pude dormir. Aun así, creo que cuando amaneció ya había llegado a muchas conclusiones. No solo lo que podría haber incitado a tu madre a hacer lo que hizo con respecto a la fiesta, sino algo más importante: creo que he descubierto el secreto que se esconde tras la apariencia de ese ajedrez, y también el misterio de la segunda Reina Negra. —Al ver mi semblante alarmado, sonrió y sacudió la cabeza—. Lo primero que he hecho al levantarme ha sido registrar toda tu casa en busca de micrófonos —me aseguró—. Los he quitado todos. Quienquiera que los instalara, era un aficionado; había algunos en los teléfonos y otro en tu despertador, los primeros sitios donde miraría cualquiera. —Se puso en pie, cogió la bandeja del desayuno y enfiló hacia la puerta—. Por suerte, ahora podemos hablar tranquilamente sin tener que recurrir a cenas al fresco en el puente Key.

—Sí, puede que esos tipos fueran aficionados —dije—, pero los dos que había apostados anoche al pie del puente para vigilar el restaurante llevaban la insignia de los Servicios Secretos. Estoy segura de que eran profesionales. Además, mi jefe los trató con mucha camaradería, aunque me aseguró que no podían oírnos cuando me dijo, justo antes de la cena privada, lo que sabía de la versión vasca de la historia del ajedrez de Montglane.

—¿Y qué es lo que sabe, exactamente? —Nim se detuvo en el vano de la puerta.

—Me dijo que me contaría el resto hoy —contesté—, pero gracias a ti y a tu grapa, me he quedado dormida. Anoche Rodo me narró la versión vasca de la *Chanson de Roland*; según él, en realidad fueron los vascos y no los moros quienes derrotaron a la retaguardia de Carlomagno en el desfiladero de Roncesvalles; cree que, como agradecimiento, los moros entregaron a Carlomagno el ajedrez y que luego él lo enterró a miles de kilómetros de su palacio de Aquisgrán, precisamente de vuelta en los Pirineos, en Montglane. Rodo me dijo que ese nombre en realidad significa «Montaña de los Espigadores». Luego, justo antes de que llegaran los demás, empezó a hablarme de la siembra y la cosecha, y de su relación con el hecho de que mi fecha de nacimiento sea la opuesta a la de mi madre...

Pero me detuve, pues los ojos bicolores de Nim se habían tornado fríos y distantes. Seguía inmóvil en el umbral con la bandeja del desayuno en las manos, pero de pronto parecía otra persona totalmente distinta.

—¿Por qué mencionó Boujaron tu fecha de nacimiento? —preguntó—. ¿Te lo explicó?

—Rodo dijo que era importante —contesté, turbada ante su vehemencia—. Dijo que yo podría estar en peligro por eso, que debía mantener los ojos bien abiertos durante la cena, para captar alguna clave.

—Pero tenía que haber algo más —insistió—. ¿Comentó qué podría significar para aquellas personas?

—Me dijo que la gente que iba a cenar anoche sabía que nací el 4 de octubre, la fecha opuesta a la del cumpleaños de mi madre y a la de la fiesta que había organizado para el fin de semana pasado. Ah, y después dijo algo aún más raro: que creían saber quién soy yo en realidad.

—¿Y a quién se refería? —preguntó Nim con una expresión tan adusta que casi me hizo temblar.

—¿Estás seguro de que no va a oírnos nadie? —susurré. Él asintió—. No lo sé con exactitud —proseguí—, pero Rodo por alguna razón dijo que suponen que yo soy la nueva Reina Blanca.

—¡Por el amor de Dios! ¡Debo de estar volviéndome completamente loco! —exclamó Nim—. O quizá es solo que con la edad me estoy volviendo algo distraído. Pero una cosa tengo clara ahora: si Rodolfo Boujaron te dijo todo eso, es evidente que alguien sabe más de lo que había imaginado. De hecho, han conseguido dilucidar mucho más de lo que yo había concluido hasta este preciso instante.

»Pero combinando lo que tú misma me has contado con las conclusiones a las que llegué anoche —añadió mi tío—, creo que ahora lo entiendo todo. Aunque van a hacer falta algunas explicaciones y comprobaciones.

«*Quel* alivio… —pensé—, al menos alguien lo entiende.» Aunque ya no me parecían noticias que ansiara oír.

Nim insistió en que me vistiera y me tomara una o dos tazas más de café de Java antes de empezar a ponerme al corriente de las epifanías que había acumulado desde la noche anterior. Ya en el salón, nos sentamos en el sofá en el que él había dormido. Entre ambos quedó su cartera abierta con la vieja fotografía a la vista. Nim la tocó delicadamente con la yema de un dedo.

—Nuestro padre, Iósif Pavlos Solarin, un marinero griego, se enamoró de una chica rusa y se casó con ella, nuestra madre, Tatiana —me dijo—. Construyó una pequeña flota pesquera en el mar Negro y ya no quiso marcharse. De pequeños, mi hermano Sasha y yo creíamos que nuestra madre era la mujer más hermosa del mundo. Claro que, en aquel extremo aislado de la península de Crimea donde vivíamos, no habíamos visto a muchas mujeres. Pero no era solo su belleza. Había algo mágico en nuestra madre. Es difícil de explicar.

—No tienes que hacerlo. La vi en Zagorsk —le recordé.

Tatiana Solarin. En el fondo, casi no soportaba mirar aquella fotografía tintada. La mera imagen de aquella mujer me devolvía todo el dolor acumulado en los últimos diez años. Pero ahora que aquella primera pregunta, «¿Quién era esa mujer?», tenía ya respuesta, solo consiguió provocar otro aluvión imparable de interrogantes.

¿Qué significaba realmente la advertencia que me hizo aquel día, «Peligro. Cuidado con el fuego»? ¿Estaba al corriente de la Reina Negra que pronto mi padre y yo encontraríamos dentro del tesoro? ¿Sabía el riesgo que supuso para él haberla visto?

¿La había reconocido mi padre aquel lóbrego día de invierno en Zagorsk? Sí, debió de reconocerla; al fin y al cabo, era su madre. Pero ¿cómo podía ella seguir teniendo el mismo aspecto hace diez años que en aquella vieja fotografía que le habían hecho cuando mi padre y mi tío eran tan pequeños? Además, si todos habían dado por hecho durante todo aquel tiempo que estaba muerta, como me había asegurado Nim, ¿dónde se había escondido? ¿Y qué, o quién, había provocado que, precisamente ahora, volviera a aparecer?

Estaba a punto de saberlo.

—Cuando Sasha tenía seis años y yo diez —empezó a explicar Nim—, una noche, en nuestra aislada casa de la costa de Krym, hubo una tormenta tremenda. Tu padre y yo dormíamos en nuestra habitación, en la planta baja. De pronto oímos repicar en la ventana y vimos a una mujer vestida con una capa larga fuera, en plena tormenta. Cuando la dejamos entrar por la ventana, se presentó como nuestra abuela Minerva y dijo que venía de un país muy lejano en una misión muy urgente para encontrar a mi madre. Aquella mujer era Minnie Renselaas. Y desde el momento en que cruzó aquella ventana, nuestras vidas empezaron a correr peligro.

—Minnie... La tía Lily nos dijo que es la mujer que aseguraba ser Mireille —dije—, la monja francesa inmortal.

Pero enseguida me maldije por haberlo interrumpido, pues Nim tenía algo mucho más importante que revelar.

—Minnie nos dijo que teníamos que marcharnos de inmediato —prosiguió—. Llevaba consigo tres piezas de ajedrez: un peón de oro, un elefante de plata y un caballo. A mi hermano lo enviaron, con esas piezas y en medio de la tormenta, a preparar la barca para que pudiéramos huir todos. Pero, antes de que consiguiéramos salir, llegaron los soldados y capturaron a mi madre; Minnie escapó conmigo y con tu padre por la ventana de la planta de arriba. Nos escondimos en los acantilados bajo la lluvia hasta que los soldados se marcharon, y luego intentamos llegar al barco que mi padre tenía en Sebastopol. Pero el pequeño Sasha no podía escalar lo bastante deprisa, así que tuve que ir yo solo a reunirme con mi padre en el barco. —Me dirigió una mirada grave—. Y lo conseguí. Esperamos durante horas a que llegaran Minnie y Sasha. Al final, al ver que no aparecían, tal como mi padre había prometido a mi madre, nos vimos obligados a zarpar rumbo a América. Muchos días después, Minnie tuvo que dejar a Sasha en un orfanato para poder volver en busca de mi madre y rescatarla. Pero todo parecía ya perdido.

Era cierto que sabía que mi padre había crecido en un orfanato soviético, pero él siempre se había negado a hablar del tema. Ahora entendía por qué. Mi madre no era la única que había intentado protegerme del juego.

—Solo Cat conoce el resto de nuestra historia —me dijo Nim—. Sasha y yo, que nos separamos en aquel momento en Krym, tampoco supimos qué había pasado hasta muchos años después, cuando, gracias a tu madre, nos reencontramos y nos pusimos al día de nuestras respectivas vidas. Nuestro padre murió poco después de que llegáramos a Estados Unidos. Yo había perdido a mi madre, a mi hermano y a Minnie en una sola noche, y no tenía modo de ponerme en contacto con ellos. Hasta muchos años después, creí que ninguno había sobrevivido.

—Pero ahora los dos sabemos que tu madre está viva —dije—. Si, como tú creías, la capturaron y la encarcelaron, entiendo que estuviera incomunicada todos aquellos años. Pero hace diez estaba en Zagorsk, me dio la tarjeta. Y ahora crees que también fue ella quien te envió el dibujo del ajedrez. ¿Cómo llegó a sus manos? ¿Y por qué esperar tanto tiempo?

—Aún no tengo todas las respuestas —admitió Nim—, pero creo que sí tengo una. Para entenderlo, deberías conocer la famosa fábula de *El pájaro de fuego* que aparece en tu tarjeta y lo que significa para los rusos.

—¿Qué significa el pájaro de fuego? —pregunté, aunque me parecía tener el presentimiento de saberlo.

—Podría explicar por qué mi madre sigue viva, cómo sobrevivió —contestó Nim. Al verme sorprendida, añadió—: ¿Y si Minnie consiguió localizar a mi madre después de dejar a Sasha en el orfanato? ¿Y si Minnie la encontró en la cárcel, como todos suponíamos, a punto de ser sacrificada por las autoridades soviéticas como una baja más del juego? ¿Qué habría dado en realidad Minnie a cambio de garantizar la liberación de nuestra madre?

No tuve que preguntarlo. Por lo que yo sabía, solo había una cosa posible que estuviera en manos de los rusos.

—¡La Reina Negra! —grité.

—Exacto —convino Nim con una sonrisa complacida—. ¡Y tiene aún más lógica en el caso de que Minnie hubiese conseguido hacer una copia de la Reina y se hubiera quedado la auténtica! Eso explicaría la estrategia de la doble reina que has descubierto.

—Pero, entonces, ¿dónde se escondió tu madre después de quedar en libertad? ¿Y cómo consiguió el dibujo del ajedrez que te envió? —pregunté—. Dijiste que creías que también habías resuelto ese rompecabezas.

—Ese dibujo del ajedrez, de la abadesa de Montglane, era una pieza del puzzle que, por el diario de la monja Mireille, sabemos que estuvo en su poder —explicó Nim—. Pero nunca le fue entregado a Cat junto con las otras piezas. Por consiguiente, Minnie debió de dárselo a alguna otra persona para que estuviera a buen recaudo.

—¡A tu madre! —concluí.

—Al margen de dónde haya estado nuestra madre todos estos años —dijo Nim—, una cosa está clara: la tarjeta que os dio a tu padre y a ti contenía tanto un ave Fénix como un pájaro de fuego. Pero decía: «Cuidado con el fuego». El pájaro de fuego no es como el Fénix, que arde cada quinientos años y se alza después de sus cenizas. La fábula del Fénix se basa en el sacrificio propio y el renacimiento.

—Entonces, ¿qué significa el pájaro de fuego? —pregunté. El ansia por conocer la respuesta me dificultaba la respiración hasta el punto de ponerme de nuevo al borde del desmayo.

—Renuncia a su pluma dorada, algo de inmenso valor, como la Reina Negra de Minnie, para devolver la vida al príncipe Iván, a quien han matado sus despiadados hermanos. Cuando el pájaro de fuego aparece, el mensaje que debe entenderse es: «Devuelto a la vida».

# DEVUELTO A LA VIDA

Se trata de un servicio secreto. Todos los poderes que me acreditan para resolver este asunto se comprenden en una única expresión: «Devuelto a la vida» [...].

CHARLES DICKENS,
*Historia de dos ciudades*

Recordar es para aquellos que han olvidado.

PLOTINO

*Brumich Eel, Kyriin Elkonomu*
*(Montaña de Fuego, Morada de los Muertos)*

*L*os sonidos del agua fluyendo parecían haber estado siempre con él, día y noche. «Dolena Geizerov, el Valle de los Géiseres», le había dicho la mujer. Aguas curativas creadas por los fuegos del subsuelo. Aguas que lo habían devuelto a la vida.

Allí, en el prado, en lo alto de los acantilados, yacían aquellos estanques humeantes y mudos en que los ancianos lo habían bañado. Sus aguas lechosas y opacas procedentes de las profundidades de la tierra, tintadas de diversos colores por las capas de arcilla disuelta, brillaban en ricas tonalidades: bermellón, flamenco, ocre, limón, melocotón, cada una de ellas con sus respectivas propiedades medicinales.

*Mucho más abajo de donde él se encontraba, el agua penetraba y burbujeaba en los huecos de la roca, cada vez más agitada... hasta que, de pronto, Velikan, el Gigante, erupcionó con una explosión de vapor y lo sobresaltó, como siempre, arrojando su poderoso arco iris de agua humeante treinta metros al aire. Luego, los cañones, que se perdían en la distancia, fueron apagándose uno por uno como sincronizados por un mecanismo de relojería y derramándose por los lados, sus cascadas hirvientes caían en picado sobre el río torrencial que fluía más abajo en dirección al mar. Este rugido constante, palpitante y ensordecedor del oleaje explosivo del agua es, sin embargo, extrañamente sosegador, pensó; rítmico como la vida, como el mismo aliento de la tierra.*

*Pero ahora, mientras ascendía en diagonal por la irregular pendiente hacia un punto más elevado, lo hacía con cuidado de seguir las huellas de la mujer para no caerse. No era fácil avanzar por aquella ladera resbaladiza de barro y roca húmeda. Aunque llevaba unos mocasines de piel de oso para tener un mejor agarre, y prendas de abrigo de piel engrasada para mantenerse abrigado, la nieve empezaba a caer como tamizada entre la límpida luz del sol. Las tumultuosas nubes de vapor que ascendían desde el agua fundían los copos antes incluso de que alcanzaran el suelo, transformando el musgo húmedo y los líquenes en una pasta gomosa.*

*Habían caminado por aquellos barrancos durante meses hasta que él estuvo lo bastante fuerte para emprender la excursión que los ocupaba. Pero él sabía que todavía estaba débil para una caminata como la que estaba haciendo aquel día; ya habían recorrido siete verstas por el cañón de géiseres, y aún más arriba se extendía la tundra, las praderas y la taiga, una maraña de esbeltos abedules, píceas y pinos. Ahora se encaminaban hacia* terra incognita.

*A medida que iban dejando atrás las rugientes aguas y seguían ascendiendo hacia las montañas, hacia el silencio de un mundo nuevo y nevoso, sentía cómo el miedo empezaba a apoderarse de él, el miedo que acompaña al vacío, a la incertidumbre de lo desconocido.*

*Era absurdo que se sintiera así, lo sabía, cuando, a fin de cuentas, para él todo formaba parte del vacío, de aquella incógnita global. Hacía mucho tiempo que había dejado de preguntarse dónde estaba o cuánto tiempo llevaba allí. Había incluso dejado de preguntarse quién era. Se dijo que nadie podría proporcionarle la respuesta a esa pregunta, que era importante que lo descubriera por sí mismo.*

*Sin embargo, cuando alcanzaron el final del pronunciado barranco, la mujer se detuvo y, uno al lado del otro, ambos contemplaron la extensión del valle. Él lo vio allí, en la distancia, al otro lado del valle. Su destino: aquel enorme cono alzándose al otro lado del valle, cubierto por entero de nieve, que parecía brotar de la nada como una pirámide mística contemplada desde una llanura de la antigüedad. El volcán lucía profundos surcos en las laderas; la cumbre estaba hundida y escupía humo, como si recientemente la hubiera alcanzado un rayo.*

*Ante aquella visión se sintió sobrecogido, casi fascinado, con una mezcla de terror y amor, como si una mano enérgica le acabara de aferrar el corazón. Y de pronto, inesperadamente, la luz cegadora había regresado.*

*—En la lengua kamchal se llama Brumich Eel, Montaña de Fuego —le decía la mujer que tenía a su lado—. Es uno de los más de doscientos volcanes que hay en esta península, llamada Apagachuch, «los excitables», porque muchos de ellos siguen activos. La explosión de uno de ellos ha durado veinticuatro horas, durante las que estuvo escupiendo lava y destruyendo árboles, y fue seguida de un terremoto y un maremoto.*

*»Este, el monte Kamchatka, Klytchevskaya en ruso, erupcionó hace solo diez años, y provocó una lluvia de ceniza que puso una capa de más de un vershok de grosor en el terreno. Los chamanes chucotos del norte creen que es la montaña sagrada de los muertos. Los muertos viven dentro del cono y arrojan piedras a quien intenta acercarse. Se zambullen bajo la montaña, bajo el mar. La cumbre está cubierta de huesos de las ballenas que han devorado.*

*Él apenas alcanzaba a ver la extensión del valle; el fuego de* su cabeza se había vuelto tan intenso que casi arrasaba todo lo demás.

—¿Por qué creían los ancianos que tenías que llevarme a ese lugar? —preguntó a la mujer, cerrando los ojos con fuerza.

Pero la luz seguía ahí. Y entonces empezó a recuperar la visión.

—No te estoy llevando —repuso ella—. Estamos yendo juntos. Todos debemos nuestro propio tributo a los muertos, pues todos hemos sido devueltos a la vida.

En la cumbre, desde el mismo borde del cráter, pudieron contemplar el lago de lava hirviendo que borboteaba en su interior. Fumarolas sulfurosas se alzaban hacia el cielo. Algunos las creían venenosas.

Habían tardado dos días en llegar allí, a 4.572 metros sobre el nivel del mar. Había anochecido ya y, mientras la luna se alzaba sobre las aguas del océano, lejos, en la distancia, una sombra oscura empezó a reptar en su superficie blanca como la leche.

—Este eclipse de luna es el motivo por el que hemos venido aquí esta noche —dijo la mujer, colocada a su lado—. Este es nuestro tributo a los muertos: el eclipse del pasado para aquellos que se encuentran en esta fosa, para que puedan dormir en paz, pues ellos jamás volverán a tener un presente ni un futuro, como tendremos nosotros.

—Pero ¿cómo voy a tener yo un futuro... o incluso un presente —preguntó él, atemorizado— cuando no puedo recordar nada en absoluto de mi pasado?

—¿No puedes? —dijo la mujer con voz tenue. Se llevó una mano al interior del chaleco ribeteado de piel y extrajo un pequeño objeto—. ¿Puedes recordar esto? —preguntó, acercándoselo en la palma de la mano.

Justo en ese instante, la sombra engulló por completo a la luna y ambos quedaron inmersos temporalmente en la penumbra. Solo quedaba el terrible fulgor rojo procedente de la fosa.

*Pero había vuelto a ver aquel destello de fuego en su mente...*
*y de pronto vio algo más. Apenas lo había atisbado un instante,*
*pero eso había bastado para que supiera con exactitud qué era el*
*objeto que ella sostenía en su mano.*

*Era la reina negra de un ajedrez.*

*—Tú estabas allí —dijo—, en el monasterio. Iba a disputar-*
*se una partida... y entonces, justo antes...*

*No conseguía recordar el resto. Pero en aquel destello, mien-*
*tras miraba la reina negra, también captó un atisbo de su pasa-*
*do. Y tuvo una certeza incuestionable.*

*—Me llamo Sasha —dijo—. Y tú eres mi madre, Tatiana.*

# LA CLAVE

Hay siete llaves de la gran puerta,
siendo ocho en una y una en ocho.

ALEISTER CROWLEY,
*AHA!*

Seguía sin encontrar la clave, aunque la historia que Nim me había contado la noche anterior me había aclarado varias contradicciones.

Si Minnie hubiera hecho un duplicado de la Reina Negra y lo hubiera utilizado para garantizar la liberación de Tatiana hacía cuarenta años, se explicaría la existencia de la segunda Reina, la que había aparecido ante los ojos de mi padre en Zagorsk.

Si Minnie hubiera dado a Tatiana el dibujo del ajedrez de la abadesa para que lo protegiera, se explicaría por qué ese importante elemento faltaba en el recuento final de las piezas de mi madre.

No podía olvidar que esa misma pieza clave del rompecabezas estaba en esos momentos cosida en el interior de mi parka. Tampoco podía olvidar aquella primera pista encriptada que había recibido de mi madre en Colorado, la pista que yo había tenido que descifrar antes incluso de poder abrir con llave la puerta de nuestra casa, aquellos números que, al cuadrado, se resolvían en aquel mensaje final: «El tablero tiene la clave».

Sin embargo, pese a todas las soluciones y resoluciones de mi tío, quedaban aún muchas preguntas en un lado y muy pocas respuestas en el otro.

Así, mientras Nim fregaba los platos del desayuno, cogí papel y bolígrafo y me dispuse a anotar lo que todavía necesitaba saber.

Para empezar, no eran solo respuestas lo que faltaba. Mi propia madre faltaba, y al parecer mi recién descubierta abuela también había desaparecido. ¿Dónde estaban? ¿Qué función desempeñaba cada una de ellas? ¿Y qué función desempeñaba cada uno de los demás en aquel juego?

Pero, al mirar mis notas, comprendí que seguía faltando lo esencial: ¿en quién podía confiar?

Por ejemplo, mi tía Lily. La última vez que la había visto, había ofrecido como parte de su «estrategia» indagar en el ajedrez y, posiblemente, en las conexiones delictivas de Basil Livingston, un hombre que para ella, había olvidado mencionar, podría ser algo más que un mero conocido. Al fin y al cabo, Basil organizaba torneos de ajedrez, ¿no? Y en los dos años anteriores, tras la muerte del abuelo de mi tía, cuando ella se marchó de Nueva York, había vivido en Londres: el segundo hogar de Basil. Ahora, varios días después de mi visita a Colorado, Lily seguía sin decir ni media palabra sobre aquel misterioso encuentro suyo en Denver con la hija de Basil, Sage.

También estaba Vartan Azov, que había accedido amablemente a investigar la relación de Taras Petrosián con todo aquello, y no había mencionado hasta un tiempo después que la misma persona a quien iba a «investigar» era en realidad su padrastro. Si a Petrosián realmente lo habían envenenado en Londres, como Vartan parecía creer, resultaba extraño que nunca hubiese hablado de lo que Rosemary Livingston me dijo más tarde: que Vartan era el único heredero del patrimonio de Petrosián.

Y también estaba la propia Rosemary, que la noche anterior había desembuchado más de lo que me había sonsacado a mí. Por ejemplo, que parecía pasar mucho tiempo no solo en Washington, sino también en Londres, como su maridito, Basil. Que podían viajar de una parte del planeta a otra sin siquiera cambiarse de ropa, por no hablar de rellenar formularios y reservar billetes de avión. Que podían organizar una cena privada de rango gubernamental, con una dotación de seguridad digna de sus invitados, que operaban en los más altos escalafones de la riqueza y el poder internacionales. Y algo infinitamente más interesante: que se habían codeado con el difunto Taras Petrosián y su hijastro, Vartan Azov, desde que Vartan era «solo un niño».

Y por último, pero no por ello menos importante, estaba aquel pendenciero vasco, mi jefe, Rodolfo Boujaron, que parecía saber más de lo que dejaba ver sobre todo y quizá también sobre todos. Estaba su exquisita genealogía vasca en el juego y en la historia de Montglane, que nadie más había mencionado. Pero también estaba su conocimiento previo de la *boum* de cumpleaños de mi madre, y su comentario acerca del significado de nuestras respectivas fechas de nacimiento, una extraña idea que ningún otro había sugerido: la posibilidad de que ella y yo, de algún modo, perteneciéramos a equipos contrarios.

Al repasar lo que había escrito mientras Nim seguía trajinando en la cocina, anoté el nombre de varios personajes secundarios, como Nokomis, Sage, Leda y Erramon, personas a las que conocía bien, pero que seguramente no eran más que peones en el juego, jugadores en el banquillo si es que eran jugadores.

Aun así, un desconocido apareció en el cuadro, alguien que no pegaba ni con cola en aquel escenario: la única persona de todas a las que mi madre había invitado a su *boum* de cumpleaños de la que nunca había oído hablar.

Galen March.

Pero entonces, mientras intentaba revivir mentalmente los acontecimientos de aquel día y su función en ellos, caí en la cuenta de algo por primera vez: ¡en realidad, nadie más parecía conocerlo bien!

Cierto era que los Livingston habían llegado con Galen y lo habían presentado como un «nuevo vecino», y que más tarde él había aceptado que lo llevaran en su avión a Denver junto con Sage, pero en ese instante recordé que durante la cena del viernes anterior se había dedicado en exclusiva a hacer preguntas a los demás, como si aquella fuera la primera vez que los veía. De hecho, ¡solo tenía su palabra de que realmente conocía a mi madre! ¿Cuál era su conexión, si acaso la había, con la reciente muerte de Taras Petrosián? Sí, sin duda era preciso seguir investigando al muy inadecuado propietario de Sky Ranch.

En lo referente a Nim, claro está, sabía que en las últimas horas mi por lo general enigmático tío se había abierto a mí con total franqueza, probablemente más que a nadie en toda su vida. No tenía que preguntar cómo había entrado en mi casa la noche anterior, pues estaba segura de que lo había hecho del mismo modo en que me entretenía cuando era niña: era capaz de forzar casi cualquier cerradura y candado. Aun así, tendría que sondearlo al respecto de otras cuestiones. Quedaban aún varias preguntas pendientes a las que quizá solo Nim podía dar respuesta.

Aunque era probable que mis pesquisas únicamente me llevaran a una larga estela de pistas falsas, merecía la pena cuando menos comprobar si alguna de ellas resultaba ser un cebo auténtico. Por ejemplo:

¿Cuándo había arrastrado Nim a mi madre por primera vez al juego, como me dijo que había hecho? ¿Y por qué?

¿Qué tenía que ver la fecha de nacimiento de mi madre, o la mía, con nuestras respectivas funciones?

¿En qué consistían esos empleos en el gobierno que mi tío, según decía, había conseguido a mis padres incluso antes de que yo naciera? ¿Y por qué nunca hablaron de su trabajo en mi presencia?

Y, más recientemente, de vuelta en Colorado: ¿cómo se las había arreglado mi madre para dejarme todas aquellas pistas y enigmas si Nim no la había ayudado en el empeño?

Estaba a punto de anotar varios pensamientos más en la lista cuando Nim entró en el salón, secándose las manos con el trapo que llevaba prendido a la cintura.

—Hora de volver al trabajo —dijo—. Accedí a las exigencias de tu jefe de dejarte libre bajo su custodia antes del anochecer. —Y, con su irónica sonrisa, añadió—: ¿Trabajas en el turno de tarde o hay algo de vampirismo en este asunto?

—Rodo es un chupasangre, sí —convine—. Lo que me recuerda que aún no conoces a nadie de Sutaldea, ¿verdad?

—Excepto a esa moza de la «comida sobre ruedas», la rubia platino que vino esta mañana patinando a traerte el desayuno —me dijo—. Pero no nos encontramos. Lo dejó todo en el recibidor de abajo y se marchó antes de que pudiera darle la propina.

—Esa es Leda, es la encargada de las bebidas. Pero ¿nadie más? —pregunté—. ¿No has entrado nunca en Sutaldea ni has visto las cocinas de piedra?

Nim sacudió la cabeza.

—En ese lugar hay algún misterio, ¿acierto?

—Hay unos cuantos cabos sueltos que necesito atar —le dije—. Ayer por la mañana, cuando yo no estaba, alguien colocó mal el asador, y la grasa fue cayendo al suelo y quemándose. No había pasado nunca, ese sitio es como un campamento militar, aunque a Rodo no pareció molestarle lo más mínimo. Y la noche anterior, cuando llegué a casa pasada la medianoche, alguien había dejado una nota y un ejemplar de *The Washington Post* del 7 de abril en el rellano. ¿Fuiste tú?

Nim arqueó una ceja y se quitó el trapo de la cintura.

—¿Conservas la nota y el periódico? Me gustaría echarles un vistazo.

Rebusqué en uno de los revisteros y saqué el ejemplar en cuestión, con la nota adhesiva amarilla aún pegada en él.

—¿Lo ves? —le mostré—. La nota dice: «Mira la página A1». Creo que la clave es el titular: «Tropas y tanques atacan el centro de Bagdad». Habla de la entrada de las tropas estadounidenses en Bagdad, el mismo lugar donde se creó el ajedrez. Luego dice que la invasión había empezado algo más de dos semanas antes, el mismo día que mi madre hizo todas aquellas invitaciones y el juego volvió a empezar. Creo que quien fuera que me dejara el periódico intentaba hacerme ver que esas dos cosas, Bagdad y el juego, de algún modo volvían a estar relacionadas, quizá igual que lo estuvieron hace mil doscientos años.

—Eso no es todo —dijo Nim, que mientras yo hablaba, había doblado el periódico y leído por encima el resto del artículo. Me miró y añadió—: Creo que el dicho es: «El diablo está en los detalles».

Él y Key habrían hecho buena pareja, pensé.

Pero lo que dije en voz alta fue:

—Ilústrame.

—Este artículo describe también lo que las tropas invasoras hicieron para proteger la zona, pero más adelante hay un comentario interesante sobre «un convoy de diplomáticos rusos» que abandonaban la ciudad. El convoy fue ametrallado por error por las fuerzas estadounidenses o británicas que operaban en la zona, por lo que la pregunta obvia es…

Volvió a arquear una ceja, esta vez para incitarme a responder.

—Hum… ¿iba alguien realmente detrás de los rusos? —me arriesgué a proponer.

Sin darme una respuesta directa, Nim me tendió el ejemplar del *Post*, lo desdobló de nuevo por la página 1 y señaló otro artículo en el que no me había fijado:

*El ejército halla en el aeropuerto una sala secreta durante un registro*

Lo leí rápidamente. En una «terminal VIP» del aeropuerto de Bagdad, al parecer soldados norteamericanos habían encontrado lo que sospechaban que era «un escondite para el presidente Saddam Husein. Minuciosamente equipado, se accede a él por una puerta de caoba tallada y dispone de un cuarto de baño con instalaciones de oro y una baranda que da a un jardín con rosales. Pero el detalle más intrigante es un despacho con paredes forradas de madera y una puerta falsa que da acceso a un sótano». Allí las tropas encontraron armas. «Sin embargo —proseguía el artículo—, se cree que hay algo más: una salida secreta.»

—Una terminal secreta, una sala secreta, una salida secreta y un convoy de rusos atacado por unas fuerzas desconocidas. ¿Qué nos dice todo esto? —preguntó Nim al ver que había acabado de leer el artículo.

Recordé la insistencia obsesiva de mi tío cuando yo era joven en que nunca pasara por alto la evidencia de que todo lo que se hacía podía deshacerse, tanto en el ajedrez como en la vida: el «factor viceversa», como le gustaba llamarlo. Al parecer, quería invocar ese factor en todo aquello.

—¿Lo que sale también puede entrar? —sugerí.

—Exacto —dijo, con una mirada que de algún modo conseguía transmitir satisfacción por haber dado con algo importante y también inquietud por lo que involuntariamente acababa de desvelar—. ¿Y qué o quién supones que podría haber entrado en Bagdad por esa terminal secreta, esa sala secreta, esa salida secreta... y podría también haberse marchado siguiendo la misma ruta poco antes de la invasión? ¿Poco antes de que tu madre enviara las invitaciones de su fiesta?

—¿Te refieres a algo que habría llegado allí desde Rusia? —pregunté.

Nim asintió y se encaminó hacia su gabardina. Sacó del bolsillo la misma cartera de hacía un rato, pero en esta ocasión la abrió y extrajo de ella un papel doblado. Lo desdobló y me lo tendió.

—Como ya sabes, apenas consulto la red —me dijo mi tío—, pero gracias a la insensatez de tu madre organizando esa reunión, esta vez tuve la sensación de que sería importante hacerlo.

El factor viceversa de Nim, reforzado por sus treinta años de tecnócrata informático, lo había convencido para no pasar jamás de puntillas sobre las cosas. «Si tú estás investigándolos a ellos —solía decirme a menudo—, es probable que ellos también estén investigándote a ti.»

El trozo de papel que me había dado era un teletipo manchado, con fecha del 19 de marzo, de una agencia de información rusa de la que nunca había oído hablar. Empezaba anunciando que la «misión de paz cristianoislámica» acababa de regresar a Rusia procedente de Bagdad. El resto era toda una revelación.

Entre las personalidades —que incluían obispos ortodoxos rusos, un muftí supremo y un líder del Consejo Musulmán Ruso— había un nombre que podría haber conocido de haber seguido siendo jugadora de ajedrez, pero era más que obvio que todos los demás presentes en la cena de mi madre sí lo conocían: Kirsan Ilymzhinov, presidente de la república rusa de Kalmikia, un multimillonario de cuarenta años hecho a sí mismo.

De más trascendencia inmediata, sin embargo, era el interesante hecho de que su excelencia, el presidente de la poco conocida república de Kalmikia, era también el presidente de la FIDE, la Federación Mundial de Ajedrez, por no decir que también el mayor financiador de la historia del juego. Había patrocinado torneos en Las Vegas e incluso construido una ciudad del ajedrez, con calles pavimentadas en forma de escaques y edificios que emulaban piezas, ¡en su propia ciudad natal!

Clavé la mirada en mi tío; me había quedado absolutamente muda. Ese tipo hacía parecer a Taras Petrosián y a Basil Livingston un par de catetos. ¿Podía ser real?

—Quienquiera que fuera el que ametralló ayer al convoy de diplomáticos movió ficha un poco tarde —me dijo Nim, sardónico—. Aquello que estuviera escondido en Bagdad, es evidente que ahora ya no está allí. Tu madre debía de saberlo; eso incluso explicaría por qué organizó su fiesta con la extraña lista de invitados que me has descrito. Quien dejó este periódico a la puerta de tu casa el lunes antes del anochecer también debía de saberlo. Creo que será mejor que volvamos a repasar a conciencia la lista de invitados de tu madre.

Le ofrecí mis notas y él las leyó con mucha atención. Luego se sentó a mi lado en el sofá y buscó una página vacía de mi cuaderno amarillo.

—Empecemos por este tipo, March —dijo—. Has escrito su nombre como G-A-L-E-N, pero si usas la forma gaélica, el resultado es asombroso.

Escribió el nombre. A continuación, anotó cada letra en orden alfabético, de este modo:

Gaelen March
aa c ee g h l m n r

Ese era el juego que tanto habíamos practicado cuando yo era pequeña: anagramas con los nombres. Pero, pese a tener tanta práctica a mis espaldas, no podía compararme con mi tío. En el instante en que vi escrito el nombre descompuesto, aquella ristra de letras, lo miré horrorizada.

Decía: «Charlemagne».

—No muy discreto, ¿verdad? —dijo Nim con una sonrisa malévola—. Como tender la mano junto con una tarjeta de visita.

¡No podía creerlo! Galen March no solo había ascendido en mi lista de personas sospechosas del juego… ¡se había colocado en primer puesto!

Pero Nim ni de lejos había acabado.

—Obviamente, la saga medieval que tu jefe vasco te narró ayer nos indica alguna conexión entre él y tu nuevo vecino —dedujo mientras seguía examinando mis notas—. Y hablando de monsieur Boujaron, cuanto antes sepas lo que tiene que decirte, tanto mejor. A partir de estas observaciones que has escrito, sospecho que sea lo que sea lo que sabe, podría resultar relevante. Ya que olvidé preguntárselo, ¿vendrá a recogerte esta noche para vuestra cita pospuesta?

—Y yo olvidé decírtelo —repuse—: habiendo aplazado el encuentro de esta mañana, ni siquiera sé si podré verlo hoy. Normalmente, Rodo cocina en el turno de noche y yo preparo los fuegos de madrugada, cuando sale él. Por eso quería asegurarse de que estuviera disponible esta noche. Debería llamarlo y saber si podremos encontrar un momento.

Pero, al mirar alrededor, observé que también el teléfono del salón había desaparecido. Me acerqué a mi bolso, que seguía sobre la mesa, donde lo había dejado; rebusqué en su interior hasta que encontré el móvil para llamar a Rodo. Pero antes incluso de que hubiese levantado la tapa para encenderlo, Nim cruzó el salón y me lo arrebató.

—¿De dónde has sacado esto? —me espetó—. ¿Desde cuándo lo tienes?

Lo miré.

—Desde hace varios años, supongo —contesté, desconcertada—. Rodo insiste en que estemos siempre localizables, a su entera disposición.

Pero Nim se había llevado ya un dedo a los labios. Fue hasta el cuaderno amarillo y escribió algo. Me tendió el cuaderno y el bolígrafo con una mirada severa. Luego inspeccionó mi teléfono, que seguía sujetando con una mano.

«Escribe tus respuestas —leí en su caligrafía—. ¿Ha tenido alguien este teléfono aparte de ti?»

Empezaba a negar con la cabeza cuando, horrorizada, recordé exactamente quién lo había tenido y me maldije.

«Los de los Servicios Secretos —escribí—. Anoche.»

Y lo habían tenido durante horas, tiempo suficiente para instalar en él una bomba o cualquier otra cosa, pensé.

—¿Es que no te he enseñado nada en todos estos años? —musitó Nim con un hilo de voz tras leer mi nota. Luego volvió a escribir: «¿Lo has usado desde que te lo devolvieron?».

Volví a estar a punto de dar una respuesta negativa, y de nuevo recordé que sí lo había hecho.

«Solo una vez, para llamar a Rodo», escribí y le pasé el cuaderno.

Nim se cubrió los ojos un instante con una mano y sacudió la cabeza. Luego volvió a escribir. Y esta vez tardó tanto que me tuvo en ascuas. Pero cuando leí lo que había escrito, el desayuno se me revolvió en el estómago y amenazó con trepar hasta mi garganta.

«Entonces tú también estás activada —decían las palabras de Nim—. Cuando se lo quedaron, tomaron nota de todos tus números, mensajes y códigos. Ahora lo tienen todo. Si lo has encendido, aunque sea una sola vez, desde entonces, también habrán oído todo lo que hemos hablado en esta habitación.»

¡Dios! ¡Dios! ¿Cómo podía estar pasando aquello?

Estaba a punto de escribir algo, pero Nim me agarró por un brazo y me llevó apresuradamente hasta el fregadero de la cocina, donde rompió en pedazos todas nuestras notas, incluidas mis observaciones, prendió una cerilla y las quemó. Luego tiró los restos carbonizados a la basura.

—Enseguida podrás llamar a Boujaron —dijo en voz alta.

En silencio, dejamos el teléfono sobre la mesa, bajamos la escalera y salimos de la casa.

—Ya es demasiado tarde —me dijo mi tío—. No estoy seguro de qué es lo que habrán oído, pero no podemos revelarles que sabemos que han oído algo. Debemos irnos de tu casa ahora mismo, llevarnos todos los objetos de valor e ir a algún sitio donde no puedan oírnos. Solo entonces podremos evaluar la situación de forma sensata.

¿Por qué no había caído en lo del teléfono por la mañana, en el instante en que me dijo que había desconectado los demás? Lo que habíamos comentado en el puente estaba a salvo, y quizá también la conversación del desayuno, que habíamos mantenido en otra sala, pero ¿y lo que habíamos dicho aquella mañana, cerca del móvil? La histeria empezaba a apoderarse de mí.

—Oh —dije con los ojos llorosos—, lo siento mucho, tío Slava. Todo es culpa mía.

Nim me rodeó con un brazo, me acercó a él y me besó en la cabeza, como hacía cuando yo era muy pequeña.

—No te preocupes —dijo con voz tierna—, pero me temo que esto va a cambiar un poco nuestro calendario.

—¿Nuestro calendario? —dije. Lo miré y vi su cara borrosa.

—Me refiero —aclaró— a que no importa cuánto tiempo creyéramos que teníamos para encontrar a tu madre. Ahora ya no tenemos ninguno.

# DEMASIADAS REINAS

Oscuras conspiraciones, sociedades secretas, encuentros a medianoche de hombres desesperados, conjuraciones imposibles... Todo ello estaba a la orden del día.

DUFF COOPER,
*Talleyrand*

Solo en Francia se conoce el verdadero horror de la vida de provincias.

TALLEYRAND

*Valençay, valle del Loira, 8 de junio de 1823*

Charles-Maurice de Talleyrand-Périgord, príncipe de Benevento, iba sentado en la pequeña carreta tirada por un pony, en medio de los dos niñitos, que llevaban puestos unos enormes sombreros de paja y sus batas de lino para zascandilear en el jardín. Estaban siguiendo a los sirvientes y al cocinero de Talleyrand, Carême, quien había regresado hacía poco y que iba al frente de todos ellos, paseándose entre los huertos de hortalizas y plantas aromáticas con cestos y una podadera, dejando que los niños lo ayudaran a escoger las flores y las verduras para la cena de esa noche y la decoración de la mesa, como solían hacerlo todas las mañanas. Talleyrand jamás acostumbraba cenar con menos de dieciséis comensales.

Al tiempo que Carême apuntaba con sus tijeras hacia matas y plantas, capuchinas, ruibarbos morados, pequeñas alcachofas, brazados de aromáticas hojas de laurel y pequeñas y coloridas calabazas iban amontonándose en las cestas de los sirvientes. Talleyrand sonrió cuando los niños aplaudieron con sus manitas.

La gratitud del político hacia Carême no conocía límites después de que este último hubiera accedido a ir a Valençay, y por varias razones. Sin embargo, ninguna de ellas estaba relacionada con el hecho de que ese día fuera el cumpleaños de Carême, coincidencia que solo se debía a la pura casualidad. El cocinero le había dicho a los niños que estaba preparando una sorpresa especial para el postre de esa noche que todos disfrutarían, él incluido: una *piéce montée*, una de esas obras de diseño arquitectónico de merengue francés y caramelo hilado por las que había recibido su primer reconocimiento internacional.

Antonin Carême era por entonces el chef más famoso de Europa, y la publicación de su libro *Le maître d'hôtel français* durante el otoño anterior había ayudado a consolidar su renombre, pues era mucho más que un simple recetario por sus doctos conocimientos culinarios, ya que en él comparaba la cocina antigua y la contemporánea y explicaba la importancia que varias culturas habían otorgado a los alimentos en cuanto a su relación con las cuatro estaciones del año. Extraía muchos de sus ejemplos de los doce años de experiencia que había cosechado como chef en las cocinas de Talleyrand, tanto en París como en Valençay, aunque especialmente en este último lugar, donde había confeccionado un menú distinto para cada día de cada uno de esos años, con la estrecha colaboración de Talleyrand.

Tras servir en los años intermedios como chef de otras personalidades —entre ellas el príncipe de Gales, en Brighton; lord Charles Stewart, el embajador británico en Viena, y Alejandro I, zar de Rusia—, y ante la insistencia de Talleyrand, Carême había regresado para pasar los meses de verano recuperándose en Valençay mientras sus nuevos empleadores acababan de renovar el palacio que tenían en París. Después, a pesar de la grave enfermedad pulmonar que todos los cocineros de su época padecían, volvería a asumir sus obligaciones como chef de las únicas personas que podían permitirse tenerlo empleado a tiempo completo: James y Betty de Rothschild.

La excursión de esa mañana con Carême y los niños por las diez hectáreas de huertos había sido un simple pretexto, pese a que esos paseos matutinos se habían instaurado desde hacía tiempo como uno de los entretenimientos preferidos de Valençay.

No obstante, esa mañana era especial en muchos sentidos. Para empezar, porque a Maurice Talleyrand, casi un septuagenario, le encantaba pasar aquellos momentos con los retoños de sus sobrinos, el pequeño Charles-Angélique, de dos años, hijo de su sobrino Alexandre y de Charlotte, y con la hija de Edmond y de Dorothée, Pauline, la pequeña Minette, quien estaba a punto de cumplir tres años y a quien él llamaba su ángel de la guarda.

Maurice no tenía hijos legítimos. Charlotte, la madre del pequeño Charles-Angélique, era la amada hija adoptiva de «padres desconocidos» que Maurice había traído misteriosamente consigo hacía casi veinte años de su viaje anual al balneario de Bourbon l'Archambault, y a quien madame Talleyrand y él habían tratado como a una hija y malcriado todo lo que habían podido. Disfrazaban a Charlotte con atuendos extravagantes, con vestidos españoles, polacos, napolitanos y cíngaros, y celebraban elegantes fiestas de *bals d'enfant*, de las que hablaba todo París, donde los niños aprendían a bailar boleros, mazurcas y tarantelas.

Sin embargo, se habían producido muchos cambios en esas últimas dos décadas, sobre todo en Maurice. Había servido a innumerables gobiernos durante los años de monarquía, revolución, negociación, diplomacia y huida: al Parlamento francés de Luis XVI, al Directorio, al Consulado y al Imperio con Napoleón. Incluso había ejercido de regente de Francia hasta la restauración de Luis XVIII.

Mientras tanto, la partida había sufrido otros tantos reveses de la fortuna. Hacía tiempo que la otrora esposa de Maurice, la princesa de Talleyrand, Catherine Noel Worlée Grand, la Reina Blanca, había quedado fuera de juego. No hacía ni ocho años, en una acción que había cogido a Talleyrand por sorpresa, atrapado como estaba por entonces en el Congreso de Viena con otros cabezas de Estado que creían estar repartiéndose Europa, Napoleón había escapado de su exilio en la isla de Elba y había regresado triunfante a París para dar rienda suelta a sus infames Cien Días de gobierno. Catherine había huido a Londres acompañada de su amante español y Maurice le pagaba una pensión para que nunca volviera a acercarse a menos de veinte kilómetros de París.

El juego había acabado y las negras se habían hecho con la mayoría de las piezas con ayuda de Maurice. Napoleón había sido depuesto y había muerto, y los Borbones —una familia que, tal como decía Maurice, nada había aprendido y nada había olvidado— habían vuelto al poder con Luis XVIII, un rey seducido y controlado por los ultraconservadores, un partido de hombres siniestros que deseaban dar marcha atrás en el tiempo y revocar la Constitución de Francia y todo lo que la Revolución había significado.

También habían jubilado a Maurice; lo habían despachado con el título insustancial de «alto consejero» y una paga, pero había sido apartado de la política. Lo habían relegado a vivir allí, a dos días de viaje de París, en su propiedad palaciega de más de dieciséis mil hectáreas en el valle del Loira, un presente que muchos años atrás le había hecho el emperador Napoleón.

Tal vez estuviera jubilado, pero no estaba solo. Dorothée de Courlande, anterior duquesa de Dino y una de las mujeres más ricas de Europa, a quien había casado con su sobrino Edmond cuando ella tenía dieciséis años, había sido la compañera de Maurice desde el Congreso de Viena. Salvo, claro está, durante la breve y pública reconciliación con Edmond unos meses antes de que naciera Pauline.

No obstante, esa mañana Maurice había acudido a los huertos con los niños por otra razón, una más importante: la desesperación. Estaba sentado en la carreta tirada por el pony, entre las criaturas —Pauline, su «Minette», la hija ilegítima que había tenido con su amada *petit marmousin*, Dorothée, ex duquesa de Dino, y el pequeño Charles-Angélique, el hijo de su otra hija ilegítima, Charlotte— y experimentaba una emoción que le resultaba difícil de describir, por mucho que escarbara en su cerebro.

Hacía días que lo acompañaba aquella sensación, era como si estuviera a punto de suceder algo terrible, algo que cambiaría su vida, algo extraño. Lo que sentía no era ni dicha ni amargura, lo que sentía se asemejaba más a un vacío. Y, sin embargo, podría acabar siendo justamente lo contrario.

Maurice había experimentado la pasión en los brazos de muchas mujeres, incluidos los de su esposa, y profesaba un amor afectuoso, casi paternal, por la madre de Pauline, Dorothée, quien ya había cumplido treinta años y que había compartido su vida y su lecho durante los últimos ocho. No obstante, Maurice sabía muy bien a quién debía la sensación de vacío que lo perseguía, a la mujer a quien había amado con mayor fervor, a la madre de Charlotte: Mireille.

Había tenido que ocultarle a su adorada Charlotte la existencia de su madre debido a los omnipresentes peligros, incluso ahora que el juego había acabado. Maurice intuía vagamente cómo podría haber sido todo si Mireille se hubiera quedado, si hubiera abandonado esa misión en la que se consumía, si hubiera olvidado el ajedrez de Montglane y aquella sangrienta y temible partida que tantas vidas había destruido. ¿Cómo habría sido su vida si ella se hubiera quedado a su lado? ¿Si se hubieran casado? ¿Si hubieran criado juntos a sus dos hijos?

Sus dos hijos, sí, por fin lo había dicho.

Esa era la razón por la que aquella mañana Maurice había insistido en llevarse al pequeño Charles-Angélique y a Minette a dar una vuelta en la carreta del pony para ver las plantas y las flores: una excursión normal y corriente con la familia, algo que Maurice nunca había experimentado, ni siquiera de niño. Se preguntó cómo se sentiría si aquellos fueran sus hijos, los hijos que había tenido con Mireille.

Solo una vez creyó haber atisbado lo que podría haber sido,

aquella noche de hacía veinte años en que Mireille se había encontrado con él en los baños de vapor de Bourbon l'Archambault, aquella noche de dicha infinita para Maurice en que había visto a sus dos hijos juntos por primera vez.

Aquella noche de hacía veinte años en que Mireille al final había accedido a entregarle a la pequeña Charlotte para que la niña se criara con su verdadero padre.

Aquella noche de hacía veinte años en que Mireille había partido con su hijo de diez años, un niño a quien Maurice había acabado por convencerse de que no volvería a ver jamás.

Sin embargo, hacía dos noches que esa convicción se había desvanecido por completo tras la llegada de una misiva con el correo de la tarde.

Maurice sacó el papel del interior de la blusa, una carta fechada tres días atrás, procedente de París.

> Señor:
> Debo veros por motivo de extrema importancia para ambos. Acabo de saber que ya no mantenéis residencia en París. Os visitaré en Valençay dentro de tres días.
> Vuestro seguro servidor,
>
> CHARLOT

La lujosa mansión de múltiples cúpulas había sido erigida en la falda más soleada de la montaña para que las cocinas de Valençay, en vez de ser unas mazmorras, estuvieran inundadas de luz y dieran a las rosaledas con sus ensortijadas ramas cargadas de pétalos de tonos pastel.

Maurice Talleyrand solía acomodarse en una silla de jardín, al aire libre, donde podía embriagarse con el perfume de las rosas y observar a la vez lo que ocurría en el interior de la casa. En otros tiempos, había sido testigo tantas veces de la magia que hacía Carême que casi podía describirla con los ojos vendados. Aquel en concreto siempre había sido su número preferido.

Maurice había pasado incontables horas con incontables cocineros en incontables cocinas. Desde siempre, uno de sus grandes placeres había consistido en la concepción y disfrute de un banquete, especialmente en su profesión, pues Maurice consideraba que un convite bien planificado era el mejor lubrificante para mantener engrasada la maquinaria de la diplomacia. Durante el Congreso de Viena, había enviado un único mensaje a su nuevo patrón, Luis XVIII, quien se encontraba en París: «Aquí se necesitan más cazuelas que instrucciones». Y Carême había sido el encargado de suministrarlas.

Sin embargo, tal vez la cena de esa noche acabara demostrándose como la más difícil y delicada de su larga y distinguida carrera, como Maurice bien sabía. Esa noche vería a su hijo por primera vez en casi veinte años. Él y Charlot, quien había dejado de ser un niño, tendrían preguntas trascendentales que hacerse y secretos que revelarse mutuamente.

No obstante, como Maurice sabía, la única persona que quizá estuviera en poder de las respuestas, incluso a las preguntas más vitales, era el hombre que Talleyrand había insistido en traer hasta Valençay en cuanto hubo recibido la carta. Un hombre que significaba mucho para Maurice, que se había ganado su confianza y que conocía muchos de sus secretos. Un hombre que, aun habiendo sido rechazado de niño por su propia familia, había conseguido un éxito abrumador, igual que Maurice; un hombre que, durante todos esos años, había llevado a cabo entre bastidores las misiones encomendadas por Talleyrand, en las cortes europeas; un hombre que había sido lo más parecido a un hijo que Maurice había tenido, si no en carne, al menos en espíritu.

El mismo hombre que en esos momentos estaba entreteniendo al personal de cocina al otro lado de aquellos ventanales mientras preparaba lo que habían planeado para la cena de los niños.

Era la única persona viva, salvo el propio Maurice, que conocía toda la historia.

Era el famoso cocinero Marie-Antoine Carême, Antonin Carême.

El azúcar derretido bullía en el puchero de cobre que había sobre el fogón. Carême lo removía con suavidad ante la atenta mirada de los niños y el personal de cocina, más de treinta personas, todos fascinados por el aura del gran *maître d'hôtel*, un maestro entre maestros. Carême espolvoreó un poco de crémor tártaro en el azúcar derretido y en ebullición y las burbujas se inflaron y se volvieron porosas, como si fueran de cristal.

Ya casi estaba listo.

A continuación, el *maître* hizo algo que siempre maravillaba a quienes no estaban familiarizados con el arte de la *pâtisserie*. Hundió la mano desnuda en un cuenco de agua helada que había preparado para la ocasión y a continuación la metió en el azúcar volcánico para devolverla una vez más al agua fría. Los niños chillaron horrorizados y muchos de los pinches ahogaron un grito.

Acto seguido, cogió su afilado cuchillo, lo hundió en el azúcar derretido y, después de sumergirlo en el agua helada, una capa crujiente de azúcar se desprendió de la hoja con un chasquido.

—*Bien!* —anunció Câreme a su público entregado—. ¡Listos para el hilado!

Durante más de una hora, el grupo observó en silencio cómo el *maître*, con la ayuda de la joven Kimberly que le tendía presta los utensilios, llevaba a cabo el trabajo de un experto cirujano, un maestro picapedrero y un arquitecto, todo en uno.

El azúcar hirviendo volaba del pico del puchero de cobre al molde que lo esperaba y se arremolinaba en su interior, que había sido untado previamente con un aromático aceite de almendras para que, una vez enfriado el azúcar modelado, se desprendiera con facilidad. Cuando los moldes de distintos tamaños y formas estuvieron llenos, el maestro, utilizando los tenedores giratorios que él mismo había inventado, lanzó relucientes cintas de azúcar al aire como si fuera un soplador de vidrio veneciano, las retorció hasta conseguir los cordones trenzados llamados *cheveux d'ange*, cabellos de ángel, y las cortó en largas tiras.

Talleyrand observaba a través de los ventanales, desde la rosaleda. Cuando Carême hubo terminado la parte más difícil y peligrosa del proceso, durante la que no debía distraérsele, y el contenido de los moldes se hubo endurecido como si fuera cristal de roca, Maurice entró en la cocina y tomó asiento cerca de los niños.

Después de tantos años a su servicio, Maurice sabía muy bien que el cocinero parlanchín no se resistiría por mucho más tiempo ante un público tan nutrido y que empezaría a pontificar sobre sus aptitudes y conocimientos a pesar del esfuerzo que le había exigido aquella demostración de maestría y del precio que ya se había cobrado en su patentemente delicada salud. Maurice quería oírlo.

Talleyrand se unió a los demás cuando Carême iniciaba el ensamblaje, que consistía en ir fundiendo las puntas de cada pieza sobre los rescoldos del brasero para que estas se soldaran a las demás partes con su propio pegamento azucarado. Sin embargo, cada vez que se agachaba sobre las brasas y respiraba el humo, apenas conseguía contener los accesos de tos, la maldición de su profesión, ese pulmón negro de resultas de una exposición constante a los gases que desprendía el carbón. Kimberly le servía champán, que Carême iba bebiendo mientras continuaba trabajando. Mientras unía la miríada de piezas, y poco a poco empezaba a emerger una estructura compleja y fascinante, el cocinero se aclaró la garganta para dirigirse al príncipe y a su personal.

—Todos habéis oído la historia de mi vida —empezó Carême—, y sabréis que, igual que Cenicienta, me levanté de entre mis cenizas y llegué a los palacios de Europa. También conoceréis que, siendo un niño pordiosero y abandonado por mi padre a las puertas de París, fui descubierto y puesto al servicio del célebre *pâtissier* Bailly para acabar sirviendo al lado del cocinero del príncipe Talleyrand, el gran Boucher, quien antes había sido el chef de la casa de los Condé.

La mera mención del nombre de Boucher siempre despertaba un temor reverencial en las cocinas de Europa, pues nadie ignoraba que había sido el famoso *maître d'hôtel* del príncipe de Condé, descendiente de una de las familias más poderosas de Francia.

Siguiendo la larga línea de los cocineros de los Condé —empezando por el casi legendario Vâtel, quien se había suicidado arrojándose sobre su propia espada al ver que el marisco no llegaba a tiempo para el banquete—, el propio Boucher había adiestrado a pinches, aprendices y *sous-chefs* (ayudantes de cocina) durante años en las cocinas de los Condé, tanto en París como en Chantilly, hombres que acabaron convirtiéndose en chefs de categoría en las grandes casas de Europa y América. Entre ellos se encontraba el cocinero esclavo de Thomas Jefferson, James Hemings, quien estuvo estudiando bajo la tutela de Boucher durante los cinco años que el diplomático estadounidense estuvo destinado en Francia.

Cuando Louis-Joseph, por entonces príncipe de Condé, huyó del país para conducir un ejército austríaco contra la Francia revolucionaria, fue Talleyrand quien rescató a su cocinero, Boucher, del acoso del populacho y quien le dio trabajo.

Fue entonces cuando Boucher descubrió al joven *tourtier*, el repostero, en la pastelería de Bailly y quien lo dio a conocer a *monseigneur* Talleyrand.

—Sí, como Cenicienta —añadió el gran cocinero—, y llamándome como me llamo, Carême, diminutivo de Cuaresma, los cuarenta días de abstinencia que empiezan con el *dies cinerum*, el Miércoles de Ceniza, lo lógico habría sido que prefiriera la penitencia, es decir, que me interesara más la antigua tradición del abstinente que el arte del apetente.

»Sin embargo, de cada uno de mis tutores y patrones he aprendido algo en suma misterioso acerca de la relación entre ambas, la abstinencia y la apetencia, y de su vínculo con el fuego. Aunque estoy adelantándome. Primero desearía hablaros de la creación en que estoy trabajando esta noche para el príncipe, sus invitados y su familia.

Carême miró a Talleyrand, quien asintió con un ademán para que continuara. El cocinero desenrolló un pergamino donde aparecían extraños dibujos de arcos y líneas y vació encima uno de los moldes que contenía una figura de azúcar con la forma de un octógono de cerca de un metro de diámetro. A continuación, fue desmoldando el resto de formas octogonales, cada vez más pequeñas, y fue colocándolas una encima de la otra, como una escalera. Acto seguido cogió una de las tiras retorcidas con las tenacillas y la acercó brevemente a las brasas antes de retomar la unión de su obra y la historia.

—Fue Bailly, el maestro *pâtissier*, quien me introdujo en el maravilloso arte de la cocina arquitectónica —dijo—, pues me permitió estudiar por las noches y copiar los diseños de los edificios antiguos que había sacado prestados de las salas de grabados del Louvre. Descubrí que las bellas artes son cinco: la pintura, la escultura, la poesía, la música y la arquitectura, cuya máxima expresión es la confitería. Aprendí a dibujar con el pulso firme y diestro de un arquitecto y un matemático experimentados las obras arquitectónicas de las grandes culturas de los antiguos, Grecia, Roma, Egipto, India, China, que un día crearía en caramelo hilado, como esta.

»Es la estructura suprema entre los edificios antiguos, de gran influencia en todo lo que inspiró a Vitruvio. Se llama la Torre de los Vientos, una famosa torre ateniense de planta octogonal que alberga un planetario y un reloj de agua, y que Andrónico de Cirro construyó en el siglo I antes de Cristo. Hoy en día todavía sigue en pie. Vitruvio nos dice: "Algunos han sostenido que solo existen cuatro vientos, pero estudiosos más aplicados aseguran que en realidad son ocho". Ocho, un número sagrado, pues se encuentra en el origen de la mayoría de los trazados de los templos ancestrales de la Persia y la India más antiguas.

Todo el mundo observaba embelesado mientras los dedos del *maître* se paseaban sin descanso por la encimera con aquellas piezas arquitectónicas que había creado como por arte de magia. Cuando la construcción estuvo acabada, esta se alzaba dos metros por encima de la mesa y se cernía sobre todos ellos, una torre octogonal de increíble detalle, a la que no le faltaban los enrejados de las ventanas y los frescos que rodeaban la parte superior, en los que varios personajes representaban los ocho vientos. Todos aplaudieron, incluido el príncipe.

Cuando el personal hubo regresado a sus obligaciones, Talleyrand acompañó al gran chef al jardín.

—Has logrado una obra de arte verdaderamente notable, como siempre —fueron las primeras palabras de Talleyrand—, pero me temo que me hallo algo perdido, mi querido Antonin, puesto que justo antes de que comenzaras tu mágica reconstrucción arquitectónica de lo que sin duda alguna es la estructura más notable de la antigua Grecia, has dejado entrever que cierto misterio te empujó a construir la *Tour des Vents*. Si mal no recuerdo, era algo que tenía que ver con la penitencia y la apetencia, con la Cuaresma y las cenizas, ¿no es así? Aunque debo confesar que aún no consigo ver la relación.

—Sí, alteza —contestó Carême, deteniéndose apenas un segundo para mirar a los ojos a su patrón y mentor, pues ambos sabían qué estaba preguntándole Talleyrand en realidad—. El propio Vitruvio nos enseña que, construyendo un nomon para seguir el curso del sol y utilizando un compás para dibujar un sencillo círculo, podemos dar vida al octógono, la estructura sagrada por excelencia, como sabían los antiguos, pues es el intermediario divino entre el círculo y el cuadrado.

»En China, el octógono corresponde al Bagua, la forma más antigua de adivinación. En India, el tablero de ocho casillas por lado se llama Ashtapada, la araña, el juego de mesa más antiguo del que se tiene conocimiento. También es la base del mandala sobre el que construyen los templos del fuego hindúes y persas. Menos conocido, aunque seguro que no para Vitruvio, es que estos representan las formas más antiguas del altar donde se llevaban a cabo los sacrificios, donde las cosas podían "alterarse", donde, en la antigüedad, el cielo se unía a la tierra, como un rayo caído del cielo. Durante las ocho festividades del fuego celtas que se realizaban anualmente, el sacrificio de fuego a su dios y la celebración del pueblo eran una sola cosa.

»Esa es la razón por la que el centro de la casa, el centro del templo y el centro de la ciudad se llamaban *focus* —añadió—, es decir, el hogar. Los cocineros somos los bienaventurados de nuestra época porque hubo un tiempo en que ser cocinero o mago, un maestro del fuego, de la fiesta y el sacrificio, estaba considerada como la labor más sagrada.

Sin embargo, Carême no pudo proseguir. A pesar del aire fresco del jardín, o tal vez a causa de ello, su tos crónica regresó para atenazar su garganta una vez más.

—Te has sacrificado a tu sagrada profesión y a tus brasas, amigo mío —observó Talleyrand, alzando una mano para llamar a un sirviente, quien salió corriendo de la casa con otra copa de champán, que le tendió al cocinero. Cuando el sirviente se hubo ido, Talleyrand añadió—: No dudo de que conoces la razón por la que te he hecho venir hasta aquí.

Carême asintió con la cabeza, dándole sorbos al champán mientras trataba de recuperar la respiración.

—Por eso me he apresurado a venir, señor, aunque tal vez no debiera haberlo hecho, pues como veis, estoy enfermo —consiguió decir al final, casi sin aliento—. Es por la mujer, ¿verdad? La mujer que se presentó en París en medio de aquella noche de hace tantos años, cuando yo era el primer *sous-chef* de Boucher en vuestro palacio de la rue de Bac, el Hôtel Galliffet. Ha vuelto. La mujer que luego apareció en Bourbon l'Archambault con Charlotte. La mujer por la cual me habéis hecho reunir todas esas piezas. Mireille…

—No debemos hablar de ello tan abiertamente, mi leal amigo —lo interrumpió Talleyrand—. Tú y yo somos las únicas personas sobre la faz de la tierra que conocen la historia, y aunque pronto tendremos que compartirla con alguien, de hecho, esta misma noche, deseo que conserves las fuerzas para ese encuentro. Eres el único que podría estar en posición de ayudarnos, pues como bien sabes, eres el único a quien he confiado toda la verdad.

Carême asintió para indicarle que volvía a estar preparado para servir al hombre a quien siempre había considerado su mejor patrón. Y muchas otras cosas.

—Entonces, ¿es a esa mujer a la que se espera esta noche en Valençay? —preguntó Carême.

—No, es a su hijo —contestó Talleyrand, apoyando una mano sobre el hombro del cocinero con desacostumbrada familiaridad. Luego, tras un profundo suspiro, añadió en voz baja—: Es decir, a su hijo y el mío.

♟

Maurice sintió deseos de echarse a llorar al ver a su hijo por segunda vez en su vida, abrumado por los amargos recuerdos de aquella ahora tan lejana separación en Bourbon l'Archambault, que súbitamente habían asaltado su memoria.

Después de que el personal de la casa hubiera cenado y los niños se hubieran ido a dormir, Maurice se sentó en el jardín y estuvo contemplando el horizonte hasta que la puesta de sol se diluyó en un crepúsculo de color lavanda, su momento preferido del día. Sin embargo, en su mente batallaban un millar de emociones enfrentadas.

Carême los había dejado solos para que hablaran, pero había accedido a reencontrarse con ellos después, junto con un barrilete de un madeira de crianza y algunas de las respuestas que ambos buscaban.

Maurice miraba al joven que se sentaba al otro lado de la pequeña mesa de jardín que el cocinero había preparado para ellos bajo las ramas de un enorme tilo. Estudiaba al joven de aspecto romántico, fruto de la pasión que lo había arrebatado hacía más de treinta años, y debía admitir que jamás había creído sentir tanto dolor.

Charlot, recién llegado de París y todavía ataviado con la ropa de montar, solo había tenido tiempo de sacudirse el polvo del camino y ponerse una camisa y un pañuelo limpios. Llevaba el cabello cobrizo retirado hacia atrás, recogido en la nuca en una perfecta coleta de la que solo unos cuantos mechones rebeldes conseguían escapar. Incluso aquel detalle insignificante conseguía evocar con fuerza la fragante melena de rizos bermejos de su madre, en la que Maurice todavía recordaba haber hundido la cara cuando hacían el amor.

Antes de que ella lo dejara.

Sin embargo, mientras intentaba mantener a raya los recuerdos, Maurice comprobó que en Charlot se reconocía a su verdadero padre en cuanto a todo lo demás. Esos fríos ojos de color azul que parecían asegurar que no revelarían los pensamientos más íntimos de su dueño. La frente despejada, el mentón pronunciado y hendido y la nariz respingona, todos ellos rasgos característicos de la larga y noble línea de los Talleyrand de Périgord. Y esos labios sorprendentemente sensuales... Una boca que delataba al entendido nato en vinos selectos, mujeres bellas y todos los deleites del hedonista.

Aunque Maurice tampoco había tardado en comprender que su hijo no podía ser ninguna de aquellas cosas.

Esa había sido la razón por la que Maurice había atendido la petición de Charlot, cuando apenas siendo este un niño le había sugerido que casara a Charlotte con alguien de la familia Talleyrand, para que ella no compartiera el mismo destino que él, su hermano. Debido en buena parte a la insensatez que cometieron sus padres al no casarse, Charlot jamás podría ostentar ningún derecho de primogenitura por ser hijo ilegítimo, ni siquiera podría heredar las propiedades de su padre. En realidad, y teniendo en cuenta que Maurice no podía hacer nada contra la ley francesa, era probable que los atributos físicos fueran la única herencia que Charlot recibiría del noble linaje de los Talleyrand-Périgord.

Aun así, Maurice reparó en que la fisonomía de Charlot parecía rebelarse contra su disposición innata. Tal vez su boca sugiriera una sensualidad manifiesta, pero su expresión revelaba la fuerza interior que lo había llevado hasta allí procedente de sabe Dios qué tierras remotas, con un propósito que no admitía aplazamientos. Un propósito que, por el semblante de Charlot, no estaba relacionado con su madre, sino con él mismo.

Y esa mirada que a primera vista le había parecido tan fría y reservada... En el fondo de aquellos ojos de tintes añiles, Maurice había atisbado un secreto, un misterio que había empujado a Charlot a atravesar aquella distancia para compartirlo únicamente con su padre.

Aquello fue lo único que le permitió a Maurice aferrarse por primera vez a la esperanza de que, después de todo, tal vez aquella visita, aquella reunión no acabaría siendo lo que él había imaginado y había estado temiendo los últimos veinte años. Además, era consciente de que había llegado el momento de que él también revelara algo.

—Hijo mío, Antonin Carême pronto se reunirá con nosotros, como ha de ser —empezó—, pues durante esos años en que tuve que llevar a cabo ciertas tareas de suma importancia que me encomendó tu madre, Antonin fue el hombre a quien le confié mi vida, todas nuestras vidas.

»Sin embargo, antes de que regrese, y mientras todavía estamos solos, desearía que habláramos con franqueza. Hace mucho tiempo que deberíamos haberlo hecho. Como tu padre que soy, te pido y te suplico tu perdón. Si no tuviera la edad que tengo, que no por falta de predisposición, me arrodillaría ante ti, en este mismo instante, y te besaría la mano para implorarte…

Se detuvo, pues Charlot se había levantado como impulsado por un resorte y había rodeado la mesa para ayudar a su padre a ponerse en pie y besarle ambas manos. Luego, lo abrazó.

—Veo cómo os sentís, padre —dijo—, mas podéis estar seguro de que no estoy aquí por lo que creéis.

Al principio, Talleyrand lo miró sorprendido, pero luego una sonrisa cauta afloró a sus labios.

—Había olvidado por completo el don que posees —admitió—, esa facultad para leer los pensamientos y las profecías.

—Yo también casi lo había olvidado —dijo Charlot, correspondiendo a su sonrisa—, pero no he venido hasta aquí en busca de mi hermana Charlotte, como parecíais temer hace unos instantes. No; por lo que a mí respecta, no es necesario que sepa nada sobre nosotros, pues veo que la amáis profundamente y deseáis protegerla. Ni tampoco es necesario que, en el futuro, se relacione con el ajedrez de Montglane o el juego.

—¡Pero creía que el juego había terminado! —se horrorizó Talleyrand—. Es imposible que haya vuelto a empezar. Mireille accedió a que fuera yo quien criara aquí a la pequeña Charlotte para evitarlo, donde estaría a salvo. Lejos del juego, lejos de las piezas, ¡lejos de la partida! Y lejos de la Reina Negra, su madre, pues esa era la profecía.

—La profecía estaba equivocada —dijo Charlot; la sonrisa había desaparecido, aunque todavía conservaba las manos de su padre entre las suyas— y parece ser que la partida ha vuelto a iniciarse.

—¡Otra vez! —exclamó Talleyrand, aunque enseguida bajó la voz, a pesar de que no había nadie que pudiera oírlos—. Pero, Charlot, si fuiste tú el primero en lanzar la profecía. Dijiste que «la partida solo volverá a empezar cuando el contrario nazca de las cenizas». ¿Cómo puedes asegurar que tu hermana está a salvo si ha empezado de nuevo? Sabes que el cumpleaños de Charlotte, el 4 de octubre, es la fecha contraria al de tu madre, la Reina Negra. ¿Acaso no significa eso que, si empezara una nueva partida, Charlotte sería la Reina Blanca tal como hemos creído todos estos años?

—Me equivoqué —dijo Charlot, en voz baja—. La partida ha vuelto a empezar. Las blancas han hecho el primer movimiento y ha aparecido una pieza negra importante.

—Pero... —musitó Talleyrand—. No lo entiendo. —Al ver que Carême cruzaba el jardín en su dirección, se dejó caer de nuevo en la silla, miró a Charlot y añadió—: Hemos recuperado casi todas las piezas con la ayuda de Antonin Carême, gracias a su presencia en esos hogares y palacios, ¡desde Rusia a Gran Bretaña! Mi esposa, madame Grand, la Reina Blanca, está fuera de juego, sus fuerzas se han disuelto o han muerto. Mireille lleva años oculta donde nadie pueda encontrarla, ni a ella ni las piezas. ¿Y aun así insistes en que ha vuelto a empezar? ¿Cómo es posible que las blancas hayan iniciado el movimiento y que Charlotte no corra peligro? ¿Qué pieza negra importante puede tener el otro equipo que no hayamos recuperado?

—Eso es precisamente lo que he venido a descubrir, con vuestra ayuda y la de Carême —contestó Charlot, arrodillándose en la hierba, junto a su padre—. Sin embargo, sé que es cierto, porque lo he visto con mis propios ojos. He visto a la nueva

Reina Blanca. Apenas es una chiquilla, pero tiene un gran poder. He tenido en mis manos la valiosa pieza de ajedrez con la cual se ha hecho la Reina Blanca y de la que ahora es dueña. Esa pieza es la Reina Negra del ajedrez de Montglane.

—¡Imposible! —gritó Talleyrand—. ¡Esa es la figura que Antonin trajo consigo, la que le entregó el propio Alejandro de Rusia! Pertenecía a la abadesa de Montglane. Alejandro prometió protegerla por tu madre, Mireille, mucho antes de que se convirtiera en zar. ¡Y mantuvo su promesa!

—Lo sé —dijo Charlot—. Ayudé a mi madre a esconderla cuando regresó de Rusia, pero parece que la figura que tiene la Reina Blanca llevaba oculta mucho más tiempo. Eso es lo que he venido a averiguar… con la esperanza de que Carême pudiera ayudarnos a encontrar la explicación al hecho de que existan dos Reinas Negras.

—Pero si la partida ha vuelto a empezar tal como dices, si las blancas han resurgido de súbito con su poderosa pieza y han hecho el primer movimiento, ¿por qué se han confiado a ti? —preguntó Talleyrand—. ¿Por qué te la han mostrado precisamente a ti?

—¿No lo entendéis, padre? —dijo Charlot—. Por eso no fui capaz de interpretar correctamente la profecía. Es cierto que las blancas se han alzado de las cenizas del contrario, pero no como había imaginado. No pude verlo porque estaba relacionado conmigo. —Al descubrir la expresión de desconcierto en el rostro de Talleyrand, Charlott añadió—: Padre, soy el nuevo Rey Blanco.

# EL FOUR SEASONS

*Seminate aurum vestrum in terram albam folia-*
*tum.* «Siembra tu oro en la blanca tierra labra-
da.» La alquimia (llamada a menudo «agricultura celestial») adopta numerosas analogías de la
labranza [...] el epigrama [...] incide en la necesidad de observar «como en un espejo» la lección
del grano de trigo [...] el excelente tratado *(Secre-*
*tum)* publicado en Leiden en 1599 [...] comparaba en detalle las labores de la labranza del trigo
con las labores de la obra alquímica.

STANISLAS KLOSSOWSKI DE ROLA,
*El juego áureo*

Según Nim, no teníamos tiempo. El enemigo, quienquiera que
fuera, estaba en situación de ventaja: había puesto en peligro
a mi madre desaparecida y al resto de nosotros, y todo porque
yo había sido una completa boba y había hecho caso omiso de las
señales de advertencia, aunque estas habían estado centelleando
con tanta fuerza como las luces de pista, como diría Key.

¿Y qué hacía yo? Pues nada, ahí estaba, con ataques de llorera —tres en las últimas doce horas, por el amor de Dios—, se-
cándome las lágrimas, dejando que mi tío me diera un beso en
la cabeza y se ocupara de todo y, en general, comportándome
como si volviera a tener doce años.

De hecho, si la memoria no me fallaba, con doce años conservaba más dignidad, era una campeona de ajedrez de talla mundial que había visto cómo asesinaban a su padre ante sus ojos y que había conseguido sobrevivir a ello y seguir adelante. ¿Qué me estaba pasando? Estaba actuando como una gallina.

Solo había una cosa que pudiera explicar mi conducta: que aquellos últimos diez años mezclando la receta de Sage Livingston, alias doña Perfecta, en la coctelera Molotov de la grandilocuencia a la brasa de Rodo Boujaron, debían de haber dado como resultado el ablandamiento y la conversión en buñuelos de plátano de lo que fuera que antes considerara cerebro.

A ver si espabilaba de una vez.

Al diablo con las metáforas, los símiles, las hipérboles y... «¡Avante a toda máquina!», como diría Key.

Nim y yo seguíamos manteniendo una conversación fluida pero banal, mero ruido de fondo para tener entretenidos a los fisgones mientras él se dedicaba a registrar metódicamente hasta el último rincón de mi piso. Incluso a mí. Tenía un pequeño lector óptico de mano, del tamaño de un batidor de varillas diminuto, que pasó por encima de lo que yo llevaba puesto, de la vajilla de porcelana, la ropa de cama, los libros y los muebles, y del juego de ajedrez que había sacado de mi mochila y que había dejado en la mesa del comedor. Le tendí la reina negra que faltaba y que había llevado en el bolsillo hasta ese momento. Después de examinarla, la dejó sobre el tablero, en su lugar.

Cogió la mochila y metió varias prendas limpias que sacó del armario, así como las primeras planas del periódico. Luego, se volvió hacia mí.

—Creo que por ahora ya hemos ordenado tu piso todo lo que hemos podido —dijo en voz alta—. ¿Algo más antes de que salgamos a dar un paseo?

Asentí con la cabeza para indicarle que todavía faltaba algo. Le tendí la chaqueta de esquí y, con una mirada significativa, dije en voz alta:

—Debería llamar a Rodo para avisarle de los planes de esta noche antes de irnos. Al fin y al cabo, trabajo para él.

Nim estaba repasando con las manos el relleno de la espalda

de la parka, donde llevaba oculto el dibujo del tablero de ajedrez. Aquella parte parecía más rígida que el resto de la chaqueta y vi que enarcaba una ceja. Nim empezó a asentir con la cabeza cuando se me ocurrió una idea.

—De hecho, será mejor que llame a Rodo por el camino —dije—. Me pidió que le hiciera unos cuantos recados. Le preguntaré desde dónde paremos para asegurarme de que le llevo todo lo que me pidió.

—Bueno, pues pongámonos en marcha —contestó, sujetando la parka para que me la pusiera—. Su coche la espera, señora.

Antes de irnos, recogió mi traicionero móvil de donde lo habíamos dejado, encima de la mesa, y lo encajó entre los cojines del sofá, como si se me hubiera caído por accidente. A continuación, me ofreció el brazo.

Al bajar la vista, vi que llevaba la navaja suiza en la mano. Me la dio con una sonrisa.

—Para llegar al fondo de las cosas —dijo, apretando la parka de manera significativa, cuando salíamos por la puerta.

Al alcanzar M Street, en el corazón de Georgetown, vimos que las calles estaban tomadas por los turistas que habían llegado del Cherry Blossom Festival, en el National Mall. Largas hileras de ellos hacían cola en la acera, a las puertas de los restaurantes, esperando hambrientos que les adjudicaran una mesa o un asiento en una ostrería. Tuvimos que ir esquivándolos hasta conseguir superarlos. Las aceras de Georgetown ya proveían de suficientes obstáculos por sí solas con sus excrementos de perro, los frutos resbaladizos y apestosos del famoso ginkgo, los socavones gracias a las baldosas que faltaban, los ciclistas que se subían a la acera para sortear los volantazos de los taxistas y los transportistas aparcados en doble fila delante de las puertas metálicas abiertas de los sótanos, descargando sus cajones de verduras y cerveza en las bodegas.

Sin embargo, lo peor eran los turistas, que siempre se comportaban como si fueran los amos y señores de Washington. Aunque, claro, pensándolo bien, así era.

—Este sitio hace que Manhattan parezca un remanso de paz

—comentó Nim, quien todavía llevaba mi mochila colgada de un brazo y a mí del otro de manera protectora mientras contemplaba el caos a su alrededor—. Voy a llevarte ahora mismo a un lugar un poco más civilizado, donde podamos continuar nuestra conversación e idear un plan.

—Lo decía en serio, tengo que hacer un recado —repuse—. Es urgente y solo está a una manzana de aquí.

No obstante, Nim también tenía algo que decir acerca de lo que corría o no corría prisa.

—Lo primero es lo primero —dijo—. Sé cuándo fue la última vez que comiste, pero ¿cuándo fue la última vez que te diste una ducha?

¿Ducharme? ¿Tanto se notaba? Intenté no olisquearme allí mismo, en medio de la calle, para averiguarlo. Lo cierto era que no me acordaba, pero en ese momento caí en la cuenta de que no tocaba el agua desde antes de salir de casa para ir a Colorado.

Aun así, yo también tenía mis prioridades, algo más urgente que no podía esperar y que exigía mi atención inmediata.

—Y ¿por qué no lo has dicho cuando todavía estábamos en el piso? —pregunté—. Podría haberme dado una ducha rápida.

—¿En tu piso? —se burló—. Un cámping dispone de más servicios que tu piso. Además, volver es demasiado peligroso. Podemos hacer tu recado si es tan urgente, pero solo si cae de camino a mi hotel.

—¿Hotel? —dije, mirándolo desconcertada.

—Naturalmente —contestó, divertido—. Ya te he dicho que llevo varios días por aquí detrás de ti. ¿Dónde esperabas que me hospedara? ¿En ese lugar en el que vives, carente de medios de subsistencia? ¿O en un parque de por aquí?

En realidad no sabía qué había esperado, pero me resultaba igual de difícil imaginar a alguien tan reservado como Nim alojándose en un lugar público.

—¿Qué hotel? —pregunté.

—Te gustará —aseguró—. Será un cambio agradable, comparado con ese piso insulso y lleno de escuchas que tienes, y al menos irás limpia. Entre otros servicios, presume de una piscina olímpica y de los mejores baños romanos de la ciudad, por no mencionar que nos proporcionará la suficiente privacidad para poder planear el siguiente movimiento de nuestra campaña. Está al final de la calle, no lejos de aquí. Es el Four Seasons.

Tal vez porque descendía de un linaje de autoproclamados filósofos —maestros de la teoría de la complejidad como mi tío Slava, quien siempre había preferido el camino más largo a la verdad— nunca había comulgado con la idea de que la primera respuesta a un problema, o la más rápida, era necesariamente la correcta; no era fan precisamente de la navaja de Occam. Sin embargo, en el caso que me ocupaba, la rapidez parecía crucial, igual que en el ajedrez relámpago, y la solución más sencilla se antojaba la mejor. Compartí mi plan de manera sucinta con Nim por el camino y este accedió a colaborar.

El Koppie Shoppe, cuyo nombre, escrito fonéticamente en inglés, se remontaba a la década de los sesenta, estaba a media manzana de M Street, encajado entre un restaurante *dim sum* y un antro de tapas cuya principal técnica promocional era un ventilador gigante que expulsaba el humo hacia la calle. Nim y yo tuvimos que abrirnos camino entre las colas de turistas famélicos para llegar hasta la puerta y alcanzar nuestro destino.

La Shoppe vendía material de oficina en la parte delantera de la tienda y tenía una copistería con fotocopiadoras en el fondo. Era el único lugar de la ciudad que conocía que dispusiera de una máquina lo suficientemente grande donde cupiera una plana entera de *The Washington Post*. Y no digamos ya un dibujo del siglo XVIII de un tablero de ajedrez trazado con sangre.

Por casualidad, también era el único lugar que conocía cuyo encargado, Stuart, fuera un incondicional de las sobras de un restaurante vasco de cuatro estrellas y de la *sous-chef* que podía pasárselas de contrabando de vez en cuando, así como de la compañera de largas piernas de la susodicha *sous-chef*, que podía ganarle con patines en línea por los adoquines de Prospect Street.

En Georgetown, igual que en cualquier otra comunidad tribal aislada, se desconfiaba de los forasteros, se les sacaba todo lo que se podía o se los abandonaba en la calle para que se murieran de hambre, como aquellos famélicos turistas de allí fuera. Sin embargo, entre los lugareños, de quienes se daba por hecho que eran hombres de honor, existía un sistema tácito de trueque e intercambio mediante el cual se pagaba con la misma moneda. En Rusia, mi padre lo llamaba *blat*. Resumiendo, lo que se entiende por reciprocidad.

En mi caso, Stuart respetaba mi confidencialidad: dejaba que fuera yo quien hiciera las copias en la máquina grande cuando no había nadie más por allí, normalmente cosas para Rodo. También me dejaba usar el lavabo común para empleados. Una gran ventaja, dada la improvisada agenda del día.

Dejé a Nim en la parte delantera de la tienda, entre los suministros de oficina, para que escogiera los cilindros de cartón pertinentes para los envíos por correo, la cinta adhesiva, las etiquetas y la pequeña grapadora que requería mi plan. Mientras, cogí la mochila, me dirigí al departamento de copiado de la parte de atrás, saludé a Stuart, quien estaba liado con un trabajo de impresión bastante ruidoso y me metí en el lavabo, donde cerré la puerta por dentro.

Saqué el ejemplar de *The Washington Post* de la mochila, extendí las primeras páginas en el suelo, me quité la parka y, dándole la vuelta para que no se desparramara su plumoso contenido, utilicé las tijeras en miniatura de la navaja suiza de Nim para cortar con cuidado las puntadas que Vartan Azov había cosido.

Era prácticamente imposible sacar el dibujo sin llenar el suelo de relleno, pero al final conseguí extraerlo sin demasiado plumón por encima y lo deslicé, desdoblado, entre las primeras páginas del *Post*, que enrollé y metí en la mochila. A continuación, limpié como mejor pude el plumón que había caído al suelo con un poco de papel higiénico mojado, arrojé el papel al lavabo y tiré de la cadena.

Paso número uno: completado.

Los suaves golpecitos en la puerta del baño, tal como habíamos acordado, me avisaron de que Nim estaba preparado para ejecutar su parte: el paso número dos.

Abrí la puerta. Nim estaba fuera con una bolsa de suministros de oficina recién comprados. Le cambié la parka de plumón por la bolsa de plástico e intercambiamos nuestros lugares.

Mientras él se encerraba dentro para grapar el forro de la chaqueta, yo me dirigí a la sala de fotocopiadoras con mi alijo. El escándalo que armaba el trabajo de impresión en el que estaban trabajando era ensordecedor. Agradecí el ruido, así podría concentrarme en lo que tenía que hacer y evitaba que perdiera el tiempo en cháchara inútil.

Stuart encendió la fotocopiadora grande y me la señaló con gestos. Coloqué la primera página del *Post* boca abajo sobre el cristal y saqué cuatro copias. Luego, me fui a las páginas entre las que había deslizado el dibujo del tablero de ajedrez. Sobresalía un poco, pues era algo más ancho que las páginas del periódico entre las que supuestamente se ocultaba, pero mi compañero al otro extremo de la sala parecía ocupado en el trabajo de impresión.

Coloqué el dibujo boca abajo, con la página de noticias encima, y también saqué cuatro copias. A continuación, por si acaso, saqué otras cuatro copias de la otra página del *Post*, donde continuaban los artículos de la primera plana. Cuando hube acabado, separé las amplias fotocopias en cuatro montones, con una copia del dibujo del tablero en medio de cada una de ellas. Saqué los cilindros de cartón de la bolsa de plástico de Nim, enrollé bien los papeles y empecé a meterlos en los tubos para enviar por correo, uno por uno.

En ese momento, el jaleo enmudeció de repente.

—¡Mierda! Atasco de papel —dijo Stuart—. Alex, ven un segundo y aguanta esta bandeja un momentito, ¿te importa? Este cacharro lleva atascándose todo el día, y todavía no le he visto el pelo al de mantenimiento. Tendré que quedarme esta noche y limpiarla para ver qué le pasa.

Tenía el pulso acelerado. No quería detenerme a media faena, pero ¿qué otra cosa podía hacer? Enrollé el resto de papeles a toda prisa, incluidos los originales, y los metí en la bolsa de plástico. Luego fui a ayudarle a desatascar la otra fotocopiadora.

—Por cierto —dijo Stuart, mientras yo aguantaba la pesada bandeja para que él pudiera sacar el papel atascado—, creo que es inútil lo que estás haciendo.

—¿Qué estoy haciendo? —dije, con toda la calma que conseguí reunir.

¿Cómo sabía él lo que estaba haciendo?

—Me refiero a que si estabas sacándole copias a tu jefe, el señor Boujaron, él ya se ha pasado por aquí a primera hora de la mañana con otro tipo —dijo, intentando extraer al culpable, un trozo de papel manchado de tinta, del lugar donde había quedado atascado. Al final consiguió sacarlo de un tirón—. Me pidieron que les hiciera varias copias del dichoso diario, la primera plana del periódico de ayer, ¿no? No lo entiendo. En fin, el periódico entero cuesta menos que las fotocopias a tamaño completo. ¿Dónde está la gracia de hacer fotocopias?

¡Por Dios bendito! Noté que el corazón se me desbocaba al tiempo que intentaba tirar de las riendas del pánico.

Aunque Stuart tenía razón. ¿Dónde estaba la gracia? ¿Sería Rodo el que había puesto escuchas en mi casa y mi móvil? ¿Habría oído la conversación acerca del *Post*? ¿Quién lo acompañaba esa mañana? Y ¿por qué estaba sacando copias de la primera plana?

Sabía que debía decir algo que satisficiera la curiosidad de Stuart, pero al mismo tiempo tenía que salir de allí cuanto antes. Nim me esperaba en la parte delantera de la tienda y a esas alturas debía de estar preguntándose qué le había pasado a ese «recado urgente», sudando de nerviosismo.

—La verdad es que yo tampoco le veo la gracia por ningún sitio, pero ya conoces a mi jefe —contesté, mientras le ayudaba a volver a colocar la bandeja en su sitio—. Por lo que a mí respecta, como si Boujaron decide empapelarse una habitación con los titulares de ayer. El caso es que me ha enviado a que le haga varias copias más. ¡Muchas gracias por salvarme el pescuezo!

Planté un billete de diez dólares sobre el mostrador para pagar las fotocopias, cogí la bolsa de plástico y la mochila, y le lancé un beso a Stuart de camino hacia la puerta de salida.

Una vez en la calle, Nim cogió la mochila con expresión preocupada.

—¿Por qué has tardado tanto? —preguntó, mientras volvíamos a intentar abrirnos camino entre el gentío.

—¡Caray! Si tú supieras… —exclamé—. Terminemos esto primero y luego te pongo al corriente.

Sin más, fuimos a pie hasta la oficina de correos que había al doblar la esquina, a un par de manzanas de allí, y subimos los empinados escalones de piedra. Nim me proporcionó el bloqueo defensivo que necesitaba mientras yo me colaba detrás de un mostrador, enrollaba el resto del alijo para meterlo en los cilindros, los cerraba con la cinta adhesiva que Nim había comprado y escribía las etiquetas: una para la tía Lily, una para Nokomis Key y otra para los apartados de correos de Nim y de mi madre. El que contenía el dibujo original del tablero de ajedrez me lo envié a mí misma, a esa oficina de correos en concreto, la Georgetown Post Office. A continuación, para extremar las precauciones, rellené y firmé una de esas cartulinas amarillas para que la oficina retuviera mi correo hasta nueva orden.

Al menos así, pensé mientras mi tío y yo bajábamos los escalones de piedra, no importaba lo que me pasara a mí o a los demás; el sacrificio que hizo una abadesa moribunda hacía doscientos años en una prisión rusa no habría sido en vano.

Me di una ducha caliente y jabonosa y me quité el polvo de Colorado acumulado durante tres días en el baño de mármol más elegante que hubiera visto en mi vida. Luego, luciendo el mullido albornoz de toalla que había encontrado en la habitación y el bañador de marca que gentilmente me había proporcionado el conserje del Four Seasons, bajé para encontrarme con mi tío donde este me había señalado con anterioridad, en el gimnasio de la planta baja del hotel.

Primero nadé treinta largos en una calle para mí sola en la piscina olímpica privada del hotel, algo que únicamente podía hacerse con reserva previa, de lo que se había encargado Nim. Luego me reuní con él en el enorme jacuzzi romano de mármol que, una vez vacío, fácilmente podía dar cabida a cincuenta luchadores fondones de sumo.

Tenía que darle la razón a mi tío: el dinero y el lujo tenían su atractivo.

Sin embargo, era consciente de que si el juego en el que me había visto envuelta era tan peligroso como no dejaban de repetir todos, no me quedaba mucho más tiempo para disfrutar de nada. Sobre todo si me quedaba allí sentada dando palmaditas en el agua humeante.

Como si mi tío me hubiera leído el pensamiento, atravesó la piscina caliente para sentarse en la repisa de mármol que había a mi lado.

—Teniendo en cuenta que desconocemos lo que te espera —dijo—, pensé que lo que más te convenía ahora era un buen baño caliente y una comida como Dios manda.

—¿Es esto mi último deseo? —observé, con una sonrisa—. Gracias, nunca lo olvidaré. La verdad es que tengo la sensación de que empiezo a pensar con mayor claridad. Además, hoy he descubierto algo muy importante.

—¿Que Boujaron, tu jefe, estuvo en la fotocopistería? Ya me lo has contado —dijo—. Eso plantea varias preguntas, y de preguntas precisamente no andamos cortos. Pero hay algo…

—No, he aprendido algo más importante —lo interrumpí—, he comprendido en quién puedo confiar. —Al ver que me miraba fijamente con sus ojos bicolor, intrigado, añadí—: En la oficina de correos, yo diría que incluso antes, ni siquiera tuve que pensarlo dos veces antes de rellenar esas etiquetas para enviar los dibujos por correo. Sabía a quién podía confiarle las copias del tablero. No solo a ti o a mi madre, que ya las tenéis, sino a la tía Lily y a mi amiga Nokomis Key.

—Ah, ¿tu amiga Key se llama Nokomis? —dijo Nim—. Eso lo explica todo.

—¿Qué explica? —pregunté.

Antes de darme cuenta, volvió a asaltarme la desagradable sensación de que algo a lo que no deseaba enfrentarme venía derecho hacia mí.

—Mientras estabas duchándote, recogí los mensajes que me dejaron anoche —se explicó Nim—. Casi nadie sabe que estoy aquí, solo mi asistente. Sin embargo, desde anoche me esperaba un fax de una tal «Selene Luna, abuela de Hank Tallchap».

Lo miré desconcertada unos instantes, hasta que la sonrisa de Nim lo aclaró todo: Selene y Luna significaban lo mismo.

—«A la orilla del Gitchee Gumee, junto a las resplandecientes aguas del Gran Mar...» —recité.

—«Se alzaba el wigwam de Nokomis, Hija de la Luna, Nokomis» —lo acabó Nim—. ¿Y esa amiga tuya se parece a la abuela de Hiawatha del famoso poema de Henry Wadsworth Longfellow?

—Solo en su forma de pensar —respondí—. Podría criar a un guerrero piel roja ella solita. Y te sorprendería saber lo bien que se le da codificar mensajes secretos. Además de ti, no conozco a nadie tan ducho como ella. Key las llama señales de humo indias. Así que, aparte de tener que descubrir cómo se las ha arreglado para encontrarme, ¿qué decía el mensaje?

—He de confesar que, por una vez, el mensaje también me tenía confundido —admitió Nim—, pero ahora que sé quién lo envía, es evidente que está dirigido a la única persona que puede descifrarlo.

Alargó la mano para acercar el albornoz que tenía junto a la piscina, extrajo el fax del bolsillo y me lo tendió. Tardé un minuto en desentrañarlo, pero cuando lo hice, todo empezó a darme vueltas. ¿Cómo era posible? ¡Aparte de mí, nadie más había visto aquel otro mensaje codificado!

—¿Qué ocurre? —preguntó Nim con cara de preocupación, poniéndome la mano en el hombro.

Sacudí la cabeza, pues me faltaban las palabras.

Kitty ha sufrido un revés de la fortuna —decía—. Regresa de las islas Vírgenes, alquiló un coche de lujo, estará en D.C. mañana. Dice que tienes su número y el resto de la información de contacto. Sigue en el apartamento A1.

El mensaje no variaba: A1 significaba que estaba relacionado con los rusos y una habitación secreta en Bagdad. Sin embargo, el revés de la fortuna era la clave definitiva, así que invertí el mensaje mentalmente: en vez de D, C; L, X; V, I en números romanos, cuyo resultado era 6-6-6, el mensaje al revés decía: I, V; X, L; C, D, que correspondía a 4-4-4. Tres números que multiplicados entre sí arrojaban un total de 64, ¡el número de casillas de un tablero de ajedrez!

El tablero tiene la clave.

Y si Kitty-Cat* había decidido desviarse del camino que me había dejado señalado encima del piano de Colorado, eso significaba que tal vez en esos momentos mi madre estaba… ¡Allí mismo, en Washington!

Comprendí que perdía el tiempo. Me había vuelto hacia mi tío para decirle que teníamos que irnos y había empezado a salir del baño romano cuando, justo entonces, me di de bruces con la que indiscutiblemente habría sido la peor de las pesadillas. Doblando la esquina asomaron tres personajes que jamás hubiera imaginado juntos, y muchísimo menos yendo yo tan ligera de ropa como iba y sin oportunidad de poder huir o esconderme en ningún lugar: Sage Livingston, Galen March y mi jefe, Rodolfo Boujaron.

---

* *Kitty* en inglés es diminutivo tanto del nombre propio «Catherine» como de *cat*, «gato». (*N. de las T.*)

# TERCERA PARTE

# RUBEDO

El refrán de los árabes «la sangre ha corrido, el peligro ha pasado» expresa sucintamente la idea central de todo sacrificio: el don aplaca a las potencias [...]. Es el símbolo de Libra (la legalidad divina, la conciencia interna del hombre [...]) el que pone en movimiento el mecanismo del sacrificio que la sangre simboliza máximamente [...] por ejemplo, en la alquimia, cuando la materia pasa del estado blanco *(albedo)* al rojo *(rubedo)*.

JUAN EDUARDO CIRLOT,
*Diccionario de símbolos:* «Sangre»

El mito de Prometeo [...] expone la sublimación [...] lo que establece la relación alquímica entre el principio volátil y el fijo. De otro lado, el sufrimiento [como el de Prometeo] corresponde a la sublimación por su coincidencia con el color rojo, tercer color de la Gran Obra [de la alquimia], tras el negro y el blanco.

JUAN EDUARDO CIRLOT,
*Diccionario de símbolos:* «Prometeo»

# FUEGO EN LA CABEZA

Fui al bosque de avellanos,
porque había un fuego en mi cabeza.

W. B. YEATS,
*La canción del errante Aengus*

El Aengus de Yeats […] tenía en su cabeza el fuego que los chamanes de todo el mundo consideran
como su fuente de conocimiento, la que ilumina
las visiones de otras realidades. El viaje chamáni-
co parte y concluye en la mente.

TOM COWAN,
*Fire in the Head*

*Koriakskoe Rayirin Yayai
(Casa del Tambor, tierra de los coriacos)*

*En el interior de la yurta, el chamán tañía suavemente el tam-
bor mientras quienes se sentaban en círculo alrededor del fuego entonaban los bellos y rítmicos cánticos que Alexander había
llegado a amar. Aguardaba sentado junto a la puerta de la tienda, embelesado. Le cautivaban los cantos chamánicos porque ali-
viaban sus pensamientos y conjuraban una especie de armónico
que parecía fluir por su cuerpo y ayudaba a sanar sus frágiles y
dañados nervios.*

Aunque a menudo, cuando los cánticos cesaban, el fuego regresaba. El fuego que había arrasado su cabeza con aquella luz abrasadora, con aquel dolor punzante, aunque no era físico sino que parecía emanar del interior de su psique.

Hasta entonces, tampoco había conseguido recuperar la noción del tiempo. No sabía cuánto hacía que estaba allí, unos días o tal vez un par de semanas, ni cuántas jornadas habían sido necesarias para recorrer aquella distancia, atravesando kilómetros de una taiga aparentemente impenetrable, y llegar a ese lugar. Hacia el final del viaje, sus recientemente recuperadas piernas le habían fallado en medio de la nieve, se había sentido demasiado débil para poder seguir el ritmo, y habían enviado el trineo con los perros para que tiraran de él el resto del trayecto.

Los perros eran increíbles. Recordaba que los llamaban samoyedos. Los había observado con interés mientras atravesaban los campos nevados, al frente del trineo. Cuando caía la noche y les quitaban los arneses, los abrazaba y ellos le lamían las manos y la cara. ¿No había tenido un perro como aquellos de niño?

Sin embargo, ya no era ese niño, el joven Sasha, la única identidad en la que se reconocía en aquellos momentos, la única identidad que conocía. Era un hombre adulto que apenas recordaba nada, su pasado era una tierra ignota, incluso para él. Ella le había dicho cómo se llamaba: Alexander Solarin.

La mujer que lo había llevado hasta allí, la adorada mujer rubia que ahora se sentaba a su lado, aguardando junto a la tienda a que los otros los llamaran cuando estuvieran preparados para proceder a la curación, era su madre, Tatiana.

Antes de que ambos hubieran emprendido aquella aventura, su madre le había contado lo que sabía sobre lo que le había sucedido y no recordaba de sí mismo.

—Al principio estuviste en coma —le dijo—, no te movías y apenas respirabas. La gran chamán, la Etugen, acudió desde el norte para asistir en tu curación en las aguas minerales. Ella es la que los chucotos llaman qacikechca, «similar al hombre», una mujer chamán descendiente de los indígenas, los enenilit, los que poseen alma, de quienes emana un gran poder. Sin embargo, a pesar de las potentes hierbas y las técnicas ancestrales que los ancianos utilizaron para sanar tu cuerpo, la Etugen dijo que solo recuperarías tu espíritu si conseguías realizar el tránsito, si lograbas iniciar el viaje desde la morada de los muertos, los peninelau, al mundo de los vivos, mediante tu fuerza de voluntad.

»Pasó mucho tiempo, hasta que un día despertaste y entraste en ese estado que llaman sopor, aunque había veces en que seguías debatiéndote entre la lucidez y la inconsciencia y durante un mes o más volvías a caer en ese sueño prolongado. Al final, te estabilizaste hasta estar como ahora, despierto y consciente. Comes tú solo, caminas, lees e incluso hablas varios idiomas, pero todo ello ya lo hacías de niño. Cabe esperar que lo demás regresará, aunque poco a poco, pues has sufrido un gran trauma.

»La Etugen dice que la tuya no es únicamente una herida del cuerpo, sino también del espíritu, y no conviene examinar esa herida psíquica mientras esté sanando, mientras siga visitándote de improviso. A veces padeces insomnio, sufres ataques de angustia o histeria causados por lo que podrían parecer miedos irracionales. Sin embargo, la Etugen cree que se trata de miedos reales, que debemos dejar que la verdadera causa del trauma asome de manera natural, a pesar del tiempo que ello requiera o de lo dificultoso que pueda parecer.

»Luego, cuando tu cuerpo se haya recuperado lo suficiente para realizar la parte física del viaje —añadió—, nos iremos al norte para iniciar esa otra travesía, la de la sanación de tu alma. Debido a que has vivido entre los muertos, tienes el fuego en tu cabeza, has superado las pruebas para convertirte en un hetolatirgin, el que mira en el interior, un chamán profeta.

Pese a todo, si había algo de lo que Solarin estaba por completo seguro era de que deseaba recuperar su vida, desesperadamente. Poco a poco, cuantos más retazos de su memoria recobraba, mayor era la angustia que lo embargaba por cuánto había olvidado de esos años que para él seguían en blanco. Ni siquiera era capaz de recordar cuántos habían sido, era imposible. No obstante, en esos momentos, lo más duro de todo era tener vedado el acceso al contenido de su memoria, no poder recordar a aquellos a quienes había amado u odiado, denostado o valorado.

Aunque había algo que sí recordaba: el ajedrez.

Cuando pensaba en aquel juego, sobre todo en una partida en concreto, el fuego empezaba a avivarse en su cabeza. Sabía que algo relacionado con esa partida era la clave de todo: de la memoria perdida, de los traumas y las pesadillas, de las esperanzas y los miedos.

Sin embargo, también sabía que lo mejor era esperar, tal como su madre y la mujer chamán le habían advertido, pues la presión para recuperar esos preciados recuerdos antes de tiempo tal vez resultaría contraproducente y podía acabar perdiéndolo todo.

Durante el largo viaje hacia el norte, siempre que hacían un alto en el camino donde podían charlar, le contaba a su madre lo que había conseguido recordar, aunque por lo general no era más que una estela de humo, algo que se alzaba desde su pasado como una neblina.

Por ejemplo, la noche en que, siendo aún un niño, Tatiana le había llevado un vaso de leche caliente y lo había metido en la cama. Veía su habitación y la higuera de fuera. Estaba cerca de los acantilados y el mar. Llovía. Habían tenido que huir. Hasta ahí llegaba lo que había logrado recordar él solo, un primer recuerdo que había recibido con una gran sensación de triunfo y alivio.

Por el camino, como un pintor que rellena de color un dibujo que hasta el momento solo estaba esbozado en un lienzo, Tatiana acabaría compartiendo todos los detalles de esa parte de sus vidas que conseguía recuperar para él.

—La noche que recuerdas es importante —dijo—. Fue a finales de diciembre de 1953, la noche que cambió nuestras vidas. Arreciaba la lluvia cuando la abuela Minnie llamó a la puerta de nuestra casa, que se alzaba en un tramo agreste y apenas habitado de la costa del mar Negro. Aunque formaba parte de la Unión Soviética, aquel páramo era un oasis protegido, alejado de los horrores y las purgas de otros lugares, o al menos eso creíamos. Minnie trajo consigo algo que nuestra familia, a lo largo de muchas generaciones, había prometido proteger.

—No la recuerdo —aseguró Solarin, aunque con la voz impregnada por la emoción, pues acababa de atisbar un nuevo destello—. Sin embargo, acabo de recordar algo más sobre esa noche: unos hombres irrumpieron en nuestra casa y yo salí corriendo a esconderme en los acantilados. Logré escapar, pero esos hombres te detuvieron... —Miró a su madre, desconcertado—. ¡No volví a verte nunca más hasta ese día en el monasterio!

Tatiana asintió con la cabeza.

—Minnie escogió precisamente ese momento para llegar con un tesoro que había estado buscando desesperadamente durante ocho meses por toda Rusia, el mismo tiempo que hacía que había muerto Iósif Stalin, quien había gobernado nuestro país durante veinticinco años con mano de hierro. En los meses que siguieron a su muerte, el mundo entero cambió para mejor o peor: dirigentes muy jóvenes ocuparon el poder en Irak, Jordania e Inglaterra; Rusia había desarrollado la bomba de hidrógeno y, poco antes de que Minnie llegara esa noche a nuestra casa, el viejo dirigente de la policía secreta soviética, Lavrenti Beria, el hombre más temido y odiado de Rusia, había sido ejecutado ante un pelotón de fusilamiento. De hecho, la muerte de Stalin y el vacío de poder que había dejado tras de sí había sido lo que había empujado a Minnie a iniciar esa búsqueda frenética que, durante ocho meses, la había llevado a desenterrar el tesoro escondido, o lo que había podido de él: tres valiosas piezas de ajedrez de plata y oro, engastadas de joyas, que nos suplicó que escondiéramos. Minnie creía que no nos pasaría nada, teniendo tan a mano el barco de tu padre.

Ante la mención de las piezas de ajedrez, el fuego había vuelto a prender en la cabeza de Solarin, quien luchó por sofocarlo. Necesitaba saber más.

—¿Quiénes eran esos hombres que te detuvieron? —preguntó, con voz entrecortada—. ¿Cómo conseguiste desaparecer del mapa durante tanto tiempo?

Tatiana no contestó de inmediato.

—Siempre ha sido fácil desaparecer en Rusia —contestó, tranquila—. Millones de personas lo hicieron, aunque pocas por voluntad propia.

—Pero si el antiguo régimen había quedado desmantelado —insistió Solarin—, ¿quiénes eran esos hombres que iban detrás del tesoro? ¿Quién te arrestó? ¿Adónde te llevaron?

—Adonde llevaban a todos —respondió Tatiana—, al Glavnoe Upravlenie Lagerei, la Dirección General de Campos Penitenciarios, o gulag, como prefieras llamarlo, los campos de trabajos forzados que han existido desde los tiempos de los zares. Por «Dirección» siempre se entiende la policía secreta, ya fuera la Ojrana del zar Nicolás, o la Cheka, la NKVD o el KGB del soviet.

—¿Te llevaron a un campo de prisioneros? —dijo Solarin, incrédulo—. Pero, por todos los cielos, ¿cómo has conseguido sobrevivir hasta ahora? ¡Yo apenas era un niño cuando te detuvieron!

—No lo habría conseguido —aseguró Tatiana—, pero al cabo de poco más de un año, Minnie acabó por descubrir adónde me habían llevado, a un campo de Siberia, un lugar desolador, y compró mi huida.

—¿Te refieres a que consiguió que te dejaran libre? —dijo Solarin—. ¿Cómo?

—No, consiguió que me dejaran huir —lo corrigió su madre—. Si el Politburó hubiera llegado a enterarse de que me habían dejado libre, nuestras vidas habrían corrido peligro todos estos años. Minnie compró mi libertad de otra manera y por una razón muy distinta. Desde entonces me oculto aquí, entre los coriacos y los chucotos, y gracias a ello no solo pude recuperar tu cuerpo maltrecho, sino salvarte, pues poseo muchos poderes adquiridos a través de estos grandes maestros del fuego a lo largo de los años.

—Pero ¿cómo conseguiste recuperar mi cuerpo? —le preguntó Solarin a su madre—. ¿Y qué les dio Minnie a los soviéticos o a los guardias del Gulag para que te dejaran escapar? —Sin embargo, antes de que las últimas palabras abandonaran sus labios, Solarin supo la respuesta. Horrorizado, súbitamente vio, con la fuerza de una potente iluminación, la forma titilante que había estado rondando la periferia de su visión esos últimos meses—. ¡Minnie les entregó la Reina Negra! —exclamó.

—No, Minnie les entregó el tablero —lo corrigió Tatiana—. Fui yo quien les entregó la Reina Negra.

# YIHAD

La conquista de España y África por parte del islam había convertido al rey de los francos en el amo del Occidente cristiano. Por ende, estaríamos en lo cierto al decir que Carlomagno no habría sido concebible sin Mahoma.

HENRI PIRENNE,
*Mahoma y Carlomagno*

Sage Livingston, Rodo Boujaron y el mismísimo monsieur Charlemagne d'Anagramme, mi sospechoso nuevo vecino de Colorado, Galen March. Eran las últimas personas del planeta que me apetecía ver en esos momentos, y muchísimo menos a la vez y estando yo medio desnuda. Era para echarse a llorar. Me puse el lujoso albornoz de velvetón y me anudé el cinturón, lo único que se me ocurrió hacer delante de aquel trío inesperado de conspiradores tan dispares.

Nim había salido del humeante baño romano y había metido los brazos en las mangas de su albornoz. Con un elegante giro, me quitó el fax de Key de la mano, se lo metió en el bolsillo y me tendió una toalla para el pelo, que tenía empapado.

—Deduzco que conoces a esta gente —musitó por la comisura de los labios. Al ver que me limitaba a asentir con la cabeza, añadió—: Entonces, lo más indicado sería una oportuna presentación.

Sin embargo, la reina de la distinción se me adelantó.

—¡Alexandra! —exclamó Sage, avanzando hacia mí con los dos hombres a la zaga—. Qué sorpresa encontrarte aquí, en el mismo hotel en que se aloja Galen... Él y yo hemos estado buscándote por todo Georgetown hasta que aquí tu jefe ha tenido la amabilidad de indicarnos la dirección correcta. Fue él quien supuso que podrías estar visitando a tu tío en el Four Seasons.

Antes de que pudiera responder o reaccionar ante aquella alarmante noticia, Sage se había vuelto para desplegar sus encantos ante Nim: le tendió una mano de manicura perfecta y le regaló una sonrisa de factura más pulida aún.

—Y usted debe de ser el doctor Ladislaus Nim, el afamado científico del que tanto hemos oído hablar. Sage Livingston, la vecina de Alexandra en Colorado. Encantada de conocerlo.

¿Que había oído hablar mucho de Nim? ¿El hombre misterioso por antonomasia? Desde luego no lo conocía ni por mí ni por mi madre. Además, ¿cómo había conseguido Rodo dar con nuestro paradero tan pronto sin utilizar los aparatitos de escucha de los que creía que nos habíamos desembarazado?

Nim se puso a estrechar manos tan digno como le fue posible teniendo en cuenta cómo iba ataviado. No obstante, en esos momentos yo tenía frío, estaba empapada y más que desesperada por descifrar el resto del fax de Key que hablaba sobre mi madre y que seguía a buen recaudo en el bolsillo de mi tío. Decidí excusarme y dirigirme a los vestuarios para secarme, con la esperanza de poder escapar por una puerta trasera y seguir discutiendo con Nim esas y otras cuestiones.

Sin embargo, estaba visto que nuestra anfitriona perfecta tenía escondido otro as en la manga.

—Doctor Nim, sin duda usted mejor que nadie debe de saber quiénes somos y por qué estamos aquí —dijo Sage en un susurro, con voz seductora—. Por tanto, también debe de entender por qué tenemos que hablar y por qué no hay tiempo que perder.

¿Quiénes éramos...?

Intenté no mirar a mi tío. Aunque, ¿qué estaba pasando allí?

Sage parecía más bien una Mata Hari que la pretenciosa niña mona que conocía de toda la vida. ¿Era realmente posible que la Sage que tenía delante de mí en esos momentos, la misma que jugueteaba inconscientemente con su pulsera rivière de diamantes y hacía un mohín, pudiera ser la heredera de algo más que los campos petrolíferos y las minas de uranio de los Livingston? ¿Y si también era la heredera de todas las intrigas de los intrigantes Livingston?

Pese a todo, en el momento en que se presentó por sorpresa esa idea a la que no había invitado, la sombra de su madre asomó su repulsiva cabeza. «¿Con quién crees que estás tratando, muchachita? —me había preguntado Rosemary aquella noche en el restaurante—. ¿Acaso tienes la menor idea de quién soy yo?» Decidí que, al menos en aquellas frías y húmedas circunstancias, había llegado el momento de tomar cartas en el asunto. Ya estaba harta.

—¿A qué te refieres exactamente con eso de que Nim debe de saber «quiénes somos nosotros»? —pregunté a Sage, irritada—. Veamos... De izquierda a derecha, yo diría que os parecéis bastante a mi tío, a mi jefe y a un par de vecinos de mi madre...

Me interrumpí porque Sage, prestando oídos sordos a mis palabras, había suspirado con discreta elegancia, frunciendo los labios y resoplando levemente por la nariz.

—¿Hay algún lugar donde los cinco podamos hablar en privado? —le susurró a Nim, mirando de manera significativa hacia el mostrador de recepción—. En cuanto Alexandra y usted hayan tenido tiempo para secarse y cambiarse, por descontado. Sabe muy bien que tenemos cosas de las que hablar.

Estaba a punto de protestar cuando Nim me cogió por sorpresa.

—En mi habitación. De aquí a diez minutos —contestó, asintiendo con la cabeza.

A continuación, arrancó un trocito de papel del fax que llevaba en el bolsillo y garabateó en él el número de su habitación.

¿En qué narices estaba pensando aquel hombre? Nim sabía mejor que nadie que mi madre estaba en peligro, que incluso podía encontrarse en Washington, y que yo tenía que salir de allí de inmediato, y en cambio volvíamos a confraternizar con el enemigo, a punto de invitarlo a un té. Estaba que me subía por las paredes.

Cuando Nim se fue hacia las taquillas, volví sobre mis pasos rápidamente y agarré a Sage del brazo.

Galen y Rodo iban bastante adelantados, habían subido media escalera en dirección a la puerta privada del gimnasio y, con un poco de suerte, no oirían lo que quería preguntarle a Sage. Sin embargo, una vez que empecé a interrogarla descubrí que había estado tanto tiempo bajo presión que, en cuanto me descorcharon, ya no hubo forma de detenerme.

—¿Quién ha preparado este encuentro? —pregunté a Sage—. ¿Has sido tú o la parejita de Tom y Jerry de ahí arriba? ¿Por qué March y tú lleváis buscándome todo el día por Georgetown? Además, ¿qué estáis haciendo en Washington? ¿Por qué el domingo pasado os faltó tiempo para ir a Denver, justo después de que yo me fuera? ¿De qué teníais que hablar con Vartan Azov y Lily Rad?

Era evidente que nadie ignoraba que yo sabía todo aquello. Rosemary había levantado la liebre al decir que sabía que yo había recibido un mensaje de Nokomis Key.

Sage me miró con aquella expresión condescendiente y altiva ante la que siempre me entraban ganas de borrársela de la cara con un estropajo. La conocida señorita Popularidad regresó con una sonrisa, hoyuelos a dos bandas incluidos.

—En realidad, todo eso deberías preguntárselo a tu tío, no a mí —contestó zalamera—. Después de todo, ha accedido a que nos reuniéramos y, como él ha dicho, solo quedan diez minutos.

Sage hizo intención de reanudar el ascenso por la escalera, pero volví a retenerla por el brazo, ante lo que me miró muda de asombro. ¡Pero si hasta yo me sorprendí, caramba! Seguro que hasta estaba gruñéndole en la cara, de la frustración que sentía.

Quizá nunca me había mostrado tal como era ante Sage hasta ese momento, pero para mí aquella había sido una semana muy dura ya antes de que tanto ella como su detestable familia aportaran su granito de arena. Además, no estaba de humor para recibir un desplante de una chica cuyo mayor logro en la vida, por lo que yo sabía, era ser miembro honorífico del club de las diosas adolescentes. Había gente en peligro y yo necesitaba información. Ya.

—Estamos aquí las dos, solas. Te lo estoy preguntando a ti —dije—. ¿Para qué voy a esperar diez minutos más a preguntarle a mi tío algo que tú podrías decirme ahora mismo?

—Yo solo intentaba ayudar —contestó Sage—. Como ya debes de haber comprendido, es a tu tío a quien hemos venido a ver. Galen insistió en que teníamos que dar con él, dijo que era urgente. Por eso fuimos a Denver después de que tu madre no apareciera en la fiesta, para preguntarles a los demás, y cuando vimos que ni siquiera tú parecías saber dónde estaba Cat…

Se interrumpió al ver que volvía la vista hacia atrás rápidamente para comprobar si alguien podía oírnos. Aquello era más de lo que hubiera esperado. ¿Galen March iba detrás de Nim? Pero ¿por qué? No salía de mi asombro.

Al volver la vista hacia el otro lado, vi que Galen estaba bajando la escalera, directo hacia nosotras. Me entró el pánico y arrastré a Sage hacia el lavabo de señoras, donde no pudiera seguirnos. Sin soltarla del brazo, miré por debajo de las puertas de los compartimientos para asegurarme de que estábamos completamente solas.

Cuando me dirigí a Sage, la ansiedad ante lo que pudiera responderme casi me impedía respirar.

Sabía que debía preguntárselo, aunque debo confesar que me aterraba oír lo que tuviera que decir. Sage me miraba fijamente, como si fuera a ponerme a echar espuma por la boca en cualquier momento. Me habría echado a reír si la situación no hubiera sido tan crítica.

Como diría Key, hice de tripas corazón.

—¿Qué interés tiene Galen March en mi tío? —pregunté—. Después de todo, no se han visto nunca hasta hace unos momentos, en el gimnasio.

¿No?

—La verdad es que no se lo he preguntado —contestó Sage, con su habitual sangre fría.

Mi vecinita pisaba con pies de plomo, de eso no cabía duda, para no revelar más de lo necesario, aunque me fijé en que miraba de soslayo la alarma de incendios que teníamos al lado, como si sopesara la dureza del cristal en el caso de que tuviera que romperlo y tirar de la anilla para pedir auxilio.

Estaba a punto de seguir con el interrogatorio, pero Sage no había terminado. Lo que dijo a continuación estuvo a punto de dejarme fuera de juego.

—Di por sentado que se conocían. Después de todo, fue tu tío quien puso el dinero para la compra de Sky Ranch.

Nunca antes había estudiado a mi tío a través del cristal de una copa de coñac, pero había aceptado el trago que me había ofrecido en cuanto llegué, empapada y despeinada, del gimnasio.

Ahora, seca y vestida con la ropa limpia que él había metido en mi mochila, lo observaba a través del vaso al tiempo que apuraba el coñac, descalza, con las piernas recogidas en una cómoda silla, detrás de uno de esos exóticos arreglos florales por los que el Four Seasons era famoso. Intenté recordar sus nombres: las de color naranja y violeta eran aves del paraíso, las verdes y blancas eran yucas, las de color fucsia eran ásaros, las de color ciruela eran orquídeas barco del género *Cymbidium*... ¿o era *Cymbidia*? Nunca se me había dado bien el latín.

Nim rodeó la mesa y me quitó el vaso de la mano.

—Más que suficiente para las horas que son —decidió—. Quiero que te relajes, no que te quedes grogui. ¿Por qué no acercas la silla y te unes al grupo?

El grupo. Se refería al estrafalario trío acomodado en asientos de ricos brocados que había repartidos por la lujosa suite. Nim se paseaba arriba y abajo por las suntuosas alfombras, sirviéndoles bebidas.

¿De verdad todo aquello era real?

No me sentía bien y el coñac no había ayudado a que desapareciera ni la confusión ni el dolor.

Sabía que debía llegar al fondo del asunto como fuera, pero por primera vez tenía la sensación de encontrarme completamente sola.

Gracias a Dios que había hecho esos treinta largos antes de volver a la realidad.

Gracias a Dios que le había birlado a Nim el fax de Key del albornoz, en el lavabo, hacía apenas unos instantes.

Porque mi adorado tío Slava, la única persona a la que nunca había dudado en confiarle mis secretos y mi vida, incluso antes que a mis padres, parecía tener pendientes muchas preguntas sin respuesta. En esos momentos, no sabía a cuánto de lo que había ocurrido conseguiría Slava encontrarle una explicación convincente. Después de todo, como mi madre solía decir cuando yo era niña: «Una mentira por omisión no deja de ser una mentira».

Tal como me había pedido, rodeé la mesa de flores con la silla para «unirme al grupo» y aproveché ese momento para hacer una rápida recapitulación mental.

¿Cuánta información contrastada o mera especulación había compartido con Nim desde la noche anterior?

¿Cuánto de lo que él había compartido conmigo era una «mentira por omisión» en lugar de «por obra»?

No podía asegurar que él hubiera mentido, pero desde luego me había inducido a creer cosas que no eran. Para empezar, todo lo que había dicho en las veinticuatro horas anteriores parecía implicar que nunca antes había visto ni a Rodo ni a Galen, o como mínimo hasta esa mañana, cuando había descifrado el nombre en clave del último al observar que ambos podrían estar relacionados con Carlomagno y el juego de ajedrez.

Aquella imagen de bendita ignorancia cambiaba por completo al entrecerrar los ojos y analizar con detenimiento un par de detalles que antes habían pasado inadvertidos. Como el hecho de que Rodo hubiera sabido dónde se alojaba Nim en Washington cuando nadie más lo sabía, ni siquiera yo. O como el hecho de que Nim se hubiera hecho cargo de la factura multimillonaria de un rancho de Colorado sin valor alguno del que Galen March era el supuesto dueño.

En cuanto te fijabas en la letra pequeña, ya no parecía tan improbable que mi tío conociera muy bien, y desde bastante antes de ese día, a todos los que estaban en aquella habitación, con la posible excepción de Sage Livingston.

Y eso suponiendo que Sage estuviera diciendo la verdad, claro.

—Es evidente que hemos estado protegiendo a la persona equivocada durante todo este tiempo —dijo Nim sin dirigirse a nadie en particular, una vez que los demás estuvieron servidos—. Cat nos ha superado a todos con ese número de escapismo, aunque no llego a comprender con qué objetivo. ¿Alguna idea?

—Creo que es igual de evidente que no confiaba en que ninguno de nosotros pudiera protegerla a ella o a Alexandra —planteó Rodo—. ¿Por qué si no se habría encargado ella personalmente de este tipo de asuntos tan delicados como lo ha hecho?

Aunque Rodo no había acabado de hablar, supe que no podía seguir soportando aquello ni un solo segundo más, tenía los nervios a flor de piel. Estaba segura de que acabaría estallando.

—Esto... Creía que ninguno de vosotros se conocía —dije con toda tranquilidad, aunque fulminando a Nim, que se encontraba en la otra punta de la habitación, con la mirada.

—Y no nos conocíamos —contestó, indignado—. Se nos ha mantenido apartados con un propósito y por expreso deseo de tu madre, artífice de la idea. Yo diría que, en realidad, todo empezó con la muerte de tu padre. Esto es lo que pasa cuando tratas con una mujer que deja que sus instintos maternales dominen sus facultades mentales. Antes de que nacieras, al menos pensaba con la cabeza. Qué desastre.

Genial, ahora encima yo era la responsable de la confabulación descabellada que aquellos tipos habían estado maquinando en secreto, sin que yo supiera nada.

—Entonces, ¿podrías explicarme quién es el dueño de Sky Ranch, él o tú, tal como asegura Sage? —pregunté a Nim, señalando a Galen con un gesto.

—Cat me pidió que lo comprara —contestó Nim—. Según me explicó, era una especie de zona de transición para mantener alejados a los especuladores de terreno. Había encontrado a alguien que serviría de testaferro para que la gente del lugar no supiera que nosotros estábamos detrás de aquello. Aunque nunca supe de quién se trataba, supongo que esa persona debe de ser el señor March. Por lo visto, fue la señorita Livingston, aquí presente, quien ayudó a que la compra se realizara con discreción.

¿Sage? ¿Por qué mi madre iba a utilizarla precisamente a ella cuando odiaba a todo el clan Livingston? Aunque eso explicaba por qué Sage sabía quién era el verdadero dueño del rancho, aquel despropósito tenía menos sentido por momentos, mucho menos que invitarlos a todos a su maldita fiesta de cumpleaños. Me dieron ganas de ponerme a gritar.

Además, todavía quedaban algunos cabos sueltos. Sin embargo, ni siquiera tuve que preguntar: el Potemkin de los Pirineos estaba a punto de ofrecerme la respuesta.

—Tu madre y yo somos amigos desde hace años —dijo Rodo—. Dudo que aprobara que me pusiera a comentar aquí la naturaleza exacta de nuestra relación dadas las molestias que se ha tomado para mantenernos separados durante tantos años, pero sí diré que fue ella quien me pidió que te contratara cuando saliste de ese lugar tan espantoso, de la CIA, y me dijo que me proporcionaría excelentes referencias. En respuesta a tu anterior pregunta, hasta la fecha esto es todo lo que sabía de tu tío. Espero que eso lo explique todo.

Aquello explicaba una cosa a la perfección... Tal vez demasiado bien, incluso. Si Nim estaba en lo cierto y mi madre había llevado las riendas desde el principio, si estábamos en peligro, sin duda tendría sentido que hubiera mantenido a aquellos peones separados tal como había hecho o, al menos, que les hubiera ocultado sus intenciones respecto a su estrategia global. Es decir, siempre que todos ellos estuvieran siendo dirigidos entre bastidores, como en una partida de ajedrez.

Solo que mi madre no jugaba al ajedrez.

Pero yo sí. Y si sabía algo mejor que ninguno de los que estaban allí era que, efectivamente, había una partida en juego, aunque desde luego no la dirigía mi madre. Esa era mi misión: descubrir quién estaba moviendo los hilos.

Así que mientras «el grupo» seguía divagando acerca de la desaparición de mi madre e intentaba juntar las piezas para resolver el porqué de su proceder y sus motivos, yo me dediqué a intentar desentrañar el misterio para mis adentros.

Empecé repasando el ordenado paquetito donde todo había sido doblado y colocado con tanta delicadeza: un grupo de personas que no se conocían de nada y que acababan de descubrir sus intereses comunes en el Four Seasons. Todos habían sido reclutados por una mujer, convenientemente desaparecida en esos momentos, para prestar diversos servicios: comprar tierras, contratar a su hija y actuar de «testaferro». Y eso anudaba el último cabo suelto que rodeaba el paquete.

Al levantarme y acercarme a Sage Livingston, todo el mundo guardó silencio y se volvió hacia mí.

—Ahora lo entiendo todo —dije, dirigiéndome a Sage—. No sé cómo no lo he visto antes. Tal vez porque aquí mi jefe, el señor Boujaron, me despistó al decirme que yo interpretaba un papel distinto del que realmente interpreto. Sin embargo, no cabe duda de que ha empezado una nueva partida y acabo de comprender que todas las personas a las que mi madre invitó a la fiesta son jugadores, incluidos los que ahora estamos en esta habitación. Aunque no todos estamos en el mismo equipo, ¿verdad? Por ejemplo, creo que Rosemary, tu madre, es la persona que ha vuelto a iniciar la partida. Y a pesar de que Rodo dijo que yo era la Reina Blanca, creo que la Reina Blanca es ella…

Rodo me interrumpió.

—Dije que los asistentes a la cena creían que tú eras la Reina Blanca —me corrigió—. Además, ¿cómo iba a creer la señora Livingston que tú eres ese algo que, tal como acabas de asegurar, en realidad es ella?

—Porque tiene que ser así —insistí—. Los Livingston se mudaron a Redlands, en la meseta, justo después de la muerte de mi padre, cuando supieron que nosotras también nos trasladábamos allí. Cuando Rosemary descubrió quién era verdaderamente mi madre…

—No, te equivocas —intervino Sage—. Supimos quiénes erais en cuanto os mudasteis allí, por eso mi madre me pidió que me hiciera amiga tuya, pero nosotros vivíamos allí antes que llegarais vosotras. Rosemary supuso que habíais ido a Colorado por eso mismo, porque nosotros estábamos allí. Después de todo, como acabas de averiguar, fue tu madre quien dispuso la compra en secreto de los terrenos que lindan con nuestra propiedad.

Aquello no tenía sentido. Una vez más volvía a asediarme aquella desagradable sensación.

—¿Por qué iba mi madre a hacer algo semejante? —pregunté—. ¿Y por qué te pidió tu madre que te hicieras amiga mía?

Sage me miró con una expresión a caballo entre el desdén y la completa estupefacción ante mi ignorancia.

—Como Rodolfo Boujaron acaba de decir —se explicó—, mi madre siempre ha creído que tú serías la nueva Reina Blanca. Cuando murió tu padre, creyó ver la oportunidad de destrozar ese escudo de una vez por todas y derribar las defensas. Como ya he dicho, supo desde el primer momento quién era tu madre y qué papel interpretaba. Y, lo más importante, también sabía qué había hecho.

Esa rara sensación me atenazó la nuca, como si alguien tirara de mí hacia atrás al borde del precipicio al que estaba a punto de lanzarme. Sin embargo, no podía evitarlo, tenía que saberlo.

—¿Qué había hecho mi madre? —pregunté.

Sage miró a los demás, quienes parecían tan sorprendidos como yo por el derrotero que había tomado aquella conversación.

—Creía que todos lo sabíais —dijo—: Cat Velis mató a mi abuelo.

# LA PREGUNTA

> Lo que importa son las preguntas. La clave para
> aguantar hasta el final son las preguntas y descu-
> brir cuáles son las correctas [...]. La avalancha de
> información amenaza con impedir distinguir la
> estrategia con claridad, con ahogarla en detalles y
> números, en cálculos y análisis, en reacción y tác-
> tica. Para disfrutar de una táctica sólida debemos
> contar con una estrategia sólida por un lado y con
> un cálculo preciso por el otro, y ambos requieren
> de una visión de futuro.
>
> GARI KASPÁROV,
> *Cómo la vida imita al ajedrez*

En ese momento comprendí por qué las agencias de inteligencia y las redes de espionaje podían toparse con problemas
al intentar separar el grano de la paja, por no hablar de distinguir la realidad de la ficción. Tenía la sensación de haber cruzado el espejo y haber descubierto que, al otro lado, todo el mundo
caminaba sobre las manos.

Sage Livingston, mi archinémesis desde nuestros aciagos días
de colegio, acababa de informarme de que su madre, Rosemary,
la había «azuzado» contra mí desde el primer día. Y ¿por qué?
Para vengarse de mi madre por un homicidio inverosímil donde
los hubiera y para «infiltrar» a alguien como yo, una supuesta jugadora de las blancas desde la cuna, en medio del imperio del mal

que las negras habían construido prácticamente a la puerta de casa de los Livingston.

Huelga decir que empezaba a tener problemas para escarbar entre los despojos imaginarios que parecían desparramarse por todas partes.

El más evidente de todos era que mi madre, una eremita convertida, jamás, que yo hubiera visto u oído, había tenido trato con ningún miembro del clan de los Livingston en los diez años que llevaba viviendo en Colorado. Por tanto, ¿cómo iba a haber estado persiguiéndolos ella por todo el tablero? Todo lo contrario.

En cuanto al fomento de las amistades filiales, tenía la impresión de que eso se le daba bastante mejor a Rosemary que a mi madre, quien siempre le había tenido tanta aversión a Sage como yo.

Sin embargo, el mayor reparo que podía tener su historia era el que había ofendido a mi tío, quien no dudó en enfrentarse a Sage al oír su último comentario.

—¿Se puede saber qué ha podido llevarte a la conclusión de que Cat Velis mató a tu abuelo? Pero si no le haría daño ni a una mosca… —dijo Nim, resoplando con desdén—. ¡Conozco a Cat desde que nació Alexandra, incluso desde antes de que se casara! Esta es la primera vez que oigo tamaño disparate.

Justo lo que yo pensaba. Además, Galen y Rodo parecían haberse quedado igual de estupefactos ante aquel comentario. Todos miramos a Sage.

Era la primera vez en mi vida que la veía ante un público mayoritariamente masculino y que parecía haberse quedado sin palabras, allí sentada con remilgo en la silla de brocado de satén, jugueteando sin parar con su absurda pulserita de diamantes. Me fijé en que llevaba colgando de ella una raquetita ribeteada de esmeraldas. Aquello era lo último, de verdad…

Rodo intervino cuando se hizo evidente que Sage no pensaba responder.

—Estoy seguro de que mademoiselle Livingston no pretendía sugerir que la madre de Alexandra hubiera hecho daño a nadie a propósito. Si realmente ocurrió algo semejante, tuvo que deberse a un accidente o a una terrible desgracia.

—Puede que haya hablado demasiado —admitió Sage—. En realidad, yo solo soy el mensajero y está visto que no se me da muy bien ese papel. Después de todo, como acabas de explicar, acaba de empezar una nueva partida con nuevos jugadores. Es por eso por lo que mis padres me enviaron a ayudar a Galen a buscar a Cat cuando esta desapareció y por lo que luego me hicieron venir aquí, a la capital, para reunirnos con Alexandra. Estaban completamente seguros de que todos vosotros estabais al tanto de la situación, que conocíais las acciones pasadas de Cat Velis, que os oponíais a sus planes, sobre todo Alexandra. Al fin y al cabo, todo el mundo sabe que llevan años sin hablarse. Aunque parece que estábamos equivocados...

Sage dejó la frase en el aire mientras nos miraba con impotencia. Me gustaría decir que nunca la había visto tan vulnerable, pero lo cierto es que jamás me había llegado a cuestionar siquiera que ese adjetivo tuviera cabida en el vocabulario de Sage. Se parecía más a una estratagema, y aunque me hubiera molestado la deducción que había hecho acerca de la relación que yo tenía con mi madre, supongo que no era precisamente un secreto para nadie, tal como ella había dicho.

Sin embargo, lo más importante de todo era que si había empezado una nueva partida, como así parecía creer todo el mundo, y ni la madre de Sage ni yo éramos la nueva Reina Blanca, entonces, ¿quién la había iniciado? ¿Y hacia dónde conducía?

Pensé que había llegado el momento de poner algunos puntos sobre las íes.

—Creo que lo que Rodo y mi tío quieren saber es por qué Rosemary parece creer que mi madre es responsable de la muerte de su padre, fuera accidental o no. ¿Cuándo o dónde podría haber ocurrido algo semejante? Al fin y al cabo, Cat no se deja ver muy a menudo, ha llevado una vida bastante retirada...

—Pero se dejó ver por Ain Ka'abah —replicó Sage, frunciendo los labios.

¿Otra vez con eso?

—Es una aldea en la cordillera del Atlas, en Argelia —añadió—. Allí fue donde se conocieron tu madre y la mía, en el hogar de las montañas de mi abuelo. Aunque lo mató en su casa de La Madrague, un puerto marítimo en la costa mediterránea cerca de Argel.

Se hizo tal silencio en la habitación que daba la impresión de que la hubieran amordazado. Podría haberse oído la caída de un alfiler sobre la alfombra. Sentí que el horror se ahondaba y se espesaba, como si tirara de mí hacia el fondo de un pozo lleno de melaza.

Conocía aquella historia y recordaba perfectamente dónde y de quién la había oído: de Lily Rad, en Colorado. Nos había contado que ella también estaba en Argelia con mi madre y que un tipo que iba detrás de las piezas que ellas habían recuperado del desierto había secuestrado a Lily en el puerto. Lily se había referido a él como el Viejo de la Montaña. ¡Nos había dicho que era el Rey Blanco!

«Pero tu madre fue en busca de refuerzos para rescatarme y acabó aporreándolo en la cabeza con su pesado bolso de lona con las piezas de ajedrez», habían sido las palabras de Lily.

¿Podría ser esa la causa de su muerte? ¿Era posible que mi madre hubiera matado a ese hombre? ¿Podía ser el Rey Blanco el padre de Rosemary Livingston?

Aunque había algo más, algo importante que estaba relacionado con el nombre del tipo, algo que tenía que ver con los acontecimientos de esos últimos días. Me devané los sesos intentando recordarlo, pero mis pensamientos se vieron interrumpidos.

—Al-Marad —dijo aquella inconfundible voz cristalina desde la puerta—. Se llamaba así, según me han dicho, por Nimrod, el rey de Babilonia que construyó la Torre de Babel.

Allí estaba Nokomis Key, en el umbral de la puerta de la suite de mi tío, mirándome a los ojos.

—Espero que hayas recibido la nota que te dejé —dijo—. Eres difícil de encontrar y, créeme, te he buscado por todas partes, muñeca. —Se acercó y me asió por los brazos para ponerme en pie—. Tenemos que largarnos de este muermo de fiesta antes de que averigüen quién soy —me susurró al oído, mientras me arrastraba a paso ligero hacia la puerta abierta.

—Ya sabemos quién eres —dijo Sage, a su espalda.

Debía de tener satélites por orejas, pensé.

—Alexandra, por favor, detente. Deteneos las dos —intervino alguien distinto, en un tono en el que se reflejaba la ansiedad: Galen March, quien hasta ese momento no había abierto la boca—. No puedes irte todavía. ¿No lo entiendes? Nokomis Key es la nueva Reina Blanca.

—¡Por todos los santos! —exclamó Key, mientras tiraba de mí.

Una vez fuera en el pasillo, cerró la puerta de golpe y encajó un trozo de metal del tamaño de una tarjeta de crédito en la cerradura antes de que los demás tuvieran tiempo de reaccionar. Se volvió hacia mí con una sonrisa radiante, retirándose hacia el hombro la kilométrica y reluciente melena negra.

—Esto debería retenerlos hasta que aparezca la partida de rescate —dijo.

Key conocía hasta el último detalle del funcionamiento de un hotel gracias a que se había pagado la universidad trabajando de camarera y portera ocasional y en esos momentos estaba echando mano a esos conocimientos para sacarnos de allí. Me conducía hacia la escalera de incendios, resoplando como una locomotora. Sin embargo, yo seguía con la cabeza en aquella suite mientras avanzaba dando tumbos, completamente aturdida. ¿Qué había querido decir Galen?

—¿Adónde me llevas? —pregunté, intentando frenar su impulso en vano, plantando los talones en el suelo.

—Creía que tu lema era ese poemilla de Tennyson: «No les corresponde a ellos cuestionar el porqué» —bromeó—. Confía en mí y no te pares. Me agradecerás que te haya sacado del apuro.

—No sé qué tienes en mente, pero solo llevo encima lo que ves —protesté, mientras ella me empujaba hacia la escalera—. Mi mochila está en la habitación con todo mi dinero, el carnet de conducir…

—Te conseguiremos otro —contestó—. De todas maneras, necesitarás una nueva identidad allí adonde vamos, amiga mía. ¿Es que no lo ves? Te persiguen los malos.

Había seguido arrastrándome por la escalera, piso tras piso, hasta llegar al vestíbulo. Al llegar abajo, se volvió un instante antes de abrir la puerta.

—Olvida eso de la Reina Blanca que ha dicho Galen March —dijo, leyéndome la mente—. Por lo que sé, ese Galen es otro «aprendiz de espía». Ese tipo está colado por mí, diría cualquier cosa para llamar mi atención.

Teniendo en cuenta la excesiva atención que Galen le había prestado durante la cena de cumpleaños, puede que no anduviera tan desencaminada, aunque aquello no nos servía de nada para tratar el problema que teníamos entre manos.

Acababa de dejar encerradas en una habitación a varias personas que me habían atraído hasta allí con engaños para luego contarme las mentiras más variopintas al tiempo que desmentían las historias de los demás. Historias, debería añadir, que parecían enormes suflés inflados de imaginación, ligeramente espolvoreadas con una cuidadosa selección de verdades.

Y justo entonces entra en escena Key la Todopoderosa, tan campante, y vuelve a dejarlo todo patas arriba tras secuestrarme, sin darme opción a rechistar, y atranca la puerta. Si mis primeros captores no habían conseguido escapar con la contribución del legendario ingenio de mi tío, seguramente habrían acabado llamando al servicio de seguridad del hotel para que los liberaran y, en esos momentos, podían estar pisándonos los talones.

Eso hacía que me planteara el dilema más preocupante de todos: ¿es que no había nadie en quien pudiera confiar?

Me adelanté a Key y planté una mano en la antepuerta que daba al vestíbulo mientras agarraba el picaporte con la otra y lo sujetaba con fuerza.

—No vamos a ninguna parte hasta que respondas algunas preguntas —le advertí—. ¿A qué viene esa entrada teatral en la suite de mi tío? Además, ¿qué haces tú aquí? Si no eres una de las jugadoras clave, ¿a qué te referías con eso de «quién soy»? Necesito respuestas. Lo siento, pero no me dejas otra opción.

Key se encogió de hombros y sonrió.

—Pues yo también lo siento, pero esto es una gala real —replicó—. Verás, la Reina Madre en persona nos ha invitado a hacerle una visita.

♟

—¡A la aventura! —dijo Key cuando pasamos junto a la antigua residencia de su homónimo, Francis Scott Key, en la calle Treinta y cuatro—. ¡Como en los viejos tiempos! —Después de doblar hacia la izquierda con su Jeep Cherokee alquilado hacia el puente que también llevaba su nombre, añadió—: ¿Tienes la más remota idea de lo difícil que ha sido organizar y llevar a cabo esta huida?

—¿Huida? Desde mi punto de vista se parece más a un secuestro —comenté con sequedad—. ¿En serio era necesario todo esto? Además, ¿de verdad has encontrado a mi madre?

—Nunca la he perdido —contestó Key, con una sonrisa enigmática—. ¿Quién crees que la ayudó a preparar su fiesta de cumpleaños? Al fin y al cabo, no lo podría haber hecho sola. Como suele decirse: ninguna mujer es una isla.

¡Claro! Sabía que alguien había tenido que ayudar a mi madre, si no en todo, como mínimo para llevar a cabo aquella salida tan compleja.

Me había vuelto de inmediato hacia Key y la miraba fijamente a la espera de más detalles, pero ella estaba concentrada en la carretera, con aquella enigmática sonrisa todavía en los labios.

—Te lo explicaré todo por el camino —añadió—. Tenemos tiempo de sobra, al menos quedan unas cuantas horas hasta llegar a nuestro destino. Vamos a tomar la ruta panorámica porque, ¿cómo no?, nos siguen.

Sentí la tentación de mirar por el espejo retrovisor de mi lado, pero decidí fiarme de su palabra. Estábamos en la George Washington Parkway e íbamos en dirección sur, hacia el aeropuerto. Aunque estaba desesperada por oír lo que Key tuviera que explicarme acerca de mi madre y esa fiesta, había algo más urgente.

—Si alguien viene siguiéndonos, ¿qué pasa con esos aparatitos de escucha que pueden enfocar hacia el coche mientras conduces? —comenté—. ¿No pueden oír lo que decimos?

—Sí —contestó, con un deje de sarcasmo—, como esa raquetita monísima, en la que supongo que te fijaste, que colgaba de la pulsera de la señorita Livingston. Es que esa chica es todo oídos... Me pregunto qué oídos en concreto estaban escuchando esa pequeña conversación. —La pulsera rivière de Sage. Por Dios, aquello no se acababa nunca—. Aunque no debes preocuparte por este coche —añadió Key—. Les he pedido a los chicos de mi equipo habitual de mecánicos de aviación que lo repasaran y lo blindaran en cuanto lo recogieran en el aeropuerto. Está limpio como una patena, no pueden acceder ni a nuestros pensamientos más íntimos ni a lo que digamos. —¿Dónde había oído eso antes? Sin embargo, tampoco podía seguir así durante horas, encerrada en un coche en medio de la carretera sin saber qué estaba pasando—. En cuanto a tu amiga Kitty —me informó Key—, no hay mal que por bien no venga. Como suele decirse, no hay mal que cien años dure.

—Es decir... —la animé a seguir.

—Es decir, que ella tenía un problema y pensó que yo era la única persona que podía ayudarla a resolverlo. Elaboró una lista de invitados y yo me encargué de arrear y acorralar al ganado. Eso sí, quiso asegurarse de que tú siguieras siendo un espectador inocente.

—Son los primeros a los que se cargan —observé.

—Pues lo hiciste de película —dijo Key, impertérrita—. Resolviste todos los enigmas en un tiempo récord, te cronometré. Cuando entraste en la casa, no había pasado ni una hora desde que saliste del aeropuerto de Cortez en el coche de alquiler, y lo hiciste justo a tiempo para responder a la llamada de Lily Rad para informarte de que se había perdido. Todos estábamos seguros de que me llamarías para que los llevara a casa, ya que el aeropuerto donde trabajo está mucho más cerca. Nos detuvimos a comer algo y así de paso te dábamos tiempo para descubrir lo demás. Cuando llegamos, parecía que habías resuelto el enigma que tu madre y yo habíamos dejado sobre el piano porque todo lo que había en su interior había desaparecido y la bola de billar volvía a estar en su sitio, en el triángulo. Aunque ni siquiera yo sabía lo de ese dibujo oculto del tablero de ajedrez...

—Fuiste tú quien elaboró los enigmas para mi madre... —exclamé.

No era una pregunta, sino la única respuesta posible a lo que había estado reconcomiéndome hasta ese momento. Si no había sido Nim quien había creado las claves para comunicarse conmigo —y ahora sabía que no había sido él—, ¿qué otra persona podría haberlo hecho salvo Key? Además, aunque todavía hubiera albergado alguna duda, el fax lo había aclarado todo.

¡Qué imbécil había sido, desde el principio! Aunque al menos aquello empezaba a cobrar sentido. Todo empezaba a encajar, igual que la estrategia de una partida de ajedrez.

Y hablando del tema...

—¿De dónde sacaste la idea de reproducir esa partida en el tablero que escondiste en el piano? —pregunté.

—Por lo visto fue a Lily a quien se le ocurrió utilizar esa partida en concreto —contestó Key—. Sabía que llamaría tu atención a la primera. Aunque fue Vartan quien le proporcionó a tu madre la disposición exacta de las piezas. Por lo que se ve, recordaba a la perfección cuál había sido el momento decisivo y crucial del juego... Al menos para ti.

¿También Vartan? Ese cretino.

Me sentía muy desdichada. Tenía ganas de echarme a llorar, pero ¿qué hubiera ganado con eso? ¿Por qué habían montado todo aquel tinglado? ¿Por qué me habían metido en aquel juego valiéndose de artimañas emocionales al invocar la muerte de mi padre si mi madre quería que siguiera siendo una «espectadora inocente»? No tenía sentido.

—No tuvimos elección —dijo Key, adelantándose de nuevo a mis preguntas—. Todos convinimos en que teníamos que hacerlo de esa manera: grabando mensajes en el contestador, planteando enigmas y dejando pistas que significaran algo únicamente para ti. Incluso fingimos que el coche se había averiado para que tuvieras que llevártelos de paseo. ¡Que me hablen a mí de la teoría de la complejidad! Si no hubiéramos llegado a extremos tan ridículos, tú ni habrías venido, ni te habrías quedado, ni habrías accedido a verte con él, ¿no?

Él.

Sabía muy bien de quién estaba hablando y, por descontado, también sabía que tenían razón.

No podía negarlo; a pesar de todas las artimañas para llevarme hasta allí, había sentido deseos de salir corriendo en cuanto vi a Vartan Azov entrar en la casa, ¿o no había sido así? ¿Y por qué debería haber sido de otra manera? Durante diez años —hasta que habíamos tenido la oportunidad de hablar con calma en Colorado—, los había considerado, tanto a él como a aquella maldita partida, responsables de la muerte de mi padre.

No me quedaba más remedio que admitir que mi madre me conocía mucho mejor que yo misma. Tanto Lily Rad como ella debían de saber cuál habría sido mi reacción ante la mera sugerencia de verme con Vartan, fuera cual fuese el pretexto que se hubieran inventado.

Sin embargo, a pesar de que entendía por qué habían tenido que recurrir a la manipulación, la pregunta obvia seguía flotando en el aire.

—Si todos deseabais organizar un encuentro entre Vartan y yo —dije—, ¿por qué habéis tenido que llegar a tales extremos, por no mencionar las distancias, para engañarme? ¿Qué podría haberme dicho Vartan Azov que tuviera que hacerlo en Colorado, en el quinto pino, en vez de en Nueva York, o incluso en Washington? ¿Y por qué habéis invitado a todos los demás a una especie de falsa fiesta de cumpleaños? ¿Para qué? ¿Para disimular?

—Te lo explicaré con todo lujo de detalles en cuanto hayamos dejado este coche alquilado en el aeropuerto —dijo Key—. Llegaremos en un momento.

—Pero si ya hace rato que hemos pasado el National Airport —objeté.

—Ya sabes que yo nunca tomo vuelos comerciales —contestó Key, poniendo los ojos en blanco.

—¿Has venido hasta aquí en tu avioneta? —dije—. Pero, entonces, ¿adónde vamos? En esta dirección solo están las bases aéreas militares de Fort Belvoir y Quantico. No debe de haber otra pista privada en Virginia hasta Manassas.

—Hay tres al otro lado del río, en Maryland —me informó, con serenidad—. Donde he dejado la avioneta.

—¡Pero si también hemos pasado el último puente! —protesté. Por el amor de Dios, si casi estábamos en Mount Vernon—. ¿Cómo piensas cruzar el río con el coche y llegar a Maryland?

Key lanzó un profundo suspiro, como si se desinflara un globo.

—Creía que ya te lo había dicho: nos siguen —contestó, como si hablara con un niño de tres años. Al ver que me quedaba callada, añadió algo más moderada—: Así que es evidente que voy a abandonar el coche.

♟

Detuvimos el automóvil en el aparcamiento del embarcadero del ferry de Mount Vernon, entre dos monovolúmenes enormes, tan altos que parecían estar subidos a una plataforma.

—Será mejor que no nos vean, querida —observó Key.

Se recogió la larga melena en un moño, lo sujetó con una goma para el pelo y lo ocultó bajo el cuello del chaleco de safari. A continuación, sacó una bolsa de lona del asiento trasero, extrajo dos chaquetas de nailon, un par de gafas de sol, dos gorras de béisbol y me tendió un juego completo.

En cuanto nos hubimos ataviado con aquellos disfraces y salimos del coche, Key se cercioró de que todo quedaba bien cerrado y nos dirigimos al barco.

—Zarpamos en menos de cinco minutos —anunció—. Será mejor que no se nos vea el plumero antes de tiempo.

Bajamos hasta el embarcadero y Key le tendió al chico de la taquilla unos billetes de embarque comprados por anticipado que sacó del chaleco. Me fijé en que también le entregaba las llaves del coche con disimulo. Él asintió sin decir nada y nosotras nos dirigimos hacia la plancha y subimos al barco, que no dejaba de balancearse suavemente. A bordo iban muy pocos pasajeros y ninguno estaba lo bastante cerca para oírnos.

—Está visto que conoces a mucha gente —comenté—. ¿Te fías de que ese empleado vaya a devolver ese coche tan caro?

—Y eso no es todo —contestó—. Por unos cuantos favores más, Bub obtiene de propina catorce lecciones de vuelo gratuitas de una hora.

Debo confesar que, por decepcionada y enfadada que estuviera con ella diez minutos antes, como ajedrecista nata siempre había admirado el modo en que Key ejecutaba sus movimientos. Era evidente que había planeado aquella huida muchísimo mejor que cualquier partida de ajedrez en la que hubiera participado Lily Rad, se había adelantado a todos los movimientos y contraataques.

Por eso Nokomis Key había sido mi mejor amiga desde primaria, mi amiga del alma. Había sido Key quien me había enseñado que nunca volvería a tener miedo si conseguía ver más allá de lo que tenía delante, si conocía el terreno que pisaba.

Decía que los valientes sabían cómo atravesar solos el bosque incluso de noche porque planeaban el camino, pero no se repetían sus miedos.

Habían desatado el cabo que amarraba el ferry al muelle y retirado la plancha. Estábamos en medio del río cuando vi a un tipo con gafas de sol que llegaba precipitadamente al embarcadero y hablaba con el encargado. Tenía una pinta más que familiar.

El encargado sacudió la cabeza y señaló río arriba, hacia Washington. El hombre de las gafas de sol rebuscó en el interior de su chaqueta y sacó un teléfono.

Sentí que el alma se me caía a los pies. Estábamos en medio del río, en un barco descubierto, como un cajón de berenjenas a la espera del reparto.

—Los Servicios Secretos —informé a Key—. Nos hemos visto antes. Creo que nos espera un comité de bienvenida en la otra orilla. Seguro que saben adónde se dirige este ferry. A menos que tengas planeado saltar del barco a medio camino y seguir a nado.

—No será necesario —aseguró Key—, mujer de poca fe. En cuanto doblemos el recodo de Piscataway, cuando estemos fuera del alcance de visión de ambas orillas, el ferry hará una breve parada no prevista en el recorrido para dejar en tierra a dos pasajeras.

—¿En Piscataway Point? —Era una reserva de tierras vírgenes y pantanos donde vivían gansos y otras aves acuáticas protegidas por leyes estatales y federales. Ni siquiera aparecían carreteras en el mapa, solo senderos—. ¡Pero si allí no hay nada! —protesté.

—Pues hoy lo habrá —aseguró Key—. Creo que lo encontrarás bastante interesante. Es la tierra originaria y el cementerio sagrado de los indios piscataway, los primeros habitantes de lo que hoy es Washington. Ahora es propiedad federal, por lo que las tribus ya no viven en estas tierras, pero hoy estarán allí, esperando nuestra llegada.

# LAS INSTRUCCIONES ORIGINALES

> Dios provee de sus instrucciones a todas las criaturas de acuerdo con su plan para el mundo.
>
> MATHEW KING,
> *Noble Red Man*

> [...] en nosotros recae la responsabilidad de seguir las instrucciones originales, las que nos entregó el creador.
>
> Según una concepción indígena, todos los elementos del universo tienen que seguir una serie de instrucciones originales para poder mantener un orden equilibrado [...]. Los pueblos vivían con arreglo a sus instrucciones originales, templadas y ordenadas por el mundo natural que los rodeaba.
>
> GABRIELLE TAYAC, hija de Red Flame Tayac,
> «Keeping the Original Instructions»,
> *Native Universe*

Definitivamente, aquella era la ruta panorámica, como Key había prometido. ¿O había sido una amenaza?

A pesar de la distancia, Piscataway imponía por su belleza. Aves de todo tipo se mecían en la corriente al tiempo que las águilas planeaban en el cielo por encima de nuestras cabezas y varios cisnes descendían a punto de posarse sobre las aguas. A lo largo de las márgenes, árboles centenarios hendían sus retorcidas raíces en el río mientras los cañizales se abrazaban a la ribera.

Al doblar el recodo, el piloto viró hacia la orilla, apagó el motor y la embarcación acabó de acercarse impulsada por la corriente. Varios pasajeros de cubierta se volvieron hacia la cabina, ligeramente sorprendidos.

En ese momento vi que en la orilla había dos pescadores sentados en un tronco caído que sobresalía de la rocosa ribera, ataviados con sendos sombreros desgastados y adornados con adminículos de pesca varios. El hilo de las cañas de pescar se perdía en el agua. Uno de ellos se puso en pie cuando el barco empezó a acercarse a ellos empujado por la corriente y empezó a recoger el hilo.

—Amigos, hoy el río está bastante calmado —anunció el piloto por megafonía—, así que vamos a desembarcar a un par de naturalistas en el refugio de la reserva natural.

Un adolescente se acercó por el lado de babor y lanzó el grueso cabo.

—Ahora, si miran hacia la otra orilla en dirección norte —continuó el piloto—, río arriba, disfrutarán de una panorámica poco habitual de Jones Point que muy poca gente tiene la oportunidad de ver desde aquí. Ese es el lugar en que, el 15 de abril de 1791, el topógrafo Andrew Ellicott y el astrónomo afroamericano Benjamin Banneker colocaron el primer hito, el más meridional, con el que se empezó a delimitar la antigua Ciudad Federal, hoy en día Washington. A aquellos de ustedes familiarizados con la historia de los masones y la capital de nuestra nación, les complacerá compartir con sus amigos que este hito fue colocado siguiendo todo el ritual masónico tal como marcaba su tradición: con escuadra, plomada y nivel, y sobre el que posteriormente se derramaba trigo, aceite y vino.

Estaba consiguiendo desviar la atención de los pasajeros hacia otro lado que no fuera la parte posterior del barco con tal maestría que me habría sorprendido que alguien se acordara, o tan siquiera se hubiera percatado, de los pasajeros sin autorización que habían desembarcado en Piscataway. Imaginé que Key le habría prometido una caja de Chivas Regal junto con las horas de vuelo.

Los pescadores que nos esperaban nos atrajeron hacia ellos tirando del cabo y nos ayudaron a saltar al tronco gigante. A continuación, soltaron la cuerda y los cuatro avanzamos por la rocosa ribera hasta el abrigo que ofrecía la densa maleza de la orilla.

—Tal vez sería mejor que nuestros nombres permanecieran en el anonimato —dijo el mayor de los dos pescadores, al tiempo que me daba la mano para ayudarme a superar las rocas—. Puedes llamarme Red Cedar, el nombre indígena con que me bautizó aquí nuestra diosa Luna, y este es mi ayudante, el señor Tobacco Pouch —concluyó, haciendo un gesto hacia el más joven de los dos, un hombre bajo y fornido a quien se le formaron arruguitas en las comisuras de los ojos al dirigirme una sonrisa.

Cedro Rojo y Tabaquera. Ambos parecían lo bastante robustos para hacer frente a cualquier cosa que pudiera asaltarnos por el camino. No cabía duda de que Key tenía muchos contactos por aquellos pagos. Los seguí, adentrándonos cada vez más en los densos matorrales, aunque continuaba sin tener la más mínima idea de qué estaba sucediendo.

No había senderos. Las tupidas plantas trepadoras, la maleza y los arbolillos conseguían que pareciera imposible que los cuatro pudiéramos abrirnos camino a través del boscaje, ni siquiera con machetes. Era como si hubiéramos entrado en un laberinto, aunque daba la impresión de que Red Cedar se lo conocía al dedillo, porque era como si el bosque se separara milagrosamente a su paso, ni siquiera tenía que tocarlo, y volviera a cerrarse en cuanto pasábamos detrás de él.

Por fin la espesura empezó a clarear y no tardamos en salir a un camino de tierra desde el que se veía el río, a lo lejos, entre los árboles salpicados de luz, que desplegaban su lozano verdor primaveral moteado de amarillo. Al llegar al sendero, Red Cedar por fin pudo renunciar a la cabeza de la comitiva y por primera vez pudimos abandonar la fila de a uno y charlar entre nosotros.

—Piscataway es una tierra y un pueblo al mismo tiempo —dijo Red Cedar—. Significa «donde se unen las aguas vivas», la confluencia de muchos ríos, tanto de agua como de vida. Nuestro pueblo desciende de los primeros pobladores indígenas, los lenni lenape, nuestros antepasados, que se remontan a más de doce mil años. Los anacostan y otras tribus del lugar rendían homenaje a nuestro primer jefe, el Tayac, mucho antes de la llegada de los primeros europeos. —Mi desconcierto ante la razón que podría haber inspirado aquella inesperada lección de antropología en medio de una ruta ecológica debió de ser muy evidente, pues añadió—: La señorita Luna me dijo que eres amiga suya, que estás en peligro y que por tanto era de vital importancia que te contara algo antes de que llegáramos a Moyaone.

—¿Moyaone? —repetí.

—El osario —dijo—. Donde están enterrados todos los huesos —se explicó en un susurro, guiñándome un ojo.

Tobacco Pouch y él estallaron en carcajadas. ¿Estaba hablando de un cementerio? ¿Qué tenía de hilarante un montón de huesos? Miré a Key, quien seguía esbozando aquella sonrisa tan enigmática.

—Todos los huesos y todos los secretos —intervino Nokomis—. Antes de que lleguemos, ¿por qué no le explicas a mi amiga lo de la ceremonia del grano verde, las dos vírgenes y la festividad de los muertos? —propuso a continuación, dirigiéndose a Red Cedar.

Madre mía, sabía que a Key le iba el esoterismo, pero aquello estaba adentrándose por momentos en el reino de lo paranormal. ¿Iban a hablarme de rituales paganos y sacrificio de vírgenes en el Potomac o a qué venía todo aquello?

Al tiempo que avanzaba a través del bosque salpicado de luz, intentando escudriñar entre los árboles, trataba de no olvidar que teníamos a los Servicios Secretos buscándonos por todo el río, que no llevaba ningún documento encima que acreditara mi identidad y que nadie tenía la más mínima idea de dónde estaba. Aunque sabía que apenas me separaban unos kilómetros de la capital de nuestra nación, me sentía rara. Por extraño que pareciera, daba la impresión de que aquel lugar misterioso estaba apartado de todo lo que conocía, tanto en el tiempo como en el espacio.

Y aquello estaba a punto de embrollarse aún más.

—Se refiere a las instrucciones originales —dijo Red Cedar—. Todo nace con sus propias instrucciones, como si fuera un plano, un patrón o un conjunto de directrices. El agua siempre es circular, el fuego es un triángulo, muchas rocas son cristalinas, las arañas tejen telarañas, los pájaros construyen nidos, el analema que describa la posición del sol dibuja un ocho... —Key le tocó el brazo para que acelerara, ya fuera el paso o la historia, o tal vez ambos—. La historia de las vírgenes se remonta a cuatrocientos años atrás, a la llegada de los colonos ingleses y el establecimiento de una comunidad a la que llamaron Jamestown, bautizada así por el rey Jacobo, quien acababa de subir al poder. Sin embargo, ya antes de esa fecha, en el siglo XVI se habían apropiado de gran parte de las tierras circundantes, a las que habían llamado Virginia por la predecesora de dicho rey: Isabel, la Reina Virgen.

—Conozco la historia —dije, intentando que no se me notara la impaciencia. ¿Adónde llevaba todo aquello?

—Pero no conoces «toda» la historia —repuso Red Cedar—. Unos treinta años después de la llegada de los colonos de Jamestown, un nuevo rey inglés subió al trono: Carlos, de quien se sospechaba que profesaba la fe católica en secreto. Este monarca permitió que lord Baltimore enviara dos cargamentos de colonos católicos y sacerdotes jesuitas en sendos barcos bautizados con los nombres de *Ark* y *Dove*.

»En fin, los británicos llevaban siglos discutiendo cuál de las dos fes era la "verdadera" y la única legitimada para representar a la cruz. Pocos años después estallaría una guerra civil por ese motivo y el rey Carlos moriría. Sin embargo, si había algo en lo que todos los europeos estaban de acuerdo, y que sigue vigente, era en la ley de conquista: si descubres un lugar y plantas una bandera en él, a partir de entonces te pertenece. Si hay pueblos nativos que ya vivían antes en ella y los llamas bárbaros, mucho mejor, así puedes convertirlos a la fuerza o esclavizarlos con las bendiciones de la Iglesia.

Aquella historia también la sabía. Los robos de tierras, los acuerdos incumplidos, la matanza de bebés indios, las reservas, el genocidio, el camino de lágrimas… Pensé que nunca había habido demasiada comunión entre los pueblos indígenas y los conquistadores.

Sin embargo, aunque creía que lo sabía todo, iba a llevarme una sorpresa.

—Resumiendo, los piscataway acabaron convirtiéndose al catolicismo —dijo Red Cedar— porque la fiesta de la Asunción y la festividad de los muertos comulgaban con las instrucciones originales.

—¿Cómo dice? —exclamé, mirando a Key.

—Sí, el día de los Muertos, fecha en la que nosotros honramos a nuestros ancestros, en noviembre —continuó Red Cedar—, coincide con la víspera del día de Todos los Santos y el día de Difuntos del calendario católico, momento en que ellos también honran a los suyos. Sin embargo, la festividad más importante es la del 15 de agosto. Según el calendario católico, ese día se celebra la ascensión de la Virgen María a los cielos, pero para nosotros también es una ocasión especial pues es el momento de nuestra celebración ancestral, la Ceremonia del Grano Verde, con la que festejamos la «primera cosecha», la cual además señala el inicio de un nuevo año.

—Si no lo he entendido mal, ¿estás diciendo que los piscataway se convirtieron a la fe católica porque así podían mantener sus creencias y rituales mientras fingían que comulgaban con los ritos oficiales de la Iglesia? —pregunté.

—No exactamente —contestó Key—. Lo entenderás cuando lleguemos al cementerio. Lo que Red Cedar está diciendo es que las instrucciones originales son la razón por la cual debías conocerlo a él y a Tobacco Pouch sin la interferencia de los peones. Es este lugar sobre el que recae toda la responsabilidad, sin ir más lejos.

380

—Muy bien, pues no vayamos más lejos —contesté, exasperada, deteniéndome en seco.

Empezaba a sentirme bastante contrariada por el cariz que estaba tomando aquella «aventura», aunque también me detuve porque habíamos llegado al pie de un puente de madera infinito que cruzaba los inmensos pantanos que se extendían ante nosotros y en los que estábamos a punto de adentrarnos. Recé para no mojarme los pies porque no me había traído más calzado que el que llevaba puesto.

—No entiendo nada —le confesé a Key—. No sé qué relación guarda la historia de ritos, ancestros y religión que tu amigo está contando con el lío en el que tú y yo estamos metidas ahora mismo —protesté—. ¿Qué tienen que ver las vírgenes, el grano y cenar entre los muertos con todo lo demás?

—Los jesuitas bautizaron la tierra en la que desembarcaron con el nombre de Saint Mary —contestó Red Cedar, dirigiéndose a mí—, y más adelante llamaron Mary Land a toda la zona a este lado del río, en principio por la esposa del rey Carlos, aunque en realidad fue por la Virgen María, la madre de Dios. De ese modo nos encontramos con dos vírgenes cara a cara separadas por el río, ¡una protestante y otra católica! Podría decirse que eran como dos islas vírgenes de cristiandad a flote en un mar de pueblos indígenas…

Dos islas vírgenes. ¿De qué me sonaba aquello?

Tobacco Pouch había comprobado el puente y parecía que no se hundía demasiado y que conservaríamos los pies secos, así que reemprendimos la marcha, de nuevo en fila india, a través de un ondulante mar de altos cañizales.

Por lo visto, Key tenía algo que añadir, porque se puso a mi altura.

—Fueron las tribus potomac de esta zona, igual que los piscataway, los primeros que lanzaron la teoría de las dos vírgenes: que una sola semilla no es suficiente. Comprendieron que plantando dos semillas juntas en un mismo surco, el maíz poliniza con mayor facilidad, y así llevan haciéndolo desde el principio de los tiempos, tal como dictan las instrucciones originales.

Aunque seguro que a Leda la Lesbiana le encantaría aquella teoría, la idea de que dos mujeres vírgenes pudieran equipararse al yin y el yang, yo seguía muy perdida.

No obstante, todo aquello seguía sonándome de algo, y cada vez con más fuerza. Hasta que por fin caí en la cuenta.

—Fuiste tú quien creó las claves del mensaje que mi madre dejó encima del piano —dije, con un hilo de voz—. ¿De ahí lo de las «islas Vírgenes»?

Key sonrió complacida y asintió con la cabeza.

—Exacto, por eso primero hemos venido aquí antes que a ningún otro lugar —contestó—. «Islas Vírgenes» es el nombre en clave indígena para referirse a la ciudad de Washington. En este lugar, en Piscataway, es donde se escribieron las instrucciones originales de la capital de nuestra nación.

—Creía que había sido George Washington quien había redactado las instrucciones originales de la capital —observé—. Al fin y al cabo, fue él quien compró la tierra, quien contrató a quienes dibujaron el trazado de la ciudad siguiendo el rollo ese del rito masónico que tu amigo, el piloto del ferry, nos ha contado...

—¿Y de dónde crees que sacó él las instrucciones? —preguntó Key.

Al ver que no respondía, señaló al otro lado de los pantanos, más allá del río. Allí, a lo lejos, alzándose bajo el radiante sol de la mañana sobre su verde risco despuntaba Mount Vernon, el hogar de George Washington.

—La tierra destinada a la ciudad no fue elegida o entregada al azar —dijo Red Cedar, volviéndose hacia mí—. El presidente tuvo que hacer gala de un gran secretismo y de sus dotes de avezado estratega, pero supo desde el principio que este lugar en el que ahora nos encontramos, Piscataway, era la clave de todo, tal como dictaba la tradición. Una tradición que no solo se extraía de las creencias nativas, sino también de la Biblia. La llaman la Ciudad de la Colina, el Lugar Elevado. La Nueva Jerusalén. Todo está en el *Apocalipsis* de san Juan. Para poder invocar el poder, la tierra escogida como lugar sagrado debía encontrarse en la confluencia de muchos ríos.

—¿Qué poder? —pregunté, aunque estaba empezando a atar cabos.

Dejamos atrás los pantanos y salimos a un campo abierto donde los dientes de león y las flores silvestres empezaban a despuntar con la llegada de la primavera, rodeados por el trinar de los pájaros y el zumbido de los insectos.

—El poder por el que hemos venido hasta aquí —contestó Key, señalando algo en dirección a la pradera—. Eso es Moyaone.

Al tiempo que cruzábamos el prado, vi un enorme árbol de hoja perenne que dominaba el centro del campo. Si no estaba equivocada, y no lo estaba, aquel árbol era…

—El cedro rojo —dijo Key—, un árbol sagrado. La madera y la savia del tronco son rojas, como la sangre. Este lo plantó el último jefe de los piscataway, Turkey Tayac, cuya sepultura también se encuentra aquí.

Cruzamos el prado y nos acercamos a la tumba, donde había una pequeña imagen del propio Tayac, un hombre apuesto y bronceado, engalanado con su penacho de plumas, colocada en una placa señalizadora de madera donde se decía que había sido enterrado allí en 1979, tras la aprobación de una ley ratificada por el Congreso.

La tumba estaba flanqueada por cuatro altos postes clavados en la tierra de los que colgaban varias coronas. El árbol, detrás de la sepultura, también estaba adornado con saquitos rojos atados con cintas rojas, centenares de ellos.

—Tabaqueras —dijo Key—. Ofrendas para honrar a los muertos.

Tobacco Pouch habló por primera vez en toda la mañana.

—Por tu padre —dijo, tendiéndome una pequeña tabaquera de tela roja que me cabía en la mano, mientras señalaba hacia el cedro. Debía de habérselo dicho Key.

Me acerqué al árbol, con un nudo en la garganta, y me entretuve unos segundos buscando una rama vacía a la que poder atar mi presente. Luego inhalé la fragancia del árbol. Era una tradición muy bonita, era como enviar señales de humo al cielo.

Key me había seguido.

—Esos postes espíritu con las coronas sirven para proteger este lugar del mal —dijo—. Señalan las cuatro cuartas principales, los cuatro puntos cardinales. Como ves, todo cobra sentido aquí, en este mismo lugar.

Se refería, por descontado, al trazado de Washington, una ciudad cuya primera piedra había sido colocada al norte de allí. No podía negar que algunas cosas empezaban a encajar: las Cuatro Esquinas, las cuatro cuartas, los cuatro puntos cardinales, la forma en tablero de ajedrez de los altares antiguos, los ritos ancestrales...

Sin embargo, todavía quedaba algo que necesitaba saber.

—Has dicho que «islas Vírgenes» es un nombre en clave para la ciudad de Washington —les dije a Key y a los demás—. Entiendo por qué George Washington, como fundador de un nuevo país, como hombre profundamente religioso y tal vez incluso como masón, querría crear una nueva capital como la de la Biblia, por qué la diseñaría de este modo y construiría el puente para unir a las dos cristiandades. Como habéis dicho: dos reinas vírgenes tendiéndose la mano a través del río, dos granos de maíz como dos gotas de agua.

»Pero hay una cosa que no entiendo: si vuestra misión es seguir las "instrucciones originales", seguir la corriente natural, entonces, ¿qué sentido tiene pasarse al enemigo? Es decir, como vosotros mismos habéis dicho, esas religiones han estado peleándose por sus símbolos y sus ritos durante siglos. ¿Cómo puede ayudar a la madre naturaleza a tejer telarañas o a cultivar el grano el sumarse a esas facciones en guerra constante? ¿O acaso se trata de que "si no puedes con el enemigo, únete a él"?

Key se detuvo y me miró con expresión seria por primera vez.

—Alexandra, ¿es que no te he enseñado nada en todos estos años? —dijo.

Sus palabras pusieron el dedo en la llaga. ¿No me había preguntado Nim exactamente lo mismo?

Red Cedar me asió del brazo.

—Son esas las instrucciones originales —aseguró—; el «orden natural», como prefieres llamarlo, demuestra que las cosas solo crecen y cambian desde el interior a través de la consecución de un equilibrio natural, no mediante una fuerza externa.

Estaba claro que mis tres acompañantes habían borrado de su memoria algunos recuerdos del pasado.

—Entonces, ¿estáis atribuyendo a la Iglesia las creencias indígenas sobre el orden natural?

—Solo nos limitamos a demostrar que tanto la Madre Semilla como la Madre Tierra existían mucho antes que otras vírgenes y madres —dijo Red Cedar—. Y con nuestra ayuda, las sobrevivirá a todas. Plantamos semillas y recogemos cosechas del modo en que lo hacemos porque es el modo en que la semilla es más feliz y produce las mejores cosechas.

—Como suele decirse: se cosecha lo que se siembra.

¿Dónde había oído aquello?

Tobacco Pouch, que había estado estudiando el cielo, se volvió hacia Key.

—Está a punto de llegar —le dijo, señalando hacia el prado.

Key consultó la hora y asintió con la cabeza.

—¿Quién está a punto de llegar? —pregunté, mirando hacia donde había indicado.

—Nuestro coche —contestó Key—. Al otro lado de la carretera secundaria hay un aparcamiento. Alguien vendrá a buscarnos para llevarnos al aeropuerto.

Vi que un hombre asomaba entre una arboleda al otro lado del prado, por el lado contrario al que nosotros habíamos llegado.

A pesar de la enorme distancia que nos separaba, lo reconocí en cuanto empezó a abrirse paso entre los pastos por su alta y esbelta figura y sus andares desgarbados, por no mencionar aquella inconfundible cabellera de rizos negros azotada por el viento.

Era Vartan Azov.

# LAS CENIZAS

Soy cenizas cuando una vez fuera brasa,
y el bardo que moraba en mi pecho ha muerto,
lo que antes amé ahora apenas me llama...
y mi corazón es gris, como mi pelo.

LORD BYRON,
«To the Countess of Blessington»

Sería mejor morir haciendo algo que sin hacer
nada.

LORD BYRON,
marzo de 1824

*Missolonghi, Grecia, Domingo de Pascua, 18 de abril de 1824*

Llovía; llevaba días sin dejar de llover. Parecía que la lluvia no acabaría nunca.

El siroco había llegado de África hacía dos semanas y había golpeado con la fuerza formidable de una bestia desatada, rasgando y desgarrando las casitas de piedra de la costa, dejando las orillas rocosas cubiertas de detestables escombros.

En el interior de la casa de Capsali, donde estaban acuartelados los británicos y demás extranjeros, todo era silencio, tal como habían ordenado los doctores Bruno y Millingen. La milicia había trasladado incluso las salvas de la tradicional celebración griega del Domingo de Pascua a un descampado que quedaba al otro lado de la muralla de la ciudad, adonde habían animado a los vecinos a seguirlos pese a la inclemencia del tiempo.

El único sonido que se oía ahora dentro de la casa desierta era el desenfrenado clamor de la implacable tormenta.

Byron estaba tumbado bajo unas mantas en su cama turca del piso superior. También su gran terranova, Lyon, se había echado tranquilamente junto al diván con la cabeza entre las patas, y Fletcher, el ayuda de cámara, estaba de pie en silencio al otro lado de la habitación, vertiendo agua para aclarar la ineludible botella de brandy.

Byron estudiaba las paredes y el techo de ese salón que él mismo, al llegar —¿de veras hacía tres meses nada más?—, había decorado con arreos de su arsenal privado. La exposición de espadas, pistolas, sables turcos, rifles, trabucos, bayonetas, trompetas y cascos colgados nunca dejaba de impresionar a la brigada personal de escoltas suliotas de Byron, escandalosos y violentos, que estaban acampados en la planta baja... esto es, al menos hasta que por fin les pagara lo que les debía a esos peligrosos vándalos y pudiera despacharlos al frente.

En esos momentos, mientras la despiadada tormenta se batía contra los postigos, Byron, en uno de sus escasos instantes de lucidez, deseó poseer aún fuerzas para levantarse y cruzar la habitación, para abrir de par en par las ventanas a la furia del temporal.

Mejor morir en el salvaje abrazo de una fuerza de la naturaleza, creía él, que ese lento agotarse de la centella de la vida mediante la repetida aplicación de yesos y sanguijuelas. Había hecho lo indecible por resistirse, cuando menos, a las sangrías. Jamás había soportado perder sangre. Más vidas habían perecido a causa de la lanceta que de la lanza, como solía decirle a ese bufón incompetente del doctor Bruno.

Sin embargo, para cuando el médico personal del administrador griego Mavrocordato, Lucca Vaya, había sido capaz de desafiar a la tormenta y llegar a la playa de Missolonghi, apenas el día anterior, Byron ya llevaba más de una semana padeciendo las sacudidas de los escalofríos y la fiebre: desde aquella cabalgada del 9 de abril en la que los elementos le habían dado caza y él había caído enfermo.

Al final, Bruno el Carnicero se había salido con la suya y le había abierto las venas repetidas veces para extraer una libra de sangre tras otra. ¡Por lo más sagrado! ¡Ese hombre era peor que un vampiro!

Ahora, aunque su fuerza vital iba remitiendo por momentos, todavía conservaba el conocimiento suficiente para darse cuenta de que en esos últimos días había pasado más de la mitad del tiempo entre delirios. Y también contaba con la suficiente lucidez para saber que esa enfermedad suya no era una simple gripe ni unos sabañones.

Era, con toda probabilidad, la misma «enfermedad» que había atacado a Percy Shelley.

Lo estaban matando a conciencia.

Byron comprendió que, si no actuaba con rapidez, si no le revelaba lo que sabía a la única persona que necesitaba saberlo y en quien podía confiar, quizá fuera ya demasiado tarde. Todo estaría perdido sin remedio.

Su ayuda de cámara, Fletcher, esperaba ahora junto a su lecho con la botella de brandy aguado, que era ya lo único que aliviaba a Byron; Fletcher, que, en perspectiva, era posible que desde el principio hubiera sido el más listo. Se había mostrado largo tiempo reacio a acompañar a su señor a Grecia y había rogado a Byron que reconsiderara si no serviría mejor a la causa de su compromiso con la independencia griega proporcionando la ayuda económica que requerían los patriotas… pero sin una participación personal tan directa. A fin de cuentas, ambos habían visto ya Missolonghi, justo después de su visita a Alí Bajá, hacía trece años.

Pero después, cuando Byron había «caído enfermo» hacía nueve días a causa de ese mal misterioso e incurable, Fletcher, que solía permanecer siempre estoico, prácticamente se había venido abajo. Los criados del servicio, los militares, los médicos, todos ellos hablaban un idioma diferente.

—¡Esto es como la Torre de Babel! —había exclamado Fletcher, tirándose del pelo con frustración.

Habían hecho falta tres traducciones solo para pedir, por deseo del paciente, un cuenco de caldo con un huevo revuelto dentro.

Pero, gracias a Dios, al menos Fletcher estaba junto a él… y, por una vez, se encontraban solos. Ahora, le gustara o no, su fiel ayuda de cámara tendría que acceder a cumplir una última tarea.

Byron tocó a Fletcher en el brazo.

—Señor, ¿más brandy? —dijo este, con un semblante tan grave y transido que Byron se habría echado a reír, de no haberle supuesto tantísimo esfuerzo.

Byron movió los labios y Fletcher inclinó el oído hacia su señor.

—Mi hija —susurró Byron.

Pero al instante se arrepintió de haber pronunciado esas palabras.

—¿Deseáis que tome nota de una carta personal vuestra para lady Byron y la pequeña Ada, en Londres? —preguntó Fletcher, temiendo lo peor.

Y es que semejante franqueza solo podía reflejar el último deseo de un moribundo. Todo el mundo sabía que Byron detestaba a su esposa y que solo le enviaba *communiqués* privados, a los que ella rara vez respondía.

Sin embargo, el poeta sacudió ligeramente la cabeza entre los almohadones.

Sabía que su ayuda de cámara lo comprendería, que ese hombre que llevaba tantos años a su servicio y con el que tantas tribulaciones había pasado, el único que conocía sus verdaderos parentescos, no revelaría a nadie esa última petición.

—Ve por Haidée —dijo Byron—. Y trae al chico.

Haidée sintió una gran pena al ver a su padre tumbado allí, tan pálido y lánguido, más blanco —tal como Fletcher les había advertido justo antes de que lo vieran— que el recoveco del ala de un polluelo recién nacido.

Cuando Kauri y ella se detuvieron frente a la desvencijada cama turca en la que Fletcher había ahuecado unos cojines, sintió ganas de echarse a llorar. Ya había perdido al hombre al que durante toda la vida había creído su padre: Alí Bajá. Y ahora, ese otro padre al que hacía poco más de un año que conocía se estaba apagando ante sus ojos.

Durante el año transcurrido desde su encuentro, como bien sabía Haidée, Byron lo había arriesgado todo y se había valido de todos los pretextos posibles para mantenerla junto a él sin desvelar el secreto de su parentesco.

Para reforzar sus subterfugios, hacía apenas unos meses Byron, en su trigésimo sexto cumpleaños, le había dicho que había escrito una carta a su esposa, «lady B», como él solía llamarla, explicándole que había conocido a una niña griega encantadora y vivaracha, «Hayatée», apenas algo mayor que su hija Ada, y que había quedado huérfana a causa de la guerra. Había añadido que le gustaría adoptarla y enviarla a Inglaterra, donde lady B podría encargarse de que recibiera una educación adecuada.

Jamás había recibido una palabra en respuesta, por descontado. Sin embargo, los espías que abrían el correo, como él mismo le dijo a Haidée, creerían que esa seudoadopción era otra de las afamadas extravagancias del gran lord.

Ese «parentesco» de Haidée con Byron había quedado corroborado al fin por el rumor, que en Grecia nunca mentía. Y ahora que estaba en su lecho de muerte, en un momento en que era imprescindible que hablaran, ambos sabían que era más importante que nunca que nadie conociera el verdadero motivo por el que la había llevado hasta allí.

La Reina Negra estaba escondida en una cueva de una isla que había frente a las costas de Maina donde Byron le había dicho una vez a Trelawney que le gustaría ser enterrado: la cueva en la que había escrito *El corsario*. Ellos tres —Haidée, Kauri y

Byron— eran los únicos que sabían dónde ir a buscarla. Pero ¿de qué servía ahora?

Sucedía que la guerra de la independencia griega, cuyas hostilidades habían comenzado hacía tres años, iba de mal en peor. El príncipe Alejandro Ypsilantis, antiguo jefe de la Philikí Etaireía, la sociedad consagrada a la liberación de Grecia, había encabezado la lucha, pero había sido negado y traicionado por su antiguo señor, el zar Alejandro I de Rusia, y se estaba pudriendo en una cárcel austrohúngara.

Las facciones griegas discutían entre sí disputándose la supremacía, mientras Byron, que tal vez fuera su última esperanza, yacía moribundo en una miserable habitación de Missolonghi.

Peor aún, Haidée vio en el rostro de su padre una angustia causada no solo por el veneno que sin duda le habían estado administrando, sino por tener que dejar esa tierra y a su propia hija, con su misión aún sin cumplir.

Kauri se sentó en silencio cerca de la cama y puso una mano sobre la cabeza de Byron, mientras que Haidée se quedó de pie junto a su padre, sosteniendo su débil mano entre las de ella.

—Padre, comprendo lo gravemente enfermo que estáis —dijo con suavidad—, pero debo saber la verdad. ¿Qué esperanzas nos quedan ahora para la salvación de la Reina Negra... o del ajedrez?

—Como ves —susurró Byron—, todo aquello que temíamos era bastante cierto. Las batallas y las traiciones de Europa jamás encontrarán un fin hasta que todos, todos, seamos libres. Napoleón traicionó a sus aliados, además de al pueblo francés y al final incluso sus propios ideales, cuando marchó sobre Rusia. Y Alejandro de Rusia, al destruir toda esperanza de unión entre las iglesias orientales contra el islam, traicionó los ideales de su abuela, Catalina la Grande. Pero ¿de qué sirve el idealismo cuando los ideales son falsos?

El poeta, con todo, se reclinó entre los almohadones cerrando los ojos como si no pudiera proseguir.

Apenas movió la mano, Haidée le alcanzó intuitivamente la taza de tisana, una infusión de té fuerte que, a petición de Byron,

Fletcher había dejado lista para su señor antes de marchar. Haidée vio que el ayuda de cámara había preparado también una pipa de agua, con el tabaco quemando ya, para infundirle al propio Byron la dosis de fuerza que necesitaría para explicar lo que tenía que explicar.

Byron sorbió el té de la taza de la mano de Haidée, y luego Kauri puso la boquilla de la pipa de agua entre los labios del poeta, que al fin encontró fuerzas para continuar.

—Alí Bajá era un hombre con una gran misión —dijo con su débil voz—, una misión que iba más allá de unir Oriente y Occidente; se trataba de la unión de verdades subyacentes. Conocerlos a Vasiliki y a él me cambió la vida en una época en la que no era mucho mayor que vosotros dos. Gracias a eso escribí muchos de mis mejores relatos de amor: la historia de Haidée y la pasión de don Juan; *El giaour*, «el infiel», sobre el amor del héroe no musulmán por Leila. Pero *giaour*, en realidad, no significa «infiel». En su significado más antiguo, del persa *gawr*, era un adorador del fuego, un zoroastra. O un parsi de la India, un devoto de Agni, la llama.

»Eso fue lo que aprendí del bajá y los bektasíes: la llama subyacente que está presente en todas las grandes verdades. De tu madre, Vasiliki, aprendí a amar.

Byron les pidió con gestos otra dosis de té fuerte y tabaco para recabar las fuerzas que le hacían falta. Cuando lo hubieron satisfecho, Byron añadió:

—Puede que no viva para ver otro año, pero por lo menos veré el alba de mañana. Eso es tiempo suficiente para compartir con vosotros el secreto de la Reina Negra que el bajá y Vasiliki, hace tantos años, compartieron conmigo. Debéis saber que la reina que obra en vuestro poder no es la única. Pero sí es la verdadera. Acércate más, niña mía.

Haidée obedeció a lo que le pedía Byron, que le habló al oído y en voz tan baja que incluso Kauri tuvo que esforzarse para entender lo que decía.

# EL RELATO DEL POETA

En la ciudad de Kazán, en la Rusia central, a finales del siglo XVI vivió una joven niña, de nombre Matrona, que soñó repetidas veces que la Madre de Dios había ido a hablarle de un antiguo icono enterrado que poseía fabulosos poderes. Después de seguir las diversas pistas que le diera la Virgen, al fin encontró el icono en el interior de una casa derruida, envuelto en paño entre las cenizas que había bajo la estufa.

Se la llamó la Virgen Negra de Kazán y se convertiría en el icono más famoso de toda la historia de Rusia.

Poco después de su descubrimiento, en 1579, se construyó en Kazán el convento de la Bogoroditsa para albergar el icono. *Bogoroditsa* significa «Alumbradora de Dios», de *Bogomater*, «Madre de Dios», el título de todas esas oscuras figuras vinculadas con la tierra.

La Virgen Negra de Kazán ha protegido a Rusia durante los últimos doscientos cincuenta años. Acompañó a los soldados que liberaron Moscú de los polacos en 1612 e incluso contra Napoleón hace unos años, en 1812.

En el siglo XVIII, Pedro el Grande se la llevó de Moscú, segundo hogar de la Virgen, a su nueva ciudad de San Petersburgo, de la cual se convirtió en patrona y protectora.

En cuanto la Reina Negra de los Cielos fue instalada en San Petersburgo en 1715, Pedro el Grande desplegó su gran plan: expulsar a los turcos de Europa. Se declaró a sí mismo Petrus I, Russo-Graecorum Monarcha —rey de Grecia y Rusia—, y juró unir las iglesias ortodoxas griega y rusa. Aunque no logró su gesta, la ambición de Pedro inspiraría un afán similar por esa misma causa en alguien que lo sucedió casi cincuenta años después.

Se trataba de la zarina Ekaterina II, emperatriz de todas las Rusias, a quien conocemos como Catalina la Grande.

En 1762, cuando Catalina derrocó en un golpe de Estado palaciego a su marido, el zar Pedro III, ayudada por su amante, Grigori Orlov, se reunió sin perder tiempo con los hermanos

Orlov en la catedral de Nuestra Señora de Kazán, en San Petersburgo, para erigirse oficialmente en emperatriz.

Para conmemorar la ocasión, hizo que le forjaran un medallón con su efigie personificando a otra virgen, Atenea o Minerva, y encargó también una copia del icono de la Virgen Negra de Kazán con un enjoyado *oklad*, un marco forjado por el maestro orfebre Iakov Frolov, que sería colgado en el Palacio de Invierno, sobre la cama de Catalina.

La Iglesia rusa puso su impresionante respaldo —pues poseía más de una tercera parte de toda la tierra y los siervos rusos— al servicio de las aspiraciones de Catalina: expulsar al islam de los confines orientales del continente y unir las dos iglesias cristianas. Ayudaron con entusiasmo a financiar exploraciones, expansiones y guerras: Grigori Shelikov, el «Colón ruso», fundó la primera colonia rusa en Alaska y una compañía comercial en Kamchatka, además de trazar los mapas de la Rusia oriental, parte del oeste de América y las islas que encontró entre ambas.

El Imperio ruso había empezado a ocupar los vastos territorios que reclamaba para sí.

Catalina proyectaba que todos esos dominios fueran gobernados por su nieto, Alejandro, a quien había puesto ese nombre por el gran conquistador de Oriente.

Con la primera guerra ruso-turca de 1768, Catalina logró atravesar el umbral del Imperio otomano y afianzó una importante concesión: el derecho de Rusia, mediante tratado, a que en caso de surgir causa alguna pudiera proteger a los súbditos cristianos de la Sublime Puerta.

Poco después y en secreto, el nuevo favorito de Catalina, Grigori Potemkin, la ayudó a trazar un plan de un alcance apabullante. Lo llamaron el Proyecto Griego y se trataba nada menos que de la restauración del Imperio bizantino tal y como había sido antes de la conquista islámica. Este sería gobernado por el otro nieto de Catalina, a quien le había puesto el nombre del fundador primigenio de la Iglesia oriental: Constantino.

Para llevar a término ese plan, Potemkin organizó una unidad militar de doscientos estudiantes griegos, la Compañía de

Fieles Extranjeros, que serían adiestrados con la tecnología militar y la experiencia rusas, preparándolos para regresar a su hogar, donde ayudarían a promover la liberación de Grecia del dominio turco. Ese grupo sería la semilla de la que nació la Etaireía ton Philikón, la sociedad que lucha por la independencia griega y que tan decisiva está siendo en todo lo que hacemos hoy aquí.

Con su estrategia dispuesta y algunos peones adelantados situados tras las líneas enemigas, todas las piezas de Catalina estaban dispuestas para un golpe maestro. O así lo creía ella.

La segunda guerra ruso-turca, que comenzó en 1787, solo dos años antes que la Revolución francesa, tuvo un éxito aún mayor que la primera: como comandante en jefe, Potemkin reforzó el dominio ruso sobre la mayor parte del mar Negro y tomó la gran fortaleza turca de Ismail.

Catalina estaba a punto de desplegar al completo su Proyecto Griego para desmembrar el Imperio turco y conquistar Estambul, cuando Potemkin —que no solo era el comandante en jefe de Catalina y un brillante estratega político, sino que algunos decían que se habían desposado en secreto— cayó víctima de una fiebre misteriosa al regresar de firmar el tratado. Murió como un perro junto al camino hacia Nikoláiev, en Besarabia, en la costa norte del mar Negro.

La corte de San Petersburgo se vistió de luto al conocer la noticia y Catalina quedó sola con su pena. Sus grandes aspiraciones y todos sus complejos planes parecían haber quedado suspendidos de forma indefinida, confinados a la tumba junto con la mente maestra que no solo había ayudado a concebirlos, sino que también los había ejecutado.

Sin embargo, justo en ese momento se presentó en el Palacio de Invierno una vieja amiga de Francia, una amiga llamada Helene de Roque, abadesa de Montglane. Con ella llevaba una pieza importante del ajedrez de Montglane —el ajedrez que una vez perteneciera a Carlomagno—, tal vez la pieza más poderosa de todas: la Reina Negra.

Esto le insufló a Catalina la Grande, emperatriz de todas las

Rusias, la esperanza de que tal vez todo su esfuerzo y los esperados frutos de su proyecto no se desvanecieran en la nada, después de todo.

Catalina puso el trebejo a buen recaudo mientras mantenía a su amiga la abadesa bajo estrecha vigilancia para intentar descubrir dónde podía encontrar las demás piezas del ajedrez. Pasaría más de un año antes de que el hijo de Catalina, Pablo, que la odiaba, escuchara casualmente una conversación entre la abadesa y su madre en la que descubrió que la emperatriz Catalina había planeado desheredarlo en favor de su nieto, Alejandro. Pero cuando la emperatriz se dio cuenta de que Pablo también sabía de la existencia del valioso trebejo oculto en su cámara privada del Hermitage, decidió emprender acciones inmediatas.

Sin el conocimiento de nadie, la emperatriz, que sospechaba las intenciones de su hijo Pablo, ordenó secretamente que el maestro orfebre Iakov Frolov, el mismo que le había hecho una copia perfecta de la Virgen Negra de Kazán hacía más de veinte años, creara ahora una copia igualmente indetectable de la Reina Negra.

Desesperada, Catalina hizo desaparecer subrepticiamente la auténtica pieza de ajedrez en la clandestinidad griega a través de su Compañía de Fieles Extranjeros y colocó la copia «perfecta» en su cámara del Hermitage, donde permaneció hasta su muerte, tres años después, cuando Pablo encontró y destruyó el testamento de su madre y se convirtió en zar de Rusia.

Al fin sostuvo en sus manos lo que él creía que era el objeto que su madre siempre había codiciado.

Pero una persona sabía la verdad.

Cuando Catalina la Grande murió y el nuevo zar, Pablo, encontró la Reina Negra escondida en su cámara, creyéndola la original, se la mostró a la abadesa de Montglane justo antes del funeral de Estado de su madre. Con ello intentaba obtener, mediante amenazas o por la fuerza, la cooperación de la mujer en la búsqueda de las demás piezas, pero le desveló lo suficiente de su jugada para que la abadesa se convenciera de que, al margen de lo que hiciese o dijese, acabaría encarcelada. En respuesta, la mujer alargó una mano hacia el trebejo. «Eso es mío», le dijo a Pablo.

Él se negó a entregársela, pero la abadesa pudo ver algo extraño aun desde esa distancia. Sí que parecía ser en todo la misma pesada escultura de oro recubierta de gemas sin tallar, redondeadas y cuidadosamente pulidas como huevos de codorniz. De hecho, en todos los aspectos era idéntica a la otra: representaba a una figura vestida con larga túnica y sentada en un pequeño pabellón con los cortinajes descorridos.

Sin embargo, le faltaba una cosa.

La Iglesia alardeaba de poseer muchas piedras de esa clase, procedentes de los tiempos de Carlomagno y de antes aún, que no estaban talladas en facetas, sino pulidas a mano hasta que adoptaban esas formas, o trabajadas con fina arena de silicio igual que los guijarros son refinados por el mar, dejando una superficie de cristal que servía para aumentar la iridiscencia natural o el asterismo, la estrella interior de la gema. A lo largo de toda la Biblia se describían tanto estas piedras como sus significados ocultos.

Gracias a esa gema, la abadesa pudo corroborar a simple vista que esa pieza no era la misma Reina Negra que ella en persona había llevado de Francia a Rusia hacía más de cinco años.

Y es que, temiendo que algo semejante pudiera suceder, la abadesa había dejado su propia marca secreta en la original, una marca que no podría llegar a detectar nadie más que ella. Con el diamante tallado de su anillo abacial había realizado un pequeño rasguño en forma de número ocho en el cabujón de rubí fuego que había justo en la base del pabellón.

¡La marca ya no estaba!

Solo había una explicación posible: la zarina Catalina había creado una copia perfecta de la Reina Negra para la cámara y de algún modo se había deshecho de la verdadera. Al menos estaba a salvo de las manos de Pablo.

La abadesa solo tenía una oportunidad. Tenía que aprovechar el funeral de la emperatriz para enviar una carta en clave a alguien del mundo exterior: lo haría a través de Platón Zubov, el último amor de la emperatriz, que, como Pablo acababa de notificar a la abadesa, pronto sería enviado al exilio.

Era su última esperanza para salvar a la Reina Negra.

Cuando Byron hubo terminado su relato, se reclinó sobre los almohadones con la tez aún más blanca que antes a causa de la falta de sangre y cerró los ojos. Estaba claro que la poca energía que pudiera haber reunido en un principio se le había agotado por completo, pero Haidée sabía que el tiempo era esencial.

Alargó una mano hacia Kauri, que le dio la boquilla de la pipa junto con una pequeña balanza con una nueva medida de tabaco de hebra. Haidée levantó la tapa y echó la picadura sobre las brasas. Cuando el humo ascendió por la pipa, la joven empujó algunas volutas en dirección a su padre.

Byron tosió ligeramente y abrió los ojos. Miró a su hija con un amor y una pena enormes.

—Padre —dijo ella—, debo preguntaros cómo llegó esa información a Alí Bajá, a mi madre y a Baba Shemimi, para que ellos pudieran contaros su relato.

—Llegó a saberlo también otra persona —dijo Byron. Su voz seguía siendo un murmullo—. Que fue quien nos invitó a todos a reunirnos en Roma.

»El invierno después de que falleciera Catalina la Grande, la guerra seguía azotando Europa. Se firmó entonces el Tratado de Campo Formio, que otorgaba a Francia las islas Jónicas y varias ciudades a lo largo de la costa albanesa. El zar Pablo y los británicos firmaron con el sultán otomano un tratado con el que el emperador traicionaba todo lo que su madre, Catalina, le prometiera a Grecia una vez.

»Alí Bajá unió fuerzas con Francia para enfrentarse a ese nefando triunvirato. Pero el propio Alí estaba decidido a enfrentar a ambas partes en provecho propio, pues para entonces ya sabía, a través de Letizia y de su amigo Shahin, que él poseía la verdadera Reina Negra.

—¿Y qué será ahora de la Reina Negra? —preguntó Haidée apartando la pipa de agua, aunque la preocupación hizo que no dejara la pequeña balanza de cobre—. Si Kauri y yo tenemos que protegerla, ¿al servicio de quién tenemos que ponerla, entre todas estas traiciones?

—Al servicio de la Dama de la Justicia —dijo Byron, con una leve sonrisa cómplice dirigida a Kauri.

—¿La Dama de la Justicia? —preguntó Haidée.

—Tú eres quien la tiene más cerca —le dijo su padre—. Es la que ahora mismo sostiene en sus manos la Balanza.

# LA FLÁMULA

LLAMA [...] <Lat. *flamma*, llama, fuego, llamara-
da √\**flam en inflammare*, quemar, arder: ver flamante.

FLAMANTE [...]√\**flam*=Lat. *inflammare*, que-
mar=Sánscr. √ *bhraj*, arder con resplandor [...].
1. Ardiente, llameante; de ahí, resplandeciente;
glorioso.

*The Century Dictionary*, trad. cast.

Para ser un cerebrito del ajedrez profesional en activo y de
categoría mundial, Vartan estaba inesperadamente espectacular.

Al verlo cruzar la pradera para saludarnos con la brisa sacu-
diéndole los rizos, no pude evitar recordar los primeros comentarios que le había dedicado Key en Colorado. Lucía un jersey
con dos bandas de vivos colores primaverales: azul celeste y amarillo eléctrico. Llamaba bastante la atención allí, en medio de la
pradera de florecillas silvestres. Casi me hizo olvidar por un instante que todos los locos peligrosos del planeta, excepto mi tía
Fanny, me andaban persiguiendo.

Me pregunté si Vartan se habría engalanado solo para mí.

Se acercó y saludó a Red Cedar y a Tobacco Pouch, que intercambió unas cuantas palabras con Key en privado. Después

todos nos dimos la mano y nos fuimos por el mismo camino por el que habíamos llegado.

Vartan rió al verme contemplando con interés su extraordinario jersey.

—Esperaba que te gustase mi suéter —me dijo mientras echábamos a andar con Key hacia donde fuera que hubiese dejado el coche. Ella caminaba a paso ligero algo por delante—. Encargué que me lo hicieran especialmente. Es la flámula, bueno, la bandera de Ucrania. Los colores son bastante bonitos, creo, pero también simbólicos.

»El azul es por el cielo y el amarillo por los campos de cereales. El cereal lo es todo para nosotros, tiene unas raíces sentimentales muy profundas. A menudo cuesta recordar que, antes de que Stalin provocara esas hambrunas que mataron a millones con sus granjas colectivas, llamaban a Kiev la "Madre de Rusia", y decían que Ucrania era el cesto del pan de Europa. He oído una preciosa canción sobre América que habla de esos mismos elementos del cielo y los dorados campos de trigo: "Oh, esos hermosos cielos, con campos ámbar de ondulante cereal..." —intentó cantar.

—Sí, ya la conocemos —dije—. Y si aquí nuestra Key hubiese tenido un poco de influencia gracias a su ilustre familia, la habría convertido en nuestro himno nacional... en lugar de esa balada de bar sobre cohetes y bombas compuesta por su antepasado sir Francis Scott.

—Bah, da lo mismo —dijo Vartan mientras proseguíamos por la pradera con Key a la cabeza—. Nuestro himno nacional tampoco es muy optimista: *Ucrania no ha muerto aún.* —Entonces añadió—: Pero quiero que mires otra cosa que hice coser en la espalda del jersey.

Se volvió mientras caminábamos para mostrarme el emblema bordado que llevaba en la parte de atrás, también en amarillo brillante y azul, con una escultórica horca de tres puntas que parecía más bien gótica.

—Las armas de Ucrania —dijo Vartan—. El emblema es el de Volodimir, nuestro patrón, pero el tridente se remonta a antes de la época romana. En realidad, el primero de estos lo llevó el dios indio del fuego, Agni. Simboliza el alzarse de las cenizas, la llama eterna, que «no hemos muerto» y todo eso...

—¿Puedo señalar —dijo Key por encima del hombro— que, si no nos ponemos ya en marcha, y echando leches, pronto podríamos encontrarnos de cara con la muerte?

—Solo lo decía para explicar por qué me he puesto el jersey. Por el lugar al que vamos ahora —dijo Vartan.

Key le lanzó una mirada mordaz. Apretó el paso, y Vartan también.

—¡Eeeh! —exclamé, corriendo para alcanzarlos—. ¿No querrás decir que vamos a algún lugar de Ucrania? —¡Ni siquiera estaba segura de saber dónde quedaba eso exactamente!

—No seas ridícula —espetó Key por encima del hombro.

Su seguridad me transmitió poco consuelo, ya que para Key una excursión de unos días normal y corriente podía significar escalar la pared de un glaciar con las uñas. Con ella al mando, como parecía que estaba ahora, podíamos dirigirnos a cualquier parte. Y a esas alturas, habiendo sido abordada o raptada dos o tres veces solo desde el desayuno, absolutamente nada me habría sorprendido.

—No, no te preocupes —dijo Vartan, que me asió del brazo cuando por fin los alcancé, algo ahogada—. Ni siquiera yo estoy muy seguro de cuál es nuestro destino exacto.

—Entonces, ¿por qué has dicho «el lugar al que vamos»? —pregunté.

—Lo descubriremos todos muy pronto —saltó de nuevo Key—. Pero si vamos a ir todos con la flámula ucraniana ondeando en el pecho es una cuestión muy diferente.

—De hecho, en realidad me he puesto este jersey solo por ti —me dijo Vartan, sin hacer caso de la evidente rabia de Key—. Pensé que te gustaría, porque eres parte ucraniana.

¿Qué se suponía que significaba eso?

—Krym, la Crimea en la que nació tu padre, ya sabes que forma parte de Ucrania. Pero allí... aquí está ya nuestro coche.

El nuestro era el único coche de toda la zona de aparcamiento de grava, un sedán gris muy discreto. Cuando llegamos a él, Key extendió la mano sin decir palabra y Vartan le dio la llave. Key le abrió la puerta de atrás. Cuando Vartan subió al asiento trasero, vi que dentro ya había un par de mochilas. Me senté en el asiento del acompañante y nos pusimos en marcha, con Key al volante.

Las carreteras secundarias que salían del parque eran polvorientas y sinuosas. No hacían más que bifurcarse en diferentes direcciones, a veces sin señales que indicaran hacia dónde iba cada camino.

Key estaba conduciendo bastante deprisa por las curvas sin visibilidad y yo empecé a ponerme más que nerviosa, esperando que supiera lo que se hacía.

Sin embargo, de una cosa no me cabía duda: en ese preciso instante, mi amiga estaba más que picada.

Pero ¿por qué? Esos celos infantiles por las atenciones que me dedicaba Vartan habrían sido más típicos viniendo de Sage.

Además, Vartan Azov, a pesar de su atractivo, no era ni mucho menos el tipo de Key, y eso yo lo sabía mejor que nadie. El intelecto del ucraniano era de un tipo más bien introspectivo y analítico, mientras que Key necesitaba a alguien mucho más conectado con la biosfera. La idea de Key de un macho aceptable era alguien que supiera distinguir un serac de una morrena a cien pasos de distancia, que pudiera anudar media docena de lazos diferentes en unos segundos —a oscuras y bajo cero, con las manoplas puestas— y que no viajara a ninguna parte sin una extensa selección de clavos, crampones y mosquetones.

Así que ¿a qué venía todo eso, la mandíbula rígida, la tensión al volante? Me daba cuenta de que Key estaba agarrando un berrinche silencioso. Pero con Vartan acoplado en el asiento trasero, desde donde podía oír todo lo que se decía en el de delante, tuve que estrujarme las células grises intentando encontrar una *maxime de communication* que él no pudiera comprender.

Como siempre, Key fue más rápida.

—Dos cerebros piensan más que uno —masculló por la comisura de los labios—. Por otro lado, tres son multitud.

—Pensaba que tu lema siempre había sido «Cuantos más, mejor».

—Hoy no.

A fin de cuentas, había sido Key quien había hecho que Vartan viniera a buscarnos al quinto pino. ¿Quería eso decir que ahora pretendía dejarlo allí tirado?

Sin embargo, viendo el paisaje inhóspito y desierto que nos rodeaba, con desoladas arboledas en las que no había ni una línea telefónica ni una gasolinera, me pregunté dónde se podía depositar a un gran maestro ruso non grato que resultaba estar de más.

Key salió de la carretera y aparcó en un bosquecillo de árboles, apagó el motor y se volvió hacia el asiento de atrás.

—¿Dónde están? —le preguntó a Vartan.

Estoy segura de que mi rostro expresó tanta confusión como el de él.

—¿Desde dónde nos están vigilando? —preguntó Key con más agresividad. Después añadió—: Venga ya, déjate de jueguecitos y no te hagas el inmigrante ignorante. Ya debes de saber que me gano la vida flotando en el aire.

Key se volvió entonces hacia mí.

—Vale, vamos a repasar todo el panorama, ¿quieres? —propuso, completamente asqueada, y subrayó cada una de sus explosiones de rabia con un dedo extendido—: Tú y yo escapamos de Washington solo un paso por delante de las mandíbulas voraces de unos tíos que, según me has informado tú, ¡trabajan para los Servicios Secretos! ¡Nos vestimos de camuflaje y acabamos yendo a parar a un lugar al que nadie más tiene forma de llegar! ¡Atravesamos un pantano y un bosque que los ancianos piscataway han peinado para asegurarse de que no haya ningún curioso! ¡Nos agenciamos un coche por una ruta de la que nadie puede tener el menor conocimiento previo! ¿Hasta aquí me sigues?

Se volvió hacia Vartan y le dio unos golpecitos en el pecho con el índice.

—¡Y este tío se presenta aquí y cruza la tundra abierta durante más de medio kilómetro vestido con luces de neón, como si estuviera intentando llamar la atención entre todo el coro nocturno del Copacabana!

Y repitió:

—¿Dónde estaban? ¿En un avión? ¿Un ala delta? ¿Un globo?

—¿Crees que me he puesto este jersey para llamar la atención de alguien? —dijo Vartan.

—Intenta convencerme con algún otro motivo —repuso Key, cruzándose de brazos—. Y más te vale que sea bueno. Quedan al menos ocho kilómetros hasta la parada de taxis más cercana, colega.

Vartan se quedó mirándola un momento como si le hubieran comido la lengua. Parecía algo ruborizado, pero Key no cedía. Al final la miró con una extraña sonrisa.

—Lo admito —dijo—. Lo hice para llamar la atención.

—Bueno, ¿dónde estaban? —dijo ella otra vez.

Vartan me señaló.

—Aquí mismo —dijo.

En cuanto encajamos la idea de lo que decía, añadió:

—Lo siento mucho. Pensaba que ya lo había explicado; quería conectar de alguna manera al padre de Alexandra con nuestra patria, por ella. No entendía eso del… camuflaje. Ahora me doy cuenta de que era algo así como un mate ahogado. Pero jamás querría poneros a ti ni a Alexandra en peligro. Creedme, por favor.

Key cerró los ojos y sacudió la cabeza como si, sencillamente, no pudiera creer lo que decía ese tonto de remate.

Cuando volvió a abrirlos, Vartan Azov estaba sentado en el asiento de atrás, sin jersey.

♟

—Si tenemos tantos fallos de comprensión, y tan pronto —iba diciendo Vartan mientras Key seguía conduciendo… después de que lo hubiéramos convencido para que se pusiera otro jersey en lugar de ese tan colorido que acababa de quitarse—, parece que no vamos a conseguir más que complicar nuestras otras complicaciones más aún de lo que ya lo estaban para empezar.

Bien dicho, y cierto. Pero había una complicación de la que yo no tendría que preocuparme más: la de intentar imaginarme a Vartan Azov a pecho descubierto.

Ya sabía por qué me pasaba eso. Lo llamaban la maldición del beodo: cuando vas con unas cuantas copas de más y te dicen que tienes que intentar no imaginarte un elefante violeta. Aunque en la vida has visto un elefante violeta, no eres capaz de quitarte de la cabeza a ese cabrito imaginario.

Como jugadora de ajedrez, sin embargo, yo era una maestra de la percepción y la memoria, y sabía que una vez has visto algo realmente en lugar de solo imaginarlo —como la visión de dos segundos de una posición de ajedrez en plena partida, o los doce segundos de los pectorales de Vartan Azov—, ahí permanecerá el recuerdo, depositado para toda la eternidad en tu cámara mental. Una vez lo has visto, es indeleble y, por mucho que lo intentes, jamás podrás borrarlo.

Me hubiera gustado darme un bofetón por pánfila.

Vaya con Azov: hacía una semana quería derrotarlo, acabar con él, destrozarlo… una actitud agresiva y sana que ha salvado de la ruina a más de un jugador de ajedrez. Pero sabía que lo que fuera que hubiera entre él y yo acabaría siendo más que un simple duelo a muerte.

Sabía que Vartan había tenido razón, ya en Colorado, al decir que había demasiadas coincidencias en nuestras vidas y que debíamos unir fuerzas. Pero ¿de verdad era coincidencia? A fin de cuentas, si Key estaba en lo cierto, había sido mi madre la que había rizado todos esos rizos para lograr reunirnos.

Estaba de pie en el borde mismo de un abismo y sin saber en quién podía confiar: en mi madre, en mi tío, en mi jefe, en mi tía o incluso en mi mejor amiga. Entonces, ¿por qué iba a confiar en Vartan Azov, por qué tenía que confiar en él?

Y aun así, lo hacía.

Ahora sabía que Vartan Azov era de carne y hueso, y no solo porque no hubiera logrado quedarse con el jersey puesto. Quería algo de mí, algo que yo había visto o algo que sabía, tal vez sin saber aún yo misma que lo sabía. Por eso toda aquella cháchara sobre Ucrania, los colores, los símbolos y las ambarinas olas de cereal...

Entonces, de súbito, comprendí que sí lo sabía. Todo encajaba a la perfección.

Me volví hacia Vartan, que seguía sentado en la parte de atrás. Me estaba mirando con esos insondables ojos violeta oscuro que tenían una llama prendida en sus profundidades.

Y de repente comprendí que sabía exactamente qué era lo que sabía.

—Taras Petrosián era algo más que el típico oligarca ruso aficionado al ajedrez, ¿verdad? —dije—. Tenía una cadena de restaurantes de comida temática, como Sutaldea, aquí en Washington. Basil lo financiaba. Tenía una parte de todos los pasteles. Y te lo dejó todo a ti.

Por el rabillo del ojo vi que Key torcía la boca ligeramente, pero no intentó detenerme. Se limitó a seguir conduciendo.

—Exacto —dijo Vartan, mirándome aún con esa expresión intensa, como si yo fuera un peón de su tablero—. Al menos, todo menos una cosa.

—Ya sé qué era esa cosa —le dije.

Le había estado dando vueltas a la cabeza desde el momento en que estuve con Nim en el puente aquella noche. Pero por mucho que intentara visualizar la escena, no había manera de que se me ocurriese cómo había podido regresar al patio la madre de este, Tatiana, y entrar en el tesoro —y mucho menos en mi bolsillo— para recuperar la tarjeta con el pájaro de fuego aquel día, después de que mataran a mi padre.

Sin embargo, quienquiera que tuviera esa tarjeta y se la enviara a Nim —que, según su propio testimonio, se la reenvió a mi madre— también envió algo más en ese mismo paquete.

—El tablero —dije—. Quien se lo enviara a mi tío debió de estar aquel día en Zagorsk. Tuvo que ser Taras Petrosián. Por eso lo mataron.

—No, Xie —dijo Vartan—. Yo mismo envié el dibujo del tablero y esa tarjeta a tu tío... tal como me pidió tu madre que hiciera.

Me observó un momento como si no supiera muy bien cómo seguir.

Al cabo, dijo:

—A mi padrastro lo mataron cuando le envió a tu madre la Reina Negra.

# EL VUELO

Vuelo/Volar. Trascendencia; la liberación del espíritu de las limitaciones materiales; la liberación
del espíritu de lo muerto […] acceso a un estado
sobrehumano. La capacidad de los sabios para
volar o «viajar con el viento» simboliza la liberación espiritual y la omnipresencia.

J. C. COOPER,
*Diccionario de símbolos*

Por favor, intenta prestar atención —me reprendió Key mientras cruzábamos el asfalto de la minúscula terminal aérea para
subir a la avioneta que nos estaba esperando—. Como nos decían los profesores en el colegio: «Esto que vamos a explicar ahora entra en el examen».

Una descarga de datos fundamentales me hubiera sido muy
útil en ese momento, pero no pensaba provocarla haciendo más
preguntas. Después del embrollo de información e informes
contradictorios de esa mañana, por fin había aprendido a callar,
escuchar y guardarme mis opiniones.

Mientras nos encaramábamos a la avioneta con las mochilas
del coche, me di cuenta de que nunca había visto ese aparato de
Key, un Bonanza clásico de un solo motor. Sabía que, cuando
de aviones se trataba, siempre prefería las antigüedades. Pero
sus gustos en general se decantaban más hacia sencillas avio-

netas que pudieran mantenerse en vuelo a ochenta kilómetros por hora.

—¿Un nuevo trofeo? —dije en cuanto los tres estuvimos con el cinturón abrochado y empezamos a rodar por la pista.

—Pues no —me dijo—. Washington, es un asco: pistas cortas. Aterrices donde aterrices por esta zona, siempre es como acertar en un vaso de agua. Esta preciosidad es un préstamo: pesa más y tiene menos plataforma que un avión de alas altas, así que podemos aterrizar con mucha menos pista. Pero va por inyección, alcanza mucha velocidad, así que estaremos allí en un periquete.

Tampoco pregunté dónde era «allí». No es que no tuviera curiosidad, pero después de esa pequeña incursión nuestra por las carreteras secundarias, estaba bastante claro que, aunque tanto Key como Vartan estuvieran alistados en el equipo de mi madre, mi amiga seguía sin confiar lo suficiente en él para abrirse y desvelar todo lo que sabía.

Y confieso que, después de la bomba de Vartan sobre la Reina Negra, el tablero y ese tarjetón de Zagorsk, yo misma necesitaba también procesar unos cuantos detalles. Así que, a falta de opciones, decidí dejarme llevar por la corriente.

El Bonanza olía a cuero viejo y a perro mojado. Me pregunté de dónde habría desenterrado esa reliquia. Key aceleró el motor; la avioneta vibró y fue dando sacudidas por la pista como si estuviera pensando si de verdad sería capaz; pero en el último momento posible cogió impulso y de repente se alzó hacia los cielos con una facilidad sorprendente. Una vez alcanzamos nuestra altura y comprobamos que no había tráfico aéreo pesado tras nosotros, Key accionó unos cuantos interruptores y se volvió hacia Vartan y hacia mí.

—Dejemos que Otto se ocupe de pilotar mientras continuamos nuestra pequeña charla, ¿os parece? —Otto era como llamaban al piloto «Otto-mático» en jerga aérea.

También yo me volví hacia Vartan.

—Gozas de toda nuestra atención —le informé con dulzura—. Si no me equivoco, cuando se acabó el último episodio, tu padrastro, Taras Petrosián, estaba abrazado a la Reina Negra.

—Me gustaría explicaros todo lo que las dos queréis saber —aseguró Vartan—, pero debéis comprender que será una historia muy larga que se remonta a hace diez años o más. No hay forma de explicarlo simplificadamente.

—No pasa nada —dijo Key—. Entre paradas para repostar y todo eso, tenemos al menos doce horas por delante para escucharla.

Los dos nos la quedamos mirando.

—¿Eso es llegar en un periquete? —protesté.

—Soy discípula de Einstein —dijo, y se encogió de hombros.

—Bueno, relativamente hablando, entonces —repuse—, ¿adónde vamos, relativamente?

—A Jackson Hole, Wyoming —me dijo—, a buscar a tu madre.

Jackson, a vuelo de pájaro, quedaba a algo más de tres mil quinientos kilómetros. Y puesto que los aviones no son pájaros, tal como señaló Key, no pueden parar y repostar en el maizal que quede más a mano.

No podía creerlo.

Mis últimas noticias eran que mi madre estaba, al menos metafóricamente, de camino de las islas Vírgenes a Washington. ¿Qué narices hacía de repente en Jackson Hole? ¿Seguiría estando bien? ¿Y quién era el chalado que había decidido que teníamos que pasarnos más de medio día volando hasta allí en esa carraca obsoleta?

Desesperada, estaba preguntándome por qué no se me había ocurrido llevar paracaídas o si podría descolgarme en alguna remota estación de repostaje y volver a casa en autostop, cuando Key interrumpió mis funestas elucubraciones.

—Divide y vencerás, de eso se trataba —dijo, a modo de mínima explicación—. Puede que tu madre no sea una gran jugadora de ajedrez, cariño, pero está claro que Cat Velis sabe interpretar las señales de lo que se le viene encima. ¿Tienes la menor idea de lo mucho que lleva este juego en marcha, de toda la conmoción que le causó antes de poder poner punto final?

—¿Punto final? —repetí, intentando seguirla a pesar de ese aparente cambio de dirección.

Fue Vartan el que intervino.

—Lo que Nokomis dice es correcto —me explicó—. Es posible que tu madre haya comprendido algo importante, algo absolutamente fundamental que no se le había ocurrido a nadie en los últimos mil doscientos años.

Ahora sí que escuchaba.

—Es… No sé cómo expresarlo exactamente —siguió diciendo Vartan—. En todos estos siglos, por lo que parece, puede que tu madre haya sido la primera persona de este juego que haya comprendido la verdadera intención del Creador, la que subyace en realidad…

—¿Cómo que del Creador? —Prácticamente lo dije chillando. ¿Adónde narices quería ir a parar?

—Vartan se refiere al creador del ajedrez de Montglane —dijo Key con un desdén enorme—. Se llamaba al-Jabir al-Hayan… ¿recuerdas?

«Claro. Ya lo pillo.»

—¿Y exactamente cuál era la verdadera intención subyacente del señor Hayan? —logré prorrumpir—. Me refiero, desde luego, a según esa teoría de mi madre que tanto os gusta a los dos.

Se quedaron mirándome todo un largo e inacabable minuto durante el cual sentí las ráfagas de aire bajo nuestras alas y oí la vibración de nuestro único motor, que zumbaba con una cadencia hipnótica.

Los dos parecían estar llegando a una decisión tácita.

Fue Vartan quien rompió el hielo.

—Tu madre comprendió que a lo mejor, todo este tiempo, el juego solo ha sido una ilusión. Que a lo mejor no existe ningún juego…

—Espera —interrumpí—. ¿Me estás diciendo que todo este

tiempo han estado muriendo personas… que se las ha reclutado o incluso se han embarcado voluntariamente en un juego en el que sabían que podían llegar a matarlas… por una ilusión?

—Hay gente que muere por ilusiones todos los días —dijo Key, nuestra filósofa infatigable.

—Pero ¿cómo ha podido pensar tanta gente todo este tiempo que estaban implicados en un juego peligroso —pregunté— si no existe?

—Oh, sí que existe —me aseguró Vartan—. Todos participamos en él. Todo el mundo, siempre, ha participado en él. Y han arriesgado muchísimo, como nos dijo Lily Rad. Pero no es eso lo que ha descubierto tu madre.

Seguía esperando.

—Lo que tu madre ha descubierto —dijo Key— es que este «juego» podría ser una artimaña que nos ha llevado en una dirección completamente equivocada. En tanto que jugadores, seguimos dentro de la caja, somos víctimas de nuestra propia miopía; somos enemigos blancos y negros batallando en un tablero de nuestra propia invención. No podemos ver el todo.

Una «artimaña» que mató a mi padre, pensé.

En voz alta, sin embargo, pregunté:

—¿Y en qué consiste exactamente ese «todo»?

Key sonrió.

—En las instrucciones originales —dijo.

Mi vida parecía rebosar de nuevos descubrimientos.

El primero de ellos —y, en términos de prioridad, tal vez el que había que abordar con más urgencia— era que estábamos recorriendo la primera etapa de un vuelo de más de tres mil quinientos kilómetros en una avioneta sin lavabo.

El tema surgió de una forma bastante informal cuando Key sacó la mezcla de frutos secos y las bebidas isotónicas que habrían de darnos sustento durante el viaje. Nos advirtió, no obstante, que no comiéramos ni bebiéramos demasiado hasta acercarnos a nuestra primera escala, cerca de Dubuque, que a saber dónde quedaba.

Me ahorraré los detalles: solo mencionaré que la logística parecía requerir o bien la rigurosa continencia que ejercitaban los pilotos de esos pequeños aeroplanos, o bien el uso altamente cauteloso de un bote de encurtidos vacío. Puesto que en esa cafetera no había ni siquiera un escobero en el que poder encontrar algo de intimidad, por fuerza opté por lo primero y rechacé los refrescos.

Mi segundo descubrimiento, por suerte, iba a resultar algo más gratificante.

Fue la revelación de Vartan acerca del verdadero papel que el difunto Taras Petrosián había desempeñado en ese juego peligrosísimo, si bien ilusorio.

—Taras Petrosián, el hombre que se convirtió en mi padrastro, descendía de antepasados armenios que llevaban generaciones establecidos en Krym y en la región del mar Negro, como todos los armenios, desde tiempos ancestrales —nos dijo Vartan. Con una sonrisa irónica, añadió—: Cuando la URSS se hizo pedazos hace diez años, mi padrastro se vio en una posición insólita e interesante... al menos desde el punto de vista de un jugador de ajedrez.

»Para comprender lo que quiero decir, debéis conocer un poco la tierra de la que os hablo: Krym no es solo la tierra natal del padre de Alexandra, sino que esa península, casi una isla, y el mundo que la rodea también son lugar de numerosas leyendas. Creo que no es casualidad que gran parte de la historia que estoy a punto de explicaros se sitúe en ese rincón del mar Negro.

## EL SEGUNDO RELATO DE UN GRAN MAESTRO

A lo largo de los siglos, Krym ha cambiado de soberanos numerosas veces. En la Edad Media fueron la Horda de Oro de Gengis Jan y los turcos otomanos, que la gobernaron también. Hacia el siglo XV, Krym se había convertido en el mayor centro del comercio de esclavos del mar Negro. No pasó a manos rusas hasta que Potemkin la conquistó en nombre de Catalina la Grande en las guerras ruso-turcas. Después, a mediados del siglo XIX, durante la guerra de Crimea, Rusia, que seguía intentando desmantelar el Imperio turco, luchó por ella contra británicos y franceses, todos ellos jugadores del «Gran Juego», como lo llamaban. En el siglo siguiente, Krym fue ocupada y despoblada por una potencia tras otra a lo largo de las dos guerras mundiales. No fue hasta 1954 cuando Jruschov, el entonces primer ministro soviético, puso a Krym bajo el control de Ucrania, lo cual aún acarrea problemas hoy en día.

Los ucranianos jamás olvidarán que Stalin provocó la hambruna de los años treinta para matarlos de hambre a millones y que luego mató a cientos de miles de tártaros de Crimea, descendientes de Gengis, enviándolos al exilio de Uzbekistán. A los ucranianos no les gusta Rusia, y a la mayoría rusa de Krym no les gusta formar parte de Ucrania.

Sin embargo, los armenios no les gustaban demasiado a nadie. Aunque pertenecieron a los primeros cristianos de los tiempos de Eusebio —sus antiguas iglesias aún se conservan a lo largo de la costa del mar Negro, casi todas clausuradas—, para todos eran forasteros. En épocas más modernas, a menudo se pusieron del lado de Rusia o Grecia en contra de los turcos islámicos, lo cual provocó muchas matanzas en el último siglo. Sin embargo, durante esas purgas su rama del cristianismo a menudo quedó desprotegida, incluso por parte de las iglesias rusa, griega y romana, lo cual llevó a la huida de los armenios de la región.

Pero esa huida —esa diáspora, una palabra griega que significa «diseminar las semillas»— había comenzado en realidad en tiempos inmemoriales y desempeña un papel fundamental en nuestro relato.

Era ese aspecto de la historia antigua el que no tardaría en resultar de gran valor para Taras Petrosián, además de para otros, como ahora explicaré.

Los minios, una de las culturas más antiguas de la región, fueron ancestrales comerciantes que ocuparon las extensas mesetas armenias durante miles de años. Ese terreno montañoso cae en el norte hacia el mar Negro, y al sur desciende hacia las tierras bajas mesopotámicas, donde los minios se habían movido sin impedimento durante milenios, hasta el Tigris y el Éufrates, el corazón de Babilonia, Sumeria y Bagdad.

Tres imperios «modernos» acabaron por conquistar esas enormes mesetas y repartírselas: eran las autocracias del zar de Rusia, el sultán de Turquía y el sha de Irán. Los tres confluían en el centro, donde se eleva el volcán de obsidiana de cinco mil metros del monte Ararat —Koh-i-Nuh, la «montaña de Noé»—, el lugar en que tomó tierra el Arca, un lugar sagrado en el corazón mismo del mundo antiguo, la encrucijada entre este y oeste, entre norte y sur.

Taras Petrosián conocía muy bien esa historia y presentía que bien podía volver a invocarse ese poderoso legado antiguo en la época moderna para conseguir unos poderes aún más fabulosos.

Taras era joven —un hombre de treinta y tantos años, apuesto, inteligente y ambicioso— cuando, en la década de 1980, Mijaíl Gorbachov llegó al poder en la Unión Soviética y trajo consigo sus arrolladoras políticas de la *glásnost* y la *perestroika* como dos imperiosas ráfagas de aire fresco. Pronto se convertirían en un temporal lo bastante fuerte como para llevarse por delante, como hojas secas en el viento, la infraestructura putrefacta y quebradiza de un Politburó ya anciano junto con sus planes desfasados y sus ideas decrépitas.

La URSS enseguida se hizo añicos... pero sin una estructura que la reemplazara.

En ese vacío se abrió camino todo el que tenía planes propios y que, a menudo, estaba bien situado profesionalmente para llevarlos a cabo o contaba ya con fondos ilícitos para ello. Gángsteres y personajes del mercado negro ofrecían «protección» previo pago; funcionarios gubernamentales empobrecidos y científicos arruinados vendían secretos comerciales y material armamentístico; la mafia chechena dio el golpe maestro definitivo en 1992, defraudando más de 325 millones de dólares al Banco de Rusia.

Había también otra clase de oportunistas: empresarios de la nueva oligarquía como Taras Petrosián.

Petrosián se casó con mi madre cuando yo tenía nueve años. Hacía tiempo que yo me había ganado un lugar en los titulares del mundo de los torneos de ajedrez: «La viuda de un valiente veterano ruso cría a un pequeño prodigio del ajedrez» y cosas así.

Petrosián, mediante fondos obtenidos gracias a su socio silencioso, Basil Livingston, había establecido por toda Rusia su cadena de restaurantes de moda y clubes exclusivos. Mi padrastro comprendía muy bien el desesperado apetito de los rusos por algo más que comida, por un atisbo del verdadero lujo después de tantas lóbregas décadas de dominio soviético, y sabía cómo comerciar con esos apetitos. Nunca contradijo, por ejemplo, a quienes decidían imaginar que él mismo descendía de esa larga línea de abastecedores de alimentos para los zares, y siempre se aseguró de que en todos sus clubes nunca faltara una cubitera con su famoso caviar en ninguna mesa.

Los ambientes de esos establecimientos estaban ideados con ingenio para evocar paisajes originarios de los armenios o a los que habían emigrado con el devenir de los siglos. En San Petersburgo, por ejemplo, abrió un selecto club de champanes y vinos que servía cocina del Valle Central de California. En Moscú, el restaurante El Vellocino de Oro preparaba platos griegos y estaba lleno de pieles de cabra y *retsina* para evocar los ágapes que Jasón y los Argonautas debieron de disfrutar mientras cruzaban el mar Negro de la Cólquida a Tomis.

Pero el más buscado de todos estos lugares era un exclusivo club privado moscovita llamado Baghdaddy's, cuya costosa cuota de socio solo podía hacerse efectiva tras haber sido invitado a formar parte del club. El cual debió de reportarle a Taras Petrosián los beneficios que enseguida se gastó para asegurarme a mí, su joven hijastro, los mejores tutores y entrenadores de ajedrez que se pudieran pagar con dinero.

Esto le permitió, asimismo, financiar muchos torneos de su propio bolsillo. Lo hacía por razones que quedarán claras a medida que vaya explicando.

El Baghdaddy's era más que un club de lujo. Servía cocina de Oriente Próximo en medio de una ambientación orientalista con bandejas de cobre, sillas de camello y samovares… y con un insólito tablero de ajedrez colocado junto a cada diván. En la entrada, un gran retrato del gran califa Harun al-Rashid daba la bienvenida a los clientes con esta máxima grabada debajo: «Bagdad, hace mil años, la cuna del ajedrez de competición».

Pues entre los seguidores de la historia del ajedrez es sabido que fue ese ilustre califa abasí, al-Rashid —un hombre que, según se dice, era capaz de jugar dos partidas de ajedrez a la vez y con los ojos vendados—, quien convirtió el juego de los escaques en el ejemplo por excelencia de la formación bélica, arrebatándoselo así al reino del juego y la adivinación y elevando su estatura dentro de las constricciones morales del Corán contra ese tipo de cosas.

Lo más interesante que tenía ese club de mi padrastro en concreto era la colección privada de raras piezas de ajedrez que había reunido de todo el mundo y que se exhibían en las hornacinas iluminadas de las paredes. Taras Petrosián hizo saber que estaba interesado en comprar piezas que añadir a su colección y que, fuera cual fuese el precio, siempre se mostraría dispuesto a superar la puja de sus competidores en el mercado de las antigüedades.

Desde luego, había un juego de ajedrez concretamente en cuyas piezas estaba más que interesado. Y con la caída de la Unión Soviética y, más adelante, los atentados terroristas del 11-S y la inminente incursión de las tropas estadounidenses en Bagdad —acontecimientos, todos ellos, que se produjeron en tan solo diez años—, cualquiera que necesitara una rápida inyección de fondos y que estuviera en situación de conseguir algo en el trueque habría estado más que dispuesto a desprenderse de una pieza del ajedrez de Montglane.

Cuando empezó la campaña del gobierno contra los especuladores privados, mi padrastro enseguida se deshizo de sus negocios y huyó de Rusia a Londres. Pero, por lo que parece, en cuanto al ajedrez, tanto él como seguramente también su socio silencioso siguieron manteniendo viva su misión. Puede que incluso estuvieran a punto de acercarse mucho a su objetivo.

Lo que yo creo es que, hace poco más de dos semanas, cuando asesinaron a Taras Petrosián en Londres, algo que buscaban fue sacado de Bagdad.

Cuando Vartan terminó su relato, Key sacudió la cabeza y sonrió.

—Me temo que lo había infravalorado pero mucho, caballero —dijo, dándole unas cálidas palmaditas en el brazo—. ¡Menuda infancia! Criado por un individuo que parece tan obsesionado consigo mismo y tan poco escrupuloso que a lo mejor incluso se casó con tu madre solo para echarte mano a ti. Tú le proporcionaste el pasaporte para su perversa misión, ¡para convertirse en gurú ajedrecístico de las estrellas!

Estaba segura de que Vartan enseguida pondría objeciones a un tiro al azar tan descabellado y, además, disparado por una mujer que, a fin de cuentas, apenas lo conocía y nunca había visto siquiera a Petrosián. En lugar de eso, se limitó a corresponderle su sonrisa y decir:

—Parece que también yo la había infravalorado a usted, señora.

Pero yo tenía una pregunta más importante, una que llevaba reconcomiéndome desde que Vartan había empezado su historia, una pregunta que me había hecho sentir de nuevo el palpitar del pulso tras los ojos, un palpitar que no hacía más que exacerbarse con la constante vibración del zumbido del motor del Bonanza… Aunque no estaba segura de cómo conseguiría plantearla. Esperé a que Key volviera a arrebatarle los controles a Otto y comprobara nuestra posición. Entonces respiré hondo.

—¿He de suponer —le dije a Vartan con voz temblorosa— que, si la misión de Petrosián y de Basil Livingston era la de reunir más piezas del ajedrez de Montglane, entre ellas estaría incluida la que mi padre y tú visteis juntos en Zagorsk?

Vartan asintió y me miró con atención unos instantes. Des-

419

pués hizo algo totalmente inesperado. Me cogió la mano y se inclinó hacia delante para besarme en la frente como si aún fuera una niña pequeña. Sentí el calor de su piel pasando a la mía en esos dos puntos de contacto, como si estuviéramos conectados eléctricamente. Después, casi con renuencia, por fin me soltó.

Me había cogido tan desprevenida que sentí que la garganta se me ponía rígida y me afloraban lágrimas a los ojos.

—Tengo que explicártelo todo —dijo con voz calma—. Al fin y al cabo, para eso estamos aquí. Pero ¿crees que podrás soportarlo justo ahora?

No estaba segura de poder, pero de todas formas asentí.

—Aquel torneo en Moscú, la partida entre tú y yo... Yo tampoco era más que un niño, así que en aquel momento no lo comprendí. Pero, por lo que he logrado descubrir, solo se me ocurre un motivo fundamental para organizar el acontecimiento: para atraeros a tu padre y a ti a Rusia. Con tu madre protegiendo a tu padre, jamás habrían conseguido hacerlo volver por propia voluntad. ¿No lo ves?

Claro que lo veía. Sentí ganas de gritar y de tirarme del pelo, pero sabía que Vartan había dado en el clavo con lo que acababa de decir. Y sabía exactamente qué significaba eso.

En cierta forma, yo había matado a mi padre.

De no ser por mi infantil obsesión de convertirme en la gran maestra más joven del mundo, de no ser por la atractiva oportunidad de oro que pendía ante nosotros para conseguir esa meta, mi padre no habría regresado a su patria a ningún precio.

Era eso de lo que tanto miedo tenía mi madre.

Era eso por lo que me obligó a dejar el ajedrez cuando lo mataron.

—Ahora que sabemos tanto del juego —me dijo Vartan—, todo tiene que encajar a la perfección. Cualquiera que fuera un jugador sabría sin duda quién era tu padre: no solo el genial gran maestro Alexander Solarin, sino todo un jugador principal del juego... y el marido de la Reina Negra. Mi padrastro lo atrajo hasta allí para mostrarle que tenían ese importante trebejo, tal vez con la esperanza de llegar de algún modo a una especie de trato...

Vartan se detuvo y me miró como si quisiera abrazarme y consolarme, pero su expresión mostraba tanta angustia que parecía que él mismo requiriera consuelo.

—Xie, ¿no ves lo que significa esto? —dijo—. Tu padre fue sacrificado... ¡pero yo fui el cebo que usaron para haceros caer en la trampa!

—No, no lo fuiste —le dije, poniendo una mano en su brazo, igual que Key había hecho un momento antes—. Yo quería derrotarte, quería ganar, quería ser la gran maestra más joven del mundo... igual que tú. No éramos más que niños, Vartan. ¿Cómo íbamos a haber adivinado entonces que era algo más que un simple juego? ¿Cómo podíamos saberlo ahora siquiera, antes de que Lily nos lo explicara?

—Bueno, ahora sabemos exactamente qué es —dijo—. Pero está claro que yo debería haberlo supuesto antes aún. Hace solo un mes, Taras Petrosián me llamó para que fuera a Londres aunque hacía años que no lo veía, desde que emigró. Quería que jugara en un gran torneo que estaba organizando. Como incentivo para que asistiera, no pudo evitar recordarme que, de no ser por su generosidad consiguiéndome entrenadores y demás durante sus años como padre putativo, puede que nunca me hubieran concedido el título de gran maestro. Se lo debía, como me explicó en términos nada vagos.

»Pero poco antes del torneo, cuando llegué al hotel de Mayfair en el que se hospedaba mi padrastro, me enteré de que tenía en mente algo bastante diferente, algo más importante, como pago mío a cambio de todo aquello. Me pidió que le hiciera un servicio y me enseñó una carta que había recibido de tu madre...

Vartan se detuvo, pues mi expresión sin duda lo decía todo. Sacudí la cabeza y le hice un gesto pidiéndole que prosiguiera.

—Como os decía, Petrosián me enseñó una carta de Cat Velis. Por lo que ponía en la carta a grandes rasgos, parece que él poseía varios objetos que habían pertenecido a tu difunto padre y quería que llegaran a manos de tu madre lo antes posible. Pero ella no quería que mi padrastro se los enviara directamente a ella ni que se los entregara a Lily Rad durante el torneo. A tu madre, cualquiera de estas opciones le parecía… La palabra que usó, creo, fue «imprudente». Propuso que Petrosián, por el contrario, consiguiera que fuera yo quien enviara esos objetos anónimamente a Ladislaus Nim.

El dibujo del tablero.

La tarjeta.

La fotografía.

Todo empezaba a encajar. Pero, aunque Petrosián pudiera robarme la tarjeta del bolsillo del abrigo en Zagorsk, ¿cómo narices había llegado a sus manos el dibujo del tablero, que Nim creía en poder de Tatiana, y más aún esa «única foto existente» de la familia de mi padre?

Sin embargo, Vartan no había terminado ni mucho menos.

—La carta de tu madre también me invitaba a encontrarme con Lily y Petrosián tras el torneo e ir con ellos a Colorado, a lo cual accedí. Allí podríamos discutirlo todo, decía.

Se detuvo un momento y luego añadió:

—Pero, como sabes, mi padrastro fue asesinado antes de que la estancia en Londres llegara a su fin. Lily y yo nos reunimos en privado allí mismo. No estábamos seguros de cuánto desvelarnos mutuamente de lo que tu madre había compartido con cada uno, ya que Lily no había podido hablar con ella. Pero los dos desconfiábamos de Petrosián y Livingston, y los dos coincidíamos en que la participación de Petrosián, junto con las crípticas invitaciones de tu madre a la fiesta para todos nosotros, hacían pensar que la muerte de tu padre en Zagorsk podía no haber sido un accidente. Siendo yo la única otra persona que había estado presente en Zagorsk cuando murió tu padre, personalmente creía que los objetos que había enviado podían estar relacionados de alguna forma con ello.

»En cuanto Lily y yo supimos de la sospechosa muerte prematura de mi padrastro, ambos decidimos abandonar de inmediato el torneo. Y para llamar menos la atención con nuestros movimientos, acordamos volar a Nueva York e ir a Colorado con el coche particular de Lily.

Vartan calló y me miró seriamente con sus ojos oscuros.

—Por supuesto, ya conoces el resto de la historia a partir de ahí —dijo.

No del todo.

Aunque tal vez Vartan no supiera cómo había conseguido Petrosián el tablero y los demás contenidos del paquete que mi madre le había pedido que enviara a Nim, seguía habiendo otro objeto importante del que no se sabía nada.

—La Reina Negra —dije—. Cuando estábamos en Maryland, nos dijiste a Key y a mí que habías sido tú mismo el que había enviado el dibujo del tablero a Nim. Ahora has explicado cómo y por qué. Después dijiste que creías que mataron a Taras Petrosián porque le había enviado la Reina Negra a mi madre.

»Pero a mí antes también me habías dicho que la última vez que viste esa pieza fue hace diez años, dentro de la vitrina del tesoro de Zagorsk. Así que, ¿cómo llegó a manos de Petrosián? ¿Y cómo, y por qué, iba a enviarle él mismo a mi madre algo de tanto valor y tan peligroso, cuando sabía que ella incluso temía que se comunicaran directamente?

—No lo sé con seguridad —dijo Vartan—, pero a la vista de los acontecimientos de los últimos días, he empezado a formarme una fuerte sospecha. Se me ocurrió, por extraño que pueda parecer, que Taras Petrosián a lo mejor ya tenía en su poder ese trebejo hace diez años, cuando estuvimos todos en Zagorsk.

»A fin de cuentas, fue él quien lo arregló todo para trasladar nuestra última partida a ese lugar tan apartado, fue él quien me dijo que la pieza de ajedrez acababa de ser descubierta en el sótano del Hermitage y lo famosa que era, y fue él quien dijo que la habían llevado a Zagorsk solo para exhibirla durante nuestro torneo de ajedrez. Así que, ¿por qué no pudo ser también Taras Petrosián, el hombre que os había atraído hasta Rusia, quien pusiera la pieza en esa vitrina, tal vez con la esperanza de que cuando Alexander Solarin la viera…?

Pero se detuvo, ya que claramente —al menos para mí— no

había ninguna respuesta evidente respecto de cuál podía haber sido el objetivo de Petrosián. ¿Qué podía haber esperado que saliera de todas esas ingeniosas maquinaciones que, como quedó demostrado, no resultaron en nada para nadie… más que en una muerte?

Vartan se frotó su ensortijada cabeza para recuperar el riego sanguíneo, pues ni siquiera él le encontraba sentido.

—Hemos estado suponiendo —dijo, andándose con mucho cuidado— que todos ellos jugaban en equipos diferentes. Pero ¿y si no era así? ¿Y si mi padrastro hubiese estado intentando ponerse en contacto con tus padres desde el principio? ¿Y si siempre hubiera estado en su equipo, pero por alguna razón no lo supieran?

Y entonces lo comprendí.

En ese preciso instante… también Vartan lo comprendió.

—No sé cómo consiguió hacerse Petrosián con ese dibujo del tablero —dije— ni cómo pudo quitarme la tarjeta del bolsillo, que además es poco probable que significara nada para alguien que no fuéramos mi padre o yo. Pero sí sé una cosa. Solo hay una persona en el mundo que pudo darle esa foto que metiste en el paquete que le enviaste a mi tío. Creo que es la misma persona que nos advirtió con esa tarjeta en Zagorsk.

Respiré hondo e intenté concentrarme en ver adónde llevaba exactamente todo aquello. Incluso Key, a esas alturas, escuchaba con atención sentada a los controles.

—Creo —añadí— que la persona que le dio a Taras Petrosián ese trebejo en primer lugar hace diez años, quizá también quien lo ayudó a atraernos hasta Moscú, fue la misma persona que le dio la fotografía para que pudiera incluirla en el paquete dirigido a mi madre que tú acabaste enviándole a Nim, con la intención de que mi madre creyera la historia de Petrosián.

»¡Esa persona es mi abuela! ¡La madre de mi padre! Key y tú me habéis dado la idea al decir, ambos, que mi madre cree que no existe el juego, que a lo mejor todos estamos de alguna manera en un mismo equipo. Y si de verdad mi abuela estuviera detrás de todo esto, querría decir…

Pero cuando Vartan y yo nos miramos con asombro, de pronto no encontré valor para decir lo que había estado a punto de decir. Incluso después de todo lo que nos habíamos visto obligados a afrontar, era demasiado para imaginarlo.

—Lo que quiere decir —nos informó Key por encima del hombro— es la razón por la que tu madre se ha estado escondiendo. Es la razón por la que organizó la fiesta, la razón por la que me envió a buscarte.

»Tu padre está vivo.

# LA OLLA

Así, en casi todas las mitologías existe un caldero milagroso. Unas veces ofrece juventud y vida, otras veces posee un poder curativo, y en algunas ocasiones [...] también puede encontrarse en él fuerza inspiradora y sabiduría. A menudo, especialmente en forma de marmita, lleva a cabo transformaciones; a través de este atributo alcanzó un renombre excepcional como el *Vas Hermetis* de la alquimia.

EMMA JUNG y MARIE-LOUISE VON FRANZ,
*La leyenda del Grial*

Vivo.
Por supuesto.

Me sentí como si hubiera puesto un pie en un planeta extraño que diera vueltas en el espacio y el tiempo.

Y desde esa nueva perspectiva, incluso los acontecimientos más descabellados y más ilógicos de aquellos últimos días —fiestas improvisadas, paquetes misteriosos enviados desde otros países, el truco de desaparición de mi madre, que Key me secuestrara— de pronto cobraban sentido.

A lo mejor esa revelación fue la gota que colmó el famoso vaso. De lo contrario, la verdad es que no sé cómo conseguí conciliar el sueño después de eso. Cuando desperté, sin embargo, estaba completamente rendida, tumbada en la oscuridad de la parte trasera del fuselaje sobre un improvisado lecho de mochilas.

Pero no estaba sola.

Junto a mí había algo cálido. Algo que respiraba.

Tardé un momento en darme cuenta de que el motor del avión estaba en silencio. No se veía a Key por ninguna parte. Debía de ser ya bien pasada la medianoche, que era cuando habíamos hecho escala en nuestra segunda parada, cerca de Pierre, en Dakota del Sur. Fue entonces cuando Key nos había anunciado que tenía que echarse una cabezadita, y que a todos nos vendría bien hacer como ella antes de seguir rumbo a las montañas.

En ese momento me encontraba con las piernas casi encima del firme cuerpo de Vartan Azov, que estaba tumbado boca abajo con un brazo echado lánguidamente sobre mí desde atrás y el rostro hundido en mi pelo. Pensé en deshacerme de ese azaroso abrazo, pero me di cuenta de que podía despertarlo y razoné que seguramente él necesitaba dormir tanto como yo.

Además, me sentía muy a gusto.

¿Qué pasaba entre Vartan y yo? Tendría que preguntárselo.

Si esperaba a que Key regresara de repostar el avión o lo que fuera que estuviese haciendo en ese momento, puede que consiguiera un breve espacio para pensar, sin motores vibrantes ni el repetido latigazo de todos esos golpes emocionales que no dejaban de llegar, únicamente con el tranquilo sonido de la respiración rítmica de un jugador de ajedrez dormitando a mi oído.

Y sabía que tenía mucho que pensar: la mayoría, por desgracia, para intentar desentrañar las enmarañadas madejas de lo completamente impensable. A fin de cuentas, apenas hacía unas horas que me había enterado de por qué se había escondido mi madre, por qué nos había sacado a todos de allá donde estuviéramos y nos había mantenido *in albis* todo este tiempo… es decir, a todos menos a Nokomis Key.

Sin embargo, lo había comprendido todo en algún lugar entre nuestra primera parada del día, en los campos de osarios de los piscataway de Moyaone, y aquel primer alto para repostar en Duluth —cuatro horas después, no estaba mal—, cuando por fin me enfrenté a Key y logré que admitiera el papel que desempeñaba en realidad.

Ella era la Reina Blanca.

—Nunca dije que Galen no dijera la verdad —había protestado Key cuando le refresqué la memoria en cuanto a su anterior negación, en la escalera del Four Seasons—. Solo te dije que no le hicieras caso. Al fin y al cabo, todos esos idiotas ya han tenido su oportunidad en este juego. Ahora le toca a otra persona volver las tornas. Eso es lo que tu madre y yo intentamos.

Mi madre y Nokomis Key. Aunque me costaba visualizarlas a las dos unidas así, si era del todo sincera conmigo misma, tenía que admitir que desde el principio, desde que éramos pequeñas, Key siempre había sido la hija que mi madre nunca tuvo.

La Reina Negra y la Reina Blanca conchabadas.

No hacía más que oír un estribillo, una de esas cancioncillas sacadas de *Alicia en el país de las maravillas*, algo así como «Vayamos a tomar el té sin falta, que nos esperan la Reina Roja y la Blanca».

Pero, por atónita que me sintiera, no tenía palabras para agradecer que mi madre hubiera decidido «poner punto final», como me había dicho Key en la primera etapa de nuestro viaje, y unir fuerzas con los demás, conllevara lo que conllevase.

Ya no me importaba un comino por qué había cortado mi madre aparentemente toda relación con mi tío, ni por qué Key les había cerrado la puerta del hotel a unos cuantos que bien podrían haber sido jugadores del equipo de las blancas. Ya descubriría el motivo más adelante. Ahora mismo solo sentía alivio.

Porque al fin había comprendido una cosa: por qué Key había sonreído enigmáticamente y por qué había hecho esos comentarios crípticos sobre el cementerio de Piscataway. Incluso por qué habíamos visitado ese osario de Moyaone, para empezar. «Todos los huesos y todos los secretos», había dicho.

Ahora comprendía que, si mi padre estaba vivo, como había dicho Key, y si mi madre se había enterado, estaba claro que todo ese tiempo no había sido a mí a quien protegía mi madre, ni siquiera a ella misma. Había sido mi padre, desde el principio, el que había estado claramente en verdadero peligro.

Y ahora sabía también por qué mi madre había tenido tanto miedo todos esos años, incluso antes de Zagorsk: era ella quien lo había puesto en esa situación. Los secretos del ajedrez de Montglane no estaban enterrados con los huesos de Piscataway, como tampoco las piezas.

Estaban enterrados en la mente de mi padre.

Alexander Solarin era el único de todos los que estaban implicados en el juego que sabía dónde se encontraban esas piezas. Si seguía con vida —y estaba convencida de que Key y mi madre debían de tener razón en eso—, teníamos que encontrarlo antes que nadie.

Recé por que no fuera ya demasiado tarde.

Key no había hablado en broma cuando, ya en la carretera, me había preguntado si tenía «la más remota idea» de lo difícil que había sido organizar mi seudosecuestro. Mientras el cielo se iba tiñendo de lavanda, aceleramos el Bonanza y saltamos por encima de Black Hills y el monte Rushmore rumbo a las Rocosas. Key amplió entonces detalles sobre unos cuantos puntos técnicos. Había escogido un avión cuya licencia no estaba a su nombre y tampoco había entregado el plan de vuelo para que resultara difícil seguirnos… o adivinar siquiera adónde nos dirigíamos.

Siempre y cuando el personal de los aeródromos privados te conociera, explicó, no había mucho problema. Solo había aterrizado para repostar en lugares en los que estaba segura de que podría ponerse en contacto por adelantado con alguien que conociera, aun de noche, cuando el personal del campo de aviación no estaba; como su amigo el mecánico de la reserva sioux que nos había llenado el depósito la noche anterior, en Pierre, para que pudiésemos despegar sin demora antes del alba.

Ahora volábamos por encima del mundo abrigados con los equipos térmicos que Key había traído en las mochilas.

—¡El alba! —exclamó Key mirando a las montañas—. ¡Qué forma de despertar! ¡Dichosos los ojos!

Volar a cuatro mil quinientos metros en una pequeña avioneta por encima de las Rocosas justo después del alba era sobrecogedor. Las montañas estaban a solo trescientos metros por debajo. Con el sol saliendo por detrás de nosotros y deslizándose sobre nuestras alas, la avioneta atravesaba jirones de nubes rosa como un ave rapaz suspendida en los cielos. Veíamos con detalle todo lo que quedaba por debajo: la roca escarpada y violeta, veteada de nieve color plata; las abruptas laderas cargadas de pinos y píceas; los cielos de un turquesa brillante.

Aunque había hecho decenas de vuelos sobre la montaña como ese con Key, nunca me cansaba. Vartan estaba prácticamente babeando en la ventanilla, contemplando esa vista espectacular. La tierra de Dios, como la llamaban los lugareños.

Aterrizar en Jackson Hole cuatro horas después ya fue otra cosa. Key atravesó como una flecha esos pasos entre las montañas que casi se nos echaban encima a lado y lado. Siempre inquietaba un poco. Después descendió en picado y con precisión hacia el fondo del valle. En realidad, la precisión era un requisito indispensable para aterrizar un avión en el hoyo sin fondo del «Hole».

Ya era media mañana para cuando tomamos tierra, así que sacamos las mochilas, las cargamos en el Land Rover que Key siempre dejaba en el aeropuerto y, por acuerdo tácito, fuimos a buscar algo que llevarnos a la boca.

Mientras repostábamos huevos con beicon, tostadas con mermelada, patatas fritas, frutas, zumo y toneladas de café espumoso, de pronto me di cuenta de que era la primera vez que comía desde el desayuno del día anterior, cortesía de mi tío Slava.

Tenía que conseguir dejar de alimentarme al ritmo de una comilona de esas al día.

—¿Dónde nos espera nuestra amiga? —le pregunté a Key cuando pagamos la cuenta y salimos del restaurante—. ¿En el piso?

—Ya lo verás —respondió.

Key tenía un apartamento en el Racquet Club para que, cuando había que hacer una escala para dormir durante un vuelo, los pilotos de sus avionetas con destino al norte del país tuvieran siempre un baño y una cama. Yo misma había estado unas cuantas veces allí. Lo había diseñado un cliente que era constructor naval para conseguir un aprovechamiento máximo del espacio, y era cómodo y regio a la vez. Tenía incluso varias pistas de deportes y una sala de gimnasio para los más obsesionados por la forma física.

Mi madre no estaba allí. Key nos dijo que dejáramos las bolsas y, después de calcular la altura de Vartan, sacó del armario tres buzos térmicos de un tejido ligero y nos dijo que nos los pusiéramos, así como las botas de nieve impermeables de cremallera. Regresamos al coche y Key enfiló la carretera sin dar más explicaciones.

Pero una media hora después, cuando atravesamos la entrada a Teton Village y el lago Moran, supe que estábamos dejando atrás lo que podríamos llamar civilización, así que no pude evitar ponerme nerviosa.

—Pensaba que habías dicho que íbamos a buscar a mi madre para ayudarla a encontrar a mi padre —dije—. Pero esta carretera solo lleva al Parque Nacional de Yellowstone.

—Justo —me aseguró Key con su habitual miradita sarcástica—. Pero para recoger a tu madre, antes tenemos que encontrarla. Está escondida, como bien recordarás.

En cuanto conseguí un momento para sopesar las cosas con claridad, confieso que tuve que quitarme el sombrero ante Key. Su planificación de la misión había sido impecable de principio a fin. Yo misma no habría sido capaz de idear un lugar mejor que el invernal Parque Nacional de Yellowstone para ocultar a mi madre garantizando el mínimo de visibilidad. Y es que allí todavía era invierno invierno, por mucho que el calendario oficial pudiera hacer pensar lo contrario.

En Washington puede que a principios de abril llegara el Festival del Cerezo en Flor y la temporada turística; pero allí, en el norte de Wyoming, los postes rojos y amarillos de señalización para la nieve de tres metros y medio llevaban colocados en los márgenes de la carretera desde mediados de septiembre. Por aquellos pagos continuaría siendo invierno durante un par de meses más. Hasta junio ni siquiera se permitiría acampar.

Desde el 1 de noviembre hasta mediados de mayo, el parque estaba cerrado a toda clase de tráfico salvo a motos de nieve y *snowcoach*, y aun estos tenían que reservarse. El invierno siguiente, incluso las motos de nieve quedarían vetadas en este, nuestro histórico y primer parque nacional a causa de un nuevo decreto federal. Ese día, la carretera principal —Grand Loop, una pista de doscientos veinticinco kilómetros retorcida en forma de ocho— estaría cerrada en gran parte de su extremo septentrional.

Sin embargo, nada era completamente inaccesible para los guardas del parque y el personal científico como Key, algunos de los cuales llevaban a cabo sus investigaciones más importantes en esa época del año. Eso era lo que tenía de genial toda su operación clandestina, aunque confieso que yo todavía no había visto el todo, como diría ella.

Cuando llegamos a la entrada del parque, Key sacó tres tíquets con su pase y nos montamos todos en el *snowcoach*, una especie de furgoneta con orugas en lugar de ruedas y algo que se parecía muchísimo a unos esquíes acuáticos instalados en la parte delantera para impedir que nos hundiéramos en la nieve.

Dentro había ya una serie de personas que parecían ir en un mismo grupo: todos ellos soltaban ohs y ahs mientras nuestro locuaz e informativo guía iba señalando algunos de los diez mil atractivos geotérmicos del parque, «aquí a la izquierda, algo por delante de nosotros», y nos acribillaba a todos con la poco conocida historia del Oeste de los primeros días del parque.

Vartan parecía verdaderamente fascinado. Pero cuando el guía empezó a obsequiarnos con las estadísticas del ratio de erupción del géiser de Old Faithful —cómo una erupción de dos minutos a treinta y seis metros suponía un intervalo más corto, de quizá unos cincuenta y cinco minutos, hasta la siguiente erupción, mientras que una erupción de cinco minutos con unos treinta y siete metros de media implicaba un intervalo de unos setenta y ocho minutos hasta la siguiente—, vi que los ojos de la gente empezaban a vidriarse y que la boca de Key adoptaba esa dureza y esa rigidez tan suyas.

Bajamos del vehículo cuando llegamos a Old Faithful Inn, el bar restaurante en el que Key se hizo con dos motos de nieve que estaban destinadas al uso exclusivo de los guardas del parque y también con tres pares de raquetas que podríamos fijar a nuestro calzado en caso de necesidad, por si teníamos una avería.

Key se subió a una de las motos conmigo detrás y Vartan se montó en la otra y nos siguió. Mientras partíamos hacia el norte, oímos al guía y a los turistas contando en voz alta: «Diez, nueve, ocho, siete, seis...».

Cuando llegamos a lo alto de la colina, Key aparcó un momento a un lado de la pista y señaló hacia atrás. Vartan se detuvo junto a nosotras y volvió la mirada justo cuando el Old Faithful descorchaba y disparaba agua hirviendo a más de treinta metros hacia el severo cielo invernal.

—¿Explotan, aun así, con este frío? —le preguntó a Key con asombro.

—Se calientan a muchos kilómetros por debajo de la superficie terrestre y alcanzan temperaturas de más de seiscientos grados —dijo Key—. Cuando vuelven a subir hasta aquí arriba, no les importa qué tiempo hace. Es un alivio salir al aire libre.

—¿Qué los calienta? —preguntó Vartan.

—Ese es el quid de la cuestión —repuso ella—. Estamos sobre la mayor caldera volcánica que se conoce en el mundo. Podría entrar en erupción y destruir toda América del Norte cualquier milenio de estos. No estamos seguros de cuándo podría entrar en activo. Y no es lo único que nos tiene que preocupar.

»Antes pensábamos que la caldera de Yellowstone era única, pero ahora creemos que posiblemente esté conectada con el monte Saint Helens y la región del Pacífico a través de todo Idaho: con ese gran círculo de fallas que bordea toda la costa del Pacífico, el Cinturón de Fuego.

Vartan se quedó mirándola un momento. Tal vez fueran imaginaciones mías, pero fue casi como si entre ellos se hubiera producido una comunicación silenciosa, algo que debatían si compartir conmigo o no.

Pero un instante después esa mirada había desaparecido.

Debíamos de llevar más de treinta minutos en las motos de nieve cuando Key se detuvo otra vez y anunció:

—Ahora saldremos de la pista. Es un tramo corto, pero necesitamos las dos motos para poder llevar a nuestra amiga y sus bártulos detrás. —Calló un instante y añadió—: Si veis algún oso pardo con curiosidad, apagad este escandaloso motor, tumbaos en la nieve y haced como si estuvierais muertos.

«Sí, claro.»

Key atajó por un bosque precioso y luego a lo largo de un humeante campo de géiseres que lanzaba plata vaporosa hacia los cielos. Surcamos los barrizales hirvientes que solíamos visitar cuando éramos pequeñas y que borbotaban como la marmita de una bruja; sus burbujas explotaban y siseaban con un sonido imposible de imitar.

En la cañada que quedaba justo por debajo vimos una de las pequeñas chozas de refugio que había repartidas por los bosques. En ellas solían servir café o chocolate caliente para esquiadores y excursionistas, pero esa quedaba bastante apartada de la pista hollada.

Key sacó su radio de guarda de parque y dijo:

—Llegamos, cambio.

Y que me mataran si no fue la voz de mi madre la que respondió por el walkie-talkie:

—¿Cómo es que habéis tardado tanto?

Hacía cinco años que no veía a mi madre.

Aun así, estaba exactamente igual que siempre: parecía recién salida de una piscina llena de algún elixir mágico.

Siendo yo alguien que había pasado la juventud sin sumergirme en nada más desafiante que una partida de ajedrez, sospecho que siempre había sido esa energía primordial de mi madre, ese salvaje poder animal que exudaba, lo que había hecho que todos los hombres de nuestra vida perdieran la cabeza por ella, y lo que siempre me había hecho sentir a mí también una especie de temor reverencial cuando estaba en su presencia.

Pero es que esta vez quedé completamente fuera de combate, porque en cuanto entramos en la cabaña, mi madre —sin hacerles ningún caso a Vartan y a Key— se abalanzó hacia mí con los brazos abiertos en una desacostumbrada muestra de emoción que me envolvió en el familiar olor de su pelo, esa mezcla de madera de sándalo y salvia. Cuando se apartó, vi que incluso tenía lágrimas en los ojos. Después de todo lo que había sabido sobre mi madre durante esos últimos días y que nunca antes había sospechado —lo lejos que había llegado no solo para mantener a salvo ese terrible juego de ajedrez, sino también para protegernos a mi padre y a mí—, nuestro repentino reencuentro volvió a infundirme una vez más esa sensación de impacto y estupor.

—Gracias a Dios que estás bien —dijo mi madre, y volvió a abrazarme con más fuerza aún, como si apenas diera crédito.

—No seguirá estándolo por mucho tiempo —dijo Key— si no acabamos con este numerito de telenovela para ponernos en marcha, y rapidito. Recordad que tenemos una misión suprema.

Mi madre sacudió la cabeza como si recuperara el sentido y me soltó. Después se volvió hacia Vartan y Key y los abrazó a ambos con suavidad.

—Gracias a los dos —dijo—. Qué tranquila me quedo.

La ayudamos a sacar unas bolsas de lona de la cabaña, y después mi madre se subió a una de las motos de nieve detrás de Key. Me dirigió una sonrisa torcida y me señaló con un gesto de la cabeza a Vartan, que estaba poniendo en marcha su propia moto.

—Me alegro de que os hayáis entendido —dijo mi madre.

Monté detrás de Vartan y salimos disparados hacia los bosques con Key de guía.

Cuando estuvimos seguros de que teníamos vía libre y no nos seguía nadie, regresamos al camino principal. Al cabo de media hora llegamos a la entrada occidental, que quedaba ya en Idaho, donde había una barrera para impedir el paso de vehículos al Bosque Nacional de Targhee. Key detuvo la moto de nieve, desmontó y recogió las bolsas de mi madre.

—¿Qué pasa? —les pregunté a las dos mientras Vartan apagaba el motor.

—Que tenemos una cita con el Destino —me informó Key—, y conduce un Aston Martin.

Nada podía resultar más incongruente que Lily y Zsa-Zsa cómodamente instaladas con sus mantitas de pieles en el regazo, esperando con discreción en aquel Vanquish de medio millón de dólares en el aparcamiento de Targhee. Por suerte, no había por allí ningún curioso que pudiera verlas. Pero ¿cómo habían conseguido pasar, con el bosque cerrado a causa del invierno? Key debía de tener hasta el último guardia de parque del planeta entre sus compinches, pensé.

Las chicas habían bajado del coche para recibirnos mientras Key empezaba a cargar las bolsas de mi madre en el maletero. Zsa-Zsa se escapó de los brazos de Lily y me plantó un enorme beso mojado. Me lo limpié con la manga. Lily se acercó a abrazar a mi madre.

—Estaba muy preocupada —dijo—. Llevaba días esperando en ese motel espantoso sin ninguna noticia. Pero todo parece haber salido bien hasta ahora... Al menos estamos todos aquí. —Se volvió hacia Key—. Bueno, y ¿cuándo nos ponemos en marcha?

—Y ¿hacia dónde nos «ponemos en marcha»? —pregunté yo.

Por lo visto yo era la única a la que se le ocultaba información.

—No estoy segura de que de verdad quieras saberlo —me informó Key—, pero de todas formas te lo diré. Como ya te he explicado, no ha sido fácil organizar todo esto, pero lo tenemos todo planificado. Trazamos todo lo que pudimos del plan en cuanto nos quedamos solos en Denver, y después Vartan y yo cogimos un avión al este para ir a buscarte. Así que ahora mismo los tres volveremos a Jackson Hole, como si no hubiéramos hecho más que disfrutar de un paseo en moto de nieve, y nos daremos una buena cena. Nos apalancaremos en mi casa y cogeremos el primer vuelo de la mañana. Tu madre y Lily irán en coche y se reunirán con nosotros en destino. Me temo que el punto de encuentro más cercano en el que logramos ponernos de acuerdo fue Anchorage…

—¿Anchorage? —exclamé—. Pensaba que íbamos a buscar a mi padre. ¿Acaso intentas decirme que está en Alaska?

Key me dedicó aquella mirada suya.

—Ya te he dicho que seguramente preferirías no saberlo —dijo—. Pero no, no es allí adonde vamos. Allí es donde Cat y Lily recogerán a tu padre a nuestro regreso. De hecho, por razones de seguridad, tu madre y yo somos las únicas que sabemos exactamente dónde está tu padre… y, en mi caso, solo porque era yo quien tenía que pensar en cómo lograr traerlo desde allí.

Esperé a que soltara la siguiente bomba, pero fue mi madre quien lo hizo.

—En cuanto a dónde es «allí» —dijo—, creo que la región se conoce como el Cinturón de Fuego.

# CINTURÓN DE FUEGO

Nada se asemeja tanto a una criatura viviente como el fuego.

PLUTARCO

La operación [alquímica] comienza con fuego y termina con fuego.

IBN BISHRUN

El fuego que ilumina es el fuego que consume.

HENRI-FRÉDÉRIC AMIEL

Todas las cosas cambian en el fuego y el fuego, exhausto, vuelve a conformar todas las cosas.

HERÁCLITO

La fosa de las Aleutianas, en Alaska —nos dijo Key en algún momento entre los entrantes y la sopa—, separa el océano Pacífico y el mar de Bering. Una vez perteneció a Rusia, allá por la época de Catalina la Grande. Se llama el Cinturón de Fuego porque posee la mayor colección de volcanes en activo del mundo. Yo conozco de primera mano la mayoría de ellos: Pavlof,

Shishaldin, Pogromni, Tulik, Korovin, Tanaga, Kanaga, Kiska... Hay incluso una joven caldera que descubrí yo misma y a la que estoy intentando bautizar como «Modern Millie».

Y añadió:

—Todos ellos conforman una gran parte de la tesis doctoral que estoy redactando sobre calorimetría: James Clerk Maxwell, Jean-Baptiste-Joseph Fourier, la *Teoría analítica del calor* y todo eso. Pero, como sabes, lo que más me ha interesado siempre es observar el comportamiento del calor bajo presión extrema.

Intenté no fijarme en que Vartan me lanzaba una rauda mirada y luego volvía a mirar su sopa. Pero no pude evitar preguntarme si, en el avión, también él había sentido pasar esa corriente eléctrica entre ambos cuando me tocó. Confieso que a mí me estaba costando bastante olvidarlo.

Habíamos ocupado un pequeño comedor privado en el bar restaurante de Jackson Hole, donde Key conocía al encargado. Eso nos permitiría, según explicó, atiborrarnos a placer sin renunciar a la privacidad que necesitábamos para hablar de lo que nos deparaba el día de mañana. Un mañana que sonaba ya bastante estrambótico, empezando por el vuelo chárter a Seattle y Anchorage que Key nos dijo que nos había conseguido para primera hora.

—Pero has dicho que mi padre no está en Alaska —le recordé—. Así que ¿qué tiene que ver ese Cinturón de Fuego con el lugar al que vamos?

—Es el «camino de baldosas amarillas» —me dijo—. Os lo explicaré en cuanto nos sirvan el rancho.

Key y Vartan habían acordado compartir el crujiente pato asado relleno con foie gras, especialidad de la casa que alcanzaba para dos comensales, mientras que yo preferí el lomo, el único plato que Rodo nunca preparaba en Sutaldea.

Sin embargo, mientras se llevaban los platos de sopa y nos servían la ensalada, no pude evitar pensar en todo lo que había dejado encerrado en aquella suite de hotel de Georgetown: mi tío Slava, mi jefe y seguramente todas las esperanzas que había tenido alguna vez de conseguir labrarme una carrera.

Bueno, mañana será otro día, como diría sin duda la señorita Escarlata Key O'Hara en un momento así... Además, aun habiéndolo querido, tampoco había mucho que pudiera hacer ahora que me encontraba relegada al papel de humilde peón en la inopia, empujado al centro del tablero por Key y Cat, ese improbable dúo de Reinas.

Estaba muy impaciente.

En cuanto sentimos que habíamos dado buena cuenta de nuestros platos, pedimos una botella de licor de pera Williams y un suflé de limón para acompañarlo. Eso mantendría a los camareros ocupados durante unos buenos veinte o treinta minutos, razonamos, esperando a que las claras de huevo subieran.

Cuando comprobamos que estábamos de nuevo a solas, Key me dijo:

—Como sabes, tu madre ha intentado mantenerte al margen todo lo que ha podido, por tu propia seguridad... con la teoría de que la ignorancia da la felicidad.

»Pero ahora me ha dado permiso para que os explique a los dos todo lo que sé sobre lo que ha sucedido, adónde iremos mañana y qué habremos firmado que nos comprometemos a hacer en cuanto lleguemos. Después de mi relato, si alguien quiere descolgarse, que lo haga con total libertad, por favor. Aunque no creo que ninguno de los dos quiera. Esto nos concierne a todos de una forma que incluso a mí me ha sorprendido, como ahora veréis.

Key retiró su plato de ensalada y le acercó a Vartan la bandeja del pato. Entonces, tirando de su elegante copa de Verdicchio, empezó su relato.


## EL RELATO DE LA REINA BLANCA

Hace diez años, cuando al padre de Alexandra lo alcanzó ese disparo en Rusia, cuando todo el mundo creyó que había muerto, Cat se dio cuenta de que había sucedido algo casi peor que la pérdida de su marido: que, aunque todos esos años había estado convencida de que habían puesto fin al juego por siempre jamás, debía de haber empezado una nueva partida.

Pero ¿cómo podía ser?

Las piezas estaban enterradas y solo Alexander Solarin conocía su paradero. Todos los jugadores de la última partida, la de hace treinta años, se habían retirado del campo de juego o bien estaban muertos.

Entonces, ¿quién podía haberla iniciado? Por desgracia, no tuvo que esperar mucho para descubrirlo.

Después de la «trágica muerte» de Zagorsk, la embajada estadounidense se había encargado de repatriar a la pequeña Alexandra desde Moscú a Estados Unidos con protección diplomática, y organizó también el envío de los restos mortales de su padre en ese mismo avión.

El ataúd, por supuesto, estaba vacío.

El ruso que los asistió en la coordinación de todo ello, como ahora sabemos, fue Taras Petrosián. El coordinador por parte de la embajada estadounidense fue un millonario de vida recluida. Se llamaba Galen March.

En cuanto Alexandra estuvo a salvo en casa con su madre, en Nueva York, Galen se puso en contacto con Cat por su cuenta. Cuando se reunieron, él le explicó enseguida que estaba implicado en el juego, que ciertamente había vuelto a comenzar con la muerte de su marido, y que él mismo traía un importante mensaje que solo Cat podía recibir. Sin embargo, ella tenía que acceder a no interrumpirlo hasta que le hubiera comunicado todo cuanto había ido a decirle.

Cat se avino a ello, pues las palabras de Galen confirmaban sus anteriores sospechas en cuanto al juego.

Galen no se anduvo con rodeos. Le desveló a Cat que Solarin no estaba muerto, pero sí había resultado tan gravemente herido que de momento era como si lo estuviera.

En el caos que siguió al tiroteo de Zagorsk, el mismo hombre que había organizado el torneo de ajedrez, Taras Petrosián, se había encargado de retirar el destrozado cuerpo de Solarin, en estado comatoso y desangrándose. Su custodia le fue entregada a la mujer que en realidad había manipulado entre bastidores el acontecimiento: la madre de Alexander Solarin, Tatiana.

Cat, naturalmente, quedó conmocionada al saber todo esto. Le pidió a Galen que le dijera de inmediato cómo se había enterado de esas cosas. ¿Cómo había logrado sobrevivir la madre de Solarin, cuando sus propios hijos la creían muerta desde hacía mucho? Cat insistió en saber adónde habían llevado a su marido. Quería ir a Rusia y encontrar a Solarin sin perder tiempo, por mucho peligro que conllevara.

—Me parecerá bien, y te ayudaré incluso a muchísimo más —le aseguró Galen March—. Pero antes, como tú misma has accedido a hacer, debes escuchar el resto de lo que he venido a decirte.

Tatiana Solarin, siguió explicando Galen, había esperado décadas para tener ocasión de ponerse en contacto con ese hijo que hacía tanto que había perdido; de hecho, desde el momento mismo en que había terminado la anterior partida, cuando, como nos dijo Lily, Minnie simplemente se marchó y desapareció del tablero, dejando a Cat con las piezas y la bolsa en la mano.

Pero, aunque ahora era posible empezar de nuevo, Tatiana sabía que necesitaba idear una estrategia completa para conseguir que su hijo el gran maestro regresara a Rusia, igual que ella, y al juego. Buscó una forma para reunirse no solo con Solarin, sino con su mujer, Cat, que ahora era la Reina Negra. Todo ello formaba parte de una estrategia mayor.

Sin embargo, la primera oportunidad de Tatiana no llegó hasta la caída del Muro de Berlín y la desintegración de la Unión Soviética. En aquel momento se produjo un acontecimiento de una magnitud que ella apenas se había atrevido a imaginar: la joven hija de Alexander Solarin, Alexandra, se había convertido en una importante aspirante a gran maestra de ajedrez. Si Alexander no volvía a Rusia por él mismo, sin duda lo haría por ella.

Galen March se comprometió a ayudar a Tatiana en su misión todo lo que pudiera... pues, en un sentido muy real, era la escogida para ello, y por otra razón absolutamente fundamental: la propia Tatiana era en aquel momento la Reina Blanca.

—¿De verdad era la abuela de Alexandra? —preguntó Vartan sin salir de su asombro.

Pero Key no hizo más que asentir con la cabeza, ya que había llegado nuestro suflé.

Cuando todo estuvo dispuesto y los camareros se hubieron llevado la tarjeta de crédito de Key para cobrar *l'addition* y nos dejaron solos, ella le hizo un corte al suflé y se dispuso a responder a Vartan.

Antes, no obstante, yo tenía una o dos preguntas.

—¿Cómo podía ser Tatiana la Reina Blanca si Galen me dijo que lo eras tú, y tú misma lo has confirmado? Además, ¿quién es ese tal Galen? ¿Me quieres decir que estuvo coqueteando con mi madre durante más de diez años y que yo ni siquiera lo sabía? Vamos, habla claro.

—A estas alturas ya he tenido bastante tiempo para hurgar yo también en el cerebro de Galen March —dijo Key—. Parece que hace mucho que es un jugador en la sombra. Cuando añadí su historia a lo que ya me había contado tu madre, todo cobró sentido.

»Pero déjame que termine con Nueva York. En cuanto Galen le desveló el estado de la situación a Cat, ella supo que tú, su hijita, también podías estar en peligro. Y sabía exactamente de quién podía venir ese peligro (desde luego, no de tu abuela, cariño), e incluso de dónde. Alguien estaba comprando toneladas de tierra cerca de vuestro hogar ancestral de Cuatro Esquinas...

—El Club Botánico —dije, y Key se limitó a asentir.

Ahora sí que tenía sentido.

Por qué nos habíamos trasladado a Colorado, para empezar.

Por qué convenció mi madre a Nim para comprar el rancho de al lado a nombre de Galen.

Por qué la fiesta de mi madre, con todos esos selectos jugadores, tenía que celebrarse justamente allí, en el Octógono.

Lo que significaba.

«El tablero tiene la clave.»

Dios mío…

—Rosemary Livingston sí era la Reina Blanca —dije—, pero traicionó a su propio equipo por una venganza personal. Se encargó de que dispararan a mi padre en Zagorsk cuando supo que el equipo de las blancas planeaba reunirse allí con él. Quería hacerle pagar a mi madre la muerte de su padre, al-Marad. Así que debieron de… despacharla de alguna manera y sustituirla por Tatiana. Y ahora por ti. Ella todavía no lo sabe. ¡Por eso Rosemary y sus secuaces tenían tanto empeño en descubrir si yo era la nueva Reina Blanca!

Key me respondió esbozando una sonrisilla amarga.

—Por fin has visto la luz, amiga mía —dijo—. Pero hay mucho más que debes saber sobre los jugadores. Preguntabas por Galen, por ejemplo.

»Parece que, allá por la década de 1950, Tatiana fue detenida por los soviéticos. La encerraron en un gulag mientras que su hijo pequeño, Alexander, era llevado a un orfanato por su "abuela", la siempre joven Minnie Renselaas, y el marido griego de Tatiana y su otro hijo, Ladislaus, escapaban a Estados Unidos con algunas de las piezas. Fue Galen quien descubrió adónde habían llevado a Tatiana y convenció a Minnie de que el KGB jamás la dejaría libre a menos que les hicieran una oferta que no pudieran rechazar. Minnie intercambió el dibujo del tablero que ahora está en nuestro poder por la libertad de Tatiana. Pero, como parte de la familia había escapado con algunas piezas, era evidente que Tatiana no estaría segura a menos que permaneciera completamente en la clandestinidad. Galen en persona le dio la Reina Negra, la que visteis en Zagorsk. Después escondió a Tatiana en un lugar en el que a nadie se le ocurriría siquiera ir a buscarla. Salvo por esa breve incursión en Zagorsk con la Reina, ha vivido oculta allí durante casi cincuenta años.

Key se detuvo y añadió:

—Ese es el lugar al que iremos mañana. Tu padre está allí.

—Pero antes dijiste que íbamos a Seattle y Alaska —protesté—, y luego algo del Cinturón de Fuego. Y ¿qué era todo eso del «camino de baldosas amarillas»?

—No —exclamó Vartan de pronto, hablando por primera vez en toda la conversación.

Lo miré; su rostro estaba esculpido en granito.

—Me temo que mañana por la mañana será un «sí» —dijo Key.

—De ninguna manera —insistió Vartan—. Ese sitio del que estás hablando tiene más de mil quinientos kilómetros de largo y es el peor lugar sobre la faz de la Tierra. Niebla espesa y nieve todo el verano, vientos de ciento veinte kilómetros por hora, ¡olas de trece metros de altura!

—Como suele decirse —señaló Key—, el mal tiempo no existe, solo hay ropa inadecuada.

—Sí, muy bien, a lo mejor puedes esquivarlo sobrevolándolo a gran altura —le dijo Vartan—, pero no atravesarlo, como propones.

—Pero ¿dónde es? —pregunté.

—He buscado mil maneras, te lo aseguro —dijo Key con exasperación—. Es la única forma de llegar allí sin llamar la atención de toda la Armada estadounidense y los guardacostas y alertar a todos los submarinos rusos que estén bajo el Círculo Polar Ártico. Pero, como ya he dicho, todavía no es demasiado tarde para descolgarse, si eso es lo que te apetece.

—¡Que dónde es! —repetí.

Vartan me clavó una mirada oscura.

—Nos propone volar ilegalmente en una pequeña avioneta privada, mañana, hacia Kamchatka, en Rusia —dijo—. Y después, no sé cómo, en caso de que logremos sobrevivir, lo cual sería excepcional, propone que traigamos de vuelta a tu padre.

—Pues, ahora sin bromas, puede que lo necesitemos —dijo Key cuando Vartan sacó algo de efectivo, se lo dio al camarero y se guardó toda la botella de nuestro caro aguardiente de pera bajo el brazo mientras iba hacia la puerta.

—Los ucranianos no sabemos beber como los rusos —le informó Vartan—. Aun así, espero acabar muy borracho esta noche.

—Eso sí que es un plan —convino ella, siguiéndolo—. Qué lástima que no pueda acompañaros. Tengo un avión que coger por la mañana.

De vuelta en el apartamento, enseguida nos pusimos a registrar los armarios y llenamos las mochilas hasta arriba con todas las ligeras prendas térmicas que encontramos.

—Más vale prevenir que curar —dijo Key.

Y no era broma.

El apartamento no solo estaba diseñado por un constructor naval, sino que incluso parecía una embarcación por dentro: el alargado y estrecho lavabo con espejos era como una cocina de barco con una gran ducha sin plato en el lugar que habrían ocupado los fogones; el único dormitorio parecía un pequeño camarote; las altas paredes de la sala principal estaban revestidas por una trama de largos listones de roble en espinapez y había literas abatibles instaladas en la pared.

Key dijo que esperaba que no nos importase, pero que, como pronto sería ella quien haría todo el trabajo a los controles, iba a necesitar una noche entera de sueño reparador. Así que se reservaba para sí la cama grande del dormitorio privado y nos dejaba acampar a Vartan y a mí en las dos literas de la «bodega principal del barco».

Cuando anunció que se iba a dormir y cerró la puerta del dormitorio, Vartan sonrió.

—¿Normalmente prefieres arriba o abajo? —dijo con un gesto en dirección a las literas.

—¿No crees que deberíamos dejar esa pregunta para cuando nos conozcamos un poco mejor? —repuse, riendo.

—Verás —dijo él, más serio esta vez—, es que, si de verdad vamos adonde tu amiga Nokomis dice que vamos mañana, creo que debería puntualizar que esta noche podría muy bien ser la última que tendremos nunca tú y yo para estar juntos… o, mejor dicho, para estar sobre la faz de la Tierra. La ruta que ha escogido es la más horrible del planeta. O Key es la mejor piloto del mundo, o está completamente loca. Y, por supuesto, nosotros dos estamos igual de locos por acompañarla.

—¿Tenemos alternativa? —dije.

Vartan se encogió de hombros y sacudió la cabeza con resignación.

—Entonces, ¿puede un hombre que tiene la certeza de que va a morir dentro de poco pedir un último deseo? —dijo, en un tono que no parecía contener el menor rastro de ironía.

—¿Un deseo?

Mi corazón empezó a palpitar con fuerza. Pero ¿qué podía desear —que se me ocurriera a mí, al menos—, si Key estaba durmiendo en la habitación de al lado y él sabía perfectamente que teníamos que estar todos listos para despegar antes de que amaneciera?

Vartan sacó de repente la botella de pera Williams junto con un vasito de licor que se parecía sospechosamente al del restaurante y, mientras llevaba todo eso en una mano, me asió del brazo y tiró de mí hacia el baño.

—Creo que de repente me he visto invadido —me informó— por un ardiente deseo de descubrir más cosas sobre las propiedades térmicas del comportamiento del calor bajo una enorme presión. Si dejamos la ducha abierta durante un buen rato... ¿cuánto crees que seremos capaces de subir la temperatura?

Cerró la puerta del baño y se reclinó en ella. Sirvió un vaso, dio un sorbo, me lo pasó y dejó la botella. Después, sin quitarme los ojos de encima ni un instante, alargó el brazo y abrió la ducha. Yo casi me había quedado sin habla.

Casi... pero no del todo.

—Podría acalorarme bastante aquí dentro —admití—. ¿Estás seguro de que quieres aprender todo eso sobre la temperatura de las calorías esta noche? ¿Con esa importante misión por delante, dentro de nada?

—Me parece que, a estas alturas, los dos hemos interiorizado bastante bien las reglas de este juego —dijo Vartan, inclinándose hacia mí—. Por lo visto, no hay nada, nada, más importante que comprender las auténticas propiedades del fuego. A lo mejor deberíamos aprender algo más justamente sobre lo que son.

Rozó con un dedo el borde del vaso que yo tenía en la mano

y después extendió el líquido sobre mis labios, donde el aguardiente me quemó. Apretó entonces su boca contra la mía, y otra vez sentí esa corriente de calor recorriéndome por dentro. El baño se estaba llenando de vapor.

Vartan me miró sin sonreír aún.

—Creo que hemos alcanzado la temperatura necesaria para embarcarnos en cualquier experimento que deseemos llevar a cabo —afirmó—. Pero no olvidemos que, cuando se trata de alquimia, el momento propicio lo es todo.

Me atrajo hacia sí y volvimos a besarnos. Sentí el calor a través de mi buzo... pero no por mucho tiempo. Vartan bajó la cremallera de mi traje aislante y me lo quitó. Después empezó a desvestirme. Para cuando le llegó el turno a la sastrería de él, el corazón me latía con tanta fuerza que incluso pensé que iba a perder el conocimiento a causa de un exceso de riego sanguíneo... no todo él, debo confesar, dirigido a mi cerebro.

—Quiero enseñarte algo realmente hermoso —me dijo Vartan en cuanto se hubo desnudado.

Madre de Dios...

Me llevó hasta la larga pared de espejos, desempañó un amplio círculo, se puso detrás de mí y señaló al reflejo. Cuando el vapor empezó a cubrir de niebla nuestras imágenes otra vez, miré a Vartan a los ojos en el espejo.

Dios mío, no podía pensar en nada que no fuera desearlo.

Cuando al fin recuperé la voz, dije:

—Eres realmente hermoso.

Rió.

—Yo hablaba de ti, Xie —me dijo—. Quería que por un momento te vieras como te veo yo.

Contemplamos cómo nuestros reflejos se desvanecían de nuevo en el vapor. Entonces me hizo girar para mirarlo de frente.

—Pero hagamos lo que hagamos esta noche, ahora mismo —dijo—, aunque acabemos los dos con graves quemaduras, puedo asegurarte una cosa. Sin duda alguna, estaremos siguiendo las instrucciones originales... tal y como fueron escritas.

# IMPACTO Y ESTUPOR

Pero llegados a este punto es absolutamente necesario establecer una distinción entre tres cosas [...]
la capacidad militar, el país y la voluntad del enemigo. Hay que destruir la capacidad militar [...]
hay que conquistar el país [...] pero aun cuando
se consigan estos dos objetivos, no se puede dar
por concluida la guerra hasta que también se logre
someter la voluntad del enemigo.

CARL VON CLAUSEWITZ,
*De la guerra*, primera edición de 1832


Nunca se podrá poner fin a la guerra contra los
nómadas del desierto, pues su respuesta ante una
fuerza de superioridad aplastante consiste en
una amplia dispersión y en tácticas de guerrilla.
Frente a ellos, un ejército es tan poco efectivo
como el golpe de un puño contra un almohadón.

E. W. BOVILL,
*The Golden Trade of the Moors*


S i iba a seguir viajando por el mundo con Nokomis la Magnífica, más me valía acostumbrarme a ir tirada por el suelo encima
de mochilas y cosas así: el reactor de nuestro «vuelo chárter» a Anchorage era un avión de carga sin asientos en la parte posterior.

—Ha sido lo mejor que he podido conseguir dadas las circunstancias —nos dijo Key.

Mi cara allí atrás también era de circunstancias, sobre todo teniendo en cuenta la cantidad de cajas a las que solo sujetaba una red por cada lado. Esperaba que nuestro lastre no las hiciese moverse demasiado.

El vuelo transcurrió sin incidentes, pero se nos hizo muy, muy largo. Casi cinco mil kilómetros de Jackson a Anchorage con una escala en Seattle para descargar, volver a cargar y repostar, tanto nosotros como el avión, doce horas en total, pero a aquellas alturas sí estaba completamente segura de que era imposible que alguien, ni en sus sueños más intrépidos, fuese capaz de seguirnos en aquel disparate.

Aterrizamos en el aeropuerto internacional de Anchorage justo antes del amanecer. Vartan y yo dormíamos a pierna suelta entre la carga, de modo que ni siquiera oímos el chirrido del tren de aterrizaje al accionarse. Key nos espabiló y nos dio órdenes de coger las mochilas, lo cual se estaba convirtiendo en una costumbre en ella. A continuación dio las gracias a nuestros pilotos y allí mismo, en la pista de aterrizaje, nos subimos a una furgoneta de carga con un cartel donde se leía Lake Hood.

Mientras avanzábamos por el asfalto, Key dijo:

—Podríamos haber salido de un punto mucho más pequeño y mucho más discreto. Escogí este sitio no solo porque sea el más cómodo para llegar a nuestro lugar de reunión propuesto —explicó, arqueando una ceja ante Vartan—, sino porque Lake Hood es el aeropuerto para hidroaviones más grande y de mayor tráfico del mundo. Está preparado para cualquier tipo de aeronave en que hubiésemos llegado. Durante la guerra, en los años cuarenta, excavaron un canal que comunicaba los dos lagos, Lake Hood y Lake Spinnard. En los setenta ya disponían de una pista de despegue de casi setecientos metros de asfalto y de múltiples canales adicionales de amarre para que la aeronave no se suelte, y pueden ofrecer sus servicios a cualquier cosa que aterrice, ya sea con ruedas, estándar o hidroaviones anfibios, e incluso aviones de esquí en invierno. Y ¿sabéis qué os digo? Que en función del parte meteorológico previsto para hoy, los esquíes podrían habernos venido de perlas…

»Ya he enviado instrucciones por radio —añadió— de que tengan a *Becky* preparada para nosotros, con flotadores y lista para despegar.

—¿*Becky?* —exclamé—. Creía que preferías a *Ophelia*.

Key se volvió para explicárselo a Vartan.

—De Havilland fabrica las mejores avionetas del mundo. Les gusta ponerles nombres de animales como «ardilla» o «caribú»; mi avioneta en Grand Teton es una *Ophelia Otter*, una nutria, y *Becky*, a la que estás a punto de conocer, es un Beaver, un castor, que es la avioneta por antonomasia, la definitiva. En cualquier aeropuerto en el que aterrices, aunque haya Lear Jets y Citations en la pista, los pilotos siempre se suben a esa sin pensarlo dos veces. —Y a continuación, añadió—: Mayor razón aún para despegar de un sitio como Lake Hood, donde solo seremos uno más entre tanto trasiego.

Podían decirse muchas cosas de Key, pero desde luego, no se la podía acusar de no pensar en absolutamente todo.

Sin embargo, había algo en lo que yo no había pensado hasta oír su comentario.

—¿Flotadores? —pregunté—. Por lo que dijiste anoche, creí que hoy nos pasaríamos el día aterrizando de isla en isla.

—Sí —contestó Key, con una pizca del aire poco halagüeño de Vartan—. Y así es como la mayoría de la gente se desplaza por estos pagos, dando saltitos de una hora y plantificando las ruedas en ese suelo fangoso de tundra. Así es como lo hago yo normalmente, pero como ya he dicho, para montar todo este tinglado han hecho falta muchas horas de reflexión y planificación. Y al final de nuestro particular camino de baldosas amarillas, me temo que acabaremos dándonos un buen chapuzón en el agua.

Hacía ya rato que el sol había franqueado la línea del horizonte de Lake Hood para cuando Key hubo supervisado el combustible y revisado todos los indicadores y los depósitos de reserva. Nos había hecho colocarnos los chalecos salvavidas y nos había pesado a los tres y a nuestros bártulos para que pudiera realizar los cálculos definitivos de consumo de combustible.

Cuando por fin nos soltaron los amarres y nos situamos en el canal a esperar vía libre para el despegue, vi cómo el agua espumosa de abajo se arremolinaba en torno a los flotadores de la avioneta. Al final, Key se volvió para dirigirse a nosotros.

—Perdón por mi obsesión con el combustible, pero es lo único en lo que pensamos los pilotos de avionetas privadas como yo, es un asunto de vida o muerte. En los últimos sesenta años se han recuperado los restos de un montón de aviones que se habían quedado secos de combustible en las rocas a las que nos dirigimos. Y aunque hay media docena de aeropuertos o pistas de aterrizaje desperdigados por esta zona, no todos ofrecen la posibilidad de repostar en el agua, algunos están tierra adentro. *Becky* cuenta con tres tanques de combustible, además de sus tanques de propina (el combustible que hay en el extremo de las alas), pero aun así son solo quinientos litros. Dentro de cuatro horas ya estaremos consumiendo el combustible de la punta de nuestra segunda y última ala, momento en que la tripa de *Becky* empezará a rugir de hambre.

—Y entonces, ¿qué? —inquirió Vartan; era evidente que estaba reprimiendo un «ya te lo advertí».

—¿«Entonces, qué», dices…? —repuso Key—. Pues tengo malas y buenas noticias. Previendo que tal vez no podamos repostar exactamente cuando y donde queramos, me he traído tanto combustible extra como he podido, combustible bajo en plomo de cien octanos, en bidones de veinte litros. He repostado así muchas veces, sobrevolando mar abierto. No es muy difícil, solo tienes que ponerte de pie en el flotador para hacerlo.

—¿Y cuáles son las malas noticias? —dije yo.

—Pues que primero, claro está —contestó Key—, hay que encontrar un sitio lo bastante tranquilo para amerizar con la avioneta.

Pese a todas las funestas implicaciones, imprecaciones y condiciones adversas de las veinticuatro horas anteriores, en cuanto hubimos despegado y puesto rumbo oeste-sudoeste, me alegré de estar en el aire y haber pasado a la acción por fin. Por primera vez, superado ya el impacto que había supuesto el ver a mi madre y asimilado el estupor de saber que mi padre estaba vivo, logré concentrarme en la idea increíble y desconcertante de que íbamos a ir realmente en su busca.

Tal vez por eso encaraba con un ánimo mucho menos sombrío que Vartan y Key la excursión que teníamos por delante. En realidad, me sentía casi pletórica de alegría, sensación que se veía acrecentada por el hecho de que aquellas avionetas me entusiasmaban. Por alguna razón, pese a lo endebles que parecían por fuera, cuando ya estabas en el aire, en el interior, la sensación que transmitían era de una seguridad mucho mayor que la de los gigantescos y traqueteantes aviones jumbo.

El interior de *Becky Beaver*, sin ir más lejos, era muy espacioso y estaba lleno de luz. La parte trasera del fuselaje había sido diseñada como uno de esos monovolúmenes en los que caben siete personas. Key nos explicó que los asientos traseros podían abatirse con solo aflojar dos pasadores, y había un asiento individual al fondo que podía desplegarse desde el suelo en caso necesario. Key había dejado todos los asientos porque no estaba segura del estado en que se encontraría mi padre en el vuelo de regreso, si es que llegaba a haberlo.

Ya habíamos repostado dos veces cuando cruzamos el estrecho de Shelikof y llegamos al extremo de la península donde comienzan las Aleutianas. Seguíamos sobrevolando la zona a una altitud tan baja que distinguía perfectamente las bandadas de aves marinas que se arremolinaban en la costa, a nuestra derecha, y a lo lejos, justo detrás, los campos relumbrantes de luz que parecían redes de diamantes extendidas sobre la superficie del mar abierto.

Vartan levantó al fin la vista del mapa que había estado estudiando de forma obsesiva desde que habíamos despegado. Hasta él parecía embelesado por el impresionante espectáculo que tenía lugar a nuestros pies, y cuando me cogió la mano, también parecía haber perdido una pizca de su pesimismo eslavo respecto a aquel viaje. Pero tal como diría Key, las apariencias a veces engañan.

—Esto es precioso —le dijo Vartan a mi amiga, en un tono que no supe descifrar—. No creo haber visto nunca un lugar salvaje ni remotamente parecido a este. Y acabamos de sobrevolar la isla de Unimak, así que tal vez solo nos quedan unos dos mil kilómetros para llegar a aguas rusas y a la península.

Key le lanzó una mirada de soslayo y Vartan añadió:

—Según mis cálculos, y a la velocidad a la que vamos, eso significa otras diez horas de vuelo, y que habrá que repostar otras dos o tres veces. Puede que eso nos dé un margen de tiempo suficiente para que tú, como piloto nuestro, te plantees la posibilidad de compartir con nosotros cuál es nuestro destino exactamente. Aunque no es que importe demasiado, porque ni Alexandra ni yo sabemos pilotar este avión. Si te ocurriera algo, nunca llegaríamos allí de todos modos.

Key inspiró hondo y dejó escapar un largo suspiro. Extendió la mano y accionó a Otto para que la avioneta siguiese volando por sus propios medios. A continuación se volvió hacia nosotros.

—Está bien, chicos, confesaré —dijo—. Nos dirigimos a un lugar en el mundo por el que siento auténtica debilidad. Aquí el gran maestro Azov seguro que habrá oído hablar de él. Se llama, y perdón por mi pronunciación del ruso, Kliuchévskaia Sopka.

—¿Dónde está eso?

—¿El padre de Alexandra está en Kliuchi? —exclamó Vartan, soltándome la mano—. Pero ¿cómo vamos a poder llegar hasta ahí arriba con esto, nosotros solos?

—¿Dónde es «ahí arriba»? —repetí, sintiéndome exactamente igual que un loro aturullado.

—No vamos a subir ahí arriba —continuó Key, como si yo no hubiese dicho nada—. Esperaremos en el agua con la avioneta. Mis colegas y yo ya hemos establecido nuestra particular conexión de onda corta, por motivos profesionales, y su campamento está justo cerca de la base del Kliuchi Sopka. Nos traerán a Solarin hasta donde estemos, siguiendo el río hasta la ensenada, y llenarán el depósito de combustible desde ahí. Espero que ahora entendáis la razón por la que eran absolutamente necesarias todas las precauciones. Era la única manera de llegar hasta nuestro destino, aunque podemos y debemos marcharnos siguiendo una ruta distinta.

—Es increíble —exclamó Vartan. Volviéndose hacia mí, añadió—: Lo siento. Me parece que he subestimado a tu amiga Nokomis una vez más. Por su profesión, debe de conocer este lugar muy bien, si no mejor que nadie.

Sentí la tentación de preguntar «¿Qué lugar exactamente?», pero por fin me iluminó.

—El grupo Kliuchi es muy famoso —me explicó—. Es sin duda la concentración de volcanes más activa de Rusia, puede que de todo el norte de Asia, y el Kliuchévskaia Sopka en sí es el pico más alto, pues alcanza casi los cinco mil metros. Ese volcán entró en erupción en agosto de 1993, justo antes de que nos reuniéramos todos en Zagorsk aquel día de septiembre. Pero si hubiesen llevado a tu padre a esa región en ese momento exacto, habría sido muy peligroso, cuando el volcán todavía estaba escupiendo lava y disparando trozos de roca al cielo.

—Según las fuentes de Cat respecto a lo que ocurrió en realidad —intervino Key—, primero ocultaron a Solarin entre la población coriaca de Kamchatka, pero lo curaron los famosos chamanes chucotos del norte. Los territorios de géiseres de la península de Kamchatka son los segundos del mundo en tamaño después de Yellowstone y, al igual que los nuestros, son famosos por sus importantes propiedades curativas. Según nuestras fuentes, no trasladaron a Solarin más al norte, a las inmediaciones del campamento de vulcanólogos, hasta hace solo unos meses, cuando creyeron que ya se había recuperado lo suficiente para viajar y cuando por fin Cat pudo disponerlo todo para que los tres pudiésemos ir en su busca y sacarlo de ahí.

—Bueno —dije yo—, ¿y esas fuentes vuestras tan bien informadas deben de ser...?

—Pues verás, tu abuela Tatiana, para empezar —contestó Key, como si fuese algo más que evidente—. Y claro, también Galen March.

Aquel nombre otra vez. Galen March. ¿Por qué no dejaban todos de pronunciar ese nombre constantemente, como si fuese el no va más en lugar de nada más y nada menos que el cerebro de una mortífera trama de conspiraciones en la que nadie parecía saber distinguir el bien del mal?

Estaba a punto de cuestionar el papel de «monsieur Charlemagne» con renovada saña cuando de repente oímos un golpe sordo, aterrador e indefinible, contra el costado de la avioneta.

Key saltó de inmediato y relevó a Otto para reanudar su labor como piloto, pero yo tuve la angustiosa sensación de haber suspendido un importante test de inteligencia por haber pasado tanto tiempo cotorreando en lugar de prestar más atención a lo que nos rodeaba.

La turbulencia de color gris acerado que acababa de engullirnos tenía un aspecto sumamente amenazador.

—Voy a bajar —anunció Key.

—¿No deberíamos intentar atravesarla? —preguntó Vartan.

—Es poco probable que podamos hacerlo —respondió Key—. Pero necesito bajar en picado y examinar el entorno acuático para ver si es viable que aterricemos y despeguemos de nuevo en caso necesario. Además, ¿quién nos dice que esta niebla no alcanza los mil o mil quinientos metros? Desde luego, lo último que nos hace falta es quedarnos atrapados ahí en medio si de repente se desata un *williwaw*. Sería capaz de lanzarnos contra la ladera de un volcán.

—¿Un *williwaw*? —exclamé.

Key me dedicó una nueva mueca sombría.

—Los vientos catabáticos o *williwaws* son propios de estas

islas. Son rachas de viento muy, muy fuerte, similares a un tornado, como a las que nuestro amigo de aquí aludía antes, capaces de tragarse un 747 y hacerlo desaparecer o de poner a un portaaviones del revés y luego estrellarlo contra las rocas como si fuera un trozo de chicle. Se dice que durante la Segunda Guerra Mundial perdimos más aviones y barcos en las Aleutianas por culpa de los *williwaws* que de los japoneses.

Genial.

Los golpes arremetían en esos momentos contra el fuselaje de la avioneta como un millar de canicas, y *Becky* descendía como si cayese rodando por una escalera muy empinada.

—¿Y si no puedes ver el agua? —preguntó Vartan, nervioso.

—El altímetro del radar es eficaz en un rango de seis metros —explicó Key—, pero lo cierto es que los globos oculares son el sistema de posicionamiento favorito para cualquier piloto de avioneta experimentado. Y esa es la principal ventaja de realizar el trayecto a bordo de *Becky*: podemos volar por debajo de la cortina aunque la visibilidad sea solo de diez metros. Es lenta, así que es verdad que puede tardar mucho más en llevarnos a donde vamos, pero puede permanecer en el aire a una velocidad de ochenta kilómetros por hora. Con los esquíes, hasta podemos hacer aterrizar a estas preciosidades en un témpano de hielo o en la ladera de un glaciar. Naturalmente, esas no suelen ser superficies móviles.

La niebla espesa y negra como el tizón de repente se abrió bajo nuestros pies y vimos la superficie del agua a menos de treinta metros de distancia, azotando la costa pedregosa y formando espuma.

—Mierda... —exclamó Key—. Bueno, puede que esta sea nuestra última oportunidad y también la mejor, así que voy a aterrizar. No quiero correr el riesgo de que acabemos hundidos en el agua. Ni siquiera con los chalecos salvavidas y el bote duraríamos demasiado: la temperatura del agua en estas latitudes es de un grado bajo cero. Ojalá pudiese ver algo ahí donde poder hacerla aterrizar...

Vartan volvía a estar inmerso en su mapa.

—¿Esta es una de las «Islas de Cuatro Montañas»? —le preguntó a Key—. Aquí dice que una de ellas mide mil ochocientos metros.

Key consultó la lectura del GPS y asintió, al tiempo que se le iluminaba la mirada.

—Chuginadak —contestó—. Y detrás de ella está el volcán Carlisle, el lugar de nacimiento del pueblo aleutiano, el lugar donde siguen todavía las cuevas de las momias.

—Entonces —dijo Vartan—, el espacio que se abre entre ambas ¿está resguardado por las montañas?

Vartan se estaba tomando todo aquello con mucha más paciencia y buen humor de lo que yo habría imaginado. A pesar de que íbamos bien equipados con chaquetas térmicas que repelían el agua, casi nos calamos hasta los huesos con las olas que nos llegaban a la altura del muslo tratando de amarrar a *Becky* en un lugar seguro entre las rocas. Nos secamos como pudimos con las toallas una vez de nuevo en el interior de la avioneta y nos pusimos la ropa seca que logramos sacar de las mochilas.

La tormenta —una «suave», según Key— solo duró seis horas. Todo ese tiempo permanecimos encerrados en una cabina acompañados por el aullido del viento y olas de hasta cinco metros de altura, rodeados de una implacable lluvia de piedras, guijarros, arena y vegetación de la tundra que, entre bramidos, pugnaba por abrirse paso hacia el interior del aparato. Sin embargo, aquello nos dio ocasión para reconsiderar nuestro plan: si volvíamos a una isla que acabábamos de pasar, podíamos llenar nuestros depósitos de combustible otra vez en la pista de aterrizaje de Nikolski, junto al agua. Además, al verse bajo el volcán de aquella manera, Key tuvo ocasión de admitir que si en otra ocasión nos encontrásemos en un apuro semejante, tal vez aceptase revelar nuestra tapadera y nuestra posición, al menos el tiempo suficiente para llamar a un vulcanólogo o a un experto en fauna y flora por su radio para solicitar su ayuda.

—¿Cómo no se me ocurrió pensar en este lugar? —se preguntó Key a sí misma en voz alta, justo después de despegar de Nikolski a primera hora de la mañana del sábado.

Era la única aldea de aquella zona, tal como Vartan y yo acabábamos de descubrir, en haber sobrevivido intacta tras la promulgación de la Ley de Arbitraje de las Reclamaciones de los Indígenas de Alaska para la restitución de tierras. Y Key, con rasgos más que evidentes de ser descendiente de alguna tribu, había aparecido allí justo antes del alba, bajando de los cielos en un polvo de estrellas como un ave autóctona y exótica, desaparecida hacía tiempo, que sorprende a propios y extraños habiendo sobrevivido a la extinción.

Los lugareños no solo nos agasajaron con un opíparo desayuno y nos colmaron de regalos (anguilas rebozadas y tótems pintados a mano y labrados con nuestros animales totémicos particulares), sino que dieron a Key un mapa dibujado a mano en el que aparecían todas las ensenadas escondidas y dotadas con lugares recónditos junto al agua para poder repostar (abiertos únicamente a los tramperos, cazadores y pescadores nativos), desde allí hasta Attu, al final de la cadena de islas.

Esta vez sí le tocó el turno a Key de estar pletórica de alegría, y Vartan llegó incluso a abrazarla justo antes de despegar.

Después de cinco horas y de nuestra segunda y última parada para repostar, llegó el tramo más peliagudo de nuestro viaje: Attu, justo al lado de la línea internacional de cambio de fecha, antes de adentrarnos en aguas rusas, una isla que estaría plagada de guardacostas y patrulleros de la Armada, submarinos, monitores por satélite flotantes y radares, todos ellos escaneando el mar constantemente o apuntando hacia el cielo.

Sin embargo, tal como señaló Key, al igual que el niño Zeus suspendido de la cuerda de un árbol, nadie repara nunca en algo suspendido entre la tierra, el mar y el cielo, de modo que la piloto apagó nuestro sistema de GPS y el radar para acrecentar así nuestra invisibilidad y luego bajó de altitud hasta los dieciocho metros por encima del nivel del mar. Y nos deslizamos a través de esa membrana ilusoria que solo parece separar el este del oeste, el agua del cielo.

Eran las dos de la tarde del sábado 12 de abril cuando dejamos América atrás y cruzamos la línea internacional de cambio de fecha. Un instante después, inmediatamente, era el mediodía del domingo 13 de abril, y las aguas y el cielo entre los que surcábamos eran ahora rusos.

Vartan me miró con absoluto asombro.

—¿Os dais cuenta de lo que hemos hecho? —dijo—. Si derriban este avión y nos capturan, a mí me fusilarán por traición y a vosotras os acusarán de ser espías norteamericanas.

—¡Vaya! ¿A qué viene tanto pesimismo ahora, si puede saberse? —exclamó Key—. Somos los mismos aquí que allí.

Era evidente que seguía aturdida por la euforia ante la conspiración tribal de esa mañana, la misma que le abría todos los caminos secretos de la navegación por tierra y agua, porque a continuación, añadió:

—¿Qué tótems os han dado a vosotros? A mí me han dado el cuervo y el castor, que supongo que es lo más parecido al modo en que *Becky* y yo hemos llegado y nos hemos ido esta mañana: el ave mágica de la luna y el animal que conoce las mejores vías de escape desde el agua. ¿Y a nuestro traidor clandestino?

Vartan se sacó del bolsillo el animal totémico que le habían regalado.

—Los míos son el oso y el lobo —dijo.

—La insignia de un maestro de ajedrez nato —comentó Key con aprobación—. El oso hiberna en su cueva y se pasa la mitad de su vida en silencio, meditando, haciendo introspección. El lobo viene de la estrella del Can Mayor, Sirio, venerada por muchas culturas. Aunque sea un lobo solitario, es el maestro del esfuerzo coordinado y concentrado, de cómo centrarse en lo que la manada trata de conseguir.

Miré las tallas de mis tótems, una ballena y un águila pintada de cuatro colores: rojo vivo, amarillo, azul oscuro y negro.

—El águila es el pájaro de trueno, ¿verdad? —le pregunté a Key—. Pero ¿y la ballena?

—El pájaro de trueno también es el pájaro de fuego o el rayo —dijo Key—. Significa equilibrio porque surca el cielo hasta llegar a lo más alto y toca el Gran Espíritu, pero también trae a la tierra el fuego y la energía de los cielos, para ponerlos al servicio del hombre.

—Lo de asignar animales totémicos se les da muy bien, ¿verdad? —señaló Vartan—. Mi lobo y el pájaro de fuego de Alexandra... son los dos animales que acuden al rescate del príncipe Iván en nuestro famoso cuento popular ruso y lo devuelven a la vida. —Me sonrió y añadió, dirigiéndose a Key—: ¿Y la ballena de Alexandra?

—¡Ah! Ese es el tótem más misterioso de todos... —le contestó Key, sin dejar de mirar hacia delante mientras sobrevolábamos las inmensas aguas del Pacífico—. La ballena es un mamífero muy antiguo, con una memoria genética codificada. Nadie sabe cuánto tiempo lleva viajando ahí abajo sola, en las profundidades, bajo la superficie que estamos rozando ahora mismo, agazapada en el fondo del océano como una biblioteca gigantesca de sabiduría genética atávica. Como el sonido del tambor del chamán, como un latido que encierra los conocimientos más antiguos de la sabiduría ancestral...

Nos dedicó a Vartan y a mí una sonrisa cargada de complicidad, como si supiera lo que ambos estábamos pensando.

—¿Como las instrucciones originales? —sugirió Vartan, devolviéndole la sonrisa.

—Sean cuales fueren esas instrucciones —dijo Key—, parece que estamos a punto de averiguar en qué consisten exactamente.

Hizo señas hacia el mar que se extendía ante nosotros. Sobre el horizonte descansaba una larga línea de costa verde con una cordillera de elevadas montañas blancas justo detrás. Key añadió:

—Creo que el aforismo más apropiado en este momento es: «Tierra a la vista».

# EL REGRESO DEL OCHO

El alma está limitada por la Ciudad de Ocho que
reside en la mente, el intelecto y el ego, y consiste en el surgimiento de los cinco elementos suti-
les de la percepción sensorial.

VASUGUPTA,
*Estancias sobre la vibración*

¿Qué es ese universo intermedio? Es el [...] mundo, completamente objetivo y real, donde todo
cuanto existe en el mundo sensorial posee su aná-
logo, aunque no perceptible por los sentidos, es
el mundo que [en el islam] se designa con el nombre del octavo clima.

HENRI CORBIN,
*Swedenborg and Esoteric Islam*

Todas las cosas son ocho.

THOMAS TAYLOR,
Cita de una máxima pitagórica

*Ust Kamchatsk, península de Kamchatka*

*Una nieve liviana pasaba por el tamiz de la luz solar que ilu-
minaba el río. Hacía un hermoso día.*

Alexander Solarin sabía quién era; podía recordar retazos del pasado que había dejado atrás y había descubierto mucho más acerca de lo que aún tenía por delante.

También sabía que aquella podía ser la última vez que veía aquel paisaje, el río del que había venido, fluyendo a raudales desde la altura del valle, los centelleantes montes de obsidiana, coronados por la nieve y exhalando sus rosáceas y peligrosas humaredas hacia el cielo.

Estaba de pie junto a su madre, Tatiana, a bordo de su barco anclado allí, en la bahía, y allí aguardaba su futuro, el futuro que pronto lo llevaría a otro mundo, un mundo y un futuro a los que ella no lo acompañaría. Ya la había perdido una vez, cuando niño, una escena que recordaba muy vívidamente. Esa noche, la lluvia, su padre, su hermano, su abuela... y las tres piezas de ajedrez. Lo recordaba todo como si un inmenso foco alumbrara cada instante y cada detalle.

Y recordaba jugar al ajedrez. Era capaz de sentir el tacto liso y suave de las piezas, de visualizar el tablero. Recordaba partidas que había jugado, muchas, muchísimas. Eso es lo que era, lo que siempre había sido: un jugador de ajedrez.

Sin embargo, había otro juego, un juego distinto —una especie de juego secreto, casi como un mapa—, en el que las piezas y los peones estaban todos ocultos, no sobre el tablero, en el que había que tener una capacidad de visión especial, recurrir a una artimaña de la memoria, para poder mirar bajo la superficie y verlos. En su cerebro había empezado incluso a ser capaz de dilucidar dónde estaban algunos...

Pero había algo que no lograba ver nunca. Ese día, cuando sucedió. Cada vez que pensaba en ello, la explosión regresaba con fuerza. El dolor.

¿Y qué pasaba con su hija? Alexandra, ese era su nombre, Tatiana se lo había dicho. ¿Qué pasaba con su esposa? Pronto las vería a ambas. Entonces seguro que lo sabría.

Pero había algo que sabía con toda certeza: ellas eran parte importante de su dolor.

Key nunca dejaba de sorprenderme.

La distancia entre Kamchatski y nuestro punto de salida en Chukotski para atravesar el mar de Bering era de casi seis mil quinientos kilómetros, pero por lamentable que fuese el aspecto de nuestra oxidada y maltrecha barca pesquera, Key dijo que nos llevaría allí en menos de seis horas.

Habíamos encontrado la barca (una antigua embarcación para la pesca de arrastre reconvertida en barco de observación marina) anclada y esperándonos en el puerto de Ust Kamchatski, atracada de manera que impedía de todas todas ver a *Becky Beaver* desde el interior del puerto cuando la avioneta-hidroavión hizo su traqueteante y sincopada aparición desde el lugar donde habíamos amerizado, justo fuera, y nos subimos a la plataforma de carga de la barca, donde se solían dejar las redadas de pescado.

—Vengo percibiendo —me informó Key— que empiezas a creer lo que te dije al principio: lo puñeteramente difícil que ha sido para mí organizar esta dichosa excursión. Aunque la *glásnost* se haya ido al garete por estos pagos y a pesar de que entre bueyes no hay cornadas, como suele decirse, te aseguro que, en esta ocasión, la colaboración entre los especialistas en fauna y flora, los vulcanólogos y los pueblos nativos ha alcanzado unas cotas inauditas, por no hablar de los niveles aberrantes de complejidad y riesgo. Si alguna vez vuelvo a ofrecerme voluntaria para reunir a una familia como la tuya, haz el favor de pegarme un tiro en el pie, para tener algo de tiempo para reconsiderarlo durante mi convalecencia.

Confieso que yo misma, estando ya a las puertas de ver por fin a mi padre, también tenía mis propias reservas. El corazón me palpitaba con tanta fuerza que me parecía oír el estruendo del motor de *Becky* en mi interior. No sabía nada sobre su estado de salud, ni de lo enfermo que había estado todo ese tiempo, ni de lo poco o mucho que podía haberse recuperado. ¿Se acordaría de mí siquiera? Vartan y Key, leyéndome el pensamiento, me habían puesto cada uno la mano en el hombro mientras subíamos juntos a la cubierta.

Allí, en el extremo del fondo, había de pie una mujer alta y rubia, con algunos mechones plateados, a quien en ese momento podía reconocer como la abuela que nunca había tenido. Y junto a ella se hallaba el hombre a quien, durante los diez años anteriores, había creído que nunca volvería a ver.

Mi padre nos observaba a los tres a medida que nos aproximábamos por la cubierta. Incluso desde aquella distancia, puede que unos nueve metros, ya advertí que había perdido mucho peso, y vi los ángulos limpios y fuertes de su cara y su mandíbula en contraste con el cuello oscuro y abierto de su chaqueta marinera. Cuando nos acercamos, no pude evitar fijarme en que su pelo desgreñado y claro, pese a caerle sobre la frente, apenas ocultaba la cicatriz.

Cuando los tres llegamos hasta él, sus ojos de color verde plateado, del color del cristal de una botella, me miraron únicamente a mí.

Me eché a llorar.

Mi padre abrió los brazos y yo me adentré en ellos sin decir una sola palabra.

—Xie —dijo él, como si acabase de recordar algo crucial que creía haber olvidado para siempre—. Xie, Xie, Xie…

♟

En el lugar en que Chukotski Poluostrov, la península de Chukotka, sobresale entre los mares de Chukchi y de Bering, si se mira en dirección oeste hacia el otro lado del estrecho de Bering, Alaska parece estar tan cerca que es como si bastase con dar un simple paso para pisar el continente americano.

Nuestro barco se dirigía a una misión de reconocimiento con biólogos marinos chucotos preocupados por el alarmante descenso de la población de cormoranes en las costas norte y oriental. Los cinco nos habíamos sumado a la expedición. Tatiana volvería con los kamchatkos y se reuniría con los chamanes chucotos una vez que nos hubiesen dejado a nosotros y a la avioneta en un lugar adecuado desde el que poder despegar sin llamar demasiado la atención. En cuanto estuviésemos en aguas estadounidenses, dijo Key, repostaríamos combustible en Kotzebue, en Alaska, para volar con mi padre de vuelta a Anchorage.

El sol se ponía muy rápidamente en aquella época del año. Nos sentamos en la cubierta del barco alrededor de un pequeño brasero que los colegas de Key habían preparado para nosotros. Bebimos *kvas*, asamos patatas y cocinamos unos trozos de carne de reno, el alimento básico por esos pagos, ensartados en unas brochetas de madera que colocamos entre las brasas. Mi padre me abrazaba fuertemente por el hombro y me iba mirando de vez en cuando para asegurarse de que seguía allí, a su lado, casi como si temiese que fuera a escaparme volando hacia el cielo nocturno como un pájaro.

Mi guapísima abuela, Tatiana, parecía exótica y eternamente joven, con los pómulos marcados, su traje de piel de reno bordada y con flecos, y ese pelo rubio y plateado que resplandecía a la luz del fuego, ante nosotros. Sin embargo, solo podía hablar nuestro idioma entrecortadamente y con un fuerte acento eslavo, de modo que Vartan se ofreció a hacer de traductor. Mi abuela tomó la palabra para contarnos lo que llevábamos tanto tiempo queriendo escuchar.

—Me capturaron en Crimea una noche en el otoño de 1953 y me llevaron en barco al gulag. Es algo inconcebible: muchos murieron en esos barcos, privados de agua y comida y hasta de cualquier fuente de calor, y de haber sido en invierno la fecha de mi captura, habría podido morir congelada, como les pasó a miles de personas. El sistema de campos de trabajos forzados en total ha matado a decenas de millones de seres humanos.

»No sé cuánto tiempo permanecí en el campo del gulag, comiendo bazofia, bebiendo agua mugrienta y cavando el permafrost para la construcción de carreteras hasta que me sangraban las manos, en carne viva. Menos de un año. Pero tuve suerte, porque mi huida fue comprada. Y más suerte todavía, porque aunque las tribus kamchatkas y coriacas, junto con sus niños, habían sido diezmadas en el pasado al haberse descubierto que daban refugio a "prisioneros políticos" como yo misma, un grupo del norte me acogió entre los suyos. A ellos también los habían perseguido hasta casi extinguirlos. La mayoría de los que sobrevivieron eran mujeres: las chamanes chucotas. También fueron ellas quienes salvaron la vida de Sasha. Y el hombre que lo dispuso todo para salvarnos a ambos se hace llamar "Galen March".

Una vez que hubo acabado de traducir las palabras de mi abuela, Vartan le preguntó:

—¿Que se hace llamar?

—Si escribes el nombre en gaélico, Gaelen, es un anagrama de Charlemagne, Carlomagno —expliqué. A continuación, dirigiéndome a Tatiana, añadí—: Pero no lo entiendo. ¿Cómo pudo rescatarte a ti también, hace cincuenta años, cuando el hombre que yo conozco solo puede tener poco más de treinta?

Vartan tradujo mis palabras.

Entonces Tatiana se volvió hacia mí y me contestó en su inglés rudimentario:

—No, es mayor. Su nombre no es Charlemagne, ni tampoco Galen March. Te doy algo de él que explica... cómo se dice... que lo explica todo.

Rebuscó entre su ropa de piel de reno y sacó un pequeño paquete. Se lo dio a Vartan y le hizo señas para que este me lo entregara a mí.

—Él escribe esto para ti, quién es la próxima Reina Negra, y...

Sentí cómo el brazo de mi padre se tensaba alrededor de mis hombros, casi trémulo, cuando la interrumpió.

Tatiana negó con la cabeza y habló rápidamente a Vartan en otro idioma que no reconocí, ucraniano quizá. Al cabo de un momento él asintió, pero cuando volvió a mirarme, en su rostro apareció una expresión que no supe desentrañar.

—Lo que Tatiana insiste en que te diga, Xie —dijo Vartan—, es que es importante que todos leamos el contenido de este paquete de Galen ahora mismo, y que sobre todo, es de vital importancia para ti y para mí. Dice que Galen March es el Rey

Blanco, pero no lo será por mucho tiempo; por lo visto, espera poder sustituirse a sí mismo por mí, precisamente. Sin embargo, el quid de la cuestión, dice Tatiana, es por qué abandona. No puede cumplir la misión en absoluto, dice, solo nosotros podemos.

Vartan nos miró a los tres con gesto de absoluta perplejidad. A continuación dirigió la mirada a mi padre.

—Puede que esto no tenga mucho sentido para usted, señor, al menos hasta que haya recobrado un poco más de su memoria —le dijo Vartan—, pero su madre, Tatiana, afirma que el hombre del que estamos hablando, Galen March, es en realidad antepasado suyo. Es el hijo de Minnie Renselaas, la monja llamada Mireille… y se llama Charlot de Rémy.

♟

—Tu madre debe de haberlo sabido desde el principio —señaló Key—. Es la única explicación que tiene el hecho de que depositara tanta confianza en Galen desde el preciso momento en que lo conoció, de que accediera a volver a vivir en Cuatro Esquinas, manteniéndolo a él en la reserva por si algún día necesitaba recurrir a su ayuda como refuerzo. Supongo que ese día llegó cuando tu madre descubrió que tu padre era capaz de recordar cosas. Os podía haber puesto a todos en peligro si «alguien que conocemos» llegaba a averiguar dónde estaba tu padre y lograba echarle el guante antes que nosotros. Fue entonces cuando decidió que tenía que colocar a Galen físicamente en su lugar como barrera en Colorado, y eso explica por qué nos subió también a Vartan y a mí a este barco.

»También tiene sentido que Cat quisiera manteneros a ti, a tu tío y a Lily Rad al margen de todo cuanto sabía y de sus planes, hasta el último momento posible. Ellos fueron jugadores la última vez y la de ahora era una partida completamente nueva. Además, los tres sois jugadores de ajedrez capaces de aceptar grandes riesgos, igual que tu padre, y es probable que tuviese miedo de que uno de vosotros saliese disparado como una bala de cañón, tomando la iniciativa y actuando por su propia cuenta. Así que lo organizó todo ella sola. ¡Menuda pieza está hecha tu madre! ¡Qué mujer tan dura!

«A mí me lo vas a decir...», pensé.

Acordamos que lo más sencillo sería que Vartan y yo leyésemos primero el paquete con los papeles de Galen para así poder informar luego a los demás, de modo que nos sentamos a solas a la luz del brasero, abrimos el paquete y leímos el relato de Charlot de Rémy.


## EL RELATO DEL REY BLANCO

Todavía no había cumplido los siete años cuando regresé de Egipto a Londres en compañía de mi mentor, Shahin, quien me había criado mejor que un verdadero padre —de hecho, había ejercido de padre y madre— desde mi más tierna infancia. Había sido profetizado que sería yo quien resolviese el enigma, y mi madre, Mireille, estaba convencida de que así sería. El juego se había adueñado de su propia vida cuando, antes incluso de que yo naciera, le arrebató la de su amiga más íntima, su amada prima Valentine.

Shahin y yo llegamos a Londres procedentes de Egipto y descubrimos que durante nuestra ausencia mi madre había pasado varios meses en París con mi padre, quien le había entregado siete piezas del ajedrez que habían conseguido arrancar del poder del equipo blanco, y le había prometido darle aún más si lograba hacerse con ellas.

Como fruto de este nuevo y excepcional encuentro entre mis progenitores, descubrimos también que mi madre, justo antes de nuestra llegada de Egipto, había dado a luz a mi hermana pequeña, Charlotte. Durante cuatro años, mientras Charlotte crecía y se convertía en una niña sana y robusta, mi madre, Shahin y yo estudiamos los antiguos manuscritos de Isaac Newton en las salas de Cambridge que daban a los huertos de su propiedad. Fue allí donde realicé un descubrimiento: el secreto por el que todos llevaban siglos luchando era algo más que la transmutación de metales base, era el secreto de la mismísima inmortalidad, *al-iksir* lo llamaban los árabes: el elixir de la vida. Pero no lo sabía todo aún.

Yo tenía diez años y Charlotte había cumplido ya los cuatro cuando conocimos en persona a nuestro padre, Charles-Maurice de Talleyrand, en el balneario de Bourbon l'Archambault. Mi madre, decidida a poner punto final al juego que dominaba su vida por completo, nos había llevado consigo para asegurarse de que nuestro padre cumplía su promesa de conseguir más piezas.

Después de esa noche en el balneario de Bourbon, cuando tenía diez años, no volví a ver a mi padre hasta al cabo de veinte años. Aunque había conseguido convencer a mi madre de que lo dejase criar a Charlotte como si fuera su propia hija adoptada —a lo que mi madre accedió—, Mireille no podía separarse de mí. Yo era el profeta que había sido anunciado, dijo. Nací ante los ojos de la diosa en el desierto, y sería yo quien resolviese el enigma del ajedrez de Montglane.

Y con respecto a eso, tenía razón.

Estuvimos trabajando en el secreto del ajedrez durante casi veinte años, primero en Londres y luego en Grenoble, pero durante años realizamos muy pocos progresos más allá de ese descubrimiento inicial de aquello en lo que creíamos que consistía el secreto en realidad.

En Grenoble estaba la Académie Delphinale, en cuya fundación Jean-Baptiste Joseph Fourier, autor de la *Teoría analítica del calor*, había desempeñado un papel fundamental. Fue con Fourier con quien Shahin y yo habíamos pasado tanto tiempo durante nuestra incursión en Egipto en la campaña de Napoleón, cuando yo era solo un niño, una expedición que había traído consigo a Europa una piedra de Rosetta que iba a requerir tanto tiempo para descifrarla como el que había consumido nuestro proyecto con el ajedrez de Montglane... y que no tardaría en estar relacionada con él de forma importantísima.

Hacia el año 1822, el propio Fourier ya era famoso por los

grandes tratados que había escrito sobre los numerosos descubrimientos científicos que aún seguían manando de Egipto. Él personalmente había financiado en la academia de Grenoble los estudios de un joven que poseía un gran dominio de las lenguas antiguas y a quien llegamos a conocer muy bien: se llamaba Jean-François Champollion.

El 14 de septiembre de 1822, Jean-François echó a correr por la calle en dirección al despacho de su hermano gritando: «*Je tiens l'affaire!*». Después de casi veinte años de esfuerzo personal y de trabajar en el problema, casi desde la niñez, fue el primero en descifrar el enigma de la piedra de Rosetta. La clave del secreto era una sola palabra: Tot.

Mi madre no cabía en sí de entusiasmo, y es que Tot, como es bien sabido, fue el gran dios egipcio al que los romanos equipararon con Mercurio y los griegos con Hermes, padre de la alquimia. Las propias tierras de Egipto, en la antigüedad, se llamaban al-Kem. Todos nosotros, incluido el propio Fourier, estábamos seguros de que Jean-François había encontrado la clave de algo más que de las transcripciones egipcias: había hallado la clave de los antiguos misterios, uno de los cuales, el ajedrez de Montglane, obraba en poder de mi madre.

Yo mismo sentía que estábamos a punto de realizar un descubrimiento fundamental, un descubrimiento en el que yo desempeñaba el papel para el que mi madre creía que había nacido. Pero por mucho que lo intentase, no lograba abarcarlo del todo.

Así, instigado por mi madre, dejé a Fourier y a Champollion concentrados en los progresos de su importante avance científico, y a mi madre y a Shahin enfrascados en el estudio del propio ajedrez y me fui solo al desierto en busca de las antiguas escrituras de aquellas rocas aún más antiguas en las que yo había nacido.

Mi madre tenía el absoluto convencimiento de que el único modo de poner fin al juego de una vez por todas era que un equipo, o una persona incluso, reuniese el número de piezas suficiente para resolver el enigma, crease la fórmula y se la bebiese.

Y con respecto a ese convencimiento, estaba en un grave error.

Aquel error acabaría por destruir su vida.

Y también la mía.

Cuando Vartan y yo llegamos a ese punto del manuscrito, colocó la mano encima de la mía sobre la página.

—Continuaremos con la historia dentro de un momento —me dijo en voz baja—, pero creo que tú y yo seguramente ya conocemos la respuesta a qué es lo que este hombre cree que ha destruido su vida, como también la de su madre. Y a por qué le parecía tan sumamente importante que hiciera lo que ha hecho y que escribiese esto precisamente para nosotros.

Buceé en los ojos oscuros de Vartan ante la luz rojiza de los rescoldos y supe en ese instante que tenía razón.

—Porque sigue vivo —dije.

Vartan asintió despacio y añadió:

—Y la mujer a la que ama no.

# CIUDAD DE FUEGO

El día del fin del mundo, el mundo será juzgado por el fuego, y todas las cosas que Dios hizo de la nada se verán reducidas a cenizas por obra del fuego, cenizas de las cuales el ave Fénix habrá de producir sus jóvenes [...] Tras la conflagración, se formará un nuevo cielo y una nueva tierra, y el nuevo hombre será más noble en su estado glorificado.

BASILIO VALENTÍN,
*El trípode áureo*

Dios le dio a Noé la señal del arco iris. No más agua, ¡la próxima vez, el fuego!

JAMES BALDWIN,
*La próxima vez el fuego*

Hay que hacer chocar entre sí unas cuantas piedras para crear fuego.

GARI KASPÁROV,
*Cómo la vida imita al ajedrez*

Fue sin duda un camino largo y tortuoso, pero también maravilloso, el de vuelta a aquella brillante Ciudad de la Colina a la que llamaba mi casa.

Primero, Key, como de costumbre, ya lo había dispuesto todo de antemano (con la connivencia de Lily, la conductora habitual de aquel cacharro) para que todos nosotros nos reuniésemos en un lugar más discreto que Lake Hood, una pequeña base privada para hidroaviones ligeramente al norte de Anchorage: un lugar en el que la gente tal vez no sabía siquiera qué era un Aston Martin edición limitada, conque mucho menos sería un lugar donde un coche así podía suscitar atención.

Pero ¿cómo habían conseguido llevar ese coche hasta allí nada menos, desde Wyoming, recorriendo más de dos mil kilómetros de tundra?

—No me lo digas, a ver si lo adivino —le dije a Lily—: mi madre y tú os turnasteis al volante las veinticuatro horas mientras conducíais por toda la Alcan Highway cantando «Night and Day». O si no ¿cómo narices habéis llegado hasta aquí?

—Utilizando mi técnica habitual —contestó Lily, al tiempo que se frotaba las puntas de los dedos con las uñas pintadas contra la uña también lacada del pulgar, representando con mímica el gesto internacional que significa «dinero»—. Naturalmente, en cuanto hube examinado el terreno de nuestro lugar de destino, supe que mi única opción era contratar un ferry privado para transportar el coche por mar.

Pero entonces se hizo un silencio abrumador cuando Vartan ayudó a mi padre a bajarse del hidroavión y este vio a mi madre por primera vez en diez años. Hasta la señorita Zsa-Zsa permaneció en silencio.

Por supuesto, todos tenemos nociones básicas sobre cómo cada uno de nosotros ha llegado a este planeta: un espermatozoide se une con un óvulo. Hay quienes creen que Dios proporciona la chispa que desencadena el proceso, mientras que otros lo ven más bien como algo químico. Sin embargo, lo que estábamos viendo ante nuestros ojos era algo completamente distinto, y todos lo sabíamos. En ese momento me alegraba de que Vartan nos hubiese hecho a los dos ponernos delante de aquel espejo empañado para poder verme a mí misma como me veía él. En ese preciso instante, viendo a mis propios padres mirarse el uno al otro por primera vez en diez años, comprendí que en realidad estaba presenciando cómo yo misma había llegado hasta allí.

Se mirase por donde se mirase, era una especie de milagro.

Mi padre había hundido los dedos en la melena de mi madre, y cuando sus labios se encontraron, fue como si sus cuerpos fluyesen a la vez, como si se fundiesen el uno con el otro. Todos nos los quedamos mirando durante largo rato.

Key, que estaba a mi lado, susurró:

—Deben de haberse leído todas las instrucciones, absolutamente todas. —Hizo una pausa para reflexionar sobre lo que había dicho y añadió—: O puede incluso que escribieran ellos el libro.

Sentí que me volvían a asomar las lágrimas. Si aquello se convertía en una costumbre iba a tener que empezar a llevar pañuelos.

Sin dejar de abrazar a mi madre, mi padre extendió lentamente el brazo en nuestra dirección.

—Creo que quiere que vayas —me dijo Lily.

Cuando me acerqué a ellos, me rodeó con el brazo y mi madre hizo lo propio, de manera que los tres quedamos enlazados en un fuerte abrazo. Sin embargo, antes de que empezase a sentir vergüenza porque aquello pudiera ponerse demasiado empalagoso, mi padre dijo algo que había tratado de explicarme varias veces durante nuestro vuelo.

—Fue culpa mía, Alexandra. Ahora lo sé. Fue la única vez que me opuse a Cat por algo. Pero quiero que sepas que no lo hice por ti… sino por mí.

Aunque se dirigía a mí, no apartó los ojos ni una sola vez del rostro de mi madre.

—Una vez aquí, en América, cuando supe que tendría que renunciar a una de las dos cosas que más amaba en el mundo a cambio de la otra, abandonar el ajedrez para vivir la vida que había elegido con Cat, me resultó muy difícil. Demasiado difícil. Pero cuando vi que mi hija sabía jugar, y que además quería jugar a ese juego… —Dirigió sus ojos verde plateado hacia mí. Mis mismos ojos, advertí—. Supe que tú, mi hija, Xie, podías ser mi sustituta —dijo—. En cierto modo, te utilicé, como uno de esos padres que empujan a sus hijos a hacer aquello que ellos no pudieron hacer... ¿cómo se llama a eso?

—Madres frustradas —respondió mi madre, echándose a reír y rompiendo un poco el hielo eslavo. Puso la mano en la cabeza de mi padre y le retiró el pelo de la cicatriz morada que nunca podría borrarse de nuestras vidas. Con una sonrisa triste, le dijo—: Pero ya has pagado por tu crimen; me parece a mí.

Acto seguido, mi madre se dirigió a mí:

—No me gustaría reemplazar a tu padre convirtiéndome yo ahora en la mala de la película, pero lo cierto es que está ese otro juego del que tenemos que hablar, y me temo que es necesario que lo hagamos ahora mismo. He tenido poco tiempo para averiguar qué es exactamente lo que sabes. Pero sí sé que fuiste capaz de descifrar todos los mensajes que te dejé, ¿verdad? Sobre todo el primero, ¿no?

—«El tablero tiene la clave» —dije.

Y a continuación, hizo la cosa más rara del mundo: soltó a mi padre, me rodeó con los brazos para fundirnos en un abrazo y me dijo al oído:

—Pase lo que pase, ese es el regalo que te doy.

Luego me soltó e hizo señas al resto para que se acercaran a nosotros.

—Lily tiene una casa en la isla de Vancouver —siguió diciendo—. Vamos a pasar un tiempo ahí, nosotros tres y también Zsa-Zsa. —Alborotó el pelo de la cabeza del animal y Zsa-Zsa se retorció en los brazos de Lily—. Nokomis está de acuerdo en llevarnos de aquí hasta allí en avión y en organizarlo todo para que alguien se ocupe de enviar el coche de Lily de vuelta a la costa Este. De momento, solo este grupo sabrá dónde estamos, hasta que sepamos con seguridad cuál es el estado de salud de mi marido. Y Lily se pondrá en contacto con Nim para decírselo, en persona, en cuanto vuelva a Nueva York.

A continuación, mi madre nos miró a mí y a Vartan.

—¿Hasta dónde habéis llegado en la lectura del manuscrito de Galen?

476

—Lo hemos leído entero—contestó Vartan—. Cómo ayudó a rescatar a la chica, cómo obtuvo de ella la verdadera Reina Negra de los sufíes, cómo la utilizó para ayudar a su madre a resolver la fórmula, y cómo, al final, él también se bebió el elixir. Combinada con la historia que Lily ya nos había contado sobre Mireille, la madre de Charlot, es algo realmente horrible: vivir siempre, para el resto de la eternidad, siempre en peligro y con miedo. Y comprender que estarás solo para siempre sabiendo que tú y solo tú has creado...

—Pero hay más —lo interrumpió mi madre—. Acabo de darle a Xie la clave de todo lo demás. Si al final tú sustituyes a Galen como Rey Blanco y Alexandra accede a ocupar mi puesto, entonces tal vez vosotros dos seáis al fin los que logréis proporcionar la solución a aquellos que sabrán cómo hacer lo correcto con ella. —Y dirigiéndose a mí, añadió—: Y tú no olvides una cosa, cariño: la tarjeta de cartulina que Tatiana Solarin te dio hace tanto tiempo en Rusia. En un lado está la libertad y en el otro lado está la eternidad. La elección lo es todo. —A continuación, mientras Key conducía a los demás al interior del avión, mi madre nos dijo con una sonrisa y los ojos un tanto empañados—: Pero los dos sabréis dónde encontrarme en el caso de que tengáis alguna pregunta sobre las instrucciones.

Los vientos de cola de oeste a este redujeron increíblemente nuestro tiempo de vuelo: tres horas hasta Seattle y cuatro y media de allí a Washington, de modo que a pesar de las tres horas perdidas por la diferencia horaria entre ambas costas, era poco después de la hora de la cena del lunes por la noche —una semana después de «aquella noche en Bagdad»— cuando Vartan y yo entramos en mi apartamento.

Arrojó la única bolsa de lona con nuestras pertenencias al suelo y me tomó entre sus brazos.

—No me importa lo que pase mañana —murmuró contra mi pelo—. Esta noche empezaremos a estudiar en serio esas instrucciones que tus padres nos estaban enseñando. Me parece que eso sí es algo que me muero de ganas de aprender.

—Antes, la cena —dije—. No sé qué comida tendré aquí, pero no quiero que te desmayes de hambre justo cuando empecemos a hacer nuestros deberes.

Me metí en la cocina y saqué unas latas y unos paquetes de pasta.

—Tengo espaguetis —anuncié desde el quicio de la puerta.

Vartan estaba de pie en la sala de estar, observando el tablero de ajedrez que Nim había dejado preparado en mi mesa redonda de roble.

—¿Te ha dado pena alguna vez lo de aquella última partida? —preguntó. Alzó la vista para mirarme—. No, claro, no me refiero a pena por tu padre ni por todo lo que pasó después. Me refiero a si te da pena que tú y yo nunca tuviéramos la oportunidad de llegar a jugar esa partida.

—¿Que si me dio pena? Muchísima —repuse con una sonrisa—. Esa partida era mi última oportunidad para machacarte vivo.

—Entonces, juguemos.

—¿Jugar a qué?

—Juguemos esa partida ahora —repitió Vartan—. Ya sé que te falta práctica, pero a lo mejor te sienta bien jugar solo por esta vez.

Apartó las damas negra y blanca del tablero y las barajó a sus espaldas. A continuación, me ofreció ambos puños con las reinas ocultas.

—Esto es un disparate —dije.

Pero le di unos golpecitos en la mano derecha, sintiendo yo misma una especie de hormigueo que me recorría todo el cuerpo.

Cuando la abrió, la palma de su mano contenía la reina blanca. Vartan me la dio y a continuación se sentó al otro extremo de la mesa, donde estaban las piezas negras, y colocó allí su reina negra.

—Tú empiezas —dijo Vartan, haciéndome señas para que ocupara mi sitio al otro lado.

En cuanto me hube sentado y hube colocado la reina blanca

en su sitio en el tablero, fue como si algo cobrase vida en mi interior. Me olvidé de que hacía más de diez años que no me sentaba ante un tablero de ajedrez. Sentí cómo una corriente de energía me recorría el cuerpo, chisporroteando con toda clase de posibilidades, mi cerebro calibrando sin cesar, como la transformación de Fourier y las ecuaciones de Maxwell de la tesis de Key, y calculando esas ondas infinitas de calor, luz, sonido, y vibraciones de infrarrojos y láser que nadie podía ver ni oír.

Tomé el caballo y lo coloqué en d4.

Seguía mirando al tablero un momento más tarde cuando me di cuenta de que Vartan todavía no había hecho su apertura. Levanté la vista y vi que me miraba con una extraña expresión que no supe interpretar.

—Mueves tú —le indiqué.

—Puede que en el fondo no haya sido tan buena idea —me dijo.

—No, sí que ha sido una buena idea —repuse, impaciente por seguir con el juego—. Vamos, adelante.

—Alexandra —dijo—, llevo participando en competiciones estos últimos diez años, ya lo sabes. Mi Elo está por encima de los dos mil seiscientos puntos. No podrás ganarme sin más con la defensa india de rey, si es eso lo que estás pensando.

Siempre había sido mi defensa favorita, así que a ninguno de los dos le hizo falta que añadiese: «Tampoco pudiste la última vez».

—No me importa si te gano ni cómo te gane —dije. Bueno, mentí—. Pero si lo prefieres, responde con una defensa diferente. —Me parecía increíble que estuviésemos hablando de aquello en lugar de jugar.

—Me temo que ni siquiera sé cómo perder —repuso Vartan con una sonrisita de disculpa, como si acabase de darse cuenta de lo que estaba haciendo—. Ni mucho menos cómo perder a propósito. Sabes que no puedo dejarte ganar, aunque quisiera, solo para que te sientas bien.

—De acuerdo, entonces puedes dejar que me ría en tus narices… cuando te gane —dije—. Juega y calla.

A regañadientes, movió su caballo y reanudamos la partida.

Lo cierto es que en su siguiente movimiento sí adoptó otra defensa distinta de la previsible: ¡avanzó un peón hasta e6! ¡La defensa india de reina! Traté de disimular mi entusiasmo… porque aquello era exactamente lo que mi padre y yo habíamos planeado, esperado y para lo que habíamos ensayado y elaborado nuestra estrategia cuando yo iba a jugar con las blancas en Zagorsk.

Y como cualquier respuesta posible a aquella defensa había sido grabada a fuego en mi memoria desde mi más tierna infancia, estaba más que preparada para sacar toda mi artillería, por si alguien llegaba a emplearla contra mí. Vartan me había dicho en Wyoming que el momento propicio lo era todo, ¿no?

Bueno, pues aquel era el momento propicio.

La vida imita al arte. La realidad imita al ajedrez.

En el noveno movimiento, arrojé mi llave inglesa dentro del engranaje de la maquinaria de Vartan: moví mi peón de caballo de g2 a g4.

Mi adversario me dirigió una mirada de asombro y dejó escapar una risita. Saltaba a la vista que se le había olvidado que se suponía que era una partida en serio.

—Tú nunca has hecho ese movimiento en tu vida —dijo—. ¿Quién te crees que eres? ¿Una pequeña Kaspárov?

—No —contesté, sin alterar mi cara de póquer—. Soy una pequeña Solarin. Y si no me equivoco, ahora mueves tú.

Meneó la cabeza con gesto divertido, sin dejar de reír, pero por una vez le prestaba más atención al tablero que a mí.

El ajedrez es un juego interesante que nunca deja de dar lecciones sobre el funcionamiento de la mente humana. Yo sabía, por ejemplo, que Vartan contaba con la ventaja de un cerebro lleno a rebosar de diez años de variaciones de las que yo ni siquiera había oído hablar. En esos diez años, mi oponente había jugado contra los mejores jugadores del mundo, y casi todas las veces había ganado.

Sin embargo, por débil que fuese mi situación en comparación con la suya en ese aspecto, sabía que en ese momento yo contaba con la ventaja del elemento sorpresa. Cuando Vartan se había

sentado ante aquel tablero creía que iba a jugar contra la trauma-
tizada cría que a los doce años había abandonado el ajedrez y de
la que se había enamorado... y a la que esperaba no herir emo-
cionalmente si podía evitarlo. Sin embargo, tras el movimiento
inesperado de un peón, había descubierto de repente que estaba
jugando una partida que, si no prestaba la debida atención y muy
rápidamente además, podía incluso llegar a perder.

Era una sensación maravillosa.

Sin embargo, sabía que tenía que contener toda mi euforia
porque, de lo contrario, no lograría acabar aquella partida. Al fin
y al cabo —y bien podía apostarme la camisa, tal como diría
Key—, con la memoria enciclopédica de Vartan y su dilatada experiencia —que en ajedrez se conoce con el nombre de «conocimiento tácito»—, mi contrincante era capaz de recordar al instante todas las variaciones sobre ese último movimiento mío, al
igual que sobre muchos otros. No obstante, es bien sabido que
los maestros suelen centrar toda su atención en lo que es anormal
pero recordar lo que es normal. Así que tendría que engañar a su
cerebro, burlar a esa intuición tan cuidadosamente entrenada.

Solo disponía de un único as en la manga capaz de salvarme,
una baza que me había enseñado mi padre, una técnica que este
no había compartido con nadie, que yo supiese. Y yo sabía además que se trataba de algo que no podía formar parte del arsenal de herramientas del aprendiz de ajedrez estándar. Durante
años, a mí misma me había dado miedo utilizarlo, a causa de
mi supuesta *Amaurosis Scacchistica*, que había llegado a sufrir
durante el torneo incluso. De hecho, había llegado a preguntarme si no habría sido esa técnica de mi padre precisamente la
que me había provocado la ceguera ajedrecística, por la manera
en que a veces lo ponía todo patas arriba.

«Todo el mundo sabe —me había dicho mi padre desde que
era pequeña— que si una de tus posiciones se ve amenazada, tienes dos opciones como respuesta: defenderte o atacar. Sin embargo, hay otra opción en la que nadie piensa nunca: preguntarles a las piezas su propia opinión sobre la situación en la que se
encuentran.»

Aquello tenía muchísimo sentido para una niña. Se refería a que, a pesar de que cada posición en la que pudieras encontrarte podía tener sus puntos fuertes o débiles en términos de ataque o defensa del tablero general, cuando de las piezas se trataba, la situación era completamente distinta. Para un trebejo de ajedrez, esos puntos fuertes y débiles forman parte intrínseca de su propia naturaleza, del personaje al que representan. Son su *modus operandi*, tanto la libertad como las limitaciones con las que esa pieza se desplaza dentro de su aparentemente cerrado mundo en blanco y negro.

Una vez que mi padre me hubo explicado todo esto, enseguida me di cuenta de que, por ejemplo, cuando una dama amenaza a un caballo, el caballo no puede responder amenazando a la dama. O cuando una torre ataca a un alfil, el alfil no está en disposición de atacar a la torre. Ni siquiera la dama, la pieza más poderosa del tablero, puede permitirse el lujo de demorarse demasiado en una casilla oblicua que se halle en mitad del camino de un simple peón que se aproxima hacia ella, porque de lo contrario, este la matará. La debilidad de cada una de las piezas, en términos de sus limitaciones naturales, de cómo puede ser atrapada o atacada, también era su punto fuerte cuando se trataba de atacar a otro.

Lo que le gustaba a mi padre era encontrar situaciones en las que se pudiesen explotar esos rasgos innatos en vivo, en un agresivo bombardeo táctico masivo, una auténtica revelación para una chiquilla de seis años que no le tenía miedo a nada, y algo que esperaba poder utilizar ese día. Además, siempre había sido una jugadora táctica especializada más bien en el cuerpo a cuerpo, y sabía —aunque solo fuera para empatar con Vartan Azov— que, decididamente, necesitaba unas cuantas sorpresas más.

Después de lo que me pareció una eternidad, levanté la vista. Vartan me miraba con una expresión muy extraña.

—Es increíble… —exclamó—. Pero ¿por qué no lo has dicho?

482

—¿Por qué no has movido? —quise saber.

—Muy bien —convino—. En ese caso haré el único movimiento que puedo hacer.

Vartan extendió un dedo largo y derribó su rey.

—Se te ha olvidado mencionar que me tenías en jaque mate —me dijo.

Me quedé mirando el tablero, boquiabierta. Tardé quince segundos largos en darme cuenta.

—¿No lo sabías? —me preguntó, anonadado.

Yo estaba en una especie de shock.

—Supongo que necesito un poco más de entrenamiento antes de volver a saltar a la arena —admití.

—Entonces, ¿cómo lo has hecho?

—Es una técnica extraña que consiste en mirar al juego y que mi padre me enseñó cuando era pequeña —le expliqué—. Pero parece que algunas veces produce un efecto rebote, cuando se mete dentro de mis sinapsis cerebrales.

—Sea lo que sea —dijo Vartan, sonriendo de oreja a oreja—, creo que lo mejor será que me enseñes esa «técnica». Es la única vez en toda mi vida que no lo he visto venir.

—Ni yo tampoco —confesé—. Y cuando perdí aquella partida contra ti en Moscú, pasó lo mismo: *Amaurosis Scacchistica*. Nunca he querido decírselo a nadie, pero admito que aquella no fue la primera vez que me pasó.

—Xie, escúchame —dijo Vartan, al tiempo que rodeaba la mesa y se acercaba para tomar mis manos entre las suyas. Me hizo levantarme—. Todo jugador sabe que la ceguera ajedrecística puede afectar a cualquiera, en cualquier lugar y en cualquier momento. Cada vez que ocurre, te maldices a ti mismo, pero es un error creer que se trata de alguna maldición especial de los dioses reservada únicamente a ti. Ya habías abandonado el juego antes de poder descubrir eso por ti misma.

»Ahora —prosiguió—, quiero que mires ese tablero. Lo que acabas de hacer ha sido muy fuerte, y no solo una casualidad ni un accidente. Puede que tampoco haya sido una estrategia demasiado sofisticada, de hecho yo no había visto algo así en toda mi vida como jugador. Más bien ha sido como miles de tácticas estallando por todas partes, como trozos de metralla. Pero me ha pillado completamente desprevenido. —Hizo una pausa hasta conseguir toda mi atención y a continuación añadió—: Y has ganado.

—Pero no recuerdo cómo lo he hecho… —empecé a decir.

—Adelante —dijo—. Por eso es por lo que quiero que te sientes aquí a estudiar el tablero todo el tiempo que sea necesario, que lo reconstruyas todo hasta que sepas cómo has llegado hasta ahí. De otro modo sería como caerse de un caballo: si no vuelves a montar de inmediato, te dará miedo volver a hacerlo.

Me había dado miedo volver a montar durante más de diez años de temor y remordimiento acumulados, desde Zagorsk, y puede que incluso desde antes, pero sabía que Vartan tenía razón sobre lo siguiente: siempre me quedaría sentada en el suelo polvoriento, detrás de ese caballo galopante, hasta que lo averiguase.

Vartan sonrió y me dio un beso en la punta de la nariz.

—Yo prepararé la cena —anunció—. Avísame cuando hayas dado con la respuesta. No quiero distraerte en este momento tan crucial de tu descubrimiento, pero puedo prometerte solemnemente que cuando lo hayas resuelto, obtendrás una generosa recompensa. Un gran maestro dormirá en tu cama y te hará cosas deliciosas durante la noche entera.

Ya estaba a medio camino de la cocina cuando se volvió y añadió:

—Porque… tienes una cama, ¿no?

Vartan hojeó la pila de papel, mi reconstrucción de nuestra partida, mientras devorábamos los espaguetis que había preparado para los dos en mi desabastecida cocina. Pero no se quejó ni una sola vez, ni siquiera sobre el resultado de sus maniobras culinarias.

Yo observaba su rostro desde el otro lado de la mesa. De vez en cuando, asentía; una o dos veces se echó a reír a carcajadas, y al final, levantó la vista para mirarme.

—Tu padre era una especie de genio hecho a sí mismo —dijo—. Te aseguro que ninguna de las ideas que aparecen aquí la sacó de su larga estancia, de chico, en el Palacio de los Jóvenes Pioneros. ¿Y fue él quien te enseñó estas técnicas para bombardear al enemigo? Pero si es algo que podría haber ideado Philidor, solo que con piezas en lugar de peones... —Hizo una pausa y añadió—: ¿Por qué nunca utilizaste nada de esto conmigo hasta hoy? Ah, sí, por tu ceguera...

Entonces me miró como si acabara de experimentar una verdadera revelación.

—O a lo mejor hemos sido los dos los que hemos estado ciegos... —dijo.

—¿De qué estás hablando? —pregunté.

—¿Dónde está esa tarjeta que Tatiana te dio en Zagorsk?

Cuando la saqué del bolsillo del pantalón donde la había guardado, la puso del derecho y del revés para examinar ambos lados y luego se quedó mirándome fijamente.

—*Je tiens l'affaire* —dijo, remedando a Champollion cuando descubrió la clave de los jeroglíficos—. ¿No lo ves? Por eso dice: «Cuidado con el fuego». El ave Fénix es el fuego, la eternidad de la que hablaba tu madre: la muerte perpetua y el renacer de las cenizas y las llamas. Pero el pájaro de fuego no muere en las llamas ni en las cenizas ni en nada, sus plumas mágicas nos traen luz eterna. Creo que es la libertad a la que se refería tu madre. Y la elección. Y explicaría lo que ha descubierto sobre el mismísimo ajedrez, por qué ni Mireille ni Galen pudieron conquistar su verdadero significado, ni tampoco tu madre ayudándolos. Ya se habían bebido el elixir, cualesquiera que fueran sus motivaciones personales. Habían explotado el ajedrez de Montglane para sus propios fines egoístas, pero no para el propósito original de quien lo diseñó.

—Quieres decir que es como si el ajedrez llevase un mecanismo de seguridad incorporado —dije, desconcertada—, y que al-Jabir lo diseñó de forma que nadie que lo utilizase en su propio beneficio pudiese entonces acceder a sus poderes superiores.

Una gran solución, pensé, pero aún dejaba sin resolver el mismo problema al que nos habíamos enfrentado desde el principio.

—Pero ¿en qué consisten esos poderes superiores? —pregunté.

—Tu madre me dijo que te había dado a ti la clave de todo lo demás —contestó Vartan—. ¿Qué fue lo que te dijo?

—Nada, en realidad —respondí—. Solo me preguntó si había entendido todos los mensajes que me había dejado en Colorado, sobre todo el primero: «El tablero tiene la clave». Me dijo que ese mensaje había sido para mí, su regalo personal.

—¿Cómo iba a ser su regalo personal —se preguntó Vartan— cuando todos vimos ese dibujo del tablero, como sin duda ella sabía que haríamos? Debía de referirse a otro tablero con la clave.

Miré al tablero que seguía ante nosotros, en la mesa, con el jaque mate aún intacto en su superficie. La mirada de Vartan siguió la mía.

—Lo encontré dentro del piano de mi madre en Colorado —dije—. Estaba preparado con nuestra última partida de Moscú, la que jugamos tú y yo, exactamente en el movimiento en el que perdí. Key me dijo que tú mismo le habías enviado a mi madre la posición…

Pero Vartan ya estaba retirando nuestros platos de espaguetis y las copas de vino de encima de la mesa y barriendo a un lado los peones y las piezas.

A continuación, se volvió hacia mí y dijo:

—Tiene que estar ahí, y no oculto en las piezas. Ella dijo el tablero.

Miré a Vartan y sentí cómo se me aceleraba el corazón. Examinaba el tablero minuciosamente, palpándolo con las yemas de los dedos, al igual que había hecho con aquel escritorio en Colorado. Sentí la imperiosa necesidad de parar todo aquello. Nunca en toda mi vida había tenido tanto miedo de mi propio futuro.

—Vartan —dije—, ¿y si acabamos igual que todos los demás? Al fin y al cabo, tú y yo somos rivales natos, desde nuestra infancia. Ahora mismo, en esa partida, lo único que quería era derrotarte. No he pensado ni una sola vez en el sexo, la pasión o el amor. ¿Y si caemos nosotros también? ¿Y si, igual que les ha pasado a ellos, resulta que no podemos detener el juego, e incluso jugamos el uno contra el otro?

Vartan me miró y al cabo de un momento sonrió. Me pilló por sorpresa: era una sonrisa verdaderamente radiante. Se acercó y me tomó de la muñeca para volverme la mano y besar el lugar donde mi pulso latía con más fuerza que de costumbre.

—Desde luego, el ajedrez será el único «juego» en el que jugaremos el uno contra el otro, Xie —dijo—. Y hay que detener todos esos otros juegos también.

—Lo sé —repuse, y apoyé la frente en la mano que todavía me asía por la muñeca. Estaba demasiado exhausta para pensar.

Me acercó la otra mano al pelo un momento y luego me volvió la cabeza para que lo mirara.

—En cuanto a eso de cómo «acabaremos» —dijo—, creo que será más bien algo parecido a lo de tus padres. Bueno, eso si tenemos mucha, mucha suerte. Pero todo jugador de ajedrez que se precie conoce la famosa frase de Thomas Jefferson: «Creo mucho en la suerte, y he descubierto que cuanto más trabajo, más suerte tengo».

»Así que ahora, manos a la obra: a trabajar —añadió—. Y ojalá que tengamos suerte.

Me agarró la mano y la colocó en el tablero. A continuación, sin apartar su mano de la mía, deslizó la punta de mi dedo bajo la del suyo hasta que oí un chasquido. Levantó mi mano del tablero, un trozo de cuya superficie se había abierto. En el interior había una sola hoja de papel en un envoltorio de plástico. Vartan la sacó y me la dio para que ambos pudiésemos examinarla.

Era un dibujo diminuto de un tablero de ajedrez. Vi que muchos de los peones y las figuras estaban conectados con pequeñas líneas que luego continuaban hasta el borde de la hoja, donde una serie de números distintos estaban escritos encima de cada línea. Los conté y vi que había veintiséis líneas en total: el número exacto de piezas que Lily nos había dicho que mi madre había conseguido reunir en la última partida del juego. Algunas de ellas parecían estar agrupadas en conjuntos, como series de palos.

—Esos números —dijo Vartan— deben de corresponder a alguna clase de coordenadas geodésicas, puede que el área de un mapa donde han sido escondidas cada una de las piezas. Así que solo puede haber dos opciones: o bien tu padre no era el único que conocía esta información, o tomó la decisión de anotarla por escrito a pesar del riesgo. —A continuación añadió—: Pero unos números como estos no podrían proporcionarnos más que una idea general, y no su ubicación exacta.

—Salvo por esto de aquí tal vez —dije, porque acababa de advertir algo—. Mira, hay un asterisco aquí, junto a los números.

Seguimos el recorrido de aquella línea hacia atrás, hacia la ilustración del tablero para ver con qué pieza podían estar conectadas aquellas coordenadas.

La línea conducía a la Reina Negra.

Vartan volvió la hoja; en el reverso había un pequeño mapa de un lugar que me resultaba completamente familiar, con una flechita abajo, señalando hacia el norte, que parecía indicar «Empezad desde aquí». Para entonces el corazón ya me latía con tanta fuerza en los oídos que el ruido era ensordecedor. Agarré a Vartan del brazo.

—¿Quieres decir que reconoces dónde está ese lugar? —preguntó Vartan.

—Está aquí mismo, en Washington —le dije, tragando saliva con gran esfuerzo—. Y teniendo en cuenta a qué pieza señalaba la línea en el reverso, ¡tiene que ser justo ahí, aquí mismo, dentro de la propia ciudad, donde mi madre escondió la verdadera Reina Negra!

De pronto, desde el otro lado de la habitación, una voz familiar dijo:

—No he podido evitar oír vuestra conversación, querida.

El vello de la nuca se me erizó.

Vartan se había puesto en pie de un salto, agarrando todavía con fuerza el dibujo del tablero en sus manos.

—¿Se puede saber quién diablos es ese? —me dijo entre dientes.

En el umbral de la puerta, para mi consternación y horror, estaba mi jefe, Rodolfo Boujaron.

—No, no, por favor —dijo Rodo—, sentaos otra vez, por favor. No era mi intención molestaros ahora que parecíais a punto de acabar de cenar.

Sin embargo, entró en la habitación de todos modos y le tendió la mano a Vartan.

—Me llamo Boujaron —se presentó—, el jefe de Alexandra.

Vartan había depositado el mapa disimuladamente en mi regazo antes de dar un paso al frente y estrechar la mano de Rodo.

—Vartan Azov —dijo—, un amigo de Alexandra de la infancia.

—Bueno, pero a estas alturas seguro que eres mucho más que eso —señaló Rodo—. Te recuerdo que he escuchado toda vuestra conversación. No pretendía invadir vuestra intimidad, pero me temo, Alexandra, que te dejaste el móvil entre los cojines del sofá (sin querer, por supuesto) la última vez que estuviste aquí. Galen, nuestros compatriotas y yo solo lo estábamos utilizando para vigilar a aquellos que pudieran entrar en tu apartamento buscando algo en tu ausencia. Verás, la verdad es que solo tu madre sabía dónde había escondido su lista, y solo confiaba en ti para que descubrieras dónde estaba. Pero con esa manía tuya de ir de acá para allá estos últimos días, dando tumbos como una pelota de petanca... bueno, pues la verdad es que teníamos que asegurarnos. Toda precaución es poca en estos tiempos tan difíciles. Estoy seguro de que los dos estaréis de acuerdo conmigo.

Se dirigió al sofá y sacó el teléfono de entre los cojines, donde Nim lo había dejado, abrió la ventana y lo arrojó al agua del canal que discurría debajo.

Así que habían vuelto a dejarme compuesta y sin teléfono. Pero ¿cómo podía ser tan tonta? Me dieron náuseas al pensar en todo lo que debía de haber oído ya, y en especial, esos momentos íntimos entre Vartan y yo.

Sin embargo, a aquellas alturas supuse que sería absurdo que me hiciese la tonta y la inocente y le dijese: «¿Lista? ¿Qué lista?», de modo que en vez de eso, opté por preguntar:

—¿Por qué hablas en plural? ¿Quiénes son esos «compatriotas» de los que hablas?

—Los hombres de Euskal Herria —contestó Rodo, sentándose a la mesa y haciéndonos señas para que hiciésemos lo mismo—. Les gusta ponerse boinas y fajines rojos y fingir que son vascos, aunque resulta que, con el entrenamiento adecuado, los derviches profesionales también pueden dar esos saltos en el aire propios de la ezpata-dantza.

Se había sacado una petaca de un bolsillo y extrajo unos vasos pequeños del otro.

—Aguardiente de cerezas vasco. —Llenó los vasos y luego nos los ofreció—. A continuación, añadió—: Os gustará.

Estaba más que lista para tomarme un buen trago, así que probé el aguardiente. Estaba buenísimo, ácido y afrutado, y me recorrió la garganta como fuego líquido.

—¿La brigada vasca son en realidad derviches? —pregunté, aunque ya empezaba a captar el mensaje.

—Los sufíes llevan esperando mucho, mucho tiempo, desde la época de al-Jabir —contestó Rodo—. Mi gente en los Pirineos lleva trabajando con ellos más de mil doscientos años. ¿Te acuerdas de ese lema que hay encima de la puerta de mi cocina sobre las matemáticas vascas, el de 4+3=1? Bien, pues resulta que esos números también suman ocho, un juego que tu madre conoce muy bien. Cuando hace diez años Galen le contó la verdad sobre la muerte de tu padre y la escisión que esta creó en el equipo blanco, ella acudió directamente a mí.

—¿Escisión? —repitió Vartan—. ¿Se refiere a la que creó Rosemary Livingston?

—En cierto sentido fue ella quien la desencadenó —nos explicó Rodo—. Cuando murió su padre, ella solo era una niña. La primera vez que Rosemary, de pequeña, vio a tu madre, parece ser que Cat le regaló una pequeña reina blanca de plástico de un juego de ajedrez magnético, cosa que despistó a su padre, al-Marad, pues creyó que Cat era una jugadora del equipo blanco, aunque no tardó en salir de su engaño. Desde el momento en que tú también empezaste a jugar al ajedrez, y aunque Rosemary nunca llegó a estar segura del todo acerca de qué papel ibas a desempeñar, esta empezó a moverse como un animal depredador cercando a su presa. Todavía era muy joven para ser una jugadora tan implacable, aunque nadie sabía cuán implacable podía llegar a ser.

»Cuando Galen March, junto con Tatiana Solarin, su propia descendiente y a la que había rescatado, se dieron cuenta de que la única manera de reunir todas las piezas, al menos en la forma en que originalmente pretendía reunirlas al-Jabir, era juntando a todos los jugadores, supieron que su mejor baza para conseguirlo era traer al hijo de Tatiana, Alexander, y a través de él a la esposa de este, Cat, de vuelta al juego. Taras Petrosián era el instrumento mediante el cual ejecutaron su plan. Una vez supieron que una última partida de ajedrez iba a tener lugar en Zagorsk, llevaron allí la Reina Negra para exhibirla. Nadie se dio cuenta de que esa era precisamente la oportunidad que Rosemary y Basil andaban buscando: lograron volver las tornas, ordenaron disparar a Solarin antes de que pudiera marcharse con aquella información y se quedaron con la Reina Negra para ellos.

—Entonces —intervino Vartan—, ¿está diciendo que mi padrastro, Petrosián, no estaba implicado en los planes de los Livingston?

—Es difícil saberlo —respondió Rodo—. Lo que sí sabemos es que ayudó a salvar la vida del padre de Alexandra sacándolo de allí. Pero Petrosián se vio obligado a salir de Rusia poco después, aunque, en todo caso, parece ser que Livingston siguió financiando al menos uno de sus torneos de ajedrez en Londres.

—Entonces —le pregunté yo a Rodo—, si los Livingston robaron la Reina Negra en Zagorsk, ¿dónde la han tenido escondida todo este tiempo? ¿Cómo logró hacerse con ella Petrosián para que pudiera llegar a manos de mi madre?

—Galen March se la pasó clandestinamente a Petrosián para que este se la enviara a tu madre —dijo Rodo—. Por eso es por lo que tu madre organizó su fiesta de cumpleaños en Colorado en cuanto se enteró de que habían matado a Petrosián. Estaba desesperada, tenía que alejar como fuese a todos los jugadores del lugar donde se hallaba escondida la pieza en ese momento hasta que pudiese ponerse en contacto contigo de algún modo. Pero ¿y aquel ejemplar de *The Washington Post* que te dejé en la puerta hace una semana? Tu madre quería que te alertásemos, pero sin llamar demasiado la atención, de cuándo había sido invadida la ciudad de Bagdad. Estaba segura de que tú misma establecerías la relación. Sin embargo, luego, cuando escuchamos tu conversación con tu tío, nos dimos cuenta de que habíamos pasado por alto algo que se mencionaba allí, en el artículo: el grupo de diplomáticos rusos que había sido bombardeado cuando salía de Bagdad. Los Livingston sabían que habían sido traicionados por alguien, pero no sabían quién. Galen y yo hicimos copias del periódico para enviarlas a todos cuantos necesitasen aquella importantísima información…

Hizo una pausa, pues se dio cuenta de que para entonces yo ya había averiguado la respuesta a la mayoría de mis preguntas.

—¡Pues claro! —exclamé—. ¡Rosemary escondió la Reina Negra en Bagdad! ¡Esa sala secreta en el aeropuerto de Bagdad! ¡Los contactos rusos de Basil! Su fiesta del lunes aquí, en Sutaldea, con todos esos magnates del petróleo… Debieron de organizarla en el mismo momento en que descubrieron que la Reina había desaparecido de Bagdad, que Galen podía habérsela llevado, que tal vez estuviera ya en manos de mi madre. —Pero no tuve más remedio que echarme a reír por lo que pensé a continuación—: Me imagino a Rosemary dando un cambio de sentido bastante acelerado de aquí a Colorado y vuelta otra vez si creía que mi madre iba a pasarme a mí, de algún modo, en alguna parte, otra de las piezas de ajedrez.

Pero entonces vi con una claridad meridiana el verdadero significado de todo aquello.

—Si Rosemary ordenó matar a mi padre en Zagorsk para poder hacerse con la Reina e impedirle a él transmitir la información sobre la existencia de esa pieza a alguien —dije—, y si diez años más tarde, una vez supo de la traición de Petrosián, ordenó matarlo por la misma razón, para impedir que le contase a nadie en el torneo de ajedrez adónde había enviado la Reina hasta que ella misma pudiese llegar a ese destino...

Miré a Vartan. Por lo sombrío de su expresión y por el hecho de que ambos sabíamos qué partes del rompecabezas obraban en mi poder, el dibujo del tablero y la ubicación de las piezas, empezando por la Reina Negra, seguramente no era necesario que pronunciase en voz alta lo obvio.

«Yo soy la siguiente.»

Rodo me ahorró tener que decirlo en voz alta de todos modos.

—Estás a salvo por el momento —dijo con calma, sirviéndonos otro trago de aguardiente, como si cualquier peligro estuviese lejos de aquella habitación y fuese cosa del pasado—. En cuanto la bromista de tu amiga Nokomis nos encerró a los cuatro en aquella suite del hotel, Nim se dirigió a la puerta, con el teléfono en ristre, para marcar el número de los de seguridad y tratar de abrir la cerradura por la fuerza, cuando Galen March lo disuadió de hacer ambas cosas asiéndolo por el brazo. Fue entonces cuando Galen nos lo dijo.

—¿Cuando les dijo el qué? —quiso saber Vartan.

—Que todo esto había sido planeado por la madre de Alexandra —continuó Rodo—. Ya había dicho que Key era la nueva Reina Blanca. Dijo que aquella era, como suele decirse, una partida completamente nueva pero con reglas del todo distintas. Que Alexandra tenía un dibujo del tablero y que no tardaría en conocer también la ubicación de las piezas.

—¿Que dijo qué? —exclamé, dando un respingo, mientras por el rabillo del ojo veía estremecerse a Vartan.

¡Aquello era peor que la peor de mis pesadillas! El señor Galen March, alias Emperador del Sacro Imperio Romano de Occidente, me había estado tomando soberanamente el pelo. Pero ahí no acababa todo, ni mucho menos. Empecé a darle a la cabeza una y otra vez para reconstruir el contexto dentro de aquella habitación en el Four Seasons, en el instante en que la habíamos abandonado: mi tío Slava, Galen y Rodo...

Y Sage Livingston.

Sage Livingston, allí, sentadita y toqueteando su pulsera de diamantes.

—¡La pulsera de Sage ha estado pinchada todo el tiempo! —exclamé, dirigiéndome a Rodo.

—*Mais bien sûr* —repuso él, con su incombustible *sang-froid*—. ¿Cómo si no iba a haberte protegido tu madre todos estos años? ¿Cómo habría comunicado lo que quería que creyeran los Livingston, sin la ayuda involuntaria de Sage?

—¿Su ayuda involuntaria, dices? —repetí.

Estaba absolutamente horrorizada. La madre de Sage la había presionado para que se hiciese amiga mía, y mi propia madre la había utilizado, entre otras muchas cosas, para cerrar el trato inmobiliario que había trasladado a Galen March al centro del tablero en Colorado. Y ¿qué había querido decir Rodo con lo de «todos estos años»? ¿Acaso llevaba ya Sage aquella raqueta de Mata Hari en la escuela de primaria?

—Por eso es por lo que Galen estaba tan enfadado antes —prosiguió Rodo—. Cuando tu madre se esfumó de repente y Galen no pudo ponerse en contacto con ella, planeó, junto con Nokomis Key, reunirse contigo y con tu tío en privado y contároslo todo. Cuando Sage siguió pegándose a él como un chicle a la suela de un zapato, acudió a mí en busca de ayuda. Pero en el Four Seasons, cuando te vio llevarte a Sage aparte para interrogarla en privado, se asustó y volvió a bajar por la escalera del club. Tenía miedo de que, sin querer, le revelases algo a ella o ella a ti que pudiese ser captado por oídos ajenos y lo estropease todo. Al final, cuando Nokomis llegó y vio a Sage allí, ella misma se encargó de tomar las riendas de la situación. Galen pensó que su única solución era dirigir la atención de Sage, y la de los omnipresentes guardias de seguridad de los Livingston, de nuevo hacia el juego… y lejos del misterio que tu familia estaba protegiendo.

Ahora al menos ya sabía cómo los «Servicios Secretos» espías habían conseguido seguirnos la pista tan rápido, hasta que Key los despistó cruzando el río. Pero si el clan de los Livingston andaba por ahí con esa clase de información, estaba claro que mi vida no valía un centavo.

—¿Cómo puedes decir que estoy «a salvo por el momento»? —repetí las palabras de Rodo—. Exactamente, ¿dónde está ahora mismo esa curiosa panda de villanos?

—Una vez que nos libramos de Sage —dijo Rodo—, Galen reveló la verdad sobre Solarin, y entonces él y Nim pudieron urdir un plan para protegerte. Me dieron permiso para contaros todo esto en cuanto ambos regresarais esta noche. Tu tío ha conseguido ahorrarte la molestia de tener que volver a tener tratos con los Livingston, no en vano Ladislaus Nim es uno de los tecnócratas informáticos más importantes del mundo. En cuanto estuvo al corriente de la situación, según tengo entendido, se aseguró de que a través de distintos canales de cooperación antiterrorista, las cuentas bancarias de los Livingston en distintos países quedaran bloqueadas inmediatamente en espera de la resolución de varias investigaciones criminales pendientes: en Londres, por ejemplo, la investigación sobre el asesinato de un antiguo ciudadano soviético que vivía en suelo británico. También se ha cursado una orden de detención, naturalmente, respecto a la complicidad de cierto magnate del petróleo y el uranio, residente en Colorado, con el antiguo régimen de Bagdad. —Rodo consultó su reloj.

»Y con respecto al paradero de los Livingston en este preciso instante, y puesto que solo hay un país que pueda negarse a cooperar con el proceso de extradición, ahora mismo me imagino que estarán en alguna parte en el aire sobrevolando Arkángel, rumbo a San Petersburgo o Moscú.

Vartan dio un puñetazo de frustración encima de la mesa.

—¿Y os creéis que solo con bloquear las cuentas de los Livingston y con exiliarlos a Rusia vais a proteger a Alexandra?

—Solo hay una cosa capaz de protegerla —le contestó Rodo—: la verdad.

A continuación se dirigió a mí.

—Cat era más realista —prosiguió—. Sabía lo que se necesitaba para salvarte. Te envió a mí solo cuando entendió que era a una cocina, y no a un tablero de ajedrez, adonde debías acudir para aprender las lecciones que se requieren de un alquimista. Y se dio cuenta de que todos necesitamos alguna especie de conductor de cuadriga para unir nuestras fuerzas, como aquellos caballos de Sócrates, uno tirando hacia el cielo y el otro hacia la tierra, como la batalla del espíritu y la materia. Lo veis a nuestro alrededor: gente que vuela en unos aviones y los estrella contra edificios porque odian el mundo material y quieren destruirlo antes de marcharse de él; otros que desprecian tanto lo espiritual que quieren bombardearlo para amoldarlo a su idea de normalidad... No es eso lo que llamaríamos un mundo «equilibrado».

Hasta ese momento, yo no tenía ni idea de que Rodo tuviese opiniones formadas respecto a aquel o cualquier otro tema semejante, aunque no estaba segura de adónde quería ir a parar con aquella especie de charla sobre «los opuestos se atraen». Sin embargo, entonces recordé lo que había dicho sobre Carlomagno y la fortaleza de Montglane y le pregunté:

—¿Por eso es por lo que dijiste que el cumpleaños de mi madre y el mío son importantes? ¿Porque el 4 de abril y el 4 de octubre son opuestos en el calendario?

Rodo nos dedicó una sonrisa radiante a Vartan y a mí.

—Así es como tiene lugar el proceso —dijo—: el 4 de abril se halla entre los primeros signos de la primavera del zodíaco, *le Belier* y *Taurot*, el Carnero y el Toro, cuando en todos los libros de alquimia aparece la siembra de las semillas de la Gran Obra. La cosecha es seis meses más tarde, entre Libra, la Balanza, y Escorpio... simbolizado en su forma más baja por el escorpión y en el aspecto más elevado por un águila o pájaro de fuego. Estos dos polos son descritos por el proverbio indio *Jaisi Karni, Vaise Bharni*: nuestros resultados son el fruto de nuestros actos. «Se cosecha lo que se siembra.» De eso es de lo que trata *El libro de la balanza* de al-Jabir al-Hayan: sembrar la semilla y cosechar significa encontrar el equilibrio, la balanza. Los alquimistas denominan a este proceso la Gran Obra.

»El hombre al que llamamos Galen March —añadió—, ya habéis leído sus papeles así que ya lo sabéis, fue el primero en mil años en resolver la primera fase de este rompecabezas.

Lo miré y dije:

—Ha tenido un papel muy importante en todo esto, pero ¿qué es de Galen ahora?

—Está *en retrait* durante un tiempo, igual que tu madre —dijo Rodo—. Os envía esto a los dos.

Me dio un paquete, similar al que nos había dado Tatiana solo que más pequeño.

—Podéis leerlo cuando me vaya esta noche. Me parece que puede resultaros útil en vuestra búsqueda de mañana. Y tal vez incluso después.

Yo tenía miles de preguntas, pero cuando Rodo se levantó, Vartan y yo hicimos lo mismo.

—Puesto que Cat os ha guiado hasta la primera de las piezas ocultas —dijo—, justo aquí en Washington, adivino, aun sin ver el mapa que habéis escondido para que no lo vea, cuál puede ser el lugar donde haréis vuestra cosecha mañana. —Cuando llegó a la puerta, se volvió por encima del hombro para mirarnos—. Vosotros dos juntos, es perfecto. Es el secreto, ¿sabéis? —dijo—. El matrimonio del blanco y el negro, del espíritu y la materia; se conoce desde la antigüedad como «el matrimonio alquímico», el único modo de que el mundo sobreviva y se perpetúe.

Sentí cómo me iba poniendo cada vez más roja. Ni siquiera podía mirar a Vartan.

A continuación, Rodo desapareció por la puerta y en las entrañas de la noche.

Volvimos a sentarnos y nos serví a ambos otros dos tragos de aguardiente mientras Vartan abría el paquete con la carta de Charlot y me la leía en voz alta.

# EL RELATO DEL ALQUIMISTA

Corría el año 1830 cuando descubrí el secreto para elaborar la fórmula, como había sido profetizado.

Estaba en el sur, viviendo en Grenoble, cuando Francia cayó una vez más en las garras de otra revolución que comenzó, como siempre, en París. Nuestro país volvía a estar sumido en el caos absoluto, como lo había estado en la época de mi concepción, hacía tanto tiempo, cuando mi madre Mireille había atravesado las barricadas para huir a Córcega con los Bonaparte y mi padre, Maurice Talleyrand, había huido a Inglaterra y luego a América.

Pero en esa nueva revolución, las cosas no tardarían en ser bien distintas.

En el mes de julio de 1830, nuestro monarca Borbón restaurado, Carlos X, después de permanecer seis años en el poder y tras haber revocado las libertades civiles y disuelto la guardia nacional, había enfurecido al pueblo una vez más deshaciéndose de los magistrados y cerrando todos los periódicos independientes. Ese mes de julio, cuando el rey se fue de París para salir en una partida de caza en una de sus fincas, los burgueses y las masas de París convocaron al marqués de La Fayette, el único noble de la vieja guardia que parecía creer aún que la restauración de nuestras libertades era posible, y le encomendaron la tarea de reconstituir una nueva guardia nacional en el nombre del pueblo y de recorrer la campiña francesa en busca de soldados adicionales y de más municiones. Acto seguido, en una rápida sucesión, el pueblo nombró al duque de Orleans regente de Francia, votó restaurar la monarquía constitucional y envió una misiva al rey Carlos exigiéndole que abdicase.

En cuanto a mí, yo seguía viviendo una existencia apacible en Grenoble, pues ninguno de aquellos acontecimientos políticos significaba para mí lo más mínimo. Al tiempo que era capaz de prever las cosas, era como si mi vida acabase de empezar.

Y es que a mis treinta y siete años, la edad exacta que tenía mi padre cuando conoció a mi madre, estaba exultante de felicidad y a punto de sentirme completamente realizado. Había recuperado mi don de la clarividencia, junto con mis poderes. Y como si el propio destino así lo hubiese dictaminado, las cosas estaban saliendo a pedir de boca.

Y lo que era aún más asombroso: estaba perdidamente enamorado. Haidée, con veinte años de edad a la sazón y más deslumbrantemente hermosa si cabe que cuando la había conocido, se había convertido en mi esposa y esperaba nuestro primer hijo. Tenía la certeza absoluta de que no tardaríamos en poseer esa vida y ese amor idílicos que con tanta ansia había anhelado mi padre para sí a lo largo de su existencia. Y yo me reservaba un gran secreto que no le había confiado a nadie, ni siquiera a Haidée, como sorpresa. Si completaba aquella gran obra, para la que sabía que había nacido y estaba destinado, por imposible que pareciese, el amor de Haidée y el mío podrían sobrevivir más allá incluso de la muerte.

Todo parecía perfecto.

Gracias a los esfuerzos de mi madre, en ese momento nos encontrábamos en posesión del dibujo del tablero del ajedrez de Montglane y del paño guarnecido con joyas preciosas que lo cubría, recuperados ambos por la abadesa de Montglane para nosotros, y teníamos además las siete piezas que antaño pertenecieron a mi madrastra, madame Catherine Grand. También obraba en nuestro poder la Reina Negra que Talleyrand había obtenido de Alejandro de Rusia, la cual, gracias al último comunicado enviado por la abadesa a Letizia Buonaparte y Shahin, ahora sabíamos que era solo una copia hecha por la abuela del zar Alejandro, Catalina la Grande. Mi madre, con Shahin y Kauri, seguía buscando aún las demás piezas, tal como llevaban haciéndolo desde hacía tiempo.

Pero yo poseía además la verdadera Reina Negra, a la que le faltaba una esmeralda, protegida durante tantos decenios por los bektasíes y Alí Bajá. Con la ayuda de Kauri, Haidée y yo la habíamos rescatado del lugar donde Byron la había escondido, en una isla desierta y montañosa en la costa de Maina.

En Grenoble, pasaba todas las tardes en nuestro laboratorio en compañía de Jean-Baptiste Joseph Fourier, el gran científico al que ya había conocido de niño en Egipto. Su *protégé*, Jean-François Champollion, acababa de realizar un viaje, a expensas del gran duque de Toscana, visitando las antigüedades egipcias que ya estaban desperdigadas por colecciones de toda Europa, y el año anterior Champollion había regresado de una expedición al propio Egipto, desde donde nos había traído información sumamente valiosa.

Por lo tanto, y a pesar del limitado número de piezas en nuestro poder en esos momentos, preveía que me encontraba a punto de realizar el gran descubrimiento que durante tanto tiempo se me había resistido: el secreto de la vida eterna.

Entonces, hacia finales del mes de julio, La Fayette nos envió a un joven a Grenoble en misión de apoyo al golpe de Estado que todavía se estaba tramando en París. Dicho emisario era el hijo de un gran militar ya fallecido, el general Thomas Dumas, quien, a las órdenes de Napoleón, había sido general en jefe del ejército del frente occidental del Pirineo vascofrancés.

El hijo, de veintiocho años, se llamaba Alexandre Dumas y era un dramaturgo de gran éxito en París. Lucía un porte romántico, muy al estilo de Byron, con sus exóticos rasgos criollos y la maraña de pelo de algodón, con la chaqueta de corte militar conjuntada de forma harto elegante con un fular largo que le rodeaba el cuello. Supuestamente, La Fayette lo había enviado allí con el propósito de reunir armas, pólvora y munición del sur, pero en realidad, lo había enviado para recabar información.

El científico monsieur Fourier era ya famoso en el mundo entero como autor de la *Teoría analítica del calor*, que con los años ya había llevado a mejores diseños en la fabricación de cañones y otras armas de pólvora. Pero al parecer, a su viejo amigo y aliado La Fayette le habían llegado rumores acerca de otro proyecto. El general, viendo ya a Francia a las puertas de una renovada esperanza de restaurar la república o una monarquía constitucional, también albergaba él mismo esperanzas renovadas respecto a otro acontecimiento de muy distinta índole, uno que nada tenía que ver con la guerra ni sus armas, un descubrimiento del que llevaba hablándose desde tiempos inmemoriales.

Sin embargo, Alexandre, el joven emisario de La Fayette, no esperaba encontrarse con lo que se encontró a su llegada a Grenoble. ¿Cómo iba a haberlo imaginado siquiera? Nadie podía saber qué era lo que el futuro nos depararía a todos muy pronto… es decir, nadie salvo yo.

Sin embargo, había una cosa que mi clarividencia seguía sin poder abarcar del todo: la propia Haidée.

—¡Haidée! —exclamó el joven Dumas en cuanto vio a mi extremadamente hermosa y embarazada esposa—. *Ma foi!* ¡Qué nombre tan adorable! Entonces, ¿de veras existen mujeres que llevan el nombre de Haidée fuera de los poemas de Byron?

En resumidas cuentas, el joven Dumas cayó bajo el hechizo de los encantos de mi esposa, como les ocurría a todos, y no solo a los admiradores de los versos de su padre. Alexandre se pasó días, semanas enteras, adorando a mi encantadora Haidée y pendiente de cada una de sus palabras. Ella compartió su vida con él y llegaron a quererse muchísimo como amigos.

Había pasado poco más de un mes desde la llegada de Alexandre, cuando Fourier, un añoso revolucionario de sesenta y dos años, pensó que había llegado el momento de compartir con el joven nuestro secreto, explicándoselo todo, incluso la implicación de Byron, para que Alexandre regresase y lo compartiese a su vez con La Fayette.

Estábamos tan próximos a descubrir la verdad…

Habíamos completado la primera fase, la Piedra Filosofal, tal como se la conocía en la alquimia, el residuo de polvo negro rojizo que conducía a todo lo demás, tal como llevaba creyendo desde que tenía diez años de edad. Aquello crearía el ser humano perfecto, acaso el primer paso en la manifestación de la civilización perfecta para cuya creación había sido diseñado aquel juego de ajedrez. Habíamos envuelto la piedra en cera de abeja y habíamos recogido el agua densa en el momento propicio del año.

Sabía que había llegado la hora. Me hallaba en la antesala de extender mi presente perfecto hacia un futuro infinitamente perfecto.

Tomé el polvo en mis manos.

Me bebí el elixir.

Y luego algo salió terriblemente mal.

Levanté la vista y vi a Haidée de pie en la puerta del laboratorio, con la mano en el corazón. Tenía los ojos plateados enormes y luminosos. Junto a ella, agarrando su mano con fuerza entre las suyas, se hallaba la última persona a la que esperaba ver allí: Kauri.

—¡No! —gritó mi esposa.

—Es demasiado tarde —dijo Kauri.

Nunca olvidaré aquella expresión de horrible angustia en el rostro de mi amigo. Me quedé mirándolos a los dos al otro lado de la sala. El tiempo que tardé en armarme de valor para hablar se me antojó una eternidad.

—¿Qué he hecho? —exclamé con voz entrecortada, al tiempo que el horror por mi acto egoísta empezaba a calar en mí.

—Has destruido toda esperanza —dijo Haidée.

Antes de poder darme cuenta de lo que había querido decir con sus palabras, mi esposa puso los ojos en blanco y se desmayó. Kauri la tomó en sus brazos para dejarla en el suelo y eché a correr para cruzar el laboratorio y ayudarlo, pero en cuanto llegué hasta ellos, el efecto de la poción se apoderó de mi organismo. Mareado, me senté en el suelo junto al cuerpo yacente de mi postrada esposa. Kauri, con su larga túnica, se agachó a nuestro lado.

—Nadie imaginó nunca que harías una cosa así —me dijo en tono solemne—. Tú eras el que había sido profetizado, como hasta mi padre sabía. Él creía que tú y tu madre, el Rey Blanco y la Reina Negra, tal vez podríais cumplir el cometido que invoca *El libro de la balanza*. Pero ahora me temo que lo máximo que podemos hacer es dispersar las piezas, protegerlas escondiendo de nuevo las que tenemos al menos, hasta que aparezca alguien más capaz de poner fin a este juego. Pero ahora ni siquiera tú puedes resolverlo, ahora que has bebido, ahora que has sucumbido a la sed interior que domina a la razón. Debe ser alguien que esté preparado para protegerlas para toda la eternidad, si es necesario, sin la esperanza de cosechar la recompensa del ajedrez para su propio beneficio.

—¿Para toda la eternidad? —pregunté, confuso—. ¿Quieres decir que si Haidée se bebe el elixir como he hecho yo, tendremos que vagar por la tierra para siempre, protegiendo estas piezas hasta que aparezca otra persona capaz de averiguar la respuesta más profunda del enigma?

—Haidée no —me dijo Kauri—. Ella nunca lo beberá. Desde el momento en que aceptó esta misión, cuando éramos solo unos niños, no ha realizado ningún acto que sirviese sus propios intereses ni los de aquellos a los que amaba. Todo ha sido puesto al servicio de esa otra misión de rango más elevado para la que el propio ajedrez fue diseñado originalmente.

Lo miré a medida que el horror más absoluto iba apoderándose de mí. El mareo ya casi me producía náuseas. ¿Qué había hecho?

—¿Acaso lo desearías para ella —me preguntó Kauri con dulzura—, ese futuro al que tú mismo te enfrentas ahora? ¿O lo dejarás en manos de Alá?

Ya fuese Alá, el destino o el *kismet*, lo cierto es que no fui yo quien hizo esa elección, porque al cabo de menos de un mes, mi madre y Shahin regresaron tras recibir un aviso urgente.

Nació mi hijo, Alexandre Dumas de Rémy.

Y tres días más tarde, murió Haidée.

El resto, ya lo conocéis.

Cuando hubo terminado de leer aquello, Vartan dejó la carta en la mesa con cuidado, como si temiera lastimar al pasado de algún modo. Me miró.

Yo seguía en estado de shock.

—Dios, qué cosa tan horrible… —exclamé—. Descubrir en el momento más feliz de tu existencia que en realidad has creado una fórmula abocada a la tragedia. Pero se ha pasado una vida muy, muy larga tratando de enmendar ese error.

—Por eso es por lo que Mireille también bebió el elixir, claro —dijo Vartan—. Eso es lo que Lily nos dijo desde el principio en Colorado, que esto es lo que Minnie había dicho en su carta a tu madre, que causaba tristeza y sufrimiento. Tu madre lo llamó una obsesión que había destrozado la vida de todo aquel que Minnie había conocido o con quien se había cruzado. Pero sobre todo destrozó la vida de su propio hijo, al que había guiado durante treinta años, desde que solo era un niño, hacia la solución de la fórmula equivocada.

Negué con la cabeza y abracé a Vartan.

—Yo que tú me andaría con mucho cuidado —le dije—. Puede que te estés liando con la chica equivocada; después de todo, parece ser que estoy emparentada con esa gente tan obsesa. Puede que esas compulsiones se transmitan genéticamente.

—Entonces, ¿nuestros hijos las heredarían? —dijo Vartan con una sonrisa—. Propongo entonces que cuanto antes intentemos averiguarlo, mucho mejor. —Me alborotó el pelo.

Recogió los platos de espaguetis y yo llevé los vasos a la cocina. Cuando lo hubimos lavado y recogido todo, se volvió hacia mí con una maravillosa sonrisa en los labios.

—*Jaisi Karni, Vaise Bharni* —dijo—. Tendré que recordarlo: «Nuestros resultados son el fruto de nuestros actos». —Consultó su reloj—. Es casi medianoche. Si queremos seguir ese mapa de tu madre, tendríamos que estar levantados y en marcha al amanecer, y solo faltan seis horas. Exactamente, ¿cuántas semillas crees que podemos sembrar esta noche, antes de tener que levantarnos y empezar a cosechar?

—Unas cuantas —respondí—. Si no recuerdo mal, el lugar al que tenemos que ir ni siquiera abre hasta las dos de la tarde.

# «EL LIBRO DE LA BALANZA»

> Las parejas de opuestos que funcionan en armonía: este ha pasado a ser un tema de nuestra búsqueda de la toma de decisiones perfecta. Cálculo y evaluación. Paciencia y oportunidad, intuición y análisis, estilo y objetividad [...] estrategia y táctica, planificación y reacción. El éxito proviene de colocar estas fuerzas en equilibrio en una balanza y aprovechar su poder inherente.
>
> GARI KASPÁROV,
> *Cómo la vida imita al ajedrez*

Vartan y yo, como jugadores de ajedrez avezados que éramos, habíamos empleado efectivamente nuestro tiempo dentro de los límites que nos marcaban tanto nuestro reloj biológico como el cronológico. Teníamos catorce horas hasta nuestra siguiente cita con el destino, siete de las cuales las empleamos de forma muy «fructífera» tal como nos había recomendado Rodo, y lo único competitivo que hubo en ellas consistió en ver cuál de los dos era capaz de dar más placer al otro.

Cuando me desperté al fin, ya había amanecido y la cabeza rizada de Vartan reposaba en mi pecho. Aún percibía en mi piel el calor de sus manos la noche anterior, y el tacto de sus labios recorriéndome todo el cuerpo. Pero cuando al final lo desperté, no estábamos mucho más dispuestos a ver el alba de lo que habían estado Romeo y Julieta después de su primera noche juntos. Vartan gimió, me besó en el vientre y se levantó rodando de la cama justo después que yo.

Cuando por fin nos hubimos duchado, vestido y devorado medio cuenco de cereales secos, algo de yogur y un café, cogí la valiosa lista de las coordenadas del ajedrez de mi madre, la metí en una mochila vacía que colgaba de mi perchero y bajamos por la escalera.

Era evidente que cuando mi madre había dicho que podíamos ponernos en contacto con ella si teníamos alguna pregunta sobre las «instrucciones», no se refería a algo tan delicado como lo que había depositado en mis manos bajo tanta capas y velos de misterio. Cuando se trataba de la Reina Negra y de la cantidad de gente que todavía la andaban buscando a ella y a las demás piezas, estaba claro que Vartan y yo debíamos apañárnoslas solos.

—Dices que conoces ese sitio —señaló Vartan—, así que ¿cómo vamos a ir hasta allí?

—A pie —contesté—. Por extraño que parezca, no está demasiado lejos de aquí.

—Pero ¿cómo puede ser? —exclamó—. Dijiste que estaba en lo alto de una colina, y ahora venimos del punto más bajo de la ciudad, venimos del río.

—Sí, pero es que esta ciudad no está construida de la forma habitual —dije mientras subíamos cuesta arriba por las empinadas, sinuosas y zigzagueantes calles de Georgetown—. La gente siempre cree que Washington, se construyó encima de una especie de pantano, y hay muchos libros que así lo atestiguan, pero por aquí nunca ha habido tierras pantanosas, solo unas marismas que dragaron para construir el monumento a Washington. De hecho, se parece mucho más a esa «Ciudad de la Colina» sagrada de la que hablaban Galen y los piscataway: el lugar elevado, el altar, el santuario, el templo del hombre... La colina por la que subimos ahora fue una de las concesiones de tierra originales que los británicos otorgaron por estos pagos, puede que incluso la primera, y lleva el nombre de una famosa batalla librada en el peñón de Dunbarton, en Escocia. El lugar al que ahora nos dirigimos, el lugar al que señala la flecha del mapa de mi madre, a unas doce manzanas de aquí, se llama Dumbarton Oaks.

—¡Lo conozco, claro! —exclamó Vartan, lo que resultó una verdadera sorpresa para mí. Añadió—: Es famoso. Los europeos y los habitantes de todo el mundo deben de conocerlo. Es el lugar donde, antes del final de la Segunda Guerra Mundial, se celebró la primera reunión entre Estados Unidos, el Reino Unido, la URSS y la República de China, la conferencia donde se creó la Organización de las Naciones Unidas. La conferencia posterior a esa se celebró en Yalta, en Crimea, cerca de donde nació tu padre.

Cuando vio mi expresión de perplejidad, Vartan me lanzó una mirada extraña, como si la ignorancia de los estadounidenses acerca de los grandes acontecimientos históricos que tenían lugar ante sus propias narices pudiese ser contagiosa.

—Pero ¿cómo vamos a entrar ahí? ¿Un lugar así no está rodeado de estrictas medidas de seguridad?

—Está abierto al público casi todos los días a partir de las dos de la tarde —le dije.

Para cuando llegamos al cabo de la calle Treinta y uno, donde desemboca en R Street, delante, las enormes verjas de hierro de la mansión Dumbarton Oaks ya estaban abiertas. El amplio camino de entrada ascendía cuesta arriba entre los gigantescos robles que llegaban hasta los escalones aún más empinados por los que se accedía al edificio. Al franquear las verjas, a la derecha, en la pequeña taquilla para adquirir las entradas, nos dieron un plano del parque de seis hectáreas de superficie y un folleto que explicaba parte de la historia del lugar. Le di ambas cosas a Vartan.

—¿Por qué escondería tu madre algo en un lugar tan conocido, a la vista de todo el mundo? —me susurró al oído.

—No estoy segura de que esté aquí dentro exactamente —le dije—. En su mapa solo aparece una flecha que señala hacia las verjas y que conduce a los terrenos, lo que me lleva a sospechar que cualquier cosa que escondiera aquí mi madre, estará en algún lugar del parque en vez de en el interior de la casa o en cualquier otro edificio.

—Puede que no —dijo Vartan, que acababa de fijarse en algo del folleto—. ¿Por qué no le echas un vistazo a esta foto?

En la solapa interior del folleto aparecía la ilustración de un colorido tapiz con la figura de una mujer rodeada de lo que parecían querubines y ángeles, todos con halos. La mujer del centro parecía estar dando regalos de Navidad a la multitud, y bajo su imagen había una leyenda en griego.

—*Hestia Polyolbos* —dijo Vartan, y acto seguido tradujo—: «Colmada de bendiciones».

—¿Hestia? —repetí.

—Al parecer, es la diosa griega más antigua —dijo Vartan—, la diosa del fuego. Es casi tan antigua como Agni en la India. Aquí dice que este tapiz es una pieza única, hecho en Egipto a principios del período bizantino en el siglo IV y obra maestra de esta colección, pero eso es más extraordinario aún, porque Hestia casi nunca aparece representada en ningún sitio. Como Yahvé, solo ha aparecido alguna vez como el fuego en sí. Es el *focus*, es decir, el centro, el hogar de una casa, o lo que es aún más importante, de una ciudad.

Me lanzó una mirada muy elocuente.

—De acuerdo —accedí—. Entremos primero y echemos un vistazo.

La mansión, el invernadero y la sala bizantina estaban completamente desiertos. Aunque ya era por la tarde, parecíamos los más tempraneros.

La primera impresión al ver aquel tapiz de lana fue de que se trataba de algo extraordinario. Medía dos metros de alto por uno y medio de ancho y emanaba unos colores surrealistas: no solo rojo, azul, dorado y amarillo, sino verdes de todas las tonalidades, desde el más oscuro al más claro, azafrán, calabaza, gris ceniza y azul medianoche. Saltaba a la vista que aquella hermosa reina antigua estaba relacionada de algún modo con la otra Reina que estábamos buscando, pero ¿de qué modo?

Vartan leyó en voz alta la información del catálogo que había al lado:

—«Jóvenes, alabad a Hestia, la más antigua de las diosas».

Esa era la invocación a su oración. Parece ser que este es un icono que se utilizaba en las plegarias, como esa Virgen Negra de Kazán de la que hemos leído. Dicen que Hestia era la diosa que presidía cada *prytaneum*, el hogar común donde ardía la llama eterna en el corazón de todas las ciudades de la Antigua Grecia.

»"La forma de este tapiz, dice, la disposición con las ocho figuras, seis ángeles y dos ayudantes que miran fuera del cuadro hacia un punto intermedio hacia el espectador, no es griega sino mucho más antigua. Proviene de la antigua y pagana Babilonia, Egipto y la India." Y aquí hay algo más escrito en griego. A ver…

No podía apartar los ojos del enorme tapiz con sus flores silvestres flotando en segundo término, la hermosa Reina del Fuego, cubierta de infinidad de joyas… igual que el ajedrez de Montglane. ¿Cuál era la relación entre ambas? Sus dos ayudantes a cada lado parecían ángeles. La figura masculina sujetaba en la mano una especie de pergamino enrollado, mientras que la femenina de la derecha sostenía un libro con una palabra griega en la cubierta. Los regalos que la diosa Hestia entregaba a los querubines que la rodeaban parecían coronas que también contenían unas palabras inscritas dentro.

Como si me acabara de leer el pensamiento, Vartan tradujo:

—Las coronas son los regalos del fuego, esas son las «bendiciones»: perfección, alegría, alabanza, abundancia, mérito y progreso. En el hogar común del *prytaneum* donde ardía su fuego sagrado era donde se celebraban los banquetes: ¡era la patrona de los cocineros! En panateneas, las famosas fiestas que se celebraban en Atenas en honor de la diosa Palas Atenea, había carreras de antorchas en las que llevaban el fuego eterno desde el hogar para rejuvenecer la ciudad. Pero, espera un momento… También está relacionada con Hermes. Como diosa del hogar, Hestia representa el interior, la fortaleza de la ciudad, la *civitas*. Hermes es el dios de los viajes, de los desconocidos, de los nómadas, del movimiento. —Me miró y añadió—: Ella es el cuadrado y él es el círculo… la materia y el espíritu.

—Y además —le recordé yo—, en el relato de Galen decía

que ese mismo Hermes, llamado Tot en Egipto, era también el dios griego de la alquimia.

—Y Hestia, al ser ella misma como el propio fuego —dijo Vartan—, es el origen de todas las transformaciones que tienen lugar en ese proceso, independientemente del lugar donde ocurran. Aquí dice que todo cuanto aparece en este tapiz es simbólico, pero tu madre quería que los símbolos a los que ella se refiere signifiquen algo exclusivamente para ti.

—Tienes razón —convine—. La clave a la que señalaba mi madre tiene que estar en alguna parte de esta imagen.

Pero si se trataba de algo dirigido exclusivamente a mí, ¿por qué había dicho Rodo que creía adivinar adónde nos dirigíamos? Examiné el tapiz que tenía delante y me estrujé el cerebro tratando de pensar en todo lo que habíamos descubierto en una semana sobre todo lo relacionado con el fuego y con lo que debía de haber significado para al-Jabir, un hombre que mil doscientos años atrás había creado un juego de ajedrez que contenía la sabiduría ancestral de todos los tiempos y que, si se empleaba únicamente con fines egoístas, podía resultar peligroso para quien así lo emplease y para los demás, mientras que, en el orden del universo, podía llegar a resultar beneficioso para todos.

Hestia miraba a algún punto situado fuera del tapiz, directamente a mí. Tenía los ojos de un extraño color azul verdoso, en nada egipcios. Parecían bucear en el interior de mi alma, y era como si me estuviera formulando a mí exclusivamente una pregunta importante, en lugar de ser yo quien le preguntase a ella. Me detuve a escuchar un momento.

Entonces lo supe.

«El tablero tiene la clave.»

«Se cosecha lo que se siembra.»

Agarré a Vartan del brazo.

—Vámonos —le dije. Y nos fuimos del edificio.

—¿Qué pasa? —susurró detrás de mí mientras intentaba darme alcance a paso ligero.

Lo volví a conducir hacia abajo, hacia las verjas por las que habíamos entrado, donde antes había advertido un estrecho sendero de piedra que parecía desaparecer entre unos arbustos de boj. Di con el sendero y arrastré a Vartan entre los arbustos y detrás de mí, enfilando un largo camino que recorría el perímetro de la totalidad del recinto. Cuando me aseguré de que estábamos lejos de cualquiera que pudiera escucharnos, y a pesar de que el silencio que nos rodeaba era tan espeso que no parecía haber nadie en varios kilómetros a la redonda, me detuve y me volví hacia él.

—Vartan, lo que se supone que estamos buscando no es el dónde ni el qué. Lo que buscamos es el cómo.

—¿El cómo? —inquirió con expresión de desconcierto.

—¿Te ha recordado algo ese tapiz de Hestia? —le pregunté—. Me refiero al orden y la distribución de lo que aparece en él.

Vartan estudió la pequeña imagen del folleto.

—Hestia está rodeada por ocho figuras —dijo, y volvió a mirarme.

—Me refiero al tablero —le dije—. No era el dibujo del tablero que hizo la abadesa ni el tablero de mi apartamento, eran los tres, pero sobre todo, este de aquí. ¿Qué pasaría si pusieras el dibujo del tablero de mi madre que llevo aquí en la mochila y lo colocaras directamente en el centro del tapiz, justo en el regazo de Hestia? —Cuando Vartan se quedó mirándome como si estuviera loca, añadí—: Creo que mi madre o bien trasladó las piezas o bien las había escondido desde el principio siguiendo el mismo patrón de ese tapiz. ¿Cuántos grupos de líneas hay en nuestro mapa? Seis. ¿Cuántos querubines, o lo que sean, hay en ese tapiz? Seis. ¿Cuántos regalos reciben los niños de manos de Hestia? Seis.

—Seis-seis-seis —dijo Vartan—. El número de la Bestia.

La otra parte del mensaje cifrado original de mi madre.

—El primer regalo que Hestia da en el tapiz y que tú tradujiste del griego era la «perfección» —proseguí—. Y la primera pieza de ajedrez en la que mi madre puso un asterisco y una flecha que señalaba aquí era la Reina Negra, representada por la mismísima Hestia en el centro del tablero. ¿Qué mejor lugar que este para esconder la pieza más preciosa de todas para ese orden superior del universo, el lugar de nacimiento de Naciones Unidas, la unión perfecta de naciones, por así decirlo?

—Entonces tiene que haber otra pista en este parque para ayudarnos a encontrar a la verdadera Reina —observó Vartan.

—Exacto —dije, y mi voz sonó más convencida de lo que estaba en realidad sobre la posibilidad de llegar a encontrar lo que estábamos buscando. Pero ¿dónde si no podía estar?

Detrás de la mansión, una empinada escalera de piedra descendía por la parte de atrás de la colina. El paisaje de aquel parque de seis hectáreas era hermoso y misterioso, como un jardín secreto. Cada vez que salíamos de un arco, de una pared de arbustos altos o cada vez que doblábamos una esquina, alguna sorpresa acudía a nuestro encuentro: a veces una fuente de abundante y esplendorosa agua fresca, mientras que otras se abría ante nosotros la asombrosa estampa de un huerto, una viña o un estanque. Al final pasamos por una arcada de muros emparrados flanqueada por higueras centenarias que se erigían retorciéndose hasta los nueve metros de altura. Cuando cruzamos el último arco de dicha arcada, supe que había encontrado lo que estaba buscando.

Ante nuestros ojos se extendía un inmenso estanque de aguas revueltas y pedregosas que semejaba un ancho arroyo borboteante, pero tan poco profundo que se podía cruzar casi sin mojarse los pies. El fondo estaba formado por miles de piedras lisas y redondas engastadas en el suelo de cemento formando un dibujo ondulante. Al otro lado había unas enormes fuentes de caballos metálicos y galopantes que parecían surgir de entre los mares sacudiéndose sus aguas de filigrana, cuyas gotas salían despedidas hacia lo alto del cielo.

Vartan y yo caminamos hasta el otro lado del riachuelo y observamos el inmenso paisaje hacia las fuentes. Desde aquel ángulo, los dibujos ondulantes de las piedras bajo el agua poco profunda confluían, como una ilusión óptica, para formar una imagen que debía de ser exactamente lo que estábamos buscando: una enorme gavilla de trigo que parecía mecerse al son de una brisa oculta justo debajo de la superficie rizada del agua.

Vartan y yo nos quedamos inmóviles un momento, sin hablar, y luego él me tocó el brazo y me hizo señas para que mirase justo debajo de donde estábamos. Allí, a nuestros pies, grabada en la roca del borde del estanque, se leía la siguiente inscripción:

*Severis quod metes*
SE COSECHA LO QUE SE SIEMBRA

La parte superior de la gavilla de trigo señalaba hacia los caballos marinos y cubiertos de espuma del otro lado de la charca: en dirección norte, la misma dirección de la brújula que señalaba lejos de Piscataway y Mount Vernon... exactamente hacia el punto más alto de Washington.

—El cómo... —repitió Vartan, tomándome de la mano y mirándome a los ojos—. Quieres decir que lo que estamos buscando no es solo la Reina ni el lugar donde está. El secreto es cómo sembramos y cosechamos. A lo mejor el cómo fueron plantados y cómo los cosechamos ahora, ¿no es así?

Asentí.

—Entonces creo que sé hacia dónde nos está señalando tu madre con esa gavilla de trigo... y adónde vamos —dijo Vartan. Sacó su plano más detallado de Washington, y señaló en él—. Se llega bajando por aquí, por un camino que corre paralelo a este parque y por debajo de él, muy empinado... Dumbarton Oaks Park, parece una selva inmensa. —Levantó la vista y me miró con una sonrisa—. Parece un camino muy, muy largo, además, que se llama Lover's Lane, «el sendero de los amantes»... diseñado sin duda para nuestro proyecto alquímico. Así que si no encontramos nada cuando lleguemos ahí abajo, a lo mejor podemos reanudar nuestras anteriores actividades agrícolas de anoche...

Sin comentarios, por el momento, pensé, aunque lo cierto es que los cerezos en flor del huerto por el que pasábamos en ese preciso instante estaban impregnando el aire con su intenso y sensual aroma, un olor que traté de pasar por alto.

Salimos por las verjas hacia la izquierda y enfilamos Lover's Lane. Unos árboles oscuros sofocaban allí el cielo, y el tupido manto de hojas otoñales aún cubría el sendero terroso. Sin embargo, en el prado que se abría al otro lado de la pared de piedra, vislumbramos entre los árboles junquillos, campanillas de invierno y estrellas de Belén que ya asomaban sus cabecitas entre la fresca hierba vernal.

Al pie de la colina, donde un arroyo de aguas revueltas corría paralelo a la carretera, nuestro camino se dividía en tres direcciones.

—Uno sube al Observatorio Naval, el punto más alto de Washington —dijo Vartan, examinando su plano de la ciudad—. El de abajo desemboca en alguna especie de río… aquí lo tengo, Rock Creek, ¿uno de los puntos más bajos, quizá?

Rock Creek era el tercer río, junto con el Potomac y el Anacostia, que dividía la ciudad de Washington en una Y pitagórica, tal como habíamos descubierto gracias a los amigos de Key, los piscataway, y los diarios de Galen.

—Si es el equilibrio lo que estamos buscando —dije—, supongo que tiene que ser el camino de en medio.

Al cabo de una media hora, fuimos a parar a un peñasco desde el que se divisaba todo: el arroyo de aguas revueltas de abajo y la roca donde se hallaba el observatorio y la casa del vicepresidente. A lo lejos, un enorme puente de arcos de piedra se alzaba por encima del río bajo la luz de la tarde, como un acueducto romano abandonado en medio de la nada. Habíamos llegado al final de nuestro camino.

Allí mismo, donde estábamos, unos árboles centenarios crecían de las lomas aún más antiguas que nos observaban desde lo alto. Las retorcidas raíces de los árboles clavaban sus garras en el suelo de roca. Todo cuanto nos rodeaba estaba sumido en una densa penumbra salvo por un haz de luz crepuscular que asomaba por un saliente en la roca que teníamos a nuestra espalda, y vertía un pequeño charco de luz solar en el suelo del bosque. En aquel lugar, inmóviles, escuchando el borboteo distante del agua a nuestros pies y el gorjeo de los pájaros en unos árboles que empezaban a teñirse de verde primaveral, parecía que la *civitas* se hallaba a miles de kilómetros.

Entonces me di cuenta de que Vartan estaba mirándome. De improviso, y sin pronunciar una sola palabra, me estrechó entre sus brazos y me besó. Sentí que la misma tórrida corriente de energía incandescente volvía a recorrer mi cuerpo, como antes. Me apartó de sí y dijo:

—Lo he hecho para recordarnos a los dos que el propósito de nuestra misión tiene que ver con la alquimia y los seres humanos, no solo con salvar a la civilización.

—Ahora mismo —dije—, me gustaría que la civilización se las arreglase ella sola durante una o dos horas para poder ocuparme de otra cosa que también me quita el sueño…

Vartan me alborotó el pelo.

—Pero el lugar tiene que ser este, solo este —añadí—. Podemos ver todo lo de arriba y todo lo de abajo. Estamos al final del camino.

Miré a nuestro alrededor en busca de más pistas, pero no vi ninguna.

A continuación desplacé la mirada lentamente por la loma que se alzaba a nuestras espaldas. En realidad no era una loma, sino más bien un muro de contención hecho con unas rocas enormes y antiquísimas. El sol del ocaso estaba a punto de esconderse en el vértice de la uve de la pared de roca, y entonces la poca luz de que disponíamos se extinguiría por completo.

En ese momento, se me ocurrió algo.

—Vartan —dije rápidamente—, el libro que escribió al-Jabir, *El libro de la balanza…* Los secretos insondables que entraña, las claves del camino ancestral… Se supone que todo eso está escondido en el juego de ajedrez, ¿verdad? Igual que el mensaje de mi madre está escondido en ese tapiz…

—Sí —contestó Vartan.

—En el tapiz —continué—, el libro que el ángel sostiene en la mano, igual que los «regalos» que Hestia estaba entregando… En ese libro también había inscrita una palabra, ¿verdad?

—*Phos* —respondió Vartan—. Significa «luz».

Ambos dirigimos la mirada hacia la escarpada pared de piedra tallada, hacia el lugar donde se estaba poniendo el sol.

—¿Has hecho escalada en roca alguna vez? —le pregunté.
Negó con la cabeza.

—Bueno, pues yo sí —le dije—. Así que supongo que este mensaje estaba dirigido única y exclusivamente a mí.

Al cabo de menos de una hora, estábamos sentados a una mesa en la sala principal del Sutaldea, solos Vartan y yo, junto a la pared de ventanales con vistas al sol de poniente, que derramaba su luz dorada sobre el puente y el río. Me había roto tres uñas y me estaba curando una rodilla magullada, pero por lo demás, no lucía tan mal aspecto para haber escalado la pared vertical de una colina.

A nuestro lado, en una tercera silla, estaba mi mochila, la misma que le había pasado a Vartan desde el escondite allí arriba. Aún contenía la lista con las coordenadas en el mapa de las piezas enterradas, pero ahora también incluía el tubo cilíndrico con el dibujo del tablero de ajedrez hecho por la abadesa que nos habíamos parado a recoger en mi oficina de correos en el camino de vuelta desde la colina.

Entre nosotros, en la mesa, había un decantador de Châteauneuf du Pape con dos copas de vino, y junto a ellas la pesada figura de unos quince centímetros de altura, repleta de incrustaciones de joyas salvo por una esmeralda: la Reina Negra.

Y algo más que también habíamos encontrado allí en lo alto de la roca, sellado en el interior de un contenedor impermeable. Vartan se acercó para que pudiéramos examinarlo los dos juntos. Era un libro escrito en latín, a todas luces una copia del original, con interesantes ilustraciones, aunque según dijo Vartan, estas también podían haber sido añadidas en fechas posteriores. Al parecer, era una traducción medieval de un libro más antiguo escrito en árabe.

*El libro de la balanza.*

La inscripción de su dueño en la solapa interior rezaba simplemente «Charlot».

—«No te dejes asaltar por ninguna duda —me estaba traduciendo Vartan—. Se introduce el fuego y se aplica en el grado necesario, sin permitir no obstante que esa cosa sea consumida por el fuego, lo que causaría su deterioro. De esta forma, el cuerpo sometido a la acción del fuego alcanza el equilibrio y llega al estado deseado.»

Vartan se volvió hacia mí.

—Al-Jabir sí habla de cómo fabricar el elixir —dijo—, pero parece poner siempre el énfasis en el equilibrio, en colocar en una balanza los cuatro elementos, tierra, aire, agua y fuego, el equilibrio dentro de nosotros mismos y también el equilibrio entre nosotros y el mundo natural. No entiendo por qué esta idea es peligrosa. —Acto seguido, añadió—: ¿Crees que tu madre te dejó este libro porque quiere que no solo encuentres las piezas sino que también resuelvas este problema?

—Estoy segura de que así es —contesté, sirviendo vino en las copas—. Pero ¿cómo puedo pensar en algo tan lejano? Hace una semana mi madre y yo estábamos muy distanciadas, y yo creía que mi padre estaba muerto. Creía que tú eras mi peor enemigo y que yo era una ayudante de cocina con una existencia predecible y reglamentada que nunca podría volver al ajedrez aunque su vida dependiera de ello. Y ahora resulta que mi vida podría depender de ello. Pero no puedo predecir nada ni siquiera con [...] que creía saber se ha pues-

[...] Vartan con una sonrisa—. [...] me tomó las dos manos y [...] y suavemente. Cuando se [...] frentarte a tu futuro algún [...] aso fue culpa tuya que esas [...] e todas las cosas que siem- [...] ealidad eran solo ilusiones? [...] pasado —dije—, ¿qué pue-

[...] e —repuso Vartan—, pare- [...] cestral se trata, no basta con [...] . Creo que ese es el mensa-

517

je de este libro que te dejó tu madre, el mensaje que al-Jabir escondió en el juego de ajedrez hace mil doscientos años.

—Pero ¿cuál es exactamente ese mensaje? —exclamé, con gran frustración—. Pongamos que hemos reunido todas las piezas y las juntamos. ¿Qué sabremos entonces que no sepa nadie más ahora?

—¿Y por qué no juntamos algunas de las partes que ya tenemos ahora mismo e intentamos averiguarlo? —propuso Vartan, pasándome la mochila.

Saqué el tubo cilíndrico que me había enviado a mí misma, con la ilustración del tablero de ajedrez de la abadesa, y se lo di a Vartan para que lo abriera. A continuación rebusqué en el fondo de la mochila para extraer el dibujo plastificado de mi madre, con su lista de coordenadas en el mapa, que había metido ahí justo antes de marcharnos de mi apartamento, y entonces la punta de mi dedo tropezó con algo frío y metálico que había en el fondo de la bolsa.

Me quedé paralizada.

Temía saber exactamente lo que era. Antes incluso de sacar aquel objeto, el corazón ya me latía desbocado.

Era una pulsera rivière.

Con una raqueta de esmeraldas.

Me quedé allí inmóvil, con la pulsera colgando de la punta del dedo. Vartan alzó la mirada y la vio. Se quedó mirándola un momento, luego me miró a mí y yo asentí. Me dieron ganas de morirme. «¿Cómo ha llegado esto hasta aquí? ¿Cuánto tiempo lleva en esa mochila?»

Me di cuenta en ese momento de que aquella era la misma mochila que me había dejado olvidada, cinco días antes, junto con mi parka de plumón, en la suite de mi tío en el Four Seasons. Pero ¿cómo había ido a parar aquella inocente bolsa al perchero de mi apartamento, con la pulsera «pinchada» de Sage Livingston escondida en el fondo?

¿Y cuánto tiempo había estado esa maldita pulsera pululando a nuestro alrededor?

—Vaya, vaya, vaya… —dijo la voz afectada de Sage desde la

puerta, al otro lado de la sala—. Aquí estamos los tres, juntos otra vez. Veo que habéis encontrado mi pulsera. Y yo preguntándome dónde me la habría dejado sin querer...

Entró en la sala y cerró la puerta tras ella; a continuación, se acercó a través del bosque de mesas y extendió la mano para que le diera su joya. Yo la dejé resbalar desde la punta del dedo hasta el fondo de mi copa de Châteauneuf du Pape.

—Eso no ha tenido ninguna gracia —dijo Sage, mirando su pulsera a través de la opacidad del fondo de mi copa de vino.

¿Cuánto tiempo llevaba espiándonos, escuchando todas nuestras palabras? ¿Cuánto sabía? No me quedaba más remedio que suponer lo peor. Aunque no supiese que mi padre estaba vivo, como mínimo conocería el contenido, y el valor, de todo cuanto había expuesto encima de aquella mesa.

Me levanté para plantarle cara de frente, y Vartan hizo lo propio.

Pero luego bajé la mirada: Sage llevaba en la mano un pequeño revólver con la culata de nácar.

Oh, Dios mío... Y yo que creía que Key era la única adicta a las emociones fuertes, pensé.

—No vas a dispararnos —le dije a Sage.

—No, a menos que insistáis —repuso ella. Su cara era la viva imagen de la condescendencia. Luego quitó el seguro del revólver y añadió—: Pero si oyen un disparo aquí dentro, puede que mis colegas que están esperando ahí fuera no tengan los mismos reparos.

Mierda. El factor matones. Tenía que pensar en algo, pero lo único que se me ocurría pensar era qué demonios estaba haciendo Sage allí.

—Creía que tú y los tuyos os habíais ido a hacer un largo viajecito —dije.

—Se fueron sin mí —contestó, y luego añadió—: Ahora ellos no son necesarios. Para eso es para lo que fui elegida. Esta contingencia siempre había estado prevista, desde el principio, prácticamente desde el día en que nací. —Mientras sujetaba tranquilamente el arma con una mano, se escudriñaba las uñas de la otra como si hubiesen pasado demasiados minutos desde la manicura del día anterior. Yo estaba esperando a que siguiese dándonos explicaciones cuando nos miró a Vartan y a mí y añadió—: Por lo visto, ninguno de los dos tenéis la más remota idea de quién soy yo.

Esas palabras de nuevo.

Solo que esta vez, de repente, yo sí lo sabía.

Muy despacio, el horror fue impregnándome el cerebro como una mancha de vino espeso o de sangre, formando un velo justo detrás de mis ojos, empañando la visión de la sala que me rodeaba, de Vartan, de Sage de pie con esa arma en la mano, lista para llamar en cualquier momento a su comitiva de seguridad del exterior.

Aunque no necesitaba la ayuda de los matones para derrotarme a mí. Ya me había quedado ciega otras veces. Ni tampoco necesitaba un arma en la cara para poner todo aquello en perspectiva.

¿Acaso no había presentido ya, durante aquella asamblea en la suite de mi tío, que había alguien más entre bastidores orquestando maniobras secretas? ¿Por qué no había sido capaz de ver, ni siquiera entonces, que no eran Rosemary ni Basil, que siempre había sido Sage, ella y solo ella, todo el tiempo?

«Prácticamente desde el día en que nací», había dicho ella.

Cuánta razón tenía…

¿Acaso no había sido Sage, ya cuando éramos solo unas niñas, la que había intentando, no hacerse amiga mía, como yo había imaginado entonces, sino más bien atraerme hasta su esfera de control, a su círculo de influencia, de afluencia y de poder?

Una vez más, era Sage quien había desalojado rápidamente su sede social en Denver y trasladado sus operaciones de la alta sociedad a Washington, casi en el mismo momento en que yo misma había llegado allí. Y aunque yo no la había visto la mayor parte de esos años, ¿cómo podía estar segura de que ella no me hubiera estado observando a mí? Era Sage también quien, de algún modo, se había inmiscuido en la operación de compraventa del Sky Ranch, a pesar del hecho de que, siendo realistas, su papel como agente inmobiliario no era demasiado verosímil, que digamos.

¿Por qué más se había hecho pasar?

En el fondo, pensándolo bien, nadie parecía reparar demasiado en Sage, pues solo destacaba por su aspecto, por su estilo superficial. Siempre estaba cómodamente instalada en una nube de actividades sociales, camuflada por su entorno. Pero yo acababa de darme cuenta de pronto de que, como una araña en su red de intrigas, en realidad Sage siempre había estado en el medio de todo, en todas partes, y con todo el mundo. De hecho, no era solo el aparato de escucha que me había colocado en la mochila lo que le proporcionaba acceso a los pensamientos y a los movimientos de todo el mundo, sino que había presenciado todas las conversaciones privadas.

En la fiesta privada de mi madre en Cuatro Esquinas.

En el Brown Palace de Denver, con Lily y Vartan.

En el Four Seasons de Washington, con Nim, Rodo y Galen.

De repente me acordé del comentario que Sage había hecho allí, sobre mis relaciones con mi madre: «Aunque parece que estábamos equivocados...».

Y en ese momento me di cuenta de que, con aquella actitud mundana y superficial, Sage conseguía alejar la atención del verdadero papel que desempeñaba en toda aquella historia, y supe también cuál era exactamente el papel que le había sido designado desde el día en que nació.

—Tú eres la «Sage Living-stone» —dije.

Sage sonrió fríamente, arqueando una ceja en señal de admiración por mi agudeza mental.

Vartan me miró de soslayo, y volviéndome hacia él, me expliqué:

—Me refiero a la «Sabia Piedra Viviente», la traducción literal de su nombre de pila, Sage, «sabia», y su apellido, formado por *Living*, que significa, «viva», y *stone*, que significa «piedra». En el relato de Charlot, este la llamó la «Piedra Filosofal», el residuo de polvo que produce el elixir de la vida. Cuando Sage ha dicho que había sido elegida desde su nacimiento, era eso lo que quería decir: que la educaron desde el día en que nació para suceder a su madre como Reina Blanca. Sus padres creyeron que habían recuperado el control del equipo blanco y del juego después de matar a mi padre y de hacerse con la pieza de ajedrez, pero otro cogió las riendas sin ellos saberlo. Tampoco sabían nada sobre Galen March y Tatiana… ni sobre el cambio de bando de tu padrastro. Nunca entendieron el verdadero propósito para el que había sido diseñado el ajedrez de Montglane.

Sage dejó escapar un gruñido muy poco femenino que hizo que me sobresaltara. Advertí que el arma, que sujetaba mucho más firmemente, apuntaba ahora a una parte de mi cuerpo que me habría gustado que siguiera latiendo.

—El verdadero propósito del ajedrez es el poder, ni más ni menos, y nunca ha sido ninguna otra cosa. Es completamente ingenuo creer lo contrario, a pesar de lo que esos idiotas a los que habéis estado prestando oídos hayan intentado que creáis. Puede que yo no sea una estrella del ajedrez como vosotros dos, pero sé de lo que hablo. Al fin y al cabo, es algo que he mamado desde pequeña, durante toda mi vida, el poder en estado puro, poder de verdad, poder mundial incluso, un poder que ninguno de los dos podéis concebir siquiera, y todavía no me he destetado…

Etcétera.

A medida que Sage seguía perorando sobre si había nacido para chupar el poder como si de una bomba de succión se tratara, yo me iba asustando cada vez más, y hasta percibía la tensión de Vartan desde donde estaba. También él debía de tener tan claro como yo que aquí «doña Piedra Filosofal» había perdido el poco juicio que debía de haber tenido en algún momento, pero ninguno de los dos parecía saber muy bien cómo abalanzarse sobre ella para reducirla desde los diez pasos de distancia que nos separaban, ni siquiera cómo interrumpir su perorata.

Y más evidente aún era el hecho de que, para las personas adictas al poder, la proximidad, por relativa que fuese, a aquel maldito juego de ajedrez era como ofrecerles una píldora megalomaníaca, pues Sage parecía haber ingerido un frasco entero justo antes de entrar en el restaurante aquel día.

Además, vi que solo era cuestión de tiempo el que aquí nuestra amiga Sage pudiese dejar de preocuparse por si apretar el gatillo le iba a estropear o no la manicura recién hecha. Supe que teníamos que salir de allí, y rápido, y llevarnos las coordenadas con nosotros.

Sí, pero ¿cómo?

Miré a Vartan. Seguía con la mirada clavada en Sage, como si estuviese pensando exactamente lo mismo que yo. La gigantesca pieza de la reina seguía expuesta entre nosotros sobre la mesa, pero aunque la utilizásemos como arma, no podíamos arrojársela más rápido de lo que una bala tardaría en alcanzarnos a nosotros. Y aunque lográsemos reducir a Sage, teníamos pocas posibilidades de escapar de los esbirros profesionales apostados en la puerta solo con la ayuda de aquella pistola de culata de nácar. Tenía que pensar en algo. No estaba segura de poder interrumpir la charla sobre «lactancia» que Sage nos estaba dando el tiempo suficiente para razonar con ella, pero valía la pena intentarlo.

—Escucha, Sage —dije—, aun suponiendo que seas capaz de reunir todas esas piezas de ajedrez, ¿qué harás con ellas? Tú no eres la única que las busca, ¿sabes? ¿Adónde irías? ¿Dónde te esconderías?

Sage adoptó una expresión confusa un momento, como si nunca hubiese llegado tan lejos con el pensamiento al diseñar su castillo en el aire. Estaba a punto de insistir un poco más en el asunto cuando el teléfono que había en el atril del *maître* junto a la puerta principal empezó a sonar. Sage siguió apuntándome con la pistola mientras retrocedía unos pasos entre las mesas para obtener una perspectiva más amplia.

Entonces percibí ese otro sonido, un ruido suave, un ruido familiar que pasaba cerca de nosotros y que tardé un momento en reconocer: el silbido de las ruedas de unos patines sobre las baldosas de piedra.

Parecía desplazarse furtivamente a nuestras espaldas en dirección a la puerta principal, oculto tras la larga y alta estantería de separación que recorría la longitud de la sala y que exhibía la colección de jarras de cerámica para sidra de Rodo. Pero pese al persistente timbre del teléfono, ¿cuánto tardaría Leda en pasar lo bastante cerca de Sage para que esta también oyera el ruido de sus patines?

Por el rabillo del ojo vi cómo Vartan empezaba a avanzar hacia delante muy despacio. Sage le apuntó a él con el arma y lo obligó a detenerse.

Y justo entonces, tal como diría Key, se armó la de Dios es Cristo: un montón de jarras de cerámica estaban a punto de quedar hechas cisco.

Todo pasó en cuestión de segundos.

Una vasija con cuatro litros de *sagardo* salió disparada a través de un hueco, estalló en el suelo de piedra a los pies de Sage y lo salpicó todo de sidra. Tratando instintivamente de proteger sus zapatos de seiscientos dólares, Sage dio un saltito hacia atrás, pero cuando Vartan hizo amago de abalanzarse sobre ella, volvió a disuadirlo apuntándole con el arma. En ese preciso instante, otra jarra salió volando despedida desde lo alto de la estantería directamente a la cabeza de Sage, pero esta rápidamente se agachó detrás de una mesa que había cerca mientras la jarra se estrellaba contra el suelo, a su lado.

La avalancha de jarras de sidra siguió sucediéndose: las vasijas de *sagardo* salían volando desde los huecos de la estantería mientras Sage, agachada detrás de la mesa y apuntando con el brazo como un tirador experto, les disparaba en el aire como si fueran pichones de barro. También disparó unas cuantas veces a la estantería, tratando de liquidar a su desconocido adversario.

Al oír el primer disparo, Vartan me había arrastrado detrás de nuestra mesa y la había volcado, tirando al suelo de piedra todo su contenido: el libro, los valiosos documentos, la pieza de ajedrez y el Châteauneuf du Pape. Permanecimos agachados debajo de nuestro parapeto mientras el estruendo de los disparos y de las vasijas rotas se sumaba al del timbre del teléfono, que no dejaba de sonar al fondo de la sala.

Vartan puso voz a mis pensamientos:

—No sé quién es nuestro héroe de ahí detrás de esa estantería, pero no va a poder retener a Sage mucho más tiempo. Tenemos que encontrar el modo de llegar hasta ella.

Me asomé por detrás del mantel. Todo apestaba a puré de manzana fermentada.

Desde su relativamente protegida posición, controlando el centro del tablero, Sage había conseguido volver a cargar el revólver en menos tiempo que el tirador más rápido del Oeste. Recé por que se quedara sin balas antes de que Leda se quedara sin sidra, pero aunque así fuese, lo cierto es que no tenía demasiadas esperanzas, porque en cuanto los matones que tenía apostados allí fuera oyesen todo aquel jaleo, entrarían sin dudarlo.

De pronto, el teléfono dejó de sonar y un silencio ensordecedor inundó la sala. No hubo más estrépito de barro rompiéndose ni ruido de disparos.

Dios santo… ¿había acabado todo?

Vartan y yo nos asomamos por encima del borde de la mesa en el preciso instante en que la puerta del restaurante se abría de golpe. Sage, de pie y colocándose de perfil ante nosotros, se había dado media vuelta con una sonrisita petulante para saludar a sus amigotes, pero en vez de ellos, lo que irrumpió por la puerta fue un enjambre de pantalones blancos, fajines rojos y boinas negras encabezado por Rodo, con la coleta ondeando, teléfono en mano y seguido de Erramon.

Perpleja, Sage entrecerró los ojos y les apuntó con el arma desde el otro extremo de la sala. Pero de la esquina de la estantería de la sidra, interponiéndose entre Sage y su objetivo, hizo su entrada lo que parecía ser una enorme sopera de cobre sobre ruedas, de casi un metro de ancho y enarbolada a modo de escudo. Avanzaba a toda velocidad por las mesas en dirección a Sage. Leda lanzó el recipiente hacia arriba en el mismo momento en que Sage disparaba hacia ella con el arma. La sopera cayó en picado sobre Sage y la derribó como si fuera un bolo… pero vi que Leda también había caído el suelo. ¿La habría acertado aquel disparo?

Mientras Vartan y los demás corrían a recoger el arma y a inmovilizar a Sage, me levanté tambaleante para asegurarme de que

Leda estaba bien, pero Erramon se me adelantó. Ayudó rápidamente a mi amiga a ponerse de pie y señaló la botella de sidra con un agujero que había en la estantería del fondo y que había recibido el impacto de la bala destinada a ella. Mientras Vartan se hacía con el arma, un par de brigadistas vascos levantaron a Sage del suelo, se quitaron los fajines de la cintura y le ataron con ellos los pies y las manos. A continuación, mientras ella se debatía con furiosa indignación, farfullando todavía sin cesar, la sacaron a rastras por la puerta.

Rodo sonrió aliviado al comprobar que los tres estábamos bien. Recogí la pulsera de diamantes de entre el estropicio de cristales rotos y charcos de vino en el suelo y se la di a Erramon, quien negó con la cabeza y la arrojó a través de la ventana al canal.

—Cuando el Cisne se dirigía hacia aquí, al trabajo —me explicó Rodo—, se fijó en unas personas a las que creyó reconocer debajo de la pérgola de glicina de Key Park. Era la hija de los Livingston, la que había venido el otro día para que yo ayudara a encontrarte, cuando te reuniste con tu tío, y también reconoció a los hombres de seguridad de la mañana de antes de la *boum* privada en Sutaldea. Al Cisne le pareció sospechoso verlos a todos aquí hoy, justo al lado de tu casa, así que cuando llegó al restaurante nos telefoneó a Erramon y a mí. A nosotros también nos pareció sospechoso. Para cuando llegasteis vosotros dos, ella ya estaba abajo preparando la brasa para esta noche y nosotros ya nos habíamos puesto en camino. Pero volvió a llamarme al móvil después de oír entrar a otra persona, subir de puntillas la escalera y ver que os encontrabais en verdadero peligro. Nos dijo que tu amiga os estaba amenazando con un arma y que esos hombres estaban apostados fuera. Así que urdimos un plan: en cuanto hubiésemos desarmado a los hombres de fuera, yo llamaría al teléfono del restaurante. Esa sería la señal para que el Cisne distrajese un poco la atención dentro: su misión consistía en distraer a Sage Livingston para que no os disparase antes de que entrásemos nosotros.

—Pues el Cisne la ha tenido la mar de distraída —convine, abrazando a Leda en señal de agradecimiento—. Y también ha sido muy oportuna, porque Sage se estaba poniendo un poco nerviosa con el gatillo, y yo tenía miedo de que pudiese apretarlo sin querer. Pero ¿cómo habéis logrado desarmar a esos tipos de ahí fuera?

—Los han destrozado un par de movimientos de la ezpatadantza que, sin duda, no se esperaban —dijo Erramon—. E. B. no ha fallado ni una sola vez con sus patadas en el aire. Hemos entregado a esos hombres a las autoridades del Departamento del Interior del gobierno de Estados Unidos, que los ha detenido por llevar armas ilegales dentro del Distrito de Columbia y por hacerse pasar por agentes de los Servicios Secretos.

—Pero ¿y Sage Livingston? —le preguntó Vartan a Rodo—. Salta a la vista que está loca. Y que, además, tiene un objetivo completamente opuesto al que defendías tú anoche mismo ante nosotros. ¿Qué será de alguien como ella, que ha sido educada para destruir todo cuanto se interpusiese en su camino?

—Yo recomiendo —intervino Leda— una estancia muy, muy larga en algún retiro espiritual para lesbianas feministas en un lugar muy, muy remoto de los Pirineos. ¿Crees que es posible?

—Estoy seguro de que podríamos organizarlo —contestó Rodo—. Pero hay una persona que conocemos que estará encantada de hacerse cargo del caso de Sage. Bueno, a decir verdad, hay más de una persona, por otras razones distintas. *Quod severis metes.* Creo que si lo pensáis bien, sabréis a quiénes me refiero. Por el momento, tú ya conoces la combinación de mi caja fuerte —dijo, dirigiéndose a mí—. Cuando hayáis terminado con esos materiales, no los dejéis ahí tirados por el suelo, como habéis hecho otras veces. —Nos guiñó un ojo.

Una vez dicho eso, Rodo salió por la puerta, dando instrucciones a diestro y siniestro en euskera.

Erramon estaba de rodillas, comprobando el estado de cada una de las magulladuras que Leda se había hecho en las piernas al caer al suelo. Luego se puso de pie, la rodeó con el brazo y la acompañó a la bodega para «ayudarla con esos leños que pesan tanto», según dijo. Yo pensé que ahí también podía haber alguna esperanza para algo un poco más alquímico.

Vartan y yo volvimos a ocupar nuestros sitios junto al ventanal, donde en ese momento el sol del ocaso lamía las cimas de los edificios de la otra orilla del río, y empezamos a guardar nuestro valioso y peligroso botín, lleno de manchas de vino además.

—¿La combinación de su caja fuerte? —dijo.

Yo sabía que Rodo no tenía ninguna caja fuerte, pero sí tenía un apartado de correos un poco más arriba en la misma calle, igual que yo. El número era el 431. En realidad nos estaba diciendo que la ruta más segura era volver a sacar todo aquello de allí utilizando el correo, como había hecho yo antes, y preocuparse por lo demás más tarde.

Estaba a punto de meter *El libro de la balanza* en su funda cuando Vartan me puso la mano en el brazo. Mirándome con aquellos ojos violeta oscuro, dijo:

—Hace un rato he creído de verdad que Sage podía llegar a matarte.

—No creo que quisiese matarme —le contesté—. Pero estaba completamente enloquecida por haber perdido, en un solo día, toda su riqueza, sus contactos, su acceso al poder… todo aquello que siempre ha creído que quería.

—¿Lo que ha creído que quería, dices? —exclamó Vartan—. Pues a mí me parecía que estaba muy segura de quererlo.

Negué con la cabeza, porque pensaba que al fin había logrado entender el mensaje. Vartan añadió:

—Pero ¿quiénes son esas personas que se «harán cargo del caso» de una persona como ella, tal como ha dicho Boujaron? Sage fue educada para creerse una especie de diosa. ¿Quién puede imaginarse a alguien que quiera tener tratos con semejante persona?

—Yo no necesito imaginármelo —le dije—. Ya lo sé. Son mi madre y mi tía Lily quienes la ayudarán.

Vartan me miró con extrañeza desde el otro lado de la mesa.

—Pero ¿por qué? —inquirió.

—Ya fuese en defensa propia o en defensa de Lily, lo cierto es que mi madre sí mató al padre de Rosemary. Y Rosemary estaba segura de haber matado a mi padre: ojo por ojo, diente por diente. Parece ser que, desde niña, la propia Sage fue criada para ser una especie de bala trazadora, un misil termodirigido en busca de un lugar donde hacer explosión. O incluso implosión. Ha estado a punto de hacerlo aquí mismo, en esta sala.

—Eso podría explicar el deseo de tu madre de ayudar a Sage, como una especie de expiación, pero ¿qué me dices de Lily Rad? Ella ni siquiera estaba al corriente de la relación de los Livingston con tu madre.

—Pero Lily sí sabía que su propio padre era el Rey Negro y su madre la Reina Blanca —señalé—. Sabía qué clase de catástrofe había asolado su propia vida por culpa de eso. Sabe lo que se siente siendo un peón dentro de tu propia familia.

De aquello era de lo que me había salvado mi madre.

Del juego.

Y en ese momento supe exactamente qué era lo que debía hacer.

—Este libro, *El libro de la balanza* —le dije a Vartan—, y el secreto que al-Jabir escondió en el juego de ajedrez han estado esperando más de mil doscientos años a que llegase alguien y los liberase de su encierro en el interior de la botella. Creo que nosotros somos ese alguien. Y creo que ha llegado el momento.

No pusimos de pie junto a la pared de ventanales que daban al canal, teñido de la hermosa llama rosa flamenco del ocaso, y Vartan me rodeó con los brazos por detrás. Abrí el libro manchado de vino que seguía aún en mi mano. Vartan miraba por encima de mi hombro mientras yo iba pasando páginas hasta llegar a la pequeña ilustración de una matriz de tres cuadrados de lado con un número dibujado en cada uno de ellos. Las cifras me resultaban familiares.

| 4 | 9 | 2 |
|---|---|---|
| 3 | 5 | 7 |
| 8 | 1 | 6 |

—¿Qué dice aquí, justo debajo? —le pregunté a Vartan.

—«El Cuadrado Mágico más antiguo del mundo —tradujo Vartan—, que aparece representado aquí, ya existía hace miles de años en la India, y en Babilonia bajo los oráculos caldeos.» —Vartan hizo una pausa para añadir—: Parece ser una especie de comentarista medieval el que habla, no al-Jabir. —Siguió leyendo—: «En China, este cuadrado se utilizó para diseñar las ocho provincias del territorio, con el emperador viviendo en el centro. Era sagrado porque cada número tenía significado esotérico; además, cada hilera, columna y diagonal suma 15, que si a su vez se suma, se reduce al número 6.»

—Seis-seis-seis —dije, mirando por encima de mi hombro a Vartan.

Me soltó y juntos acercamos más el libro a la ventana, donde él continuó leyendo.

—«Sin embargo, fue al-Jabir al-Hayan, el padre de la alquimia islámica, quien hizo famoso este cuadrado, en *El libro de la balanza*, por sus otras importantes propiedades de las "proporciones correctas" que llevan al equilibrio. Si se separan los cuatro cuadrados de la esquina sudoeste tal como se muestra en la imagen, los números suman 17, lo que da la serie 1:3:5:8 de proporciones musicales pitagóricas perfectas según las cuales, y de acuerdo con al-Jabir, "todo existe en el mundo". El resto de los números de esta cuadrícula mágica (4, 9, 2, 7, 6) suman 28, que es el número de "mansiones" o estaciones de la luna, y también de letras del alfabeto árabe. Estos son los números más importantes para al-Jabir: 17 suma 8, el camino esotérico, que proporciona el "Cuadrado Mágico de Mercurio", de mayor tamaño, compuesto por 8 cuadrados de lado. Ese es también el diseño de un tablero de juego con 28 cuadrados alrededor del perímetro externo: el camino exotérico o exterior.»

—El tablero tiene la clave —le dije a Vartan—. Exactamente como dijo mi madre.

Vartan asintió.

—Pero aún hay más: «Al-Jabir confirió esta sabiduría ancestral al símbolo de Mercurio. Mercurio es el único símbolo tanto astronómico de "arriba" como alquímico de "abajo" que contiene los tres importantes sigilos de ambos: el círculo, que representa el sol; la media luna, que representa la luna del espíritu, y la cruz o el signo de "más", que representa los cuatro aspectos de la materia: cuatro direcciones, cuatro esquinas, cuatro elementos, cuatro aspectos (fuego, tierra, agua, aire), calor, frío, húmedo, seco…».

—Si los unes —dije—, obtienes las matemáticas vascas: «cuatro más tres igual a uno». El cuadrado de la tierra más el triángulo del espíritu es igual a «Uno». La Unidad. ¿No era ese el primer regalo de Hestia en el tapiz?

—Era la perfección —respondió Vartan.

—El concepto clásico griego de «perfección» o «compleción» —expliqué— proviene de la raíz *holos-*, como holístico, total, totalidad, unión, como Estados Unidos de América… todo significa «Unidad». «Para formar una Unión más perfecta.» Eso es lo que quería George Washington, y Tom Jefferson, Benjamin Franklin, lo que todos ellos querían: el matrimonio entre el cielo y la tierra, esos «hermosos cielos, con campos ámbar de ondulante cereal». Lo que al-Jabir ya había incorporado al ajedrez del *tarikat*. Esa es la iluminación que todos estaban buscando, esa Nueva Ciudad en la Colina. No se trata de poseer el poder, sino de crear el equilibrio.

—¿A eso es a lo que te referías antes —dijo Vartan— cuando dijiste que creías saber cuál era el mensaje? ¿Cuando dijiste que no es el cuándo ni el dónde, sino el cómo?

—Exactamente —contesté—. No se trata de una cosa, algo que, una vez descubierto y utilizado, pueda proporcionarte armas atómicas, poder sobre tus demás congéneres, la vida eterna… Lo que al-Jabir incorporó a ese juego de ajedrez es en realidad un proceso, ni más ni menos. Por eso lo llamó el ajedrez del *tarikat*: la clave de la «Vía» Secreta. Estas son las instrucciones originales, como un reguero de pistas en un camino, tal como los sufíes, los chamanes y los piscataway han dicho desde siempre. Y si reunimos todas esas piezas y seguimos esas instrucciones, nada es imposible. Podemos colocarnos a nosotros mismos y al mundo en un camino mejor, una «senda» de felicidad e ilumi-nación. Mis padres han arriesgado su vida para salvar este juego de ajedrez con el fin de que pudiera ser utilizado para ese pro-pósito superior.

En el transcurso de todo esto, Vartan había soltado el libro. En ese momento volvió a estrecharme entre sus brazos.

—En mi caso, Xie, si es la verdad lo que hemos estado bus-cando... la verdad es que haré lo que sea que creas que es co-rrecto. La verdad es que te quiero.

—Yo también te quiero —dije.

Y supe que, aunque sin duda recuperaríamos las piezas, en aquel momento no me importaba lo que quisieran ninguno de los demás, no me importaba el juego, el precio que otras per-sonas hubiesen pagado por este en el pasado ni de qué pudiera llegar a servirnos en el futuro. No me importaba qué papeles pudiesen haber escogido otros para que Vartan y yo los repre-sentásemos, el de Rey Blanco o el de Reina Negra. No impor-taba cómo nos llamasen, porque sabía que Vartan y yo éramos los auténticos: el matrimonio alquímico que todos habían es-tado buscando durante mil doscientos años y que, pese a ello, eran incapaces de reconocer aunque lo tuviesen delante de sus propios ojos. Nosotros mismos en persona éramos las instruc-ciones originales.

Por primera vez en mi vida, me sentí como si todas las cuer-das que me habían mantenido atada durante tanto tiempo se hubiesen aflojado por completo y me hubiesen liberado al fin; sentí que podía surcar los cielos como si fuera un pájaro.

Un pájaro de fuego, proyectando luz.

# AGRADECIMIENTOS

El proceso de elaboración de un libro verdadero nunca ha sido un camino llano.

Como novelista incapaz de reconocer un camino llano aunque lo tuviera delante de sus propios ojos, creo que muchas veces, cuando te das con el pie contra una piedra, debajo de ella encuentras una olla de oro que jamás habrías descubierto de haber seguido el camino con menor número de obstáculos, tal como habías planeado de antemano. En estas páginas dedico mi gratitud a casi todas aquellas ollas de oro que me han proporcionado más pasión por su trabajo, sorpresas y conocimientos fascinantes de los que haya podido esperar incluir jamás en una de mis novelas.

Aparecen en orden alfabético por temas.

AJEDREZ: Doy las gracias al doctor Nathan Divinsky, antiguo presidente de FIDE, Canadá, por encontrar la partida de ajedrez en la que está basada este libro (jugada por un ruso de catorce años, campeón mundial de ajedrez con posterioridad) y también por haber encontrado esa partida anterior (fiel al período) que juega Rothschild en mi libro *Un riesgo calculado*; a Marilyn Yalom, por sus conversaciones sobre su libro *Birth of the Chess Queen*; a Dan Heisman, por ser un gran apoyo a la hora de relacionarme con los acontecimientos recientes dentro del mundo del ajedrez —y cuando la *Amaurosis Scriptio* (la ceguera del escritor) me tenía a oscuras con respecto a uno de mis personajes—, por presentarme a Alisa Melekhina (de doce años a la sazón), que me ayudó a conseguir una visión excepcional sobre la perspectiva de un contrincante infantil de ajedrez ante lo que se siente al participar en competiciones internacionales.

ALBANIA: Mi agradecimiento a Auron Tare, director del Albanian National Trust, por nuestra labor de discusión e investigación durante cinco años sobre Alí Bajá, Vasiliki, Haidée, Haci Bektaş Veli, y la orden de sufíes bektasíes, el arma secreta que Byron procuró para el bajá; a su colega el profesor Irakli Kocollari, por una sinopsis de última hora y traducción de su obra emblemática *The Secret Police of Ali Pascha*, basada en fuentes de archivos originales; a Doug Wicklund, conservador sénior del National Firearms Museum de la NRA, por dar con el rifle de repetición Kentucky, el candidato más probable para el «arma secreta» que Byron envió a Alí.

AVIACIÓN, ALEUTIANAS: Doy las gracias a Barbara Fey, mi amiga desde hace treinta años, miembro del Explorers Club y de la Silver Wings Fraternity (aquellos que llevan volando más de cincuenta años), quien ha sobrevolado en solitario el Atlántico Norte, África, Centroamérica y Oriente Próximo y ha viajado en heliesquí al Himalaya, por lo relacionado con el Bonanza y toda la información técnica de primera mano, fascinante, sobre áreas a través de las que he volado pero que en realidad nunca he visto, y por presentarme a Drew Chitiea, extraordinario piloto de avionetas-hidroavión e instructor en la National Outdoor Leadership School (cuya madre, Joan, corrió la Iditerod a la edad de sesenta y seis años), quien me convenció de que tenía que ser *Becky Beaver* y no *Ophelia Otter*, y me proporcionó toda la magnífica información técnica, sobre combustible y repostaje, y también sobre el vuelo en general y el aterrizaje en particular, que Key tan bien domina; a Cooper Wright, que trabaja en Attu, por los detallados mapas y descripciones de los vuelos en el entorno de las Aleutianas y por el estupendo libro de Brian Garfield *The Thousand-Mile War*, que describe las condiciones meteorológicas en la Segunda Guerra Mundial.

BAGDAD: Estoy en deuda de manera especial con Jim Wilkinson, jefe de gabinete del Departamento del Tesoro de Estados Unidos, por haber mencionado por casualidad durante un almuerzo (justo cuando estaba en la recta final de la elaboración de este libro) que había aprendido a jugar al ajedrez en Bagdad, mientras servía en el ejército como miembro del grupo de avanzada en Irak en marzo de 2003. Lo que para otras personas no son más que casualidades, nosotros, los que trabajamos con la ficción, lo consideramos carteles luminosos para llamar nuestra atención en la investigación para la novela. Las valiosas aportaciones de Jim fueron una intervención decisiva tanto para mi heroína como para su autora. ¡Gracias también por esas direcciones de e-mail!

COCINA: Doy las gracias a la desaparecida Kim Young, quien se ganó el derecho a ser chef en la cocina de Talleyrand en una subasta benéfica (aparece como «la joven Kimberly») y que se convirtió en una amiga de por vida, enviándome montones de notas sobre cocinas históricas que había visitado, desde Brighton a Curaçao; a Ian Kelly, por las conversaciones sobre su libro *Cooking for Kings* y su fascinante monólogo sobre el chef de Talleyrand, Carême; a William Rubel, por su excelente presentación en la embajada francesa de Washington, sus consejos sobre cocina a la lumbre y su maravilloso libro, *The Magic of Fire*, el mejor tratado que conozco en inglés sobre el tema; y a mi amigo Anthony Lanier por renovar el Cady's Alley de Georgetown, y abrir un magnífico restaurante y un club que (por casualidad) se parece mucho al sótano secreto de Sutaldea.

INDIOS (nativos norteamericanos): Doy las gracias al antiguo presidente del Inter-Tribal Council y a mi amigo desde hace casi veinte años Adam Fortunate Eagle, por introducirme por primera vez en la realidad indígena; a Rick West, director fundador del National Museum of the America Indian (NMAI) y a su esposa, Mary Beth, por ponerme en contacto con las tribus del área de Washington; a Karenne Wood, director del Virginia Indian Heritage Trail, por ayudarme a refrescar diez mil años de historia preeuropea aquí en Virginia; y a Gabrielle Tayac (hija de Red Flame, nieta de Turkey Tayac), por pasear conmigo por los osarios de Piscataway y por presentarme a través de sus escritos y nuestras conversaciones a Mathew King, «Noble Red Man», y también las instrucciones originales.

ISLAM, ORIENTE PRÓXIMO, EXTREMO ORIENTE: Doy las gracias al profesor Fathali Moghaddam de la Universidad de Georgetown por nuestras numerosas charlas, sus valiosas opiniones y sus artículos en fase de preparación y libros sobre psicología terrorista pre y post 11-S en dichas zonas del mundo; al director de la Sección de Oriente Próximo y África de la Biblioteca del Congreso, a Mary Jane Deeb (también mi colega novelista y amiga), por conseguirme mi primer carnet de dicha biblioteca y ayudarme a localizar la recopilación de toda la correspondencia de Byron y toneladas de otras cosas extraordinarias; y a Subhash Kak, por su ayuda a lo largo de todos estos años sobre todo lo relacionado con Cachemira y, sobre todo, por *The Astronomical Code in the Rig Veda*, su relación entre la cosmología india y los altares de fuego.

MATEMÁTICAS, MITOLOGÍA Y ARQUETIPOS: Doy las gracias a Michael Schneider, por *The Beginner's Guide to Construct the Universe* y sus obras posteriores (si las hubiese leído de niña, hoy sería matemática) y muy especialmente por encontrar para mí los fénix islámicos que caben en los azulejos del «Aliento de Dios»; a Magda Kerenyi, por proporcionarme tantísima «ayuda mitológica» durante estos años y por sus consideraciones acerca del pensamiento de su difunto marido, el gran mitógrafo Carl Kerenyi; a Stephen Karcher, famoso por su *Eranos I-Ching*, por proporcionarme información sobre las profundas conexiones Oriente-Occidente y la adivinación; a Vicki Noble, por facilitarme los detalles de tres años de extensos viajes y de sus investigaciones acerca del chamanismo femenino, sobre todo en el este de Rusia; al profesor Bruce MacLennan, de la Universidad de Tennessee, quien siempre ha conseguido convertir, a lo largo de estos veinte años, todos y cada uno de los puzzles matemáticos que se me ocurren, no importa lo obtusos o esotéricos que sean, en algo que funciona de forma creíble en el contexto de una novela; y en especial, debo mi gratitud a mi amigo David Fideler, autor de *Jesus Christ Sun of God*, por haberme dicho, hace ya muchos años, que el 888 (mi número favorito) es el *gematria* griego (código numérico secreto) para el nombre de Jesús, al igual que el 666 es el *gematria* para «humanidad»; y a mi amigo Ernest McClain, por *The Pythagoream Plato* y *The Myth of Invariance* al analizar la armonía de dichos números en los nombres de los antiguos dioses de Egipto y Grecia.

MEMORIA Y PERCEPCIÓN: En primer lugar, debo dar las gracias al doctor Beulah McNab de los Países Bajos, por enviarme, en 1996, la obra de Groot & Gobet *Perception and Memory in Chess*, que sigue siendo el tratado definitivo, que abrió mi mente acerca de cómo los jugadores de ajedrez piensan de forma distinta a como lo hacemos los simples mortales; doy las gracias también a Galen Rowell, hijo, gran alpinista y fotógrafo, por sus reflexiones, en una carta privada (agosto de 1999), sobre un proceso intuitivo similar en la escalada en roca; y vaya mi gratitud especial para mi colega, el doctor Karl Pribram, por explicarme (a menudo bajo coacción) lo que sabemos sobre la memoria y la percepción a través de los estudios sobre el cerebro y cómo el pasado y el futuro están interrelacionados en nuestros procesos de pensamiento.

RUSIA: Gracias a Elina Igaunis por ayudarnos a todos los estadounidenses a escapar de los monjes de Zagorsk (y por prestarnos unos suéteres en el «veranillo de San Martín» a bajo cero); y también estoy en (relativa) deuda con Richard Pritzker por escoger aquel restaurante de Moscú donde, mientras nos tomábamos unos margaritas, presenciamos un apuñalamiento entre miembros de los bajos fondos mafiosos. Mi agradecimiento al artista Yuri Gorbachev, por mi mágico cuadro del «Ave del Cielo», y a su marchante, Dennis Easter, por el icono ruso y el libro de David Coomler *Russian Icon*. Y debo una gratitud especial al desaparecido Alexandr Romanovich Luria y al profesor Eugene Sokolov, por llevar juntos a Karl Pribram a la primera Exposición de Arte Palej Soviético en Moscú en 1955 y por regalarle la caja de grabados del arte lacado que inspiró la primera escena de este libro.

VASCOS: Doy las gracias a esa persona maravillosa que es

Patxi del Campo, ex presidente del Congreso Mundial de Musicoterapia, por familiarizarme con los Pirineos vascos y con un pueblo al que ya creía conocer; a Agustín Ibarrola, por pintar todos esos árboles en el bosque de Oma; a Aitziber Legarza, por darnos techo y comida; a mi desaparecida gran amiga Carmen Varela, por hacerme pasar tanto tiempo en el norte de España.

VOLCANES Y GÉISERES: Doy las gracias a la Yellowstone Society y a todos los rangers de los parques y a los historiadores por la información sobre absolutamente todo, desde barrizales a volcanes en mis viejos parajes de siempre; a la Geyser Observation and Study Association (GOSA) y a Frith Maier por su investigación y la película de los géiseres de Kamchatka; y sobre todo a Stephen J. Pyne por su maravillosa y definitiva serie de libros sobre la historia del fuego que ha sido una constante fuente de inspiración para este libro, y a mi amigo desde hace veinte años Scott Rice de la Universidad Estatal de San José por presentarnos.

EL RESTO: Tal como diría Nokomis Key, «no se puede tener todo en esta vida». La mayor parte de la fascinante información que, haciendo gala de una extraordinaria generosidad, me ha ido proporcionando la gente a lo largo de estos años, ha quedado, por desgracia y por exigencias del guión, relegada a permanecer en el cajón, al menos en lo que respecta a este libro.

La Alameda de Thomas Jefferson: al director Lynne Beebe, a los arqueólogos Travis MacDonald y Barbara Heath por décadas de ayuda en la documentación.

El hogar de Thomas Jefferson en Monticello: al presidente de la Fundación Daniel P. Jordan; a William L. Beiswanger, Robert H. Smith director de Restauración; a Peter J. Hatch, director de Parques y Jardines; a Andrew J. O'Shaughnessy, director Saunders del Robert H. Smith International Center for Jefferson Studies; a Gabriele Rausse, directora adjunta de Parques y Jardines; a Jack S. Robertson, Biblioteca de la Fundación; a Mary Scott-Fleming, directora de Programas de Adultos; a Leni Sorenson, Historia y Estudios Afroamericanos; a Susan R. Stein y a Richard Gilder conservador sénior y vicepresidente del museo;

y en especial, a Lucia «Cinder» Stanton, Shannon Senior Research Historian, por sus muchos años de ayuda e investigación.

United States Capitol Historic Society: doy las gracias a todas las personas de la fundación por su ayuda a lo largo de los años, y en especial a Steven Livengood por la extensa información histórica y una visita extraordinaria del Capitolio.

Virginia Foundation for the Humanities: mi agradecimiento al presidente Robert Vaughan; a Susan Coleman, directora, VA Center of the Book; y a Nancy Coble Damon y Kevin Mc-Fadden de VA Book.

Arquitectura esotérica, astrología, francmasonería y diseño de Washington: doy las gracias por la ayuda proporcionada a lo largo de muchos años a los autores Robert Lomas y Christopher Knight; a los astrólogos Steve Nelson, Kelley Hunter y Caroline Casey; y a los expertos en arquitectura esotérica Alvin Holm y Rachel Fletcher.

Dumbarton Oaks: doy las gracias a Stephen Zwirn, conservador adjunto, Byzantine Collection; y a Paul Friedlander por *Documents of a Dying Paganism* sobre el tapiz de Hestia.

Mi agradecimiento a Edward Lawler júnior, historiador de la Independence Hall Association, por sus denodados esfuerzos en la President's House de Filadelfia, que consiguieron salvar de la oscuridad y la extinción las dependencias de los esclavos donde el chef de Washington, Hercules, Oney Judge, y otros vivieron.

# NOTA DE EDICIÓN

En la década de 1980, yo vivía en una pequeña casa de 55 m² en Sausalito, California. Sobre un mar de acacias, disfrutaba de una vista cruzada de la bahía de San Francisco, con las islas Tiburón y Ángel en la distancia; los eucaliptos poblaban la terraza delantera; en la colina que quedaba detrás, abundaban los jardines de orquídeas en diferentes niveles; un seto de jazmines de un metro de altura flanqueaba el empinado camino de entrada. Fue allí donde escribí *El ocho*, por las noches y los fines de semana, con mi máquina de escribir IBM Selectric (que ahora descansa en el armario de los recuerdos), mientras de día trabajaba en el Bank of America.

No dejaba de preguntar a los amigos: «¿No creéis que es el lugar perfecto para escribir un best seller de aventuras?». Probablemente ellos creían que era el lugar ideal para escribir un libro que nadie compraría ni leería nunca.

Pero mi primer agente literario, Frederick Hill, reconoció en cuanto leyó *El ocho* que no había libros como aquel. Con dos historias entrelazadas y separadas en el tiempo por doscientos años; sesenta y cuatro personajes, todos ellos piezas en la partida de ajedrez sobre la que giraba el argumento; otras historias secundarias; una codificación del estilo de Sherlock Holmes, y rompecabezas mágicos como los del doctor Matrix, *El ocho* parecía más un mapa intergaláctico de relaciones en el universo que una novela. Pero, afortunadamente, Fred también sabía que el equipo editorial de Ballantine Books, el principal sello editorial en rústica de Estados Unidos, llevaba tiempo buscando un fenómeno literario con el que lanzar una nueva línea en tapa dura. Querían algo único, ni literatura estándar ni best seller estándar, algo que no fuera fácil de clasificar.

Los miembros del equipo de Ballantine que tuvieron esta visión fueron: la presidenta, Susan Peterson; la vicepresidenta de marketing, Clare Ferraro, y el director editorial, Robert Wyatt. Compraron *El ocho*, aún sin acabar, en 1987. El 15 de marzo de 1988, mi editora, Ann LaFarge, yo acabamos de editarlo. El libro se presentó en la convención de la American Booksellers Association, en mayo. Todos nos sorprendimos de la acogida inmediata que tuvo, de que todos se aferraran a él como si lo hubiesen descubierto ellos mismos. En una rápida sucesión, once países compraron los derechos de traducción; el Book-of-the-Month Club lo eligió, el *Publishers Weekly* y el *Today Show-all* me entrevistaron antes de que el libro saliera publicado aquí, en Estados Unidos. Aun así, nadie sabía cómo describirlo. Se reseñaba como una novela de misterio, de ciencia ficción, de fantasía, de terror, de aventura, romántica, literaria, esotérica y/o histórica. Como autora, me llamaron «la versión femenina» de Humberto Eco, Alejandro Dumas, Charles Dickens y/o Stephen Spielberg.

Con los años, *El ocho* ha sido un best seller en cuarenta o cincuenta países, y se ha traducido a más de treinta idiomas, en gran parte, a juzgar por la opinión de los lectores, porque es único.

Los lectores me preguntaban con frecuencia cuándo recuperaría el argumento y los personajes. Sin embargo, dada la naturaleza entrelazada del argumento, la clase de sorpresas y secretos que se revelan en *El ocho* sobre los personajes y el ajedrez, consideré que la única manera de conseguir que el libro siguiera siendo único era no escribir una secuela ni convertirlo en una serie. Pero mi libro, al parecer, tenía voluntad propia y no se conformaba con explicar aquellas historias.

Con los acontecimientos que empezaron a tener lugar a partir de 2001, relacionados con muchos de los elementos del argumento de mi primera novela (Oriente Próximo, terrorismo, árabes, bereberes, rusos, el KGB, el ajedrez), supe que tenía que visitar de nuevo el mundo de *El ocho* donde al-Jabir había «inventado» originalmente el ajedrez de Montglane, en Bagdad.

En 2006, mis agentes literarios, Simon Lipskar en Estados Unidos y Andrew Nurnberg en el extranjero, me convencieron para que escribiera los tres primeros capítulos de lo que les había comentado que estaba planeando para el argumento y los personajes de la secuela de *El ocho*. Y el equipo de Ballantine que «prendió la cerilla» de *El fuego* estaba compuesto por: la presidenta de Random House Publishing Group, Gina Centrello; la editora Lobby McGuire, y la maravillosa Kimberly Hovey, que empezó hace veinte años como promotora de *El ocho*, que ha sido directora de publicidad de los otros libros que he publicado con los años en Ballantine y que ahora es directora de Marketing de la misma editorial.

Por último, quisiera agradecer de forma especial a mi editor Mark Tavani que tirase de la alfombra que yo tenía bajo los pies en julio de 2007, diciéndome que no podía limitarme a «quedarme en la *backstory*» (o en la historia de los personajes, como solemos decir en el ámbito de la ficción), sino que debía bucear más hondo y planear más alto.

Y así lo hice.

# ÍNDICE

TERCERA PARTE
## RUBEDO

ESTE LIBRO HA SIDO IMPRESO
EN LOS TALLERES DE
PRINTER INDUSTRIA GRAFICA